Meiner Familie gewidmet

Erzähl mir die Vergangenheit, und ich werde die Zukunft erkennen.

Konfuzius

Der Massenbläser

Historische Erzählung von Jochen Grisse

Impressum:

Kalmbergstraße 7, 57080 Siegen

Lektorat: Meike Blatzheim (www.meike-blatzheim.de)

Korrektorat: Erika Grisse

Coverdesign: Jochen Grisse unter Verwendung von Material von Wilhelm Sander und Artur Held, Dean Drobot via shutterstok.de und Westend61 via gettyimages.de

ISBN Softcover: 978-3-347-64930-9
ISBN Hardcover: 978-3-347-64936-1
ISBN E-Book: 978-3-347-64941-5

Druck und Distribution im Auftrag des Verlags:
tredition GmbH, Halenreie 40-44, 22359 Hamburg, Germany

Vorwort

Die vorliegende Erzählung spielt im Zeitraum von 1781 bis 1795 im Siegerland, vor allem im Bergmannsdorf Eisern. Sie versucht, ein möglichst reales Bild der Lebens- und Wirtschaftsverhältnisse der Menschen damals zu zeichnen. Handlung und Personen sind frei erfunden. Jede Ähnlichkeit mit realen Personen wäre rein zufällig. Einige Personen in Nebenrollen tragen die Namen historischer Persönlichkeiten. Die Charaktere selbst und ihre Handlungen sind frei erfunden.

Die Erzählung greift Episoden aus dem historischen Dorfgeschehen auf und bindet sie in den Stoff ein. Stellen, die solche Episoden aufgreifen, sind durch Fußnoten gekennzeichnet. Insbesondere in Bezug auf die Technik des damaligen Eisenhüttenwesens versucht die Erzählung der historischen Wirklichkeit nahezukommen. Die genutzten Quellen bieten dabei hin und wieder kein vollständiges Bild. An solchen Stellen wurde die Geschichte durch naheliegende Mutmaßungen ergänzt.

Die Erzählung ist in der heutigen Sprache wiedergegeben. Nur wenige alte Begriffe, zu denen es keine heutige Entsprechung gibt, oder die für das Verständnis der Handlung wichtig sind, werden verwendet und erklärt. Ein Beispiel hierfür ist bereits der Titel. **Die Betreiber von Eisenhütten wurden Massenbläser genannt.** Sie waren in einer eigenen Zunft zusammengeschlossen.

Es ist zu beachten, dass sich das Denken der Menschen über die Zeit stark verändert hat. Vieles, was damals normal war, ist heute undenkbar und umgekehrt. Kinderarbeit ist für uns heute ein Tabu, damals war sie eine Notwendigkeit zum wirtschaftlichen Überleben. Heute wird selbstverständlich über Geschlechterbeziehungen und Sexualität gesprochen, zur damaligen Zeit eine Unmöglichkeit. Die Entwicklung der Geschichte orientiert sich naturgemäß am Denken der Menschen damals.

Heute sind wir gewohnt, dass es für vieles Regeln gibt, deren Einhaltung von den unterschiedlichsten Behörden überwacht wird. Zur Zeit der vorliegenden Erzählung gab es nur wenige Räte und einige Schreiber, in deren Händen die gesamte öffentliche Verwaltung lag. Sie waren nur dem Fürsten verantwortlich, der sich zumeist außer Landes befand und an Details wenig interessiert war. Das Handeln und Entscheiden der wenigen Funktionsträger war demzufolge sehr souverän, und grenzte nicht selten an Willkür.

Die Erforschung vor allem der alten Denkstrukturen, die in den Quellen weiterleben, hat mich bei der Recherche zu dieser Erzählung besonders fasziniert. Einige Denkmuster haben sich völlig verändert, andere kaum. Wie selbstverständlich gehen die Menschen in jeder Zeit davon aus, dass nur ihre Denkweise „richtig" ist. Aus dieser Erkenntnis entstand eine Nachdenklichkeit, die mich neu fragen lässt, wie wir aus unserer Geschichte, in der wir oft tiefer wurzeln, als uns bewusst ist, lernen können. Vielleicht kann die Erzählung ein Stück von dieser Nachdenklichkeit vermitteln.

Jochen Grisse im Mai 2022

Inhaltsverzeichnis

Familien und Personen zu Beginn der Erzählung

Familie Bender in Obernau

1. Tillmann Bender, Protagonist *1762
2. Eberhard Bender, Tillmanns Vater *1721
3. Berta Bender, Tillmanns Mutter *1727
4. Mathias Bender, Tillmanns ältester Bruder *1747
5. Agnes, Mathias Frau *1750
6. Maria Stahlschmidt geb. Bender, Tillmanns Schwester *1749
7. Michael Stahlschmidt, Marias Mann *1747
8. Jost Bender, Tillmanns zweiter Bruder *1747
9. Andreas Bender, Tillmanns dritter Bruder *1751
10. Magdalene Bender, Tillmanns jüngste Schwester *1767

Familie Schöler in Eisern

11. Käthchen (Katharina) Schöler *1763
12. Wilhelm Schöler, Käthchens Vater *1730
13. Lisbeth (Elisabeth) Schöler, Käthchens Mutter *1733
14. Richard, Pflegesohn von Wilhelm und Lisbeth *1761
15. Emma, Magd bei Schölers *1750
16. Jupp, Fremdarbeiter bei Schölers
17. Hannes, Fremdarbeiter bei Schölers
18. Emil, Knecht bei Schölers
19. Oskar, Knecht bei Schölers

Familie Göbel in Eisern

20. Ludwig Göbel, Hüttenschulze und Witwer in Eisern, *1744
21. Hilde Göbel geb. Flender, Ludwigs verstorbene Frau *1745
22. Lothar Flender, Hildes Bruder und Richards Vater
23. Hermann Göbel, Ludwigs ältester Sohn *1763
24. Karl Göbel, Ludwigs zweiter Sohn *1764
25. Manfred Göbel, Ludwigs dritter Sohn *1774
26. Sofie, Haushälterin bei Göbels *1756
27. Anton, Sofies unehelicher Sohn *1776

Familie Daub in Eisern

28. Gertrud Daub, wohlhabende Witwe in Eisern *1754
29. Conrad Daub, Gertruds Vater *1720
30. Thomas Daub, Gertruds Sohn *1774
31. Adolf, Fremdarbeiter bei Daubs
32. Peter, Fremdarbeiter bei Daubs

Weitere Personen

33. Bernhard Hartmann, Gewerke in Eisern
34. Minna Hartmann, seine Frau
35. Klara, Minnas Schwester
36. Robert Hoffmann, Mühlenbesitzer und Heimberger *1735
37. Gerhard Heimbach, Lehrer in Eisern
38. Johann Bäumer, Hirte in Eisern
39. Adam Böcking, Gewerke in Eisern
40. Otto Neuser, Gewerke in Eisern
41. Ludwig Victor Emmelius, Pfarrer zu Rödgen
42. Heinrich Roth, Bergrat in Siegen *1743
43. Achenbach, Gewerke aus Boschgotthardshütten, Zunftmeister

Prolog, August 1773

„Lauf nicht zu weit weg“, rief sein Vater ihm hinter her, „und gib auf die Pingen[1] acht!“ Zum Abschied winkte er den Eltern als Antwort noch einmal zu und lief in Richtung Wald. Auch Richard hatte den ganzen Tag geholfen, Ähren zu sicheln und zu bündeln. Ein Stück hatte er sogar mit der Sense mähen dürfen, aber die war noch ein wenig zu groß. Er war etwas klein gewachsen für seine zwölf Jahre, aber Vater betonte oft, dass er eine echte Hilfe sei. In der Schule machte ihm keiner was vor. Rechnen konnte er schneller als die Vierzehnjährigen. Und er war ausdauernd, deshalb fühlte er sich auch nach dem langen Arbeitstag noch fit.

Im Lesen war er so gut, dass der Lehrer ihm ein richtiges Buch geliehen hatte, das er mit Begeisterung verschlang, und nun schlug sein Herz für *Siegfried, den Drachentöter*, und *Dietrich von Bern*, den großen Helden. Aber am meisten faszinierte ihn die Figur von *Wieland, dem Schmied*. Er würde auch einmal so ein legendärer Schmied werden, denn er war talentiert und lebte im Siegerland, der Region, die ganz Deutschland mit Stahl versorgte. Fast alle Männer im Dorf verstanden sich aufs Eisenmachen. Vater war einer der Angesehensten auf der Hütte. Er hatte zwar nicht die meisten Anteile, aber er wusste am meisten. Alles konnte er einem erklären, und er erklärte gut.

Dabei war Wilhelm nur sein Vater, nicht sein Papa. Dieser war vor drei Jahren gestorben, und das Bild, das Richard von ihm in sich trug, verblasste immer mehr. Er hatte auch keine Mama. Die sei gestorben, als er zwei war, hatte man ihm erzählt. Papa zu verlieren, war schlimm gewesen, aber bald schon hatte er eine neue Familie bekommen: Mutter, Vater und sogar ein kleines Schwesterchen. Am Anfang hatte er viel um Papa geweint, aber inzwischen fühlte er sich sehr wohl in seiner Familie, und die Eltern hatten ihn auch mächtig lieb.

Vater war stolz auf ihn. Das sagte er nicht, aber Richard konnte es in seinen Augen lesen, wenn er einen Zusammenhang mit anderen Worten noch einmal erklärte und dann merkte, dass sein Sohn längst begriffen hatte. Dem Schwesterchen hatte Richard viel von den Heldensagen erzählt,

---

[1] Ein durch Bergbau entstandenes trichterförmiges senkrechtes Loch wird Pinge genannt.

und Kätchen hörte höchst andächtig zu. Dann spielten sie Ritter und Burgfräulein.

Richard zog an der goldenen Kette, die aus seiner Tasche baumelte, und holte die Uhr heraus. Sie war sein ganzer Stolz. Er hatte sie selbst gefertigt. Der Schmied auf der Hütte, bei dem er immer wieder half, hatte ihm schon einiges beigebracht. Für die Uhr hatte er ihm ein Stück glühendes Eisen gegeben. Richard hatte es flach und rund geschmiedet, bis es genau die Form einer Taschenuhr hatte. Die römischen Zahlen, die er mit einem kleinen Meißel einschlug, waren fast gerade und alle gut lesbar. Sogar Zeiger hatte er mit einer Stahlnadel eingraviert. Kätchen hatte Bauklötze gestaunt, als er ihr die Uhr zeigte, und behauptete, dass *Wieland der Schmied* das auch nicht schöner gekonnt hätte. Das wusste sie nicht besser, denn seine Uhr zeigte immer viertel vor sieben an. Hätte *Wieland der Schmied* die Uhr gefertigt, dann wären die Zeiger echt gewesen und hätten sich auch gedreht. Aber Kätchens Lob hatte Richard trotzdem sehr gefreut.

Auch der Vater meinte, die Uhr sei ein kleines Meisterwerk und hatte ihm die goldene Kette dazu gegeben. Von Papa hatte Richard eine richtige Taschenuhr geerbt. Vater bewahrte sie für ihn auf, denn sie war viel zu wertvoll, als dass man sie beim Arbeiten und Spielen mitnehmen durfte. Zu dieser Uhr gehörte die Kette. Sie war nicht aus echtem Gold, aber vergoldet. Vater war so begeistert gewesen, als Richard mit dem kleinen Kunstwerk ankam, dass er ihm die Kette gab, damit er die Uhr auch tragen könne.

Richard schaute auf das Zifferblatt: Wie immer viertel vor sieben. Aber jetzt konnte es sogar stimmen, denn seit die Feierabendglocke geläutet hatte, war schon eine Weile ins Land gegangen. Er war an der Flanke der Eisernhardt entlangmarschiert, jenem Berg, der den Eisernern das wertvolle Erz schenkte. Vergnügt marschierte er jetzt durch den lichtdurchfluteten Niederwald. Das Unterholz knackte unter seinen beschwingten Schritten. Er hatte den Abschnitt erreicht, wo sich eine Reihe von ergiebigen Pingen befand. *Wieland der Schmied* hatte seinen Eisenstein einfach im Wald gefunden. Erst nach vielen Jahren wurde aus so einer Fundstelle eine richtige Pinge. Richard hatte sich in den Kopf gesetzt, wie sein Idol eine Mine zu finden, die bisher niemand kannte. Aber es war nicht leicht, eine solche Erzader zu entdecken. Er war schon oft an der Eisernhardt gewesen, hatte aber noch keine neue Schürfstelle gefunden. Ob es keine mehr gab?

Vor ihm lag eine der großen Pingen, wo die Männer des Dorfes nach der Ernte wieder Erz fördern würden. Das Loch war mehr als zehn Meter tief. Die Männer hatten eine kleine Plattform gebaut, die über den Rand der Pinge ragte. Darauf war die Haspel montiert, die Winde, mit der die Erzeimer senkrecht nach unten abgelassen wurden. Er trat an den Rand der Plattform und schaute in das Loch hinab. Wer hier abstürzte, der war verloren. Es gab kein Geländer, denn das hätte beim Haspeln nur gehindert. Vater hatte schon recht, wenn er sagte: „Sei vorsichtig an den Pingen." Aber Richard kannte die Gefahr. Er war vorsichtig. Von hinten näherten sich Schritte, er drehte sich um.

„Ach du bist es!" Richard erkannte den Ankömmling und blickte wieder in die Pinge hinab. „Was *Wieland der Schmied* wohl sagen würde, wenn er so eine tiefe Grube mit so viel Eisenstein sähe?"

„Finde es heraus!", war das Letzte, was er hörte.

Ein derber Stoß traf ihn am Rücken, er taumelte über die Kante und stürzte in die Tiefe.

Die Sonne war hinter den Bergen verschwunden. Ein langer Sommertag ging zu Ende. Wilhelm trat noch einmal vors Haus und blickte suchend in Richtung Gensberg und Eisernhardt, die man in der Dämmerung nur schemenhaft erkennen konnte. Langsam machte er sich ernsthafte Sorgen. Wo Richard nur blieb? So spät war er noch nie gewesen, auch wenn sein Ziehsohn oft bis zum Anbruch der Dunkelheit im Wald umherstreifte.

Wilhelm liebte seinen Pflegesohn. Er war geschickt und aufgeweckt. Manchmal ging zwar die Fantasie mit ihm durch, und er träumte von alten Heldenmythen, aber wenn es drauf ankam, bewies er einen klaren Verstand und geschickte Hände. Vieles hatte er ihm schon beigebracht, und er würde ihn noch viel mehr lehren. Die Herstellung von Eisen und Stahl war eine Wissenschaft, auch wenn viele das nicht begriffen. Systematisches Beobachten, konsequentes Aufschreiben und Analysieren waren die Werkzeuge, mit denen man arbeiten musste, um zu verstehen, was in den Öfen geschah. Durch klug gewählte Experimente konnte man das

Verständnis vertiefen. Wilhelm hatte es mit dieser Vorgehensweise weit gebracht, und Richard hatte den Kopf dafür, es noch viel weiter zu schaffen.

Richards leiblicher Vater, Lothar Flender, kam aus einfachsten Verhältnissen. Mit viel Fleiß und einem wachen Verstand hatte er sich hochgearbeitet und war schließlich in der Lage gewesen, einen kleinen Anteil an der Hütte zu erwerben. So war er in den Kreis der Gewerken[2] aufgestiegen. Seine Frau war jung gestorben, und Lothar musste den Jungen alleine betreuen. Er brachte ihn häufig mit zur Arbeit. In dieser Zeit hatte Richard aufmerksam beobachtet und schon bald begonnen, sich nützlich zu machen. Als Haldenjunge trug er zum Verdienst des Vaters bei. So war er Wilhelm aufgefallen. Kein anderer der Haldenjungen konnte die Steine so sicher klassifizieren und sortieren wie Richard. Dann war Lothar plötzlich gestorben, und von den wenigen Verwandten hatte niemand den Jungen aufnehmen wollen. Also hatte Wilhelm den klugen Waisenknaben in seine Familie geholt und beabsichtigte, ihn an Kindes statt anzunehmen. Den Antrag zur Adoption des Jungen hatte er vor Kurzem gestellt.

Inzwischen war es vollkommen dunkel geworden, und Wilhelm ging ins Haus, wo seine Frau Lisbeth und die zehnjährige Tochter Kätchen beunruhigt auf ihn warteten. Er versuchte, die eigenen Sorgen zu verdrängen und Zuversicht auszustrahlen: „Wenn Richard über Nacht nicht kommt, dann beginnen wir gleich morgen früh mit der Suche!"

„Können wir denn nicht gleich loslaufen?", fragte Kätchen.

„Leider nein", antwortete Wilhelm. „Mit einer Laterne kann man sich zwar einigermaßen sicher in der Dunkelheit bewegen, aber doch nichts suchen. Und Fackeln sind bei der Trockenheit im Wald viel zu gefährlich."

„Ich werde in der Nachbarschaft herumfragen." Lisbeth wandte sich zum Gehen. „Vielleicht sind einige noch wach, und jemand hat etwas bemerkt."

Schon bald kehrte sie zurück. Niemand hatte Richard gesehen.

Es wurde eine schlimme Nacht, und schon mit dem ersten Tageslicht machte sich das halbe Dorf auf die Suche. Eigentlich konnte man es sich

---

2 Ein Gewerke ist ein Anteilseigner. Die genaue Bedeutung des Begriffs wird im Weiteren klarer werden.

während der Ernte nicht leisten, die Arbeit zu vernachlässigen, aber Wilhelm war einflussreich, und er hatte alle inständig gebeten, sich zu beteiligen. Am zweiten Tage wusste man nicht mehr, wo man nachforschen sollte und hatte beschlossen, auch die Pingen und Gruben abzusuchen. Am Boden der „Krummen Birke“, einer etwa 15 Meter tiefen Pinge, hatte man ihn schließlich gefunden, tot. Ein schlimmer Unfall! Dabei kannte der Junge doch die Gefahren, die im Bergbaugebiet lauerten. Und Wilhelm hatte ihm extra noch eine Mahnung nachgerufen.

In der Familie Schöler kehrte tiefe Trauer ein. Mit dem Jungen wurden viele Hoffnungen begraben. Wilhelm machte sich schwere Vorwürfe, dass er Richard allein hatte ziehen lassen. Aber so war das Leben. Schwere Unfälle kamen immer wieder vor.

Nur eins verstand er nicht. Die selbstgeschmiedete Uhr mit der goldenen Kette trug der Junge nicht bei sich. Dabei trennte er sich sonst nie von diesem Stück, auf das er zu Recht so stolz war. Wilhelm war sogar selbst noch einmal in die Grube hinabgestiegen, um danach zu suchen. Aber die Uhr blieb verschwunden.

1. Am Hüttenplatz, September 1781

Es begann zu regnen, und von ferne hörte man grollenden Donner. Den zwei Ochsen, die den schweren Kohlenwagen den Berg hinaufzogen, mochte die Abkühlung guttun. Wahrscheinlich waren es die letzten schwül-heißen Tage dieses Sommers. Tillmann Bender, der das klobige Gespann lenkte, war froh, dass der Regen erst jetzt anfing, wo die Feuersbacher Furt und die sumpfigen Wiesen hinter ihm lagen.

Schon früh beim Aufbruch in Obernau war der Himmel wolkenverhangen gewesen, und nach der Schwüle der letzten Tage hatte ein Gewitter in der Luft gelegen. Inzwischen waren Tillmanns Leinenkleider vollständig durchnässt. Er zog den Filzhut etwas tiefer ins Gesicht. So konnte das Wasser besser abtropfen. Mit seinen 19 Jahren war er ein erfahrener Wagenlenker. Schon oft hatte er den schweren Holzwagen aus dem Wald zum Meilerplatz gefahren. Die beiden Ochsen folgten ihm willig. Durch das Tropfwasser von der Hutkrempe blickte er den Hohlweg hinauf. Der nächste Anstieg hatte es in sich. Kleine Sturzbäche, vom Gewitterregen gespeist, wuschen die tiefen Spurrinnen weiter aus.

Tillmann liebte seine Siegerländer Heimat, die bewaldeten Höhen und die morastigen Talengen. Die oft steilen Berghänge eigneten sich kaum für den Ackerbau, aber für die Haubergswirtschaft[3] waren sie gerade richtig. Und wenn man den Wasserläufen zu den Quellen folgte, dann wichen die Sümpfe verträumten Bergmulden, in denen von alters her beschauliche Siedlungen den Menschen ein Zuhause boten.

Ein Blitz durchzuckte den dunklen Himmel und ließ die Konturen der Rödger Kirche aus dem Grau hervortreten. Er hatte die Höhe erreicht. Nun war es nicht mehr weit bis zur Eiserner Hütte, seinem Ziel. Zweimal hatte Tillmann seinen Vater schon nach Eisern begleitet, er kannte den Weg. Dennoch war er gespannt, wie es ihm ergehen würde, wenn er dort erstmals alleine auftauchte. Es war unglaublich, wie viel Rohstoff die Hochöfen der Hütte an einem Tag verbrauchten. Aber das war gut, denn so reichte der Brennstoff aus den Eiserner Wäldern nicht aus, und Tillmanns Familie konnte die Holzkohle aus den Obernauer Bergen verkaufen.

---

3 Die Haubergswirtschaft ist ein zentrales Element im Wirtschaftsleben der Menschen dieser Zeit. Sie wird im Folgenden näher beschrieben.

Die meiste Kohle brachten sie zu den Sammelstellen in Deuz und Netphen. Dort starteten mehrmals in der Woche Fuhrleute mit Wagenzügen zur Grundversorgung der Hütten und Hammerwerken im zentralen Siegerland. Zwölf Gespanne und mehr schleppten sich dann über die Berge. Aber wenn ein Gewerke mehr Brennstoff benötigte, lieferten die Waldbauern und Köhler ihre Produkte auch selber aus, so wie Tillmann heute. Wilhelm Schöler, dem die Lieferfahrt galt, war ein guter Kunde und langjähriger Geschäftsfreund seines Vaters.

Bei Tillmanns erstem Besuch in der Hochburg der Eisenmacher war es ihm vorgekommen, als ob er eine andere Welt beträte. Alles drehte sich dort um Erz und Eisen. Ja, Landwirtschaft gab es auch, aber die stand erst an zweiter Stelle. Diese Welt hatte ihn fasziniert und ein wenig geängstigt. Der Weg senkte sich langsam und verlief über den Bergrücken, der Schmidthain genannt wurde. Der Hauberg, durch den er fuhr, war in ein, zwei Jahren sicher schlagreif. Ihm fiel der hohe Anteil an Eichen auf, die überwiegend schön gerade gewachsen waren. Es wurde heller, der Regen ließ nach, und Tillmann ließ mit seinem Fuhrwerk den Wald hinter sich. Vor ihm lagen Felder und Gärten, dahinter im Tal das Dorf. Als Tillmann an der alten Kapelle vorbeikam, rissen die Wolken auf, und für kurze Zeit schien die Sonne auf das regennasse Dorf. Verglichen mit Obernau war Eisern groß, es gab mehr als 40 Häuser und sogar eine Mühle.

Die Rauchwolke über der Hütte bachabwärts zeigte an, dass es nicht mehr weit war. Trotz des Gewitters war Tillmann gut vorwärtsgekommen, er hatte nur knapp fünf Stunden gebraucht. Allerdings musste er vom Dorf zur Hütte den Eisernbach noch zweimal durchqueren. Die Ochsen waren durstig geworden und wollten in der Furt verharren. Tillmann ließ sie nur kurz saufen und trieb sie dann wieder vorwärts.

Der zunehmende Lärm machte ihm deutlich, dass das Ziel erreicht war. Er sah die großen Wasserräder, die er sonst nur von Mühlen kannte. Wofür brauchte eine Hütte solche Räder? Der Hüttenplatz lag vor ihm, und er fuhr ein.

Auch heute faszinierte ihn der Anblick der zwei gewaltigen Öfen, die baumhoch in den Himmel ragten. Über jedem stand eine Rauchsäule, und alle paar Minuten stoben die Funken in die Höhe. Das war immer dann der Fall, wenn die Männer, die oben auf Gerüsten mit Schubkarren hantierten, neues Material in den Ofen kippten. Auch wenn Tillmann den Funkenregen, der manchmal beim Anbrennen der Kohlenmeiler entstand, gewohnt war, so waren das hier ganz andere Dimensionen. Aber noch aufregender fand er das gleißend helle Licht, das aus dem Vorbau des rechten Ofens erstrahlte. Es musste eine höllische Glut sein, die diese Strahlung hervorbrachte. Sie reflektierte in den Pfützen, die auf dem Hüttenplatz vom Gewitterregen übriggeblieben waren. Und erst die Hitze! Selbst an den wärmsten Sommertagen konnte die Sonne nicht so heiß strahlen.

Tillmann musste den Arm vor die Augen heben, damit er von der heißen Strahlung nicht geblendet wurde. Dabei hätte er seine Hände auch gebraucht, um sich die Ohren zuzuhalten. Denn aus dem Vorbau des linken Ofens drangen gellende Hammerschläge. Mehrere Männer arbeiteten dort mit gewaltigen Hämmern, so groß, wie er sie selbst in der Schmiede in Netphen noch nie gesehen hatte.

Er wusste nicht, wohin er seinen Blick wenden sollte, so viele Menschen verrichteten hier auf der Hütte die unterschiedlichsten Arbeiten, deren Sinn und Zweck sich ihm kaum erschloss. Wie auch? – Er hatte keine Ahnung von der Eisenherstellung. Wenn Tillmann an Axt, Knipp[4] und Lohlöffel[5] dachte, mit denen er im Hauberg arbeitete, dann erschien es ihm fast wie ein Wunder, wie hier die Menschen aus bloßen Steinen und Holzkohle den Grundstoff schufen, aus dem all das nützliche Werkzeug hergestellt werden konnte.

„Was stehst du denn da rum und glotzt Löcher in die Luft?“

Jäh wurde Tillmann aus seinen Gedanken gerissen.

„Du dummer Bengel, merkst du denn nicht, dass dein Gespann uns hier die Rangierräume versperrt?“, schimpfte ein kräftiger Mann, der einen dichten Vollbart trug und Tillmann aus eng zusammenliegenden Augen zornig anblitzte. Drohend hatte er die Faust erhoben. Er mochte Mitte 30 sein und war trotz der Sommerhitze mit einem weiten ausgeleierten Anzug aus dickem Filz gekleidet, auf dem die Brandflecke von dem feurigen Handwerk zeugte, dem man hier nachging.

---

[4] Der Knipp ist ein schweres Haumesser, das bei der Haubergsarbeit genutzt wurde.

[5] Der Lohlöffel ist ein Spezialwerkzeug bei der Haubergsarbeit, um die Eichenrinde, die Lohe, abzuschälen.

Tatsächlich stand Tillmanns Gespann zwei anderen Fuhrwerken im Weg, die zum Vorbau des linken Ofens wollten. Diese Wagen waren viel massiver und kräftiger gebaut als sein eigener, dafür waren sie bis auf die Räder um einiges kleiner.

„Ja, aber wo soll ich denn hin?", antwortete Tillmann etwas verdattert. Zu schroff war er aus seinen Träumereien gerissen worden.

„Das weiß ich doch nicht!", schimpfte der Bärtige. „Am besten fährst du grad wieder dahin, wo du hergekommen bist. Vielleicht störst du da weniger."

„Jetzt mach aber mal halblang, Ludwig!" Von hinten hatte sich ein großgewachsener Mann genähert, dessen schwere, lange Lederschürze bis auf den Boden reichte. Er trug einen Schnurrbart im runden Gesicht, auf dem ein gütiges Lächeln erschien. Erleichtert erkannte Tillmann den Geschäftsfreund seines Vaters, Wilhelm Schöler. „Du siehst doch, dass der Junge uns Kohle bringt, die wir hier so dringend brauchen."

„Es sind ja wohl deine Kohlen, nicht unsere", antwortete Ludwig patzig, aber im Ton schon deutlich gemäßigter. „Und er steht uns doch wirklich im Weg. Wir kommen mit den Luppenwagen[6] kaum zum Ofen, wo die Luppen geladen werden müssen, um den nächsten Abstich vorzubereiten."

„Ja, das sehe ich, aber er fährt ja jetzt weg", antwortete Wilhelm und zu Tillmann gewandt sagte er: „Siehst du den Schuppen da oben am Möllerplatz[7], bei dem der Mann steht, der uns zuwinkt? Fahr dort hin, er wird uns mit seinem Kollegen beim Abladen helfen."

Tillmann setzte sein Gespann in Bewegung, während Wilhelm noch ein paar Worte mit diesem rüden Ludwig wechselte. Um zum Möllerplatz zu gelangen, musste er in einer langgestreckten Kurve etwa zehn Höhenmeter den Hang hinauffahren. Tillmann wandte sich noch einmal um. Es sah so aus, als ob dieser Ludwig vor Wilhelm Schöler doch einigen Respekt hatte.

---

6 Luppen nannte man die kleingeschlagenen Roheisenstücke, das Produkt der Hütte. Die Luppen wurden auch Masseln genannt.

7 Möller wird die Materialmischung genannt mit der der Hochofen befüllt wird. Diese Materialmischung wird auf dem Möllerplatz zusammengestellt.

Wie der Hüttenplatz war auch der Möllerplatz von Holzschuppen in verschiedenen Größen umgeben. Von hier führte jeweils eine Holzrampe, die mit einer Schubkarre gut zu befahren war, zur Spitze eines Hochofens. Beinahe machte es den Eindruck, dass die Rampen in den Rauchsäulen der Öfen endeten. Auf dem Möllerplatz lagen große Haufen Kohle und Steine. Mehrere Arbeiter waren damit beschäftigt, Schubkarren damit zu beladen. Die vollen Karren wurden von anderen Männern die Rampen hochgefahren und verschwanden im Rauch. Wenig später kamen sie leer zurück.

Tillmann erreichte den Schuppen, auf den Wilhelm gezeigt hatte. Dort warteten zwei Männer auf ihn und halfen ihm, das Gespann in Position zu bringen und abzuladen. In den Schuppen wurden Kohle und Steine gelagert. Ob es sich bei diesen Steinen um Erz handelte? Es war so viel Neues und Unbekanntes, was auf ihn einströmte. Er hoffte auf eine Gelegenheit, Wilhelm zu befragen, denn er fand das alles hochinteressant. Der kam gerade auf ihn zu und sagte:

„So, da hat dich dein Vater heute alleine losgeschickt in die große weite Welt? Ich hoffe doch, es geht ihm gut."

„Ja, danke, aber wir haben einen neuen Knecht, der sich mit der Köhlerei noch nicht auskennt. Den wollte Vater selbst einweisen und meinte, ich wäre alt genug, um den Weg allein zu machen", antwortete Tillmann.

„Das bist du ja auch, und es ist stets gut, wenn junge Leute mal etwas frischen Wind um die Nase bekommen und nicht immer nur zu Hause hocken. Komm, wir helfen Hannes und Jupp beim Abladen. Dann fahren wir zu uns ins Dorf. Dort kannst du deine Ochsen besser tränken und füttern als hier in diesem Trubel. Und vielleicht bekommen wir beide auch noch was zu essen."

Mit diesen Worten drückte er Tillmann eine Kohlengabel in die Hand und begann, die Kohlen, die Hannes und Jupp vom Wagen in den Torbereich des Schuppens warfen, weiter nach hinten zu befördern. Tillmann half fleißig mit. Der Schuppen war noch halb leer und fasste viele solcher Wagenladungen.

Mit vereinten Kräften ging das Entladen des Wagens schnell von der Hand, und Tillmann konnte sein Gespann zum Aufbruch fertigmachen. Es wurde Zeit, die Tiere richtig zu versorgen, aber bis ins Dorf würden sie es noch schaffen. Tillmann hatte für sich selbst Brote dabei und auch seinen großen Glonk[8] mit Wasser. Aber Stullen wurden so schnell nicht schlecht, und die Gelegenheit, auf dem Hof von Wilhelm Schöler einen Stopp zu machen und vielleicht einige Fragen beantwortet zu bekommen, wollte er sich nicht entgehen lassen. Wer weiß, wann er das nächste Mal aus Obernau rauskommen würde.

Wilhelm setzte sich auf den Wagen, während Tillmann die Tiere vom Möllerplatz zum Dorf führte. Der Hof der Schölers lag am Dorfplatz im neueren Teil des Ortes, ganz in der Nähe der Kapelle. Der Ortskern befand sich nördlich der kleinen Kirche in einem Seitental der Eisern, der Peeke, wie die Eiserner sagten. Südlich vom Dorfplatz lag die Mühle mit ihrem großen Wasserrad, das aus dem Mühlenweiher gespeist wurde. Wilhelm wies Tillmann an, den Hof von hinten, also von der Mühlenseite, anzufahren, wo sich der Stall befand.

„Ich gehe schon mal rein und bereite meine Frauen auf den Gast vor, während du die Tiere versorgst", sagte Wilhelm. „Futter findest du in der Scheune, und Wasser kannst du hier aus dem Seimbach schöpfen. Komm einfach nach, wenn du fertig bist."

Kurz darauf waren die Ochsen versorgt, und Tillmann konnte an sich selber denken. Beherzt trat er durch die Tür, hinter der sein Gastgeber verschwunden war. Der Flur zur Hintertür war düster, und Tillmann blieb stehen. Nun war er doch etwas unsicher, wie er sich in dem fremden Haus verhalten sollte. Am Ende des Flurs stand eine Tür offen. Zögerlich rief er: „Hallooooo?"

„Komm einfach durch in die Stube, Vater hat dich schon angekündigt", ertönte eine melodische Stimme aus dem Raum hinter der offenen Tür.

Tillmann betrat das Zimmer, das viel vornehmer eingerichtet war, als er es von Obernau her kannte. Am Tisch war ein Mädchen in seinem Alter damit beschäftigt, Teller zu verteilen und Löffel dazuzulegen.

Als Tillmann eintrat, blickte sie auf und sagte: „Herzlich willkommen. Wir dachten uns schon, dass Vater einen Gast mitbringen würde und

---

[8] Ein Glonk war ein etwa eineinhalb Liter fassender Krug aus Steingut mit einem engen Hals, der mit einem Korken verschlossen wurde. Der Glonk wurde als Trinkgefäß mit zur Arbeit in Wald und Feld genommen.

etwas später zum Essen kommt. Deshalb habe ich den Tisch in der guten Stube gedeckt. Jetzt im Sommer, wo es warm ist, kann man das machen. Im Winter heizen wir die Stube in der Woche natürlich nicht."

„Ich bin Tillmann." Er hielt seinen Hut vor dem Bauch und drehte ihn verlegen hin und her.

„Und ich bin Katharina, aber alle nennen mich Kätchen", antwortete das Mädchen. „Die Eltern werden jeden Moment hier sein. Vater macht sich noch ein wenig frisch. Wie ich sehe, hast du dich auch schon gewaschen."

„Ja, ihr habt ja ein schönes Wässerchen, das direkt beim Haus fließt. Und vom Kohlenschaufeln wird man immer so schmutzig." Tillmann sah auf, und für einen kurzen Moment trafen sich ihre Blicke.

„Das ist halt so. Setz dich doch einfach hier an den Tisch."

„Aber mit meinen schmutzigen Kleidern kann ich mich doch nicht auf eure vornehmen Stühle setzen."

„Doch kannst du ruhig, ich habe die Schutzlappen daraufgelegt, damit die Polster geschont werden. Das mache ich immer, wenn die Männer mit den dreckigen Hüttenkleidern kommen."

Jetzt betrat Wilhelm die Stube, gefolgt von einer Frau, die etwa Mitte 40 sein mochte. Er zog einen Stuhl zurück und setzte sich an den Tisch. Seine Lederschürze hatte er abgelegt, trug aber noch den Filzanzug. Daher traute sich auch Tillmann Platz zu nehmen.

„Wie ich sehe, hast du dich mit unserem Kätchen schon bekannt gemacht", begann Wilhelm das Gespräch. „Und das hier ist meine Frau Elisabeth, die von allen nur Lisbeth genannt wird."

Man sah gleich, dass Kätchen Lisbeths Tochter war, auch wenn sie ein wenig kleiner war. Beide Frauen hatten feine, harmonische Gesichtszüge und blaue Augen. Kätchen hatte ihre kräftigen dunkelblonden Haare zu einem Pferdeschwanz zusammengebunden, während Lisbeths Haar schon einen deutlichen Grauschimmer zeigte und zu einem Knoten hochgesteckt war. Beide waren schlank und wirkten gesund.

„Willkommen bei Schölers", sagte Lisbeth. „Eigentlich hatten wir mit deinem Vater gerechnet, aber wir freuen uns natürlich auch, einen seiner Söhne kennenzulernen."

Lisbeth setzte sich nun ebenfalls, während Kätchen in die Küche ging, um mit einem dampfenden Topf Suppe zurückzukommen.

„Ich hole noch eben das Brot", sagte sie, kehrte kurz darauf mit einem großen Korb Roggenbrot zurück und stellte ihn auf den Tisch. Nachdem sich auch Kätchen gesetzt hatte, sprach Wilhelm das Tischgebet, und Lisbeth verteilte die Bohnensuppe.

„Es sind die ersten Bohnen für dieses Jahr", sagte Kätchen. „Ich habe sie gestern in unserem Garten am Kalmberg geerntet."

Die Suppe schmeckte vorzüglich. Es schwammen sogar ein paar Schinkenwürfel darin, und zusammen mit dem Roggenbrot empfand Tillmann es als einen Genuss. Und das ganz unerwartet mitten in der Woche.

„Schmeckt dir die Suppe?", fragte Lisbeth.

„Ja, ausgezeichnet. Besonders in Verbindung mit dem Brot. In Obernau schneiden wir meistens Kartoffeln klein und tun sie in die Suppe, aber mit Brot schmeckt es einfach besser."

„Kartoffeln? Was ist das denn?", fragte nun Kätchen.

Tillmann sah verdutzt auf und wunderte sich, dass sie das nicht wusste. Dabei sah er sie wieder direkt an, aber sie hatte den Blick gesenkt. Irgendetwas in ihren Zügen faszinierte ihn. Gerade wollte er ihre Frage beantworten, aber Wilhelm war schneller:

„Das sind diese neumodischen Erdäpfel, wie man sie auch nennt. In den ländlichen Orten werden sie jetzt immer mehr angebaut, aber in Eisern haben wir für so was keinen Platz. Im Gemeinderat wurde neulich über dieses Thema gesprochen, und einige meinten, man sollte es auch bei uns versuchen. In Obernau könnt ihr natürlich leichter eine Fläche dafür opfern."

„Ja, das stimmt. Man muss genau überlegen, welche Flächen man wofür nutzt", entgegnete Tillmann. „In Obernau bauen wir schon seit mehr als fünf Jahren Kartoffeln an. Sie schmecken zwar etwas fade, aber in den langen Wintern sind wir doch froh, dass wir sie haben."

Das Gespräch stockte, bevor Lisbeth schließlich das Thema wechselte: „Ich hoffe, du hast trotz des Gewitters heute Morgen einen guten Eindruck von Eisern bekommen."

Tillmann dachte an die Schimpftirade dieses Ludwigs auf dem Hüttenplatz und antwortete mit einem kleinen Zögern in der Stimme: „Ja, schon …"

„Ach", fiel Wilhelm, der Tillmanns Zögern registriert hatte, ihm ins Wort. „Ludwig Göbel musste sich mal wieder wichtigmachen. Da hat er sich heute unsern Tillmann hier als Opfer ausgewählt und ihn kräftig angeblafft. Dabei hätte ein freundliches ... *fahr mal ein Stück weiter* ... auch genügt.“ An Tillman gewandt ergänzte er: „Ludwig ist dieses Jahr unser Hüttenschulze. Er hat das Amt zum ersten Mal inne und kommt sich sehr bedeutend vor.“

Tillmann überlegte kurz, ob er seinem Ärger über diesen Ludwig Luft machen sollte, doch dann fragte er lieber: „Was ist denn ein Hüttenschulze?“ Er brannte sehr darauf, mehr über die Hütte und die Eisenerzeugung zu erfahren.

„Ach ja, das kannst du nicht wissen, im Netpherland habt ihr ja keine Hochöfen“, sagte Wilhelm. „Die Hütte gehört uns allen gemeinsam. Der eine hat ein paar mehr Anteile, der andere ein paar weniger. Das kennst du ja von den Haubergsgenossenschaften. Jeder Gewerke macht auf der Hütte sein eigenes Eisen und muss sich dafür das erforderliche Erz und die Kohlen selbst beschaffen. Strenge, althergebrachte Regeln legen fest, welcher Gewerke wann mit seiner Hüttenzeit dran ist, und dann wird das Metall dieses Gewerken aus seinem Material gewonnen. Weil beim Verhütten[9] immer viele Hände gebraucht werden, helfen alle mit nach dem Motto: *Heute erzeugen wir dein Eisen und morgen meins.* So kommt jeder auf seine Kosten.“

Wilhelm verjagte zwei Fliegen, denen die Bohnensuppe ebenfalls zu schmecken schien, und fuhr fort: „Die Verwaltung der Hütte obliegt dem Schulzen. Er teilt ein, wer wann und wo welche Arbeit tut. Denn die Öfen laufen rund um die Uhr und sogar am Sonntag. Aber die Menschen wollen auch essen und schlafen, und die Kirche möchten wir ebenfalls mal besuchen. So hat der Hüttenschulze schon mancherlei Aufgaben, und natürlich kümmert er sich darum, wenn etwas kaputt geht. Dann muss schnell gehandelt werden, denn die Hüttenzeit ist wertvoll."

„Das hört sich ja nach richtig viel Arbeit an“, sagte Tillmann. „Ein Wunder, dass das überhaupt jemand übernehmen möchte, denn die Verwaltung ist doch bei den Genossenschaften ehrenamtlich.“

„Nein, anders als bei den Haubergsgenossenschaften ist das Amt nicht ehrenamtlich. Ein Hüttenschulze muss schon viel Zeit aufwenden, die ihm

---

9 „hütten“ oder „verhütten“ heißt der Prozess, bei dem aus Erz flüssiges Eisen entsteht. Die Hütte ist der Ort, wo das Ganze geschieht.

dann fehlt, um sich Erz und Kohle zu beschaffen. Deshalb gibt es bei jeder Ofenreise einen Hüttentag, der zur Entlohnung des Schulzen dient. Das Eisen, das an diesem Tag erzeugt wird, gehört ihm, und das Material dafür müssen alle gemeinsam anteilig aufbringen. In diesem Sinn gibt es übrigens auch einen Armentag und drei Samttage. Das Material für diese Tage wird gemeinschaftlich aufgebracht, und der Gewinn ist für die Armen im Dorf bestimmt. An den Samttagen ist der Erlös für die Kosten der Hütte gedacht, für Reparaturen oder wenn etwas neu gebaut werden muss. Es ist alles streng geregelt."

„Und was ist eine Ofenreise?", bohrte Tillmann weiter nach.

„Junge, du willst es aber genau wissen", antwortete Wilhelm und zögerte einen Moment. Tillmann konnte ihm geradezu ansehen, dass er überlegte, wie er die komplexen Zusammenhänge des Hüttenbetriebs jemandem erklären konnte, der bisher gar nichts davon wusste.

„Schon in alter Zeit haben die Landesfürsten die Betriebsdauer der Öfen auf damals 48 Tage im Jahr begrenzt", begann er schließlich. „Der wichtigste Grund dafür ist die Holz- oder genauer die Kohlenknappheit. Wie ich schon sagte, läuft eine Anlage ununterbrochen, aber kein Werk von Menschenhand hält ewig. Nach etwa 48 Tagen waren die Öfen auch so verschlissen, dass sie grundsätzlich überholt werden mussten. Diesen Zeitraum, vom Anblasen, also vom Anzünden des Ofens, bis er wieder kalt ist, nennt man eine Ofenreise."

Tillmann wusste nicht, was ihn mehr fesselte, Wilhelms interessante Ausführungen oder Kätchens Anblick. Kätchen jedoch sah zu ihrer Mutter. Sie schien sich nicht für ihn zu interessieren. Wilhelm erklärte weiter:

„Mit der Zeit konnten wir den Kohleverbrauch senken. Technisch haben wir inzwischen so viele Verbesserungen an den Öfen vorgenommen, dass eine Ofenreise auch 60 Tage dauern kann. Die Massenbläser[10] haben daher beim Fürsten einen Antrag gestellt, die Ofenreise auf 60 Tage zu verlängern, und dem wurde vor einigen Jahren stattgegeben. Dabei besteht in Eisern die Besonderheit, dass drei Öfen betrieben werden dürfen. Das

---

[10] Man beachte: Ein klein geschlagenes Stück Roheisen wird auch Massel genannt. Die Werker, die das Roheisen zerkleinern, heißen demzufolge Masselschläger. Die Betreiber der Hüttenwerke hießen jedoch Massenbläser.

hängt damit zusammen, dass es früher an drei verschiedenen Stellen[11] im Eiserntal unabhängige Blashütten, wie man auch sagt, gegeben hat. Wegen der besseren Wasserversorgung wurden die Hütten vor vielen Jahren am heutigen Ort zusammengefasst. Heute sind es nur noch zwei Öfen, die aber entsprechend größer sind. Noch eine Besonderheit ist, dass wir in Eisern mit jedem Ofen in einem Jahr drei Ofenreisen abhalten dürfen, weil der Berg, aus dem wir unser Erz schürfen, die Eisernhardt, so ergiebig ist. Das bedeutet, dass die Hütte etwa ein halbes Jahr lang *lebendig* ist. Dann dreht sich alles ums Verhütten. Die Land- und Haubergswirtschaft und sogar der Bergbau kommen in dieser Zeit erst an zweiter Stelle."

„Und was sind Massenbläser?" Tillmann gab sich immer noch nicht zufrieden.

„Man könnte sagen, das sind die Fachleute, die sich im Hüttenbetrieb genau auskennen. Sie bilden im Siegerland zusammen mit den Hammerschmieden eine eigene Zunft, zu der ich auch gehöre", erklärte Wilhelm und fügte dann energisch hinzu: „So, jetzt reicht es aber mit der Fragerei. Ich muss noch an die Eisernhardt. Ich habe da mit ein paar anderen Gewerken eine neue Mutung[12] und muss nach dem Rechten sehen. Und du willst doch sicher auch heute noch nach Obernau zurück."

Erschrocken sah Tillman auf die große Standuhr, die in der Ecke der Stube stand. Es war schon nach zwei Uhr. Jetzt musste er sich aber sputen. Wilhelm stand auf und wandte sich zum Gehen. Dabei drückte er Tillman ein Beutelchen in die Hand, in dem man die Taler klingeln hörte. „Hier hast du das Geld für die Kohlen. Komm gut nach Hause und grüß mir deinen Vater", sagte er und verließ gemeinsam mit Lisbeth den Raum.

Tillmann hatte gleich noch einen Schrecken bekommen. Vor lauter Faszination über das Hüttenwesen hätte er das Geld fast vergessen. Er stand auf.

„Nun muss ich aber wirklich los, sonst wird es dunkel, bevor ich zu Hause bin", meinte er und wandte sich zur Hintertür, um sein Gespann fertigzumachen.

---

[11] Ursprünglich ist sogar von vier Hütten die Rede.

[12] Der Begriff Mutung (manche schreiben auch Muthung) steht für eine Grabstelle, ein kleines Bergwerk.

„Ich helfe dir noch bei den Tieren“, sagte Kätchen und folgte ihm aus dem Haus. Wie ihre Mutter hatte sie die ganze Zeit geschwiegen, während Tillmann Wilhelm befragte. „Das hat Vater gefreut, dass du dich so für das Hüttenwesen interessierst“, sagte sie jetzt.

„Ich finde das aber auch hochinteressant und enorm vielseitig. In Obernau erfahren wir davon so wenig, obwohl doch die Kohlen, die wir für die Hütten brennen, unsere Haupteinnahmequelle sind.“ Wieder streifte Tillmanns Blick über Kätchens attraktive Erscheinung, und wieder wich sie seinem Blick ein wenig verlegen aus.

„Ja, oft sieht jeder nur auf das, was direkt vor ihm liegt, und hebt nicht den Blick zum weiten Horizont. Ich habe von der Wirtschaft hier auch einiges mitbekommen, aber als Mädchen darf ich nicht wirklich mitreden. Ich glaube, Vater leidet darunter, dass er keine Söhne hat. Ich bin die einzige Tochter. Deshalb hat er auch das Gespräch mit dir sehr genossen.“

„Dein Vater ist ein feiner Kerl, ich bin ihm jetzt noch dankbar, wie geschickt er mich aus der prekären Situation mit diesem Ludwig befreit hat.“

„Ja, der kann ein richtiger Widerling sein. Aber er hat Söhne, und deshalb gewinnt er auf der Hütte an Einfluss, obwohl er gar nicht viele Anteile hat. Und bis jetzt ist er auch kein Massenbläser.“

Inzwischen hatte Tillmann die Ochsen wieder eingeschirrt und war zur Abfahrt bereit. „Ich bedanke mich ganz herzlich für eure Gastfreundschaft“, sagte er und stieg auf den Wagen.

„Gern geschehen, du bist uns jederzeit wieder willkommen“, antwortete Kätchen schlicht.

Tillmann knallte mit der Peitsche, und die Ochsen zogen an. Noch einmal sah er Kätchen direkt in die Augen, und diesmal hielt sie seinem Blick stand. Sie schenkte ihm sogar ein warmes Lächeln. Hingerissen zwang er sich, sein Augenmerk wieder auf das Gespann zu richten. Jetzt, wo der Wagen leer war, hatten die Tiere es leicht und trotteten gemütlich vor sich hin. Unterwegs zählte er das Geld nach. Vater hatte ihn gelehrt, das immer sofort zu tun. Aber es hätte ihn sehr gewundert, wenn man Wilhelm nicht hätte vertrauen können.

Eine Stunde später war er bereits auf dem Rödgen angelangt, dem höchsten Punkt seiner Tour. Die weithin sichtbare Simultankirche war das

Zentrum des Kirchspiels, zu dem alle Orte der Region gehörten. Das fürstliche Gut, dessen Wirtschaftsgebäude in direkter Nachbarschaft zur Kirche lagen, war überdies das ansehnlichste Besitztum in weitem Umkreis. Mancher Fuhrmann nutzte die zugehörige Gastwirtschaft für eine kleine Rast oder auch zum Übernachten.

Schnell war Tillmann wieder in seine Gedanken versunken. Was für ein Tag! Was für ein Mädchen! Sie war so natürlich und so bescheiden im Auftreten. Dabei war ihr Vater offensichtlich ein sehr angesehener Mann im Dorf. Obwohl Kätchen und er gar nicht viel miteinander gesprochen hatten, war die Unterhaltung ganz einfach und unbefangen abgelaufen wie unter alten Bekannten. Ob er sie noch mal wiedersehen würde?

Und dann die vielen neuen Eindrücke von der Hütte. Tillmann hatte sich schon immer für Technisches interessiert. Aber in Obernau war kaum Gelegenheit, diesem Interesse nachzugehen. Sie hatten ihre Werkzeuge, und beim Kohlenbrennen gab es einiges zu wissen und zu beachten. Aber sonst? Sicher, in Netphen gab es die Schmiede und auch den Stellmacher, der für die Köhler und Bauern die Wagen lieferte. Aber solche schweren und komplizierten Fahrzeuge und Gerätschaften, wie er sie heute gesehen hatte, waren doch etwas Besonderes. Und dazu das viele Wissen, das erforderlich war, um die richtigen Steine aus den Bergen zu holen und Eisen daraus zu machen. Wer sollte das alles verstehen? Wie gerne hätte er mehr darüber gelernt!

So war Tillmann immer noch tief in Gedanken, als er endlich in Obernau ankam. Die Familie hatte schon zu Abend gegessen, und sein Vater, Eberhard Bender, sah Tillmann sorgenvoll an und fragte:

„Was ist denn passiert, Junge? Wo warst du denn so lange? Wir haben uns schon Sorgen gemacht.“

„Nein, Vater“, antwortete Tillmann etwas verträumt. „Es ist nichts passiert, alles ist gut. Ich habe die Holzkohle abgeliefert und das Geld mitgebracht.“ Dann erzählte er, wie es ihm in Eisern ergangen war und wie sehr ihn die Hüttentechnik fasziniert hatte. Nur Kätchen erwähnte er nicht.

2. In Obernau, November 1781

Einige Monate waren vergangen. Der November war eingezogen, und in Obernau rüsteten sich Tillmann und sein ältester Bruder Mathias zum Aufbruch. Sie würden nahezu zwei Wochen weg sein. Ihr Ziel, der Meilerplatz, lag fast schon bei Hohenroth. Dort oben war im Frühjahr der Haubergsschlag gewesen. Es machte keinen Sinn, die Stämme allzu weit zu transportieren, denn verglichen mit Holz war die Kohle viel leichter, weshalb das Verkoken in der Nähe der Schläge durchgeführt wurde.

Einige Familien bauten ihre Meiler auch direkt bei den Haubergsschlägen auf. Aber die Benders bevorzugten den Aufbau auf Plätzen, wo das Holz gesammelt und sortiert wurde. Man konnte so mehrere Brennstellen parallel betreiben, und es lohnte sich, eine kleine Köhlerhütte aufzubauen. In den Nächten, in denen die Glut überwacht werden musste, zahlte sich das aus.

Es war schon viel Zeit, die man so einsam im Wald verbrachte, dachte Tillmann, während er seine schweren Lederschuhe schnürte. Er hatte die Nächte in den Köhlerhütten nie gezählt, aber es waren eher mehr als die, in denen er zu Hause im Bett schlafen konnte. Ein großer Meiler brannte etwa zwölf Tage, bis er gar war, und musste ständig kontrolliert werden. Eigentlich komisch, dass man immer davon sprach, dass ein Meiler brannte. Denn genau das durfte er ja nicht tun. Er musste *kohlen*. Der Holzstapel wurde mit Brasen und Erde abgedeckt, damit eben kein Feuer entstand, sondern der Verkohlungsprozess sauber ablaufen konnte. Ganz ohne Luftzufuhr ging es natürlich nicht. Deshalb wurden mit einer Stange gezielt kleine Luftlöcher in die Abdeckung gestochen. Dabei kam es darauf an, die Löcher an den richtigen Stellen zu erzeugen. Ständig mussten neue Öffnungen gestoßen und andere verschlossen werden.

Tag und Nacht war man auf der Hut, um den Prozess zu steuern. Wenn der Meiler ausging, dauerte es lange, bis er kalt war und man ihn mühsam abbauen konnte. Das angekohlte Holz ließ sich nur schwer wiederverwenden. Der andere Fall, dass die Luftzufuhr zu stark war und ein wirkliches Feuer ausbrach, war noch viel schlimmer. Dann war die Arbeit von vielen Wochen unwiederbringlich verloren.

An der Farbe und der Menge des Rauches konnte ein guter Köhler viel über den Zustand seines Meilers erfahren. Er konnte den Verkohlungsprozess vielleicht zwei Tage früher zu Ende bringen als ein schlechter. Aber dafür fuhr er sehr dicht an der Grenze, an der ein Feuer ausbrach. Wenn man gut sein wollte, gab es keine Nacht, in der man mehr als zwei Stunden am Stück schlafen konnte. Und tagsüber musste am Aufbau der neuen Holzstapel gearbeitet werden.

Wie sollte man da eine Familie gründen, dachte Tillmann. In Obernau gab es ohnehin keine Mädchen, die ihm zusagten. Das Dorf hatte sechs Häuser. Wenn man mal nach Netphen zur Kirche kam, sah man vielleicht eine hübsche junge Frau. Und dann? Was konnte man tun? Gelegenheiten, mit einem Mädchen alleine zu sein, kannte Tillmann nicht. Er hatte versucht, die ein oder andere nach dem Gottesdienst anzusprechen, aber immer war es holprig gegangen und hatte gezwungen gewirkt. Er konnte sich nur an eine Ausnahme erinnern. Im Spätsommer in Eisern, Kätchen Schöler. Mit ihr hatte er ganz ungezwungen reden können.

Aber jetzt ging es erst mal wieder in den Wald. Der Wunsch, eine Familie zu gründen, würde wohl ein Traum bleiben. Eigentlich war Tillmann gerne in der Natur. Und ein guter Köhler war er trotz seines jungen Alters ohne Frage. Er wusste das Holz richtig zu sortieren und beim Aufschichten des Meilers die Hohlräume optimal zu gestalten. Und darauf kam es an. Auch sein Vater betonte immer wieder, dass die Holzauswahl und der Aufbau des Meilers neben der Führung des Feuers entscheidend für die Qualität der Kohle waren. Nicht umsonst hatte die Bender'sche Holzkohle bei den Hütten und Hammerwerken des Siegerlandes einen so guten Ruf.

Mathias und Tillmann mussten einiges an Proviant mitnehmen. Sie standen vor dem Haus, um sich zu verabschieden, während der Vater letzte Instruktionen gab: „Der eine Meiler ist ja schon fertig aufgebaut, den könnt ihr heute Nachmittag noch anbrennen. Der andere ist nur für das dünne Birkenholz; die dickeren Eichenstämme legt erst mal zur Seite, bis wir genug davon zusammen haben."

„Ja, Eberhard", unterbrach ihn Mathias etwas genervt, „wir machen das ja nicht zum ersten Mal." Immer wenn er darauf hinweisen wollte, dass er mit 35 Jahren kein Kind mehr sei, redete er seinen Vater mit dem Namen an.

„Ach, ich vergesse wieder mal, dass du ja die Verantwortung für die ganze Wirtschaft trägst, und der Hof eigentlich dir gehört", sagte der Vater.

Wie um das Gesagte zu unterstreichen, kam jetzt Mathias Frau Agnes aus dem Haus, in jeder Hand einen schweren Rucksack. „Ich hoffe, damit kommt ihr für die Zeit zurecht“, sagte sie, während sie Tillmann und ihrem Mann jeweils einen Tornister reichte.

Mathias warf seiner Frau einen anerkennenden Blick zu. Wer das Ehepaar kannte, wusste, dass die Anerkennung nicht nur dem Gepäckstück galt. Wenn Agnes gepackt hatte, dann wusste man, dass nichts fehlte. Der Beifall galt wohl mehr ihrem ansprechenden Erscheinungsbild. Die viele Arbeit hatte ihrem Gesicht die Freundlichkeit nicht genommen, und augenscheinlich verstand sie es, sich vorteilhaft zu kleiden. Wie allen anderen standen ihr für die Schneiderarbeiten nur das selbstgewebte Leinen zur Verfügung. Auch die Farbpalette war mit naturbelassen, weiß gebleicht, blau oder schwarz gefärbt schnell umrissen. Aber Agnes verstand es, durch geschicktes Kombinieren selbst ihre Alltagskleidung ein wenig *pfiffig* zu gestalten und so ihre vorteilhafte Figur zu betonen. Es fiel kaum auf, dass sie schon 32 war und fünf Schwangerschaften hinter sich hatte.

Hinter Agnes war ihre Schwiegermutter Berta aus dem Haus gekommen, die ihr jüngstes Enkelkind, Martin, auf dem Arm trug.

„Passt auf und verletzt euch nicht“, sagte Berta, als Tillmann und Mathias ihre Rucksäcke aufnahmen und die Äxte schulterten.

Berta blickte ihren Söhnen nach, die hinter den Bäumen am Weiher verschwanden. Sie konnten sehr dankbar sein. Gott hatte sie reich beschenkt. Neun Kinder hatte sie zur Welt gebracht, und sechs lebten noch, vier Jungen und zwei Mädchen. Inzwischen war sie 54 Jahre alt und wie ihr Mann bei guter Gesundheit. Manche harte Zeit war dabei gewesen, aber sie waren nicht arm, und zu Eberhards 60. Geburtstag hatten sie sich sogar eine kleine Feier leisten können. Einige Nachbarn und auch die Verwandtschaft aus den umliegenden Orten waren gekommen.

„Was hältst du von unserem Tillmann?“, fragte Eberhard. „Ich meine, er wäre in letzter Zeit so still.“

„Eher verträumt, verunsichert“, meinte Berta.

„Ja, vielleicht trifft es das besser. Irgendetwas scheint ihn zu bewegen. Ich meine ja, es hätte angefangen, nachdem er im Sommer in Eisern war. Bei der Arbeit merkt man ihm nichts an. Eher würde ich sagen, er arbeitet für zwei. Aber sobald mal eine Pause ist, scheint er in Gedanken zu sein. Ich glaube, die Eisenmacherei hat ihm den Kopf verdreht. Ständig, wenn wir über Kohlen sprechen, fängt er vom Eisen an."

„Das stimmt zwar", antwortete Berta, „aber ich glaube, es geht um mehr. Mathias hat den Hof und Andreas ist auch gut verheiratet. Jost ist mit seinem Leben als Junggeselle am Hof seines Bruders zufrieden. Aber Tillmann ist das nicht. Er möchte seinen eigenen Weg gehen, und vor allem möchte er auch Familie haben. Aber wie soll er eine Frau finden, wenn er immer nur im Wald ist?"

Eberhard blickte verdutzt auf. „Du meinst, Tillmann sucht eine Frau?", fragte er. „Ich habe vielmehr den Eindruck, dass er mit Mädchen gar nichts am Hut hat und hab mir darum schon Sorgen gemacht."

„Ich glaube auch nicht, dass er hier in Obernau, Nauholz oder Brauersdorf auf der Suche ist. Mir fiele da auch kein Mädchen ein, das zu ihm passen würde. Ich meine nur, dass er sich nach einer Familie und vielleicht auch nach einem neuen Wirkungskreis sehnt."

„Das mit dem neuen Wirkungskreis könnte zu meinem Eindruck passen, dass er verändert ist, seit er in Eisern war. Meinst du, er hat in Eisern auch ein Mädchen kennengelernt?" Eberhard schaute nachdenklich vor sich hin.

„Ich weiß es nicht", sagte Berta.

„Hmm", brummte Eberhard, „wenn in Eisern eine erwähnenswerte Begegnung oder ein Ereignis stattgefunden hätte, dann hätte Wilhelm mir doch sicher davon erzählt. Ich habe ihn doch seitdem noch einmal getroffen. Er schien ganz angetan von Tillmann zu sein. Aber da ging es nur ums Eisen. Wilhelm war erstaunt, dass ein Junge, der aus der Landwirtschaft und der Köhlerei kommt, sich so fürs Eisen interessiert. Sicher, der Junge hat bei Schölers zu Mittag gegessen, und da war auch Kätchen dabei. Sie ist ein nettes Kind, aber wenn es da gefunkt hätte, wäre es doch von den Eltern bemerkt worden."

Eine Weile sahen Berta und Eberhard nachdenklich in die Ferne.

„Meinst du, wir sollten irgendetwas tun?", nahm Eberhard das Gespräch wieder auf.

„Ich bin mir nicht sicher", sagte Berta, „Tillmann muss seinen Weg schon selbst finden. Aber vielleicht schickst du ihn noch mal nach Eisern und sprichst mit Wilhelm."

„Das könnte ich tun. Aber jetzt kommt der Winter, da gibt es nur die Kohlefahrten der Fuhrleute. Wenn die in großen Gruppen mit vielen Gespannen fahren, scheuen sie auch ein bisschen Schnee nicht. Die Kohlelieferungen, die wir selbst fahren können, fangen erst im Frühjahr wieder an. Aber ich behalte das im Auge." Beide schwiegen wieder.

„Da kommt mir noch eine Idee", begann Eberhard von Neuem. „Mein Jugendfreund Johannes Roth hat einen Sohn, Heinrich, der Bergrat in Siegen ist. Vielleicht wäre es gut, wenn Tillmann einmal mit dem spräche. Der ist ein studierter Mann, und ich meine immer noch, dass Tillmann das Eisen im Kopf rumspukt. Im Frühjahr, wenn die Lohe getrocknet ist, könnte der Junge sie nach Siegen bringen und Heinrich besuchen. Die Stadt mal kennenzulernen, wird ihm sicher auch guttun."

Berta bekräftigte die Gedanken ihres Mannes und sagte: „Mach das ruhig so."

Unterdessen waren die beiden Brüder schweigend nebeneinander hergegangen. Sie hatten das Ende des Talgrunds erreicht, und der Weg nach Hohenroth stieg nun steil an. Aber das waren die jungen Männer gewohnt. Von Obernau ging es fast überall steil bergan. Besonders der Hang zur *Alten Burg*, wie der Berg zu ihrer Linken genannt wurde, war sehr schroff.

Sie hatten etwa die halbe Höhe erklommen, als Tillmann stehen blieb. Er wandte den Blick schräg nach hinten, wo der Gipfel der *Alten Burg* sich leicht aus dem Nebelgrau des Novembermorgens abzeichnete. Wie viele Sagen und Erzählungen rankten sich um diesen Berg, auf dem vor langer, langer Zeit einmal ein stolzes Volk eine Fliehburg errichtet haben sollte. Das Volk gab es längst nicht mehr, aber es sollte schon die Kunst der Eisenherstellung gekannt haben.

„Warum bleibst du denn stehen?", fragte Mathias, der sich umwandte und sah, wie Tillmann zum Berggipfel hinüber starrte.

„Wüsstest du nicht auch gerne mehr über dieses alte Volk, das da oben einmal gewohnt haben soll?", fragte er zurück.

„Ja schon, aber du weißt doch selbst, dass die alten Geschichten ungenau sind und sich oft widersprechen. Also werden wir wohl nie etwas Genaues erfahren. Und selbst wenn, würde uns das bei unserer Arbeit auch nicht helfen."

Die Brüder gingen weiter, aber das Gespräch zwischen den sonst eher schweigsamen Männern war in Gang gekommen.

„Wenn ich mir vorstelle, dass diese Menschen vor so langer Zeit schon Eisen gemacht haben … Wie sie das wohl angestellt haben?“ Tillmann spann den Faden weiter.

„Das du aber auch immer wieder von der Eisenherstellung anfängst“, grollte Mathias. „Ja sicher, wir können froh sein, dass wir unsere Äxte und das moderne Werkzeug haben. Aber wir sind doch nun mal Bauern und Köhler. Was soll also dieses Sinnieren? Von der Eisenerzeugung haben wir keine Ahnung.“

„Für dich ist das ja auch ganz einfach. Du bist der Älteste. Dein Weg war immer klar vorgezeichnet. Du hast den Hof geerbt. Du bist verheiratet und hast drei niedliche Kinder. Du bist dein eigener Herr.“ Beinahe vorwurfsvoll sprudelte das alles aus Tillmann heraus.

Die Brüder hatten ein sehr herzliches Verhältnis, obwohl Mathias fast doppelt so alt war wie er. Und trotzdem hatte sich in Tillmann etwas aufgestaut.

Zum Glück reagierte Mathias wohlwollend. „Du hast recht, es ist nicht leicht für dich, einen eigenen Weg zu finden“, sagte er.

Tillmann spürte das Verständnis seines Bruders und öffnete sich noch etwas mehr. „Manchmal denke ich darüber nach, ob ich nicht vielleicht was ganz anderes machen sollte“, sagte er. „Technische Dinge haben mich schon immer interessiert. Und so eine Hütte ist voll von modernster Technik. Aber ich weiß natürlich auch, dass ich da keine Chance habe. Wenn man damit nicht aufgewachsen ist, wie soll man das alles lernen? Auf dem Feld, im Hauberg und am Meiler stehe ich dagegen meinen Mann. Und vieles, was man dazu braucht, habe ich schon als Kind gelernt.“

Er dachte an seine erfolglosen Bemühungen, ein Mädchen kennenzulernen. Auch Kätchen kam ihm wieder in den Sinn. Je mehr Zeit verging, umso mehr gestand er sich ein, dass sie ihn beeindruckt hatte. Aber die Gewerkentochter aus Eisern erschien ihm unerreichbar. Sie würde nicht nur Hauberg und Felder erben, sondern auch Bergwerke und Hüttenanteile. Das musste doch alles verwaltet werden. Wie sollte er als Köhlersohn das übernehmen? Besser er behielt die Gedanken, die sich um Kätchen drehten, für sich.

Mathias schien das allerdings nicht ganz so streng zu sehen wie er, denn er meinte nur: „Man kann schon vieles lernen, wenn man will und weiß, wofür es gut ist. Man muss allerdings Geduld haben und auf passende Gelegenheiten warten“.

„Geduld! Ja, aber ich platze eher vor Ungeduld. Wenn man nicht die Initiative ergreift, dann kann auch nichts Neues entstehen. Irgendwann setze ich mich vielleicht tatsächlich über alle Zwänge hinweg und mache was ganz anderes.“

So ging das Gespräch zwischen den Brüdern hin und her, bis sie den Meilerplatz erreichten und die Arbeit sie gefangen nahm.

3. Im Wirtshaus, März 1782

„Lass uns ein Bier im Wirtshaus trinken“, schlug Eberhard Wilhelm vor. „Ich würde gerne noch ein paar Worte mit dir reden.“

„Klar, wenn du möchtest!“, stimmte dieser zu.

In diesem Winter hatte es so viel Schnee gegeben, dass selbst die Fuhrleute zeitweise keine Kohlen mehr transportieren konnten. Daher war an den Hütten der Brennstoff knapp. Eberhard wusste, wie sehr Wilhelm die zusätzliche Lieferung bereits im März begrüßen würde. Er hatte überlegt, ob er die Fahrt Tillmann überlassen sollte, aber gerade weil es so viel Schnee gegeben hatte, konnte mit der Haubergsarbeit erst spät begonnen werden, sodass nicht daran zu denken war, einen der jungen Männer zu schicken. So war er selbst nach Eisern gefahren und wollte versuchen, ob er in aller Vorsicht aus Wilhelm etwas herausbekommen könnte.

„Na, ihr Strategen, wollt ihr im Gastraum sitzen, oder soll ich euch das Hinterzimmer aufschließen?“ Der Wirt, Robert Hoffmann, begrüßte die beiden freundlich. Er wusste, dass diese großzügigen Gäste das Wirtshaus meistens aufsuchten, wenn es etwas Geschäftliches zu besprechen gab.

„Heute Mittag ist es ja nicht so voll, Robert“, sagte Wilhelm. „Ich denke, wir setzen uns da hinten in die Ecke. Und bring uns mal zwei Bier, essen wollen wir heute nicht.“

Als die Bierkrüge vor ihnen standen, fragte Wilhelm lächelnd: „Was gibt es denn so Geheimnisvolles, Eberhard, dass du mich ins Wirtshaus einlädst?"

„Ich wollte dich fragen, was du von unserem Tillmann hältst?"

„Ich habe dir doch schon gesagt, dass er ein aufgeweckter Junge ist."

„Ja, aber das war doch eher so beiläufig. Weißt du, mir ist aufgefallen, dass Tillmann in letzter Zeit sehr in sich gekehrt ist, und ich meine, es hätte angefangen, nachdem er dir letztes Jahr die Kohlen gebracht hatte. Immer wieder kommt er aufs Eisen zu sprechen, und da wollte ich fragen, ob damals noch etwas passiert ist, was die Veränderung erklären könnte."

„Hmm – ich will nachdenken, aber eigentlich fällt mir da nichts ein. Ja, dein Sohn war sehr neugierig auf alles, was mit der Eisenherstellung zu tun hat. Das fand ich bemerkenswert, und er hat eine gute Auffassungsgabe, aber sonst …"

„Ich hatte schon befürchtet, dass du mir nicht weiterhelfen kannst", sagte Eberhard „aber ich wollte wenigstens mit dir darüber reden. Berta meinte sogar, es hätte mit einem Mädchen zu tun; aber das finde ich Unsinn, denn Tillmann hat hier doch niemanden kennengelernt, oder?"

„Nein, ich war praktisch die ganze Zeit bei ihm. Sicher, mit Ludwig ist er auf der Hütte etwas zusammengeraten. Aber das hat er dir doch sicher erzählt."

„Ja, ja, das weiß ich …"

„Und beim Mittagessen waren meine Frauen dabei, Lisbeth und Kätchen." Wilhelm hielt einen Moment inne und hob dann wieder an: „Kätchen macht uns ein bisschen Kummer. Sie ist unser einziges Kind, schon fast 19, und es ist noch kein Bräutigam in Sicht. Dabei müsste sie dringend heiraten. Wer soll denn mein Nachfolger werden, nachdem Richard, unser Pflegesohn, nicht mehr ist? Der Hauberg, die Wiesen, die Bergwerke, die Hütte, das kann eine Frau nicht alleine bewirtschaften. Sie braucht dringend einen Mann und Kinder. Aber wenn man sie darauf anspricht, macht sie zu. Sie will nichts davon hören. Vor einem Jahr ging es noch, aber in letzter Zeit …" Wilhelm stutzte. „Mein letzter Satz hört sich ja fast so an wie deiner eben."

Eberhard war sehr nachdenklich geworden. „Verstehe ich das richtig, dass sich unsere beiden Kinder verändert haben, seit sie sich voriges Jahr begegnet sind?“, fragte er mehr sich selbst und sah Wilhelm dabei tief in die Augen.

„Das wäre ja was, unser Kätchen und euer Tillmann … Aber das kann doch nicht sein, dann hätten wir doch was bemerkt.“

„Oder auch nicht“, überlegte Eberhard, „aber das war ja gerade auch nur ein sehr, sehr vager Gedanke.“

„Schön wär‘s doch“, sagte Wilhelm sinnend.

Eberhard blickte auf. „Meinst du das ernst?“, fragte er. „Das kann doch nicht gut gehen, Tillmann ist Landwirt und hat vom Eisen keine Ahnung.“

„Tillmann ist ein netter junger Mann mit einer guten Auffassungsgabe. Er ist fleißig und kommt aus einem guten Stall. Was will man denn noch mehr?“

Eberhard schwieg eine Weile. „Ich weiß nicht … mein Tillmann, der etwas ganz anderes macht?“, sagte er dann.

„Wir wissen beide nicht, ob unsere Vermutung stimmt“, meinte Wilhelm, „aber die Frage ist tatsächlich, ob wir uns das vorstellen können.“

Eberhard trank sein Bier aus und stellte den Krug etwas fest auf den Tisch. Es klang, als wollte er einen Schlusspunkt setzen, und so sagte er dann auch:

„Jetzt ist aber Schluss mit dem Spekulieren, wir sind doch keine Fantasten. – Robert, bring uns noch ein Bier.“

Wilhelm stimmte zu: „Du hast recht, Eberhard. Aber vielleicht schickst du Tillman trotzdem noch mal nach Eisern.“

Der Wirt brachte das frisch gezapfte Bier und stellte es vor die beiden. Die weitere Unterhaltung verlief schleppend, denn jeder schien seinen eigenen Gedanken nachzuhängen.

4. Der Bergrat, Mai 1782

Inzwischen war die Lohe[13] geschält, und an den verbliebenen Stämmen war die Eichenrinde getrocknet. Von überall her fuhren in dieser Zeit

---

[13] Die vom Stamm abgelöste, geschälte Rinde der Eiche wurde als Lohe bezeichnet.

hochbeladene Wagen zur Lohmühle nach Siegen. Die Gerbsäure, die aus der gemahlenen Lohe gewonnen wurde, war für die Lederherstellung sehr wichtig. Für die Landwirte des Siegerlandes war der Verkauf der getrockneten Rinde ein bedeutsamer Nebenverdienst.

So lenkte Tillmann das Ochsengespann der Familie heute in Richtung Siegen. Er hatte das Tal hinter sich gelassen und die Höhe erreicht. Vor ihm lag der Giersberg, und rechts unten in der Niederung konnte er dicke Rauchwolken erkennen. Die rührten sicher von irgendeinem Eisenwerk her. Weiter vor ihm war ein weiteres Fuhrwerk, das wie sein eigenes hoch mit Eichenrinde beladen war. Vermutlich ging es auch zur Lohmühle nach Siegen.

Die trockene Lohe war so leicht, dass Tillmann den vierrädrigen Wagen genommen hatte, zumal es länger nicht geregnet hatte. Wie viel voluminöser ein Lohewagen doch im Vergleich zu den Kohlekarren war, die um einiges schwerer waren. Und wenn man sich dann erst die Luppenwagen auf der Hütte vorstellte, mit denen das Eisen gefahren wurde … Die waren noch kleiner und schwerer gebaut. Aber die Räder, die waren bedeutend größer.

Wie schön, dass ich nach Siegen fahren darf, dachte er dann. Wie hatte er gestaunt, als ihm der Vater mitteilte, was er arrangiert hatte.

„Du hast es doch so mit dem Eisen, mein Sohn“, hatte Eberhard gesagt. „Deshalb habe ich mir Folgendes gedacht: Du fährst am Samstagnachmittag, dann kannst du morgens noch auf der Wiese helfen. Da der Weg gut in Schuss ist, bist du sicher bis vier Uhr an der Lohmühle und kannst abladen. Ich habe mit dem Bergrat Heinrich Roth ausgemacht, dass du bei ihm zu Abend essen kannst. Er ist ein kluger und studierter Mann. Ihn fragst du alles, was dich interessiert. Am Sonntagmorgen kannst du mit ihm in Siegen in die Kirche gehen. Da siehst du auch mal, wie das Treiben in der Stadt abläuft. Heinrich war so nett, anzubieten, dass du bei ihm übernachten kannst. Er hat ein schönes Haus direkt am Kornmarkt. Den Wagen und die Tiere kannst du für die Nacht bei der Lohmühle unterstellen.“

Als Tillmann nun den Giersberg hinunterfuhr, konnte er das imposante Schloss und die Stadtmauer sehen. Die Straße führte direkt zum Marburger Tor, aber er musste vorher abbiegen und den Weg ins Weißtal nehmen, denn die Lohmühle erhob sich an einem Mühlengraben, der vom Bachbett der Weiß gespeist wurde. Links im Tal lag eine Hütte, aber die war nicht in Betrieb. Er folgte der Kurve um eine Felsnase und schon tauchte die Lohmühle vor ihm auf. Als er sah, wie viele hochbeladene Wagen sich vor der Mühle stauten, erschrak er ein wenig. Offensichtlich wollten viele Bauern ihre Lohe noch vor dem Sonntag verkaufen. Das Wetter versprach gut zu werden, und die Heuernte musste am Montag beginnen. Da wollte man sich nicht mehr mit sonstigen Fuhren aufhalten.

Da die Lohe sehr leicht war, ging das Abladen der Wagen aber doch erstaunlich schnell. Um kurz nach sechs war das Gespann untergebracht. Der Vater hatte ihm beschrieben, wie er zum Haus des Bergrats gelangte. Er ging auf das Löhrtor zu, trat hindurch und blickte die Löhrstraße hinauf. Sie erschien ihm eher enger als die Obernauer Dorfstraße. Vielleicht wirkte das aber auch nur so, denn viele dicht aneinandergebaute Häuser ragten links und rechts der Straße empor.

„Und wenn du das Haus nicht findest, dann fragst du eben. Jeder kennt den Bergrat“, hatte der Vater gesagt. Aber die Leute, die Tillmann entgegenkamen, waren vornehm gekleidet und hatten auch einen anderen Gang als die Menschen im Dorf. Sie machten einen stolzen Eindruck. Plötzlich kam er sich klein und unbedeutend vor. Er wollte niemanden fragen. Glücklicherweise war die Beschreibung des Vaters gut, und so fand er das Haus auf Anhieb.

Und nun, was sollte er jetzt machen? In Obernau ging man ohne Umstände in die Häuser der Nachbarn, aber er konnte doch nicht einfach bei diesem hohen Herrn eintreten. An der Tür hing ein seltsam ausgebildetes Metallteil. Es sah nach einem Tierkopf aus. Er nahm es in die Hand und wollte es etwas näher betrachten. Dabei entglitt es seinen Fingern und schlug mit einem lauten Knall gegen das Holz. Tillmann erschrak, hatte er etwas kaputt gemacht?

Er hörte Schritte im Haus. Die Tür ging auf, und eine vornehm gekleidete Dame mittleren Alters stand vor ihm. Sie trug ein schwarzes Kleid, obwohl doch heute erst Samstag war. Es war aus einem ungewöhnlich fein gewebten Stoff gearbeitet. Auch die Schürze war aus diesem noblen Material gefertigt und dabei so blütenweiß, wie Tillmann es noch nicht gesehen hatte.

„Sie wünschen, mein Herr?“, fragte sie.

Seine Antwort klang etwas verstört: „Nein, ich bin kein Herr, ich bin nur der Tillmann aus Obernau …“ Er wusste gar nicht, was er sagen sollte.

Da trat zum Glück ein nobel aussehender Mann aus dem Hintergrund auf die beiden zu. „Ah, da ist ja unser Gast. Komm rein und leg deine Sachen ab“.

Tillmann war immer noch etwas verdattert. Das musste Bergrat Roth persönlich sein.

„Guten Abend, Herr Rat, ich bin zu spät, – aber da waren so viele Wagen vor mir …“

„Mach dir keine Sorgen, das ist nicht schlimm.“ Und an die Frau gewandt ergänzte der Rat: „Dann können wir jetzt zu Abend essen, Lina.“

„Sehr wohl“, sagte diese und entfernte sich.

„Komm mit nach oben in die Stube, da hat meine Haushälterin das Essen aufgetischt.“ Der Rat wies zur Treppe.

Die Stube lag im ersten Stock und wirkte mit ihren drei Fenstern sehr hell. In der Wand rechts öffnete eine breite Flügeltür einen weiten Durchgang zum Nachbarzimmer. In diesem Raum befanden sich noch zwei weitere Fenster, sodass sich insgesamt ein großzügiger Blick auf den ausgedehnten Platz vor dem Haus ergab, hinter dem sich eine große Kirche erhob.

Bergrat Roth bemerkte Tillmanns Blick zum Fenster und erklärte: „Vor uns liegt der Kornmarkt und dahinter die Nikolaikirche. Die Häusergruppe links, die so dicht gedrängt steht, nennt man hier den Klubb. Und rechts ist das Rathaus. Wie du siehst, ist es in die Jahre gekommen und müsste dringend erneuert werden.“

Tillmann wandte sich dem Gastgeber zu: „Herr Rat, – ich weiß gar nicht, was ich sagen soll – es ist sehr freundlich von Ihnen, dass ich kommen durfte …“

Bergrat Roth tat sein Gestammel jedoch mit einer Handbewegung ab und sagte: „Also, Junge, damit das mal klar ist, ich bin der Heinrich aus Nauholz. Und so sollst du mich auch nennen, wenn wir unter uns sind. Ich kenne Obernau gut und denke gern an die Zeit zurück, als sich unsere Väter besucht und ich mit deinem Bruder Mathias an der *Alten Burg* gespielt habe. Ich hatte Glück, dass mich der Pfarrer in Netphen so gefördert hat. Er hat mich Latein gelehrt. Später hat er dafür gesorgt, dass ich an der hohen Schule in Herborn studieren konnte. Das hat mir den Weg geebnet, sodass ich schließlich hier in Siegen Bergrat wurde. Ich betrachte das alles als Geschenk Gottes, das mir eine hohe Verantwortung überträgt. Und jetzt setz dich, damit wir zu Abend essen können."

Die Worte des Bergrats hatten Tillmann gut gefallen, vor allem das mit der *Alten Burg* und der Verantwortung. So kam es, dass er während des leckeren Abendessens langsam auftaute und sich sogar daran gewöhnte, den Bergrat beim Vornamen zu nennen.

Die Einrichtung des Esszimmers erinnerte ein wenig an die Stube bei Schölers in Eisern, allerdings wirkten Tisch und Stühle noch edler.

Nach dem Essen zeigte Heinrich durch die offene Flügeltüre auf zwei große Sessel in der Nachbarstube. „Dort im Herrenzimmer können wir uns gut hinsetzen und ein bisschen schwatzen."

Tillmann betrat den Raum, den Heinrich *Herrenzimmer* genannt hatte. Dort lag etwas, das er noch nie gesehen hatte: ein großes, dickes und gemustertes Tuch – auf dem Boden. Sein Vater hatte einmal davon gesprochen, dass es in reichen Häusern Bodentücher gab, die Teppiche genannt wurden. „Wie unpraktisch", dachte Tillmann, „da kann man den Boden gar nicht sauber machen." Zu Hause in Obernau wurden die Fußböden einmal in der Woche mit Sand bestreut. Der Sand band den Schmutz, der sich gesammelt hatte. Gemeinsam mit dem Dreck ließ er sich gut zusammenkehren und der Boden war wieder blitzsauber. Wie sollte das mit so einem Teppich gehen?

Auf dem Teppich stand ein niedriger Tisch. Die Höhe schien zu den Sesseln zu passen und auch zu dem Schaukelstuhl, der sich zwischen einer großen Standuhr und einer Kommode befand.

„Möchtest du ein Glas Wein?", fragte Heinrich.

„Gerne", antwortete Tillmann nach einem kurzen Zögern. Er hatte schon oft von diesem Getränk gehört, aber es noch nie getrunken. In Obernau gab es nur Bier.

Roth hatte das kurze Zögern bemerkt und lächelte in sich hinein. Dann schenkte er zwei Gläser ein, die sehr filigran wirkten. Tillmann hielt seines etwas unsicher in den derben Köhlerhänden, die nur Becher und Krüge aus Steingut gewohnt waren.

Heinrich stieß mit seinem Gast an.

„Die Hüttenleute sagen: *Ha mer Wasser, trenke mer Wing. Ha mer kei Wasser, da trenke mer Wasser.* Damit weisen sie darauf hin, wie sehr ihr Gewerbe mit der Wasserkraft verbunden ist", erklärte er. „Wenn zu wenig Wasser in den Flüssen und Bächen fließt, stockt das Geschäft, und man kann sich keinen Wein leisten.

Dein Vater hat mir erzählt, dass du dich sehr für die Eisenherstellung interessierst." Heinrich sah Tillmann prüfend an.

„Ja, das stimmt. Insgesamt finde ich technische Zusammenhänge sehr interessant. Ich bin der jüngste Bruder und würde gerne irgendwann mein eigener Herr sein. Deshalb habe ich schon mal darüber nachgedacht, ob ich mir nicht unter den Eisenhüttenleuten eine Existenz aufbauen könnte." So klar hatte Tillmann das zu Hause nie formuliert. Aber hier in der fremden Umgebung rutschten ihm die Worte einfach heraus.

„Warum denn auch nicht?", fragte Heinrich.

Verblüfft, wie einfach das für Bergrat Roth zu sein schien, entgegnete Tillmann: „Aber ich habe doch nur die einfache Schule besucht und nichts über das alles gelernt. Und jetzt werde ich 20, da ist es vielleicht viel zu spät zum Umsatteln."

„Weißt du Junge", hob er an, „es ist sehr wichtig, Respekt zu haben vor Menschen, Dingen und Gefahren. Aber man muss genauso darauf achten, dass aus dem Respekt keine Sorge oder gar Angst wird. Denn Angst ist ein schlechter Ratgeber. Ich habe dich bei Tisch schon ein bisschen kennengelernt und traue dir ohne Weiteres zu, dazuzulernen und vielleicht sogar ein Massenbläser zu werden. Man kann viel lernen, selbst in kurzer Zeit, wenn man motiviert ist. Zu so einem Wechsel gehört auch immer eine passende Gelegenheit und Geduld. Mit dem Kopf durch die Wand klappt es sicher nicht. Hat sich dir denn schon mal eine Gelegenheit geboten?"

Sofort dachte Tillmann an seinen Besuch in Eisern, an Kätchen und ihren Vater Wilhelm. Aber er sagte etwas vage: „Nein, bisher nicht, aber man weiß ja nie, was noch kommt."

„Das stimmt", entgegnete Heinrich, „und natürlich kann man auch nach Gelegenheiten suchen oder sie sogar aktiv herbeiführen. Wenn du tatsächlich über so einen Wechsel nachdenkst, dann würde ich mir um das Fachwissen nicht zu viele Sorgen machen, das lernst du schon. Aber du musst dir darüber im Klaren sein, dass die Welt der Massenbläser und Hammerschmiede komplexer ist als die Landwirtschaft. In Wald und Feld arbeitet man mit der Familie und vielleicht mit Knechten und Mägden zusammen. Bei der Eisenherstellung müssen sich sehr viele unabhängige Gewerken einig werden. Es ist zwar leichter, zu Wohlstand zu kommen, aber es ist auch leichter, alles zu verlieren. Die Gewerken sind sich oft nicht grün, und es gibt einige Intrigen. Eigentlich gelten die Zunftregeln. Aber die sind sehr kompliziert, da sie über viele Jahre entstanden sind und sich manchmal widersprechen. Deshalb kommt es oft zu Verstößen gegen die Regeln, und wir Räte können ja nicht überall sein."

„Wie funktionieren denn die Zünfte?", erkundigte sich Tillmann, denn als Landwirt hatte er damit noch nie zu tun gehabt. Allerdings erinnerte er sich, dass Wilhelm in Eisern den Begriff erwähnt hatte.

„Der Fürst hat das Monopol der Eisen- und Stahlerzeugung in die Hände der Zunft gelegt", erklärte Heinrich. „Nur unter Einhaltung der Zunftregeln darf Eisen hergestellt werden. Der Fürst selbst versteht von der Sache nicht viel und ist nur sehr selten im Siegerland. Natürlich hat er ein Interesse, Streit zu verhindern, denn darunter leidet das Gewerbe, und dann nimmt er weniger Steuern ein. Er hat uns Räte bestimmt, um über das Treiben der Zunft zu wachen. Zusammen mit den Zunftmeistern sorgen wir dafür, dass der Handel möglichst reibungslos läuft. Vor allen Dingen müssen die Preise zur Zufriedenheit der Hersteller und Abnehmer festgelegt werden. Sonst funktioniert das Monopol nicht. Der Stahl wird in alle Welt geliefert, und das muss organisiert werden. Für die Hüttengewerken ist es noch übersichtlich. Sie haben ihren eigenen Wald und ihre Schürfstellen für den Eisenstein. Sie müssen nur den Hüttenbetrieb untereinander regeln. Aber mit dem Eisen kann man noch nicht viel anfangen. Es ist spröde und bricht leicht. Deshalb kann man das Eisen, wenn es aus dem Ofen gelaufen und erkaltet ist, auch mit schweren Hämmern zu Luppen zerschlagen."

Heinrich nippte an seinem Wein und erklärte weiter:

„Das Eisen muss schweißbar und schmiedbar gemacht werden, damit man Werkzeug und andere Gegenstände daraus herstellen kann. Es wird gefrischt, so heißt das, und geschieht in den Hammerschmieden[14]. Das gefrischte Eisen nennt man Stahl. In den Hammerschmieden werden etwa ein Meter lange dicke Knüppel gefertigt. Diese Stangen werden dann in alle Welt verkauft und zu allen möglichen Produkten verarbeitet. Viele der Hammerschmieden liegen in Weidenau, wo Sieg und Ferndorf zusammenfließen, denn die Hammerschmieden brauchen noch viel mehr Wasser als die Hütten."

Tillmann hatte der langen Erklärung von Heinrich schweigend gelauscht. „Du sagst, das meiste Eisen verlässt das Siegerland?" fragte er, und in seiner Stimme lag ein leichter Zweifel.

„Der meiste Stahl", korrigierte Heinrich. „Ja, von dem bisschen, was hier im Siegerland gebraucht wird, könnten die Gewerken nicht leben. Bis heute ist unsere Region vielleicht der wichtigste Stahlproduzent in Zentraleuropa. Inzwischen habe ich vor allem von den Kölner Kaufleuten, die viel von uns kaufen, gehört, dass sie auch aus England und sogar aus Schweden Material bekommen."

Tillmann fiel wieder ein, dass auf der Hütte, an der er heute Nachmittag vorbeigekommen war, nicht gearbeitet worden war. Deshalb fragte er: „Wenn doch das Eisen so wertvoll ist, verstehe ich nicht, warum nicht das ganze Jahr über produziert wird. Ich meine, man muss natürlich mal was reparieren, aber danach könnte man doch sofort weiter hütten." Wilhelm hatte ihm dazu ja schon etwas erzählt, aber Tillmann wollte es gerne noch genauer wissen.

„Tja, der Herrgott hat dem menschlichen Schaffen Grenzen gesetzt", sagte Heinrich. „Für die moderne Stahlherstellung ist, wie schon in alten Zeiten, die Holzkohle die Hauptbegrenzung. Würden wir mehr Stahl erzeugen, so gäbe es bereits in wenigen Jahren keine Wälder mehr."

Bei diesem Gedanken musste Tillmann lachen. Das Siegerland ohne Wald war für ihn unvorstellbar.

„Du lachst!", rief Heinrich. „Dabei wäre das tatsächlich eine Katastrophe. Deshalb haben die Menschen schon vor langer Zeit die Haubergswirtschaft erfunden. So kann man aus der Waldfläche ein Maximum an Holzkohle gewinnen. Aber selbst diese Menge genügt nur, um die Hütten 60 Tage im Jahr zu betreiben. Selbstverständlich muss auch die Zahl der

[14] Die Hammerschmieden übernahmen früher die Prozessschritte, die heute im Stahlwerk ablaufen.

Betriebe kontrolliert werden, damit die Kohle reicht. Und die Hammerreisen sind sogar nur 24 Tage lang. Je nach Hammer sind dann fünf oder zehn Reisen pro Jahr zugelassen. Das reicht aus, um das Eisen, das in 60 Tagen erschmolzen wurde, zu Stahl zu verarbeiten. Die alten Zunftregeln legen genau fest, wann im Jahr gehüttet werden darf und wann die Hämmer laufen dürfen. Natürlich müssen die Regeln mit Verstand umgesetzt werden. Wenn zum Beispiel nicht genug Wasser für den Betrieb da ist, oder wenn der Frost zu früh kommt oder zu lange bleibt, darf die fehlende Zeit nachgehüttet werden. Du siehst, dass die Zunftmeister und wir Räte stets viel zu regeln haben."

Die Gläser hatten sich geleert, und Heinrich schenkte nach. Der Wein schmeckte Tillmann sehr gut, aber er spürte den Alkohol bereits. Deshalb bat er um etwas Wasser.

„Selbstverständlich", sagte Heinrich und rief Lina, die bald darauf ein weiteres Glas brachte.

„Darf sich denn jeder auf der Hütte betätigen?", nahm Tillmann das Gespräch wieder auf.

„Erinnerst du dich, dass ich gerade erklärt habe, dass Holz die eigentliche Begrenzung darstellt?" fragte Heinrich. „Dann ergibt die Regelung, die im Fürstentum Nassau-Oranien gilt, durchaus Sinn: Jeder, der Hauberg besitzt, darf nach Erz graben und es verhütten, denn er hat den Zugriff auf das knappe Gut Holzkohle. Da der Waldbesitz aus Idealanteilen besteht, also nicht aus dem Besitz einer bestimmten Fläche, kann er den Bergbau auch an jeder beliebigen Stelle in der Gemarkung betreiben. Er muss seine Mutung allerdings beim Bergamt hier in Siegen eintragen lassen."

Mit einem Schmunzeln ergänzte Heinrich dann: „Mutung nennt man das wohl, weil man vermutet, dass man Erz finden wird."

Er nahm einen Schluck Wein und fuhr fort: „Dadurch, dass jeder seine Mutung eintragen lassen muss, behält das Bergamt die Kontrolle, damit nicht zwei an der gleichen Stelle graben wollen. Natürlich kann auch eine Gewerkschaft[15], also der Zusammenschluss von zwei oder mehr Gewerken, eine Mutung eintragen lassen. Das kommt sogar sehr häufig vor. Dann

[15] Man beachte, dass der Begriff der Gewerkschaft heute eine ganz andere Bedeutung hat, die er erst sehr viel später bekommen hat.

wird die Mutung auch auf den Namen der Gewerkschaft eingetragen und die Besitzverhältnisse der einzelnen Gewerken vermerkt. Wenn jemand Kohle und Erz hat, braucht er nur noch Hüttenzeit. Die kann er sich besorgen, indem er einen entsprechenden Anteil an einer Hütte erwirbt. Oder er verkauft sein Erz und seine Kohlen an einen anderen Gewerken."

„Ist man dann automatisch auch Mitglied in der Zunft?", hakte Tillmann nach.

„Nein, nein. Der Zunft muss man beitreten. Das kann jeder unbescholtene Bürger tun, der auf der Hütte arbeitet. Wer nachweist, dass er zwei oder mehr Hüttentage besitzt, wird als Meister, also Massenbläser, aufgenommen. Sonst tritt er als Knecht ein und darf an den Entscheidungen nur beratend mitwirken. Man kann auch hütten, ohne Mitglied in der Zunft zu sein. Deren Bestimmungen sind dann trotzdem einzuhalten, aber bei der Beschlussfassung hat man keinen Einfluss."

Tillmann brummte der Schädel. So viele Informationen! Heinrich füllte die Gläser noch mal auf. „Ja", begann er von Neuem, „in den modernen Zeiten sind die Dinge sehr kompliziert geworden. Es hat sich immer mehr Wissen angesammelt, und das führt zu mehr Spezialisierung. Ein guter Bergmann ist heute selten auch ein brauchbarer Hüttenmann, und ein patenter Hüttenmann kann kaum die Arbeit eines Hammerschmiedes machen. Wenn ich dagegen an die alten Zeiten denke, als man das Eisen noch nicht zum Fließen bringen konnte, da mussten die Waldschmiede noch alles selbst machen. Sie suchten sich ihr Erz in den Wäldern und waren erst fertig, wenn das Schwert scharf war. Man kann sich vorstellen, dass das für die Menschen damals wie Zauberei ausgesehen haben muss. Zumal das Wissen um die Zusammenhänge noch gar nicht bekannt war, so wie heute. Alles beruhte nur auf Überlieferung und Erfahrung."

So spannen die beiden den Gesprächsfaden noch ein ganzes Stück weiter. Tillmann lernte einiges über die Prozesse bei der Stahlherstellung, über die Werkzeugmacher im Bergischen Land und die Frankfurter Händler. Schließlich wurden den beiden aber doch die Augen schwer, und sie gingen zu Bett.

Am nächsten Morgen wurde Tillmann von Kirchenglocken geweckt. Die Sonne stand schon hoch am Himmel. Er musste lange geschlafen haben. Ob der Wein daran schuld war? Er machte sich frisch und begab sich in die Stube, wo gestern das Abendessen stattgefunden hatte. Dort war Lina gerade damit beschäftigt, den Frühstückstisch zu decken.

Jetzt betrat auch Heinrich die Stube. „Haben dich die Glocken geweckt?“, fragte er Tillmann, der bejahte.

„In der Marienkirche wird immer eine Frühmesse abgehalten“, erklärte Heinrich, „unser Gottesdienst ist erst um neun in der Nikolaikirche.“

Tillmann hatte die Einladung, noch zum Mittagessen zu bleiben, dankend angenommen, und so war nach dem Gottesdienst genügend Zeit, sich ein bisschen in der Stadt umzusehen. Heinrich zeigte dem Gast das *Untere* und das *Obere Schloss*. Was für gewaltige Bauten. Es war schon kurios, zu was Religionsstreitigkeiten führten. In alter Zeit hatte sich der Siegener Zweig der Fürstenfamilie über den Glauben entzweit. Sie konnten nicht mehr gemeinsam in einem Schloss wohnen. So verblieb der katholische Teil im Oberen Schloss, und die evangelischen Familienglieder bauten sich ein neues Schloss unten am Siegberg. Mittlerweile waren beide Familienzweige ausgestorben, und die Herrschaft über das Siegerland war dem Dillenburger Zweig zugefallen. Der Fürst war deshalb nur gelegentlich in Siegen und konnte sich dann aussuchen, wo er residieren wollte.

Die Bürgerhäuser waren zwar hoch, aber eher klein und dicht an dicht nebeneinander gebaut. Tillmann staunte, dass es kaum Ställe und Scheunen gab. Sie gingen auch durch den Hasengarten, einer Grünfläche, die zwar innerhalb der Stadtmauern, aber außerhalb der Schlossmauern lag. Wenn man jemals Platz für zusätzliche Häuser brauchen würde, so gab es hier eine große Erweiterungsfläche, dachte Tillmann.

Gegen Mittag waren sie wieder am Kornmarkt und kehrten zum Essen ins Gasthaus ein.

„Hier im Goldenen Löwen werden viele Veranstaltungen abgehalten. Auch die Versammlungen der Zünfte finden zumeist hier statt“, erläuterte Heinrich.

Bei Tisch erklärte der Bergrat noch vieles zur Stadtgeschichte, zu den Fürsten von Nassau-Oranien und den Religionszwistigkeiten, die in der ersten Hälfte des Jahrhunderts gewütet hatten. Tillmann staunte, wie viel Heinrich wusste.

Zwei Stunden später saß Tillmann wieder auf seinem Wagen und war schon ein ganzes Stück von Siegen entfernt. Der Abschied von Bergrat Roth war sehr herzlich verlaufen.

Tillmann war sich sicher, dass er noch einige Zeit brauchen würde, um seine Gedanken zu sortieren. Aber er spürte jetzt schon, dass sich ihm etliche Zusammenhänge besser erschlossen. Damit verschwand das Gefühl, den Umständen hilflos ausgeliefert zu sein. Er fühlte sich viel zuversichtlicher, dass er einen guten Weg finden würde. Als er in Obernau einfuhr, hatte er frischen Mut gefasst.

5. Am Backes, Juni 1782

Kätchen hatte den Brotteig vorbereitet. Sie packte alle Utensilien, die sie brauchte, in einen Korb und trat aus dem Haus. Der Backes[16] lag direkt neben der Kapelle, sie musste nur den Dorfplatz überqueren.

Brot war das wichtigste Grundnahrungsmittel, und jede Familie backte eine beachtliche Menge davon. Wie gut, dass wir das Backhaus haben, dachte Kätchen. Es vereinfachte die Arbeit enorm, und auch die Feuergefahr für das Dorf war deutlich geringer, als wenn jeder in einem eigenen Ofen gebacken hätte. Der Backes bestand aus dem geräumigen Steinofen, in dem 16 große Brote gleichzeitig gegart werden konnten.

Hinten am Haus befand sich die Feuerstelle. Bereits am Sonntagabend wurde der Ofen mit einem mächtigen Schanzenfeuer angeheizt, sodass er am Montagmorgen die richtige Backtemperatur erreicht hatte. Diese Temperatur wurde dann die ganze Woche über gehalten und von morgens früh bis abends spät wurde unentwegt gebacken. Von vorne war, etwas erhöht, eine Backstube an den Ofen angebaut, von der aus man die Ofentür gut bedienen und alle Vor- und Nachbereitungen wettergeschützt erledigen konnte.

Gertrud Daub, mit der sich die Schölers die gemeinsame Backzeit am Freitagnachmittag teilten, stand schon unten an der Treppe zur Backestür

---

[16] Das Backhaus, das von allen im Ort gemeinschaftlich genutzt wurde.

und wartete, bis Hartmanns, die vor ihnen mit dem Backen dran waren, herauskamen.

Hartmanns Minna schaute aus der Tür und sagte: „Wir machen nur gerade noch sauber, dann könnt ihr rein.“

„Wollt ihr schon wieder überziehen?“, bemerkte Gertrud, allerdings in gemäßigtem Ton, denn sie wusste, dass Hartmanns einige Mäuler zu stopfen hatten.

„Lass sie doch“, sagte Kätchen und lächelte dabei. „Wir werden schon klarkommen, und sie sind doch so viele zu Hause.“

„Aber ich habe meine Zeit auch nicht gestohlen“, sagte Gertrud. „Morgen ist doch im Wirtshaus das Tanzvergnügen. Wir können froh sein, dass Eisern so groß ist, dass es hier so eine Veranstaltung hin und wieder gibt. Da will ich hin, und da muss doch vorher alles fertig sein. Kommst du auch?“

Gertrud war mit ihren 27 Jahren bereits Witwe und lebte zusammen mit ihrem Vater und ihrem siebenjährigen Sohn Thomas in einem schönen alten Haus oben in der Peeke. Daubs hatten viel Hauberg und auch Hüttenanteile. Es war schon erstaunlich, wie Gertrud die viele Arbeit ohne ihren Mann hintereinander brachte. Sicher, sie hatte zwei Knechte, und ihr Vater half ihr beim Verwalten des Besitzes, aber mit seinen 61 Jahren konnte er selbst auf der Hütte nicht mehr mit anpacken. Kätchen überlegte, dass Gertrud sicher gerne wieder heiraten würde. Sie war attraktiv und konnte noch einige Kinder bekommen. Kein Wunder, dass sie zum Tanzvergnügen wollte.

„Ich weiß noch nicht, ob ich komme“, sagte sie.

„Wieso denn nicht? An Tanzpartnern wird es dir sicher nicht mangeln. Du bist doch die beste Partie in Eisern, als einzige Tochter eines angesehenen Gewerken! Und ich bin sicher, dass sich deine Eltern Sorgen machen, wenn du nicht bald mit einem Bräutigam auftauchst. Ihr seid nun wirklich nicht arm, und du kannst die ganze Arbeit nicht von Knechten machen lassen. Da kann ich ein Lied von singen.“

Kätchen seufzte. Vermutlich hatte Gertrud Recht. Ihre Eltern machten sich wirklich Sorgen, wie sie die viele Arbeit bewältigen sollten, wenn ihr Vater es irgendwann nicht mehr schaffte, denn eine Perspektive für die Nachfolge gab es seit Richards Tod nicht. Die konnte nur durch einen Schwiegersohn kommen. Aber sie setzten Kätchen nicht unter Druck. Ihre Gedanken wanderten zu diesem Jungen aus Obernau, den sie damals zu Gast gehabt hatten. Er war ihr sympathisch gewesen und schien auch den Eltern gefallen zu haben. Solche Männer waren selten. Aber sie hatten sich nur kurz gesehen, und das war schon viele Monate her. Bestimmt hatte er sie längst vergessen und war womöglich bereits verheiratet. Kätchen hatte jedenfalls nie wieder etwas von ihm gehört.

„Ich finde es gar nicht einfach, den richtigen Mann zu finden, und ob ausgerechnet so ein Tanzvergnügen der richtige Ort ist? Ich weiß nicht“, sagte sie jetzt.

„Sei nur nicht zu wählerisch“, riet Gertrud. „*Ein Spatz in der Hand ist besser als eine Taube auf dem Dach.* Und das Leben in seiner ganzen Härte holt dich schneller ein, als dir lieb ist. Das weiß ich spätestens, seit mein Paul so plötzlich gestorben ist, während ich mit Thomas schwanger war.“

„Ja, das Leben hat dir übel mitgespielt. Aber trotzdem, ich kann mir nicht vorstellen, den Erstbesten zu nehmen. Und mal ehrlich, wer käme denn hier in Eisern überhaupt infrage?“

„Na, ich denke mal, der Ludwig Göbel wäre eine gute Partie für dich“, schlug Gertrud vor. „Er hat zwar nicht so viele Anteile wie ihr, aber wenn sein Vermögen mit eurem zusammenkäme …“

„Denk nicht immer ans Geld und ans Vermögen!“, entgegnete Kätchen etwas pikiert. „Ludwig war schon verheiratet und hat drei Söhne.“

„Ja eben, denk doch mal an die Arbeitskräfte. Vier Männer! Wenn du vier Knechte bezahlen müsstest, dann wüsstest du, was das bedeutet. Da könnte man neue Mutungen beginnen und vielleicht sogar Hüttenzeit dazu kaufen. Und verwitwet zu sein, sollte nun wirklich nicht als Makel gelten!“ Gertrud hatte sich richtig in Rage geredet.

„Du hast recht“, sagte Kätchen beschwichtigend. „Aber der Ludwig, der ist oft so grob!“

„Jetzt übertreib mal nicht. Er ist eben ein ganzer Mann. Und in einer harten Schale steckt ein weicher Kern. Er ist recht stattlich und mit seinen 37 Jahren noch gar nicht zu alt. Er steht voll im Saft!“ Gertrud lächelte in sich hinein. „Vielleicht kommt er morgen Abend auch.“

Kätchen staunte. Schwärmte Gertrud selbst etwa für Ludwig? Den kannst du gerne haben, dachte sie bei sich, denn sie fand ihn gar nicht attraktiv.

Aber jetzt kamen Hartmanns mit ihren duftenden Broten aus dem Backes, und Gertrud und Kätchen waren an der Reihe.

Als Kätchen sich ein paar Stunden später mit ihren Broten auf den Weg nach Hause machte, begegnete sie ausgerechnet Ludwig Göbel. "Eben haben wir noch von ihm gesprochen“, dachte sie und beschleunigte ihre Schritte, um ihm auszuweichen.

„Wohin denn so eilig?“, rief Ludwig ihr hinter her und ging nun auch etwas schneller.

Kätchen sah sich genötigt, stehen zu bleiben und sagte etwas schroff: „Das siehst du doch. Nach Hause. Es wartet noch eine Menge Arbeit auf mich.“

„So, so“, entgegnete Ludwig, „ich denke, als Gewerkentochter mit fünf Hüttentagen, vier Knechten und einer Magd könntest du dich auch schon mal etwas schonen.“

„Das liegt mir nicht“, antwortete Kätchen schnippisch. Sie fand es abstoßend, wenn jemand so plump auf die materiellen Verhältnisse anderer abzielte.

Ludwig lächelte. „Nichts für ungut, liebes Kätchen, ich meine ja nur. Das Leben besteht nicht nur aus Arbeit. Ab und zu muss man sich auch mal eine Pause gönnen.“

„Das stimmt natürlich“, lenkte Kätchen ein. „Aber mir ist es wichtig, dass Knechte und Mägde sehen, dass die Gewerken mal mindestens so fleißig arbeiten wie sie.“

„Ja, ja, Schölers haben schon immer die alten Tugenden hochgehalten“, sagte Ludwig und meinte dann: „Kommst du morgen zum Tanzvergnügen ins Wirtshaus? Wir beide könnten gut das Tanzbein zusammen schwingen.“

„Vermutlich werde ich kommen“, sagte Kätchen findig. „Aber ich bin noch nicht sicher.“ Hoffentlich kommt der nicht auf dumme Gedanken, dachte sie. Jetzt war sie sicher, dass sie morgen nicht im Wirtshaus sein würde.

„Na dann bis morgen“, sagte Ludwig.

„Ja, bis bald“, antwortete Kätchen.

6. Betrachtungen, September 1782

Der Sommer war ins Land gegangen. Die schwere körperliche Arbeit in Wald und Flur hatte den jungen Männern wenig Spielraum für irgendwelche Vergnügungen gelassen. Für Tillmann bot sich immerhin viel Gelegenheit zum Denken und zum Ordnen seiner Ideen. Wenn er stundenlang die Axt oder die Sense schwang, mit dem Flegel die Körner aus den Ähren drosch, dann waren seine Gedanken ganz woanders. Oft beschäftigten sie sich mit Kätchen. Kein anderes Mädchen hatte bisher solche Gefühle in ihm geweckt. War das Liebe? Alle sprachen davon, aber niemand konnte einem sagen, was das eigentlich war. Woher wusste man, ob es sich um wirklicher Liebe handelte? Konnte man überhaupt jemanden lieben, den man nur so kurz gesehen hatte? Viele Fragen und keine Antworten. Und das Denken drehte sich im Kreis.

„Meine Gedanken werden sich so lange im Kreis drehen“, stellte Tillmann schließlich fest, „bis ich eine Entscheidung treffe.“

Und so entschied er in seinem tiefsten Inneren: „Ich liebe Kätchen und werde um sie werben.“

Damit fing allerdings der ganze Schlamassel erst an. Ein neuer, nicht enden wollender Fragenkreis wirbelte durch seinen Kopf: Würde sie ihn überhaupt mögen können? Würde ein Werben um sie auch nur eine kleine Chance haben? Würden Lisbeth und Wilhelm ihn als Schwiegersohn in Erwägung ziehen?

Und wenn das alles wider Erwarten der Fall sein sollte, ging es erst richtig los: Würde er in Eisern klarkommen? Ließe sich die Eisenherstellung soweit lernen, dass er damit eine Familie ernähren konnte? Konnte er in den komplexen Strukturen der Zunft und der Händler überleben? Würde es ihm jemals möglich sein, Erz von Steinen zu unterscheiden? Würden ihn Typen wie Ludwig Göbel nicht ungespitzt in den Boden rammen? Aus diesem Fragenkreis half ihm auch eine Entscheidung nicht heraus.

Nun war die Ernte eingebracht, und das ländliche Arbeitsleben wurde ein wenig ruhiger. Jetzt oder nie beschloss Tillmann.

Er fand Eberhard in der großen Stube am Tisch mit den Abrechnungen beschäftigt und fasste sich ein Herz. „Vater …“, begann er zögernd.

„Ach gut, dass du kommst, Tillmann“, sagte der. Ich wollte dich gerade rufen. Auf der Eiserner Hütte werden dringend Kohlen gebraucht. Allzu viel Vorrat haben wir nicht mehr, und bisher gab es auch keine Zeit. Aber jetzt, wo die Ernte vorbei ist, können wir noch eine Ladung ausliefern. Wilhelm Schöler, unser bester Kunde, soll die Kohlen bekommen. Meinst du, du könntest ihm Ende der Woche eine Fuhre bringen?“

Bei diesen Worten sah der Vater Tillmann mit einem sehr merkwürdigen Blick an. Und war da nicht ein hintergründiges Lächeln in seinen Zügen? Tillmann konnte den Gesichtsausdruck des Vaters nicht zuordnen. Überhaupt wusste er nicht, wie er mit dieser Wendung umgehen sollte und antwortete deshalb unbeholfen und stotternd:

„Ja, das ließe sich einrichten, und … Wenn du es sagst …“ Dabei machte sein Herz innerlich Freudensprünge. Das war genau das, was er sich gewünscht hatte. Und nun fiel es ihm in den Schoß. Er musste gar nicht bitten!

„Du wolltest doch auch noch was von mir?“, fragte Eberhard jetzt.

„Ach nein, ich glaube, das hat sich erledigt …“, antwortete Tillmann. „Soll ich am Samstagmorgen fahren?“

„Ja, ich denke, das wäre gut“, sagte Eberhard. „Dann haben wir noch ein paar Tage Zeit dich anzukündigen. Ich werde gleich schreiben. Der Landfußbote[17] von Netphen nach Siegen geht morgen, und ich glaube, der von Siegen nach Wilnsdorf am Donnerstag. Dann wüsste Wilhelm rechtzeitig Bescheid. Aber ich hatte ihm ohnehin zugesagt, dass er demnächst mit einem Wagen Kohle rechnen kann, und er merkt ja, wenn du da bist. – Wenn du raus gehst, sieh bitte mal nach den Schweinen. Ich meine, die wären so unruhig.“

„Mach ich“, antwortete Tillmann und entfernte sich in Richtung Stall.

Donnerstag war Waschtag. Bei Schölers in Eisern stand Emma, die Magd, im Keller am schweren Waschbottich und stampfte die Kochwäsche, die in dem brodelnden Seifenwasser schwamm. Alle Kellerfenster waren offen, aber trotzdem konnte man nur wenig erkennen, so sehr war die ganze

---

[17] Einen richtigen Postdienst gab es zu der Zeit noch nicht, aber Boten transportierten immer wieder Briefe zwischen den Hauptortschaften, die als *Landfußboten* auch urkundlich erwähnt werden.

Luft mit heißem Wasserdampf gesättigt, der sich an den Wänden und auch an der Decke niederschlug. Kein Wunder, dass es dicke Tropfen regnete.

Kätchen, die neben dem Bottich arbeitete, meinte: „Ich glaube, diese Ladung ist jetzt gut, Emma. Nimm sie raus und häng sie über den Holzbock, ich wringe sie dann aus." Sie ging zur Feuertüre des Kessels, öffnete sie und legte Holz nach.

„Bevor ich die nächste Ladung in den Bottich lege, muss ich Wasser nachfüllen", sagte Emma. „Gib dem Feuer ruhig noch zwei Scheite mehr, damit die Lauge schneller wieder kocht."

Kätchen tat wie geheißen und schürte die Glut. Dann ging sie zu dem Holzbock, auf den Emma die fertige Wäsche gelegt hatte. Mit spitzen Fingern nahm sie das oberste Wäschestück. Man musste sehr aufpassen, dass man sich an der Wäsche, die sich mit dem kochend heißen Seifenwasser vollgesogen hatte, nicht verbrannte. Sie ließ das Kleidungsstück etwas abtropfen und legte es dann zusammen, um die Lauge auszuwringen. So behandelte sie nach und nach die ganze Wäscheladung. Als alles in dem bereitstehenden Korb lag, trug sie ihn zum Seimbach hinter dem Haus. Dort war Lisbeth gerade damit fertig, die vorherige Ladung Wäsche im Bach zu spülen und dann zum Trocknen aufzuhängen.

Kätchen sah, wie sehr diese Arbeit ihre Mutter angestrengt hatte. Sie zeigte auf den vollen Wäschekorb, den sie gerade am Bach abgestellt hatte, und sagte:

„Hör du jetzt auf. Lass den Korb ruhig stehen, geh ins Haus und ruh dich aus. Wir haben nur noch eine Ladung zu waschen. Ich kann die restliche Wäsche spülen und aufhängen, während Emma die Waschküche aufräumt."

Lisbeth schaute ihre Tochter dankbar und nachdenklich zugleich an. „Es ist lieb, dass du an mich denkst, aber den Korb hier schaffe ich schon noch."

Sie zögerte einen Moment und ließ ihren Blick in die Ferne schweifen. Offensichtlich überlegte sie, ob sie noch etwas sagen sollte oder nicht. Dann gab sie sich einen Ruck, sah Kätchen wieder an und meinte:

„Aber manchmal frage ich mich schon, wie das alles weitergehen soll. Dabei denke ich gar nicht so sehr an mich, sondern mehr an Vater. An sich ist er ja bei guter Gesundheit, aber manchmal klagt er über Schmerzen in der Brust. Überall muss er nach dem Rechten sehen und auch den

Knechten immer wieder helfen. Ich fürchte, dabei überanstrengt er sich immer wieder. Du weißt, dass er im Dorf sehr angesehen ist, und er hat großen Ehrgeiz, dieser Stellung gerecht zu werden. Dabei hat er seit Richards Tod niemanden, der ihn unterstützt oder ihm wenigstens eine Perspektive gibt."

Mutter und Tochter sahen sich eine Weile an und schwiegen.

„Du meinst, ich soll heiraten?" Kätchen Gesichtsausdruck wurde ein wenig bockig.

„Das habe ich nicht gesagt", entgegnete Lisbeth. Stockend ergänzte sie nach einer Weile: „Aber wenn es natürlich geschehen würde ..."

„Ich würde ja gern heiraten und auch Familie haben. Aber ich will nicht irgendjemanden nehmen."

„Das sollst du doch auch gar nicht", beruhigte die Mutter sie. „Aber meinst du nicht, dass du dich ein bisschen zu sehr zurückhältst? Wenn du einfach mal mehr unter die Leute gehen würdest ..."

Jetzt blickte Kätchen nachdenklich in die Ferne und schwieg.

„Am Samstag ist doch wieder ein Tanzvergnügen im Wirtshaus", sprach Lisbeth weiter. „Das machen sie jetzt fast jeden Monat. Da könntest du auch mal hingehen. Es sind viele junge Leute dort, auch aus den Nachbardörfern. Das kann doch nichts schaden."

„Vermutlich hast du recht", sagte Kätchen und dachte an Ludwig Göbel, der sicher dort sein würde.

Sie nahm den leeren Wäschekorb auf und wollte sich in Richtung Waschküche entfernen, als der Vater aus der Hintertür kam. Er hielt einen Brief in der Hand und sagte:

„Warte mal, Kätchen. Eben brachte der Bote diese Zeilen aus Obernau. Eberhard schreibt, dass er uns am Samstag endlich einen Wagen von der dringend benötigten Holzkohle schicken will. Wir können dann sicher einen Gast bewirten, nicht wahr?"

„Kein Problem", sagte Lisbeth. „Kommt er denn selbst?"

Kätchen hatte kurz den Blick erhoben. Wilhelm sagte bedacht und langsam:

„Er selbst nicht. – Er schickt wohl einen seiner Söhne. Vielleicht ist es Tillmann."

Kätchen hatte den Eindruck, dass der Blick des Vaters fest auf ihr ruhte, während er sprach. Was wollte er denn von ihr? Sie gab sich Mühe, ihren Blick undurchdringlich zu halten, fast schon versteinert. Aber in ihrem Inneren klopfte ihr Herz schnell.

Nach einer kurzen Pause meinte Kätchen: „Ich muss wieder in die Waschküche.“ Sie nahm den leeren Korb und ging, ohne den Blick noch einmal zu heben.

Emma hatte in der Waschküche schon die letzte Ladung Wäsche aus dem Bottich gefischt und damit begonnen, sie auszuwringen. Seit ihrem 14. Lebensjahr war sie Magd bei den Schölers, hatte kurz nach Kätchens Geburt dort begonnen. Sie wurde wie ein Familienmitglied behandelt, und so fühlte sie sich auch. Für Kätchen war sie fast wie eine zweite Mutter, und manchmal kam es ihr vor, als ob sie das Mädchen besser kannte als ihre Eltern. Als jetzt die Tür aufging, erkannte Emma gleich, dass etwas nicht stimmte.

„Was ist denn los?“ fragte sie, aber Kätchen sah nur verstört drein und sagte: „Ich weiß es auch nicht.“

Emma dachte einen Moment lang nach und schlug vor: „Pass mal auf, Mädchen, du gehst jetzt zur Mühle und drehst ein paar Runden um den Weiher. Vielleicht hilft dir das, deinen Kopf wieder klarzubekommen. Und dann bringst du eine große Tüte Haferflocken mit, die brauchen wir ohnehin. Das kannst du jedem sagen, der sich daran stört, dass du einfach so herumläufst, bevor die Feierabendglocke geläutet hat. Die Wäsche schaffe ich auch alleine.“

Kätchen flüsterte: „Danke.“

Dann schlich sie wirklich in Richtung Mühle davon, die nicht weit vom Dorf im Wiesengrund lag, und setzte sich an den Damm des Mühlenweihers. Sie schaute auf das große Wasserrad, das sich unermüdlich drehte. Das hier war ihr Lieblingsplatz. Hierher kam sie immer, wenn sie nicht weiterwusste und Zeit zum Denken brauchte.

Über das Mühlrad konnte sie stundenlang sinnieren. Es drehte sich unentwegt und kam dabei doch nicht weiter. Immer musste es dableiben, wo die Bauherren es hingesetzt hatten. Dabei verrichtete sein scheinbar sinnloses Drehen eine so wichtige, lebensspendende Arbeit.

Wenn man auf die Details achtete, dann entwickelte es eine Schönheit, die kaum zu übertreffen war. Das Wasser bildete einen schönen, stetigen Strahl, der gegen eine Schaufel drückte. Von hinten kam eine andere Schaufel des Rades und zerschnitt den Strahl jäh. Das Wasser spritze auf, und die vielen Tropfen zerstoben in alle Richtungen. Bei Nebel verschwanden diese Tröpfchen im Grau der Umgebung. Und bei Sonne glitzerten sie wie tausend Sterne und bildeten kleine Regenbögen in immer wieder neuen Formen.

Und erst die Musik, die es erzeugte … Da war das gleichmäßige Rauschen des Wasserstrahls wie von einem tausendstimmigen Chor, der so weit weg war, dass man keine einzelne Stimme mehr unterscheiden konnte. In dieses Rauschen schlugen die Schaufeln des Rades ihren Takt. Manchmal schneller, manchmal etwas langsamer. Und die Drehung verlieh diesem Schlagen eine leichte Schwebung. Aus der Mühle selbst mischten sich dann die unterschiedlichsten Geräusche dazu, die wohl vom Mahlbetrieb herrührten und sich wie Kontrapunkte auf die Melodie des Rades legten.

Wie eine Mühlradschaufel den Wasserstrahl, so zerschlug der Tod immer wieder das friedlich dahinfließende Leben einer Familie. Und wie die auffliegenden Spritzer wurden ständig neue Kinder geboren, und dann waren sie wieder weg. Nur wenige hielten sich lange und erstrahlten in der Sonne zu hellem Glanz, bis sie dann doch auch verschwanden.

Das Mühlrad hatte etwas Erhabenes. Kätchen wurde nie müde, es zu beobachten. Folgte man einer Schaufel des Rades, so ging es mal aufwärts und dann wieder abwärts. Fast wie im Leben, dachte Kätchen. Die Aufwärtsphasen erschienen einem normal, sie wurden einem kaum bewusst und waren schnell vorbei. Die Abwärtsbewegung spürte man sofort, es ging immer weiter und tiefer und nahm kein Ende. Aber wenn man genau hinsah, dachte Kätchen, sah man, dass es in Wirklichkeit bloß ein perfektes *Rund* gab. Es kam darauf an, den Mittelpunkt mit seinen Erwartungen in Einklang zu bringen, dann waren das Auf und das Ab lediglich ein Teil von *weiter*. Man erreichte in Gedanken eine andere Ebene, die harmonisch und glatt war. Hoffentlich würde es auch heute funktionieren.

Aber wo war der Mittelpunkt ihres Lebens? Was konnte sie erwarten? Was konnte sie beanspruchen? Was musste sie hinnehmen? Musste sie schnell heiraten? Vielleicht! Aber wen denn? Alles war anders gewesen, als Richard noch lebte. Es war so schön gewesen, einen Bruder zu bekommen. Als die Eltern ihn in Pflege nahmen, waren sie noch voller Hoffnung auf weitere eigene Kinder. Aber diese Hoffnung war mit den Jahren geschwunden. Und dann war der Bruder, der inzwischen zum Hoffnungsträger geworden war, plötzlich verunglückt.

Wie war es ihrer Mutter ergangen, als sie selbst in Kätchens Alter gewesen war? Sie hatte einen liebenden Mann gefunden. Wie oft war sie schwanger gewesen? Kätchen wusste es nicht genau, aber doch sicher zehn Mal. Immer wieder hatte sie Kinder zur Welt gebracht, einige waren schon tot geboren worden, andere hatten ein paar Tage, ein paar Wochen, ein paar Monate gelebt. Eines sogar drei Jahre. Wie viel Liebe, Arbeit und Mühe hatte die Mutter diesen Kindern entgegengebracht. Und doch waren sie einfach wieder gegangen. Nur sie selbst war erwachsen geworden. Wieso gerade ich?, überlegte sie. Gertrud hatte gesagt: *Du bist die beste Partie in Eisern.* Wie lächerlich! Schon morgen konnte das nächste unerwartete Ereignis eintreten, und alles würde anders sein.

Aber wie das Mühlrad musste man immer weiter machen, dachte Kätchen. Selbst wenn man nichts tat, lief die Zeit ab, und es geschah etwas. Manchmal verzweifelte man an allem und schon ein paar Minuten später war einem zum Jauchzen zumute. Aber eben auch umgekehrt. Wie ein Wassertropfen im Nebel, auf den plötzlich ein Sonnenstrahl fiel und dann auch wieder verschwand.

Sie hatte eine schöne Jugend gehabt. Es wäre undankbar gewesen, irgendetwas anderes zu denken. Ihre Eltern hatten sich, soweit sie das beurteilen konnte, immer geliebt und diese Liebe auch an sie weitergegeben. Aber die vielen toten Kinder hatten ihre Mutter stetig trauriger werden lassen. Und jetzt war sie zu alt, um schwanger zu werden. Fremde hätten ihr nie etwas angemerkt. Aber Kätchen spürte die leichte Schwermut. Dabei war es nicht Lisbeths Schuld, dass ihre Kinder gestorben waren. Es war so ungerecht. In manchen anderen Familien überlebten alle Kinder.

Kätchen kannte den Blick ihres Vaters nur zu gut, wenn er Ludwig Göbel mit seinen drei Söhnen auf die Eisernhardt gehen sah. Sie hatten mehr Arbeitskräfte, als sie für den Hüttenbetrieb brauchten, und konnten ohne fremde Hilfe eine neue Mutung beginnen.

An einer Schürfstelle mussten immer mindestens zwei Männer arbeiten. Alles andere war viel zu gefährlich. Eigentlich konnte diese Arbeit auch nur von den Gewerken selbst geleistet werden. Sie waren die Unternehmer und mussten entscheiden, in welche Richtung gegraben wurde. Wo gab es das bessere Erz? Rechts, links, oben, unten oder einfach geradeaus? Es gab zwar auch Knechte, die klug und fleißig waren, aber die Entscheidungen konnte doch nur der Gewerke selbst treffen. Einen Knecht konnte man gut einsetzen, wenn man eine Erzader gefunden hatte und es darum ging, in eine bestimmte Richtung weiterzugraben.

Kätchen schaute wieder auf das Mühlrad. Es drehte sich einfach immer weiter.

Ihre eigene Familie und die von Gertrud Daub stellten im Dorf eine gewisse Besonderheit dar, denn bei ihnen gab es keine junge Generation, nur einen alten Gewerken, der die Fäden noch in der Hand hielt und durch geschickte Organisation auch mit Knechten den Betrieb aufrechterhalten konnte. Aber das war eine sehr fragile Situation. Wenn der Vater starb oder irgendwann zu alt wurde, würde das Gebilde in sich zusammenbrechen. Der Weg führte dann direkt in die Knechtschaft oder sogar in die Armut.

Wenn Gertrud Glück hatte, dann blieb ihr Vater noch so lange gesund, bis ihr Sohn Thomas übernehmen konnte. Gertrud selbst war zwar resolut und burschikos und konnte sich bei den derben Hüttenleuten Gehör verschaffen. Aber die Arbeit in den Bergwerken konnte auch sie nicht leisten. Ansonsten blieb ihr nur ein Weg: heiraten. Genau wie ihr selbst auch.

Das alles wusste Kätchen längst, auch wenn sie diese Gedanken immer wieder verdrängte. Sie wusste genauso, dass für sie selbst das Heiraten der einzige Weg an der Armut vorbei war. Und die Mutter hatte eben recht gehabt. Sie durfte das nicht auf die lange Bank schieben. Die Hoffnung auf einen Königsweg, der alle Probleme beseitigte, musste einfach begraben werden. So schwer ihr das auch fiel.

Sie würde am Samstag zum Tanzvergnügen gehen. Vielleicht kam sie ja wenigstens an Ludwig Göbel vorbei, denn der war ihr wirklich unsympathisch. Dabei hätten doch sicher die meisten im Dorf gedacht, dass eine Heirat mit ihm für Kätchen die perfekte Lösung sei.

Das Wasserrad drehte sich immer noch unentwegt, und Kätchens Gedanken waren noch nicht rund, nicht abgeschlossen.

Denn jetzt kam ihr Tillmann wieder in den Kopf. Was für ein seltsames Zusammentreffen. Gerade als die Mutter sie – zum ersten Mal ziemlich direkt – darauf angesprochen hatte, dass sie heiraten müsse, brachte Vater die Nachricht, dass Tillmann vielleicht zu Besuch käme. Das Zusammentreffen dieser beiden Informationen hatte sie zutiefst aufgewühlt. Die Gedanken, die sie schon lange mit sich herumtrug, hatten sich plötzlich verdichtet und waren dann in ihrem Kopf förmlich explodiert.

Tillmann wäre ein Mann nach ihrem Herzen gewesen – und das, obwohl sie ihn gar nicht richtig kannte. Der Gedanke an ihn hatte ihre Hoffnung auf einen Ausweg immer neu genährt. Dabei stellte er doch augenscheinlich keine Möglichkeit dar. Tillmann war kein Gewerke, er verstand nichts vom Eisen. Außerdem hätte er sich melden müssen, wenn ihm tatsächlich etwas an ihr gelegen hätte. Arbeit hin oder her: Es gab auch Sonntage, und es gab Briefe.

Und jetzt kam er nur, um Kohlen zu bringen, nicht etwa wegen ihr, ermahnte sich Kätchen selbst. Geschrieben hatte sein Vater, nicht Tillmann. So jemand konnte ihr gestohlen bleiben.

Nun waren ihre Gedanken rund. Sie konnte das Ergebnis in wenigen Worten zusammenfassen: Sie durfte keinen Hirngespinsten nachjagen. Sie würde am Samstag zum Tanzvergnügen gehen und dem Werben eines Gewerkensohnes nachgeben. Nur Ludwig Göbel sollte es nicht sein. Tillmann würde sie vergessen. Und wenn er am Samstag käme, würde sie ihn freundlich, aber distanziert behandeln. Er konnte weiterhin Kohlen liefern. Sie warf noch einmal einen Blick auf das Wasserrad und sagte in das Rauschen des Wassers hinein: „Danke, liebes Rad, jetzt sehe ich klarer."

In dem Moment bewegte sich die Stange, die aus der Mühle herausragte, und das schwere Schütz in der Wasserzufuhr schloss sich ratternd. Das Rauschen des Wassers verstummte, und das Rad blieb stehen. Verdutzt sah Kätchen zur Mühle und schüttelte den Kopf. Hatte das jetzt was zu bedeuten? Dann ging sie zum Mühleneingang, kaufte die Tüte Haferflocken und dachte noch einmal liebevoll an Emma, die ihr im richtigen Moment etwas Freiraum verschafft hatte.

7. Ertappt, September 1782

Am Abend des gleichen Tages drehte Ludwig Göbel eine Runde um den Hüttenplatz, um nach dem Rechten zu sehen. Er war jetzt im zweiten Jahr Hüttenschulze und wollte es gerne noch länger bleiben. Das Amt verlieh ihm Ansehen im Dorf, und es eröffnete ihm eine Menge Gestaltungsmöglichkeiten. Er konnte seine Sache auch nicht ganz schlecht gemacht haben, sonst hätten ihn die Hüttengewerken im Winter nicht wiedergewählt.

Die alte Zunftordnung sah vor, dass das Amt des Schulzen reihum gehen sollte. Aber längst nicht jeder konnte die Arbeit vernünftig organisieren. Viele Gewerken wollten das Amt am liebsten gar nicht haben und waren deshalb froh, wenn es einen gab, der es gut und auch gerne ausführte. Der konnte dann mehrfach wiedergewählt werden.

Ludwig war so jemand, das Organisatorische lag ihm. Darüber hinaus kam das Amt seiner persönlichen Situation entgegen. Mit ihm und seinen drei Söhnen hatte seine Familie vier gute Arbeitskräfte. Sie konnten viel mehr Eisenstein und Kohle produzieren, als sie für den halben Hüttentag, den er besaß, benötigten. Er musste an Wilhelm Schöler denken, bei dem es umgekehrt war. Der hatte fünf Hüttentage, aber die Arbeitskraft zum Beschaffen des Eisensteins und der Kohle musste er fast vollständig zukaufen, denn er hatte keine Söhne, nur eine Tochter. Eine sehr hübsche Tochter.

Früher oder später werde ich Kätchen heiraten, dachte er. Alles andere wäre Unsinn. Falls Kätchen nicht will, dann muss Wilhelm sie zwingen. Und falls Wilhelm nicht will, werde ich ihn unter Druck setzen müssen. Aber wahrscheinlich würde Kätchen ihn freiwillig nehmen, erst recht, wo er als Schulze für jeden der zwei Öfen einen zusätzlichen Hüttentag bewirtschaftete. Darüber hinaus blieb ihnen noch Arbeitskraft übrig, und es gab viele Möglichkeiten, diese zu Geld zu machen.

Die Lukrativste war, aus eigenen Gruben Eisenstein zu gewinnen und zu verkaufen. Als Nächstes kam die Möglichkeit, sich in fremden Bergwerken anstellen zu lassen. Auch solche Arbeit war sehr gesucht, besonders wenn man sich mit dem Schürfen auskannte, und das war bei Ludwig und seinen Söhnen der Fall. Die Arbeiter aus der Gegend wurden besser bezahlt als die Fremdarbeiter, die jetzt immer mehr von außerhalb kamen und die Preise für einfache Tätigkeiten in den Keller fallen ließen. Seine Söhne arbeiteten zum Beispiel auch viel an Wilhelms Schürfstellen.

Ludwig war stolz auf die Karriere, die er schon hinter sich hatte. Seine Eltern waren früh gestorben und hatten ihm nichts hinterlassen. So hatte er nach der Schule als Knecht auf der Hütte gearbeitet. Er war schon immer sehr kräftig und daher als Masselschläger[18] begehrt gewesen. Er hatte bei den Mädchen im Dorf einigen Erfolg gehabt, aber an die Tochter eines alteingesessenen Gewerken war er doch nicht herangekommen. So hatte er schließlich Hilde geheiratet, die einen halben Hüttentag mit in die Ehe einbrachte. Ursprünglich war ihrem Bruder Lothar der Aufstieg in den Gewerkenkreis gelungen. Nachdem der früh gestorben war und etwas später auch Lothars Erbe, sein minderjähriger Sohn Richard, war der halbe Hüttentag an Hildes Familie gefallen. Auf diese Art war Ludwig der Aufstieg zum Anteilseigner gelungen. Und nun war er Hüttenschulze.

Hilde hatte ihm drei gesunde und kräftige Söhne geschenkt. Bei der Geburt des jüngsten, Manfred, war sie im Alter von 29 Jahren gestorben. Ludwig lächelte in sich hinein.

„Danke, Hilde“, sagte er zu sich selbst, „dass du den Weg frei gemacht hast für eine weitere Ehe.“

Mit Kätchens Erbe würde er fünfeinhalb Hüttentage besitzen und damit zu den großen Gewerken gehören. Und auch als Frau war Kätchen bestimmt nicht zu verachten, so wohlgestaltet, wie sie war. Sie konnte ihm noch weitere Söhne gebären.

Bei Hildes Tod waren die beiden Großen glücklicherweise schon elf und zehn Jahre alt gewesen, sodass sie für mancherlei Tätigkeit eingesetzt werden konnten. In dem Alter gingen die Kinder eigentlich zur Schule, aber die Arbeit hatte nun mal Priorität. Da konnte der Lehrer ruhig schimpfen. Das Lesen und Schreiben hatten seine Söhne trotzdem gelernt.

Durch die Unterstützung der Großen hatte sich Ludwig für den kleinen Manfred eine Hilfe leisten können. Sofie, die Haushälterin, war eine fesche Magd, und er hatte manche schöne Stunde mit ihr verbracht,

---

[18] Das erkaltete Roheisen wurde zu Masseln oder auch Luppen zerschlagen. Während der Hüttenzeit brauchte man kräftige Männer, die diese harte Arbeit erledigten.

obwohl sie natürlich als Ehefrau nicht in Betracht kam. Sie stammte von auswärts und hatte keine Familie und keinen Besitz, aber einen unehelichen Sohn, Anton, der schon sechs Jahre alt war, und böse Zungen tuschelten, Ludwig könne der Vater sein. So einem Gerede konnte man nicht entschieden genug entgegentreten, lächelte er in sich hinein. Sofies Sohn würde vielleicht einmal ein guter Knecht werden.

Ludwig setzte seine Runde fort. Der Hüttenbetrieb nahm wieder seinen gewohnten Gang, nachdem der Schichtwechsel um sechs Uhr über die Bühne war. Anders als zur Erntezeit konnten jetzt im September die meisten der Männer nach der Arbeit nach Hause gehen.

Die Männer, die gerade Nachtschicht hatten, schliefen gemeinhin nur sehr wenig und nutzten das Tageslicht, um in der eigenen Wirtschaft zu arbeiten. Und jetzt lagen zwölf schwere Arbeitsstunden vor ihnen. Trotzdem wurde fleißig gearbeitet, denn man hüttete das eigene Eisen. Aber nachts lief der Betrieb schon etwas ruhiger, denn alle verfügbaren Spielräume wurden ausgenutzt, um kleine Pausen zu machen.

Ludwig hatte die Öfen umrundet, war zum Möllerplatz hochgestiegen und beobachtete, wie die Männer die Karren beluden und zur Gicht[19] hinauffuhren. Er wandte sich dem Bereich zu, wo die Schuppen standen, die hier oben im Schnitt etwas größer waren als am Hüttenplatz, da das Vormaterial mehr Platz einnahm als die Gerätschaften und Luppenwagen. Es gab kaum einen Gewerken, der nicht wenigstens einen Bretterverschlag besaß.

Unter den Baracken waren zwei besondere, die den Gewerken gemeinsam gehörten und in denen die unterschiedlichsten Vorräte und Werkzeuge gelagert wurden. Diese Bauten lagen dem Hang der Eisernhardt zugewandt. In diese Richtung ging Ludwig, als er plötzlich innehielt. Hatte er da nicht Geräusche gehört, die aus einem der Hüttenschuppen kamen? Er schmiegte sich an den Stamm eines Baumes und lauschte in die Dunkelheit hinein. Wieder hörte er Geräusche aus dem Verschlag. Dann hoben sich an der Seitenwand des Schuppens zwei Bretter, und nacheinander kamen zwei Männer herausgekrochen. Gerade als sie sich aufgerichtet hatten, stob aus der Gicht eines Ofens eine Funkenwolke in die Höhe und warf ein fahles Licht auf die Szene. Der Schein reichte eben aus, damit

---

[19] Gicht heißt die obere Öffnung des Ofens, durch die die Gase abziehen und das Material eingebracht wird.

Ludwig die Gesichter erkennen konnte. Zwei der jungen Fremdarbeiter, Adolf und Peter, die je zwei Flaschen bei sich trugen.

Ludwig konnte sich sofort denken, was hier geschah. Im Schuppen wurden auch Brandweinfässchen gelagert, die den Gewerken gehörten. Zu besonderen Gelegenheiten wurde aus diesen Fässchen Schnaps in verschließbare Gefäße gezapft, der dann an die Hüttenarbeiter verteilt wurde. Anscheinend hatten sich Adolf und Peter Flaschen abgefüllt und wollten sie jetzt mitsamt dem Inhalt entwenden. Wahrscheinlich versteckten sie diese irgendwo, bis sie ausgetrunken waren, und brachten sie leer zurück oder füllten sie gleich wieder neu ab.

Einem Impuls folgend, beschloss Ludwig, die Diebe nicht hier zur Rede zu stellen, sondern erst zu erkunden, was sie weiter unternahmen. Die beiden verschwanden jetzt in einem Gebüsch seitlich vom Schuppen. Ludwig war nie aufgefallen, dass man an dieser Stelle passieren konnte. Er wartete kurz und erkundete dann das Strauchwerk. Tatsächlich musste man nur ein paar dicht belaubte Äste zur Seite schieben, um im Gebüsch verschwinden zu können. Hinter dem Dickicht trat der Fels zutage, man konnte auf ihm wie auf einem Weg weitergehen. Peter und Adolf schlichen vor ihm entlang und bogen gerade rechts ab ins *Tiefe Seifen*, so hieß das kleine Tälchen, das sich in den Hang der Eisernhardt schnitt.

Vorsichtig folgte Ludwig den beiden. Als er die Biegung erreichte und um die Bergkante sah, staunte er nicht schlecht. Durch den felsigen Untergrund war hier eine Fläche von vielleicht sechs mal zehn Metern unbewachsen, während ringsum dichtes Gebüsch stand. Ein nahezu perfektes Versteck, dachte er. Er glaubte nicht, dass dieser Platz im Dorf bekannt war, denn von dem Pfad, der sich weiter unten durchs *Tiefe Seifen* zur Eisernhardt hoch schlängelte, war er nicht zu sehen. Und von der Hütte aus vermutete man nur etwas Strauchwerk vor dem steilen Berghang. Auf diesem Platz saßen jetzt die Übeltäter und hatten begonnen, sich am Alkohol gütlich zu tun. Ludwig überlegte kurz, wie er vorgehen sollte.

Dann trat er vor mit den Worten: „Na so was! Adolf und Peter mit dem Schnaps der Gewerken!“

„Der Schulze!“, entfuhr es Adolf.

Sein Freund und er saßen wie versteinert da. Da sie erkannt worden waren, würde ihnen Weglaufen nicht helfen.

„Das treibt ihr wohl schon lange so“, sagte Ludwig und ging auf die Diebe zu.

Neben dem Sitzplatz gab es eine kleine Felsnische, in der sie wohl den Schnaps lagerten, den sie ja nicht auf einmal trinken konnten. Jetzt warf er einen Blick in die Nische und sah, dass da auch einiges Handwerkszeug lag.

„Ah, ihr verkauft wohl auch noch gestohlenes Werkzeug! Kein Wunder, dass immer so viel fehlt.“ Als keine Antwort kam, ergänzte er: „Also ja. – Und was mache ich jetzt mit euch?“ Die letzte Frage hatte er nur noch gemurmelt, mehr an sich selbst gerichtet.

Adolf und Peter saßen noch immer wie erstarrt. Was der Schulze auch mit ihnen machen würde, so war für sie die schlimmste Konsequenz, dass sie ihren Job verlieren würden. Ohne das Geld, das sie hier auf der Hütte verdienten, konnte die Familie zu Hause kaum überleben. Und was würden die Eltern sagen? Sie würden Schimpf und Schande über die Angehörigen bringen.

Peter hatte bemerkt, dass der Schulze zu überlegen schien, und verlegte sich aufs Bitten: „Wir sind immer fleißig gewesen, aber bei dem kargen Lohn kann man uns nicht verdenken, dass wir uns das Leben ein bisschen versüßen, und ohne einen kleinen Nebenverdienst können wir die Familien zu Hause gar nicht über Wasser halten.“

Ludwig war inzwischen zu einem Entschluss gekommen und sagte: „Eigentlich müsste ich euch sofort rausschmeißen, aber ich will noch einen Tag darüber nachdenken.“ In seinem Kopf war eine nebulöse Idee entstanden. „Ihr verschwindet jetzt sofort in euer Quartier“, polterte er weiter. „Erzählt erst mal niemandem, dass ich euch erwischt habe. Das Werkzeug und der Schnaps bleiben hier, alles ist beschlagnahmt. Morgen werde ich mein Urteil über euch sprechen.“

8. Tillmann, September 1782

Am Samstagmorgen machte Tillmann in Obernau das Gespann fertig. Er wollte zeitig aufbrechen. Heute würde vielleicht ein wichtiger Tag werden. Je früher er in Eisern war, desto mehr Zeit konnte er mit Kätchen verbringen, falls sie das überhaupt wollte. An ihm sollte es jedenfalls nicht liegen.

Auf der Höhe in Richtung Rödgen kam ihm ein anderes Gespann entgegen. Glücklicherweise hatte der Weg hier zwei Fahrspuren, denn sonst hätte eins der Fuhrwerke bis zur nächsten Ausweichstelle rückwärtsfahren müssen, was nicht einfach war. Beide fuhren langsam weiter und grüßten sich.

Das wird verdammt eng, dachte Tillmann und versuchte, so weit wie möglich nach rechts an den Rand der Spur zu fahren. Gerade als sich die beiden Wagen nebeneinander befanden, rutschte ein Rad an einem Stein ab, und die beiden Karren schlugen derb gegeneinander. Die Ochsen gingen in ihrem Trott weiter, und es hatte den Anschein, als ob alles glatt liefe. Die Fahrzeuge kamen voneinander frei, es konnte vorwärtsgehen. Doch kaum waren sie ein paar Meter gefahren, gab es einen Krach, und Tillmanns Wagen hing links ganz schief. Das Rad hatte sich von der Nabe gelöst und kam in der anderen Fahrspur zum Liegen.

„Mist!“, entfuhr es Tillmann, fast wäre er vom Bock gefallen.

Dann registrierte er, dass der andere Kutscher von seinem Problem gar nichts mitbekommen hatte, da sein Karren laut ratterte.

Schnell lief er ihm ein Stück hinterher und rief, so laut er konnte: „Hey, hallo, hilf mir mal!“

Glücklicherweise hörte der andere ihn, brachte sein Gefährt zum Stehen, stieg ab und kam zurück.

„Was ist denn geschehen?“, fragte er verwundert und stellte sich dann vor: „Ich bin übrigens Henner.“

„Ich heiße Tillmann.“ Dann zeigte Tillmann auf das am Boden liegende Rad und sagte: „Das muss passiert sein, als eben die Wagen gegeneinanderschlugen. Heute Morgen beim Losfahren war noch alles in Ordnung.“

„Das ist ganz schön blöd. Das bekommen wir hier nicht repariert. Lass mich mal überlegen.“ Henner dachte angestrengt nach. „Zum Hofgut ist es von hier noch fast eine Wegstunde und nach Kaan oder Dielfen noch weiter. Bis also vom Rödgen ein Gespann hier sein kann, dauert es gut zwei Stunden.“

„Die haben nicht eben mal ein Gespann frei“, überlegte Tillmann.

„Vielleicht doch", entgegnete Henner. „Du brauchst ja nur einen leeren Karren. Den kann ein Pferd hierherfahren. Wir laden die Kohlen um, und du lässt dann das Rödger Fahrzeug mit deiner Ladung hier stehen. Mit dem leeren Wagen kommst du, wenn du ganz vorsichtig fährst, mit hängender Achse nach Niederdielfen. Der Dorfschmied dort macht, glaube ich, auch gute Stellmacherarbeit. Du kannst morgen oder am Montag wieder hier sein und umladen. Gib den Rödgern ein Trinkgeld, dann holen sie sich den leeren Karren sicher selbst ab. Wenn du Glück hast, verlierst du nur einen Tag. Ich helfe dir natürlich noch beim Umladen der Kohlen. Aber dann muss ich weiter. Ob ich dann heute noch bis Hilchenbach komme? Na ja, sonst übernachte ich halt in Netphen."

Tillmann wurde sich seiner Situation jetzt erst richtig bewusst. „Mist, Mist, Mist", sagte er. „Und das ausgerechnet heute!"

Henner schien ein routinierter Fuhrmann zu sein, er kannte alle Dörfer und ihre Möglichkeiten. Er sprach vom Übernachten an fremden Orten, als ob es ganz normal wäre. Andererseits war er sich sehr schnell sicher gewesen, dass man den Wagen hier nicht reparieren könne.

„Lass uns erst noch mal genau nachsehen, was kaputt ist", sagte Tillmann.

„Wenn du meinst", antwortete Henner. Er schien sich mit der Technik gar nicht befassen zu wollen.

Tillmann untersuchte den Wagen und das Rad genauer. Dann betrachtete er auch die direkte Umgebung des Fuhrwerks und sagte: „Das Rad ist noch ganz, und auch die Nabe ist in Ordnung. Nur der Keil, der das Rad auf der Nabe hält, ist gebrochen. Die Scheibe, die zwischen Rad und Keil gehört, ist runtergefallen, aber auch noch intakt. Wir können die Reparatur selbst durchführen."

„Du spinnst ja", entgegnete Henner. „Wir können doch im Leben nicht den voll beladenen Wagen anheben und das Rad auffädeln. Selbst zu zweit nicht. Und heben könnte nur einer, der andere müsste das Rad aufstecken."

„Doch das geht." Henners Widerspruch spornte Tillmann erst recht an. „Ich habe immer meine Axt und meinen Knipp dabei. Damit fällen wir diese kleine Eiche hier. Der Stamm ist gut sechs Meter hoch und oben noch armdick. Das unterste dickste Stück trennen wir ab und legen es als

Widerlager unter den Wagen. Das ergibt dann einen mehr als fünf Meter langen Hebel. Das Holz ist zäh, und die Stange wird halten. Damit können wir unsere Kraft um ein Vielfaches verstärken. Das wird ausreichen, um die Last zu heben. Dann nutzen wir die lange Zügelleine und binden sie oben an den Stamm. Das andere Ende des Riemens werfen wir über den Ast dieser dicken Eiche dort am Wegrand. Wir können dann zu zweit ziehen und den Wagen anheben. Dann binden wir das Ende fest und können das Rad in Ruhe aufstecken. Aus den Ästen schnitze ich einen neuen Keil, und der Wagen ist wieder einsatzbereit."

„Jetzt bist du aber völlig daneben", sagte Henner, klang allerdings schon weniger zögerlich.

„Wo ist denn der Denkfehler in meinem Plan?", fragte Tillmann.

Henner ging nicht auf die Frage ein, sondern sagte stattdessen: „Und wenn's nicht klappt, haben wir zusätzlich wichtige Zeit verloren."

„Aber es wird klappen! Nach deinem Plan verlierst du mindestens drei Stunden und ich einen Tag. Nach meinem brauchen wir beide nicht mal drei Stunden."

So kam es dann auch. Nach gut zwei Stunden war das Rad montiert. Die beiden Männer räumten noch das angefallene Holz aus dem Weg und fädelten die Zügelleine ein.

„Du hast echt was drauf", sagte Henner anerkennend, als er sich wieder auf seinen Wagen setzte. „Es sind wirklich nicht ganz drei Stunden um, und ich kann weiterfahren. So komme ich heute doch noch nach Hilchenbach. Ich wünsche dir eine gute Fahrt."

„Auch dir alles Gute", sagte Tillmann, „und vielen Dank für deine Hilfe. Ohne dich hätte es nicht so gut geklappt." Dann bestieg auch er sein Gefährt und setzte den Weg nach Eisern fort.

Wilhelm erwartete die Kohlelieferung gegen elf Uhr auf der Hütte. Er hatte ausgerechnet, dass Tillmann jetzt im September bis drei Uhr in Eisern bleiben könnte, um vor dem Dunkelwerden wieder in Obernau zu sein. Da er Kätchen treffen sollte, würde er ihn erneut zum Mittagessen einladen.

Aber es wurde zwölf, und die Lieferung traf nicht ein.

Um halb eins murmelte Wilhelm vor sich hin: „Wer weiß, was passiert ist? Das Leben steckt voller Überraschungen. Dann gehe ich eben allein zum Mittagessen."

Zu Hause hatten die Frauen alles zum Essen vorbereitet, als der Hausherr eintrat.

„Gut, dass ihr hier seid", sagte Lisbeth, „viel länger hätten wir das Essen nicht warmhalten können."

„Tillmann ist nicht gekommen, ich bin allein."

Verblüfft sah Lisbeth auf. Kätchen erschien in der offenen Küchentür und blickte besorgt drein. Sie hatte den Vater sprechen hören.

„Was ist denn passiert?", fragte sie nach.

„Ich kann es doch auch nicht wissen. Er ist einfach nicht gekommen," entgegnete Wilhelm.

Es blieb still. Keiner wusste so recht, was er sagen sollte. Lisbeth brach als erste die Stille: „Dann essen wir eben allein, heute kommt er sicher nicht mehr."

Beim Essen war die Stimmung der Familie trübe. Jeder hing seinen Gedanken nach. Man machte viele Pläne und oft kam etwas dazwischen. Wie war der Mensch so klein und hilflos, ging es Wilhelm durch den Kopf. Krankheit und Tod regierten in alles Planen übermächtig hinein. Aber oft reichte schon widriges Wetter und ungeschicktes Verhalten Einzelner, um einem einen Strich durch die Rechnung zu machen. Das konnte man einfach nicht verhindern.

Am ärgerlichsten fand er das viele Leid, das sich die Menschen gegenseitig zufügten. Es erschien ihm so vermeidbar, so unnütz. Aber Egoismus, Neid und Missgunst waren sehr starke Triebfedern menschlichen Handelns. Dabei war gerade das Siegerland ein gutes Beispiel dafür, wie viel Menschen erreichen konnten, wenn sie an einem Strang zogen. Die Eisenindustrie lebte vom gemeinschaftlichen Handeln. Alles gehörte allen gemeinsam, der Wald, die Öfen, die Hammerschmieden. Nur so konnte ein gewisser Wohlstand entstehen.

Auch im dörflichen Leben gab es viele genossenschaftliche Besitzformen wie das Backhaus und die Mühle. Aber auch wenn ein Bachlauf zu regulieren oder eine Furt zu befestigen war, mussten alle mitmachen, und alle profitierten von den gemeinsamen Projekten. Na gut, beim

Profitieren gab es Unterschiede. Einer erzielte vielleicht bei einem Projekt einen größeren Vorteil als andere. Da begannen oft Neid und Missgunst. Nicht selten regierte das Motto: *Eher sollen alle keinen Vorteil haben, als dass mein Nachbar einen größeren hat als ich.* Eine solche Haltung machte Wilhelm traurig.

Aber er wollte nicht undankbar sein. Wie viel Fortschritt hatte die moderne Zeit gebracht? Er sah in die Ecke der Stube auf seinen gepolsterten Schaukelstuhl. Wie bequem saß er abends darauf. Sein Vater hatte so etwas noch nicht gehabt. Und die Uhren – in vielen Häusern gab es heute schon eine Standuhr. Einzelne Gewerken hatten sogar eine Taschenuhr.

Wilhelm schüttelte innerlich den Kopf. Man kann es auch übertreiben, dachte er. Wenn man sah, wie Ludwig Göbel seine Taschenuhr mit stolzgeschwellter Brust an der Kette herauszog, dann meinte man, er würde gleich laut rufen: *Seht alle her, ich habe eine, ihr nicht.*

Vor allem aber auf der Hütte gab es viel technischen Fortschritt. Zum Beispiel war der Ofen 2 vor drei Jahren neu aufgebaut worden, viel höher als sein Vorgänger und mit zwei Blasformen. Er hatte auch eine neue Gebläsemaschine bekommen. So gewaltige Blasebälge hatte es vorher nie gegeben! Der neue Ofen war auch viel produktiver. Er erzeugte anderthalbmal so viel Eisen in gleicher Zeit und brauchte dabei pro Luppenwagen zwei Wagen Kohle weniger.

Betrachtete man die gewaltigen Fortschritte, erkannte man, dass sich viele menschliche Planungen doch umsetzen ließen. Nur der Wunsch nach einem Schwiegersohn, der sollte Wilhelm wohl verwehrt bleiben.

Kätchen war verstört und wusste nicht, warum. Tillmann kam doch nicht. Dabei hatte sie am Donnerstag bei der Mühle entschieden, dass er sowieso keine Alternative für sie war. Sie hatte sich schon die Worte zurechtgelegt, mit denen sie ihm sagen wollte, dass es keine Art sei, sich über ein Jahr lang nicht zu melden. So konnte man kein Mädchen für sich gewinnen. Und jetzt kam er einfach nicht. Eigentlich machte das ja alles einfacher. So musste sie ihm gar nichts erklären. Wieso war sie dann so enttäuscht, so aufgewühlt? Sie hatte entschieden, heute Abend ins Wirtshaus zu gehen. Jetzt verspürte sie überhaupt keine Lust mehr dazu. Warum denn nicht? Was war nur mit ihr los?

Nach dem Abräumen des Tisches sagte sie zu Emma: „Wir wollten doch später noch zum Kalmberg in den Garten. Wollen wir schon etwas früher gehen?"

„Das können wir machen", antwortete Emma. „Ich mache noch etwas fertig. In zehn Minuten können wir los."

Wilhelm hatte sich derweil eine Pfeife angezündet und ging vors Haus. Dort stand eine Bank, auf der Lisbeth schon auf ihn wartete. Samstags nach dem Essen durfte man sich eine kleine Pause gönnen. Schweigend saßen die Eheleute nebeneinander. Auf dem Fahrweg sahen sie Kätchen und Emma durch die Furt zum Garten am Kalmberg gehen.

Vom Dorf her hörte man ein Gespann, das sich ratternd näherte. Jetzt tauchte es rechts neben der Kapelle auf, und Wilhelm schaute hinüber.

„Das ist ja Tillmann!", rief er aus. „Da kommt er doch noch!" Als der Wagen sich näherte, fragte er: „Was ist denn passiert, Junge, warum bist du so spät?"

„Ich hatte einen kleinen Unfall, aber es ist nichts Schlimmes passiert. Es hat mich nur drei Stunden gekostet."

„Bin ich erleichtert", seufzte Wilhelm. „Die Einzelheiten kannst du uns später erzählen. Lass uns sofort zur Hütte fahren, damit wir Jupp und Hannes noch erwischen, bevor sie über Sonntag nach Hause gehen." Zu Lisbeth gewandt sagte er: „Hier halt mal die Pfeife, ich nehme mir Hut und Schürze, damit ich beim Abladen helfen kann."

Die Ledersachen hingen direkt hinter der Tür am Haken, sodass Wilhelm gar nicht richtig ins Haus musste, um sie zu holen. Als er kurze Zeit später auf den Wagen gestiegen war, fasste er sich mit der rechten Hand nachdenklich ans Kinn und wandte sich dann an Lisbeth: „Hör mal, jetzt ist es aber schon spät. Unser junger Freund hier kann heute unmöglich noch nach Obernau zurück."

Lisbeth lächelte: „Das ist mir klar, aber das ist kein Problem. Wenn Emma gleich wiederkommt, kann sie die Kammer oben fertig machen. Dort kann Tillmann schlafen. Ihr müsst euch jetzt aber beeilen, sonst sind Hannes und Jupp wirklich schon weg. Wenn ihr wiederkommt, können wir Kaffeetrinken."

Tillmann ließ die Tiere wieder anziehen und schaute sich noch einmal um. Kätchen war nicht zu sehen.

Auf dem Weg zur Hütte fragte er: „Was ist denn mit Jupp und Hannes? Dürfen sie denn einfach während der Arbeit weggehen? Das habe ich nicht ganz verstanden."

„Ja, das kennt ihr in Obernau sicher nicht. Auch bei uns gibt es das noch nicht so lange. Hannes und Jupp sind keine Knechte, die mit im Haus oder im Dorf leben. Sie sind sogenannte Fremdarbeiter. Sie kommen aus Hessen und haben dort ihre Familien. Die meistens von ihnen sind junge, unverheiratete Männer. Auf der Hütte werden mehr Arbeiter gebraucht, als es im Dorf gibt. Deshalb kommen diese Männer montagsmorgens zur Schicht. Damit sie das schaffen, müssen sie gegen Mitternacht zu Hause losgehen. Die Woche über leben sie in einfachen Unterkünften, die wir für sie über der Hütte gebaut haben. Samstagnachmittags zwischen drei und vier gehen sie nach Hause. Dort kommen sie dann, je nachdem, wo sie wohnen, um neun oder zehn Uhr an."

„Diese Lebensweise stelle ich mir aber nicht einfach vor", bemerkte Tillmann.

„Das ist sie auch nicht", entgegnete Wilhelm. „Aber zu Hause haben sie keine Verdienstmöglichkeiten, und auf der Hütte verdienen sie gutes Geld. Die meisten sind sehr fleißig, oft fleißiger als die Einheimischen. Mit Hannes und Jupp haben wir zwei gute Leute gewonnen. Sie arbeiten mit Verstand. Ich wüsste nicht, wie ich ohne sie klarkommen sollte."

„Gibt es denn viele solcher Arbeiter?", fragte Tillmann nach.

„Es werden schon über 20 sein, und ich glaube, es werden immer mehr", antwortete Wilhelm.

Ludwig saß in seinem Kontor, so nannte er die kleine Kammer, die dem Schulzen auf der Hütte zur Verfügung stand, um Schreibarbeiten zu erledigen und die Arbeits- und Schichtpläne zu erstellen. Das Anfertigen dieser Pläne war gar nicht einfach. Eine Blashütte im Siegerland hatte eine Hüttenreise von 60 Tagen. Gewöhnlich wurde diese Zeit aber noch in zwei Perioden unterteilt. Die erste verlief etwa von Ostern bis Pfingsten, und die zweite begann an Michaelis, also am 29. September. In dieser Zeit hatten die Hütten das Wasserrecht. Da es in Eisern so viel Eisenerz gab, durfte die Hütte als einzige im Siegerland dreimal 60 Tage produzieren. Trotzdem hielt man sich in etwa an die traditionellen Perioden, sodass es eine Frühjahrs- und eine Herbstperiode gab.

Der Begriff *Hüttentag* war ein wenig verwirrend, denn er hatte zwei Bedeutungen. Zum einen stand er für einen Produktionstag. In diesem Sinne gab es in Eisern 180 Hüttentage. Zum anderen stand er aber auch für einen Anteil an einem Ofen, und jeder Ofen hatte 48 Anteile. Bei zwei Öfen waren das 96 Anteile oder 96 Hüttentage.

Nun machte zwar jeder Gewerke sein eigenes Eisen, aber das durfte man sich nicht so vorstellen wie im Backhaus, wo man seine Backzeit hatte und dann hinging und backte. An der Hütte musste jeder Anteilseigner Arbeiter stellen, die die ganze Zeit verfügbar waren. So hatte man für den Hüttenbetrieb zum Beispiel 50 Männer. Daraus musste man die Tag- und Nachtschicht bilden, man musste Masselschläger auswählen und die Gicht besetzen. Es gab Arbeiter am Stichloch und welche, die die Schlacke bearbeiteten. So schlug zum Beispiel ein Masselschläger mit seinen Kollegen die Masseln für alle Gewerken.

Grob gerechnet stellte ein Gewerke pro Hüttentag, den er besaß, etwa eine halbe Arbeitskraft zur Verfügung, das konnte er selbst sein, jemand aus der Familie oder ein Knecht, nur kompetent musste er sein. Und aus diesem wilden Haufen von Arbeitskräften formte der Schulze eine Mannschaft, sodass zu jeder Zeit jede Stelle besetzt war. Da hatte man schon was zu tun, zumal auch immer mal jemand ausfiel.

Die Fremdarbeiter stellten noch ein besonderes Problem dar. Wenn die Gewerken, die sie bezahlten, ihnen gestatteten, über Sonntag nach Hause zu gehen, und das erlaubten einige, dann mussten sie für entsprechenden Ersatz sorgen, der wieder einzuplanen war.

Adolf und Peter, die Ludwig am Donnerstag beim Diebstahl ertappt hatte, waren solche Fremdarbeiter, die von Daubs als Arbeitskräfte beigestellt wurden und über Sonntag nach Hause gehen durften. Damit sich der weite Weg lohnte, konnten sie schon um drei Uhr ihre Arbeit beenden und um vier das Gelände verlassen.

Ludwig hatte gestern eine Entscheidung über sie treffen wollen, dann aber nur gesagt, dass sie heute nach der Arbeit um 15 Uhr in sein Kontor kommen sollten, das im ersten Stock des Vorbaus vom Ofen 2 lag. Ein Fenster des Raums war ins Innere des Ofenvorbaus gerichtet, sodass man einen guten Blick auf das Stichloch[20] und das Schlackeloch[21] hatte. Dieser Bereich wurde Gießhalle genannt.

Ludwig schaute durch das andere Fenster, das die Aussicht zum Hüttenplatz freigab, und registrierte, dass Peter und Adolf im Anmarsch waren. Oben am Möllerplatz vor Schölers Schuppen bemerkte er Wilhelm, der mit seinen Leuten einen Wagen Kohlen ablud. War da nicht wieder dieser Bauerntölpel dabei? Er erinnerte sich noch genau an die Zurechtweisung, die er von dem angesehenen Gewerken wegen dieses jungen Mannes erhalten hatte.

Auf der Treppe hörte er Adolf und Peter, die bald darauf sein Büro betraten. Sie waren darauf vorbereitet, dass sie entlassen würden und auch der ausstehende Lohn nicht mehr gezahlt würde, als Ausgleich für das gestohlene Gut. Eigentlich wurden sie von der Familie Daub bezahlt, aber der Schulze hatte die Macht, in einem solchen Fall direkt zu entscheiden. Wie enttäuscht würde die Verwandtschaft zu Hause sein, wenn sie heute Abend von all dem hörte.

Ludwig drehte sich jetzt vom Fenster weg, sah die beiden lange an und fragte dann: „Habt ihr etwas zu eurer Entschuldigung vorzubringen?“

Adolf entgegnete: „Herr, überlegt es euch doch noch mal. Wir haben immer gut gearbeitet und uns problemlos in die Mannschaft eingefügt. Bitte geben Sie uns noch eine Chance, wir würden uns auch bestimmt erkenntlich zeigen und selbst die niedersten Dienste für Sie übernehmen.“

In Ludwig war in der Zwischenzeit eine Idee gereift, und er beschloss, sie in die Tat umzusetzen: „Vielleicht bin ich bereit, Gnade vor Recht ergehen zu lassen und euch noch eine Chance zu geben. Allerdings müsste ich daran ein paar Bedingungen knüpfen, die sicherstellen, dass ihr es auch wert seid.“

„Nennt eure Bedingungen, Herr Schulze, wenn wir können, werden wir sie bestimmt erfüllen“, sagte jetzt Peter.

---

[20] Aus dem Stichloch fließt das flüssige Eisen aus dem Ofen.

[21] Das Schlackeloch liegt etwas höher. Die Schlacke ist leichter als das Eisen und schwimmt daher auf dem Eisen. Durch das Schlackeloch wird die Schlacke aus dem Ofen abgezogen.

„Ihr müsstet für mich ein paar Handlangerdienste übernehmen. Wenn ihr die treu erledigt, dann könntet ihr unverändert in eurer Anstellung bleiben. Allerdings müsstet ihr mir zuerst dieses Schuldeingeständnis unterzeichnen, damit ich etwas in der Hand habe, falls ihr euch als unwürdig erweist."

„Das wollen wir gern unterschreiben", sagte Peter.

Adolf stimmte zu und fragte dann: „Was sollen wir denn für euch machen?"

„Das sind Kleinigkeiten, was es genau ist, erfahrt ihr früh genug. Also, was ist jetzt?" Dabei legte Ludwig das vorformulierte Geständnis vor die Missetäter auf den Schreibtisch.

Die beiden sahen sich fragend an, es schien ihnen etwas mulmig zu werden. Peter griff zuerst zur Feder, setzte seinen Namen unter den Text und reichte sie an Adolf weiter, der auch unterschrieb.

Ludwig nahm das Papier, faltete es zusammen, steckte es ein und sagte: „So, und jetzt macht, dass ihr nach Hause kommt. Nächste Woche sehen wir weiter."

Das ließen sich die beiden nicht zweimal sagen. Sie liefen die Treppe hinunter über den Hüttenplatz zu ihrem Quartier, wo sie die wenigen Habseligkeiten für den Gang nach Hause abholen wollten.

Oben am Fenster sah Ludwig den beiden nach. Er klopfte auf das Papier in seiner Jackentasche und dachte, dass sich dieses Schreiben vielleicht noch in Gold verwandeln konnte.

9. Junge Liebe, September 1782

Wie schon einmal setzte sich Tillmann an den gedeckten Tisch in Schölers Stube. Die Standuhr in der Ecke zeigte zehn nach vier. Glücklicherweise waren Hannes und Jupp noch nicht weg gewesen, und das Abladen war reibungslos verlaufen. Dann hatte er die Tiere versorgt und im Stall untergebracht. Diesmal standen drei Gedecke auf dem Tisch. Für jeden gab es außer einem ungewöhnlich kleinen Teller einen Wasserbecher und zusätzlich einen zierlich gearbeiteten Becher, den Lisbeth eben *Tasse* genannt hatte. Sogar einen Kuchen hatte sie gedeckt.

Wilhelm sagte: „So, jetzt musst du uns aber mal genau erzählen, was heute Morgen passiert ist."

Aber Tillmann war noch in die Betrachtung des Tisches vertieft. Vor allem grübelte er darüber, warum es lediglich drei Gedecke gab. Das konnte nur bedeuten, dass Kätchen nicht da war. Ging denn heute alles schief? War er ganz umsonst gekommen? Er fragte daher etwas plump, ohne auf Wilhelm einzugehen: „Ist denn Kätchen nicht da?"

Wilhelm stutzte über die direkte Frage und blickte zu seiner Frau.

„Nein", antwortete Lisbeth, „sie ist noch mit Emma im Kalmbergsgarten. Aber ich denke, sie wird gleich wiederkommen."

Als ob das Kätchens Stichwort gewesen wäre, hörten sie jetzt die Hintertür.

„Wir sind wieder da!" Ihre glockenhelle Stimme erklang im Flur. Sie öffnete die Tür zur Stube, und als sie Tillmann sah, errötete sie jäh.

„Du bist ja doch gekommen", sagte sie und senkte den Blick.

Tillmann erhob sich, ging auf das Mädchen zu und schüttelte ihr die Hand. „Hallo, Kätchen, wie freue ich mich, dich zu sehen." Leicht berührte er sie am Arm.

„Ich freue mich auch", antwortet sie und hielt den Blick gesenkt.

Lisbeth spürte die starke Verlegenheit, die sich im Raum ausbreitete, und empfand eine gewisse Genugtuung. Um das Gespräch wieder in Gang zu bringen, sagte sie: „Gut, dass du da bist, Kätchen, nimm dir ein Gedeck und setz dich zu uns. Tillmann ist heute Morgen ein Unfall passiert, und er wollte uns gerade erzählen, was genau geschehen ist."

Bei dem Wort *Unfall* erschrak Kätchen, und die Röte verschwand aus ihrem Gesicht. Aber Tillmann stand gesund vor ihr. Deshalb sagte sie erst mal nichts und folgte der Aufforderung der Mutter.

„Also, das war so", fing Tillmann an und erzählte in nüchternen Worten, wie es am Morgen zugegangen war. „Dadurch bin ich viel zu spät angekommen", endete er schließlich. „Es tut mir sehr leid."

Wilhelm ließ das Gehörte einen Moment lang sacken und lobte dann: „Junge, Junge, – alle Achtung! Du hast sehr umsichtig gehandelt. Längst nicht jeder hätte diese Situation so souverän gemeistert."

Kätchen hatte sich während des Berichts wieder etwas gefangen und sah Tillmann jetzt offen an. Sie fand sein Handeln auch sehr überlegt. Es kam selten vor, dass ihr Vater offen ein Lob aussprach. Und wenn er so etwas sagte, dann meinte er es auch. Sie war ein bisschen stolz auf Tillmann.

„Jetzt verteil mal den Kuchen, Kätchen, sonst sind wir ja heute Abend noch nicht fertig", sagte die Mutter. „Ich gehe in die Küche und gieße den Kaffee auf."

Kaffee! Tillmann hatte von diesem Getränk gehört, das in den Städten immer mehr in Mode kam. Der Kaffee wurde wohl aus fremden Ländern eingeführt, die so weit entfernt waren, dass man nichts über sie wusste.

Wie schnelllebig doch unsere Zeit ist, dachte er. Er hatte noch nie Kaffee getrunken und war gespannt, wie er wohl schmecken würde.

Lisbeth kam mit einer großen Kanne aus der Küche, die einen angenehm aromatischen Duft verströmte. Sie goss das braune Getränk in die Tassen. Kätchen hatte auf jeden Teller ein Stück Kuchen gelegt. In Obernau hatten sie nur eine Tellergröße, und das erschien Tillmann auch ausreichend. Aber er musste zugeben, dass die Teller in dieser Größe genau zu den Kuchenstücken passten.

Tillmann hatte Durst, und er wollte außerdem den Kaffee, der so gut roch, unbedingt probieren. Er fasste die feine Tasse mit seiner starken Hand, führte sie zum Mund und nahm einen kräftigen Schluck. Pfui, schmeckte das eklig! Das Getränk war bitter, und sein Mund fühlte sich an, als wäre Sand mit in der Tasse gewesen. Und das sollte etwas Edles sein?!?

Alle lachten. Er hatte wohl eine zu komische Grimasse geschnitten.

Kätchen erklärte: „Du musst warten, bis sich der Kaffee gesetzt hat. Sonst hast du doch das ganze Pulver im Mund."

Jetzt musste auch Tillmann lachen. „Ich habe so was noch nie getrunken", gab er zu.

Plötzlich war alle Befangenheit verschwunden und die gelöste Stimmung, die bei seinem ersten Besuch geherrscht hatte, wieder da. Sie genossen das Kaffeetrinken, auch wenn Tillmann fast nur noch Wasser trank.

Die Tür zum Flur öffnete sich, und Emma sah herein. „Ist noch irgendetwas zu tun?", fragte sie. „Sonst mache ich mich fertig und gehe nach Hause."

„Ach, Emma, gut, dass du dich noch mal meldest", sagte Lisbeth. „Tillmann schafft es heute nicht mehr nach Obernau zurück. Kannst du bitte die Kammer oben fertigmachen, damit er heute Nacht dort schlafen kann?"

„Das habe ich schon gemacht“, antwortete Emma lächelnd. „Wo hätte er denn sonst bleiben sollen?“

„Das ist lieb, du gute Seele, dann wünschen wir dir einen schönen Sonntag.“

Erst dieser Wortwechsel machte Kätchen bewusst, dass Tillmann über Nacht bleiben würde. Und heute Abend war das Tanzvergnügen. Sie hatte den Kohlenlieferanten eigentlich kühl empfangen wollen. Merkwürdig, dieser Vorsatz schien einfach so weggeschmolzen zu sein.

Wilhelm ergriff das Wort und lächelte dabei tiefgründig. „So, da wir jetzt neue Kohle haben, muss ich die Planung für nächste Woche anpassen und noch ein paar Abrechnungen machen. Aber wir dürfen unseren Gast nicht unhöflich behandeln. Wie wäre es, Kätchen, wenn du ihn ein wenig durch den Ort führst und ihm das ein oder andere zeigst, solange es noch hell ist? Zum Abendessen seid ihr dann wieder da.“

Lisbeth bekräftigte: „Das ist eine gute Idee, ich habe nämlich auch noch einiges zu tun.“

Tillmann hatte nicht damit gerechnet, dass es so einfach sein würde, mit dem Mädchen allein zu sein, und wusste gar nicht, was er sagen sollte.

Kätchen fing sich schneller. „Das machen wir. Komm, wir gehen“, sagte sie und wandte sich zur Hintertür. Dort vergewisserte sie sich, dass niemand in der Nähe war, und sagte dann: „Lass uns zuerst zur Mühle gehen, da bin ich immer gerne.“

Am Mühlrad erzählte sie, wie viel man in diesem Rad sehen könne und wie viel man von ihm lernen konnte.

Tillmann staunte. Dieses Mädchen war nicht nur ausnehmend hübsch, sie hatte auch sehr tiefe und schöne Gedanken.

„Weißt du“, sagte er, „wenn ich nachts am Meiler sitze und im Hintergrund das Wässerchen plätschert, kommen mir ganz ähnliche Gedanken. In Obernau sind wir der Natur sehr verbunden. Ich bin gerne im Wald. Ich liebe den Duft des Laubs nach einem Regenschauer. Und dann muss ich hergehen und die Bäume fällen. Ich schichte die Stämme zu einem Meiler auf und zünde das alles zerstörende Feuer an. Dabei könnte ich trübsinnig werden. Nach etlichen durchwachten Nächten sehe ich auf die dampfenden Reste des Holzes und stelle fest, dass ein wunderbarer neuer Stoff daraus geworden ist: die Kohle. Mein Blick fällt auf die Stümpfe der

Bäume, und ich bemerke, wie überall frische, junge Triebe daraus hervorbrechen, so als hätten sie nur darauf gewartet, dass jemand die Stämme abschlägt. Dann denke ich, wie wunderbar und unbegreiflich Gottes Wege mit uns Menschen sind. Ich meine zu verstehen und verstehe doch nichts."

Jetzt war Kätchen an der Reihe mit Staunen. War Tillmann nicht nur attraktiv? Waren sie vielleicht seelenverwandt? Und noch vor zwei Tagen hatte sie sich hier am Mühlrad eingeredet, dass Tillmann für sie als Ehemann nicht infrage käme. Wie töricht erschien ihr das jetzt. Kein Wunder, dass das Mühlrad stehen blieb. Sie lächelte in sich hinein.

Andererseits hatte sie am Donnerstag vernünftig überlegt. Und nun ließ sie einfach ihren Gefühlen freien Lauf. Das konnte nicht gut gehen. Im Leben zählten rationale Fakten, nicht Gefühle.

„Warum hast du eigentlich nie geschrieben?", fragte sie jetzt. „Irgendwie hatte ich damals das Gefühl, es sei so was wie ein Funke zwischen uns übergesprungen. Da hat es mich schon gewundert, dass du nie mehr an mich gedacht hast."

„Ach, Kätchen, wenn du wüsstest, wie oft ich an dich gedacht habe." Tillmann lachte. „Man könnte sagen, nur einmal, nämlich die ganze Zeit."

„Das kann ich kaum glauben", entgegnete sie, „dann hättest du dich ja wohl gemeldet."

„Wie gerne hätte ich das getan!", antwortete er. Dabei veränderte sich seine Miene. Es sah fast so aus, als ob er aus einem Traum erwachte. „Denk doch mal nüchtern. Du, die angesehene Gewerkentochter mit Wald, Gruben, Hüttenzeit und Einfluss. Und was habe ich? Nicht einmal Ahnung vom Eisen. Ich habe jetzt schon wieder ein schlechtes Gewissen, dass ich deine wertvolle Zeit stehle. Und da wunderst du dich, dass ich mich nicht getraut habe, mich zu melden?"

Das waren ja genau die nüchternen Überlegungen, die Kätchen so gut kannte. Dabei musste es wohl bleiben. Die Vernunft würde siegen. Alles andere konnte nur schief gehen.

Die romantische Stimmung, die eben noch geherrscht hatte, war wie weggeblasen.

„Lass uns weitergehen", sagte Kätchen nach einer Weile. Sie überlegte kurz, ob sie sich Richtung Dorf wenden sollte, entschied sich dann aber für den Weg, der zum Kalmberg und ins Rensbachtal führte. Sie wollte heute niemandem begegnen.

Nachdenklich schlenderten sie nebeneinanderher. Nur als sie den Bach überquerten und über die Steine turnten, lachten sie und fühlten sich einen Moment lang wie spielende Kinder.

Im Rensbachtal waren die Wiesen kürzlich noch einmal gemäht worden. Tillmann fiel auf, dass es um Eisern herum nicht viel Grasland gab. Da musste man mit dem Heu haushalten, um zumindest die benötigten Zugtiere über den Winter zu bringen.

„Ich habe so viel überlegt“, fing Tillmann erneut an, „ob ich das nicht alles lernen könnte. Aber es ist so viel, und es kamen mir immer wieder Zweifel. Und dann war ich bei Bergrat Roth …“

„Du hast mit dem Bergrat gesprochen?“, fiel ihm Kätchen ins Wort. „Was hat er denn gesagt?“

Natürlich kennt sie den Bergrat, dachte Tillmann, bevor er antwortete: „Er hat mir Mut gemacht. Er will mich sogar unterstützen. Ohne das Gespräch mit ihm hätte ich mich nie getraut, nach Eisern zu kommen. Nach dem Wochenende bei ihm in Siegen war ich entschlossen, um dich zu kämpfen. Ich habe mir gesagt: *Das mit dem Eisen, das packst du.* Aber dann, auf dem Weg nach Eisern, wurde ich immer unsicherer und habe gedacht: *Bestimmt hat sie mich längst vergessen und mag mich sowieso nicht.*“

Kätchen sah ihm tief in die Augen. Dann lachte sie, lief links den Weg zum Burgberg hoch und rief: „Du kriegst mich nicht!“

Tillmann brauchte einen Moment, um sich von seiner Verblüffung zu erholen. Dann rannte er hinter dem Mädchen her, das inzwischen einen beträchtlichen Vorsprung hatte und sich gerade umsah.

Sie hatten fast die halbe Höhe des Burgbergs erreicht, als er sie schließlich erreichte. „Jetzt habe ich dich doch gekriegt!“, rief er, fing sie ein und schlang seine Arme um sie.

Kätchen drehte sich zu ihm, sah ihm in die Augen, und er konnte gar nicht anders, als sie auf die Wange zu küssen. Sie zuckte zusammen, als wäre sie erschrocken, wehrte sich aber nicht.

„Jetzt bist du mir böse“, stellte Tillmann fest und ließ sie los. „Es tut mir leid.“

Kätchen erfasste zaghaft einen Finger seiner Hand und ging weiter den Berg hinauf. Nach einer Weile sagte sie: „Wenn du das wirklich alles auf dich nehmen würdest und meinst, dass du noch einiges vom Eisenmachen lernen könntest, vielleicht gäbe es ja dann doch eine Chance für uns beide.“

Tillmann blieb stehen. Sie würde ihm eine Chance geben?!? Das bedeutete doch, dass sie ihn mochte. Plötzlich war der Kampfgeist, den er verspürt hatte, als er von Siegen zurückgekommen war, wieder da. Ungestüm schloss er seine Arme um sie, und seine Lippen suchten ihren Mund.

Kätchen kämpfte einen Moment lang gegen die sich überschlagenden Gefühle an. Das ging alles viel zu schnell. Aber ihr Körper reagierte stark. Offensichtlich hatte sie, ohne es sich einzugestehen, eine solche Entwicklung ersehnt. Ganz außer Atem erwiderte sie den Kuss.

Dann hielt Tillmann sie ein wenig auf Abstand, sodass sie sich besser in die Augen sehen konnten. Sie sah, wie er schluckte, und Unsicherheit zeichnete sich in seinem Blick ab, als er sagte: „Kätchen, niemand hat mir erklärt, was Liebe ist, aber inzwischen bin ich mir sicher, dass ich dich grenzenlos liebe. Willst du meine Frau werden?“

Kätchen traten die Tränen in die Augen, sie senkte den Blick. Konnte es denn sein, dass dieser Moment, der so unerwartet und plötzlich gekommen war, ihr ganzes Leben verändern sollte? Ihre Vernunft bäumte sich gegen die Gefühle auf. So traf man keine Entscheidungen. Aber wo waren die Argumente? Ihr Verstand fand in diesem Moment nichts, was gegen Tillmann sprach. Es ist eine einmalige Chance schrien ihre Gefühle, und ihr Mund hauchte ein leises, aber vernehmliches: „Ja.“

Tillmann schlang die Arme fester um sie, leidenschaftlicher, und sie gab sich seinem Kuss ganz hin.

Die nächsten Minuten vergingen wie in Trance. Das Umarmen und Küssen wollten kein Ende nehmen.

Schließlich sagte Kätchen: „Lass uns noch nach ganz oben gehen.“ Eng umschlungen stiegen sie zum Gipfel des Burgbergs auf, dessen Hang zum Dorf hin steil abfiel. Vor nicht allzu langer Zeit war dort Hauberg gemacht worden, sodass man von hier oben einen guten Überblick über Eisern hatte. Irgendjemand hatte sogar eine Bank aus kleinen Stämmchen gezimmert. Dort ließen sich die beiden frisch Verliebten nieder, und Kätchen erklärte Tillmann einiges über das Dorf.

Inzwischen war die Dämmerung hereingebrochen. Immer mehr Häuser des Dorfes verschwanden im Grau der hereinbrechenden Nacht. Hier und da konnte man das Licht einer Öllampe sehen. Im Wirtshaus schienen viele Lampen zu brennen, denn es hob sich deutlich aus dem

Dunkel hervor, und man hörte leise Musik von dort den Hang hinaufsteigen.

Kätchen lachte hell auf, gab Tillmann noch einen Kuss und erzählte von dem Tanzvergnügen, das heute stattfinden sollte, und von der Seelenpein, die sie umgetrieben hatte.

„Wenn du nicht gekommen wärst, säße ich jetzt da unten und müsste mir das langweilige Geschwätz der Dorfburschen anhören.“ Bei sich dachte sie, dass sie wahrscheinlich ihre liebe Not gehabt hätte, sich Ludwig Göbel vom Leib zu halten.

Tillmann ergänzte: „Was wäre gewesen, wenn ich heute Morgen nicht das Rad verloren hätte? Dann wäre ich jetzt wieder in Obernau und verzweifelt. Es ist schon seltsam, auf welchen verschlungenen Wegen Gott uns manchmal führt.“

Sie gaben sich noch eine ganze Weile ihrem frischen Glück hin, bevor sie den Rückweg antraten. Je näher sie dem Dorf kamen, umso mehr holte Kätchen die Realität wieder ein. Es gab so viele unbeantwortete Fragen, und Schwierigkeiten zeichneten sich ab. Aber in diesem Moment war sie so glücklich, dass sie gar nicht darüber nachdenken mochte.

Nur eine Frage ließ sich nicht mehr lange verdrängen. Was würden sie den Eltern sagen? Die Abendessenszeit war längst vorbei, als sie durch die Hintertür ins Haus gingen. Aus der Stube fiel der matte Schein der Öllampe, und man hörte Mutters Strickstöcke klappern.

Kätchen ging vor, steckte zaghaft den Kopf in den Raum und sagte: „Es tut mir leid, wir sind etwas spät dran.“

Wilhelm blickte auf: „Es hat doch hoffentlich nicht schon wieder einen Unfall gegeben?“ Das fahle Licht machte es schwer, seine Gesichtszüge zu erkennen. Aber Kätchen erschien es nicht, als ob ihr Vater wirklich zornig war.

Tillmann hatte das Gefühl, dass er nun Farbe bekennen müsse. Deshalb trat er vor Wilhelm, der in seinem Schaukelstuhl saß und leicht wippte. „Es tut mir leid“, sagte er und fiel dann quasi mit der Tür ins Haus. „Ich hätte dich natürlich erst fragen müssen, aber ich habe Kätchen einen Heiratsantrag gemacht, und sie hat ja gesagt.“

Entgeistertes Schweigen erfüllte die Stube.

Dann begann Wilhelm, der aufgehört hatte zu schaukeln, langsam wieder damit. Schließlich sagte er: „Da hat Berta doch recht gehabt …“ In seiner Stimme klang ein verschmitztes Lächeln mit.

Tillmann staunte nicht schlecht. Was hatte das zu bedeuten? Von wem sprach Wilhelm denn da? Er konnte doch unmöglich seine Mutter meinen!

Lisbeth dagegen schien wie vom Donner gerührt. Das Strickzeug war ihr in den Schoß gefallen. Jetzt erwachte sie aus ihrer Überraschung, und es brach aus ihr heraus: „Aber das geht doch alles viel zu schnell. Ihr seht euch heute erst zum zweiten Mal. Was werden denn die Leute denken …?“

Wilhelm unterbrach seine Frau, indem er aufstand und auf Tillmann zuging. Er nahm ihn in den Arm und sagte schlicht: „Herzlichen Glückwunsch, mein Sohn, willkommen bei Schölers.“ Dann wandte er sich seiner Frau zu, die gerade wieder Luft holte und erneut loslegen wollte: „Freust du dich denn gar nicht, Lisbeth?“

„Ja doch, aber …“

„Kein Aber“, unterbrach Wilhelm sie resolut. „Stell dir vor: Ein Schwiegersohn. Und was für einer. Sicher gibt es noch tausenderlei Probleme, aber jetzt wollen wir uns erst mal freuen.“

Er ging zu seiner Tochter, schloss sie fest in seine Arme und gab ihr einen Kuss auf die Wange. Leise, aber vernehmlich flüsterte er ihr ins Ohr: „Gut gewählt, mein Kind.“ Tillmann meinte, die Augen seines zukünftigen Schwiegervaters glitzern zu sehen. Aber bei dem trüben Licht konnte er sich auch täuschen.

Am Sonntagmorgen traf sich die Familie zeitig zum Frühstück. „Heute ist in der Eiserner Kapelle kein Gottesdienst“, erklärte Wilhelm. „Unser Pfarrer Victor Emmelius predigt nur auf dem Rödgen. Gleich werden sich die Leute am Dorfplatz sammeln, um zur Kirche zu laufen. Am liebsten würde ich ja heute mal zu Hause bleiben, wo es doch noch so viel zu besprechen gibt.“

„Ich laufe eben rüber zu Hoffmanns und sage Bescheid, dass du dich gestern etwas überanstrengt hast und sie nicht auf uns warten sollen“, sagte Lisbeth mit einem Lächeln. „Es war ja wirklich ein aufregender Tag.“

„Danke, Lisbeth.“ Wilhelm wandte sich an Tillmann. „Du hast dich ja nicht nur für unser Kätchen entschieden, sondern auch für Eisern und die

Eisenherstellung. Das wird kein Spaziergang, denn du wirst noch sehr viel lernen müssen. Aber du hast eine schnelle Auffassungsgabe und auch technisches Verständnis. Wenn ich daran denke, wie beherzt du gestern gehandelt hast, dann macht mir dein Lernen keinen Kummer. Sorge bereiten mir einige der Eiserner Gewerken. Wenn Menschen es zu etwas Wohlstand bringen, wollen sie oft immer mehr. Dann sehen sie nicht mehr, wie gut es ihnen geht, sondern nur noch, dass es ein anderer vielleicht noch besser hat.

Wir gehören zu den sehr alten Geschlechtern. Schölers hat es in Eisern gegeben, solange man denken kann. Weil Lisbeth und ich keine Söhne haben, sind wir nicht reich, wenn wir auch nicht arm sind. Wir mussten immer viel Geld für Arbeitskräfte ausgeben. Aber wir haben viele Schürfrechte, den Hauberg und vor allem fünf Hüttentage. Für jemanden, der Arbeitskräfte – Söhne – hat, sind gerade die Rechte sehr viel wert und deshalb ist Kätchen eine gute Partie. Ich denke, du hast gemerkt, dass unser Kätchen ein ganz besonderer Mensch ist. Sie ist nicht nur eine attraktive Frau, sondern auch sehr sensibel und tiefsinnig. Sie hat unter den Männern am Ort niemanden gefunden, der ihr zusagt. Und ehrlich gesagt, sehe ich auch keinen, der zu ihr passen würde. Aber du kannst dir vorstellen, was passiert, wenn ein Auswärtiger kommt und sich diesen Happen schnappt. Und wenn dieser Auswärtige dann auch noch vom Eisenmachen wenig versteht, wird das zu Unmut führen. Kurz gesagt: Die Intrigen der anderen könnten euch viel zu schaffen machen."

Tillmann war nachdenklich geworden und meinte: „Es ist aufschlussreich, dass du das so siehst. Mit anderen Worten hat mir Bergrat Roth ziemlich das Gleiche gesagt."

„Ach, du kennst Heinrich Roth?", fragte Wilhelm überrascht.

„Er ist der Sohn eines Jugendfreundes meines Vaters, und ich durfte ihn in Siegen besuchen."

„Ja, ja, der Eberhard, der hat überall gute Kontakte." Wilhelm schmunzelte.

Da fiel Tillmann wieder ein, was Wilhelm gestern Abend gesagt hatte, und fragte: „Was hast du eigentlich gemeint, als du gestern bemerktest, Berta habe recht gehabt?"

„Ach, das ist mir nur rausgerutscht", sagte Wilhelm. Aber dann erzählte er doch, wie sich auch Eltern so ihre Gedanken gemacht hatten.

Lisbeth schaltete sich ein: „Wir müssen überlegen, wie es weitergehen soll. Am liebsten würde ich von der Verlobung erst mal gar nichts erzählen."

Dieser Meinung waren die anderen auch.

„Sobald die Verlobung bekannt wird, werden die Anfeindungen beginnen", sagte Wilhelm. „Wir sollten die Zeit bis dahin nutzen, um Tillmann so viel wie möglich beizubringen. Sprich mal mit deinem Vater, vielleicht kannst du im Herbst eine ganze Woche in Eisern verbringen. Wir würden dich dann als Knecht auf Probe ausgeben, und ich könnte dir schon einiges zeigen."

Kätchen meldete sich zu Wort: „Ich möchte auch mal nach Obernau. Ich muss doch Tillmanns Familie kennenlernen."

„Bald kommt schon der Winter. Da kann man schlecht Hochzeit feiern, zumal, wenn man Gäste von auswärts erwartet. Wir müssen wohl bis zum Frühjahr warten", merkte Lisbeth an.

So verging mit den verschiedenen Planungen der Vormittag schnell. Unmöglich konnten alle Details bereits festgelegt werden. Aber ein weiterer Besuch von Tillmann in Eisern und einer von Kätchen in Obernau sollten in diesem Herbst noch arrangiert werden. Die Hochzeit sollte stattfinden, sobald der Schnee geschmolzen war, also im nächsten Jahr Ende März oder Anfang April. Alles Weitere musste die Zeit bringen.

Nach dem Mittagessen kam der Abschied, der vor allem den Liebesleuten sehr schwerfiel.

Als Tillmann wenig später an der Stelle vorbeikam, an der er am Vortag das Rad verloren hatte, blieb er eine Weile stehen und dankte seinem Schöpfer. Alles war ganz anders und doch so viel besser gelaufen als geplant.

In Obernau saß die Familie Bender am Sonntagnachmittag in der großen Stube zusammen. Tillmann war noch immer nicht zurückgekommen.

Ich muss einfach geduldig sein, sagte sich Eberhard zum wiederholten Mal. Das weiß ich jetzt seit 60 Jahren, und doch bleibt immer die Unruhe.

Das oft tagelange Warten auf Nachricht konnte einen zermürben. Wieder einmal fiel ihm der Vers des Kirchenliedes ein, den er sich so häufig sagte: *Mit Sorgen und mit Grämen und mit selbsteigner Pein lässt Gott sich gar nicht nehmen, es muss erbeten sein.* Er dachte ein stilles Gebet und wurde etwas ruhiger. Eben hatte er eine Pfeife gestopft, die er jetzt zur Hand nahm und anzündete. Wie dankbar musste er sein. Mathias und Magdalene saßen mit den drei Enkeln am Boden und spielten. Berta und Agnes strickten. Jost rauchte auch eine Pfeife und sah zufrieden vor sich hin. Es war ein Segen, so viele liebe Menschen um sich zu haben.

„Ich geh mal vor die Tür und schnappe etwas frische Luft." Mit diesen Worten stand Eberhard auf und nahm die Pfeife mit hinaus. Nachdenklich drehte er ein paar Runden über den Hof, bis er sich auf die Bank niederließ, die um den alten Lindenbaum herumgebaut war.

Er lauschte dem Gezwitscher der Vögel. Aber was war das? War da nicht das Quietschen eines Wagens zwischen den Vogelstimmen zu hören? Eberhard spitzte die Ohren, sein Gehör war nicht mehr so gut, aber jetzt war er sicher, dass sich ein Fuhrwerk näherte. Er ging zur Hofeinfahrt und schaute die Straße hinunter. Ja, das Gespann, das da kam, kannte er. Tillmann war zurück.

Schnell ging er ins Haus, rief einen der Knechte und bat ihn, das Gefährt zu übernehmen und die Tiere zu versorgen. Dann lief er wieder hinaus. Tillmann fuhr gerade in den Hof ein. Eberhard sah seinem Sohn ins Gesicht und wusste: Alles war gut.

„Komm rein, Junge und erzähl", begrüßte er seinen Sohn. „Franz versorgt die Tiere."

Vater und Sohn betraten die Stube. Die anderen waren neugierig geworden, denn sie hatten die Unruhe draußen mitbekommen. Dann lauschten alle Erwachsenen gespannt auf Tillmanns Bericht.

Der erzählte zunächst von dem Unfall auf der Rödger Höhe, und dass er deshalb gestern nicht hatte zurückkommen können.

„Wir können von Glück sagen, dass dich das nur den einen Tag gekostet hat", sagte Mathias.

Berta schaute ihrem Sohn in die Augen und bemerkte: „Aber Junge, du siehst so seltsam aus. Hast du uns denn schon alles erzählt?"

Tillmann zögerte. Er suchte nach passenden Worten. „Ja, Mutter, du hast mal wieder recht. Eine Sache ist da noch, und ich hoffe, ihr seid mir nicht böse. Ich habe mich mit Schölers Kätchen verlobt."

Stille breitete sich im Raum aus. Und dann brach ein wahrer Sturm los. Es war, als ob alles zum Stillstand käme und sich dann in einem gewaltigen Gewitter Bahn bräche. Alle redeten durcheinander. Glückwünsche und Vorwürfe prasselten auf Tillmann ein.

Jetzt ergriff Eberhard das Wort. „Junge, du hast dich mit Kätchen verlobt, obwohl du sie gestern erst zum zweiten Mal gesehen hast?", fragte er.

„Ja", antwortete Tillmann. „Sie hat mich schon beim ersten Mal tief beeindruckt. Und wie ich immer mehr begreife, hat Mutter es doch schon die ganze Zeit gewusst."

„Gewusst nicht", sagte Berta, „aber geahnt."

Mathias wandte ein: „Ich freue mich für dich, Bruderherz, da wirst du doch noch dein eigener Herr. Aber mit der Eisenherstellung musst du dich dann intensiv befassen. Bist du dir sicher, dass du das kannst?"

„Nein, das bin ich nicht. Aber ich bin sicher, dass ich es versuchen will, und natürlich muss ich noch sehr viel lernen. Wilhelm schlägt vor, dass ich im Herbst für eine Woche nach Eisern komme. Dann könnte er mir viel beibringen. Meint ihr, dass ihr mich so bald schon so lange entbehren könnt?"

„Das kriegen wir schon hin. Jetzt kommt der Herbst, da geht das schon", antwortete Mathias.

Magdalene klatschte laut in die Hände. „Ich freue mich so", sagte sie. „Jetzt bekomme ich noch eine Schwester. Und Kätchen ist gar nicht so viel älter als ich. Das hast du fein gemacht, Brüderchen. Sicher kommt sie uns bald besuchen."

„Ja, das wünscht sie sich sehr", antwortete Tillmann.

An diesem Abend saß die Familie noch lange zusammen. Es gab so viele Fragen und auch Sorgen, aber vor allem freuten sich alle sehr.

Der September des Jahres 1782 ging langsam zu Ende. Ludwig stand auf seinem Lieblingsplatz oberhalb des Möllerplatzes, von dem aus er fast das gesamte Treiben auf der Hütte inspizieren konnte und den er *Wachturm* nannte. Der Platz war einfach perfekt: Die Distanz war ausreichend groß, damit die Männer sich nicht beobachtet fühlten, und trotzdem gering genug, um zu erkennen, wie jeder Einzelne arbeitete.

Adolf und Peter stellten gerade den Möller zusammen. Dafür luden sie Erz im richtigen Mischungsverhältnis mit der Kohle in einen Karren.

Außerdem konnte man andere Materialien, die auf mehreren Haufen lagen, in geringer Menge beifügen. Peter nahm ein paar Klumpen von einem der Haufen und brachte sie zum Karren. Wie zufällig fiel ihm dabei ein größeres Stück aus der Hand. Etwas später hob Adolf genau diesen Klumpen auf und warf ihn zur Seite. Es sah aus, als würde er nur den Weg freimachen. Ludwig lächelte anerkennend, denn die beiden verhielten sich gar nicht ungeschickt.

Vor zwei Wochen hatte er ihnen erklärt, welchen *Dienst* sie ihm erweisen sollten. Es ging nur darum, unauffällig ein wenig schlechtes Eisen beiseitezuschaffen. Das erschien den beiden eher sinnlos, und das war gut so. Sie waren erleichtert, dass das alles war, was sie machen sollten.

Schlechtes Eisen entstand, wenn der Ofen angeblasen, also angezündet, wurde. Dann konnte man zuerst nur Kohle einfüllen und musste warten, bis sich die Wärme langsam ausbreitete. Nach etwa einem Tag konnte man beginnen, auch ein wenig Erz zu möllern. Der Erzanteil wurde dann langsam erhöht, bis der Ofen richtig produzierte.

Es dauerte etwa zwei Tage, bis unten aus dem Ofen Eisen herauskam. Aber das Eisen der ersten Tage war noch unbrauchbar, die Qualität zu schlecht, denn es enthielt zu viele Verunreinigungen. Die erfahreneren Gewerken konnten an verschiedenen Kriterien erkennen, wann das Eisen brauchbar war und der eigentliche Verhüttungsprozess beginnen konnte. So ähnlich war es auch beim Niederblasen, so nannte man es, wenn man den Ofen langsam ausgehen ließ. Auch dabei entstand eine gewisse Menge Ausschuss.

Dieses schlechte Eisen wurde zu Masseln zerschlagen und zunächst zur Seite gelegt. Wenn der Ofen dann richtig lief, konnten sie es dem Möller in kleinen Mengen beimischen. So ging nichts verloren, und die Qualität wurde hochgehalten. Schlechtes Eisen von gutem zu unterscheiden, war allerdings gar nicht so leicht. Das konnten nur Fachleute.

Nun schafften Peter und Adolf einzelne Luppen vom Ausschuss unauffällig zur Seite. Dabei leistete das Versteck der beiden gute Dienste. Wieso diese Arbeit so wertvoll war, das wusste nur Ludwig.

10. Auf der Hütte, Oktober 1782

Es war bisher ein goldener Oktober, und es schien, als ob sich das Wetter weiter stabil halten würde. Tillmann war seit zwei Tagen in Eisern, und Wilhelm hatte ihm schon einiges zeigen können. In den letzten Septembertagen hatte Kätchen Benders in Obernau besucht, und es war für alle eine unbeschwerte und fröhliche Zeit gewesen.

Sie hatte sich in dem alten Bauernhaus auf Anhieb wohl gefühlt, und die gesamte Familie Bender war sehr gut mit Tillmanns Braut ausgekommen. Magdalene und sie waren sogar Freundinnen geworden, obwohl sie nur wenige Tage miteinander verbracht hatten.

Tillmann zeigte seiner Braut voll Begeisterung die Heimat. Bei langen Spaziergängen zur *Alten Burg*, nach Hohenroth und Nauholz hatten sie viel Zeit, sich näher kennenzulernen, und ihre Liebe wurde reifer und vielleicht noch tiefer, falls das überhaupt möglich war.

Kätchen kannte die Haubergswirtschaft, denn sie hatte von klein auf im Wald mitgearbeitet. Da die Männer viel Zeit auf der Hütte und in den Bergwerken verbrachten, wurde die meiste Haubergsarbeit in Eisern von den Frauen erledigt. Allerdings waren die Waldflächen in Obernau deutlich größer. Insgesamt gab es viel mehr Boden, der landwirtschaftlich bewirtschaftet wurde.

Besonders interessant fand Kätchen die Kartoffelernte, die, als sie ankam, in den letzten Zügen lag. So saßen sie am ersten Abend an einem romantischen *Kartoffelfeuer*, spießten die Knollen an langen Stöcken auf und garten sie in der Glut. Der große Haufen Kartoffelknollen, der bei Benders in einem feuchten Keller für den Winter eingelagert wurde, hatte Kätchen sehr beeindruckt.

Auf der *Alten Burg* zeigte Tillmann ihr die Reste der antiken Gräben und erzählte ihr die Legenden vom alten Volk der Eisenmacher. Sie gerieten ins Träumen. Kätchen fiel auf, dass der Berg in Eisern, auf dem sie sich das Jawort gegeben hatten, *Burgberg* hieß, also ganz ähnlich wie *Alte Burg*. Auch dort sollte einmal eine Burg gestanden haben, aber die Berichte darüber waren noch viel nebulöser als diejenigen über die *Alte Burg*, und Mauerreste gab es nicht mehr.

„Heute stehen zwar keine Burgen mehr auf den beiden Bergen", sagte Kätchen und lachte, „aber beide Höhen sind jetzt mit unserer Liebe gekrönt."

Zur Besiegelung hatten sie sich genauso innig umarmt und geküsst wie vor sechs Wochen.

Es war die schönste Zeit seines Lebens gewesen, dachte Tillmann, und im Grunde geht es nicht minder wunderbar weiter. Denn auch hier in Eisern würden sie noch einige Tage zusammen verbringen, und bald würden sie für immer vereint sein. Aber die Zeit in Obernau war unbeschwerter und unbefangener gewesen als in Eisern. Hier mussten sie aufpassen, dass niemand im Dorf von ihrem Verhältnis erfuhr. Und natürlich gab es viel zu lernen, aber das störte ihn nicht. Im Gegenteil, es machte Spaß.

Heute wollte Wilhelm mit ihm zur Hütte gehen, um ihm die Arbeitsabläufe dort zu zeigen. Sie hatten die Geschichte vom Knecht auf Probe in der Nachbarschaft erzählt, waren sich aber nicht sicher, ob die anderen Gewerken diese Erklärung von Tillmans Anwesenheit auch glaubten. Sie hatten den Hüttenplatz gerade betreten, da kam Ludwig, der Schulze, direkt auf sie zu.

„So, du hast also einen neuen Knecht, dem du alles zeigen musst?“, fragte er und beachtete Tillmann gar nicht.

„Ja, das siehst du doch.“ Wilhelm nahm Ludwigs Gedankengang unmittelbar auf.

„Ja, ja, gutes Personal ist schwer zu bekommen, da muss man sich nicht wundern, dass du es sogar mit so einem Bauerntölpel aus Obernau versuchst.“

Tillmann musste sich sehr beherrschen, aber er schwieg und überließ Wilhelm das Reden.

Auch in dem schien der Ärger kurz aufzukochen, aber von jemandem wie Ludwig ließ er sich nicht provozieren. „Genau, genau“, bestätigte er deshalb nur. „Bei dem Mangel an Arbeitskräften muss man mit wenigem zufrieden sein. Tillmann ist auch nur eine Woche zur Probe hier. Wahrscheinlich schicke ich ihn dann doch wieder fort.“

„Und da lässt du ihn sogar bei dir wohnen? So habe ich wenigstens reden hören.“ Ludwig blieb misstrauisch.

„Na klar, ich bezahle doch für die Probezeit kein extra Quartier. Falls ich ihn doch übernehme, wird sich schon eine passende Unterkunft für ihn finden.“

Tillmann bemerkte ein kleines Lächeln in Wilhelms Mundwinkeln. Er schien Spaß am Doppelsinn seiner Worte zu haben, den Ludwig nicht verstand.

„Na, dann zeig ihm mal, was moderne Technik ist, vielleicht kapiert er wider Erwarten doch hier und da etwas. Ich muss mich jetzt wieder um den Betrieb kümmern, sonst läuft hier ja nichts", sagte Ludwig und ging.

Als er weit genug entfernt war, meinte Tillmann: „Der ist aber reichlich unverschämt."

„Das stimmt, aber in seiner Verblendung erweist er uns einen guten Dienst. Für ihn bist du jetzt selbstverständlich ein Knecht. Ich hoffe, dass nun niemand im Dorf mehr auf die Idee kommt, deine Anwesenheit könnte etwas mit Kätchen zu tun haben. Und immerhin weißt du jetzt, was dich erwartet. Am besten ist es wohl, wenn du ruhig bleibst und dich nicht provozieren lässt. Und bleib nicht beim Negativen stehen, sondern suche auch im Negativen das Positive. Aber jetzt gehen wir erst mal zur Gießhalle, denn der nächste Abstich am Ofen 2 steht unmittelbar bevor."

In der Gießhalle vor dem Ofen hatten die Schmelzer den Sandboden geglättet und mit einem leichten Gefälle versehen. Im Boden hatten sie eine kammähnliche Rinnenstruktur geformt.

Wilhelm erklärte: „Diese Arbeit ist sehr wichtig, wie du bald merken wirst. Dort aus dem Stichloch läuft gleich das flüssige Eisen heraus hier in die Hauptrinne. Von dieser verteilt es sich langsam in die Nebenrinnen. Das Gefälle muss genau stimmen, denn wenn die Fließgeschwindigkeit zu groß oder zu klein ist, führt das zu unkontrolliertem Überlaufen des Eisens, und es wird für die Männer, die hier arbeiten, hochgefährlich. Wenn dir flüssiges Eisen über den Fuß läuft, ist der sofort weg. Wenn du stolperst und im Rinnenbereich hinfällst, hast du kaum eine Überlebenschance."

Tillmann sah erschrocken auf. „Kommt so was denn oft vor?", fragte er.

„Oft glücklicherweise nicht", beruhigte Wilhelm ihn, „denn alle Männer wissen um die Gefahr. Aber es gibt immer wieder mal einen Unfall."

Tillmann wandte den Blick zur Seite und entdeckte eine zweite, kleinere Rinnenstruktur, die etwas höher angeordnet war. „Wofür ist denn diese Rinne?", fragte er. „Die endet ja eher in einem flachen Becken."

„Die ist für die Schlacke", erläuterte Wilhelm. „Als Schlacke bezeichnet man alle Reststoffe, die beim Schmelzprozess entstehen. Erkaltet ist sie noch viel spröder als das Eisen. Sie erstarrt in diesem flachen Bett, denn man kann auch große Schlackestücke leicht zerschlagen, fast wie Glas oder Steingut. Beim Eisen ist das anders. Wenn die Rinnen nicht richtig ausgeformt sind und das Eisen in zu dicken Strängen erkaltet, kann man diese nicht mehr zerschlagen. Und bewegen kann man so einen Klumpen auch kaum noch, weil er sehr schwer ist. Dann hat man ein Problem und muss den Ofen womöglich länger anhalten, bis das Eisen entfernt ist."

„Aber wie funktioniert es, dass Eisen und Schlacke jeweils an der richtigen Stelle herauslaufen?", fragte Tillmann.

Wilhelm lachte und dozierte weiter: „Das Eisen ist schwerer als die Schlacke. Wenn es im Ofen rein und flüssig geworden ist, sinkt es nach unten, wo eine Art See entsteht. Die restlichen Gesteinsteile schmelzen ebenfalls und bilden die Schlacke. Sie ist leichter und schwimmt auf dem Eisen. Die Kohle und das Erz sind noch leichter und liegen oben auf der Schlacke. Du kannst dir das Ganze vorstellen wie einen Topf mit Wasser, auf dem eine Schicht Öl schwimmt. Legst du darauf einen Korken, so schwimmt er noch auf dem Öl. Wenn du jetzt an den richtigen Stellen Löcher in den Topf machst, läuft aus der einen Öffnung nur Wasser und aus der anderen nur Öl. So ist das auch hier am Ofen. Die Dimensionen beim Ofenbau müssen genau stimmen, damit sich Eisen und Schlacke sauber trennen. Aber jetzt musst du dir die Schutzkleider anziehen, denn es geht gleich los, und wenn das Eisen fließt, kann dir sonst die Strahlungshitze die Haut verbrennen."

Wilhelm hatte seine Ledersachen von zu Hause mitgebracht und trug außerdem einen dicken Filzanzug. Tillmanns Leinenkleider waren durchaus strapazierfähig, aber vor Spritzern aus flüssigem Eisen konnten sie natürlich nicht schützen. Er zog die schweren Ledersachen über, Schürze und Hut, die für solche Fälle an der Gießhallenwand bereit hingen. So war er für einen Zuschauer genügend geschützt. Ein Schmelzer kam mit einem langen Spieß und begann, das Schlackenloch aufzustechen.

„Wieso kann er denn einfach so ein Loch in das dicke Gemäuer stoßen?" fragte Tillmann.

„Das ist eine gute Frage", antwortete Wilhelm. „Das Loch wird schon beim Mauern des Ofens offengelassen. Es wird später mit Lehm zugeschmiert. Der Lehm hält der enormen Hitze stand, kann aber mit so einem

Spieß zerbröckelt werden. Wenn man das Loch später wieder verschließen muss, wird ein neuer Lehmklumpen auf eine Stange gepfropft und in die Öffnung gestopft."

Die Schlacke fing an zu rinnen, und heiße Strahlung breitete sich im Raum aus. Aber so richtig heiß wurde es erst, als wenig später auch das Eisen zu fließen begann. Tillmann verstand nun, warum die Krempe des Huts so tief ins Gesicht hing. Zum Schutz vor der Strahlung musste er den Blick gesenkt halten, damit das Leder die Haut schützte. Er konnte nur für kurze Momente aufsehen und zuschauen, wie sich das Eisen gleichmäßig über die kammförmigen Rinnen ausbreitete.

Nach einer Weile stieß Wilhelm Tillmann an: „Sieh mal, das Schlackeloch beginnt zu spucken. So nennen wir es, wenn mit der Schlacke feurige Ofengase aus dem Loch kommen. Dann muss es geschlossen werden."

Einer der Schmelzer kam heran und stieß einen Lehmklumpen, der vorne auf einer Holzstange klebte, in das Loch hinein. Der Schlackestrahl versiegte. Dann ging der zweite Schmelzer mit einer zweiten Stange auf das Stichloch zu. Dort stand er noch eine kurze Zeit und beobachtete den Eisenstrahl. Plötzlich hob er die Stange, richtete sie aus und verschloss nun auch das Eisenloch mit Lehm.

„Warum hat er genau in diesem Moment das Loch verschlossen?", fragte Tillmann.

„Es gehört einige Erfahrung dazu, den richtigen Zeitpunkt abzupassen. Wenn das Eisen aus dem Ofen läuft, senkt sich der Füllstand im Ofen, und irgendwann kommt mit dem Eisen auch etwas Schlacke heraus. Die Farbe von Eisen und Schlacke ist leicht unterschiedlich. Wenn der Schmelzer also sieht, dass erste Schlacke aus dem Eisenloch kommt, schließt er es."

Tillmann beobachtete noch immer fasziniert den riesigen gelb orangefarbenen Kamm aus Eisen, der sich gebildet hatte. Langsam wurde er dunkelrot, und es gab auch immer mehr schwarze Stellen. Das Eisen wurde kälter und fest. „Aber einige Zinken des Kamms sind gar nicht vollgelaufen", bemerkte er.

„Man weiß nie genau, wie viel Eisen bei einem Abstich aus dem Ofen fließt. Deshalb muss immer noch etwas Platz bleiben, damit nichts überlaufen kann. – So, dieses Eisen darf jetzt in Ruhe erkalten. Wir gehen weiter zur zweiten Gießhalle und sehen uns an, wie die Luppen verarbeitet werden."

Im Vorbau des anderen Ofens waren die Masselschläger fast damit fertig, den *Eisenkamm* des letzten Abstichs zu zerschlagen. Die Schlacke, die schneller erkaltete, war bereits zerkleinert und abtransportiert worden. Auch für das Eisen stand schon ein Wagen bereit, und zwei Männer hatten begonnen, die Masseln in den Karren zu laden.

Wilhelm bückte sich, nahm mit jeder Hand eine Luppe und warf sie in den Wagen. „Komm, hilf mit", sagte er zu Tillmann. „Denk immer daran, auch wenn ein Gewerke nicht selbst im Schichtdienst eingeteilt ist, muss er doch in der Lage sein, all diese Arbeiten auch selbst zu verrichten. Verpflichtet, mit Hand anzulegen, ist er nur, wenn der Schulze ihn dazu eingeteilt hat, und er keinen passenden Ersatzmann benennt. Aber je schneller du ein Gefühl für die verschiedenen Tätigkeiten bekommst, umso besser. Die beiden Kollegen hier werden nicht böse sein, wenn wir etwas helfen."

Die Masseln waren alle unterschiedlich groß, hatten ein Gewicht von fünf bis zehn Kilogramm und waren noch warm. Mit der Zeit bekam Tillmann ein Gefühl dafür, welchen Schwung er einer Luppe geben musste, damit sie genau im Wagen landete. Nach etwa einer halben Stunde war alles verladen, und sie konnten beginnen, den Untergrund für den nächsten Abstich vorzubereiten.

Wilhelm und Tillmann halfen noch mit, den Sand auszukrämmern und von zurückgebliebenen kleinen Eisenbrocken zu befreien. Dann wurde zunächst eine Ebene mit dem passenden Gefälle hergestellt, bevor die Männer mit dem Formen der Rinnen beginnen konnten.

Der Vormittag ging schnell vorüber und Wilhelm sagte: „So, jetzt hast du einen ersten Eindruck von den Arbeiten in der Gießhalle bekommen. Du hast gesehen: Bei einigen Arbeiten kannst du sofort mithelfen. Andere erfordern mehr Übung, wie zum Beispiel das Masselschlagen. Da braucht man nicht nur sehr viel Kraft, sondern man muss auch die richtige Technik anwenden, sonst ermüdet man viel zu schnell oder macht sich mit dem schweren Hammer sogar Muskeln und Knochen kaputt.

Heute Nachmittag helfen wir ein bisschen am Möllerplatz mit, aber erst suchen wir uns ein lauschiges Plätzchen und gönnen uns eine kleine Mittagspause."

Die Pause war schnell vorbei, und auch auf dem Möllerplatz gab es viel zu lernen. Die Arbeitsschritte als solche schienen Tillmann aber beherrschbar. Man musste zwar körperlich hart zupacken, aber es ging ums Schaufeln, Laden und Karrenschieben, alles Tätigkeiten, die er sich ohne Weiteres zutraute. Schwieriger war es, die feinen Unterschiede der Materialien zu erkennen. Zum Glück war hier auf dem Möllerplatz das meiste vorsortiert. Es ging um Logistik und Materialfluss. Da konnte man mit gesundem Menschenverstand einiges ausrichten.

Nachdem sie eine Zeit lang mitgeschaufelt hatten, nahm Wilhelm Tillmann zur Seite und sagte: „Jetzt zeige ich dir die Gicht. Dafür muss ich dir aber zuerst ein paar Dinge erklären, denn da oben ist es gefährlich. Dort hat der Ofen eine Öffnung, die nicht ganz einen Meter im Durchmesser misst. Aus diesem Loch treten die Verhüttungsgase aus. Die sind sehr heiß, staubig und vor allem giftig. Du darfst sie möglichst gar nicht einatmen. Allerdings muss durch dieses Loch beständig Material in den Ofen gekippt werden. Schau dort, die Männer fahren alle paar Minuten eine Karre nach oben. Das tun sie immer zu zweit, zum einen wegen des Gewichts, aber auch aus Sicherheitsgründen. Um das Gichtloch ist ein Rand gemauert, gegen den die Karre gefahren wird. Dann müssen die Männer sie kippen, und das Material rutscht in den Ofen. Damit sie die richtige Stelle treffen, ist ein Führungskeil eingemauert, der das Rad an die korrekte Position zwingt. Wenn diese erreicht ist, sind die Männer noch in einem Bereich, in dem sie atmen können. Wenn sie die Karre aber auskippen, kommen sie kurz in den Gasbereich und müssen die Luft anhalten. Wenn man mit dem richtigen Tempo fährt und mit dem passenden Schwung kippt, dann ist das alles ungefährlich. Aber wenn doch mal einer strauchelt und dabei unglücklich fällt, muss der andere ihn schnell aus dem Bereich der Gase ziehen. Nur in den Ofen darf niemand fallen, dann käme jede Hilfe zu spät. Aber dazu müsste man sich ganz schön dumm anstellen. Wir schauen uns das jetzt einmal aus der Nähe an: Sobald der leere Karren zurückkommt, gehen wir in zügigen Schritten nach oben und halten uns dabei gegenseitig an den Händen. Man kann durch die rauchigen Gase nicht gut sehen, aber wenn du die Luft anhältst, kannst du dicht genug an das Gichtloch treten und dir einen Eindruck von den Verhältnissen verschaffen."

Die beiden machten es genau so, wie Wilhelm gesagt hatte. Die Rampe zur Gicht war aus Holz gebaut und nicht steil. Der Ofen bildete oben eine Plattform von vielleicht vier mal vier Metern und hatte wie die

Zufahrt ein Geländer. In der Mitte der Bühne war die Gichtöffnung mit einem knapp fußhoch gemauerten Rand.

Tillmann konnte sich jetzt gut vorstellen, wie man mit einer Karre, durch den Keil geführt, sanft gegen die Kante fahren musste, um dann die Restgeschwindigkeit in einen Schwung nach oben umzuleiten und die Ladung in den Ofen zu befördern. Er wollte noch etwas genauer schauen, aber Wilhelm zog ihn zurück in Richtung Rampe, wo sie wieder frei atmen konnten.

„Wir müssen gehen", sagte er und zeigte auf die Männer, die an der Zufahrt mit der nächsten Karre warteten, „sonst stören wir den Hüttenbetrieb."

Tillmann war froh, als sie wieder unten waren. Die Gicht hatte doch etwas Unheimliches.

„Es ist schon spät geworden", sagte Wilhelm mit einem Blick auf den Sonnenstand. „Eigentlich wollte ich dir heute noch die Wasserkunst, also die Bauten, die uns die Wasserkraft erschließen, und auch die Gebläsemaschinen zeigen. Aber wir müssen in den nächsten Tagen ohnehin noch mal zur Hütte gehen und weitere Details besprechen, dann zeige ich dir das. Erst einmal musst du nur wissen, dass der Wind, also die Luft, die in den Ofen geblasen wird, das wichtigste Steuerungsinstrument ist. Dir als Köhler muss ich das eigentlich gar nicht erklären. Wenn du alle Löcher am Meiler zustopfst, also die Luftzufuhr ausschaltest, dann kohlt er ganz langsam vor sich hin und geht irgendwann aus. So ist es beim Ofen auch. Wenn wir das Wasserrad, das das Gebläse antreibt, stoppen, läuft der Verhüttungsprozess viel langsamer ab, fast kann man ihn anhalten. Wenn in der Gießhalle also mal etwas schiefläuft, kann man so etwas Zeit für Reparaturen gewinnen."

„Das ist ja praktisch", sagte Tillmann, „dann könnte man den Ofen doch auch sonntags ausschalten."

„So ist es leider nicht. Wenn man den Ofen einen Tag stillsetzten muss, dann braucht man zwei Tage, bis er wieder sauber läuft. Für ein paar Stunden geht es schon, dadurch wird der Ofengang noch nicht zu sehr gestört. Wenn der Ofen aber so lange steht, dass er kalt wird, dann ist das für das Dorf sehr schlimm. Wenn wir sagen, dass ein Ofen kalt wird, heißt das nicht, dass er wirklich völlig kalt ist. Aber die Temperatur im Stichlochbereich ist dann so weit abgesunken, dass das Eisen nicht mehr fließen kann. Dann hat man keine Chance, den Ofen wieder in Gang zu bekommen. Man kann dann blasen, soviel man will, und oben reinkippen, was man will. Der Ofen ist dann ruiniert. Man muss ihn vollständig abbrechen und neu aufbauen. Die gleiche Gefahr droht, wenn man Eisen und Schlacke nicht rechtzeitig aus dem Ofen herausbekommt. Die Blasebälge drücken den Wind durch das Luftloch, an dessen Ende die Blasform sitzt, in den Ofen. Das Luftloch liegt ein Stück höher als die Stichlöcher. Wenn das flüssige Material unten im Ofen so hoch steigt, dass es in die Blasform eindringt, verstopft das Luftloch, und der Ofen ist verloren."

„Das ist ja wirklich wie beim Meiler", staunte Tillmann, „wenn der unkontrolliert ausgeht, dann ist die gesamte Kohle unbrauchbar."

„Du hast recht", ergänzte Wilhelm „nur mit dem Unterschied, dass man einen Meiler leicht abbrechen kann. Das Mauerwerk des Ofens geht noch. Aber überleg mal, was man mit dem erkalteten Eisenklotz macht, der unten im Ofen verbleibt. Der heißt übrigens Ofensau. Die Sau hat dann vielleicht zwei Meter Durchmesser und ist einen Meter hoch."

„Au weh", sagte Tillmann, „da steht man ja wirklich völlig hilflos davor."

„Das stimmt, so eine Sau zu zerkleinern, dauert Wochen. Immer wieder hauen, bohren, sprengen. Da möchtest du lieber ein Jahr im Bergwerk arbeiten. Verstehst du jetzt, wie wichtig es ist, den Ofen sauber anzublasen? Man muss ihn so weit auf Temperatur bringen, dass das Eisen wirklich fließen kann. Und beim Niederblasen ist es genauso wichtig, mit dem Möllern von Erz langsam aufzuhören, damit man möglichst alles Eisen aus dem Ofen herausbekommt. Wenn aus dem Stichloch kein Eisen mehr herauskommt, hat man immer noch eine große Sau im Ofen. Dafür haben wir ganz unten ein extra Loch eingebaut, das nur für diesen letzten Abstich, den Sauabstich, vorgesehen ist. Dafür muss dann die ganze Gießhalle umgebaut werden. Wenn man alles richtig macht, bekommt man fast alles Eisen aus dem Ofen, und es bleibt nur eine sehr kleine Ofensau übrig. In dem Fall braucht man nur einige Reparaturen, um den Ofen für die nächste Reise neu zuzustellen. Die größte Katastrophe ist es aber, wenn ein neu zugestellter Ofen schon beim Anblasen kalt wird. Man verliert die Einkünfte einer kompletten Ofenreise, muss einen neuen Ofen bauen und der Abriss des alten ist etwa genauso teuer wie der Bau eines neuen Ofens, so aufwändig ist es, die Ofensau zu zerkleinern.“ Dann bremste Wilhelm sich selbst. „So“, sagte er, „jetzt reicht es aber für heute. Lass uns nach Hause gehen.“

Abends standen Kätchen und Tillmann am *Eichholzkopf*, mit gutem Blick auf Eisern. Sie hatte ihm die Mauerreste der alten Einsiedelei gezeigt, die es hier einmal gegeben hatte. Rechts in der Ferne konnte man den Rauch und den fahlen Schein der Hütte erkennen.

Tillmann erzählte Kätchen von den vielen neuen Eindrücken, die er inzwischen gewonnen und was er alles gelernt hatte. Langsam wurde er zuversichtlich, dass er die Eisenherstellung einmal würde beherrschen können.

Robert Hoffmann holte die Spielkarten aus dem Schrank und legte sie schon einmal auf den Stammtisch. Er war ein geselliger Typ und betrieb das Wirtshaus gern. Der Betrieb lieferte ihm einen kleinen Nebenverdienst, aber den hätte er gar nicht nötig gehabt. Er war der Hauptanteilseigner der Eiserner Mühlengewerkschaft, und das gab ihm ein sicheres Einkommen.

Die Mühle war ertragreich, und es reichte aus, wenn er selbst nur nach dem Rechten sah. Seinen Teil der Arbeit ließ er weitgehend von Knechten erledigen. So blieb ihm der Spielraum, die Wirtschaft zu betreiben, ohne auf ihren Verdienst angewiesen zu sein. Vor einigen Jahren hatten ihn die Eiserner Vollbürger, also die Hausbesitzer, zum Heimberger gewählt, der dem Dorf vorstand. Auch dieses Amt führte er gern aus. Viele Dinge ließen sich im Wirtshaus regeln, und der Gemeinderat musste oft nur bestätigen, was im Vorfeld bereits weitestgehend klar war.

Die regelmäßigen Treffen zum Kartenspielen gehörten zu diesem Teil des Netzwerkens. So konnte man das Angenehme mit dem Nützlichen verbinden. Für eine Partie *Schafkopf*[22] braucht man vier Spieler, und Robert erwartete heute Abend außer den Gewerken Conrad Daub und Bernhard Hartmann noch den Schulmeister Gerhard Heimbach zum Kartenspiel.

Eben betrat der Lehrer den Gastraum und sah, dass Robert ein Bier zapfte. Er winkte ihm grüßend zu und sagte: „Für mich bitte auch eins.“ Dann setzte er sich an seinen Stammplatz.

---

[22] Die meisten heute gängigen Kartenspiele, insbesondere Skat, waren noch nicht bekannt.

Gerhard war bereits deutlich über 30 und damit älter als die meisten Dorfschullehrer der Umgebung. Vielleicht hing es damit zusammen, dass er, anders als die vielen jungen Kollegen in den Nachbardörfern, seit vielen Jahren in Eisern unterrichtete und in hohem Ansehen stand. Die Tatsache, dass er am Stammtisch zum Kartenspielen willkommen war, war ein sichtbarer Beweis dafür.

Robert zapfte ein zweites Bier und setzte sich zu Gerhard an den Tisch. Die beiden hatten gerade den ersten Schluck getrunken, als die Tür zum Schankraum aufging und Bernhard Hartmann in den Raum gepoltert kam.

„Ich sag's euch, es wird immer schlimmer!", schimpfte er. „Wenn das so weitergeht, wird man unser schönes Dorf schon bald nicht mehr wiedererkennen."

„Nun setz dich erst mal, trink einen Schluck und beruhige dich", sagte Robert. Er wandte sich dem Mädchen an der Theke zu und rief: „Lore, zapf bitte gleich zwei, denn Conrad wird auch jeden Moment hier sein!" Dann drehte er sich wieder zu seinen Freunden. „So, Bernhard, und jetzt erzähl mal in Ruhe, welche Laus dir über die Leber gelaufen ist."

„Habt ihr es denn noch nicht gehört?", fragte Bernhard. „Die Behörde hat schon wieder zwei neue Häuser für Eisern genehmigt. Wenn das so weitergeht, haben wir schon bald 50 Häuser. So kommen immer mehr Fremde ins Dorf. Bestimmt vermieten sie dann noch Zimmer – auch wieder an Auswärtige – und dann werden die Eiserner in ihrem eigenen Dorf nichts mehr zu sagen haben. Ihr wisst doch selbst, wie viel Unruhe und Kriminalität diese Fremden ins Dorf bringen. Ich sag's ja: Das wird immer schlimmer."

Währenddessen war Conrad eingetreten, und als er sah, dass Lore schon mit zwei weiteren Bier zum Stammtisch ging, setzte er sich einfach still zu den anderen. Denn Bernhard war noch nicht fertig.

„Das kann doch nicht so weitergehen, darüber muss im Gemeinderat unbedingt noch mal gesprochen werden", schimpfte er. „Robert, du als Heimberger müsstest direkt nach Siegen laufen und denen auf der Behörde mal ordentlich die Meinung geigen."

Robert unterbrach ihn an dieser Stelle: „Jetzt mach mal eine kleine Pause, Bernhard. Erst wollen wir mal Conrad begrüßen und auf einen gemütlichen Abend anstoßen."

Die vier erhoben ihre Gläser und prosteten sich zu.

„Ich denke, man muss da schon etwas differenzieren", ergriff jetzt der Lehrer das Wort. „Ich zum Beispiel stamme ja auch nicht gebürtig aus Eisern und habe vor ein paar Jahren hier geheiratet. Wir wohnen immer noch sehr beengt zur Miete und würden auch gerne ein Haus bauen. Einen entsprechenden Antrag habe ich schon gestellt. Wenn ich dich so höre, Bernhard, dann hätte ich das gar nicht tun dürfen."

„Ja, das ist natürlich was anderes", lenkte Bernhard ein. „Du hast dich inzwischen ganz gut in Eisern eingefunden. Aber wenn ich an die vielen Knechte aus dem Hessen oder vom Westerwald denke, die kommen doch einfach hierher, schleppen unser gutes Geld zu sich nach Hause und wissen im Grunde gar nicht, wie es in Eisern zugeht. Sie kennen unsere alten Traditionen nicht, und sie sprechen auch so komisch, dass sie kaum zu verstehen sind."

„Aber wenn wir diese Arbeiter nicht hätten", meldete sich Conrad zu Wort, „dann könnten wir die Hütten und die Bergwerke gar nicht so betreiben, wie es sein muss. Wenn ich da zum Beispiel an Adolf und Peter denke, die für mich arbeiten, die kommen auch aus dem Hessen. Sie sind immer fleißig bei der Sache. Und wenn man es richtig bedenkt, dann kommen sie gerade mal von der anderen Seite der Kalteiche."

„Mir ist schon klar, Conrad, dass du auch zu denen gehörst, die von den Fremden profitieren," schimpfte Bernhard weiter. „Wenn es nach mir ginge, dürften auf der Hütte und in den Mutungen nur Eiserner Gewerken arbeiten. So ist es früher gewesen, und so sollte es auch bleiben."

Conrad entgegnete: „Aber das würde doch gar nicht funktionieren. Zähl mal die Arbeitskräfte, die im Dorf wohnen und die Arbeiter, die wir auf der Hütte und im Berg brauchen. Wir kommen ohne Arbeitskräfte von außerhalb gar nicht zurecht."

„Das liegt nur daran, dass einige von uns so gierig geworden sind", meinte Bernhard. „Sie haben keine Söhne und wollen doch in vollem Umfang mitmischen."

„Du solltest deinem Schöpfer dankbar sein, dass du Söhne hast", wies Conard ihn zurecht. „Andere sind nicht so gesegnet, aber deshalb kannst du ihnen doch nicht die Hüttenzeit wegnehmen. Sie haben es ohnehin viel schwerer, weil sie die Arbeitskraft teuer einkaufen müssen."

„Ich mein ja nur“, gab sich Bernhard immer noch nicht zufrieden, „von alters her hat immer gegolten: In eine Gewerkschaft gehören Gewerken, keine Knechte. Und von einer Gewerkschaft profitieren sollten die, die auch die Arbeit leisten und nicht die, die zu Hause sitzen und Geld zählen. Und wenn schon Knechte mitarbeiten müssen, dann müsste wenigstens der Gewerke, der sie beschäftigt, mit dabei sein und sie beaufsichtigen.“

„Aha“, mischte sich jetzt Gerhard, der Lehrer ein, „da haben sich unsere beiden Streithähne ja wieder an ihrem Lieblingsthema festgebissen.“

Alle kannten die unterschiedliche Situation der beiden Familien. Conrad hatte nur seine Tochter Gertrud, während Bernhard viele Kinder und auch Geschwister hatte. „Selbstverständlich ist es wichtig, die alten Werte hochzuhalten, und es hat große Vorteile, wenn die Anteilseigner ihren Teil der Arbeit selbst erledigen“, fuhr der Lehrer fort. „Aber das ist nun mal nicht immer möglich. Durch die vielen technischen Verbesserungen, die ihr an der Hütte vorgenommen habt, ist die Produktion gestiegen, und es sind zusätzliche Arbeitskräfte erforderlich. Ihr müsst euch den Veränderungen der neuen Zeit stellen und eine gewisse Kompromissbereitschaft zeigen.“

Robert hatte die ganze Zeit über geschwiegen. Er kannte seine Pappenheimer. Es gab immer Meinungsverschiedenheiten und Interessenkonflikte zwischen den Gewerken. Er war froh, dass er es in der Mühle nur mit einigen wenigen zu tun hatte und er nichts mit der Hütte zu tun hatte. Das war für sein Amt als Heimberger sehr hilfreich. Andererseits wusste er, dass sich die Gewerken zwar immer wieder kräftig in der Wolle hatten, aber bald darauf auch fröhlich zusammen feiern konnten, als sei nichts gewesen. Und falls es einmal Anfeindungen von außen geben sollte, standen sie wie ein Mann vereint.

Er war froh, dass der Lehrer durch seine vermittelnden Worte Ruhe in die Debatte gebracht hatte, und ergänzte deshalb: „Gerhard hat recht, das ist alles nicht so einfach und muss schon genauer betrachtet werden. Was hat dich denn heute so aufgebracht, Bernhard?“

„Ach, das mit den zwei Häusern habe ich ja eben schon berichtet. Und dann hat mir Ludwig gerade noch erzählt, dass Wilhelm einen neuen Knecht zur Probe beschäftigt und ihn während dieser Zeit bei sich wohnen lässt. Wenn die Fremden bei der Hütte im Quartier bleiben, das mag ja noch angehen, aber wenn man sie mitten ins Dorf holt, da kann ich mich doch schon mal ärgern."

„Ja, das habe ich auch gehört", sagte Robert. „Das ist wirklich seltsam, obwohl ich verstehen kann, dass Wilhelm das Geld für die Miete sparen will. Er muss schon auf die Pfennige sehen, wenn er bei seinen hohen Kosten was übrigbehalten will."

„Macht euch um Wilhelm mal keine Gedanken." Conrad übernahm das Wort. „Der weiß schon, was er tut. Doch Bernhards Sorge um die neuen Häuser erinnert mich an etwas: Wir müssen darauf achten, dass die Gemeinde auch in Zukunft ausreichend Bauholz zur Verfügung hat. Noch haben wir gute Bestände an hochgewachsenen Eichen und Fichten, aber wir müssen auch an zukünftige Generationen denken. Als ich kürzlich über den Schmidthain zum Rödgen lief, fielen mir die schön gewachsenen Eichen im Ostteil des Schlages auf. Nächstes Jahr werden wir dort den Hauberg haben, und der Schlag ist ohnehin etwas größer als die anderen. Ich meine, wir sollten die etwa 20 Morgen, auf denen diese Eichen gedeihen, stehen und zu Bauholz heranwachsen lassen. In 100 Jahren werden unsere Ururenkel dankbar sein, dass wir an sie gedacht haben."

„Die Idee ist gut", erwiderte Robert. „Die Eichen sind mir auch schon aufgefallen. Sie scheinen sich dort wohlzufühlen, sonst hätten sie Birken und Buchen nicht so verdrängt. Ich werde im Winter auf der Haubergsversammlung einen entsprechenden Vorschlag machen.

Aber jetzt teil endlich die Karten aus, sonst ist der Abend vorbei, und wir haben noch nicht mal mit unserem Spiel angefangen."

11. Mutungen, Oktober 1782

„Heute wollen wir uns mit den verschiedenen Schürfstellen, den Mutungen, befassen", begann Wilhelm am nächsten Tag den Unterricht, „und weil es im Moment so stark regnet, bleiben wir mal noch ein bisschen in der Stube. Ich erkläre dir ein paar Unterlagen."

Er holte aus seiner Truhe einen Packen mit Pergamenten und Papieren heraus, legte ihn auf den Stubentisch und bildete kleine Stapel. Dann nahm er ein Verzeichnis und hielt es Tillmann zum Lesen hin. „Hier habe ich eine Liste mit allen Gruben, an denen wir Anteile besitzen.“

- Alter Seimbach	- Alte Birke
- Junge Birke	- Krumme Birke
- Junge Sinterzeche	- Stracke Birke
- Silberquelle	- Zufall
- Eisenzeche	- Kirschenbaum
- Kalter Born	- Junge Rose
- Alter Krämer	- Hohe Pfannenberger Vereinigung
- Feuer und Flamme	- Eichert

„Wie du siehst, sind das nicht wenige“, fuhr er fort. „Die meisten davon sind an der Eisernhardt, aber einige befinden sich auf Eiserfelder Gebiet und eine sogar in der Salchendorfer Gemarkung.“

Tillmann fühlte sich entmutigt. Er konnte sich nicht vorstellen, wie man so viele Grabstellen gleichzeit bearbeiten oder doch wenigstens im Blick behalten konnte.

Er fiel Wilhelm ins Wort „Das ist doch alles gar nicht zu schaffen! Wenn ich mir vorstelle, wie viel Arbeit du allein auf der Hütte zu erledigen hast, und dann die vielen Bergwerke, der Hauberg und die Landwirtschaft. Das alles zu bewältigen, kann doch gar nicht möglich sein.“

„Es ist verständlich, dass das erst einmal viel aussieht“, sagte Wilhelm ruhig. „Aber wenn du dir ein paar Dinge klarmachst, dann erhältst du einen guten Überblick. Es ist nicht so, dass überall gleichzeitig alle Arbeit zu leisten ist, die du jetzt kennenlernst. Was die Landwirtschaft und den Hauberg angeht, kennst du den vorgegebenen Jahresrhythmus. Da gibt es Zeiten, in denen sehr viel gearbeitet werden muss, zum Beispiel wenn der Hauberg geräumt wird oder zur Heu- und zur Fruchternte. Aber es gibt dazwischen auch Phasen, in denen es ruhiger zugeht. Im Winter kann man sogar ein bisschen verschnaufen. Stell dir vor, du bekämst ein Feld oder ein Stück Hauberg dazu. Das würde dich nicht schrecken. Es wäre etwas mehr Arbeit, aber du wüsstest sie einzuteilen. In der Köhlerei brennt ihr die Meiler in den Zeiten, in denen die anderen Arbeiten ruhen. Mit mehr

Land habt ihr zwar mehr zu tun, vielleicht braucht ihr noch einen Knecht, aber es ist kein Grund zur Panik."

Es klopfte an der Tür. Emma kam herein und stellte einen Krug Wasser mit zwei Bechern auf den Tisch. Lehrer und Schüler bedankten sich für die Fürsorglichkeit und nahmen je einen kräftigen Schluck.

Wilhelm fuhr mit seiner Erklärung fort: „In einem Dorf, in dem es eine Hütte gibt, hast du 60 Tage im Jahr sehr viel zu tun, also vier Wochen im Frühjahr und vier Wochen im Herbst. Da kann man sich doch drauf einrichten, nicht wahr? Vielleicht macht man etwas weniger Landwirtschaft, und dann geht das schon. Sicher, jetzt kommen die Bergwerke dazu, der Eisenstein muss beschafft werden. Aber wir arbeiten nicht in allen Bergwerken gleichzeitig. Es gibt allein an der Eisernhardt etwa 200 Mutungen. Wenn du dir überlegst, dass Eisern noch keine 300 Einwohner hat, davon die Frauen, Kinder und Alten abziehst, dann gewinnst du eine Vorstellung von den Verhältnissen. Die meisten haben zwei, drei Schürfstellen, aus denen sie den Eisenstein für die nächsten Hüttentage erwirtschaften. Für mich sind das die Gruben *Alter Krämer* und *Silberquelle*. Du hast gestern gesehen, dass auf dem Möllerplatz Kohle und Erz gemischt werden, damit sich im Ofen eine gute Verteilung ergibt. Sicher hast du bemerkt, dass nur etwa jede achte Karre eine Erz-Karre ist. Also braucht man ungefähr 25 Karren Eisenstein pro Hüttentag, die man in einem Jahr Schürfarbeit zusammenbekommen muss. Das hört sich machbar an oder?"

„Ja, das klingt schon sehr viel besser", meinte Tillmann, der jetzt gelassener wirkte. „Wenn ich das richtig verstanden habe, könnte man also sagen, dass die Arbeit in den Bergwerken einerseits am wichtigsten ist, denn ohne Erz geht gar nichts. Andererseits muss sie sich zeitlich den anderen Tätigkeiten unterordnen, denn hütten und ernten haben Vorrang."

„Das hätte ich selbst nicht besser ausdrücken können", lobte Wilhelm. „Genau so ist es, denn in der Mutung kann man fast immer arbeiten, solange das Wetter nicht gar zu schlecht ist."

„Aber eins hast du unterschlagen", sagte Tillmann, „denn ich habe gelernt, dass in Eisern drei Ofenreisen abgehalten werden. Das verändert die Situation erheblich, oder?"

„Da hast du recht." Wilhelm nickte. „Die Eiserner räumen der Hütten- und Bergwerksarbeit mehr Priorität ein, als es die Leute in anderen

Hüttenorten tun. Das ist auch der Grund, dass es in Eisern so viele Fremdarbeiter gibt. Weil die Öfen in den letzten Jahren produktiver geworden sind, brauchen wir vor allem für die Erzbeschaffung mehr Arbeitskräfte. Du kannst davon ausgehen, dass das in naher Zukunft noch mehr werden wird."

„Das klingt logisch."

„Ja, Tillmann, dir erscheint es logisch, aber so mancher Eiserner Gewerke denkt die Dinge nicht zu Ende. Viele wollen zwar am Fortschritt teilhaben, gleichzeitig wollen sie, dass alles beim Alten bleibt. Oft bemerken sie die Widersprüche in ihrem Denken gar nicht und verlegen sich nur aufs Kritisieren und Schimpfen – so wie Bernhard Hartmann. Er ist ein prima Kerl und ein guter Kamerad, aber die Zusammenhänge durchschaut er nicht. Aber das ist nur meine Meinung."

„Die Zusammenhänge scheinen mir aber auch durchaus komplex zu sein." Tillmann nahm den Gesprächsfaden wieder auf. „Da ist es nicht verwunderlich, wenn nicht jeder sie durchschaut. Eine Frage stellt sich mir aber noch: Wenn die meisten Gewerken nur zwei bis drei richtige Schürfstellen haben, warum gibt es dann so viel Mutungen?"

„Für viele Gewerken hat der Bergbau etwas von einem Glücksspiel. Hat man eine Schürfstelle mit halbwegs guten Erträgen, sollte man zufrieden sein und sich darauf konzentrieren, die Mutung systematisch zu erschließen. Aber dann steht man in so einem Erdloch und stellt fest, wie mühsam die Arbeit ist. Man erinnert sich an Zeiten, in denen es besser vorwärtsging, träumt davon, dass es viel einfacher sein könnte. Es wäre denkbar, in kurzer Zeit bedeutend mehr Erz zu brechen. Man sieht sich an, wie die Gesteinsschichten verlaufen, und hat die Idee, dass die Erzader vielleicht weiter oben oder weiter links oder rechts wieder zutage tritt. So mancher Bergmann unterbricht durch solche Träumereien seine produktive Arbeit, um sich vielleicht 100 Meter weiter den Boden genau anzusehen. Er kratzt dort die Erde weg und stellt Untersuchungen an. Er entdeckt möglicherweise ein paar Brocken Erz. Und ist es nicht viel schöner, nach Siegen zum Bergamt zu laufen und eine neue Mutung eintragen zu lassen, als in dem alten Loch mühsam zu graben?"

„Ja, eine Abwechslung ist einem bei einer stupiden Arbeit immer willkommen", sagte Tillmann und trank noch etwas Wasser.

„So kommen auch die teilweise skurrilen Namen für die Bergwerke zustande“, erklärte Wilhelm weiter. „Vielleicht hat ein Gewerke eine Schürfstelle *Krumme Birke* benannt, weil dort ein krummer Birkenbaum steht, der von Weitem zu sehen ist. So konnte er sich die Stelle gut merken. Womöglich bekommt die Mutung 100 Meter weiter dann den Namen *Stracke Birke*, weil dort eine gerade Birke steht. Man weiß nie, welche Mutung zu mehr Ertrag führt. Auch ich besitze, wie ich dir gezeigt habe, Anteile an einer ganzen Reihe von Mutungen. Den größten Teil habe ich geerbt. Einige habe ich durch genaue Beobachtungen der Verhältnisse im Berg und durch Messungen gefunden und für mich eintragen lassen. Ich verfolge eher eine konsequente, systematische Arbeit mit einem langen Atem. Andere sind sprunghafter und arbeiten heute hier und morgen da. Manche Mutungen liegen über Jahre still und werden dann aus einer Laune heraus wieder aufgegriffen. In alten Zeiten sind die Männer oft allein losgezogen und haben ihre Fundstellen so lange wie möglich geheim gehalten. Aber das geht heute kaum noch. Systematisches und sicheres Arbeiten erfordert wenigstens zwei Männer in einer Grube. Deshalb gehören die allermeisten Schürfstellen heute mehr als einem Gewerken.

Hier ist zu jeder Mutung notiert, welcher Gewerke noch beteiligt ist und mit welchem Anteil. Auch wie die Arbeitsaufteilung geregelt ist, und wie ich die Qualität und die Beschaffenheit der Mutung einschätze, ist vermerkt.“

„Dann sind das aber sehr wichtige Papiere“, sagte Tillmann ehrfürchtig.

„Allerdings“, bestätigte Wilhelm und deutete dann auf einen anderen Stapel. „Und hier findest du Notizen zu Schürfstellen, an denen ich nicht beteiligt bin. Auch diese Beobachtungen halte ich für sehr wichtig. Wir können nicht in den Berg hineinsehen. Aber daraus, wie das Erz in welcher Richtung zutage tritt, können wir Schlüsse ziehen, wie die Adern verlaufen. Solche Überlegungen sind meiner Meinung nach sehr hilfreich bei der systematischen Suche nach Erzgängen. Vielleicht kommt irgendwann eine Zeit, in der Bergbau kein Glücksspiel mehr ist, sondern eine Wissenschaft. Aber auch heute kann man durch Beobachten, Messen und Überlegen schon viel sicherer fündig werden als durch simples Probieren. Ein wichtiger Aspekt ist das Wasser. Hat man Glück, bleibt eine Schürfstelle trocken. Meistens ist es aber so, dass Feuchtigkeit aus dem Gestein austritt. Eventuell kann man die Grabstelle derart gestalten, dass das Wasser von allein abläuft, wobei die Menge oft von der Jahreszeit und vom Wetter abhängt. Manchmal fließt es aber auch das ganze Jahr in etwa gleichmäßig. Oft ist es erforderlich, das Wasser aus der Grube abzuschöpfen. Das kostet viel Zeit, denn man muss nicht nur das Gestein, sondern auch das Wasser nach oben tragen oder haspeln[23]. Wenn man richtig Pech hat, dann säuft eine Grube einfach ab. Man muss die Mutung leider aufgeben, auch wenn sie sehr ergiebig war." Wilhelm machte eine Pause und trank noch einen Schluck Wasser. „So", sagte er dann, „jetzt haben wir aber erst einmal genug Theorie betrieben. Ich räume die Papiere weg, und dann essen wir eine Kleinigkeit. Heute Nachmittag gehen wir zum *Alten Krämer*, da kannst du viel über die praktische Arbeit im Bergwerk lernen."

Der Regen hatte aufgehört, als Wilhelm und Tillmann nach dem Mittagessen den Gensberg überquerten. Nun gingen sie etwa auf halber Höhe am Hang der Eisernhardt in Richtung Grube. Links unten im Tal quoll der Rauch der Hütte gen Himmel.

„Der *Alte Krämer* gehört mir zu zwei Dritteln", erklärte Wilhelm, „das hast du ja heute Morgen in den Papieren schon gesehen. Hartmanns und Göbels besitzen jeweils ein Sechstel. Wie schwer es für mich ist, ausreichend Arbeitskräfte zu stellen, weißt du inzwischen auch. Deshalb habe ich mit meinen Teilhabern Folgendes vereinbart: Ich stelle eine Arbeitskraft und Ludwig zwei. Die Ausbeute der Grube wird im Verhältnis der Anteile aufgeteilt. Ich bezahle einen von Ludwigs Leuten und Bernhard einen halben."

„Warum teilt ihr denn die Ausbeute nicht im Verhältnis der Arbeitskräfte?", fragte Tillmann.

„Es geht ums Risiko", erklärte Wilhelm. „Solange die Ausbeute gut ist, würde die Aufteilung nach Arbeitskräften genauso gut funktionieren. Aber wenn man eine Zeit lang nur taubes Gestein fördert, dann müssen die Arbeitskräfte trotzdem bezahlt werden, die Anteilseigner gehen aber leer aus. Das ist für einen Gewerken doppelt riskant. Zum einen ist die

---

[23] Haspel wurde die handbetriebene Seilwinde der Bergleute genannt, mit der Eimer aus der Tiefe nach oben befördert wurden.

Ausbeute fraglich, zum andern ist es oft schwer einzuschätzen, ob eine bezahlte Arbeitskraft fleißig mitarbeitet. Beim *Alten Krämer* ist das aber kein Problem. Ludwig ist Anteilseigner, und er wäre ebenfalls geschädigt, wenn nicht ordentlich gearbeitet würde. Hartmanns haben an dieser Mutung kein besonderes Interesse, ihre wichtigsten Mutungen sind woanders. Für uns ist diese Grube sehr bedeutend, denn sie ist ergiebig, und ich besitze einen großen Anteil. Jetzt ist es nicht mehr weit, da hinten zwischen den Bäumen siehst du schon die drei Männer …"

In diesem Moment gab es einen gewaltigen Knall. Rechts von den Männern stieg eine pilzförmige Staubwolke fast fünf Meter in die Höhe und verflüchtigte sich langsam im Wind. Tillmann hatte sich instinktiv zu Boden fallen lassen und schaute sich nun verstört um.

Wilhelm lachte und sagte: „Ah, sie haben gesprengt! So kommt man manchmal viel besser voran als nur mit Hammer und Schlägel."

Tillmann rappelte sich auf und sah seinen Begleiter fragend an.

Der fuhr daraufhin mit seiner Erklärung fort: „Manchmal ist das Gestein relativ weich, und man kann mit Hammer und Meißel ordentliche Stücke abschlagen. Manchmal ist es aber auch sehr hart, und es ist mühsam, das Erz zu lösen. Dann bohrt man mit dem Meißel ein Loch ins Gestein, füllt Schießpulver[24] ein, legt eine Lunte und verstopft die Öffnung. Man begibt sich in Sicherheit, brennt die Zündschnur an, und das Pulver explodiert wie bei einer Kanone. Einen solchen Schuss hast du eben gehört. Oft kann man damit eine große Menge Gestein lösen, aber leider ist so eine Sprengung sehr schlecht zu kontrollieren. Manchmal bricht ein Fels ab, den man lieber hätte stehen lassen. Manchmal erreicht man auch gar nicht viel, zum Beispiel, wenn das Loch nicht genügend gut verschlossen war. Und vor allen Dingen muss man höllisch aufpassen, denn so eine Sprengung ist gefährlich."

Wilhelm sah zu den Männern neben der Grube hinüber, die jetzt darauf warteten, dass sich der Staub legte und sie ihre Arbeit fortsetzen könnten. Er stellte ihm Ludwigs Söhne Hermann und Karl vor und einen dritten Mann, Oskar, einer der Knechte, die für Wilhelm arbeiteten.

---

[24] Der Durchbruch der Sprengtechnik im Bergbau begann erst mit der Erfindung des Dynamits (1866). Schwarzpulver wurde aber vorher schon mit mäßigem Erfolg eingesetzt.

Hermann, der in etwa so alt war wie Tillmann, lachte und rief ihnen zu: „Da hat sich dein neuer Knecht ja ganz schön in die Hose gemacht! Ja, Junge, wenn du sehen willst, wie richtige Männer arbeiten, musst du uns eine Weile zugucken."

Karl achtete nicht auf seinen Bruder und reichte Tillmann die Hand. Auch Oskar grüßte freundlich und brachte seinen Dienstherrn in kurzen Worten auf den Stand der Dinge. Inzwischen hatte sich der Staub gelegt, und die drei Männer stiegen in die Grube hinab, um den Erfolg der Sprengung in Augenschein zu nehmen.

Tillmann verschaffte sich einen Überblick über die Anordnung der Grube. Mit einem Durchmesser von etwa sechs Metern klaffte ein Loch in der Erde, das circa acht Meter tief sein mochte. Auf der Talseite fiel die Wand des Kraters nahezu senkrecht nach unten ab. Dort befand sich oben am Rand eine kleine, hölzerne Plattform mit einer Haspel.

Am Seil der Winde war ein Eimer befestigt, der auf den Brettern stand. Am anderen Seilende, das in der Tiefe verschwand, war vermutlich ebenfalls ein Gefäß angebracht. Mit diesen Eimern wurde das Material zu Tage befördert. Das taube Gestein wurde auf der Talseite hinuntergekippt, sodass schon eine kleine Halde entstanden war. Das Erz hingegen luden die Männer in eine Schubkarre, die für diesen Zweck bereitstand.

Quer zum Tal senkte sich das Loch leicht schräg in die Tiefe, und es waren kleine Podeste angebaut. Leitern führten von Absatz zu Absatz. So konnte man in die Tiefe steigen. Seitlich des Lochs stand eine kleine Hütte. Auf Tillmann wirkte sie wie eine komfortable Köhlerhütte. In diesem Verschlag wurden die Gerätschaften gelagert, die man zum Arbeiten in der Grube brauchte. Vor der Hütte stand ein kleines Fässchen, das enthielt das Pulver, das für die Sprengungen genutzt wurde.

„Wir gehen auch mal runter", sagte Wilhelm, „und dabei wirst du ein Problem des Bergbaus hautnah miterleben: Immer ist alles zu eng. Da kommt gerade Karl herauf, der wird die nächste Zeit hier an der Haspel arbeiten. Da haben wir genügend Platz, zu zweit nach unten zu klettern."

Als Karl oben war, betrat Wilhelm die erste Leiter. Tillmann folgte ihm. Während sie hinabstiegen, rauschte immer wieder ein voller Eimer von unten an ihnen vorbei, fast gleichzeitig kam dann ein leerer von oben.

Auf dem Grund angekommen, befanden sie sich in einem Raum, der vielleicht einen Durchmesser von zwei Metern hatte. Es war ziemlich dunkel, aber das Tageslicht reichte doch, um alles zu erkennen. Gerade kam Oskar mit einem vollen Eimer aus einer Spalte heraus, die schräg nach unten verlief und knapp mannshoch war. Er hakte den leeren Eimer vom Haspelseil los und den vollen ein. Dann zog er kurz an dem Seil, wohl als Signal für Karl, denn sofort setzte sich der volle Eimer in Bewegung, und bald darauf kam von oben ein leerer an. Oskar war bereits wieder im Seitengang verschwunden.

„Hermann sortiert vorn im Gang das Erz in einen Eimer und das taube Gestein in einen anderen“, erklärte Wilhelm. „Oskar bringt die Eimer zur Haspel, und dass Karl oben an der Haspel arbeitet, ist ja klar. Die drei arbeiten gut zusammen, das siehst du daran, dass ein ordentlicher Materialfluss zustande kommt.“

„Kann Hermann dort in dem Seitengang denn überhaupt etwas sehen?“, fragte Tillmann.

„Das ist schon ein Problem“, gab Wilhelm zu. „Der Gang ist bisher nur wenige Meter lang und führt steil nach unten. Vorn gibt es immer noch einen fahlen Schein von Tageslicht. Außerdem hat Hermann eine kleine Öllampe, die er nutzt, um das Gestein sauber zu sortieren.“ Dann zeigte er auf die Farbstruktur, die an der Seitenwand zu erkennen war. „Erkennst du die Farbunterschiede im Felsen? Der dunkelbraune Streifen über dem Seitengang ist die Erzader. Am Kopfende des Ganges ist sie etwa 10 Zentimeter breit. Sie verläuft schräg nach oben und wird dabei etwas dünner. Hier am Boden siehst du sie auch, da hat sie die sehr beachtliche Stärke von fast 30 Zentimetern und führt gerade in den Gang hinein. In Wirklichkeit ist es natürlich andersherum: Wir graben genau dort, wo die Ader verläuft. Ideal wäre, wenn man nur das Erz und kein Gestein heraushauen würde, aber dann käme man nicht weit. Der Gang wäre unten 30 und oben nur 10 Zentimeter breit, dahinein kann kein Mann kriechen. Also müssen wir taubes Gestein abbauen, um uns bei der Arbeit überhaupt bewegen zu können.“

Tillmann betrachtete die Seitenwände des Raumes genau und wunderte sich, dass man so deutlich sehen konnte, wie das Gestein in schräg gelagerten Schichten verlief, die ganz unterschiedliche Farbnuancen hatten. Die Grenze zwischen Erz und taubem Gestein war deutlich zu erkennen.

„Ich bin überrascht", sagte er, „wie klar man die Erzader vom übrigen Gestein unterscheiden kann. Das hatte ich mir viel schwieriger vorgestellt."

„Hier ist es auch besonders einfach", stimmte Wilhelm zu. „Später kann ich dir Stellen zeigen, wo es kniffliger ist. Du musst lernen, die Qualität einer Ader anhand ihrer Farbnuancen und der Gesteinsstruktur zu beurteilen. Aber erst will ich dir etwas zu den einfacheren und doch so schwierigen Entscheidungen erzählen, die wir fast täglich treffen müssen. Wie du siehst, verläuft die Ader über den Boden des Arbeitsraumes in beachtlicher Stärke. Wir hätten also auch einfach weiter nach unten graben können. Dann könnten wir aber den Materialfluss so, wie du ihn siehst, nicht organisieren. Ab einer bestimmten Teufe wird das weitere Abteufen eines Loches immer schwieriger. Weißt du, was das Wort Teufe bedeutet?"

Tillmann schüttelte den Kopf.

„Die Begriffe *Teufe* und *abteufen* verwenden wir Bergleute, wenn wir nach unten arbeiten", sagte Wilhelm. „Hier haben wir uns jedenfalls entschieden, erst mal zur Seite weiterzuschürfen."

„Und wie seid ihr bis hierhergekommen?" fragte Tillmann. „Denn auf der anderen Seite des Loches, da, wo die Ader herkommen müsste, sehe ich gar keinen richtigen Felsen, sondern eher lockeres Gestein."

Wilhelm lachte: „Natürlich kannst du da keine Erzader mehr sehen, denn die ist abgebaut. Aber sie ist tatsächlich von hier schräg oben gekommen und inzwischen mit Abraum verfüllt worden. Wie der Name sagt, wird im *Alten Krämer* schon ewig Erz abgebaut. Mein Vater hat die Anteile vor langer Zeit erworben. Er war noch dabei, als wir vor etwa 15 Jahren den Arbeitsboden, auf dem wir jetzt stehen, ausgehauen haben."

Tillmann sah sich alles genau an und konnte sich nun vorstellen, wie man ursprünglich einfach schräg nach unten in den Berg gegraben hatte und wie die jetzige Situation entstanden war. Derweil hatte Oskar unermüdlich Gestein zur Haspel getragen, das nach oben verschwunden war. Auch jetzt kam er wieder mit einem Eimer, der aber diesmal mit Wasser gefüllt war.

„Ah, das Gestein, das durch den Sprengschuss gelöst wurde, ist aufgearbeitet, jetzt schöpfen sie den Gang trocken", erklärte ihm Wilhelm das Geschehen. „In der Vergangenheit hatten wir im *Alten Krämer* immer

Glück mit dem Wasser. Aber in den jetzigen Seitengang dringt an einer Stelle Feuchtigkeit ein und sammelt sich am Gangende. Man muss sehr vorsichtig sein, ich fürchte, wir sind dicht an einer Wasserader vorbeigekommen. Wenn wir in die falsche Richtung graben, könnte das Wasser zu einem Problem werden."

Hermann kam aus dem Gang gekrochen und hatte ein kleines Öllämpchen dabei.

„Lass die Lampe noch brennen", sagte Wilhelm zu ihm, „ich will mit Tillmann nach vorne."

„Ihr meint es ja wirklich ernst", entgegnete Hermann, „aber wenn man was lernen will, geht es nicht anders." Er strich sich das schweißnasse Haar aus der Stirn. „Das war übrigens ein gelungener Schuss eben. Ihr habt gesehen, wie viel Material wir fördern konnten, und die Richtung des Fortschritts stimmte auch, das meiste war Erz." An Oskar gewandt, ergänzte er: „Wenn die beiden in den Gang kriechen wollen, dann gehen wir am besten hoch und machen eine kleine Pause, bevor gleich das Hämmern wieder losgeht."

Er trat zur Leiter und stieg nach oben. Oskar folgte ihm.

„Nimm die Öllampe und geh voran", befahl Wilhelm. „Im Gang kommen wir nicht aneinander vorbei. Wenn du was sehen willst, musst du vor mir sein. Der Gang ist etwa fünf Meter tief. Am Anfang kannst du gebückt gehen, später musst du auf allen Vieren krabbeln. Nach etwa zwei Metern kommt die Stelle, an der die Feuchtigkeit austritt, die musst du dir genau ansehen. Für das Wasser muss man ein Gefühl bekommen. Und pass auf deinen Kopf auf."

Tillmann ging vorsichtig in gebückter Stellung in den Gang hinein, der recht steil war und so niedrig, dass man sich gerade noch aufrecht bewegen konnte. Nach etwa zwei Metern wurde der Boden rutschiger. Das musste an dem Wasser liegen, von dem Wilhelm gesprochen hatte. Tillmann leuchtete die Wand ab und sah jetzt eine Stelle, die einen feuchten, porösen Eindruck machte. An dieser Fläche sammelte sich etwas Flüssigkeit und lief am Felsen herunter auf den Boden. Am tiefer liegenden Gangende lagen Materialreste, die von der Sprengung übriggeblieben waren, und das Wasser hatte eine kleine Pfütze gebildet. Tillmann leuchtete die Felswand vor sich ab und konnte auch hier gut erkennen, wo die Erzader verlief.

„Wenn ich jetzt an dieser Stelle graben müsste, wüsste ich wenigstens, in welche Richtung es weiterginge“, sagte er zu sich selbst.

„Sieh dir alles genau an“, rief Wilhelm von hinten, „ich gehe schon mal zurück.“

Tillmann sah sich noch eine Weile um und studierte die Details der Gesteinsfarben und -strukturen. Er konnte die Spuren von Hammer und Schlägel genau erkennen und die von Hand bearbeiteten Flächen von denen unterscheiden, die bei einem Sprengschuss abgebrochen waren. Wie mühsam es sein musste, den Gang auch nur wenige Zentimeter vorzutreiben.

Als Tillmann eine Woche später wieder in Obernau am Meiler stand, empfand er zum ersten Mal ein Gefühl der Langeweile bei der Arbeit. Die Zeit in Eisern war wie im Fluge vergangen. Ja, auch am Meiler musste man aufpassen, und es konnte vieles schiefgehen. Aber das Leben eines Gewerken in Eisern erschien ihm viel spannender und herausfordernder. Zum ersten Mal freute er sich nicht nur auf seine hübsche und gescheite Braut, sondern auch auf das Arbeiten auf der Hütte und im Bergwerk. Die Angst, die er früher beim Gedanken an die Eisenproduktion empfunden hatte, war verschwunden. Der Bergrat hatte recht, man konnte dieses Handwerk lernen, und es machte sogar Freude.

12. Beim Spinnen, Dezember 1782

Sofie zog sich die dicke Jacke über, nahm das Spinnrad und den Korb mit den Utensilien und verließ das Haus. Draußen knirschten ihre Schritte auf der dünnen Schneedecke. Sie musste nicht weit gehen von Göbels Haus bis zu Daubs, etwas weiter oben in der Peeke, war es nur ein Katzensprung. Sie freute sich auf den Abend mit den anderen Frauen. Bei Gertrud in der großen Küche war es immer gemütlich, und zehn Tage vor Weihnachten würde es sicher auch stimmungsvoll sein.

Heute Abend würden keine Männer anwesend sein, denn im Wirtshaus trafen sich die Haubergsgenossen zu ihrer jährlichen Versammlung. Da gingen praktisch alle hin.

Die Treffen zum Spinnen gab es im Winter sehr häufig, denn Kleidung und andere Dinge aus Stoff brauchte jeder Haushalt. Wenn sie sich zum Spinnen verabredeten, bedeutete das nicht zwangsläufig, dass alle am Spinnrad arbeiteten. Um aus den getrockneten Halmen die wertvollen Flachsfasern zu gewinnen, waren viele Arbeitsgänge nötig. Und wenn Männer dabei waren, wurden noch mancherlei andere kleine Handwerksarbeiten getätigt; Korbflechten und Besenbinden zum Beispiel. In einigen Häusern gab es einen Webstuhl, und dann wurde beim Spinnen auch gewebt.

Als Sofie Daubs Küche betrat, waren schon viele Frauen versammelt. Scheinbar war sie die Letzte, denn viel Platz gab es nicht mehr. Zwischen Hartmanns Minna und Schölers Emma war noch eine Lücke, und so baute sie dort ihr Spinnrad auf.

Im Raum war schon eine muntere Unterhaltung im Gang, die Sofies Erscheinen nicht unterbrochen hatte.

Nun wandte sich Minna ihr zu und sagte: „Haben dich die vielen Männer doch freigelassen? Wir dachten schon, du kämst nicht mehr."

Im Haushalt der Göbels war Sofie als Magd die einzige weibliche Person. So musste sie auch Hausfrauenpflichten übernehmen.

„Da hätten sie ihre Sofie aber ganz neu kennengelernt", protestierte Sofie. „Nein, den Abend, an dem wir Frauen mal unter uns sein können, hätte ich mir nicht nehmen lassen. Ludwig hat Karl und Hermann mit zur Versammlung genommen, und Manfred und Anton schlafen jetzt."

Die Unterhaltung war etwas abgeebbt, dafür schnurrten die Spinnräder umso emsiger. Die Kerzen verbreiteten ein angenehm flackerndes Licht, und vom großen Ofen strömte eine wohlige Wärme in den Raum.

„Sind denn die Bratäpfel noch nicht fertig?", fragte Emma. „Darauf freue ich mich schon den ganzen Tag."

Kätchen lachte: „Unsere Emma ist doch ein echtes Schleckermaul!"

„Das musst du gerade sagen", erwiderte Lisbeth, „du bist doch selbst die größte Naschkatze!"

„Geduld, Geduld, die brauchen noch eine Weile, aber ich schau mal nach", sagte Gertrud, stand auf, öffnete das Ofenrohr und warf einen Blick hinein.

„Ich liebe diesen Duft", schwärmte Emma.

Durch das Öffnen der Ofenklappe war ein Schwall des süßlichen Geruchs in die Küche gedrungen.

„Heute Abend könnt ihr euch freuen", sagte Gertrud. „Es gibt was ganz Besonderes: Ich habe dem Hirten Johann Bäumer eine Portion Honig abschwatzen können."

„Ahh, Honig!"

„Hmm."

„Das ist ja famos!"

Ringsum im Raum erhob sich begeistertes Gemurmel.

„Dabei behauptet er schon seit einiger Zeit, er hätte keinen mehr. Aber ich glaube ihm nicht. Für Weihnachten hat er bestimmt noch einen geheimen Vorrat, und dass ich heute noch etwas bekommen habe, ist ein Beweis dafür."

„Wie hast du das denn angestellt?", wollte Minna wissen. „Ich habe auch so bei ihm gebettelt und nichts bekommen."

„Tja, das wird wohl mein kleines Geheimnis bleiben", antwortete Gertrud.

„Er müsste im Sommer viel mehr davon einsammeln", sagte Minnas Schwester Klara. „Er merkt doch, dass er nie genug Honig hat."

„Aber dafür müsste er erst mal zusätzliche Bienenvölker finden, die kann er nicht einfach herbeizaubern."

„Der Johann weiß Bescheid und macht schon, was möglich ist."

„Er sät sogar besondere Pflanzen aus, um mehr Völker anzulocken."

„Ja, und auch ein paar ungewöhnliche Bäume hat er auf der Wildener Höhe gepflanzt, die die Bienen besonders mögen."

Jede der Frauen konnte etwas zum Thema Honig beitragen[25].

„Johann Bäumer ist ohnehin ein Segen für unser Dorf", sagte Minna. „Erst neulich hat er den Wächter von seinen Leibschmerzen kuriert und auch sonst schon so manchen geheilt."

„Ja, die Hirten kennen sich gut mit Heilkunde aus," bestätigte Lisbeth. „Ich habe erfahren, dass der Fürst ihnen seit Neuestem die Erlaubnis gibt, an der Hochschule in Herborn bestimmte Vorlesungen zu hören, ohne dafür bezahlen zu müssen. Dann können sie vielleicht in Zukunft noch viel mehr Krankheiten heilen."

„Ja, Sofie, mit Johann solltest du dich gut stellen," sagte Minna, „der wäre doch ein passender Mann für dich."

---

[25] Honig war zu der Zeit das einzige bekannte Süßungsmittel. Zucker gab es noch nicht.

„Ich brauche keinen Mann!“, war Sofies prompte Antwort.

Und fast gleichzeitig sagte Gertrud: „Sofie ist doch bestens versorgt!“, was dazu führte, dass diese rot anlief.

Ja, dachte sie, sie war bestens versorgt.

Mit nicht ganz 17 Jahren war sie vom Westerwald nach Eisern zu Göbels gekommen und hatte sich in der Hausarbeit gut zurechtgefunden. Sie brauchte die Stelle dringend, und die Tagesarbeit machte ihr Spaß. Aber sie hatte auch erkannt, wie unbedarft sie doch in anderer Beziehung war. Der Hausherr schien Dinge von ihr zu erwarten, auf die sie nicht vorbereitet war. Ja, sie war bestens versorgt.

Alle hatten gemerkt, dass Gertrud einen wunden Punkt getroffen hatte. Sie wussten ja auch von Sofies unehelichem Sohn Anton. Wer sollte schon der Vater sein? Sie kam doch sonst nirgendwo hin. Alle gingen davon aus, dass Anton Ludwigs Sohn war, aber niemand hätte gewagt, das auszusprechen. Dafür war der Gewerke und Hüttenschulze zu angesehen.

Die Unterhaltung kam für einen Moment zum Erliegen.

Gertrud versuchte, die Situation zu retten: „Ich denke, jetzt sind die Äpfel fertig.“ Sie sah wieder in die Röhre.

Glücklicherweise waren die Äpfel jetzt wirklich servierbereit. Minna half ihr beim Verteilen.

„Hier ist der Honig.“ Gertrud stellte ein Tellerchen mit einem Stück Wabenhonig auf den Tisch. „Davon müsst ihr euch selbst nehmen, und bedient euch bitte auch mit Wasser und Bier.“

Nun war der kurze Moment der Peinlichkeit vergessen, und alle redeten wild durcheinander, während sie die Äpfel mit dem Honig verspeisten.

Anschließend nahmen alle die Arbeit wieder auf, und Emma stimmte mit ihrer reinen Sopranstimme das erste Weihnachtslied an. Ein Lied folgte dem anderen, und es entstand ein harmonischer, mehrstimmiger Chorgesang. Bald erfüllte eine wunderschöne, getragene Stimmung den Raum.

Kätchen genoss das Singen. Die tiefsinnigen alten Texte, die sie alle auswendig konnte, ließen sie ins Träumen geraten. Ihre Gedanken flogen nach Obernau, wo man heute Abend sicher ebenfalls beim Spinnen sitzen würde, und der Gesang gehörte natürlich auch dort dazu. Vielleicht wurde gerade das gleiche Lied gesungen, und sie hatte beinahe das Gefühl, dass Tillmanns Gedanken sich mit ihren vereinten. Die Liebe füllte sie ganz aus, und sie empfand die Sehnsucht, dass es nicht nur bei der gedanklichen Vereinigung bleiben möge. Sie fühlte Tillmanns Arme, die sie umschlangen und seinen zärtlichen Kuss auf ihren Lippen. Sie war so dankbar für diese Liebe und die damit verbundenen Empfindungen und Gefühle.

Es war schließlich nicht selbstverständlich, dass Frauen und Männer durch ein solches Liebesband miteinander verbunden waren. Was war das eben für eine Peinlichkeit gewesen, die plötzlich im Raum hing. Alle hatten sie empfunden und niemand sie angesprochen.

Sofie war eine liebe Nachbarin. Sie war immer freundlich, bescheiden und zurückhaltend, und wenn man mit ihr allein war, konnte sie sehr lustig und ausgelassen sein. Und doch schwebte da ein melancholischer Zug über ihrem Wesen, eine Art stille Trauer.

Mit ihren 26 Jahren war Sofie noch recht jung, um einen so großen Hausstand wie den der Göbels zu bewältigen. Aber alle fanden, dass sie das souverän hinbekam, sie war die Herrin im Haus – tagsüber. Was abends vor sich ging, wusste man nicht. Kätchen hätte jedenfalls nicht allein mit Ludwig in einem Zimmer sein wollen. Auch Sofie schien ihn nicht besonders zu mögen. Wenn man sie tagsüber zusammen sah, gingen sie zwar freundlich miteinander um, aber das konnte Fassade sein.

Ob Ludwig sie schlecht behandelte? Kätchen wäre nicht sehr verwundert darüber gewesen. Und warum wurde so ein Geheimnis um die Vaterschaft von Anton gemacht? Ludwig hätte Sofie doch einfach heiraten können. Aber das war wegen der Standesunterschiede nicht möglich. Man lebte im Dorf eng zusammen und wusste doch im Grunde so wenig voneinander.

Und Gertrud? – Sie schien geradezu vernarrt in Ludwig zu sein. Seine ausgeprägt vorgetragene Männlichkeit, sein machohaftes Auftreten, all das, was Kätchen abstoßend an ihm fand, gefiel ihr offenbar. Sofies Melancholie bemerkte Gertrud gar nicht und fragte deshalb auch nicht nach deren Ursache. Eher hatte man den Eindruck, dass Gertrud neidisch auf sie war.

Auch Gertrud spann über dem Singen nicht nur Garn, sondern gleichermaßen Gedankenfäden: Manchmal konnte sie ihren Neid auf Sofie kaum beherrschen. Eben war so ein Moment gewesen, da hatte sie es gemerkt, und die anderen vermutlich auch. Sie musste lernen, sich besser zu beherrschen, dachte sie. Sonst würde sie sich nur selbst schaden, denn Gerede konnte sie keins gebrauchen. Es war aber auch zu ungerecht: Sofie, die Magd, konnte immer mit Ludwig zusammen sein, und Gertrud, die Gewerkentochter und Witwe, kam nicht an ihn ran. Jeder wusste doch, dass die beiden das Lager miteinander teilten, Anton war der lebende Beweis.

Aber Sofie schien ihr Glück nicht zu begreifen und nicht zu genießen. Sie würde es genießen, dachte Gertrud, und irgendwann würde sie ihn bekommen. Dann ist es gut, dass Sofie nichts an ihm findet. Kätchen schien Ludwig ebenfalls nicht zu mögen. Auch das ist nur gut, dachte Gertrud.

Warum war Kätchen in letzter Zeit eigentlich so stillvergnügt? Ende September war sie für ein paar Tage weggewesen, auf *Verwandtenbesuch!*, so hatte es geheißen, und niemand wusste was über diese Verwandten. Anschließend war dieser ominöse Hüttenknecht aufgetaucht, der sogar bei Schölers wohnte. Sie ließ sich nicht so leicht täuschen wie die anderen, dachte Gertrud. Wenn das nicht ein verkappter Bräutigam war. Na, ihr sollte es recht sein. Dann war Kätchen wenigstens aus dem Rennen.

13. Beerdigung, März 1783

Diesmal lief Tillmann zu Fuß nach Eisern. Es war ein trüber Morgen und genauso trüb fühlte er sich. Wilhelm, Kätchens Vater, war plötzlich gestorben. Gestern am späten Nachmittag war ein Bote aus Eisern gekommen und hatte die Trauerbotschaft überbracht. Tillmann war wie vor den Kopf geschlagen. Sein letzter Besuch in Eisern lag etwa drei Wochen zurück. Wilhelm war gesund und munter gewesen, wie immer voller Vorfreude auf die Hochzeit im Frühjahr. Was war geschehen? Der Bote hatte keine genaueren Nachrichten, hatte nur ausgerichtet, dass die Beerdigung heute um zehn Uhr sei.

Wie es Kätchen wohl ging? Und Lisbeth? Ja, der Tod war allgegenwärtig, und Wilhelm wäre im Sommer 63 geworden. Nur wenige wurden so alt. Aber wenn man Wilhelm erlebt hatte, wie agil er war, dann hatte doch niemand mit seinem baldigen Tod gerechnet.

Tillmann war um sechs Uhr morgens aufgebrochen. Zu Fuß ging es schneller als mit dem Ochsengespann. Auf den Höhen lag noch einiger

Schnee, aber es hatte schon seit zwei Wochen nicht mehr gefroren, und der Boden war völlig durchweicht. Es lief sich nicht gut in dem Schneematsch, aber Tillmann schritt tüchtig aus. Vielleicht konnte er trotzdem pünktlich in Eisern sein.

Voller Liebe dachte er an Kätchen. Wie gut, dass sie beide zueinandergefunden hatten. Was wäre aus den beiden Frauen geworden, wenn Wilhelm keinen Nachfolger gefunden hätte?

Dieser Nachfolger war jetzt er, dachte Tillmann, und die alten Zweifel kamen wieder hoch. Über den Winter war er voller Mut und Zuversicht gewesen, dass er den Wechsel in die neue Welt schaffen würde, aber natürlich hatte er mit Wilhelms Unterstützung gerechnet. In manchen Situationen hatte er erlebt, wie das Ansehen und die Souveränität seines künftigen Schwiegervaters Wege ebneten. Und jetzt sollte er ohne diese Begleitung zurechtkommen. Er musste, es gab keine Alternative.

Tillmann erinnerte sich daran, wie ihm Wilhelm das Geschehen auf der Hütte erklärt und dabei gesagt hatte: *Bleib nicht beim Negativen stehen, sondern suche auch im Negativen das Positive.* Diesen Satz hatte er als eine wichtige Lektion bezeichnet.

Es tut mir leid, Wilhelm, dachte Tillmann jetzt, aber ich kann an deinem Tod beim besten Willen nichts Positives finden. Bei diesen Gedanken stiegen ihm die Tränen in die Augen.

Die Benders in Obernau waren von der Todesnachricht tief betroffen gewesen.

„Was soll nun aus dir werden, Tillmann?“, fragte seine Mutter. „Ohne Wilhelms Unterstützung bist du doch völlig schutzlos.“

„Unser Junge ist stark“, entgegnete Eberhard, aber auch in seiner Stimme war ein kleiner Zweifel zu erkennen. „Jetzt muss er sich zusammenreißen und kämpfen.“

Berta weinte und schluchzte: „Ja, ja, sag das mal einem Lamm, wenn das Wolfsrudel kommt!“

Tillmann selbst konnte lange Zeit gar nichts sagen, und Mutters Worte waren nicht gerade eine Ermutigung.

Erst nach einer ganzen Weile hatte er sich so weit im Griff, dass er sprechen konnte: „Wirst du in den nächsten Tagen ohne mich klarkommen, Mathias? Ich werde nach der Beerdigung nicht sofort zurückkommen.“

„Was für eine Frage“, hatte Mathias geantwortet. „Jetzt denk erst mal an dich und nicht an mich. Natürlich kommen wir ohne dich zurecht. Außerdem sind wir ohnehin darauf vorbereitet, dass du uns spätestens nach der Hochzeit im Frühjahr verlässt.“

Tillmann hatte jetzt den Schmidthain erreicht und sah Eisern vor sich liegen. Zuletzt hatte er immer einen Umweg genommen und sich mit Kätchen hinter dem Dorf am Mühlenweiher getroffen. Sie wollten die Verlobung ja, so lange es ging, geheim halten. Er dachte einen Moment darüber nach und kam zu dem Schluss, dass das Versteckspiel unter den gegebenen Umständen nicht länger möglich und auch nicht sinnvoll war. Deshalb ging er auf direktem Weg ins Tal und auf die Peeke zu.

Gertrud stand gebückt mit der Hacke in der Hand im Garten neben dem Haus. Sie wollte noch schnell einige Arbeiten erledigen, bevor sie gleich zur Beerdigung aufbrechen würde. Wilhelm war ganz plötzlich gestorben. Die Hüttenarbeiter waren dabei gewesen, als er einfach zusammenbrach. Die Männer hatten ihn noch nach Hause getragen, aber vielleicht war er da schon tot gewesen.

Ob ihr Vater durchhalten würde, bis Thomas alt genug war, fragte sich Gertrud. Thomas wurde bald neun. Wenigstens noch drei Jahre, besser fünf, hoffte sie. Dann wäre Conrad 68, aber nur ganz wenige erreichten so ein gesegnetes Alter bei voller Gesundheit.

Man musste es sowieso nehmen, wie es kam, auch wenn man darüber verzweifeln konnte, wie ausgeliefert man dem Schicksal war. Für Kätchen und Lisbeth würde jetzt eine sehr schwere Zeit anbrechen. Sie hatten zwar viel arbeiten müssen, wie eben alle. Aber Wilhelms klarer Verstand und sein Geschäftssinn hatte ihnen doch immer einen guten Wohlstand gesichert.

Conrad ist auch nicht dumm, dachte Gertrud, aber mit Wilhelms Weitsicht, Beobachtungsgabe und klarer Logik kann er nicht mithalten. Nun war Wilhelm tot, und wer immer es war, der in seine Fußstapfen treten wollte, würde es schwer haben. Immerhin gab es jemanden, da konnte Kätchen von Glück reden. Was hätte sonst aus den beiden Frauen werden sollen? Im Dorf galt Kätchen zwar weiterhin als ungebunden, aber Gertrud war sich sehr sicher, dass es einen Verlobten gab. Einen Verdacht hatte sie schon länger gehabt, aber seit im Winter der Obernauer Bursche wieder im Ort ausgemacht worden war, hatte sie keinen Zweifel mehr.

Sie schaute von ihrer Arbeit auf und sah, wie der junge Mann aus Obernau die Peeke herunterkam. Sie hatte ihn bisher nur von Weitem gesehen und von ihm erzählen hören. Aber das musste er sein, da gab es keinen Zweifel. Nicht schlecht, dachte sie, alle Achtung, Kätchen, und herzlichen Glückwunsch. Da wird ja heute das Versteckspiel ein Ende finden.

Sie blieb stehen und richtete den Blick offen auf den Ankömmling, der ihr daraufhin zunickte. Gertrud grüßte freundlich, und er erwiderte den Gruß. Da werden wir uns heute ja sicher noch näher kennenlernen, dachte sie, als der junge Mann vorüber war, und wandte sich wieder ihrer Arbeit zu.

Tillmann ging an der Kapelle vorbei über den Dorfplatz und betrat schweren Herzens Schölers Haus. Kätchen hatte ihn kommen sehen, hinter der Tür auf ihn gewartet, und nun schloss sie ihn tränenüberströmt in die Arme. So standen sie lange, ohne ein Wort. Was hätte man auch sagen können?

Tillmann nahm ihren Kopf in die Hände, küsste sie und flüsterte: „Es tut mir so leid."

Dann ging er auf Lisbeth zu, drückte auch sie an sich und brachte wortlos seine Anteilnahme zum Ausdruck.

Kätchen hatte sich jetzt wieder etwas gefasst und sagte: „Wie gut, dass der Bote dich erreicht hat und dass du gleich kommen konntest."

„Natürlich bin ich sofort aufgebrochen, aber was ist denn eigentlich passiert? War es ein Unfall?"

„Nein, es gab keinen Unfall", sagte Lisbeth. „Wilhelm ist vorgestern Nachmittag mitten auf dem Möllerplatz einfach so in sich zusammengesackt. Die Männer der Schicht waren sofort bei ihm und wollten ihn wieder aufrichten, aber das ging nicht. Da haben sie schnell eine Trage geholt und ihn hierhergebracht. Als er hier lag, hat er noch einmal kurz die Augen aufgeschlagen. Seine letzten Worte hat er an Kätchen gerichtet: *Gib gut auf dich und Tillman acht.* Dann war er tot. Wir haben ihn in der Stube aufgebahrt, wenn du ihn noch einmal sehen willst?"

Tillmann betrat die Stube, gefolgt von den Frauen. Auf einem Stuhl saß Emma mit Tränen in den Augen und nickte grüßend. Auf dem Tisch stand ein schlichter Sarg aus Eichenholz, in dem Wilhelms Leiche lag.

Tillmann trat zu dem Sarg und sagte: „Danke, Wilhelm, ruhe in Frieden,“ dann faltete er die Hände und sprach ein stilles Gebet.

Kurz darauf ging die Stubentür auf und Robert Hoffmann, der Heimberger, betrat den Raum. Er brachte seine Anteilnahme zum Ausdruck und stand nun auch schweigend am Sarg. So trafen nach und nach immer mehr Trauergäste ein, und bald war die Stube voll. Viele waren zur Beerdigung des bekannten und beliebten Gewerken gekommen, und vor dem Haus auf dem Dorfplatz bildete sich schnell eine große Menschentraube.

Pastor Ludwig Victor Emmelius trat in die Stube, reichte erst Lisbeth und dann Kätchen die Hand und wandte sich dem Sarg zu. Er sprach ein Gebet und segnete die Leiche. Daraufhin traten die vier Sargträger hinzu, verschlossen den Sarg mit dem bereitliegenden Deckel und trugen ihn zu einem Pferdewagen vor dem Haus.

Hinter dem Wagen bildete sich der Leichenzug und setzte sich in Bewegung. Angeführt wurde der Zug von Pastor Emmelius, neben dem der Heimberger ging, gefolgt von Kätchen und Lisbeth. Da die Familie im Dorf keine engere Verwandtschaft hatte, schlossen sich hinter den beiden Frauen die Dorfhonoratioren an. Als die Menschen aus der Stube strömten, wurde Tillmann gemeinsam mit den anderen nach draußen gedrängt und kam dann im Leichenzug in eine Position im vorderen Drittel, dorthin, wo auch Emma und die Knechte gingen. Er fand das irgendwie unpassend, hätte sich lieber neben Kätchen und Lisbeth eingereiht. Kurz überlegte er, an den Honoratioren vorbei nach vorne zu gehen, sah aber doch davon ab, da ihn niemand kannte und die Verlobung noch geheim war.

Tillmann wusste nicht, wohin der Zug sich bewegte, denn ein Friedhof war ihm im Dorf nie aufgefallen. Als es aus dem Dorf hinausging und man nur noch Wiese und Wald vor sich sah, fragte er Emma: „Wo ist denn der Friedhof?“

„Beim Hofgut Rödgen neben der Kirche.“ Als sie seine Verblüffung bemerkte, ergänzte sie: „Wir gehören doch zum Kirchspiel Rödgen, Eisern hat keinen eigenen Friedhof. Der direkte Pfad zur Kirche führt steil bergauf. Der Weg den wir jetzt gehen, erleichtert durch lang gezogene Serpentinen den Anstieg. Weil die Leichenzüge ihn immer nehmen, wird er *Totenweg* genannt.“

Zum Rödgen würde man sicher eine gute Stunde brauchen.

Tillmann sah sich um und bemerkte, wie lang der Zug war. Es mussten weit über 100 Menschen sein. „So einen langen Leichenzug habe ich noch nie gesehen“, sagte er. „Gehen in Eisern immer so viele mit einer Beerdigung?“

„Nein“, meinte Emma, „wenn sonst ein Gewerke stirbt, geht sicher auch aus jedem Haus jemand mit, dann sind es knapp 50 Leute, aber heute sind es ja viel mehr. Die meisten Leute im Zug hinter uns kenne ich gar nicht, sie müssen aus anderen Orten sein. Aber wundern tut‘s mich nicht, denn Wilhelm war überall sehr beliebt. Er war ein guter Herr und auch den Armen gegenüber immer großzügig.“

Der Zug hatte sich in die Länge gezogen, die Leute ließen etwas Abstand und unterhielten sich leise. Ludwig Göbel ging in der Mitte. Eigentlich zählte er als Hüttenschulze zu den Dorfhonoratioren und hätte vorn beim Gemeinderat und dem Lehrer mitgegangen sein sollen. Aber jeder wusste, dass Wilhelm und er nicht gerade Freunde waren, deshalb hatte er sich weiter hinten eingereiht.

Jetzt hat sich die Situation geklärt, dachte er. Der Vater war tot, und Kätchen konnte sich nicht länger zieren. Sie musste schnell heiraten, wenn sie nicht verarmen wollte. Sie würde dankbar sein, wenn er ihr bald einen Antrag machen und sie aus der unangenehmen Situation erlösen würde. Sie würde Trost brauchen können.

Plötzlich hörte er hinter sich eine helle, aber gedämpfte Stimme: „Ja, ja, der Tod zerstört so viele unserer Pläne. Jetzt ist es schon bald neun Jahre her, dass wir meinen Paul zu Grabe getragen haben.“

Gertrud hatte sich von hinten angenähert und wollte ihn in ein Gespräch verwickeln. Als Ludwig nicht antwortete, ergänzte sie nach einer kleinen Pause: „War das nicht im gleichen Jahr, in dem deine Hilde gestorben ist?“

Ludwig war verblüfft. Bisher hatte er Gertrud nicht angesehen, wandte sich aber nun zu ihr hin und sagte knapp: „Ja, das stimmt.“

Was wollte die denn von ihm? Gerade war er in Gedanken dabei, zu überlegen, wie und wann er Kätchen einen Antrag machen sollte, und jetzt riss sie ihn aus seinen Überlegungen. Sollte die Anspielung darauf, dass sie beide verwitwet waren, etwa bedeuten, dass Gertrud Interesse an ihm hatte? Mit ihr als möglicher Partnerin hatte er sich nie auseinandergesetzt. Sie war zwar auch attraktiv, aber doch nicht wie Kätchen. Und ihr Erbe war höchstens halb so groß. Sicher, man hatte als Mann seine Bedürfnisse, aber dafür hatte er ja Sofie. Nein, sie sollte gar nicht auf falsche Gedanken kommen.

Gertrud nahm tatsächlich das Gespräch wieder auf: „Dabei führt uns doch gerade der Tod vor Augen, wie kurz das Leben ist, und dass wir Chancen, die sich uns bieten, auch nutzen sollten."

Das wird tatsächlich ein Annäherungsversuch, dachte Ludwig und beschloss, klare Verhältnisse zu schaffen. „Du hast recht, Gertrud", sagte er. „Genau deshalb werde ich Kätchen schon bald einen Antrag machen. Jetzt, wo ihr Vater gestorben ist, braucht die Kleine dringend Unterstützung."
„Ach, das ist ja eine gute Nachricht", stammelte Gertrud sichtlich betroffen. „Hast du denn schon mit ihr darüber gesprochen?"

„Nicht direkt", gab Ludwig zu, „aber sie hat doch keine große Wahl. Jeder im Dorf weiß, dass eine Verbindung zwischen mir und Kätchen in jeder Hinsicht die beste Lösung ist."

Gertrud zögerte einen Moment und sagte: „Na, da wünsche ich dir viel Glück." Dann ließ sie sich etwas zurückfallen, sodass beide wieder für sich gingen.

Sie hat's begriffen, dachte Ludwig, das Leben funktioniert einfach besser, wenn man für Klarheit sorgt.

Gertrud wusste, dass es sensiblere Menschen gab als sie selbst. Aber sie registrierte die Zwischentöne in den Aussagen ihrer Mitbürger. Einige Menschen, und Ludwig schien dazuzugehören, hatten offenkundig überhaupt keine Sensoren für diese Feinheiten.

Tja, Ludwig, dachte sie, da steht dir bald eine bittere Lektion bevor. Aber wenn er erst ihr Mann wäre, würde sie ihn vorsichtig führen und verhindern, dass er in solche Fettnäpfchen träte.

Der Zug schwenkte vom Totenweg auf den Friedhof ein. Rechts lag die schöne, neugebaute Kirche, die erst im vergangenen November eingeweiht worden war. Es nahm einige Zeit in Anspruch, bis die Letzten eintrafen und alle um das frisch geschaufelte Grab versammelt waren. Der

Pfarrer begann mit der Zeremonie, die nicht sehr lange dauerte. Nach dem Schlussgebet sprach Victor Emmelius im Namen der Familie die Einladung zu einem einfachen Mittagessen in der Schankwirtschaft des benachbarten Hofguts Rödgen aus.

Die meisten der Anwesenden traten dessen ungeachtet einzeln oder in kleinen Gruppen still den Heimweg an. Da es insgesamt so viele gewesen waren, blieb trotzdem eine Reihe Gäste übrig, die sich jetzt langsam in Richtung Hofgut in Bewegung setzten.

Der Leichenschmaus war sehr wichtig, das wussten alle. Der Tod war allgegenwärtig, und die harte Lebenswirklichkeit musste schnell weitergehen, wenn man selbst überleben wollte. Die eigentliche Trauer musste man im Herzen einschließen, und dort schleppte man sie oft sehr lange mit sich herum.

Das gemeinsame Essen nach der Beerdigung sorgte zwangsläufig für Ablenkung von den trüben Gedanken. Die Familie des Toten musste es organisieren und mit den anderen Dörflern sprechen. So konnte sich niemand abkapseln, sondern alle stellten sich der Realität. Die direkten Angehörigen empfanden es oft als Tortur, aber sie wussten: es war bittere Medizin. Für die Gäste schuf es die Möglichkeit, an die Trauernden heranzukommen, ihnen die Hand zu reichen. Gemeinsam wurden alle in die Alltagsrealität zurückgezwungen.

Da die Wirtschaftsgebäude des Hofguts unmittelbar neben der Kirche lagen, war es nur natürlich, dass dort der Leichenschmaus abgehalten wurde, zumal es hier ausreichend Platz gab.

Nach dem Ende der Zeremonie war Tillmann wieder zu Kätchen gegangen, die mit ihrer Mutter noch am offenen Grab stand. Sie nahmen sich eine Weile Zeit für den Abschied von Wilhelm. Tillmann legte einen Arm um seine künftige Frau und flüsterte ihr zu: „Wir schaffen das."

Kätchen schluchzte und nickte leicht mit dem Kopf. Dann wischte sie mit einem Tuch die Tränen aus den Augen und wandte sich vom Grab ab.

Auch Lisbeth sah jetzt in Richtung Hofgut und sagte: „Kommt schnell, wir müssen doch sehen, dass die Leute was zu essen bekommen."

Der Friedhof war leer, alle waren schon nach Hause oder zum Hofgut unterwegs. Nur am Friedhofstor stand noch ein einzelner Trauergast, dem sich die drei nun näherten.

Tillmann erkannte Bergrat Roth, der auf Lisbeth zutrat und sagte: „Liebe Frau Schöler, es ist mir ein Anliegen, Ihnen persönlich meine Anteilnahme zum Tode Ihres Mannes auszusprechen. Leider halten mich dienstliche Verpflichtungen davon ab, zum Schmaus zu bleiben, deshalb wähle ich diesen unhöflichen Weg. Sie wissen ja, wie sehr ich Ihren Mann als Mensch, Fachmann und als Ratgeber geschätzt habe. Die Zunft verliert mit ihm einen würdigen und überaus fähigen Vertreter."

Lisbeth bedankte sich für die freundlichen Worte. Der Bergrat ließ nun seinen Blick auch auf Kätchen und Tillmann fallen und fuhr fort: „Ich sehe hier unseren jungen Freund an Ihrer Seite, Fräulein Katharina. Darf ich hoffen, dass unser lieber Verblichener vielleicht schon bald einen Nachfolger erhalten könnte?"

„Ja", sagte Kätchen schlicht, „wir sind verlobt, haben es aber bis jetzt noch niemandem gesagt, Sie sind der Erste."

„Das ist mir eine besondere Ehre. Da wünsche ich von ganzem Herzen viel Glück und alles Gute. Aber jetzt darf ich Sie nicht länger von Ihren anderen Gästen fernhalten."

Lisbeth und Kätchen gingen weiter in Richtung Hofgut. Tillmann hatte nicht erwartet, den Bergrat hier zu treffen, und verharrte etwas unschlüssig.

„Ich hatte damals schon das Gefühl, dass irgendwie mehr hinter deinem Interesse an der Eisenherstellung steckt", sagte der Bergrat.

„Ja, aber damals konnte ich doch nicht … Und ich wusste ja auch nicht, wie alles wird. Aber ich bin Ihnen …"

„Dir!", unterbrach Heinrich Roth, „jetzt sind wir ja unter uns."

„Ja", setzte Tillmann neu an, „ich bin dir so dankbar, Heinrich, ohne deinen Rat damals hätte ich nie den Mut aufgebracht, um Kätchen zu werben. Und jetzt sind wir so glücklich und doch auch so unglücklich, wo Wilhelm tot ist."

Die Satzfetzen kamen ungeordnet aus Tillmanns Mund, aber er war erleichtert, dass er dem väterlichen Freund sein Herz ausschütten konnte.

„Das wird sicher kein leichter Start werden, ohne Wilhelm. Aber bei Schölers hast du es gut getroffen. Wilhelm ist die Arbeit sehr systematisch und mit viel Verstand angegangen. Trotzdem wirst du mit einer Menge Anfeindungen im Dorf rechnen müssen. Ich wünsche dir nochmals alles

Gute und muss nun wirklich gehen. In Zukunft werden wir uns ja öfter begegnen."

„Danke, Heinrich!" Das Gespräch hatte Tillmann gutgetan.

Als Kätchen und Lisbeth auf die Schankwirtschaft zugingen, hatten die meisten der Gäste den Gastraum schon betreten. Ein paar Grüppchen standen noch vor dem Haus und unterhielten sich. Unter diesen Leuten war auch Ludwig, der nach einer Gelegenheit Ausschau hielt, mit Kätchen allein zu sprechen.

Diese Gelegenheit schien sich jetzt zu bieten, denn sie kam mit gesenktem Blick langsam vom Friedhof her, und es waren keine Trauergäste um sie. Dass ihre Mutter bei ihr war, hinderte Ludwig nicht, die würde ihre Tochter darin bestärken, bald zu heiraten.

Ludwig ging ihr entgegen, um etwas Abstand von den übrigen Gästen zu bekommen und sprach sie an: „Auf ein Wort, Kätchen. Jetzt, wo dein Vater gestorben ist, brauchst du männliche Unterstützung, und da würde ich gerne helfen. Ich dachte, es wäre gut, wenn wir beide uns näherkämen ..."

Es lief nicht so, wie Ludwig sich das vorgestellt hatte. Er war selbstverständlich davon ausgegangen, dass Kätchen stehen bleiben und sich ihm dankbar zuwenden würde. Stattdessen hatte sie ihn gar nicht beachtet. Sie ging einfach weiter, in gemessenen Schritten, mit gesenktem Blick und wie in Gedanken verloren. Ludwig war gezwungen, ihr nachzulaufen. Sie hatten sich den Leuten vor der Schankwirtschaft so weit genähert, dass diese auf die Szene aufmerksam wurden.

Innerlich rang Kätchen um Beherrschung. Es konnte doch wohl nicht sein, dass sich dieser Rüpel ihr ohne jede Beileidsbekundung auf der Beerdigung ihres Vaters aufdrängte. Hatte das etwa gar ein Heiratsantrag werden sollen? Spontan richtete sie sich auf und blickte ihm stolz in die Augen.

Dann sagte sie ganz ruhig, aber mit erhobener Stimme, sodass es alle Umstehenden hören konnten: „Ach, Ludwig, ich fürchte, ich habe nicht ganz verstanden, was du mit *männlicher Unterstützung* meinst. Du wirst mir wohl kaum einen Heiratsantrag auf der Beerdigung meines Vaters machen, aber als Knecht willst du doch sicher nicht bei uns anfangen. Was es auch immer ist, ich denke, du besprichst das besser mit meinem Verlobten. Da kommt er gerade."

Bei diesen Worten zeigte sie auf Tillmann, der nun auch auf das Gasthaus zukam und mit fragendem Blick bei seiner Braut stehen blieb, da er nur den letzten Satz gehört hatte.

Es war schließlich der Pfarrer, der dem Moment die Peinlichkeit nahm, indem er auf die Gruppe zuging und sagte: „Habe ich da das Wort *Verlobung* gehört? Also gibt es in aller Trauer doch einen Lichtblick. Da möchte ich herzlich gratulieren."

Er drückte Kätchen und danach auch Tillmann die Hand. Auch Robert Hoffmann, der Heimberger, gratulierte nun, und der Pastor sagte: „Wird mir denn die Ehre zuteil, die Verlobung gleich bei Tisch proklamieren zu dürfen?"

Tillmann und Kätchen sahen sich kurz an und nickten.

„Schön", fuhr Emmelius fort, „dann gibt es ja sicher auch ein Aufgebot zu bestellen, das können wir gleich nach dem Essen drüben in meinem Büro erledigen, jetzt, wo alle zusammen sind."

Ludwig war zurückgedrängt worden und kochte vor Wut. „Am besten gehe ich nach Hause", sagte er leise zu sich selbst.

Robert Hoffmann hatte die Worte gerade noch gehört. „Gute Idee", sagte er ebenso leise und sah Ludwig nach, der sich entfernte.

In der Gaststube ergriff der Pfarrer das Wort, hielt eine kleine Ansprache zur Würdigung des Toten und endete damit, dass er verkündete: „Und von diesem bescheidenen, liebevollen und fähigen Menschen müssen wir heute für immer Abschied nehmen und finden Trost in unserm Glauben, in der Hoffnung und in der Liebe. Dass die Liebe unter diesen dreien die größte ist, wird auch dadurch deutlich, dass sich heute bei aller Trauer zwei junge Liebende öffentlich das Eheversprechen gegeben haben. Ich darf allen verkünden, dass sich Tillmann Bender aus Obernau und Katharina Schöler aus Eisern verlobt haben."

Die Neuigkeit hatte sich zwar schon herumgesprochen, aber jetzt erfuhren auch die Letzten davon. Es gab laute Beifallsbekundungen und Glückwünsche.

Der Pfarrer verschaffte sich dann wieder Gehör, sprach das Tischgebet und wünschte allen eine gesegnete Mahlzeit.

Tillmann war bisher gar nicht dazu gekommen, sich die Gäste im Einzelnen anzusehen. Er hatte sich allerdings auch keine besondere Mühe gegeben, da er ohnehin fast niemanden kannte.

Jetzt tippte ihm jemand auf den Rücken und sagte: „Da möchte ich doch persönlich gratulieren."

Tillmann drehte sich um und erkannte verblüfft seinen Schwager Michael Stahlschmidt. „Michael! Du bei der Beerdigung? Woher kanntest du Wilhelm denn?"

„Das wundert dich?", fragte er. „Wilhelm war einer meiner besten Roheisenlieferanten. Und wie ich heute begreife, wirst du in seine Fußstapfen treten. Maria hat mir erzählt, dass ihr kleiner Bruder eine Liaison hätte, über die noch nicht gesprochen werden soll. Nun werde ich hier überraschend Zeuge deiner öffentlichen Verlobung. Meinen herzlichsten Glückwunsch!"

Michael war etwa 15 Jahre älter als Tillmann und wohnte mit seiner Familie in Haardt bei Weidenau. Er war Gewerke am dortigen Hammer. Maria kam zwar ab und zu nach Obernau, aber Michael war immer sehr beschäftigt und selten dabei, sodass sich die beiden Männer länger nicht gesehen hatten. Erst jetzt wurde Tillmann bewusst, dass auch Michael mit Eisen und Stahl zu tun hatte, zwar nicht als Hüttenmann, aber als Hammerschmied.

„Alle Achtung, dass du dich als Obernauer Junge in die Technik der Eisenherstellung einarbeiten möchtest. Es ist schon ein ziemlich komplexes Gebiet", sagte Michael.

„Das ist mir bewusst, aber es interessiert mich auch sehr", erklärte Tillmann. „Mit Wilhelm hatte ich einen vorzüglichen Lehrer, er hat mir vieles erklärt. Jetzt, wo er tot ist, wird alles sehr viel schwerer werden."

„Ja, Wilhelm konnte gut erklären, aber er wollte selbst auch immer alles verstehen und ging deshalb den Dingen sehr akribisch auf den Grund. Man könnte sagen, er war der Wissenschaftler unter den Eisenfabrikanten. Er ist wirklich zu früh gestorben. Ich vermute, dass er gute Aufzeichnungen hinterlassen hat, die dir sehr helfen können."

„Ich werde auf jeden Fall versuchen, daraus zu lernen, und hoffe nur, dass ich in Eisern nicht mit zu vielen Anfeindungen zu tun haben werde."

„Das könnte wirklich ein Problem werden." Michael betrachtete ihn nachdenklich. „Denn unter den Eiserner Hüttengewerken sind ein paar, mit denen nicht gut Kirschen essen ist. Aber ich wünsche dir das Beste. Jetzt muss ich mich verabschieden, ich wäre schon längst weg, wenn ich dich hier nicht entdeckt hätte. Wenn du ein bisschen Fuß gefasst hast, dann besuch uns doch mal wieder. Du bist immer herzlich willkommen. Und wie sehr sich deine Schwester freut, wenn du kommst, muss ich dir nicht sagen. Ich würde dir auch gerne den Hammer zeigen und den Betrieb erklären. Als angehender Massenbläser sollte dich auch interessieren, was für uns Hammerschmiede wichtig ist."

„Danke für das Angebot, darauf werde ich sicher zurückkommen", sagte Tillmann. „Grüß mir Maria und die Kinder. Und vielen Dank, dass du Wilhelm die letzte Ehre erwiesen hast."

Nachdem sich der Gastraum geleert hatte, gingen Lisbeth, Kätchen und Tillmann zum Pfarrhaus hinüber. Dort fanden sie den Pfarrer in dessen Studierzimmer.

"Der vergangene Sonntag war Okuli", begann der Pfarrer und blätterte im Kirchenbuch. „An drei aufeinanderfolgenden Sonntagen muss ich die Hochzeit abkündigen, damit sie zulässig ist. Dann ist Ostern, aber das ist kein guter Termin für eine Hochzeit." Er sprach mehr zu sich selbst, machte dann aber einen konkreten Vorschlag: „Wie wäre es mit dem Sonntag nach Ostern, also an Quasimodogeniti? Das ist der 27. April. An diesem Tag halte ich sowieso einen Gottesdienst in der Kapelle in Eisern, und wir könnten die Trauung gleich im Anschluss vornehmen. Dann könnt ihr am Nachmittag eine kleine Feier machen, ohne dass Arbeitszeit verloren geht."

Kätchen und Tillmann stimmten dem Pfarrer zu. Der Termin war ihnen recht.

Der Pfarrer fuhr an Kätchen gewandt fort: „Der heutige Zwischenfall hat gezeigt, dass es für den Dorffrieden wichtig ist, dass Tillmann dich bald in den heiligen Stand der Ehe führt. Damit werden auch eure Vermögensgegenstände dem Bereich der Spekulation entzogen."

Kätchen kannte die oft geschwollene Ausdrucksweise des Pfarrers, und das Schwelgen in lateinischen Vokabeln vermittelte den Eindruck, er lebe abgehoben von der dörflichen Wirklichkeit. Und dann wiederum erkannte man an Details, dass er die Nöte der ihm anvertrauten Gemeindeglieder sehr wohl mitbekam. Heute Morgen hatte er, wie zufällig, genau im richtigen Moment eingegriffen. Wer weiß, wie sich die Situation sonst entwickelt hätte.

Auch die folgenden Worte des Pfarrers waren, fand Kätchen, ein Indiz für sein Feingefühl: „Es ist wichtig, dass eure Trauung vor aller Augen in Eisern geschieht. Da müsst ihr leider mit der sehr baufällig gewordenen Kapelle vorliebnehmen. Aber vielleicht wird irgendwann einmal auch dieses traditionsreiche Gotteshaus in neuem Glanze erstrahlen, genauso wie unsere altehrwürdige, neue Kirche zu Rödgen."

Seit Urzeiten gab es auf dem Rödgen eine Kirche. Mit der Reformation war sie evangelisch geworden und wurde nach dem Dreißigjährigen Krieg von Evangelen wie Katholiken genutzt. Während der Gegenreformation zu Beginn des Jahrhunderts hatte keine Konfession für Reparaturen aufkommen wollen, und die Bausubstanz hatte sehr gelitten. Emmelius war zurecht stolz, dass es ihm gelungen war, für die Finanzierung der Baukosten eine Lösung gefunden zu haben. Der alte Turm konnte erhalten und renoviert werden, aber das Kirchenschiff musste vollständig erneuert werden[26]. Insofern war es kein Widerspruch, wenn er von der altehrwürdigen, neuen Kirche sprach.

Während Kätchen noch über die Geschichte der Kirche nachdachte, sprach der Pfarrer schon weiter: „Nun kommen wir zu den elterlichen Genehmigungen und der Beleumundung. Kätchen ist von untadeligem Ruf, das kann ich selbst bestätigen. Wenn ich mich recht erinnere, bist du 19 Jahre alt, also minorenn[27]. Lisbeth, du wärst sicher nicht hier, wenn du gegen die Ehe wärst, also ist die elterliche Zustimmung erteilt. Wie alt bist du, Tillmann?"

„Ich werde im Sommer 21."

„Also bist du auch minorenn. Am besten wird es sein, wenn ich mit meinem Amtsbruder Johann Conrad Leipold[28] in Obernetphen Kontakt aufnehme. Er ist schon acht Jahre im Amt und kennt deine Familie sicher

---

[26] Zum Zeitpunkt der Erzählung wurde die Kirche simultan genutzt. Einige Jahre später baute man auf der anderen Turmseite ein zweites Kirchenschiff an, das noch heute von der katholischen Gemeinde genutzt wird. Der Kirchturm wird heute noch simultan genutzt.

[27] Lateinisch für minderjährig.

[28] Der Pfarrer in Netphen trug zu der Zeit tatsächlich diesen Namen.

gut. Er kann mir die elterliche Genehmigung und auch deinen untadeligen Ruf bescheinigen. Dann müsste alles geklärt sein, und der Hochzeit steht nichts mehr im Weg. Es wird ja sicher niemand Einwände gegen die Hochzeit erheben." Der Pfarrer lachte herzlich.

Kätchen und Tillmann bedankten sich für die Unterstützung des Pfarrers. Kätchen hoffte, dass sein Lachen berechtigt gewesen war und sich ihrer Hochzeit keine Hindernisse in den Weg stellen würden.

Nach dem Leichenschmaus standen die fünf Bediensteten der Familie Schöler zusammen und überlegten, was zu tun sei. Die Familienmitglieder waren ins Pfarrhaus verschwunden, ohne Anweisungen zu hinterlassen.

Wilhelm hatte sie selten im Unklaren gelassen, was sie wann zu tun hatten. Dabei hatte er sie nie von oben herab behandelt. Er wusste, wie sehr er sie brauchte, und das hatte sich nicht nur in einer fairen Bezahlung ausgedrückt, sondern auch in der Art, wie er mit ihnen umging. Er kannte ihre Kompetenzen, und im Rahmen ihrer Fähigkeiten hatte er ihnen viel Freiraum gewährt. Durch die vielen Jahre, die sie für Wilhelm tätig waren, verband sie ein beinahe freundschaftliches Verhältnis, auch wenn sie an verschiedenen Stellen arbeiteten.

„Was sollen wir nun tun?" Emil schaute fragend in die Runde. „Der Gewerke ist tot, und die Knechte sind führungslos!"

„Ja, es ist keine einfache Situation. Wer weiß, vielleicht müssen wir uns über kurz oder lang was anderes suchen", bestätigte Oskar. „Dass es aber auch so plötzlich passiert ist, am Montag kam er noch zum *Alten Krämer* und war putzmunter."

„Am Dienstagmorgen auf der Hütte auch noch, da haben wir noch gescherzt und gelacht, und auf einmal bricht er zusammen und ist tot", ergänzte Hannes. „Für euch gibt es Alternativen, ihr stammt aus Eisern, jeder kennt euch, und ihr gehört dazu. Aber für Jupp und mich als Fremde, da wird es richtig eng. Ihr wisst ja, Wilhelm hat uns nie spüren lassen, dass wir von auswärts sind. Er hat uns ganz normal behandelt. So einen Herrn werden wir wohl nicht wieder finden."

Emma schaltete sich ein: „Jetzt macht doch mal halblang. Noch ist nicht aller Tage Abend, und immerhin ist jetzt ein neuer Gewerke in Sicht."

„Hast du das schon länger gewusst?" fragte Oskar.

„Mir hat es auch niemand gesagt", meinte Emma, „es sollte ja geheim gehalten werden. Aber ich habe es geahnt, denn ich kenne Kätchen von klein auf und habe die beiden ja auch zusammen erlebt."

„Hätte Wilhelm uns nicht die Wahrheit sagen können anstatt uns dieses Märchen vom Versuchsknecht aufzutischen?", fragte Oskar.

„Überleg doch mal", sagte Emma, „Tillmann kommt aus der Landwirtschaft. Wenn er nun Wilhelms Nachfolger werden wollte, was musste er tun? Lernen! Schrecklich viel lernen. Und hat Wilhelm ihm nicht systematisch Unterricht erteilt? Mir hat schon der Kopf geraucht, wenn ich sie in der Stube beim Unterricht gehört habe. Und was meinst du, was Leute wie Ludwig mit ihm gemacht hätten, wenn sie um die Verlobung gewusst hätten? Tillmann musste aufholen, und Wilhelm hat um jeden Tag gekämpft, der ihm Zeit verschaffte."

Wieder antwortete Oskar: „Du hast recht, Emma, im Haus warst du viel dichter am Geschehen. Sicher, wenn ich zurückdenke, wie die beiden zum *Alten Krämer* kamen ... Ich habe mich schon gewundert, warum Wilhelm Tillmann alles erklärt hat. Ein neuer Knecht hätte das gar nicht alles wissen müssen.

Hermann hat Tillmann ganz von oben herab behandelt, wie es so Göbels Art ist. Einen Knecht hätte Wilhelm in Schutz genommen, aber da hat er gar nichts gesagt und einfach weiter unterrichtet. Ich glaube, du hast recht, Emma."

„Na ja, und was heißt das jetzt?", fragte Emil.

„Es heißt", entgegnete Emma, „dass wir dem neuen Gewerken eine faire Chance geben müssen. Denkt doch mal nach: Bis vorgestern dachten alle Schölers, sie hätten noch Monate Zeit, um Tillmann auszubilden. Und nach der Hochzeit hätte er unter Wilhelms Schutz eine Weile in Ruhe weiterlernen können, bevor es ernst geworden wäre. Jetzt bleibt ihm keine Vorbereitungszeit, es geht sofort zur Sache. Ob er schon genug gelernt hat, kann ich nicht beurteilen. Aber eine faire Chance sollte er bekommen, und dabei müssen wir ihn unterstützen und dürfen nicht gleich von der Fahne laufen."

„Und was sollen wir morgen machen?" fragte Hannes.

„Stell dich nicht so dumm an!", schimpfte Emma. „Was hättest du denn getan, wenn Wilhelm noch lebte?"

„Dann wäre ich morgen mit Jupp wieder zur Hütte gegangen, der Schulze hat uns ja unsere Arbeit für diese und nächste Woche schon zugeteilt."

„Na also, und hättest du alle zwei Stunden eine Anweisung von Wilhelm gebraucht?"

„Nein, natürlich nicht. Du weißt doch, dass Wilhelm uns viel Freiheit gelassen hat. Wenn er mal eine Woche gefehlt hätte, hätten wir schon gewusst, was zu tun ist."

„Na, seht ihr." Emma war jetzt richtig in ihrem Element. „Dann verhaltet euch einfach so, als ob Wilhelm ein paar Tage fehlen würde, und erledigt eure Arbeit. Tillmann weiß erst seit gestern Abend von der neuen Situation. Wartet doch mal ab, was er unternimmt, bevor ihr gleich in Panik ausbrecht."

„Du hast recht, Emma, so machen wir das", sagte Oskar. „Ich bin gespannt, wie er sich schlägt. Am *Alten Krämer* hat er auf mich einen guten Eindruck gemacht, bescheiden und wissbegierig."

Am nächsten Morgen nach dem Frühstück saßen Kätchen, Lisbeth und Tillmann zusammen in der Stube und versuchten, ihre Gedanken zu ordnen.

„Ich halte es für wichtig, dass wir schon bald mit den Bediensteten sprechen", meinte Tillmann. „Durch die Ereignisse müssen sie doch sehr beunruhigt sein."

Schon bald wurde entschieden, sich bereits heute zusammenzusetzen. Emma übernahm es, alle zu informieren, und so waren am Abend die drei Familienmitglieder und die fünf Angestellten in Schölers Stube versammelt.

Im Laufe des Nachmittags hatten sich die Brautleute überlegt, wie sie das Gespräch angehen wollten.

Kätchen begann: „Niemand konnte ahnen, was uns diese Woche bringen würde, und ich denke, wir stehen alle noch ein bisschen unter Schock. Es ist dementsprechend noch zu früh, fertige Zukunftspläne zu präsentieren. Aber es ist uns wichtig, klarzustellen, dass es bei aller Trauer und Betroffenheit eine Perspektive für euch alle gibt. Mein Vater hat mir immer einen tiefen Einblick in sein geschäftliches Handeln gegeben. Ich werde also in der Lage sein, meinem zukünftigen Mann eine gute Beraterin zu sein.

Unsere Verlobung wurde gestern offiziell bekannt gegeben, aber euch können wir sagen, dass wir schon seit einem guten halben Jahr verlobt sind. Mein Vater hat Tillmann so intensiv wie möglich in allem unterrichtet, was mit der Hütte und den Bergwerken zu tun hat. Wir alle wissen, dass mein Vater die Geschäfte der Familie mit viel Gottesfurcht, Fleiß und großem Respekt vor Mitarbeitern und Geschäftspartnern geführt hat, und das möchten wir auch weiter so halten. Tillmann wird euch gleich noch Genaueres erzählen. Ich möchte euch zum Abschluss meiner kleinen Ansprache ganz herzlich zu unserer Hochzeit einladen. Am Sonntag nach Ostern findet sie hier in Eisern in der Kapelle und anschließend im Wirtshaus statt."

Jetzt war Tillmann an der Reihe, und er erzählte zunächst ein bisschen von seiner Herkunft und Familie. Dann kam er auf das Tagesgeschäft zu sprechen: „Ich weiß von Wilhelm, dass er euren Rat und eure Arbeit sehr geschätzt hat. Er hat gesagt: *Bei den konkreten Arbeitsschritten wissen die Jungs oft viel besser als ich, wie's gemacht wird.* Wenn das für meinen Schwiegervater gegolten hat, dann weiß ich, dass es für mich noch mehr Gewicht hat. Ich bin zuversichtlich, dass ihr mir genauso zur Seite stehen werdet, wie ihr Wilhelm zur Seite gestanden habt. Ich rechne damit, dass einige der anderen Gewerken versuchen werden, mir Steine in den Weg zu legen, und hoffe darauf, dass ihr mir helft, diese zu erkennen und zu umgehen. Ich verspreche, dass ich mich nach Kräften bemühen werde, euch ebenso gerecht zu behandeln, wie Wilhelm das getan hat. Falls ihr ein anderes Gefühl bekommt, sagt es mir bitte. Die ersten Tage werden besonders schwierig sein. Ich werde noch über Sonntag in Eisern bleiben, muss dann aber noch einmal für etwa zwei Wochen nach Obernau, um meine Verhältnisse dort ordentlich abzuschließen. Danach werde ich fest in Eisern sein. Dieser nächste Monat macht mir jetzt besonders Kummer. Da ich nicht gleichzeitig in Eisern und Obernau sein kann, wird es schwer, alles zu organisieren. Wie sieht das aus eurer Sicht aus?"

Man konnte merken, dass sich während der Ansprachen die im Raum liegende Spannung etwas gelöst hatte. Die Knechte sahen sich jetzt gegenseitig an, und Oskar ergriff als Erster das Wort.

„Ich glaube, um diese erste Zeit musst du dir keine großen Sorgen machen", sagte er. „Für die nächsten Wochen hatte Wilhelm die grobe Richtung schon vorgegeben, oder was meinst du, Hannes? Ich bin erst mal noch im *Alten Krämer*. Und die Hauptsache ist, dass es auf der Hütte rundläuft."

„Für die nächste Zeit sehen wir das genauso, oder Jupp?“ sagte Hannes, und Jupp nickte zustimmend. Hannes fuhr fort: „Die Frühjahrssaison auf der Hütte hat vor zweieinhalb Wochen begonnen, und die Öfen laufen gut. Jupp und ich haben unsere Schichtpläne, und wenn irgendwas dazwischenkommt, dann sprechen wir uns mit Oskar und Emil ab, die uns vertreten können. Demnächst haben wir unsere drei Hüttentage am Ofen 2, dafür ist genug Erz und Kohle im Schuppen. Für die zwei Tage am Ofen 1, Ende April, haben wir auch genug Erz, aber es fehlt noch Kohle.“

„Die Kohle kann ich sicher organisieren, wenn ich in Obernau bin“, unterbrach Tillmann.

„Wenn das so ist, dann sehe ich für die laufende Ofenreise kein Problem“, meinte Hannes.

Emil übernahm das Wort: „Ich arbeite zurzeit mit den Frauen im Hauberg. Wenn wir mit dem Räumen fertig sind, kommt ihr allein zurecht, nicht wahr?“ Er ließ den Blick von Emma über Kätchen zu Lisbeth schweifen, die zustimmend nickten. „Dann gehe ich wieder mit Daubs in die *Silberquelle*.“

„Das klingt sehr beruhigend“, sagte Tillmann. „Demnach kommen wir in den nächsten drei Wochen zurecht. Danach können wir weiterplanen. Wenn ihr in den nächsten Wochen Fragen habt und Kätchen euch nicht helfen kann, dann entscheidet selbst nach bestem Wissen und Gewissen. Von mir werdet ihr keine Vorwürfe hören, sollte sich eine Entscheidung als falsch erweisen. Das kann bei meinen eigenen Beschlüssen genauso sein. Aus meiner Sicht ist das erst einmal das Wichtigste. Habt ihr noch Fragen?“

Jupp nickte. „Können wir morgen Nachmittag nach Hause gehen? Hartmanns machen ja für uns die Vertretung, sonst hätten wir gestern auch nicht zur Beerdigung gekonnt, und das gilt auch für Sonntag, dann hätten wir eigentlich frei.“

„Wenn alles läuft, spricht aus meiner Sicht nichts dagegen, dass ihr geht. Oder übersehe ich etwas?“, fragte Tillmann in die Runde. Alle schüttelten den Kopf.

„Dann holen wir jetzt das Essen, Emma“, sagte Kätchen.

Am Samstagnachmittag begaben sich Hannes und Jupp auf den Heimweg und erklommen von Wilnsdorf aus die Kalteiche.

„Ich hätte am Mittwoch nicht gedacht, dass wir heute nach Hause gehen können. Tillmann scheint mir das Ganze recht vernünftig anzugehen. Vielleicht ändert sich ja gar nicht viel", meinte Jupp.

„Ich habe ganz denselben Eindruck", sagte Hannes. „Seine bescheidene, zurückhaltende Art hat auf mich schon früher einen guten Eindruck gemacht, als er die Kohlen gebracht und Wilhelm ihn herumgeführt hat. Na, wir werden es ja sehen."

14. Osterzeit, April 1783

„Das kommt gar nicht infrage", sagte Eberhard, „spätestens am kommenden Samstag gehst du wieder nach Eisern. Es ist jetzt am wichtigsten, dass du dort Fuß fasst, und vor allem darfst du die beiden Frauen nicht schutzlos lassen. Sag du doch auch mal was, Mathias."

„Vater hat recht." Mathias nickte. „In Eisern wirst du dringender gebraucht als hier."

Tillmann war am vergangenen Dienstag nach Obernau zurückgekommen und hatte kräftig mit zugepackt, damit er bald wieder zu seiner Verlobten zurückkönnte. Heute war Sonntag, und die Familie kam vom Kirchgang in Netphen zurück. Weil es so ein schöner, angenehmer Frühlingstag war, blieben die drei Männer vor dem Haus stehen, um ihre Unterhaltung zu Ende zu führen.

„Seid ihr sicher, dass ihr hier ohne mich zurechtkommt? Der Hauberg ist noch nicht komplett geräumt, und in der letzten Woche war es schon frühlingshaft warm. Der Saft steigt, und wir müssen mit dem Lohschälen beginnen."

„Alles, was du sagst, gilt für den Eiserner Hauberg ebenso, und die Frauen müssen dort die Arbeit allein schaffen und haben doch auch die Hochzeitsvorbereitungen im Auge. Wir wussten, dass du im Frühjahr gehen wirst, und der Knecht, den wir als Ersatz eingestellt haben, ist zwar noch jung, aber im Hauberg schon recht erfahren. Du kannst wirklich guten Gewissens gehen", beruhigte Mathias ihn.

„Na gut, dann werde ich am Samstag aufbrechen“, gab Tillmann klein bei, „denn natürlich weiß ich, wie dringend ich in Eisern erwartet werde.“

Magdalene, die auch mit in der Kirche gewesen war, hatte das Gespräch der Männer aus der Distanz verfolgt: „Prima, dann gehen wir am Samstag.“

„Wieso“, sagte Tillmann verdutzt, „willst du denn mitkommen?“

„Natürlich, ich freue mich schon sehr auf Kätchen, und ich werde für sie in den Hauberg gehen. Dann hat sie mehr Zeit für die Hochzeitsvorbereitungen. Ich habe die Eltern schon gefragt, und sie fanden die Idee gut und haben zugestimmt.“

„Mich fragt ja scheinbar niemand.“ Tillmann lachte erleichtert. „Dann brauche ich mir wirklich keine Sorgen zu machen, wie wir in Eisern die Arbeit bewältigen können.

Da fällt mir noch eine Sache ein. Mathias, am Meilerplatz bei Hohenroth liegt noch einiges an Kohle. Meinst du, dass ich davon zwei Wagen bekommen kann? Für die Hüttentage im Mai fehlt nämlich noch Kohle, und ich habe noch keinen Überblick, woher Wilhelm sie bezogen hat.“

„Sicher“, antwortete Mathias, „das werde ich arrangieren, kein Problem.“

„Ich gehe mal davon aus, dass wir in Zukunft viel mehr Kohle nach Eisern liefern werden als früher“, mischte sich Eberhard wieder ein. „Dann werden wir weniger Zeit benötigen unsere Waren anzupreisen. Sicher überzeugst du noch andere Gewerken von der Qualität unserer Kohlen.“

Tillmann lachte und sagte: „Ja, ja, der Geschäftssinn kommt immer wieder durch. Aber vielen Dank für eure Unterstützung.“

Eine Woche später, am Palmsonntag, wurden abends am Stammtisch in Eisern in munterer Runde die Karten ausgespielt. Eben hatte Lore eine neue Lage Bier gebracht, und die Männer prosteten sich zu. Die Kellnerin tischte auch etwas Brot und ein paar Stücke Schinken auf, sodass man die Karten zur Seite legte und sich der Leckerei zuwandte.

„Ja, hier am Stammtisch bei Robert Hoffmann hat man‘s gut“, sagte Bernhard Hartmann, „der hat sogar im Frühjahr noch so viel Schinken übrig, dass er ihn verschenken kann.“

„Ja, Bernhard, für meine besten Gäste ist mir nichts zu schade“, stimmte Robert zu. „Aber tu mal nicht so, als ob du nicht selbst noch einen schönen Vorrat im Kamin hängen hättest.“

„Aber doch nicht vergleichbar mit dir“, entgegnete Bernhard. „Heimberger müsste man sein, da fällt einem so manches in den Schoß. Bestimmt bist du auch in zwei Wochen bei Schölers auf der Hochzeit eingeladen.“

„Nur kein Neid“, sagte Robert „du hast recht, sie haben mich tatsächlich eingeladen, aber die kleine Feier findet ja auch bei mir hier im Wirtshaus statt.“

„Ich bin ebenfalls eingeladen.“ Gerhard Heimbach, der Lehrer, lächelte. „Das finde ich nicht weiter verwunderlich, denn Kätchen ist bei mir zur Schule gegangen, und sie war immer eine pfiffige Schülerin, kann ich euch sagen. Ja, Schölers lassen sich nicht lumpen, wie ich hörte, haben sie auch die Bediensteten eingeladen.“

„Aber doch nicht etwa auch die Fremdarbeiter?“ fragte Bernhard. „Das wäre ja der Gipfel …“

„Doch, auch die“, unterbrach Robert, „und jetzt reg dich bitte nicht auf. Du weißt, wie sehr Wilhelm Jupp und Hannes geschätzt hat.“

Conrad, der bisher geschwiegen hatte, meldete sich zu Wort: „Du solltest dich wirklich nicht aufregen, Bernhard, denn du weißt, dass die beiden auf der Hütte sehr fleißig sind und mittlerweile sehr gut Bescheid wissen. Ich wünschte, wir hätten mehr Kräfte wie sie.“

Bernhard gab sich nicht zufrieden. „Aber ihr müsst doch sehen, dass da eine Grenze überschritten wird. Man kann doch die Fremdarbeiter nicht so behandeln, als ob sie in Eisern geboren wären …“

„Eine Einladung zur Hochzeit tut ja nun wirklich niemandem weh“, sagte Gerhard. „Von Jupp und Hannes habe ich bisher nur Gutes gehört. Sie sind fleißig, bescheiden und zurückhaltend, wie Conrad schon sagte. Leider kann man das von dem ein oder anderen Eiserner Gewerken nicht immer behaupten.“

„Wie meinst du das denn?“, fragte Bernhard, der sich angegriffen fühlte.

„Na ja, was ich da so gehört habe, wie sich Ludwig Göbel bei Wilhelms Beerdigung benommen hat, da kommen mir doch starke Zweifel“, meinte Gerhard. „Ich war ja schon im Gastraum und habe es nur am Rande mitbekommen, aber du warst doch direkt dabei, Robert. Erzähl mal!“

„Das war wirklich ein starkes Stück“, begann Robert. „Ludwig wollte Kätchen doch wahrhaftig einen Heiratsantrag machen, auf der Beerdigung ihres Vaters! So was kann man sich gar nicht vorstellen. Er war offenbar so überzeugt, dass Kätchen begeistert sein würde, dass er, auch als die ganze Peinlichkeit der Aktion deutlich wurde, kein Unrechtsbewusstsein zu haben schien."

„Das findet man leider immer häufiger, dass der Egoismus jedes Mitgefühl zunichtemacht", sagte der Lehrer.

„Na ja", Bernhard zuckte mit den Schultern. „Es wäre trotzdem viel vernünftiger gewesen, wenn Kätchen den Ludwig genommen hätte. Die Alten haben schon immer gesagt: *Geld muss zum Geld finden*, und in diesem Sinn wäre das eine viel bessere Verbindung gewesen. Mit diesem Obernauer werden wir noch unsere liebe Not haben, wenn er sogar zulässt, dass Fremdarbeiter zur Hochzeit kommen. Das hätte Ludwig sicher nie erlaubt."

„Jetzt fang nicht schon wieder damit an!", meinte Robert.

„Ist ja gut", sagte Bernhard und gab dem Gespräch eine ganz andere Wendung, indem er Conrad ansprach: „Jetzt, wo Kätchen Ludwig einen Korb gegeben hat, kann er deine Gertrud heiraten."

Der Angesprochene blickte erstaunt auf, sagte aber nichts.

Stattdessen fragte Gerhard: „Hat Ludwig es denn auch auf Gertrud abgesehen?"

„Man munkelt, es sei eher andersherum", klärte Bernhard ihn auf. „Gertrud würde wohl gern den Ludwig haben."

Conrad ging nicht auf das Gespräch ein, machte aber keinen glücklichen Eindruck. Er war jetzt 63 und wünschte sich, dass seine verwitwete Tochter ein zweites Mal heiratete. Sie wirkte mit ihren 28 Jahren zwar nicht direkt hübsch, hatte jedoch eine sehr weibliche Figur und war in ihrer Art, trotz ihres resoluten Auftretens, durchaus attraktiv zu nennen. Jedoch war Ludwig ihm als Schwiegersohn nicht willkommen. Er konnte nicht genau sagen, wodurch diese Antipathie entstanden war. Ludwig war immer hinter dem Geld her. Und irgendetwas lag in seinem Blick, das Conrad abstieß. Andererseits wusste er, dass Bernhard große Stücke auf den Hüttenschulzen hielt. Deshalb zog er es vor zu schweigen, und es entstand eine Gesprächspause.

Zum Glück wechselte Robert das Thema: „Mir macht noch etwas ganz anderes Kummer. Als Heimberger brauche ich zwei Vorsteher zur Seite. Wilhelm war einer von ihnen. Jetzt, wo er tot ist, haben wir nur noch dich,

Conrad, als Vorsteher, und das zweite Amt muss nachbesetzt werden. Da habe ich schon mal an dich gedacht, Gerhard. Wilhelm hat viel von dem lästigen Schreibkram erledigt, und das wäre ein Bereich, der dir auch liegt."

Conrad und Bernhard nickten zustimmend.

Gerhard zuckte unschlüssig mit den Schultern und sagte: „Ich könnte mir schon vorstellen, das Amt zu übernehmen, aber meint ihr denn, dass ich von der Versammlung der Vollbürger gewählt würde?"

„Das werden wir ja dann sehen", sagte Robert. „Ich muss der Versammlung einen Vorschlag machen, und meistens folgt sie meinen Empfehlungen. Allerdings müssten wir dann ein Ratsmitglied nachwählen, denn du bist ja bereits im Gemeinderat."

„Das kann doch nur der Ludwig sein, das ist doch klar", sagte Bernhard.

„Na ja", entgegnete Conrad, „da meine ich doch, dass es im Dorf würdigere Kandidaten gibt, wo er sich doch gerade so danebenbenommen hat."

„Das war ja wohl nur eine Bagatelle", sagte Bernhard, „immerhin ist er jetzt im dritten Jahr Hüttenschulze, und er macht seine Sache gut."

Alle sahen auf den Lehrer, der fügte aber nichts hinzu. Conrad wusste, dass auch Gerhard nicht gerade Ludwigs Freund war. Aber dass Bernhard ihn so spontan vorschlug, war ein Indiz dafür, dass man Ludwig wahrscheinlich nicht würde übergehen können. Er hatte gerade bei den kleineren Gewerken einigen Rückhalt, und den Fauxpas mit dem Heiratsantrag würden die ihm kaum übelnehmen. Auch Gerhard würde die Stimmen dieser Anteilseigner brauchen, es war also nicht klug, sich mit ihnen anzulegen.

„Wir haben ja noch Zeit", sagte Robert deshalb, „und können darüber noch mal in Ruhe nachdenken. Hier iss noch den letzten Schinkenwürfel." Er reichte Bernhard den Teller. „Dann räume ich das Geschirr zur Seite, und wir können weiterspielen."

Am Morgen darauf zogen Magdalene, Emma und Emil in den Hauberg. Am Samstag waren Tillmann mit seiner Schwester in Eisern angekommen, und sie hatten alle zusammen einen schönen Sonntag verbracht. Mit ihrer angehenden Schwägerin Kätchen verstand sie sich gut, und die beiden jungen Frauen hatten viel Spaß miteinander, aber ab und zu hatte Kätchen melancholisch gewirkt. Aber das, dachte Magdalene, konnte ihr so kurz nach dem Tod ihres Vaters niemand verdenken.

Nach dem Abendessen hatte Emma gelacht und gesagt: „Komm, Magdalene, wir beide räumen das Geschirr auf. Tillmann geht mit Kätchen noch zur Mühle, sie sind da gestern Abend nicht fertig geworden.“

Sie hatte dabei wissend gelächelt, Magdalene an die Hand genommen und die Stube Richtung Küche verlassen. Dort hatte Emma ihr erklärt, welche Bedeutung das Wasserrad für die beiden Liebesleute hatte.

„Deshalb wundere dich nicht“, sagte sie schließlich, „wenn die beiden, wie gestern Abend schon, immer wieder zur Mühle gehen. Das wird erst nach der Hochzeit aufhören. Dort an der Mühle war schon immer Kätchens Lieblingsplatz, und etwas Freiraum brauchen die beiden für ihre Liebe, denn sie sind sonst nie allein.“

Ungeachtet des Altersunterschieds hatten Emma und Magdalene einen guten Draht zueinander. Sie hatten noch lange beieinandergesessen und erzählt.

In diesem Jahr lag der Haubergsschlag am Michelsberg, und weil das Wetter gut war, arbeiteten viele Familien in ihren Jänen[29]. Es war die Zeit, in der der Haubergswald, ein Mischwald aus Birken, Buchen und Eichen, geräumt werden musste. Beim Räumen wurden alle Bäume bis auf die Eichen gefällt. Das Fällen war Männerarbeit. Die Frauen entasteten die gefällten Stämme und verarbeiteten das Astwerk zu Bündeln, in denen sie Holzstäbe etwa gleicher Stärke zusammenfassten.

Emil fällte die Bäume, Emma und Magdalene arbeiteten das Holz auf. Wer etwas von der Haubergsarbeit verstand und die drei bei der Arbeit beobachtete, der hatte seine Freude daran, mit welchem Fleiß, welcher Geschicklichkeit und Effizienz das Team vorging.

Im Nachbar-Jan gab es einen solchen Beobachter, nämlich Karl Göbel. Er war für das Fällen zuständig, und hinter ihm arbeiteten Sofie und Karls neunjähriger Bruder Manfred.

Sie selbst waren auch gut, dachte Karl, aber die waren noch besser, das musste er neidlos anerkennen. Wer mochte wohl die junge Frau sein, die mit Emma so gut zusammenarbeitet?

---

[29] Jan (Plural: Jäne) nannte man den Teil des Gesamtschlages, der einer Familie zugelost worden war.

Immer wieder flogen seine Augen hinüber zu dem adretten, fleißigen Mädchen. Für kurze Zeit trafen sich ihre Blicke, und sie schenkte ihm ein Lächeln, das Karl flüchtig erwiderte, bevor er zu Boden sah.

In der Mittagspause fragte er Sofie: „Kennst du das Mädchen, das da drüben mit Emma zusammenarbeitet?"

„Sie ist am Samstag mit Tillmann aus Obernau gekommen", berichtete Sofie, „und man erzählt, sie sei seine Schwester."

Auch Magdalene hatte den jungen Mann bemerkt, der immer wieder zu ihr herübersah. Kurz hatten sich ihre Blicke getroffen, und sie hatte ein Lächeln nicht unterdrücken können. Warum guckt er so?, dachte sie. Er soll sich bloß zurückhalten!

Und Karl hielt sich zurück.

Am Mittwochmorgen nach Ostern, es war der 23. April, herrschte auf der großen Wiese zwischen Dorf und Mühlenweiher ein reges Treiben. Die letzten Wochen hatten ein *wüchsiges Wetter* gebracht. Es hatte viel Regen gegeben, aber auch Sonnenschein, und vor allem war es für die Jahreszeit sehr warm. Überall hatten die Wiesen das düstere Graubraun des Winters verdrängt und durch ein sattes Grün ersetzt.

Deshalb hatte man beschlossen, das Vieh bereits vor dem 1. Mai in den Hauberg zu treiben. Nach und nach brachten alle Hausbesitzer ihre Kühe zur Wiese beim Mühlenweiher. In den meisten Häusern gab es zwei Rinder. Manche hatten mehr, einige auch nur eine Kuh. Man brauchte die Milch. Kühe wurden auch als Zugtiere genutzt. Ochsen oder Pferde hatten nur wenige. Im Mühlengrund markierte Johann Bäumer, der Hirte, den Mittelpunkt des Geschehens. Mit seinem breitkrempigen Hut, dem weiten Lodenumhang und dem mächtigen Hirtenstab war er von Weitem zu erkennen.

Für Johann begann jetzt die Zeit der Kühhude. Auch im Winter kümmerte er sich um die Tiere im Dorf, und er kannte alle seine Schutzbefohlenen. Aber im Winter rief man ihn nur, wenn es bei den Rindern irgendetwas Besonderes gab, eine Krankheit oder eine Geburt zum Beispiel. Von jetzt an würde er für beinahe fünf Monate Tag und Nacht mit den Kühen im Hauberg sein. Er durfte die Tiere nicht verlassen, es sei denn, er hatte für die Zeit seiner Abwesenheit eine Vertretung organisiert.

Trotzdem stand er in dieser Zeit in regem Kontakt mit den Dorfbewohnern. Der Hirte war von der Gemeinde angestellt, und so war es Roberts Aufgabe, die Abholung der Milch und auch die Versorgung mit Lebensmitteln zu organisieren. Immer wieder suchten auch kranke Dorfbewohner den Hirten auf in der Hoffnung, dass er sie von ihrem Leiden befreien könnte. Wie viele andere Hirten kannte er sich mit den Heilkräften der Natur aus. Johann Bäumer freute sich auf die Zeit im Hauberg. Es gab zwar viel Arbeit, aber ebenso Gelegenheit zum Nachdenken und zum Studium der Natur.

Als Hirte war er auch dafür verantwortlich, dass das Vieh nur in bestimmte Teile des Waldes getrieben wurde. Wenn ein Hauberg abgeholzt war, dann schlugen schon im ersten Jahr wieder frische Triebe aus den Baumstümpfen aus. Nur zu gern hätten die Kühe an dem jungen Laub der Bäume geknabbert. Aber das durfte nicht geschehen, denn sonst wäre der Wald, den man in 16 Jahren ernten wollte, nachhaltig geschädigt worden. Erst nach fünf Jahren waren die Bäume so weit gewachsen, dass das Vieh ihm nicht mehr schaden konnte. Andererseits gab es in dem fünfjährigen Wald genügend frisches Gras als Nahrung für die Tiere. Auch in der sechsjährigen Kultur fand das Vieh ausreichend Futter. Im siebten Jahr war das Gehölz bereits wieder so dicht geworden, dass das Gras am Boden nur noch kümmerlich wuchs.

Johann Bäumer blickte in die Runde. Etliche Tiere fehlten noch, aber viele Dorfbewohner hatten ihre Rinder bereits gebracht und standen nun in kleinen Grüppchen zusammen und unterhielten sich.

Kätchen hatte ihre zwei Kühe zur Mühlenwiese getrieben und sah sinnend in die Ferne, während sie auf den Aufbruch der Herde wartete. Sofie, die geholfen hatte, Göbels Rinder herzubringen, trat auf sie zu.

„Ist es mehr die Freude über die bevorstehende Hochzeit oder doch die Trauer über den Tod deines Vaters, die deinen Blick in der Ferne festhält?“, fragte sie.

Kätchen sah Sofie an. Wie feinfühlig sie doch war, dachte sie und sagte: „Manchmal weiß ich wirklich nicht, was ich denken soll. Einerseits möchte ich vor Freude über unsere Liebe immerfort tanzen und singen. Bald darauf könnte ich verzweifeln, wenn ich an die vielen Hindernisse denke, die uns erwarten. Vater fehlt mir so sehr, sein Rat und seine Hilfe!“

„Zunächst einmal glaube ich, dass du dich wirklich glücklich schätzen kannst, einen so sensiblen und einfühlsamen Partner gefunden zu haben. Das ist jedenfalls mein erster Eindruck von Tillmann. Wenn ich dagegen an Ludwig denke, an seine gierigen Augen, seine brutalen Hände …“ Sofie führte den Satz nicht zu Ende und ließ nun ihren Blick ebenfalls in die Ferne schweifen.

Kätchen beobachtete sie eine Weile und sagte dann: „Immer, wenn du von Ludwig sprichst, wird dein Blick so seltsam. Es geht mich nichts an, und ich möchte auch nicht in dich dringen, niemand spricht darüber, was zwischen Mann und Frau passiert. Aber ist es denn wirklich so schlimm?“

Sofies Blick war weiter in die Ferne gerichtet. Kätchen war selbst überrascht, warum sie dermaßen intim mit ihr gesprochen hatte. Auch wenn sie so viele Fragen hatte und keine Antworten, fuhr sie fort: „Sag bitte nichts und entschuldige meine Aufdringlichkeit. Es ist nur – manchmal habe ich richtig Angst vor der Ehe und kann doch mit niemandem darüber sprechen, nicht mal mit Mama, mit der ich doch sonst alles berede.“

Langsam sah Sofie jetzt zu Kätchen hin, und in ihrem Blick lag Milde und Verständnis. „Du musst keine Angst haben, wirklich nicht – nicht mit einem Mann wie Tillmann“, sagte sie. „Von einigen Frauen weiß ich, dass es mit einem Mann sehr schön sein kann. Und – du hast recht, es ist sehr schade, dass über diese wichtigen Dinge nicht offen gesprochen werden darf. Dann ließe sich vielleicht so manches Schlimme vermeiden. Und was Ludwig mit mir macht, ist wirklich nicht schön. Ich kann mich nicht wehren. Ich brauche die Stelle bei Göbels so dringend. Es macht mir auch Freude, mich um den großen Haushalt zu kümmern, aber oft denke ich, andere müssten merken, was sich da hinter den Kulissen abspielt, und etwas unternehmen. Ich weiß natürlich, dass viele Bescheid wissen und eben nichts sagen oder unternehmen, weil es dieses Tabu gibt.“ Sie hielt kurz inne. „Aber jetzt habe ich viel zu viel gesagt, und du musst mir versprechen, dass du alles, was du gehört hast, tief in deinem Herzen vergräbst.“

Die beiden sahen sich tief in die Augen, und Kätchen nickte.

Auch Ludwig, der mit seinem Sohn Hermann an einer anderen Stelle der Wiese stand, wartete, dass es weiter ging. „Wo bleibt denn Karl?“, fragte er.

„Ich weiß auch nicht“, antwortete Hermann. „Er wollte mit Hartmanns Bernhard noch irgendetwas auf der Hütte klären. Aber er müsste jeden Moment kommen, denn er weiß ja, dass wir den Hirten begleiten sollen.“

Von Karl war noch nichts zu sehen, und so sagte Herrmann nach einer Weile: „Bernhard meint, dass du demnächst in den Gemeinderat kämst. Hat der Heimberger dich mal darauf angesprochen?“

„Bis jetzt noch nicht, aber bis zur Bürgerversammlung ist ja noch Zeit“, antwortete sein Vater ihm. „Auf Bernhard ist Verlass. Ich glaube, er hat sich für mich eingesetzt. Ich hatte schon befürchtet, dass Robert die Sache auf dem Rödgen gegen mich ausspielen würde. Dabei ist der wahre Skandal, dass Kätchen diesen Obernauer Tölpel heiraten will.“

„Da gebe ich dir recht, du solltest dich an den beiden Schölers oder Benders, wie sie jetzt bald heißen werden, ordentlich rächen.“ Herrmann stampfte bekräftigend mit dem Fuß auf die Erde.

„Das werde ich auch, keine Sorge, aber ich muss mit Bedacht vorgehen. Am Rödgen haben sich der Pfarrer und auch der Heimberger ganz auf Kätchens Seite geschlagen. Wenn ich zu direkt vorgehe, wird man mich gleich zur Verantwortung ziehen. Nein, ich muss etwas Zeit ins Land gehen lassen und auf passende Gelegenheiten warten. Aber vergessen werde ich das nicht.“

„Du hast recht“, stimmte Herrmann zu, „überstürzen sollte man da nichts. Ich werde auch mal überlegen, vielleicht fällt mir etwas Gutes ein.“

„Tu das mein Sohn, aber behalte deine Gedanken schön für dich. Sprich auch mit Karl nicht darüber“, warnte Ludwig und fuhr dann fort: „Manchmal denke ich, er ist noch gar nicht erwachsen. Ich weiß nicht, was ich bei seiner Erziehung falsch gemacht habe. Anstatt die Familieninteressen wahrzunehmen, macht er sich alle möglichen Gedanken.“

„Aber er ist fleißig und geschickt wie kaum ein anderer“, nahm Herrmann den Bruder in Schutz.

„Das meine ich nicht“, entgegnete Ludwig, „aber wenn ich sein Gefasel von Gerechtigkeit höre, kommt es mir hoch. Ich hoffe, er lernt noch, dass das Utopien sind, die einen nicht satt machen. Pass bloß ein bisschen auf, was du ihm erzählst.“ Er rückte seinen Hut zurecht und wandte sich zum Gehen. „So, ich gehe jetzt zu Johann rüber und höre, wie der Stand der Dinge ist. Robert kommt auch gerade dahin.“

Als Ludwig auf den Hirten zukam, sagte Robert eben zu ihm: „Ich glaube, Johann, so langsam wird es Zeit. Sind denn noch nicht alle da?"

„Die Viecher schon", entgegnete Johann, „aber die Menschen nicht. Ludwig, dein Sohn Karl sollte doch auch helfen, die Herde in den Wald zu bringen, und den sehe ich noch nicht."

Ludwig sah sich suchend um und erspähte Karl, der eben die Furt der Eisern durchschritt. „Dahinten kommt er, ich denke, du kannst das Signal geben."

„Na, da werde ich mal in mein altes Horn stoßen", meinte Johann, setzte das Büffelhorn, das an seinem Gürtel hing, an die hinter dem üppigen Vollbart fast versteckten Lippen und blies kräftig hinein.

Auf das Signal lösten sich die kleinen Grüppchen auf, und die Menschen sammelten sich um den Hirten. Der Heimberger hielt eine kurze Ansprache. Danach blies Johann erneut ins Horn, setzte sich langsam in Bewegung und trieb die Kühe in seiner Nähe mit sich fort. Eine Handvoll junger Burschen, so auch Hermann und Karl, hatten die Aufgabe, den Viehaustrieb zu begleiten. Sie sorgten dafür, dass die etwa 100 Tiere zusammenblieben und dem Hirten folgten.

Anfangs hatte man schon einiges zu tun, um der Herde eine Richtung zu geben, denn für die Haubergshude wurden keine Hunde eingesetzt. Aber wenn die Rinder erst mal in Bewegung waren, musste man nur noch hier und da eingreifen.

Bald darauf hatte die Herde das kleine Wolfsbachtal erreicht. Links erhob sich der Eichholzkopf und rechts lag der Schmidthain, wo vor Kurzem der Hauberg geräumt worden war. Ein Teil des Schlages war allerdings stehengeblieben. Die Eichen, die dort wuchsen, sollten groß werden, Bauholz für zukünftige Generationen. Die Göbel-Brüder gingen am Ende des Zuges und fanden nun etwas Muße für eine Unterhaltung.

„Hast du auch gehört, dass Vater vielleicht in den Gemeinderat gewählt wird?", fragte Hermann.

„Ja, habe ich", entgegnete Karl knapp.

„Besonders erfreut scheinst du aber nicht zu sein. Dabei hat er unsere Familie echt nach vorne gebracht. Jetzt ist er schon seit einiger Zeit

Hüttenschulze, und wenn er jetzt noch in den Gemeinderat kommt, das will doch schon was heißen."

„Ich gebe dir ja recht", sagte Karl und gab einer Kuh, die sich genüsslich dem frischen Birkengrün am Wegesrand zuwandte, einen Klapps mit der Gerte. „Ich glaube auch, dass er kein schlechter Schulze ist. Aber mit manch anderem habe ich so meine Schwierigkeiten. Wenn ich zum Beispiel denke, wie er Kätchen nachgelaufen ist, finde ich das gar nicht so toll."

„Na ja, denk doch mal nach." Herrmann sah den Bruder an. „Wenn wir Schölers Vermögen hätten an Land ziehen können, das wäre doch ein echter Zugewinn gewesen."

„Das meine ich ja eben!" Karl war laut geworden. „Es war doch für alle deutlich, dass es Vater hauptsächlich ums Geld ging. Ich frage mich, ob er an Kätchen selbst jemals Interesse gehabt hat. Ich hätte verstanden, wenn er versucht hätte, zwischen dir und Kätchen eine Ehe zu arrangieren, schließlich seid ihr etwa gleich alt. Aber so!"

Hermann schaute verdutzt und fand diesen Gedanken offenbar abwegig. „Ich hätte sie nie haben wollen", entgegnete er. „Die hätte ich gar nicht richtig beherrschen können. Dafür braucht es schon einen Mann wie Vater. Ich nehme mir mal ein Mädchen, das mehr praktisch veranlagt ist."

„Ich würde ein Mädchen nicht beherrschen, sondern lieben wollen. Die Ehe ist eine Partnerschaft und kein Gefängnis."

„Mit 19 solltest du das nicht mehr so naiv sehen", sagte Hermann. „Es muss doch in einer Ehe eine klare Richtung geben, und die kann nur der Mann vorgeben."

Karl erwiderte nichts mehr. Das Denken seines Vaters war ihm bekannt, und es war nicht zu überhören, dass Hermann es sich zu eigen gemacht hatte. Er selbst wollte gern ein gehorsamer Sohn sein und war stolz, der Spross des Hüttenschulze zu sein. Aber manchen Handlungen seines Vaters konnte er einfach nicht zustimmen. Als er von dem Auftritt am Rödgen gehört hatte, hatte er sich für seinen Vater geschämt. Jetzt versuchte er erneut, Hermann zu überzeugen: „Ich habe zum Beispiel Vaters Auftritt bei Wilhelms Beerdigung nicht verstanden. So kann man sich doch nicht verhalten."

„Das ist einfach dumm gelaufen", meinte Hermann. „Wenn nicht unglücklicherweise der Pfarrer eingegriffen hätte, würde wohl niemand mehr davon sprechen."

„Ich meine, Vater hätte sich da wenigstens entschuldigen müssen, das wäre anständig gewesen …"

„…und hätte dem Geschwätz unserer Gegner im Dorf nur Vorschub geleistet", vervollständigte Hermann Karls Satz und verkehrte ihn damit ins Gegenteil. „Du solltest mehr auf das Familieninteresse achten."

„Ich war noch sehr klein, als Mutter starb, aber ich bin sicher, sie war anders. Sie hätte gedacht wie ich", sagte Karl leise.

„Wenn du da mal nicht was verwechselst! Man könnte meinen, dass Sofie dich zu sehr beeinflusst. Die würde reden wie du, wenn sie sich traute."

Der Name der Magd gab dem sonst so stillen Karl ein neues Stichwort, und es sprudelte geradezu aus ihm heraus: „Sofie ist eine anständige Frau. Sie ist klug und einfühlsam, und wir können dankbar sein, sie im Haus zu haben. Ich wüsste nicht, was ohne sie aus uns Kindern geworden wäre. Dabei behandelt Vater sie immer so von oben herab. Das hat sie nicht verdient!"

„Hört sich an, als ob du in sie verliebt wärst", stichelte Herrmann. „Sofie ist eine Magd, sie wird bezahlt und hat zu gehorchen. So einfach ist das!"

„Verliebt, so ein Quatsch, aber sie ist ein lieber Mensch und verdient eine ordentliche Behandlung. Ich kenne mich ja nicht aus, aber fragst du dich nicht, was das manchmal nachts für komische Geräusche im Haus sind? Ob das alles gut ist?"

„Solche Gedanken solltest du dir wirklich nicht machen, du müsstest doch wissen, dass wir Vater uneingeschränkt vertrauen können. Er hat die Familie weitergebracht und sich immer um uns gekümmert, du solltest viel dankbarer sein."

Karl war mit dem Verlauf des Gesprächs nicht zufrieden, wollte sich aber nicht länger streiten. Hermann ging gar nicht auf ihn ein, aber das war er gewohnt. Vater und Bruder wollten ihn unbedingt zu einem „härteren Mann" erziehen. Je älter er wurde, desto mehr fragte sich Karl, ob die Defizite wirklich bei ihm lagen.

Die Herde hatte den Bergrücken bei der *Faulen Birke* erreicht, und der Weg senkte sich in Richtung Siegen wieder ab. Der kleine Siegelsbach, dessen Tal der erste Platz für die diesjährige Hude war, führte in dieser Jahreszeit ausreichend Wasser für die Tiere. Der Bach mündete schon bald in den in der Siegener Gemarkung liegenden Leimbach. Für die Tiere war es verlockend, aus diesem größeren Gewässer zu trinken. Sie wussten nicht, dass damit möglicherweise ein Grenzstreit mit der benachbarten Genossenschaft heraufbeschworen wurde. Die Eiserner hatten auf der fremden Gemarkung keine Wasserrechte. Und der Hirte war auch für die Vermeidung von Grenzkonflikten verantwortlich. Herrmann und Karl hatten nun alle Hände voll zu tun, die Tiere auf dem Weg zu halten.

Die Daubs waren gerade vom Sammelplatz zurück nach Hause gekommen, und Gertrud setzte einen Minztee auf. Conrad war nachdenklich. Bernhards Aussage letztens im Wirtshaus bereitete ihm Sorge. Seine Tochter hatte es als Witwe nicht leicht, den Hausstand zu führen, das wusste Conrad. Auch wenn er selbst die Arbeit der Knechte auf der Hütte und in den Bergwerken organisierte, so war es Gertrud, die einspringen musste, wenn es galt, zuzupacken. Man brauchte sich nicht zu wundern, dass sie nach einem Mann Ausschau hielt.

Dennoch war Conrad beinahe verstört gewesen, als Bernhard Hartmann kürzlich davon sprach, Gertrud habe ein Auge auf Ludwig geworfen. Der hatte zwar einiges zustande gebracht, jedoch war die Art und Weise, wie er seine Interessen durchsetzte, häufig fraglich. Darüber hinaus hörte man so einiges, wie er mit seiner Magd Sofie umgehen sollte. Es stand Conrad nicht zu, diese Gerüchte zu kommentieren, aber als Schwiegersohn wünschte er sich einen derartigen Charakter nicht.

Hauptsächlich deshalb war er heute mit zum Sammelplatz gegangen und hatte das ein oder andere Schwätzchen gehalten. Dabei hatte er Gertrud im Auge behalten und bemerkt, dass sie tatsächlich immer wieder zu Ludwig hinsah. Wäre der nicht in so einer angeregten Unterhaltung mit seinem Sohn gewesen, hätte sie sicher eine Gelegenheit gefunden, ein Gespräch mit ihm zu beginnen.

Er musste sich also tatsächlich Sorgen machen, dachte Conrad und beschloss, seine Tochter darauf anzusprechen.

Und so geschah es, als sie wieder zu Hause in der Peeke waren.

„Wie sieht es denn eigentlich aus, Gertrud, hast du nicht mal darüber nachgedacht, dich wieder zu verheiraten?“, fragte Conrad.

Gertrud war erstaunt. Normalerweise sprach ihr Vater nie mit ihr über solche Dinge. Was sollte er im Schilde führen, fragte sie sich, während sie antwortete: „Doch, schon, aber bisher habe ich noch keinen passenden Mann gefunden.“

„Du bist eine sehr attraktive Witwe und hast auch was an den Füßen. Da solltest du bei den jungen Witwern und den älteren Junggesellen freie Auswahl haben.“

„Vielleicht, aber ich würde nicht jeden nehmen. Ich brauche schon einen richtigen Mann und nicht irgendeinen Schwächling.“

„Das hört sich ja fast so an, als ob du jemanden im Auge hättest“, sagte der Vater.

„Nicht direkt“, sagte Gertrud, „aber an jemandem wie Ludwig könnte ich schon Gefallen finden.“

„Hmm, nun ist Ludwig jemand, vor dem ich dich eher warnen möchte.“

Aha, dachte Gertrud, darauf wollte er also hinaus. Anscheinend hatte ihr Vater mitbekommen, dass sie Interesse an Ludwig fand und wollte nun steuernd eingreifen. So sehr sie ihn mochte, das war ein Gebiet, auf dem sie seine Unterstützung nicht nötig hatte. Gertrud stemmte die Hände in die Seite und sah Conrad direkt an. „Lieber Vater, ich bin fast 29 Jahre alt, Mutter und Witwe. Ich kenne mich in der Welt aus. Ich weiß, was manche im Dorf über Ludwig sagen, und kann das richtig einordnen. Mag sein, dass ich bei der Führung des Hofes auf deine Unterstützung angewiesen bin, aber in dieser Sache benötige ich keine Hilfe, vielen Dank.“

Der Vater sah beinahe betroffen aus, nickte leicht und zog sich zurück.

15. Hochzeit, April 1783

Wie schön, dass die Natur in diesem Jahr so weit vor ist, dachte Emma. Schon am frühen Morgen hatte sie in der Wiese am Bach einen dicken Bund Margeriten gepflückt, Kätchens Lieblingsblumen, und schmückte nun mit ihnen die Kapelle.

Das gibt dem Ganzen doch einen etwas festlicheren Rahmen, fand sie - obwohl sie damit die Baufälligkeit des Gebäudes auch nicht überdecken würde.

Die Kapelle war schon sehr alt, niemand wusste, wie alt genau. Die Bausubstanz war inzwischen dermaßen schlecht, dass die Fachleute zu dem Schluss kamen, das Gotteshaus müsse abgerissen und komplett neu aufgebaut werden. So hatte man nur das Allernötigste repariert und wartete darauf, dass die Behörde einen Neubau genehmigte. An vielen Stellen war der Lehm aus den Gefachen gebröckelt, sodass Stroh herunterrieselte und das Holzgeflecht zum Vorschein kam.

Zumindest ist es heute trocken, dachte Emma. Sie hatte die Gefäße, die man aufgestellt hatte, wo es durchregnete, zur Seite geräumt. Kein Wunder, dass einige Balken morsch waren, wenn so viel Feuchtigkeit eindrang. Emma sah sich noch einmal um und war trotzdem zufrieden. Mit dem weißen Leinentuch auf dem Altar und dem Blumenschmuck hatte sie eine besondere Atmosphäre geschaffen.

Wenn jetzt noch die Sonne hereinscheint, kann die Hochzeit beginnen, dachte sie. Aber nun musste sie zurück, denn die Gäste aus Obernau konnten jeden Moment eintreffen.

Bei Schölers waren die Hochzeitsvorbereitungen in vollem Gange. Die Braut sah in ihrem frisch gewaschenen und geplätteten schwarzen Sonntagskleid, das noch mit weißen Bändern verziert war, einfach bezaubernd aus.

Früh am Morgen war Kätchen im Schutz der Dunkelheit mit Emma zum Mühlenweiher gelaufen, um dort zu baden. Eigentlich war es dazu noch zu kalt, aber es war ihr wichtig, ihre Ehe *vollständig sauber* zu beginnen. Deshalb hatte sie die Zähne zusammengebissen und war in das kalte Wasser gestiegen, während Emma aufpasste, dass niemand vorbeikam.

Später hatte Magdalene Kätchens langes Haar zu einem Kranz gelegt. Dafür flocht sie die Haare zu einem Zopf, der rings um den Kopf verlief, und zum Schluss hatte sie aus Margeriten ein Kränzchen gebunden, das sie mit Klämmerchen oben auf der Frisur befestigte. Keine Prinzessin mit Krone hätte hübscher aussehen können.

„Was für eine schöne Braut!“, rief Lisbeth begeistert. „Jetzt können die Gäste kommen. Ich bin schon ganz gespannt auf deine Verwandtschaft, Tillmann, denn außer deinem Vater und Magdalene kenne ich noch niemanden.“

„Meinen Schwager Michael Stahlschmidt hast du doch bei der Beerdigung getroffen", warf Tillmann ein.

„Ach ja, den habe ich sogar vorher schon mal kennengelernt, aber seine Frau noch nicht. Es ist zu schade, dass es von unserer Seite keine nähere Verwandtschaft mehr gibt. Seht mal, da kommen viele Leute, das muss deine Familie sein!"

Eben kamen sechs Erwachsene und zwei Kinder aus der Peeke auf den Dorfplatz. Lisbeth eilte an die Tür, um die Ankömmlinge willkommen zu heißen. Emma blieb mit Kätchen im Haus.

Tillmann war Lisbeth gefolgt und stellte seine Familie vor, während Magdalene die Lieben herzlich begrüßte. Neben den Eltern war Mathias mit Agnes und den zwei großen Kindern Georg und Anna gekommen. Unterwegs war Andreas mit seiner Frau aus Grissenbach dazu gestoßen.

„Wo ist denn Jost?", fragte Tillmann.

„Er ist zu Hause geblieben und passt auf Martin auf", antwortete Mathias. „Einer musste auf dem Hof die Stellung halten."

„Ah, da sehe ich auch Maria und Michael", sagte Eberhard, „damit ist unsere Familie vollzählig."

„Kommt schnell ins Haus und trinkt etwas", forderte Lisbeth die Ankömmlinge auf, „danach können wir langsam zur Kapelle gehen, die anderen Gäste kommen direkt dorthin."

So wurde es gemacht. Nachdem sich die Wanderer erfrischt hatten, bewegte sich der kleine Zug in Richtung Kirche, angeführt von Tillmann und Kätchen.

Die Kapelle war schon recht voll, denn alle wollten das Brautpaar sehen. Aber vorne beim Altar gab es noch Platz für die Hochzeitsgesellschaft, und für die Brautleute standen zwei separate Stühle bereit.

Pünktlich um zehn Uhr begann Pastor Emmelius zunächst mit dem normalen Gottesdienst, der eine knappe Stunde dauerte. Dann folgte die Trauzeremonie, sehr würdevoll und feierlich. Das Brautpaar steckte sich die Ringe an, die Kätchen von ihren Großeltern geerbt hatte, und küsste sich. Nun waren sie Mann und Frau. Nach der Zeremonie strömten die Leute aus der Kapelle. Alle wollten dem jungen Paar gratulieren, und so war es fast Mittag, als sich die Hochzeitsgesellschaft zum Wirtshaus begab. Außer den Familienangehörigen waren die fünf Bediensteten von Schölers, der Pfarrer, der Lehrer und der Heimberger eingeladen.

Für eine Gesellschaft dieser Größe bot das Hinterzimmer genügend Platz, und Robert hatte dort alles vorbereiten lassen.

Die Gruppe schickte sich an, den Gastraum zu durchqueren, in dem einige andere Gäste beim sonntäglichen Frühschoppen zusammensaßen, so auch Bernhard Hartmann mit ein paar befreundeten Gewerken. Als das Brautpaar auf die Tür zum Hinterzimmer zuging, stand er auf und gratulierte: „Ah, da kommen ja die Frischvermählten, herzlichen Glückwunsch auch.“ Dann wandte er sich seinen Kameraden zu und fuhr fort: „Was ist denn das? Da gehören auch Fremdarbeiter zur Hochzeitsgesellschaft. Kommt Freunde, dann ist es besser, wenn wir Platz machen und gehen.“

Daraufhin nickten die anderen am Tisch zustimmend, standen auf und verließen geschlossen den Raum. Das Ganze wirkte wie eine geplante Aktion.

Tillmann rief Bernhard nach: „Danke für die Glückwünsche!“, und schenkte der Aktion darüber hinaus keine Beachtung. Lehrer und Heimberger warfen sich einen stummen Blick zu und schüttelten den Kopf.

Glücklicherweise hatten die meisten der Gesellschaft die Demonstration nicht vollständig mitbekommen. So fanden sich alle im Hinterzimmer ein, ohne dass die Stimmung merklich beeinträchtigt war. Sie nahmen an der vorbereiteten Tafel Platz, und dann wurde das Festessen aufgetragen. Es gab sowohl Roggen- als auch Gerstenbrot, reichlich Butter, dazu Eier, Ziegenkäse, geräucherte Würste und Schinken. Hinzu kamen Haferbrei, dicke Bohnen und Hühnersuppe, und zur Krönung wurde ein Rehbraten serviert. Robert, der auch Jäger war, hatte extra für die Hochzeit ein Tier erlegt, denn frisches Rind- oder Schweinefleisch war zu dieser Jahreszeit nicht erhältlich.

Während des Essens war die Unterhaltung kreuz und quer über den Tisch geflogen. Der Pfarrer, Eberhard und der Heimberger hatten kurze Ansprachen gehalten. Nun bildeten sich kleinere Gesprächsgruppen. In der Gruppe um Eberhard ging es um die schwierige wirtschaftliche Situation.

Der Pfarrer sagte: „Die Menschen haben schon immer über die schwierigen Bedingungen und die Härte ihrer Situation geklagt, das scheint mir nichts Neues zu sein. Das eigentliche Problem liegt darin, dass Egoismus, Neid und Missgunst sehr zugenommen haben. Wenn einer ein bisschen mehr erlöst, dann ist der andere gleich neidisch und sinnt auf Arglistigkeiten."

„Das liegt aber auch an dem Preismonopol, das die Zünfte im Auftrag der Obrigkeit durchsetzen", sagte Michael, der Hammerschmied. „Da alle am Markt die gleichen Preise erzielen, geht es dem fleißigen und geschickten Arbeiter besser, weil er mehr Produktion erzielt. Aber der andere möchte natürlich nicht zugeben, dass er weniger fleißig oder geschickt ist, also sinnt er auf Ausflüchte oder Tricks."

„Ja, die Situation erfüllt mich schon mit Sorge", warf Eberhard ein. „Ich frage mich immer noch, wie unser Tillmann, der ja in diesem Haifischbecken erst schwimmen lernen muss, überleben kann."

Michael antwortete: „Mach dir darum nicht zu große Sorgen. Bergrat Roth scheint ihm das Handwerk durchaus zuzutrauen. Er hält große Stücke auf ihn, und ich finde auch, dass Tillman bisher eine gute Figur macht."

„Soweit es mit rechten Dingen zugeht", meldete sich Robert zu Wort, „glaube ich auch, dass er eine gute Chance hat. Aber die von Pfarrer Emmelius angesprochene Missgunst führt leider häufig zu unlauterem Vorgehen, und dagegen kommt man nur sehr schwer an."

„Das meine ich ja eben", fuhr Eberhard fort, „Tillmann ist eine grundehrliche Haut. Er rechnet gar nicht damit, dass andere gemein sein könnten."

„Ehrlich währt am längsten", sagte der Pfarrer. „Das hat sich bisher noch immer bewahrheitet, und soweit es an mir ist, werde ich dafür eintreten, dass das auch so bleibt."

„Natürlich habe auch ich als Heimberger immer ein Auge darauf, dass es im Ort mit rechten Dingen zugeht", beruhigte Robert Tillmanns Vater. „Aber Politik ist ein schwieriges Geschäft, und oft hat man es mit Zeitströmungen zu tun, gegen die man mit Vernunft nur schwer ankommt. Tillmann kann mich aber immer ansprechen, wenn ihm etwas seltsam vorkommt, und nach Möglichkeit werde ich mich für ihn einsetzen. Das bin ich Wilhelm schuldig, der mich in seiner Funktion als Vorsteher immer unterstützt hat."

„Es beruhigt mich, dass das junge Paar bei Pfarrer und Heimberger mit Unterstützung rechnen kann", meinte Eberhard. „Ich werde Tillmann sagen, dass er das auch nutzen soll. Aber natürlich ist mir auch klar, dass man gegen mancherlei Heimtücke keine offizielle Handhabe hat."

An einer anderen Ecke des Tisches sprach Kätchen mit ihrer Schwägerin Maria Stahlschmidt, die immerhin 14 Jahre älter war als sie. Die beiden hatten sich heute erst kennengelernt, aber es hatte ganz den Anschein, als ob sich eine neue Freundschaft entwickeln würde.

„Aber eins verstehe ich nicht", sagte Maria gerade, „euer Pfarrer macht doch einen guten Eindruck. Gottesdienst und Trauzeremonie waren so schön gestaltet. Wieso sorgt er nicht dafür, dass die Kapelle in einem besseren Zustand erhalten wird? Fast hat man ja schon Angst hineinzugehen, so heruntergekommen wirkt sie."

„Ich glaube, dem Pfarrer kann man da keine Vorwürfe machen", entgegnete Kätchen, „eher schon den Eiserner Bürgern oder der Obrigkeit. Es besteht Einigkeit darüber, dass die Kapelle neu aufgebaut werden muss. Aber wie so oft ist die Finanzierung noch nicht geklärt. Die Eiserner haben außerdem bestimmte Vorstellungen, die aber bei der Behörde bisher immer abgelehnt wurden."

„Aber Eisern ist doch bei der hohen Eisenproduktion sicher ein wohlhabendes Dorf, da dürfte die Finanzierung einer solchen Kapelle kein großes Problem darstellen", meinte Maria. „Es werden doch auch neue Häuser gebaut."

„Man könnte sagen: Die Bürger sind wohlhabend, aber die Gemeinde ist arm", erklärte Kätchen. „Die Gemeindekasse ist leer, und die Bürger wollen sie nicht auffüllen. Aber die Kapelle muss von der Gemeinde bezahlt werden. Deshalb hat der Gemeinderat bei der Behörde zwei Vorschläge gemacht: Zum einen möchte man von den neu zugezogenen Bürgern eine Sondersteuer erheben. Zum anderen möchte man zusätzliche Hüttentage abhalten. Die Behörde ist der Meinung, es müsse auch ohne solche Maßnahmen gehen."

„Das ist wirklich eine verfahrene Situation", stellte Maria fest. „Da wird es wohl keine neue Kapelle geben."

„Irgendwann vielleicht, denn es werden immer wieder neue Eingaben gemacht." Kätchen zuckte mit den Schultern. Was sollte man da auch schon machen?

Mathias und der Lehrer hatten sich mit den Bediensteten in ein anderes Thema vertieft. Hannes hatte damit angefangen, denn er hatte den

Auftritt von Bernhard Hartmann am Vormittag mitbekommen und sich sehr darüber aufgeregt.

„Es ist doch ungerecht“, sagte er gerade, „wie arrogant einige Gewerken mit uns Fremdarbeitern verfahren. Sie brauchen unsere Arbeitskraft dringend und behandeln uns doch wie Menschen zweiter Klasse.“

Jupp schlug in die gleiche Kerbe. „Dabei wissen einige von uns heute schon viel mehr von der Eisenproduktion als die Gewerken. Mal ganz zu schweigen davon, dass wir immer für die Drecksarbeit eingeteilt werden, und die Herren Gewerken die leichten Arbeiten machen.“

„Ja, das ist ein schwieriges Thema“, gab der Lehrer zu. „Das hat auch viel mit der Angst vor Veränderung zu tun. Früher waren die Öfen nicht so produktiv, und die Eiserner Bürger konnten die Arbeit selbst erledigen. Der Markt war kleiner und einfacher, da konnten auch weniger kluge Menschen das unternehmerische Risiko tragen. Heute braucht es schon viel Weitsicht und ein Verstehen sowohl der Geologie als auch der Technik und der Wirtschaft, um Unternehmer, also Gewerke, zu sein. So mancher ist dem nicht mehr gewachsen und will das nicht wahrhaben. Dann sucht er nach einem Sündenbock, und das sind heute die Fremdarbeiter.“

„Es gibt sicher überall bessere und schlechtere Menschen“, sagte Hannes. „Hier glauben viele, dass man was Besseres ist, wenn man in Eisern geboren wurde. Dabei ist es reiner Zufall, ob man hier oder ein paar Kilometer weiter zur Welt gekommen ist. In Eisern geboren zu sein, bedeutet doch nicht automatisch, dass man ein Herr ist und Anspruch auf ein gutes Leben hat.“

„Es denken ja nicht alle so“, beschwichtigte Emil. „Ich bin in Eisern geboren und war in jungen Jahren selbst Gewerke. Allerdings hatte ich keine Hüttenzeit geerbt, sondern nur Grubenanteile. Ich glaube nicht, dass ich ein schlechter Bergmann bin, aber es war immer so ein Hin und Her, mal gab es Verdienst, und mal gab es keinen. Da habe ich Wilhelm gefragt, ob er mich nicht fest anstellen wollte, und das tat er. Seitdem geht es mir finanziell viel besser. Ich weiß, woran ich bin, und Wilhelm hat mich immer gut behandelt. Ich habe den Schritt nie bereut. Jetzt bin ich Knecht aus Eisern, aber ich bilde mir nicht ein, dass ich was Besseres wäre als Jupp und du.“

Hannes gab sich noch nicht zufrieden und meinte: „Aber das ist trotzdem ein Unterschied. Du bist hier geboren, du hast ein Haus in Eisern und darfst deshalb an der Vollbürgerversammlung teilnehmen. Wenn du ins Wirtshaus gehst, verlassen die Leute nicht den Saal.“

„Da ist was dran“, bestätigte Oskar. „Wir haben es schon besser als Hannes und Jupp. Ich war bei uns zu Hause der fünfte Junge. Ich habe gar nicht erst versucht, den Gewerken zu spielen wie mein Bruder. Ich habe bei Wilhelm angefangen, und er war froh darüber. Wie du habe ich den Schritt nie bereut. Ich bin stolz auf die Arbeit, die ich leiste, und Wilhelm hat mir immer zu verstehen gegeben, dass ich das auch sein kann. Wenn er noch lebte, säßen wir vier genauso mit am Tisch wie jetzt. Ich glaube, der hätte Bernhard was gehustet.“

„Das macht es ja so schwierig,“ sagte der Lehrer wieder, „es gibt halt zwei unterschiedliche Sichtweisen zu dieser Problematik.“

Mathias meldete sich zu Wort: „Aus Obernau kenne ich diese Problematik nicht, aber könntet ihr euch denn nicht mal zusammensetzen, offen darüber reden und die Konflikte beilegen?“

„Ich bin auch immer für solche Lösungen“, sagte der Lehrer, „aber in diesem Fall glaube ich nicht, dass das geht. Diejenigen, die für so eine Aussprache offen sind, verhalten sich gar nicht erst diskriminierend. Und die anderen sind in ihren Vorurteilen so verhaftet, dass sie ein Gespräch verweigern. Wir leben in einer Phase gewaltiger Veränderungen, und ich glaube nicht, dass die sozialen Spannungen in nächster Zeit abnehmen werden. Man kann nur hoffen, dass es insgesamt friedlich bleibt.“

„Ich habe so meine Zweifel, dass es friedlich bleibt“, entgegnete Jupp. „Wenn ich daran denke, dass die Eiserner eine Fremdensteuer erheben wollen, um den Kapellenneubau zu finanzieren … Ich kann mir kaum vorstellen, dass sich das alle gefallen lassen.“

„Das haben die Behörden abgelehnt“, sagte der Lehrer. „Und übrigens würde mich das ebenfalls betreffen, ich bin ja auch von außerhalb gekommen.“

„Na, da bin ich mal gespannt, ob sich Gewerken wie Hartmann und Göbel in so einem Punkt an das halten, was die Behörden sagen“, meinte Hannes.

Trotz der teils schwierigen Gesprächsthemen verlief das Fest harmonisch, und viel zu früh kam die Zeit, wo sich die Obernauer wieder auf den

Weg machen mussten, um nicht in die Nacht hineinzukommen. Auch die Weidenauer brachen auf, und somit fand die Feier ihr Ende.

Als die Sonne untergegangen war, stellten Kätchen und Tillmann fest, dass sie allein waren. Magdalene war mit der Verwandtschaft nach Obernau unterwegs, und Emma war noch zu ihrer Familie gegangen. Lisbeth hatte sich zurückgezogen.

„Jetzt bist du eine verheiratete Frau“, sagte Tillmann zögerlich.

„Ja“, sagte Kätchen, „und ich weiß überhaupt nicht, was das bedeutet.“

Tillmann musste lachen. „Ich dachte es mir schon, wir wissen es beide nicht. Woher sollten wir auch, aber wir werden es herausfinden. Wir wussten immer, dass wir noch viel zu lernen haben. Jetzt lass dir erst mal die Margeriten aus dem Haar machen, die sind inzwischen ganz welk.“

Tillmann entfernte die Blumen und löste vorsichtig Kätchens Haarkranz. Er nahm sie in den Arm, und sie küssten sich lange und zärtlich.

Langsam stieg die Erkenntnis in Kätchen auf: „Ich bin geborgen und brauche keine Angst zu haben.“ Nun konnte sie sich entspannen.

16. Ernte, August 1783

Der August neigte sich seinem Ende zu, die Roggenernte war vorüber. Man spürte, dass die Anspannung etwas von den Menschen abfiel, denn die Ernte war gut gewesen. Man konnte hoffen, dass genügend Vorräte für den Winter gesammelt worden waren. Auch das Grummet[30] war gemäht, und der zweite Grasschnitt konnte trocken in die Scheunen eingebracht werden.

Die herbstliche Hüttenperiode hatte noch nicht begonnen, und so war genügend Zeit, bereits am Samstagnachmittag die Arbeit ruhen zu lassen und ein kleines Fest zu feiern. Da das Wetter sehr warm und angenehm war, hatte man zwischen dem Wirtshaus und der Kapelle Tische und Bänke aufgebaut und auch einen Tanzplatz abgegrenzt.

Kätchen und Tillmann gesellten sich am Nachmittag zu dem munteren Treiben. Robert brachte Wein, sie prosteten sich zu und sahen sich verliebt an.

---

[30] Grummet wird der zweite Grasschnitt im Sommer genannt.

„Ich kann mich so glücklich schätzen, dass du jetzt mein Mann bist. Wenn ich denke, wie ich noch vor einem Jahr mit mir um den richtigen Weg gerungen habe“, sagte Kätchen.

„Bei mir war es nicht anders, und inzwischen sind wir schon vier Monate verheiratet und haben unsere erste gemeinsame Ernte gut eingebracht. Wir wissen zwar nicht, was die Zukunft bringt, aber wir können Gott danken für die erste Zeit unserer Ehe. Ich habe sie als ungetrübtes Glück empfunden. Auch die Frühjahrshüttenperiode, die dein Vater noch im Wesentlichen organisiert hatte, haben wir mit einem guten Ertrag abgeschlossen. Und für die kommende Periode haben wir ausreichend Erz beieinander, der *Alte Krämer* hat geliefert. Auch Kohle fehlt nicht mehr viel für die nächste Hüttenzeit.“

„Nach allem, was ich so höre, wirst du auf der Hütte durchaus respektiert“, meinte Kätchen.

„Ich habe viel von Hannes und Jupp gelernt. Dein Vater hat wirklich zuverlässige Leute mit viel Erfahrung für sich gewonnen. Glücklicherweise ist mir bisher kein grober Fehler unterlaufen, über den sich die Leute die Mäuler zerreißen konnten. Ludwig straft mich zwar mit Verachtung, aber bisher hat er mich zumindest in Ruhe gelassen. Wer weiß, was er noch ausheckt. Unser Freund wird er wohl niemals werden.“

„Nein, sicher nicht“, stimmte Kätchen zu. „Ich hatte früher oft Angst, ihn eines Tages heiraten zu müssen, aber jetzt bin ich glücklich bei dir geborgen.“

Die beiden saßen nebeneinander und hatten jeweils einen Arm um den anderen geschlungen.

Tillmann blickte verträumt in die Ferne. Nach einer Weile sah er seine Frau an und bemerkte, dass sie ihn – offenbar schon länger – mit einem ungewohnten, tiefgründigen Lächeln ansah. Er stutzte und sagte: „Was ist los, was verschweigst du mir?“

Aber Kätchen lächelte einfach weiter.

„Du hast doch etwas“, fuhr Tillmann fort, „du – du bist doch nicht etwa … schwanger?“

Kätchen nickte fröhlich: „Man weiß ja nie, aber fast bin ich mir sicher.“

Tillmann konnte sein Glück kaum fassen. Aber sie waren hier in der Öffentlichkeit, also beherrschte er sich und murmelte nur leise vor sich hin: „Ich werde Vater!“

Er gab Kätchen einen Kuss auf die Wange und dann erhoben sie ihre Gläser und tranken einen kleinen Schluck auf die mit der Schwangerschaft verbundenen Hoffnungen.

Emma saß mit Emil an einem anderen Tisch und hatte die Szene beobachtet. Sie selbst wusste schon etwas länger, wie es um Kätchen stand. Dann ist es jetzt kein Geheimnis mehr, dachte sie, und das ist gut so.

Emil hatte in eine andere Richtung gesehen, aber auch etwas Interessantes entdeckt: „Schau mal“, sagte er, „Ludwig tanzt mit Gertrud.“

„Na, sieh mal einer an“, entgegnete Emma. „Sie scheint ihrem Ziel näherzukommen. Heute ist richtig was los im Dorf.“

17. Die Hammerhütte, Oktober 1783

Tillmann wartete auf den nächsten Abstich. Gleich wurde das Stichloch geöffnet, und der Ofen würde wieder Eisen freigeben. Mein Eisen, dachte Tillmann. Die Hüttenperiode war in vollem Gange, und die beiden Öfen waren gut angelaufen. Besonders während des Anblasens hatte Tillmann viel Zeit auf der Hütte verbracht, die einzelnen Schritte genau beobachtet und sich dabei viele Notizen gemacht. Er hatte viel gefragt und alle Abläufe bis ins Detail studiert.

Es sind nur wenige Männer, die wirklich verstehen, was vor sich geht, und die wissen, warum was gemacht werden muss, dachte er. Hannes und Jupp gehörten zu diesen Leuten. Kein Wunder, dass einige Gewerken neidisch auf solche *Fremdarbeiter* waren.

Inzwischen war das erste Eisen, das unter seiner Verantwortung hergestellt worden war, erschmolzen, und Tillmann spürte, wie die Anspannung etwas von ihm wich. Er hatte sich vorgenommen, eine Ladung Luppen, die für die Hammerschmiede in Haardt bestimmt war, persönlich auszuliefern. Dabei wollte er gleich der Einladung seines Schwagers Michael folgen. Morgen würde dieses Eisen geladen, und übermorgen früh würde er aufbrechen. Er hatte beschlossen, bei den Stahlschmidts zu übernachten, um genügend Zeit zu haben, etwas über den Hammerschmiedebetrieb zu lernen. Außerdem würde Maria sich freuen.

Der Weg über die Eisernhardt war ein Höhenweg, wie es sie schon immer gegeben hatte, aber die Straße von Siegen nach Weidenau führte unten durchs Tal und konnte nur deshalb mit einem so schweren Gefährt wie dem seinen befahren werden, weil von Menschenhand eine Fahrbahn durch den Sumpf geschaffen worden war.

Wieviel Erde und Steine müssen hier bewegt worden sein, dachte Tillmann, um das Wasser zu beherrschen und ihm trockene, feste Bahnen abzuringen? Das Ganze musste ja auch bei Frost und im Frühjahr bei der Flut zur Schneeschmelze halten.

Er überquerte die Siegbrücke und fuhr zwischen Herrengarten und Sieg weiter. Rechts lagen die Mühle und der große Mühlenweiher. Als dann in der Ferne Weidenau auftauchte, hatte er gar nicht den Eindruck, eine einzelne Gemeinde anzufahren. Es wirkte vielmehr wie viele kleine Orte, die im Tal an den Wasserläufen verstreut waren.

Eine dieser kleinen Siedlungen lag am Fuße des Haardter Bergs und hieß demzufolge Haardt. Wenn er früher seine Schwester besucht hatte, war er von der anderen Seite gekommen, aber er fand das Haus der Stahlschmidts ohne Probleme. Dort empfing Maria ihn herzlich, aber Michael entschied, dass sie erst zum Hammerplatz fahren und entladen sollten. Zu Mittag würden sie zurück sein.

Eine knappe Stunde später saßen Tillmann, seine Schwester, sein Schwager und die beiden Kinder am Mittagstisch und ließen es sich schmecken.

„Ich muss immer wieder über die gewaltigen Wasserbauwerke staunen, die es hier bei euch gibt“, sagte Tillmann. „Wenn man von Siegen kommt, fällt das noch viel mehr auf als aus Richtung Netphen.“

„Ja, das Wasser ist für uns genauso wichtig wie Hammer und Frischherd“, bestätigte Michael. „Es ist der Grund dafür, dass wir hier leben. Ferndorf und Sieg sind nun einmal die größten Gewässer in der

Umgebung, und deshalb ist es nicht verwunderlich, dass sich an ihrem Zusammenfluss sieben Hüttenansiedlungen gebildet haben."

„Landläufig nennt man diese Gegend Weidenau", sagte Maria.

„Das stimmt", ergänzte Michael, „dabei ist Weidenau eigentlich nur der kleine Ort, der da drüben etwas höher am Hang liegt. In alter Zeit konnte man mit den sumpfigen Tälern nichts anfangen. Vor über 200 Jahren hat man begonnen, die Wasserkraft zu erschließen, zunächst mit kleinen Gräben, die einzelne Wasserräder versorgt haben. Diese Räder haben schon die frühen Hammerwerke angetrieben, an denen sich dann die Hüttensiedlungen gebildet haben. *Haardt* ist eine davon, die anderen heißen *Boschgotthardshütten*, *Fickenhütten*, *Müsenershütten*, *Schneppenkauten*, *Meinhardt* und *Münkershütten*. In gewisser Weise sind die Siedlungen selbstständige Orte, aber sie haben keinen Gemeindestatus. Den hat nur Weidenau, auch wenn dieses Dorf – wirtschaftlich gesehen – kaum eine Bedeutung hat, außer dass viele Arbeiter der Hammerwerke dort leben. Mit der Zeit wurden die Wasserbauten im Tal immer umfangreicher. Es wurden Teiche angelegt, um das Wasser aus der Hochwasserzeit in die trockenen Monate zu retten, und natürlich sind mehr und größere Räder gebaut worden."

„Du sprichst immer von Hütten", sagte Tillmann, „aber eigentlich habt ihr doch hier Hammerwerke. Eine Hütte haben wir in Eisern, und das ist doch etwas ganz anderes, oder?"

„Ja, da gehen die Begriffe ein bisschen durcheinander", gab Michael zu. „In ganz alter Zeit kannte man nur die Eisenhütte. Das war der Ort, wo Produkte aus Eisen hergestellt wurden. Dann wurde der Prozess geteilt in die *Blashütte*, wie ihr sie in Eisern habt, und die *Hammerhütten*, wie sie bei uns sind. Die Begriffe verändern sich immer weiter, genauso wie sich die Technik ständig weiterentwickelt. Heute heißt es oft schon nur noch *Ofen* oder *Hochofen*. Vielleicht kommt mal eine Zeit, in der man sich unter Blashütte gar nichts mehr vorstellen kann und nur noch den Hochofen kennt. In der Hammerhütte hat sich der Arbeitsprozess erneut geteilt. Einerseits betreiben wir den *Frischherd*, in dem das Roheisen zu Stahl umgewandelt wird, andererseits den *Schmiedehammer*, der den Rohstahl in eine handhabbare Form bringt und gleichzeitig die Stahlqualität weiter verbessert."

„Jetzt ist aber mal Schluss mit der Fachsimpelei!", unterbrach Maria. „Dazu habt ihr später auch noch Zeit. Wie geht es denn Kätchen?"

Tillmann lächelte und dachte an Kätchens Bauch, der sich schon erheblich gerundet hatte. „Es geht ihr den Umständen entsprechend gut“, sagte er.

„*Den Umständen entsprechend*?“, fragte Maria. „Heißt das, dass sie guter Hoffnung ist?“ Tillmann nickte, und Marie sprang auf und umarmte ihren Bruder. „Wie schön, du wirst Vater! Erzähl doch mal!“

Tillmann berichtete nun ausführlich von der Familiensituation in Eisern, und Maria konnte sich ein Bild davon machen, wie glücklich ihr kleiner Bruder war.

Nach dem Essen brachen die Männer zu einem Rundgang durch die sieben Hüttensiedlungen und den Ort Weidenau auf. Michael zeigte Tillmann die Wasserbauten und erklärte ihre Funktion.

„Jetzt lass uns wieder nach Haardt zurückgehen“, sagte er schließlich, „dann zeige ich dir die Arbeiten am Frischherd. Die sind zwar im Verhältnis zu den anderen Prozessschritten eher unscheinbar, aber dafür umso wichtiger.“

Die beiden gingen über den Hammerplatz und blieben kurz bei dem Luppenhaufen stehen, der morgens von Tillmanns Wagen abgeladen worden war.

Michael nahm eine Luppe in die Hand und erklärte: „Wie du weißt, kann man das Eisen, so wie es erschmolzen ist, nicht schmieden und auch nicht schweißen. Wenn man es hämmert, zerspringt es, denn es ist zu spröde. Wir wissen nicht ganz genau, warum das so ist, aber wir vermuten, dass es beim Schmelzen zu viele Bestandteile aus der Kohle aufnimmt. Beim Frischen werden diese Verunreinigungen entfernt, und das Eisen wird weicher. Natürlich kann man nur eine bestimmte Menge der Verunreinigungen entfernen. Schlechtes Eisen, wie es zum Beispiel beim Anblasen oder Niederblasen des Ofens entsteht, können wir hier auch nicht zu gutem machen.“ Michael warf einen prüfenden Blick auf den Haufen. Dann nahm er gezielt ein Stück Roheisen in die Hand und zeigte es Tillmann. „So ein Stück wie das hier können wir zum Beispiel nicht verarbeiten, es scheint vom Anblasen zu stammen.“

„Das sehe sogar ich, aber wie kommt es auf meinen Luppenhaufen?“ Tillmann wunderte sich.

„Na ja, es ist ja nur ein kleines Stück", sagte Michael und warf es zur Seite.

„Stimmt, aber es sollte auf dem Möllerplatz liegen und wieder in den Ofen kommen und nicht auf den Luppenwagen."

„So ein Versehen kann immer mal passieren, nimm es nicht so wichtig." Michael ging weiter in Richtung Hammergebäude.

Aber Tillmann fragte sich noch immer, wie das passiert sein konnte. Nachdenklich folgte er Michael.

Am Frischherd wurde ein starkes Holzkohlefeuer unterhalten, das aus zwei großen Blasebälgen mit Luft versorgt und dadurch angeheizt wurde.

„Wir benötigen zwei Gebläse", erklärte Michael, „damit es zu einem gleichmäßigen Luftstrom kommt. Du siehst hier aus dem Feuer Steine herausragen. Darauf wird das Roheisenstück gelegt und zum Schmelzen gebracht. Dabei streicht die Luft beständig an dem abtropfenden Eisen vorbei und nimmt Verunreinigungen mit. Manchmal spritzen auch Funken davon, das zeugt von gröberen Einschlüssen im Metall. Die Eisentropfen sammeln sich, da sie schwerer sind unter der Glut im Herd und bilden dort eine neue Luppe, die dann schmiedbar ist. Eigentlich ist dieser Reinigungsprozess unspektakulär, aber es gehört sehr viel Erfahrung dazu, das Feuer derart zu schüren, dass das Eisen ausreichend gefrischt wird. Gute Arbeiter können das Frischen genau steuern. Der fertige Stahl hat dann genau den gewünschten Härtegrad. Je nachdem, was man später daraus herstellen will, benötigt man eine ganz bestimmte Qualität. Wenn die Luppe, die sich unten im Herd bildet, gerade das richtige Gewicht hat, wird der Prozess unterbrochen. Mit Hebeln und Zangen wird sie aus dem Feuer gelöst und zum Hammer gebracht. Dort wird sie zu einem Stab geschmiedet. Dabei geht es aber nicht nur um die Formgebung. Du musst dir das Schmieden vorstellen wie das Kneten eines Teiges. Letztlich gibt der Bäcker dem Brot die Form, aber erst muss die Masse gut geknetet sein, damit alle Zutaten gleichmäßig durchmischt sind. Genauso ist es beim Schmieden. Die Rohluppe muss mindestens drei- bis viermal gestaucht und wieder gereckt werden, bis das Gefüge im Metall eine gleichmäßige Qualität aufweist. Ehrlich gesagt, wissen wir nicht ganz genau, was sich im Stahl abspielt, aber ein erfahrener Schmied erkennt, wann eine Stange gut ist."

„Das Frischen und das Schmieden sind ja ebenfalls zwei Wissenschaften für sich, das war mir bisher nicht klar." Tillmann staunte.

„Das kannst du laut sagen", bestätigte Michael, „und deshalb braucht man kluge Köpfe, die es verstehen, die Erfahrungen richtig zu sammeln und auszuwerten. Jedes Detail ist wichtig: die Farbe der Glut und des Metalls, der Klang, den der Hammer beim Aufschlagen erzeugt, wie die Funken spritzen und der Zunder abfällt und noch einiges mehr."

„Da kann man nur staunen, mit welchem Geschick die Männer hier vorgehen. Aber wie bewältigen sie das große Gewicht? So eine Luppe wiegt doch weit über hundert Kilogramm und ist dabei noch glühend heiß."

„Ja, da sagst du was", stimmte Michael ihm zu. „Das erfordert exakte Koordination. Wie du hier siehst, sind einige der Zangen an Schwenkbäumen befestigt, die das Gewicht tragen, wenn man sie richtig einsetzt. Alle Hebelverhältnisse an den Werkzeugen müssen gut überlegt sein, damit man die Last anheben und schwenken kann. Alles muss perfekt stimmen, sonst fällt ein Block herunter, und man kann nur hoffen, dass dabei kein schwerer Unfall passiert. In jedem Fall dauert es lange, bis die Luppe wieder aufgenommen ist. Meistens muss sie dann nacherhitzt werden, was viel Zeit und Kohle kostet. Die Männer müssen perfekt aufeinander abgestimmt arbeiten und immer voll konzentriert sein. Am Hammer schaffen gewöhnlich drei Mann. Der Schmied gibt vor, was geschieht, er ist der Meister. Der Schweißer hilft, das Werkstück zu drehen oder zu wenden, und der Schützenjunge bedient das Schütz, also den Schieber, der den Zufluss zum Wasserrad steuert. Er bestimmt, wie schnell der Hammer schlägt, und folgt dabei genau den Anweisungen des Schmieds. Bei all dem ist es so laut, dass nicht gesprochen werden kann. Es geht nur mit kurzen gerufenen Kommandos wie *hopp*, *hopphopp*, *halt* oder aber mit Gesten wie einem Kopfnicken. Wenn der Schützenjunge einen solchen Wink übersieht, kann das richtig gefährlich werden."

Die beiden wandten sich vom Frischherd ab und gingen die wenigen Schritte zum Hammer hinüber. Tillmann fand es faszinierend, beim Schmieden zuzusehen, insbesondere wenn eine neue Luppe auf den

Amboss kam. Mit jedem Hammerschlag wurde sie ein ganzes Stück kleiner, etwa wie man einen Schneeball verdichtete.

An den Seiten quollen Bäche von Schlacke hervor. Die Luppe musste nach jedem Schlag gewendet werden, damit sie ihre quadratische Form behielt. Mit der fortschreitenden Verdichtung der Luppe wurden die Schläge härter, und statt Schlacke spritzte nun Funkenregen in hohem Bogen nach allen Seiten. Dazu kam der helle Schein der weißglühenden Luppe, sodass der ganze Raum wie von Feuer erfüllt schien. Mitten in diesem Feuerzauber stand der Hammerschmied – wie eine Gestalt aus einem alten Göttermythos – und führte ruhig, als ob ihn das Feuer nichts anging, seine sicheren Handgriffe aus. Bei jedem Schlag nickte er leicht mit dem Kopf, um sein Gesicht vor dem Funkenregen zu schützen.

Tillmann konnte sich nicht sattsehen, bis Michael ihn schließlich antippte: „Lass uns jetzt gehen, Maria wird sonst ungeduldig."

Und tatsächlich erwartete Maria die beiden schon und hatte ein leckeres Abendessen zubereitet.

Nach dem Essen dauerte es nicht lange, bis die Männer wieder fachsimpelten.

„Man muss immer daran denken", erklärte Michael, „dass wir Hammerschmiede nur ein Vorprodukt für den Formgebungsprozess herstellen."

„Ja, das ist mir heute deutlich geworden", antwortete Tillmann, „dabei fand ich den Vergleich mit dem Kneten eines Teiges besonders eindrucksvoll. Ihr *knetet* das Eisen, bis es gebrauchsfertig ist. Dann gebt ihr es anderen, die daraus alle möglichen Produkte herstellen, angefangen von Nägeln über Werkzeug und Waffen bis hin zu Maschinenteilen."

„Genauso ist es", ergänzte Michael, „und trotzdem denken viele Menschen, wenn sie Hammerschmied hören, eher an einen Kleinschmied, der im Dorf Hufeisen, Hacken und Nägel herstellt." Nach einer kleinen Pause fuhr er fort: „Und gerade auf dem Gebiet der Weiterverarbeitung wird es meiner Meinung nach in nächster Zeit sehr viele Fortschritte geben. Leider brauchen wir im Siegerland unsere gesamte verfügbare Wasserkraft für die Eisen- und Stahlerzeugung. Wir haben also keine Energie mehr frei, um das Metall weiterzuverarbeiten. Wenn man sich ansieht, wohin wir unseren Stahl verkaufen, dann sind da zum einen die großen Städte Köln und Frankfurt. Dort geht das Eisen meist an Händler, die es, so wie es ist, weiterverkaufen. Zum andern gibt es die Kundschaft im Bergischen Land und in der südlichen Ruhrregion. Dort ist viel Wasserkraft verfügbar, und man staunt, wie geschickt die Handwerker diese nutzen. Ich denke da zum Beispiel an die Drahtzieher in Altena, die Werkzeugmacher in Wuppertal und die Messerschmiede in Solingen. Manchmal reise ich dorthin, um Stahl zu verkaufen. Dann staune ich jedes Mal, was man durch Spezialisierung auf ein bestimmtes Gebiet alles erreichen kann."

So redeten Michael und Tillmann noch lange über die Gegenwart und Zukunft der Stahlindustrie. Maria hörte geduldig zu, denn sie wusste, wie wichtig es für ihren Bruder war, möglichst viel darüber zu erfahren.

Als Tillmann sich am nächsten Morgen verabschiedete, sagte Maria: „Bestell deinem lieben Kätchen die besten Grüße und alles Gute für die Schwangerschaft. Und bring sie mit, wenn du das nächste Mal kommst. Dann muss ich mich nicht so langweilen, wenn ihr wieder über nichts als Eisen und Stahl sprecht."

18. Gemeinderat, Januar 1784

Die Vollbürgerversammlung hatte gleich zu Beginn des neuen Jahres stattgefunden. Von alters her galt als Vollbürger, wer im Dorf ein Haus und Wald, also Haubergsanteile besaß. Früher hatte es kaum Streit darüber gegeben, wer diesen Status hatte, denn zu jedem Haus hatte ein Anteil Wald gehört, und es war klar, wer der Eigentümer war. Meist waren das Männer, aber oft auch Witwen.

Wenn, was selten vorkam, ein neues Haus gebaut wurde, dann war es zumeist so, dass eine Familie viele Kinder hatte und mehr Platz benötigte. Die Angehörigen mussten unter sich regeln, wie viel Wald dem Neubau zugeteilt wurde. In letzter Zeit war die Sache schwieriger geworden, denn durch den Zuzug von Arbeitskräften war die Bevölkerung um einiges gewachsen. Zwar wurden die meisten der Zugezogenen zunächst als Mieter in den vorhandenen Häusern untergebracht, aber irgendwann reichte der Platz nicht mehr aus. Betrachtete man etwa einen Handwerksburschen, der sich im Dorf niederließ und zur Miete wohnte, so war klar, dass er kein Vollbürger war. Wenn er aber heiratete und von seiner Zunft als Meister aufgenommen wurde, dann würde die Behörde ihm wahrscheinlich einen Neubau genehmigen. Zu so einem Haus gehörte jedoch kein Wald. War der Besitzer also Vollbürger oder nicht? Einige kauften Waldanteile, dann war die Sachlage wieder klar. Andere aber wollten keinen Wald erwerben, da sie sich nicht auf der Hütte betätigten und das Brennholz zum Heizen lieber kauften. Dann waren sie vielleicht geachtet Handwerksmeister, aber keine Vollbürger. Oder doch? Wenn es bei der Bürgerversammlung wichtige Abstimmungen gab, war es eine schwierige Frage geworden, wer mitstimmen durfte und wer nicht. Menschen wie Bernhard Hartmann änderten ihre Meinung hierzu mitunter von Abstimmung zu Abstimmung.

Glücklicherweise konnten aber die meisten Fragen einvernehmlich geklärt werden, und so war es auch bei der Nachwahl zum Gemeinderat gewesen. Robert hatte Ludwig Göbel als neues Gemeinderatsmitglied vorgeschlagen, und er war gewählt worden. Ebenso war Gerhard Heimbach, der Lehrer, zum zweiten Vorsteher bestimmt worden.

So trat heute im Hinterzimmer der Gastwirtschaft der Gemeinderat erstmals in seiner neuen Besetzung zusammen. Der Rat zählte insgesamt neun Mitglieder: den Heimberger und zwei Vorsteher, die gemeinsam die geschäftsführende Vertretung des Dorfes bildeten, sowie sechs Beisitzer.

Nun klopfte Robert an sein Glas. „Ich eröffne die Gemeinderatssitzung und begrüße als erstes Ludwig Göbel in unserer Mitte. Herzlichen Glückwunsch an ihn und auch an Gerhard, der nun an Wilhelms Stelle das Amt des Vorstehers übernommen hat. Ich komme dann gleich zum wichtigsten Punkt, den wir heute besprechen müssen, und zwar zum Neubau der Kapelle und dessen Finanzierung. Wie ihr wahrscheinlich schon gehört habt, hat die Behörde die Baugenehmigung erteilt, unter der Voraussetzung, dass die Finanzierung gesichert ist. Das ist eine freudige Nachricht.“

Allgemeines, zustimmendes Raunen erfüllte den Raum.

„Die letzte Eingabe zur Finanzierung wurde ja damals noch von Wilhelm verfasst,“ fuhr Robert fort. „Er hat zusammengefasst, was wir hier besprochen hatten, und die Behörde macht zur Bedingung, dass die Finanzierung auch so umgesetzt wird.“

Bernhard Hartmann riss das Wort an sich: „Ich bin immer noch der Meinung, dass die Fremdarbeiter und Zugezogenen das Geld aufbringen müssen.[31] Die schleppen so viel Geld aus dem Dorf fort, dass sie jetzt endlich mal etwas zum Wohl der Gemeinde beitragen müssen."

„Das hatten wir doch schon", widersprach der Lehrer, „du weißt doch, dass die Behörde das nicht genehmigt hat."

„Man darf eben nicht immer auf die Behörde hören", behauptete Bernhard. „Man muss den Fremden das Geld einfach abnehmen, das kriegen die in Siegen doch gar nicht mit."

„Das geht doch nicht", argumentierte der Lehrer, „da muss sich nur einer beschweren, und dann gibt es hohe Strafen."

„Ja, aber sonst werden wir unbescholtenen Bürger wieder zur Kasse gebeten", insistierte Bernhard. „Wenn das mit der Fremdensteuer nicht geht, müssen wir einfach ein paar Tage nachhütten und sagen, dass es kein Wasser gegeben hätte. Das merkt doch keiner."

Conrad mischte sich nun ebenfalls ein. „Jetzt ist aber mal Schluss mit dem Unsinn!", sagte er. „Du weißt genau, dass uns die Strafen der Zunft noch härter treffen können als die der Behörde."

Alle begannen, wirr durcheinanderzureden, bis schließlich Robert mit der Faust auf den Tisch schlug und rief: „Ruhe! So kommen wir nicht weiter. Immer einer nach dem anderen."

Wenigstens kehrte nun wieder Ruhe ein, und Ludwig Göbel meldete sich zu Wort. „Ich war damals nicht dabei", sagte er, „deshalb wüsste ich gern, wie der Vorschlag, den die Behörde genehmigt hat, genau aussieht."

Robert antwortete: „Die ermittelten Kosten für die Kapelle belaufen sich auf 1700 Taler. In der Gemeindekasse sind etwas über 300. Davon wollten wir 200 für den Neubau verwenden. Einige von den wohlhabenderen Gewerken hatten sich zur Zahlung von bestimmten Beträgen verpflichtet. Die Verpflichtungserklärungen haben wir damals eingesammelt, sie sind hier bei den Papieren. Der Rest sollte von den Hüttengewerken im Verhältnis ihrer Hüttentage aufgebracht werden. Da kam auf den Einzelnen gar nicht mehr allzu viel."

---

[31] Aus zeitgenössischen Dorfakten geht hervor, dass die „Fremdensteuer" zeitweise erhoben wurde, obwohl sie von der Behörde nicht genehmigt war. Genauso ist die fremdenfeindliche Stimmung im Dorf durch alte Unterlagen belegt.

Bernhard Hartmann, der sich offensichtlich als Sprecher der weniger wohlhabenden Gewerken fühlte, protestierte erneut: „Auf jeden Fall ist es noch viel zu viel."

„Dann möchte ich folgenden Vorschlag machen", ergriff Ludwig das Wort. „Mit eurem Einverständnis nehme ich die Papiere an mich und prüfe, wieviel Geld bereits zugesagt ist. Dann spreche ich noch einmal mit den freiwilligen Zahlern, vielleicht legt der ein oder andere ja noch etwas drauf. Ich selbst zum Beispiel würde mich nicht lumpen lassen. Und dann rechne ich genau aus, was auf die anderen zukommt, und kläre mit ihnen, ob das in Ordnung ist. Als Hüttenschulze habe ich einen Überblick über die Verhältnisse und könnte es vielleicht so regeln, dass es keinen Streit gibt."

Es war ruhig geworden im Raum, der Vorschlag ließ sich hören. Robert wunderte sich, dass Ludwig sich so konstruktiv einbrachte. Auch Bernhard schien der Ratschlag sinnvoll vorzukommen. Und da er von Ludwig kam, den er zu seinem Lager zählte, erhob er keinen Widerspruch.

Robert nutzte die Ruhe und sagte: „Ich deute das Schweigen als Zustimmung und frage noch einmal: Hat jemand etwas gegen diesen Vorschlag einzuwenden?" Er blickte in die Runde, und als sich niemand meldete, fuhr er fort: „Das ist nicht der Fall, also sind alle dafür. Vielen Dank, Ludwig, für den konstruktiven Vorschlag. Dann nimm hier diese Papiere an dich und kläre, ob du das Geld zusammenbringst. Bei der nächsten Sitzung erwarten wir deinen Bericht. Vielleicht können wir dann schon im Sommer mit dem Abriss der alten Kapelle beginnen."

Zustimmendes Gemurmel erhob sich, und sie konnten endlich zum nächsten Punkt auf der Tagesordnung voranschreiten.

19. Neue Pläne, März 1784

Ludwig saß in seinem Kontor auf der Hütte und rechnete. Auf dem Tisch lagen die Papiere, die er von Robert in der Gemeinderatssitzung bekommen hatte. Inzwischen hatte er sich gründlich damit beschäftigt, und in ihm war ein Konzept gereift, wie die Finanzierung gelingen konnte.

Fünf Vollbürger hatten sich im Zusammenhang mit dem Kapellenneubau zu konkreten Zahlungen verpflichtet:

- Robert Hoffmann 250 Taler
- Adam Böcking 200 Taler
- Otto Neuser 150 Taler
- Wilhelm Schöler 100 Taler
- Conrad Daub 100 Taler

Zusammen mit den 200 Talern der Gemeinde war also von dem benötigten Geld das meiste schon zusammengebracht. Die restlichen rund 40 Gewerken würden nur zwischen 10 und 30 Taler zu zahlen haben, das war zumutbar.

Aber es lagen noch weitere Papiere in der Akte, die Ludwig studiert hatte. Besonders hatte die Abschrift der letzten Eingabe, die Wilhelm an die Behörde gemacht hatte, seine Aufmerksamkeit auf sich gezogen. Es war ein langes Schreiben, in dem Wilhelm versucht hatte, die Räte zu überzeugen, dass die Finanzierung kein Problem sei, und der Genehmigung nicht im Weg stehen sollte. Unter anderem hieß es in diesem Brief:

> *„... so sind etliche Eiserner Gewerken willens und in der Lage, einen Beitrag zur Finanzierung zu leisten ... unter anderem auch* ***ich****, der Unterzeichnende,* ***werde*** *... so kann bis zu* ***ein****em* ***Fünftel*** *der benötigten Summe aufgebracht werden ... man die Arbeiten beginnen und* ***bezahlen*** *kann ...“*

Ludwig war sich fast sicher, dass sich ihm hier eine günstige Gelegenheit zur Rache an Kätchen und Tillmann bot, man musste sich nur die richtigen Worte aus dem Text herauspicken.

Lisbeth wird wissen, dachte er, dass Wilhelm eine Verpflichtungserklärung unterschrieben hat und eine erhebliche Summe beisteuern wollte. Aber wahrscheinlich erinnerte sie sich nicht an den genauen Betrag, denn sie interessierte sich kaum für die finanziellen Dinge. Alle drei würden aber großen Wert darauflegen, eine Zusage, die Wilhelm gemacht hatte, zu erfüllen. Wenn man Wilhelms Brief *richtig* las, dann stand doch darin, dass er ein Fünftel der Summe, also 340 Taler, beisteuern wollte. Die eigentliche Verpflichtungserklärung würde er verstecken und ihnen einfach die Forderung über 340 Taler präsentieren.

Die anderen Gewerken würden sich nur dafür interessieren, was sie selbst bezahlen mussten, und nicht, woher das restliche Geld kam.

Er selbst könnte 60 Taler beisteuern und das herumerzählen. Alle würden denken, wie großzügig er sei, und wie gut er das geregelt habe. Denn dann müssten die Wohlhabenden nur das bezahlen, was sie ohnehin angegeben hatten, und die Ärmeren nur gut die Hälfte von dem, was sie erwartet hatten. Das könnte ein voller Erfolg werden. Und falls doch einer den Schwindel aufdeckte, bliebe Ludwig ein guter Ausweg. Er könnte einfach behaupten, er hätte das missverstanden. Zur Sicherheit brachte er geschickt noch ein paar Tintenklekse auf Wilhelms Schreiben auf, damit das Missverständnis glaubhafter wurde.

Er nahm sich vor, demnächst mit Tillmann zu sprechen und zu sehen, ob er den Köder schluckte. Wenn ja, würde er mit Robert und Conrad reden. Wenn die auch nichts merken, konnte er wohl davon ausgehen, dass der Plan funktionierte. Herrlich, sie würden sich selbst in ihrem unangebrachten Ehrgefühl fangen. Ludwig schloss die Papiere weg und begab sich auf eine Kontrollrunde.

Am Möllerplatz waren gerade Adolf und Peter zur Schicht eingeteilt. Seit anderthalb Jahren schafften sie in Ludwigs Diensten heimlich schlechtes Eisen beiseite und wunderten sich, dass die beiseite geschaffte Menge nicht ständig zunahm.

Wenn die Luppenwagen eines Gewerken über Nacht auf dem Hüttenplatz standen, dann tauschte Ludwig einzelne gute Masseln gegen schlechte aus. So konnte er zusätzliche Luppen sammeln und diese gemeinsam mit seinem regulär erschmolzenen Eisen verkaufen.

Das führte zu einer erheblichen Ertragssteigerung. Zwar wurde das Eisen der anderen Gewerken in der Qualität reduziert, aber eine einzelne Luppe in einem Wagen, der sonst in Ordnung war, bemerkten die Hammerschmiede beim Frischen kaum. Wenn doch, hatten sie das bisher nicht reklamiert.

Eigentlich wurde so niemand geschädigt, sagte sich Ludwig, zumindest niemand in Eisern. Der Schaden, der den Hammerschmieden durch die etwas geringere Ausbeute entstand, verteilte sich dermaßen, dass er zumindest bisher nicht aufgefallen war.

Ludwig überschlug, was ihm die Aktion bisher eingebracht hatte. Fast einen ganzen Wagen Roheisen hatte er mehr verkaufen können, das waren etwa 40 Taler zusätzlicher Erlös. Und dafür hatte er kein Erz und keine Kohle und auch keine Arbeitskraft kaufen müssen, wenn man von dem Schnaps absah, den er Peter und Adolf ab und an zukommen ließ. Allerdings musste er den Austausch in der Dunkelheit persönlich vornehmen. Nur sein Sohn Hermann half ihm hierbei.

Der große Vorteil der Aktion war, dass sich das Geschehen über einen sehr langen Zeitraum abspielte und jeder einzelne Schritt völlig unverdächtig war. Es konnte immer passieren, dass versehentlich eine Luppe auf den falschen Stapel geriet. Es konnte auch jederzeit geschehen, dass mal ein kleiner Haufen Material am verkehrten Platz lag. Solange niemand ein System dahinter erkannte, gab es kein Problem. Eigentlich hätte der Hüttenschulze das System bemerken sollen.

„Und der kennt es schon", murmelte Ludwig und lächelte in sich hinein. „Aber er wird schön den Mund halten."

Es wurde Zeit, die Menge an schlechtem Eisen, das er in Umlauf brachte, zu erhöhen. Inzwischen kannte er Peter und Adolf soweit, dass er ihnen auch den Umtausch anvertrauen wollte.

Hier am Möllerplatz kann man so etwas nicht besprechen, dachte Ludwig. Wenn er ihnen die nächsten Schichtpläne erklärte, würde er jedem einen Groschen geben und sie dann auch den Umtausch der Luppen erledigen lassen. Dann konnte er die Menge insgesamt verdoppeln.

Er ging weiter zu seinem *Wachturm*, von wo aus er den Überblick über die Hütte hatte, und schaute dem Treiben zu. Die Dinge entwickelten sich nicht schlecht für ihn, denn sein Ansehen im Dorf hatte sich erhöht, seit er im Gemeinderat war. Speziell bei den weniger begüterten Bürgern hatte er viel Rückhalt, Leute, die sich früher um Bernhard Hartmann geschart hatten. Aber der war den wohlhabenderen Gewerken an Klugheit nicht gewachsen. Er polterte gerne los, und es fiel ihm schwer, seinen Standpunkt gut zu begründen.

Das machte er selbst geschickter, fand Ludwig, und die Menschen spürten das.

Nur die Sache mit Kätchen war eine schlimme Schlappe gewesen, das hatte ihn Ansehen gekostet. Und vor allen Dingen hatte er ihr Erbe nicht bekommen.

Zum wiederholten Mal fragte er sich, ob er nun Gertruds Werben nachgeben sollte. Es war offensichtlich, dass sie ihm nachlief. Ihr Erbe war kleiner als das von Kätchen, aber vier Hüttentage waren auch nicht zu verachten.

Aber Gertrud war auch ein ganz anderer Typ Frau. Sie war resolut und achtete auf ihren Vorteil. Die steckt so manchen Gewerken locker in die Tasche, dachte Ludwig. Im Falle einer Hochzeit würde sie ihm ihr Erbe nicht einfach zur Bewirtschaftung überlassen. Sie würde mitreden wollen, womöglich würde sie sich sogar in seine eigenen Geschäfte einmischen wollen.

Das würde er natürlich nicht zulassen, sagte er sich, aber es könnte schon einen interessanten Machtkampf geben. Konnte er wirklich sicher sein, dass er den gewinnen würde?

Und dann war da noch Conrad, der nicht sein Freund war. Welche Rolle würde ihm bei diesem Spiel zukommen?

Ludwig nahm sich einige Zeit, um die Situation zu überdenken, das Für und Wider abzuwägen. Dann kam er endlich zu einem Entschluss: Er würde Gertrud heiraten. Es war eine Herausforderung, aber er würde gewinnen. Zur Not musste er einfach tiefer in die Trickkiste greifen. Conrad war ein alter Mann, der ohnehin mal einen Dämpfer brauchte.

20. Die Kapelle, April 1784

Minna Hartmann und ihre Schwester Klara standen im Backhaus und unterhielten sich. Die letzte Ladung Brote war im Ofen, sie mussten nur noch warten, bis diese gar waren. Da konnte man sich zurücklehnen und einen kleinen Plausch halten.

„Jedenfalls wird uns heute keiner hetzen. Ich nehme an, dass Gertrud und Kätchen nicht backen werden.“ Klara räumte ihre Utensilien zusammen.

„Ich glaube auch nicht, dass Kätchen kommt“, sagte Minna und wischte den Tisch ab. „Mit der kleinen Hedwig kann sie das Haus noch nicht verlassen, die ist höchstens sechs Wochen alt. Aber Brot brauchen sie trotzdem, und da wird sicher Emma ihre Stelle einnehmen. Und wer weiß, wen Gertrud als Ersatz schickt.“

„Ich meine einfach, dass bei Daubs und Schölers zurzeit andere Prioritäten gelten“, sagte Klara. „Denk doch mal, mit so einem kleinen Fratz im Haus, oder wie bei Gertrud mit den Hochzeitsvorbereitungen, da wird das Brotbacken nicht an erster Stelle stehen.“

„Du hast sicher recht“, entgegnete Minna. „Bei denen ist richtig was los, man kann fast neidisch werden. Aber du vergisst immer, dass Schölers jetzt Benders sind. Tillmann ist nun der Haushaltsvorstand.“

„Für mich werden das immer Schölers bleiben“, meinte Klara, und wischte den Backtisch sauber, der noch voller Mehl war. „Aber Kätchen hat mit ihrem Mann wirklich Glück gehabt. Der macht eine gute Figur, man hört nur Positives über ihn. Und jetzt ist er Vater geworden, und die kleine Hedwig scheint rundum gesund zu sein. Natürlich wäre ein Junge besser gewesen, aber das muss man nehmen wie‘s kommt.“

„Tillmann macht ganz den Eindruck eines richtig stolzen Vaters“, sagte Minna, „und das kann man ihm auch gönnen. Aber meinst du, das mit Ludwig und Gertrud geht gut?“

„Ich bin gespannt, ob die beiden sich vertragen werden“, stimmte Klara ihrer Schwester zu. „Gertrud ist mit der Hochzeit am Ziel ihrer Wünsche. Sie stellt Ludwig schon so lange nach. Das gehört sich nicht für ein Mädchen.“

„Ludwig bekommt jetzt das Erbe, hinter dem er immer her gewesen ist. Ich bin gespannt, wie Conrad mit dem neuen Schwiegersohn zurechtkommt, er hat ja noch nie viel von Ludwig gehalten.“

„Ich glaube nicht“, pflichtete Klara ihr bei, „dass Gertrud Conrad nach seiner Meinung gefragt hat, du kennst sie doch. Um den kleinen Thomas tut es mir ein bisschen leid. Er ist ein netter Junge. Hoffentlich kommt er bei Göbels nicht unter die Räder. Wann soll denn eigentlich die Hochzeit stattfinden?“

„Erst nach der Ernte“, wusste Minna, „wenn die Hütte im Herbst wieder voll in Betrieb ist. Vorher haben sie kaum Zeit zu heiraten. Wohnen werden Gertrud und Thomas dann wohl bei Göbels. Na ja, das Haus ist groß genug, aber wie Sofie mit der Situation umgehen wird …?“

Klara machte die Ofentür auf und blickte hinein. Die Brote brauchten noch eine Weile. „Ja, Gertrud und Sofie sind schon völlig verschieden“, sagte sie, „aber die beiden haben sich immer ganz gut verstanden, und sie ist nur die Magd, sie wird sich richten müssen.“

„Man hat eher den Eindruck, dass sie mehr ist als ein normales Hausmädchen“, sagte Minna. „Und es ist schon ein Unterschied, ob man sich auf Distanz ganz gut versteht oder unter einem Dach wohnt.“

„Und Ludwig muss ja dann auch mit den zwei Frauen zurechtkommen. Ob das gut geht?“ Klara kicherte.

„Jetzt sei aber vorsichtig!“, mahnte Minna. „Was du da andeutest, das dürfen wir gar nicht denken, denn sonst müssten wir sofort zum Pastor laufen, und dann kämen wir in Teufels Küche. Nein, nein, halt schön den Mund. Auf Ludwig lässt Bernhard gar nichts kommen. Wenn ich noch denke, wie begeistert er erzählt hat, dass der das große Problem der Kapellenfinanzierung lösen würde. Ich bin mal gespannt, ob er das wirklich schafft, und wir nicht am Ende doch wieder tief in die Tasche greifen müssen.“

„Jedenfalls scheint es so, dass wir bald eine neue Kapelle bekommen werden, jetzt, wo die Genehmigung da ist“, sagte Klara und knuffte die Schwester in die Seite. „Schau noch mal nach, ob das Brot gar ist. Nicht dass uns das am Ende noch verbrennt.“

Es klopfte an die Haustür. Das war ungewöhnlich, denn normalerweise ging man einfach in die Nachbarhäuser hinein und machte sich dann bemerkbar. Schlösser gab es an den normalen Haustüren ohnehin nicht: Viel zu teuer, und ein Riegel reichte auch.

Familie Bender war gerade mit dem Abendessen fertig und saß noch in der Küche beisammen.

„Wer kann das denn sein? Ich werde mal nachsehen.“ Lisbeth ging in den Flur und öffnete die Haustür.

Draußen stand Ludwig Göbel.

„Ah, Ludwig, warum kommst du denn nicht einfach rein?“

„Ich wollte nicht stören, es ist ja schon Abend, und jetzt, wo ihr die Kleine habt …“

„Ach, mach doch nicht solche Umstände, komm rein und setz dich zu uns in die Küche."

Ludwig folgte Lisbeth ins Haus, wo Tillmann mit Kätchen und Emma noch um den Tisch saß. Kätchen wiegte die kleine Hedwig in ihren Armen.

„Da ist ja die neue Erdenbürgerin", sagte Ludwig. „Meinen herzlichsten Glückwunsch. Sie sieht richtig proper und munter aus."

„Ja, sie scheint gesund zu sein, unsere kleine Hedwig", sagte Kätchen. „Sie macht uns viel Freude. Vielen Dank für die Glückwünsche. Aber was führt dich zu uns?"

„Ja, das ist ein etwas schwieriges Thema", begann Ludwig. „Ihr habt vielleicht gehört, dass der Gemeinderat mich beauftragt hat, das Geld für die Kapellenfinanzierung einvernehmlich zusammenzubekommen."

„Ja, das ist uns bekannt", sagte Tillmann knapp, denn er wunderte sich über die Höflichkeit, mit der Ludwig heute auftrat. So kannte er ihn bisher nicht. Trug der Wolf heute etwa einen Schafspelz, oder kam ein weicher Kern unter einer rauen Schale zum Vorschein?

Da Kätchen merkte, dass es um Geschäfte ging, reichte sie Hedwig an Emma und sagte: „Unser kleiner Liebling wird sicher bald schlafen. Bist du so lieb und bringst die Kleine ins Bett?"

Emma nahm das Baby, lächelte zustimmend und verließ die Küche.

Ludwig fuhr fort: „Ihr versteht sicher, dass das keine leichte Aufgabe ist, und das Gespräch mit euch fällt mir besonders schwer. Wilhelm hatte vor seinem Tod mit einigen wohlhabenden Gewerken gesprochen, die zugesagt hatten, einen großzügigen Beitrag zur Finanzierung zu leisten. Und selbst wollte er wohl mit gutem Beispiel vorangehen."

„Ja, so war Wilhelm, er hat sich immer mächtig ins Zeug geworfen." Lisbeths Blick wurde sehnsüchtig und fern.

„Das kann man wohl sagen", fuhr Ludwig fort, „und nun ist er tot, und ich kann euch natürlich nicht zumuten, dass ihr seine Zusage erfüllt …"

„Aber sicher werden wir für alles einstehen, was er zugesagt hat", unterbrach Lisbeth ihn. „Wie viel wollte er denn zahlen?"

„Ich hatte damals ja noch nichts mit alldem zu tun, aber aus der Akte geht eine ziemlich hohe Summe hervor."

„Nun sag doch schon die Zahl." Tillmann wurde ungeduldig.

„Es sind 340 Taler. Nun weiß ich wohl, dass ihr sehr wohlhabend seid, aber bei der Summe wollte ich mich doch vergewissern, ob ihr zu Wilhelms Wort steht."

Als der enorm hohe Betrag heraus war, mussten die Eheleute schlucken. Sie hatten damit gerechnet, dass es viel wäre, aber nicht so viel.

Aber Lisbeth kam ihnen zuvor. „Selbstverständlich stehen wir zu Wilhelms Wort", sagte sie.

Auch Kätchen wollte die Zusage ihres Vaters einhalten und schon gar nicht der Mutter widersprechen. Sie sah zu ihrem Mann hinüber und ihr Blick formulierte stumm die Frage: „Geht das denn überhaupt?"

Tillmann fühlte sich seltsam. Das alles erschien beinahe unwirklich. Er wurde das Gefühl nicht los, dass irgendetwas nicht stimmte, aber er hatte keine Idee, was das sein könnte. Er wusste nicht, woher sie so viel Geld bekommen sollten, aber durfte er in dieser Frage überhaupt mitreden? Letztlich verwaltete er doch nur Wilhelms Erbe und hatte den Willen der beiden Frauen zu erfüllen. Also senkte er den Blick und schwieg.

Ludwig hatte einen Moment gewartet und dabei alle drei noch einmal angesehen. Nun ergriff er wieder das Wort: „Also seid ihr euch einig! Das ist natürlich sehr erfreulich für die Gemeinde, und ich bedanke mich herzlich in ihrem Namen. Wenn alle eurem guten Beispiel folgen, dann gibt es eine reelle Chance, dass die neue Kapelle gebaut wird. Das Geld ist nicht sofort zu zahlen, wenn wir es bis zum Jahresende haben, ist das ausreichend. Nun möchte ich euch nicht länger aufhalten und bedanke mich nochmals ganz herzlich."

Mit diesen Worten stand Ludwig auf und verließ kurz darauf das Haus. Tillmann und die beiden Frauen blieben voller Sorgen zurück. Eine Zeit lang herrschte betretenes Schweigen.

Es war Tillmann, der zuerst das Wort ergriff: „Kann es denn sein, dass Wilhelm so eine Zusage gemacht hat?"

Lisbeth antwortete: „Die Summe kommt mir enorm hoch vor, aber ich weiß noch, wie sehr er sich dafür eingesetzt hat, dass die Kapelle gebaut werden müsse. Er hat sich geärgert, dass die anderen so eigennützig dachten. Dann hat er geschimpft: *Denen werde ich zeigen, was Großmut bedeutet.* "

Kätchen meinte: „Ludwig hat das Geld ja auch nicht direkt gefordert, sondern hat uns die Wahl gelassen. Das war doch eigentlich sehr anständig von ihm. Wir hätten sagen können: Das ist uns zu viel, so viel können wir nicht zahlen."

„Wie hätten wir denn dann im Dorf dagestanden?", murmelte Lisbeth.

Tillmann stöhnte: „Dann müssen wir wohl in den sauren Apfel beißen und das Geld irgendwie zusammenbringen.

Drei Tage später saß Kätchen wieder in der Küche, als Tillmann von der Hütte zurückkam. Sie hatte gerade die kleine Hedwig sauber gemacht und frisch gewickelt.

„Nimm dir schon mal einen Becher Milch und setz dich zu mir", begrüßte sie ihren Mann. „Wenn Hedwig gleich wieder schläft, werde ich das Abendessen richten. Wie war es heute auf der Hütte?"

„Lass mich erst mal meine Tochter begrüßen, ich habe sie doch seit heute Morgen nicht gesehen."

Kätchen nahm Hedwig von der Brust und drehte sie zu ihrem Vater. „Sie sieht einen jetzt schon richtig mit klaren Augen an. Guck mal, mein Schatz, das ist dein lieber Papa."

Tillmann strich seiner Tochter leicht über die Wange und unwillkürlich schenkte Hedwig ihm ein Lächeln.

„Wie schön sie schon lachen kann, sie ist ein richtig wonniges Baby und scheint sich prächtig zu entwickeln." Er schaute seine Tochter mit verliebtem Blick an.

„Ja, du hast recht, sie macht einen sehr gesunden Eindruck, und ich bete immerzu, dass es so bleibt. Wenn doch nur nicht so viele Kinder sterben würden, aber das scheint in der Natur zu liegen." Kätchen wirkte für einen kurzen Moment ganz betrübt.

„Denk doch nicht an so was", entgegnete Tillmann, „unser Kind ist ein Gottesgeschenk, und wir müssen dankbar sein."

„Du hast recht." Kätchen legte Hedwig wieder an die Brust. Nach einer Weile versuchte sie es erneut. „Du hast noch gar nicht erzählt, wie dein Tag auf der Hütte war."

„Über die Arbeit auf der Hütte kann ich mich wirklich nicht beschweren, im Gegenteil. Hannes und Jupp legen sich so ins Zeug, als ob's um ihr eigenes Eisen ginge. Dadurch bekomme ich immer etwas Spielraum, den Ofenprozess zu beobachten und über Verbesserungen nachzudenken.

Vor zwei Jahren war ich noch so unsicher, ob ich die Eisenherstellung überhaupt lernen könnte, und heute überlege ich, wie ich sie verbessern könnte! Das hätte ich mir sicher nicht träumen lassen, und manchmal denke ich, dass es gerade daran liegt, dass ich das alles nicht von Kindesbeinen an kenne. Vieles musste ich mir erklären lassen und habe dadurch automatisch manches infrage gestellt. Ich bilde mir ein, dass ich schon bald den Gewerken einiges zur Verbesserung an den Öfen vorschlagen kann. Unsere Geschäfte laufen gut, und wir könnten rundum zufrieden sein, wenn nicht das Geld für die Kapelle wäre. Da weiß ich wirklich nicht, wie wir das zusammenkratzen können. Ich kann immer noch nicht begreifen, dass dein Vater so viel Geld zugesagt hat. Wenn er noch leben würde, hätte er selbst das Geld aufbringen müssen, und das wäre ihm genauso schwergefallen wie uns jetzt. Aber das Jammern hilft uns nicht weiter“, sagte Tillmann und schien jetzt mehr zu sich selbst zu sprechen. „Jetzt heißt es, den Gürtel enger zu schnallen, Augen zu und durch.“

21. Am Feuerlöschteich, Herbst 1784

Robert Hoffmann war zufrieden. Gemeinsam mit Bernhard Hartmann stand er am Feuerlöschteich oben am Ortsausgang der Peeke, der in diesem Herbst neu angelegt worden war[32]. Der Seimbach speiste den Teich, und bis zu den ersten Häusern war es nicht weit.

Feuer war die größte Gefahr, die den Bewohnern eines Ortes drohte. Überall wurde mit offenem Feuer hantiert, beim Heizen, Kochen, Backen und auch um abends etwas Licht zu haben. In den Fachwerkhäusern mit ihren Dielenböden und Strohdächern gab es an allen Ecken leicht brennbare Materialien. Vom Heu in Scheune und Stall mal ganz zu schweigen. Der kleinste Zwischenfall konnte einen gewaltigen Brand auslösen und ganze Häuserzeilen vernichten, denn das Feuer sprang leicht von Dach zu

---

[32] Im Seimbachtal wurde 1784 tatsächlich ein Feuerlöschteisch angelegt.

Dach über. Es hatte schon seinen Grund, dass die Hütte mit ihren beständigen Funkenwolken außerhalb des Ortes lag.

Wenn es zu einem Brand kam, musste schnell gehandelt werden, damit nicht das ganze Dorf niederbrannte.

Glücklicherweise hatte es, solange Robert Heimberger war, kein nennenswertes Feuer gegeben, und das sollte auch so bleiben. Bernhard Hartmann war im Dorf dafür verantwortlich, dass alle Brandschutzmaßnahmen konsequent eingehalten wurden. In jedem Haus musste zum Beispiel immer ein Eimer mit Löschwasser bereitstehen. Sollte mal eine Kerze umfallen, hatte man so gleich Wasser zur Hand, denn Schnelligkeit war entscheidend bei der Brandbekämpfung.

Bernhard hatte immer wieder gemahnt, dass es im Falle eines Brandes viel zu lange dauern würde, die Eimer aus den kleinen Fließgewässern neu zu füllen. Der Eisernbach mit dem Mühlenweiher lag unterhalb des Ortes, sodass das Wasser bergauf getragen werden müsste. Die Mühle war auch zu weit vom Ortskern entfernt.

„Mit diesem Teich können wir viel ruhiger schlafen", sagte Bernhard jetzt, „die Wassermenge ist selbst zur Bekämpfung eines größeren Brands ausreichend."

„Ich würde trotzdem gern darauf verzichten, es auszuprobieren", meinte Robert, „aber du hast natürlich recht, es ist eine enorme Verbesserung. Und besonders gefällt mir, was ich drüben auf der anderen Seite sehe. Augenscheinlich ist der Nachwuchs bei den Löschmannschaften gesichert."

„Das kann man nicht anders sagen", bestätigte Bernhard, „Gerhard meint es mit dem Brandschutz richtig ernst."

Tatsächlich sah man auf der dem Dorf zugewandten Seite des Weihers knapp 40 Kinder stehen, die sich in einer Löschkette Ledereimer anreichten. Zwei ältere Jungen standen direkt am Teich und füllten die Eimer mit Wasser. Die vollen Eimer wurden dann mit dem passenden Schwung von einem zum nächsten weitergereicht. Die Kette bildete einen großen Halbkreis, und am Ende standen wieder zwei kräftigere Jungen, die abwechselnd die Eimer mit einem mächtigen Bogen in den Teich leerten, so als ob sie das Wasser möglichst hoch gegen eine Hauswand schleudern müssten. Die kleineren Mädchen hatten die Aufgabe, die leeren Eimer wieder an den Anfang der Kette zu befördern. Aufmerksam beobachtete Gerhard seine Schüler.

„Etwas langsamer!“, rief er. „Denkt daran, dass ihr im Ernstfall lange durchhalten müsst. Das Feuer kennt keine Gnade, da müsst ihr beständig weiterkämpfen und dürft nicht nach kurzer Zeit erschöpft sein.“

Bernhard und Robert hatten den Teich inzwischen umrundet und traten zu Gerhard.

„Die Kinder machen das recht ordentlich“, lobte Robert, „sogar die kleinen Mädchen hast du mit eingebunden.“

„Ja, sie sind mit ganzem Herzen bei der Sache“, sagte Gerhard, „das kann man nicht anders sagen. Es war nicht schwer, sie von der Notwendigkeit dieser Übung zu überzeugen. Und die Mädchen wollen zeigen, dass sie den Jungen nicht nachstehen. Es war eher schwer, Kinder zu finden, die sich damit zufriedengeben, die leeren Eimer zurückzutragen.“

„Das freut mich zu hören“, sagte Robert und fuhr an Bernhard gewandt fort: „Wenn das ganze Dorf mithilft und sich alle so ins Zeug legen wie die Kinder, dann müsste die Kette ausreichen, um alle Häuser zu erreichen. Haben wir denn für den Fall der Fälle auch genügend Eimer?“

„Jedes Haus hat mindestens drei, und im Schuppen bei der Kapelle sind sicher noch mal 50. Das sind insgesamt rund 200, aber Einwohner haben wir mehr, selbst wenn ich die Kleinkinder abrechne“, berichtete Bernhard. „50 zusätzliche Eimer wären schon gut, die könnten wir im Kapellenschuppen unterbringen.“

„Nun, dann werde ich mal sehen, was sich da machen lässt“, überlegte Robert.

„Wenn ihr einverstanden seid, würde ich den Kindern jetzt eine Pause gönnen“, meinte Gerhard.

„Ja, natürlich“, sagte Robert, und der Lehrer formte mit den Händen einen Trichter vor dem Mund und rief: „Pause!“

Die Jungs vorn an der Kette hörten auf, neue Eimer zu füllen, und nach kurzer Zeit waren die noch im Umlauf befindlichen durchgereicht und geleert. Die leeren Eimer stapelten sie ineinander und legten sie zur Seite.

„Bernhard und ich trinken noch ein Bier zusammen“, sagte Robert. „Wenn du Lust hast, kannst du gleich dazu kommen. Ihr macht doch sicher auch nicht mehr so lange.“

„Gute Idee“, sagte Gerhard, „dann bis gleich.“

Drei der Jungen, die bei der Löschübung beteiligt gewesen waren, saßen jetzt auf dem Damm des Teichs beieinander. Es waren Manfred Göbel, Thomas Daub und Sofies Sohn Anton.

„So eine Übung macht viel mehr Spaß als Lesen und Rechnen.“ Manfred war gerade elf geworden und der Älteste der drei.

„Ich fand die Übung auch prima“, entgegnete der zehnjährige Thomas, „so was ist wirklich wichtig, aber Schreiben und Rechnen machen mir auch viel Spaß.“

Anton, mit acht Jahren der Jüngste, sagte: „Die Eimerschlepperei ist schon sehr anstrengend, aber ich finde es schön, wenn alle was gemeinsam machen. Bald wohnst du bei uns, Thomas, dann können wir ganz viel zusammen machen. Deine Mutter heiratet nämlich unseren Vater.“ Anton wusste aus dem Gerede im Dorf, wer sein Vater war, aber Sofie hatte ihm streng verboten, darüber zu reden. Nun war es ihm doch herausgerutscht.

„Mein Vater ist nicht dein Vater. Du bist nicht mein Bruder, du bist ein Bastard! Du darfst nur bei uns wohnen, weil wir so lieb sind.“ Manfred war aufgestanden und stampfte mit dem Fuß auf den Boden. Dabei funkelte er Anton wütend an.

„Was ist ein Bastard?“, fragte Thomas.

„Das ist was ganz Schlimmes“, antwortete Manfred. „Ich glaube, das ist, wenn man keinen Vater hat, und du hast auch keinen Vater. Vielleicht bist du ja auch ein Bastard.“

„Mein Vater ist gestorben“, entgegnete Thomas trocken, „und deine Mutter ist auch tot.“

„Ihr habt von so was überhaupt keine Ahnung, und außerdem seid ihr viel zu klein. Ich gehe lieber zu den Großen.“ Mit diesen Worten ging Manfred auf eine andere Gruppe zu, in der größere Jungen beieinanderstanden.

„Ich glaube, Manfred weiß selbst nicht, was ein Bastard ist, und du bist ganz bestimmt nicht schlimm.“ Thomas versuchte Anton zu trösten.

„Meine Mama sagt auch immer, dass ich mich nicht von Manfred ärgern lassen soll. Aber sie sagt auch, dass ich nett zu ihm sein soll. Dabei ist der ganz oft gemein zu mir. Ich freue mich schon darauf, wenn du bei uns wohnst, dann bin ich nicht mehr so allein. Manfred spielt nämlich fast nie mit mir."

„Ja, das wird bestimmt gut." Eigentlich fand Thomas Anton ganz nett, auch wenn er wirklich noch etwas klein war.

Die herbstliche Hüttenperiode war gerade zu Ende gegangen, und schon war der erste Schnee gefallen und bedeckte den Boden mit einer dicken Matschschicht. Obendrein nieselte es unangenehm. Es herrschte ein richtiges Sauwetter, und noch waren es zehn Tage bis zum ersten Advent. Die vier Gemeinderäte saßen am Stammtisch zusammen und spielten.

„Gut, dass du ordentlich eingeheizt hast", lobte Bernhard, „bei diesem Matsch bekommt man die Schuhe kaum trocken. Gibt es denn heute Abend keinen Schinken und kein Brot?"

Robert antwortete: „Du weißt doch selbst, wie die Ernte ausgefallen ist. So gut wie sie letztes Jahr war, so schlecht war sie in diesem. Falls der Winter so hart wird, wie es den Anschein hat, ist man gut beraten, wenn man etwas haushält."

„Es wird wohl nicht gar so schlimm werden, wie einige unken", sagte Bernhard. „Da lobe ich mir doch eure Hochzeit, Conrad. Gertrud und Ludwig haben sich wirklich nicht lumpen lassen. Nicht nur, dass sie das halbe Dorf eingeladen hatten, es war auch das reinste Festessen."

„Wenn es nach mir gegangen wäre", antwortete Conrad, „hätten die beiden nicht so geprotzt und schon gar nicht, wo die Ernte so schlecht war. Aber Ludwig wollte unbedingt ein großes Fest ausrichten, und meine Gertrud ist ja vor Liebe blind."

„Das ist nicht bei allen so gut angekommen wie bei Bernhard, dass mit den Vorräten so geaast wurde", bestätigte Gerhard. „Manche Leute sind komisch, sie haben kräftig mitgefeiert und geprasst und hinterher über die Verschwendung geschimpft. Und die, die nicht eingeladen waren, haben sowieso nicht mit Kritik gespart."

„Ludwig weiß schon, was er tut", sagte Bernhard. „Wie er die Gelder für die Kapelle zusammengebracht hat, das war doch ein voller Erfolg. Ich musste nur halb so viel zahlen, wie ich befürchtet hatte."

„Das stimmt", sagte der Lehrer, „ich hatte nicht damit gerechnet, dass das so glattgehen würde. Man munkelt, dass Tillmann alle Zusagen von Wilhelm erfüllt hätte und sogar mehr gezahlt hätte als du, Robert."

„Ich habe nicht nachgehalten, wer wie viel gezahlt hat", erwiderte Robert. „Ich war einfach froh, dass Ludwig eine einvernehmliche Lösung gefunden hat. Wilhelm wollte kräftig helfen, das habe ich so in Erinnerung, aber er wollte nicht so viel geben wie ich, das kommt mir doch komisch vor."

Als Robert einige Stunden später die Stühle hochstellte und den Tresen sauber wischte, kam ihm die Unterhaltung noch einmal in den Kopf. Hatte Wilhelm damals wirklich eine so große Summe zugesagt? Oder waren das wieder einmal nur Gerüchte, wie es sie so oft im Dorf gab? Unwirsch schüttelte er den Kopf. Die Kapelle war bezahlt. Darüber musste er sich nun wirklich nicht länger den Kopf zerbrechen.

Gertrud wusste nicht, was sie davon halten sollte. Seit der Hochzeit waren erst ein paar Wochen vergangen, und sie hatten sich schon gestritten. Dabei hatte alles sehr schön angefangen. Sie hatte sich die Heirat so gewünscht. Und tatsächlich war die Feier so würdig und üppig ausgefallen, dass sich alle noch lange an das rauschende Fest erinnern würden.

Die Vorbereitung hatte ihnen beiden großen Spaß gemacht. Da harmonierten sie gut, und die Hochzeitsnacht hatte all ihre Erwartungen erfüllt. Wie hatte sie sich nach einem Mann gesehnt, und in dieser Beziehung war ihre neue Ehe sehr befriedigend.

Inzwischen hatte sich eine gewisse Routine eingestellt, und ein paar Dinge, die anfangs nebensächlich gewesen waren, gewannen an Bedeutung. Thomas fühlte sich nicht wohl im Haus Göbel. Zwar kam er mit Sofie und Anton gut zurecht, aber Manfred behandelte ihn oft gemein. Vor Ludwig schien er regelrecht Angst zu haben, obwohl die beiden kaum Zeit miteinander verbrachten. Der Stiefvater machte allerdings auch keine Anstalten, sich Thomas anzunähern.

Mit Sofie hatte Gertrud früher nie Konflikte gehabt, aber jetzt, wo sie unter einem Dach lebten, wurde es zunehmend schwierig, miteinander auszukommen. Gertrud konnte gar nicht sagen, woran das eigentlich lag. Manchmal, wenn Ludwig sich unbeobachtet fühlte, musterte er die Magd mit eindeutigen Blicken. Natürlich entging ihr so etwas nicht.

Aber am schwierigsten war das gemeinsame Wirtschaften mit ihrem Mann. Am Anfang hatte jeder von ihnen die Angelegenheiten seiner Familie geregelt, so wie vor der Ehe. Gertrud hatte vorgeschlagen, sie könnten sich doch mal gemeinsam den *Papierkram* des anderen ansehen. So waren sie in Daubs Haus gewesen, und sie hatte Ludwig ihre Papiere gezeigt. Der hatte gleich alles mitnehmen wollen, aber das hatte Conrad verhindert.

„Das bleibt alles hier, noch lebe ich", hatte er energisch gesagt.

Später hatte Gertrud gefragt, wann sie denn mal über Ludwigs Papiere sehen wollten. Er hatte nicht darauf geantwortet.

Gestern Abend beim Zubettgehen hatte sie ihn noch einmal daran erinnert und gesagt: „Ich hätte schon gerne, dass du mich in deinen Teil unserer Wirtschaft einführst, ich habe dir doch auch alles von uns gezeigt."

„Damit das klar ist", hatte er geantwortet, „unsere Wirtschaft ist meine Wirtschaft, und die geht dich nichts an. Schon gar nicht, bevor nicht alle deine Papiere hier sind."

Sie hatte sich so bemüht, alles beieinander zu halten, und sie wusste, dass sie in geschäftlichen Dingen nicht schlecht war. Sollte sie das alles aufgeben? Warum konnten sie nicht alles gemeinsam regeln und sich gegenseitig ergänzen?

Ludwig hatte es befürchtet. Gertrud hatte tatsächlich die Vorstellung entwickelt, in geschäftlichen Dingen mitzureden. Vor der Hochzeit hatte sie vorgegeben, dass die geschäftlichen Angelegenheiten der Familie in ihren Händen lägen. Und durch ihr Auftreten im Dorf und auf der Hütte war das auch glaubhaft gewesen. Nun hatte sich herausgestellt, dass Conrad ihr noch gar nichts überschrieben hatte. Seiner Tochter hatte er weitestgehende Vollmachten eingeräumt, aber er war weit davon entfernt, auch seinen Schwiegersohn zu bevollmächtigen. Und Gertrud folgte Ludwigs Anordnungen einfach nicht. Schlimmer noch, sie verlangte tatsächlich auch Einblick in Ludwigs Papiere. Das konnte er ja leicht verhindern, aber der Haussegen hing jetzt schon schief. Wie er die Regentschaft über

Daubs Vermögen an sich ziehen könne, war ihm noch nicht klar. Er hatte damit gerechnet, dass es schwierig werden könnte, aber doch nicht so schwierig. Da musste er sich noch was Gutes einfallen lassen.

22. Hungersnot, März 1785

Es kam nicht oft vor, dass die Mühlenknechte Roberts Hilfe brauchten, aber heute hatten sie ihn geholt. Nicht weil sie die viele Arbeit nicht bewältigen konnten, sondern im Gegenteil, weil es nichts zu mahlen gab, und schlimmer noch, es waren auch keine Vorräte mehr da. Vor der Mühle standen etliche aufgebrachte Frauen und verlangten nach Lebensmitteln. Die Knechte wussten nicht, wie sie sie beruhigen sollten.

Robert stand vor der Mühle und versuchte, die Menge zu überzeugen: „Liebe Leute, so glaubt mir doch, wir haben selbst nichts mehr. Es ist einfach nichts mehr da, und ich weiß, wie schlimm das ist."

„Bestimmt habt ihr noch Vorräte versteckt", rief Minna Hartmann aufgebracht. „Es kann doch nicht sein, dass in der ganzen Mühle nichts mehr ist."

„Aber Minna, du warst doch dabei, als wir dieser Tage die letzten Körner zusammengekratzt haben, und jetzt ist einfach nichts mehr da."

„Aber wie sollen wir denn überleben? Du weißt selbst, dass die Hütte seit über einem Monat wieder läuft. Die Männer arbeiten schwer, das geht nicht, wenn man nichts zu essen bekommt. Und das bisschen Bier, was wir noch haben, das allein reicht einfach nicht. Wenn du schon als Müller nichts machen kannst, dann musst du doch als Heimberger eine Lösung finden!"

„Ich kann aber nicht zaubern", hielt Robert dagegen. „Ich habe schon in allen Nachbarorten fragen lassen, aber denen geht es auch nicht besser. Anstatt zu rebellieren, solltet ihr lieber in den Wald gehen. Vielleicht findet ihr Eicheln, Bucheckern oder sogar Nüsse."

„Wie soll das denn gehen? Es liegt überall Schnee! Wir haben schon angefangen, unsere Hühner zu schlachten", schimpfte Minna. „Die Kühe brauchen wir als Zugtiere, die können wir nicht essen, und dann hätten wir auch keine Milch mehr."

Emma stand ebenfalls in der Menge und hatte zugehört. Sie hatte gehofft, dass sie in der Mühle noch Lebensmittel auftreiben könnte, aber das war offensichtlich nicht der Fall. Und das Rumkrakeelen, wie Minna es liebte, lag ihr nicht. Es war eben eine schlimme Hungersnot, so etwas kam vor, obwohl es dieses Jahr besonders arg war. Denn durch den immer noch harten Winter konnte man im Wald kaum etwas Essbares auftreiben.

Eicheln und Bucheckern musste man im Herbst sammeln, dann waren sie viel besser und auch leichter aufzuspüren als jetzt. Am ehesten konnte man Nüsse finden, aber selbst das war schwierig. Glücklicherweise hatte sie mit Kätchen im Oktober einen kleinen Vorrat angelegt, als absehbar geworden war, dass es ein beschwerlicher Winter werden würde.

Kätchen und Tillmann waren kluge und weitsichtige Herren, sie hatten von Anfang an gespart und eingeteilt. Heu gab es zum Glück genug, sodass die Kühe Milch gaben. Man hatte weniger Brot gebacken, um etwas Korn als Hühnerfutter zu behalten, denn auch die Eier waren ein wichtiger Ernährungsbestandteil. Eicheln und Bucheckern waren nun wirklich keine Delikatesse, aber wenn man es verstand, sie zuzubereiten, dann ging es schon. Jedenfalls waren sie viel besser als Tannenzapfen.

„Und, hast du noch was bekommen?“, fragte Kätchen, als Emma kurz darauf zurück in die Küche kam.

„Leider nicht, die Frauen waren aufgebracht, allen voran Hartmanns Minna.“

„So schlimm wie dieses Jahr war es aber auch schon lange nicht mehr“, sagte Kätchen. „Drei bis vier Wochen müssen wir auf jeden Fall noch durchhalten, bevor sich die Situation entspannt. Gut, dass wir wenigstens genug Heu für die Ziegen und Kühe haben.“ Sie sah sich um, als sie ein Geräusch hörte. „Ah, da kommt Tillmann, dabei ist doch noch nicht mal Mittag. Komisch, er hätte doch erst heute Abend zurück sein sollen?“

Tillmann betrat die Küche und kam gleich zur Sache. „So geht das einfach nicht mehr weiter, es ist ja nicht mitanzusehen. Die Männer auf der Hütte brechen bei der Arbeit fast zusammen. Wenn es nicht bald was zu essen gibt, kommt es zur Katastrophe.“

„Das kannst du laut sagen“, bekräftigte Emma. „An der Mühle wären die Frauen eben fast über Robert hergefallen und hätten ihn bei lebendigem Leib verspeist.“

„Ich habe mich entschlossen, den Pferdewagen anzuspannen und heute noch nach Obernau zu fahren. Ich glaube, im Netpherland sind sie lange nicht so schlimm dran wie wir. Dort haben sie immerhin Kartoffeln, und ich glaube, die Kartoffelernte war nicht so schlecht wie die Getreideernte. Vielleicht kann ich dort etwas Essbares auftreiben. Leider haben wir wegen der Sache mit der Kapelle kein Geld mehr, aber wenn sie in Obernau was haben, dann wird mir meine Familie auch auf Pump etwas geben."

„Das ist eine prima Idee", sagte Kätchen freudestrahlend.

„Ich mache schon mal das Pferd fertig", rief auch Emma begeistert.

Das war wenigstens ein Hoffnungsschimmer.

Es war schon fast Abend, als Tillmann mit seinem Wagen in Obernau eintraf. Bei dem Schnee war der Weg auch mit dem leeren Gespann sehr beschwerlich und nur langsam zu meistern gewesen.

Eberhard hörte ein Fuhrwerk und trat auf den Hof. „Tillmann, das ist ja eine Überraschung bei dem Sauwetter! Was hat das denn zu bedeuten?"

Tillmann sprang vom Wagen und begrüßte seinen Vater sehr herzlich. Über die Wintermonate hatten sie sich nicht gesehen.

„Hast du noch nichts von der Hungersnot im südlichen Siegerland gehört? Wir brauchen Hilfe, und ich hoffe, sie bei euch zu finden!"

„Wir haben schon gehört, dass es im Süden in diesem Winter eng wird", antwortete Eberhard. „Ist es denn so schlimm?"

„Schlimm genug, sonst wäre ich bei diesen Witterungsverhältnissen nicht mit einem leeren Wagen gekommen. Ich muss mit euch sprechen. Ist Mathias auch da?"

„Er ist mit Jost und den Knechten im Hauberg, aber sie werden gleich zum Abendessen hier sein. Komm erst mal rein, dann können wir beim Essen alles in Ruhe besprechen, und du bekommst eine extra Portion, damit du wieder klar denken kannst."

Wenig später war die ganze Familie beim Abendbrot versammelt, und Tillmann berichtete von den schlimmen Zuständen in Eisern. Währenddessen musste er sich beherrschen, nicht übermäßig viel zu essen, denn er hatte in letzter Zeit sehr wenig bekommen.

Je mehr er erzählte, umso schweigsamer wurde es in der Runde.

Berta schlug schließlich die Hände vors Gesicht. „Jetzt ist es genug“, sagte sie. „Ich kann das gar nicht mitanhören. Die armen, armen Menschen. Und du mit deiner Familie mittendrin. Hat denn Kätchen überhaupt noch genug Milch für unsere kleine Hedwig? Eberhard, Mathias, wir müssen sofort helfen!“

„Das wollen wir ja. Wir konnten doch nicht ahnen, dass die Zustände so schlimm sind. Und trotzdem müssen wir gut nachdenken, wie wir das am besten anstellen.“ Eberhard kraulte sich den Bart und blickte nachdenklich drein. „Aber das kommt auch davon, dass im Süden die Landwirtschaft so vernachlässigt wird und alle nur hinter dem Eisen her sind. Auch, dass sie immer noch den Kartoffelanbau verweigern, erweist sich jetzt als Fehler.“

„Es gibt nicht so viele Anbauflächen“, entgegnete Tillmann, „und das Eisen ist sehr wichtig für die Gegend.“

Trotz der ernsten Situation musste Eberhard lachen. „Ah, du nimmst sie in Schutz, die Eiserner, du lebst halt jetzt schon recht lange da. Was meinst du denn, Mathias, wie wir am besten helfen können?“

Tillmann registrierte, dass Eberhard die Entscheidung gleich an seinen Sohn übergab. Früher hätte er selbst höchstens pro forma gefragt, ob Mathias einverstanden war. Sein Vater wurde alt. Anscheinend lag die Wirtschaft inzwischen ganz in den Händen von Mathias, der nachdenklich dreinblickte.

„Das wird nicht einfach, denn es geht ja nicht nur um deine Familie, sondern um das ganze Dorf. Da ist es mit einem Sack Roggen nicht getan, und natürlich ist auch hier der Winter nicht vorbei. Unsere Vorräte gehen zur Neige. Allein können wir das nicht stemmen, wir werden mit den Nachbarn sprechen müssen.“

Mathias nahm sich noch etwas Zeit zum Nachdenken und sagte dann: „Was hältst du von folgendem Vorschlag: Wir laden deinen Wagen mit Kartoffeln voll – so viel können wir gerade entbehren – und morgen spreche ich mit den Nachbarn. Ich denke schon, dass wir euch dann in den nächsten Tagen einen weiteren Wagen nach Eisern schicken könnten. Die Nachbarn werden allerdings auf einer recht guten Bezahlung bestehen.“

„Das wäre natürlich eine gewaltige Hilfe“, sagte Tillmann erleichtert. „Das würde uns sicher ein paar Tage weiterbringen, und im Moment hilft jede Kleinigkeit. Nur das mit der Bezahlung muss ich vorab klären, denn ich selbst habe leider überhaupt kein Geld.“

Tillmann erzählte von der hohen Summe, die er für die Kapelle gezahlt hatte.

„Das stinkt doch zum Himmel!“, empörte sich Eberhard. „Das hätte Wilhelm nie so gemacht! Da haben sich bestimmt einige der Gewerken auf deine Kosten bereichert.“

„Ich hatte auch kein gutes Gefühl dabei, habe aber keine Hinweise auf eine Übervorteilung finden können“, stimmte Tillmann zu und machte dann eine wegwerfende Handbewegung. „Das ist jetzt ohnehin Schnee von gestern.“

„Darf ich auch was sagen?“, fragte Magdalene.

Alle nickten zustimmend.

„Wir haben gehört, wie groß die Not ist, und ich finde deinen Vorschlag, Mathias, zu zaghaft. Es geht schon los, dass Tillmanns Pferd einen richtig vollen Wagen gar nicht die Berge hinauf bekommt. Er müsste unser Pferd noch dazu nehmen. Außerdem wissen die Eiserner nicht, wie man Kartoffeln zubereitet, und deshalb werden sie viel von den guten Vorräten verderben. Deshalb sollten wir nicht nur Tillmanns Wagen voll beladen, sondern unseren gleich mit. Somit haben wir zwar alle unsere Vorräte abgegeben, aber wir werden von den Nachbarn eine ausreichende Menge nachkaufen können. Da Tillmann zurzeit blank ist, müssen wir das Geld vorstrecken. Ich kann mit Tillmann nach Eisern fahren und unser Fuhrwerk lenken. Dann haben wir zwei Pferde, und an den Steilstücken können wir umspannen und die beiden Wagen nacheinander hochziehen. Wir werden zwar etwas langsamer sein, aber viel effizienter, als wenn Tillmann ein müßiges Tier nur für die Steilstücke mitnehmen müsste. Außerdem bin ich dann in Eisern und kann den Frauen zeigen, wie man Kartoffeln kocht, reibt und auch die Schalen verwerten kann. Und ich bin fast sicher, dass die Eiserner Bürger sehr dankbar sein werden und uns die Vorräte reichlich bezahlen. Denn Geld haben sie genug, auch wenn sie immer so arm tun. Jetzt machen sie gerade die Erfahrung, dass man Geld nicht essen kann.“

Alle sahen sich erstaunt an, und die Mutter brachte das Staunen der Familie auf den Punkt, indem sie sagte: „Magdalene, ich wusste gar nicht, dass du so eine lange Rede halten kannst.“

„Und sie hat sehr vernünftig gesprochen“, ergänzte Eberhard, „was meinst du, Mathias?“

Mathias überlegte noch einen Moment, bevor er sagte: „Alle Achtung, Schwesterchen, dein Vorschlag ist tatsächlich besser als meiner. Er enthält zwar ein paar Risiken, aber die sind, angesichts der Not, tragbar. Und wenn die Eiserner sich wirklich erkenntlich zeigen sollten, bekommen wir vielleicht in der nächsten Zeit noch eine weitere Hilfslieferung in Obernau zusammen. Dann müssen wir zwar hier eine Zeit ohne dich auskommen, Magdalene, aber auch das werden wir hinbekommen.“

So wurde noch eine Weile hin und her überlegt und an dem Plan gefeilt, aber im Wesentlichen blieb es bei Magdalenes Vorschlag, und Tillmann war seiner Schwester sehr dankbar für ihr beherztes Einschreiten. Sie ist eine richtig kluge Frau geworden, unser Lenchen, dachte er, und hübsch ist sie auch. Wer sie mal bekäme, konnte sich glücklich schätzen.

Am nächsten Morgen machten sich die Geschwister auf den Weg, und Tillmann musste feststellen: Lenchen war nicht nur hübsch und klug, sie konnte auch einen Wagen lenken. Das Ersteigen der Höhen mit der vielen Umspannerei erwies sich als beschwerlich und vor allem zeitraubend, und so wurde es schon dunkel, als die beiden schließlich oben am Schmidthain im Schutz der Eichen am Waldrand standen und auf Eisern blickten.

„Ich hatte gehofft, dass wir viel schneller hier wären“, sagte Magdalene, „und mich auch schon auf die Gesichter der Eiserner gefreut, wenn Hilfe kommt. Jetzt wird es dunkel, und wir kriegen ihre Freude gar nicht richtig mit.“

„Ehrlich gesagt, finde ich es sogar gut, dass es dunkel wird“, sagte Tillmann. „Stell dir mal vor, was passiert, wenn wir mit den begehrten Vorräten einfach so ins Dorf führen. Die Menschen sind ausgehungert und reagieren nicht vernünftig. Sie würden die Wagen stürmen und plündern. Wenige bekämen viel mehr, als sie brauchen können, und viele bekämen gar nichts.“

„Da magst du recht haben. Hungrige Menschen können zu Wölfen werden.“

„Ja, und deshalb denke ich mir das so: Wir lassen die Wagen hier im Schutz des Waldes, bis es ganz dunkel ist. Am liebsten würde ich voraus ins Dorf gehen und mit dem Heimberger sprechen. Vielleicht können wir die Wagen in die Mühle fahren und sie dort über Nacht einschließen und bewachen lassen. Dann können wir morgen früh geordnet dafür sorgen, dass alles gerecht verteilt wird. Ich weiß nur nicht, ob ich dich hier bei den Wagen alleine lassen kann?"

„Da mach dir mal keine Sorgen", entgegnete Magdalene. „Ich habe keine Angst, und zur Not benutze ich die Peitsche."

Wenig später betrat Tillmann das Wirtshaus und bestellte sich ein Bier, das einzige Lebensmittel, das in Eisern nicht knapp war. Im Winter hatte man einen größeren Vorrat gebraut, der noch ausreichte.

Tillmann hatte Glück, Robert brachte ihm den Krug selbst.

„Setz dich doch bitte für einen Moment zu mir", sagte er, und der Heimberger tat wie geheißen.

Tillmann erklärte ihm die Situation und konnte beobachten, wie Robert sich beherrschen musste, um nicht in lauten Jubel auszubrechen. Er verstand schnell, dass die zahlreichen Gäste, die versuchten, ihre leeren Mägen mit Bier zu füllen, nicht zu früh merken durften, worum es ging.

„Wenn das stimmt", sagte Robert noch etwas ungläubig, „kann dir das Dorf gar nicht dankbar genug sein. Wir treffen uns in einer Viertelstunde hinter dem Haus am Feldweg, und ich gehe mit dir zum Schmidthain. Von dort führen wir die Wagen auf einem Umweg aus dem Eichenwald zur Mühle. Ich habe den Schlüssel immer dabei."

So machten sie es. Wie staunte Robert, als er die beiden voll beladenen Wagen mit Lebensmitteln sah, und man konnte förmlich spüren, wie ihm ein Stein vom Herzen fiel.

„Wie hast du das nur hingekriegt?" Er schüttelte verwundert den Kopf und begrüßte Magdalene. „Das werde ich dir nie vergessen!"

Wie geplant fuhren sie auf einem Umweg zur Mühle und schlossen die Karren ein.

„Könnt ihr kurz bei den Wagen bleiben, bis ich das Wirtshaus für heute zugesperrt habe? Es gibt eine kleine Kammer in der Mühle, in der ich schlafen kann, damit die Vorräte über Nacht nicht ganz unbewacht sind. Schön wäre es, wenn ihr morgen früh wieder hier sein könntet, bevor um sieben die Knechte kommen. Es gibt zwar nichts zu mahlen, aber es sollte morgen einiges am Wasserrad repariert werden, deshalb werden sie pünktlich da sein. Wenn ihr auch da seid, behalten wir die Lage unter Kontrolle, und wir können dann die Lebensmittel gerecht aufteilen und am Mühlentor verkaufen. Überhaupt, du musst doch ein Vermögen bezahlt haben. Woher hast du denn überhaupt so viel Geld? Du warst doch schon bei der Finanzierung der Kapelle so großzügig."

„Da triffst du leider einen wunden Punkt." Tillmann seufzte. „Denn wenn ich ehrlich bin, muss ich gestehen, dass ich bisher noch gar nichts bezahlt, sondern alles auf Pump bekommen habe. Seit der Kapellengeschichte habe ich tatsächlich kein Geld mehr."

„Warum hast du denn dann so viel beigesteuert?", wunderte sich Robert.

„Wir mussten Wilhelms Verpflichtungserklärung erfüllen", antwortete Tillmann.

„Aber ich glaube nicht, dass Wilhelm sich zu so viel Geld verpflichtet hat." Auf Roberts Stirn war eine steile Falte entstanden. „Ludwig hat mir die gesamte Summe gegeben, aber da muss ich noch mal nachsehen, was in Wilhelms Verpflichtungserklärung steht." Sein Blick schweifte über die Wagen. „Jedenfalls heißt das, dass wir die Lebensmittel noch bezahlen müssen. Da werden wir die Vorräte morgen zu einem ordentlichen Preis verkaufen, denn genug Geld haben die Allermeisten."

Als sich Robert kurz danach auf den Weg zurück zum Wirtshaus machte, blicke Tillmann ihm nachdenklich nach. Vielleicht, dachte er, stimmt da wirklich etwas nicht.

Am nächsten Morgen verbreitete sich die Nachricht von den neu eingetroffenen Lebensmitteln wie ein Lauffeuer im Dorf, und im Nu bildete sich eine große Menschentraube vor dem Mühlentor. Die beiden Wagenladungen bestanden überwiegend aus Kartoffeln, es waren aber auch ein paar Säcke Getreide dabei. Robert hatte mit Tillmann überlegt, dass es besser sei, nicht alle Vorräte auf einmal zu verteilen, sondern zunächst nur etwa die Hälfte. Dann hatten sie überschlagen, wie viel pro Person ausgegeben werden konnte.

Robert öffnete die obere Hälfte des Mühlentors und erklärte den Wartenden mit lauter Stimme, dass alle genug für einige Tage bekommen würden, wie vorgegangen werden sollte und welcher Preis zu zahlen sei. Er erläuterte außerdem einiges dazu, wie man Kartoffeln essen könne, und dass Magdalene später im Wirtshaus allen zeigen würde, wie man sie zubereitete.

Da sich im Ort alle kannten, wussten die Mühlenknechte, wie viele Personen in einem Haushalt lebten. Sie wogen die entsprechenden Mengen ab und füllten sie in Säcke, die ausreichend vorhanden waren.

Robert sammelte das Geld ein und kontrollierte, dass an jeden Haushalt nur einmal Lebensmittel ausgegeben wurden. So lief die ganze Aktion reibungslos ab, und man spürte förmlich, wie sich die große Anspannung, die über dem Dorf gelegen hatte, auflöste.

Gegen neun Uhr wurde das Mühlentor wieder geschlossen, alle hatten ihre Ration bekommen, und da die Perspektive bestand, dass es in einigen Tagen nochmals eine Zuteilung geben würde, zogen alle friedlich davon.

Selbst Hartmanns Minna, die sonst immer gerne kritisierte, hielt sich zurück und sagte zu ihrer Schwester Klara: „Da hat der Heimberger wirklich mal was zustande gebracht, das hätte ich gar nicht für möglich gehalten. Die Verteilung war wirklich gut organisiert. Aber vor allem scheint es Tillmanns Verdienst gewesen zu sein."

23. Magdalene, Frühjahr 1785

Ein paar Tage später kam Magdalene von ihrem Kochkurs im Wirtshaus zurück. Ihr heutiger Unterricht war wieder ein voller Erfolg gewesen. Sie hatte den Eiserner Frauen in den letzten Tagen erklärt, wie man die Kartoffeln behandeln und lagern müsse, damit sie nicht vorzeitig keimten oder vertrockneten. Mittags hatten sie gemeinsam jeweils ein leckeres Kartoffelgericht zubereitet. Auch wie man aus Kartoffeln Brot backen konnte, hattes sie gezeigt. Robert hatte inzwischen Zuversicht gewonnen, dass die Hungersnot überwunden werden könnte und hatte aus seinen *geheimen Reserven* ein paar Zwiebeln und etwas Speck hervorgezaubert, die den Bratkartoffeln heute Mittag die perfekte Würze verliehen hatten. Unter lautem Applaus ihrer Schülerinnen hatte Magdalene das Wirtshaus verlassen und betrat nun Tillmanns Haus durch die Vordertür, als Kätchen, von Emma gestützt, zu Hintertür hereinkam.

„Was ist denn passiert?“, fragte sie.

„Es geht ihr nicht gut, sie muss sich mal hinlegen.“ Emma führte Kätchen, die sehr blass war, in Richtung Schlafzimmer.

Magdalene half ihr und erfuhr dabei, was geschehen war: Nachdem in den letzten Tagen alle wieder etwas Kräftiges zu essen bekommen hatten, war entschieden worden, nicht mehr nur den Hüttenbetrieb aufrecht zu erhalten, sondern auch mit der Haubergsarbeit zu beginnen. Hedwig war in der Obhut ihrer Oma Lisbeth gut aufgehoben, und so war Kätchen am Morgen mit Emma und Emil losgezogen. Aber bald schon war ihr übel geworden, und sie hatte sich übergeben müssen. Sie hatte weiter gearbeitet, aber es wurde nicht besser. Da hatte Emma ein Machtwort gesprochen und war mit ihr nach Hause gegangen.

„Eigentlich ist es kein Wunder“, beendete Emma ihren Bericht, „in ihrem Zustand ist das lange Hungern sicher nicht gut gewesen, und außerdem stillt sie Hedwig noch. Ein Wunder, dass sie noch Milch hat, wo sie selbst nur noch aus Haut und Knochen besteht. Dann auf einmal wieder kräftiges Essen und schwere Arbeit, da kann man verstehen, dass der Körper völlig durcheinanderkommt.“

„Ist sie denn wieder schwanger?“, fragte Magdalene.

„Ja“, bestätigte Emma, aber da es noch relativ früh ist, wollte sie es noch niemandem sagen, zumal sie fürchtet, dass sie das Kind wegen der Hungersnot verliert. So ausgehungert, wie sie ist, sieht man ihr auch noch gar nichts an.“

Magdalene betrachtete ihre Schwägerin. Kätchen war eingeschlafen, ihr Gesicht hatte wieder etwas Farbe bekommen. „Ich denke, der Schlaf wird ihr guttun, und wenn wir sie in nächster Zeit etwas päppeln, erholt sie sich sicher bald“, meinte sie und bat dann: „Emma, bleib bitte in ihrer Nähe. Lisbeth kann die Kleine versorgen. Ich werde meinen Bruder aufsuchen und ihn bitten, die Arbeit für die nächsten Tage anders zu organisieren. Weißt du, wo ich ihn finde?“

„Er wird sicher noch auf der Hütte sein“, meinte Emma, „und später wollte er zum *Alten Krämer*.“

Auf dem Möllerplatz half Tillmann mit, Hartmanns Erz zur Ladestation zu schaffen. Regulär arbeiteten hier sechs Männer pro Schicht, zwei beluden die Karren, zwei schoben sie zur Gicht, und wieder zwei transportierten das Material von den Schuppen zum Ladeplatz. Im Stunden-Rhythmus wechselten sich die Zweiergruppen ab, damit die Belastung nicht zu einseitig wurde. Jede dieser Arbeiten hatte ihre eigene Herausforderung.

Beim Beladen der Karren kam es vor allem darauf an, die richtigen Mischungsverhältnisse für den Ofen vorzubereiten. Beim Begichten ging es darum, sauber und sorgfältig zu arbeiten, damit kein Material danebenfiel und den Fahrweg blockierte. Denn dort zu schaufeln oder zu fegen, wo die Gichtgase in der Luft waren, war gefährlich. Das Heranschaffen des Rohstoffs aus den Schuppen war körperlich am anstrengendsten, da man das Material über eine größere Distanz transportieren musste.

Eigentlich waren Hannes und Jupp für die heutige Schicht eingeteilt. Tillmann ließ sich nur selten einer Schicht zuteilen, dafür stellte er die Knechte zur Verfügung. Aber er half immer wieder mit. So erhielten die Männer einen gewissen Spielraum, auch schon mal Nebenarbeiten zu erledigen. Tillmann selbst nutze diese Arbeitszeit zum Nachdenken und zum Studieren der Abläufe. Da er kein Mitglied der Schichtmannschaft war, hatte er den Freiraum, jederzeit zu unterbrechen oder sich wichtigeren Dingen zuwenden zu können, so wie jetzt, als er Magdalene auf den Möllerplatz kommen sah. Er hatte gleich das Gefühl, dass etwas Besonderes vorgefallen sei, und legte die Erzgabel zur Seite.

„Was ist passiert?“, fragte er, während er auf Magdalene zuging. „Und wie hast du mich gefunden?“

„Dich zu finden war nicht schwer, inzwischen kennt dich hier jeder“, meinte die Schwester. „Aber der Grund, aus dem ich gekommen bin, ist nicht so schön.“

Und dann erzählte sie Tillmann, was geschehen war. Der wollte sofort loslaufen, aber Magdalene hielt ihn auf und sagte: „Es besteht kein Grund zur Panik. Kätchen schläft und nach allem, was ich weiß, wird sie sich bei etwas Schonung bald wieder erholen. Wichtig ist jetzt vor allem, dass sie sich wirklich schont. Hungern muss sie ja jetzt nicht mehr. Die Freude, dass du wieder Vater wirst, kannst du noch früh genug mit ihr teilen. Aber du solltest die Arbeit ab morgen anders aufteilen.“

„Was meinst du damit?“

„In den nächsten Tagen sollte Kätchen, wenn nicht im Bett, so doch zu Hause bleiben. Auf keinen Fall kann sie im Hauberg arbeiten. Und ich meine, Emma sollte ebenfalls im Haus bleiben und sich um Kätchen kümmern. Dann brauchst du zwei andere Leute im Hauberg. Ich werde Mathias schreiben, dass ich noch etwas länger hierbleiben muss. Dann fehlt nur noch eine Kraft. Kannst du einen der anderen Männer entbehren, der für ein bis zwei Wochen im Hauberg mithilft? Wenn ich mit Emil allein bin, kommen wir nicht ordentlich vorwärts."

Wieder einmal dachte Tillmann, wie besonnen, sachlich und tatkräftig Magdalene war. Sie kam mit einem Problem, und den größten Teil der Lösung brachte sie gleich mit.

„Ich wollte sowieso noch zum *Alten Krämer*", sagte er, „dort arbeitet Oskar, mit dem ich sprechen muss, um eine andere Arbeitseinteilung zu finden. Wenn du zu Hause nicht dringend gebraucht wirst, komm mit mir, dann lernst du gleich den Betrieb in der Grube kennen."

So verließen die beiden Geschwister die Hütte in Richtung des Bergwerks, und Tillmann erkundigte sich, wie Magdalenes *Grundkurs im Umgang mit der Kartoffel* abgelaufen sei.

„Ich glaube, das war ein voller Erfolg", berichtete die Schwester. „Vermutlich werden die Frauen darauf bestehen, dass man in der kommenden Saison auch in Eisern Kartoffeln anbaut. Ich glaube, dir sind alle sehr dankbar, dass du die Initiative ergriffen hast. Hast du denn genügend eingenommen, um in Obernau die Nachbarn zu bezahlen?"

„Mehr als das. Robert hat mir die kompletten Einnahmen gegeben und für sich und seine Knechte nichts verlangt. Die Preise hatte er zuvor großzügig festgelegt, sodass ich sicher bin, dass wir dabei gut wegkommen. Aber er hat sich über meinen hohen Beitrag zur Finanzierung der Kapelle gewundert. Vielleicht hat Ludwig Göbel uns doch übers Ohr gehauen? Ich muss einfach noch besser aufpassen. Am *Alten Krämer* arbeiten übrigens zwei von Ludwigs Söhnen. Einer von ihnen, Hermann, hat mich früher immer von oben herab behandelt, und er hat denselben unsteten Blick wie Ludwig. Der ganzen Familie ist nicht zu trauen!"

Wenig später hatten sie die Grube erreicht, und sie sahen Oskar oben an der Haspel arbeiten.

Tillmann trat auf ihn zu und sagte: „Könnt ihr gleich mal unterbrechen, ich möchte gerne was mit euch bereden."

„Es können nur noch wenige Eimer sein, bis das Material vom letzten Schuss gefördert ist“, sagte Oskar, „dann machen wir sowieso eine kleine Pause.“

Tillmann nutzte die Zeit, um Magdalene die Arbeit in der Grube grob zu schildern, bis Oskar auf die beiden zu kam und sagte: „Die anderen kommen gleich hoch, was gibt‘s denn Dringendes zu besprechen?“

Tillmann erklärte die Situation und fragte: „Meinst du, du könntest in den nächsten Tagen im Hauberg mithelfen?“

„Ich denke, da gibt es eine Lösung“, sagte Oskar, „warte mal, bis die beiden anderen oben sind, dann brauchen wir das nicht doppelt zu besprechen.“

Karl Göbel kam als Erster die Leiter hochgeklettert. Magdalene erkannte den jungen Mann sofort wieder, der ihr damals im Hauberg aufgefallen war.

Karl trat auf die Gruppe zu, gab Magdalene die Hand und sagte schlicht: „Guten Tag, Magdalene, herzlich willkommen am *Alten Krämer*. Hallo, Tillmann.“

Jetzt kam auch Hermann auf die Gruppe zu. „Ah, der Herr Gewerke mit prominenter Unterstützung! Jeder kennt ja inzwischen die Obernauer *Kartoffelfrau*! Was verschafft uns die Ehre?“

Karl warf seinem Bruder einen pikierten Blick zu, sagte aber nichts.

Auch Oskar ignorierte Hermanns Einwurf und kam gleich zur Sache. „Ihr habt davon gesprochen, dass ihr bald im Hauberg anfangen wollt. Jetzt fragt Tillmann, ob ich morgen schon dort helfen kann. „Was meint ihr dazu?“

Die beiden Göbels überlegten eine Weile, und dann ergriff Hermann das Wort. „Am besten wäre, wenn wir die Grube für zwei Wochen dichtmachen“, schlug er vor. „Dann könnten wir alle erst mal den Hauberg räumen. Karl und du, Oskar, ihr könntet morgen schon in den Wald gehen. Ich komme mit einer Hilfskraft noch mal hierher, hole das Erz ab und mache die Grube für eine Abbauunterbrechung fertig.“

„Das hört sich doch gut an.“ Tillmann blickte zu Karl und Oskar. „Irgendwelche Einwände?“

Die beiden schüttelten die Köpfe, die Sache war beschlossen.

Als Tillmann und Magdalene wenig später zu Hause eintrafen, kam ihnen Lisbeth mit der kleinen Hedwig auf dem Arm entgegen.

„Ich mache mir solche Sorgen um Kätchen", jammerte sie, „hoffentlich ist es nichts Schlimmes."

„Gibt es denn was Neues?", fragte Magdalene.

„Nein, ich glaube, sie schläft noch."

„Ich sehe mal nach ihr", sagte Tillmann, ging leise die Treppe hoch und betrat das Schlafzimmer.

Kätchen war von den Geräuschen wach geworden und schlug gerade, als ihr Mann eintrat, die Augen auf.

„Tillmann", sagte sie, „musst du denn nicht arbeiten?" Dann schaute sie sich um und schien ihre Situation erst zu begreifen. „Was mache ich denn hier im Bett?", fragte sie und schlug die Decke zurück. „Es ist doch heller Tag!"

„Jetzt bleib mal schön liegen!", mahnte Tillmann und setzte sich auf die Bettkante. „Du musst dich schonen. Nach der langen Hungerzeit müsst ihr beide erst mal wieder zu Kräften kommen!"

„Wie, du weißt Bescheid?", fragte Kätchen.

Tillmann nickte begeistert, nahm seine Frau in den Arm und gab ihr einen Kuss. „Jetzt ruh dich aus und mach keine Dummheiten!", befahl er.

„Aber ich fühle mich schon viel besser. Hedwig muss gestillt und die Arbeit im Hauberg gemacht werden."

„Hedwig kannst du stillen, aber um die Arbeit im Hauberg brauchst du dir keine Sorgen zu machen. Die haben wir anders organisiert."

Nun doch sichtlich erleichtert ließ Kätchen sich in die Kissen zurücksinken.

Bei Göbels saßen alle beim Abendessen. Gertrud hatte sich gewünscht, dass die Familie eine gemeinsame Mahlzeit am Tag einnehmen sollte, sozusagen als Zeichen der Verbundenheit. Aber von Zusammenhalt war kaum etwas zu spüren, dachte Sofie, die mit am Tisch sein *durfte*. Vor Kopf saßen sich Gertrud und Ludwig gegenüber. An der Langseite des Tisches rechts von Ludwig waren Hermanns, Manfreds und Thomas' Plätze. Links befanden sich Karl, Sofie und Anton. Die ganze Situation wirkte sehr verkrampft, und die Einzigen, die sich halbwegs normal unterhielten, waren Ludwig und Hermann. Karl schwieg fast immer oder gab nur kurz Antwort, wenn er direkt gefragt wurde. Es war, als ob er nicht dazugehörte. Der Junge konnte einem leidtun, er passte nicht in die Familie.

Gertrud versuchte, mit Thomas eine Art Unterhaltung zu pflegen, aber der Junge war viel zu gehemmt. Er musste sich zudem ständig gegen die Neckereien von Manfred zur Wehr setzen, die die Erwachsenen unkommentiert geschehen ließen.

Anton und sie wussten ohnehin, dass sie nicht dazugehörten, dachte Sofie. Aber wenigstens ließen sie sie in Ruhe, denn die Göbels hatten viel zu sehr mit sich selbst zu tun.

Manchmal trafen sich Ludwigs und Gertruds Blicke, und dann wirkte es, als ob sich zwei Bullen mit den Hörnern ineinander verhakt hätten und keiner nachgeben wollte. Dabei hatte alles so harmonisch begonnen. An den ersten Tagen nach der Hochzeit hatten die Eheleute so verliebt gewirkt, dass Sofie schon geglaubt hatte, ihre Einschätzung wäre falsch gewesen.

Aber es hatte nicht lange gedauert, bis die ersten Zwistigkeiten aufgetreten waren. Worum es dabei ging, wusste Sofie nicht, es war ihr auch egal, aber die Spannungen waren deutlich zu spüren. Immerhin blieb sie seit der Hochzeit nachts verschont. Nur Thomas tat ihr leid, denn er hatte unter Manfreds Anfeindungen zu leiden. Schon seit langem versuchte sie, Ludwigs Jüngstem ein bisschen Achtung vor seinen Mitmenschen beizubringen. Hoffentlich gelang es noch. Und ihr kleiner Anton, ihr Augenstern, war glücklich, dass er nicht mehr allein war. Hoffentlich entstand zu Thomas eine richtige Freundschaft.

„Sofie, du kannst jetzt abräumen“, sagte Gertrud in diesem Moment und gab damit das Zeichen, dass die Tortur vorbei war. Thomas und Anton verschwanden sofort aus der Küche. Auch Karl zog sich zurück. Hermann gab seinem Vater ein Zeichen, scheinbar wollte er noch etwas unter vier Augen besprechen.

Sie könnten so gute Kameraden sein, dachte Sofie, als sie mit Gertrud zusammen die Küche aufräumte. Das würde ihnen beiden guttun. Aber sobald jemand dabei war, war sie nur die Magd.

„Was gibt‘s denn zu bereden, dass du mir vor den anderen nicht sagen kannst?“, fragte Ludwig seinen Sohn, dem er nach draußen gefolgt war.

„Zunächst können wir sehr froh sein, dass unser Freund Tillmann die Hungersnot beendet hat“, sagte Hermann.

„Lass deinen Sarkasmus, es ist schlimm genug, dass er durch diese Aktion so sehr im Ansehen gestiegen ist. Wir wären schon nicht verhungert. Ich habe noch Vorräte, aber von denen muss niemand wissen, sonst wollen andere was abhaben.“

„Ja, auf Tillmann hast du es immer noch abgesehen, und ich habe da so eine Idee, wie du ihm eine Schlappe verpassen könntest.“

„Na, rede schon. Raus mit der Sprache!“, befahl Ludwig.

„Sag mir erst, wie dringend wir das Erz aus dem *Alten Krämer* brauchen“, forderte Herrmann ihn auf.

„Was für eine seltsame Frage!“, sagte Ludwig. „So dringend wie alles Erz, aber vom *Alten Krämer* gehört uns nur ein Sechstel. Hauptsächlich verkaufen wir dort eure Arbeitskraft.“

„Und was wäre, wenn der *Alte Krämer* absaufen würde?“, fragte Hermann.

Ludwig sah verdutzt drein, doch dann hob er plötzlich den Kopf. „Du willst den *Alten Krämer* absaufen lassen?“, fragte er. „Geht das denn? Das wäre eine Ohrfeige sondergleichen für Kätchen und Tillmann. Wir würden zwar auch einen kleinen Verlust erleiden, aber der wäre nicht der Rede wert, denn die Arbeitskraft können wir leicht woanders verkaufen. Für Bernhard wäre der Verlust auch erträglich, aber Tillmann wäre richtig hart betroffen. Jetzt rede schon, was schlägst du vor?“

„Ich hatte die Idee schon länger, wusste aber nie, wie man sie in die Tat umsetzen kann. Heute hat uns vielleicht der Zufall eine passende Gelegenheit in die Hand gegeben.“

Hermann erzählte nun von der Abmachung, die an der Grube getroffen worden war. „Ich werde morgen also allein dort sein, bloß mit einer unserer Hilfskräfte. Nun habe ich dir doch schon von der Wasserstelle im Schrägstollen erzählt. Täglich tragen wir da ein paar Eimer Wasser raus. Nach zwei Wochen hätten wir sicher drei Stunden Arbeit, nur um das Wasser auszuschöpfen. Wenn ich morgen eine Hilfe dabeihätte, der wir vertrauen, dann könnte ich vielleicht mit ein paar gezielten Schlägen den Wasserfluss vervielfachen. Möglicherweise wird er so stark, dass die Mutung unbrauchbar wird. Auffallen würde das erst zwei

Wochen später. Dann ist das Wasser so hoch, dass niemand mehr sehen kann, dass nachgeholfen wurde."

Ludwig schwieg einen Moment und sagte dann: „Genial! Du bist zu gebrauchen. Ich werde morgen selbst mitkommen."

Tillmann und Kätchen saßen am Sonntag nach Ostern in der Küche und genossen die sonntägliche Ruhe bei einer Tasse Kaffee als plötzlich Oskar zur Tür hereingestürmt kam.

„Der *alte Krämer* ist abgesoffen", rief er völlig außer sich.

„Das kann doch nicht sein", entgegnete Tillmann. „Beruhige dich erst mal und erzähl der Reihe nach."

„Du hast recht", erwiderte Oskar, „die Aufregung bringt nichts. Also der Reihe nach: Ich kam von der Kirche zurück, und bei dem schönen Wetter machte ich noch einen kleinen Umweg über die Eisernhardt. Zufällig kam ich am *alten Krämer* vorbei und erschrak gewaltig, als ich sah, dass er voll Wasser stand. Erst dachte ich, beim letzten Regen könnte sich eine größere Menge angesammelt haben, aber gleich neben der Haspel hatte sich ein kleines Rinnsal gebildet, was bedeutet, dass immer noch Wasser nachläuft.

Schnell ging ich zur Hütte, nahm einen Eimer mit einem Seil heraus und versuchte, das Wasser auszuschöpfen. Aber ich hatte keine Chance. Das Wasser lief schneller nach, als ich schöpfen konnte."

Tillmann war aufgestanden und lief jetzt selbst aufgeregt im Kreis. „Ich hole Emil, und dann versuchen wir es zu dritt. Vielleicht gibt es doch noch eine Möglichkeit."

Aber auch zu dritt hatten sie keinen merklichen Fortschritt beim Ausschöpfen erzielen können.

Am Abend dieses denkwürdigen Sonntags saßen Tillmann, Kätchen, Lisbeth und Magdalene mit sorgenschweren Minen in der Küche.

„Wir müssen uns damit abfinden", sagte Tillmann, „dass der *Alte Krämer* kein Erz mehr liefern wird."

„Wie konnte das denn so plötzlich passieren?", fragte Kätchen.

„Ich weiß es auch nicht", meinte Tillmann. „Hermann Göbel hat die Grube für die Unterbrechung hergerichtet, und er behauptet, es sei alles in

Ordnung gewesen, als er sie verlassen hat. Aber es ist schon seltsam, wenn uns ein Unglück trifft, dann war ein Göbel in der Nähe."

„Aber die Grube war doch immer trocken", sagte Lisbeth.

„Es gab einen geringen Wasserzufluss", erklärte Tillmann. „Ich erinnere mich noch gut, wie Wilhelm mir den ganz am Anfang gezeigt hat. Aber der war leicht beherrschbar. Ob jemand nachgeholfen hat? Fast kann es nicht anders sein. Aber wie wollen wir das beweisen, jetzt wo alles überflutet ist? Und natürlich könnte sich das Wasser auch einfach so eine Bahn gebrochen haben. Es wird wohl im Dunkeln bleiben."

„Was könnt ihr denn jetzt tun?", fragte Magdalene.

Ja, was konnte man machen? Tillmann dachte laut: „Für die laufende Hüttenperiode haben wir genug Erz, für die Herbstperiode aber fast nichts. Von der Silberquelle wird noch etwas kommen, aber das wird bei Weitem nicht reichen. Wir müssten Erz kaufen, aber dazu haben wir keine Mittel. Wir könnten auch versuchen, aus den anderen Mutungen Erz zu fördern, aber bis die ergiebig werden, brauchen wir Zeit und Geld. Beides haben wir nicht. Wir werden einen Hüttentag verkaufen müssen. Wir könnten auch Mutungen veräußern, aber die bringen weniger und lassen sich schlechter handeln, wenn sie nicht sehr ergiebig sind."

Magdalene wandte ein: „Du sagtest doch, dass vom Verkauf der Lebensmittel Geld übrigbliebe."

„Das stimmt, und ich war froh, dass damit die größten Geldsorgen erst mal vorüber wären, aber das reicht nicht aus, um Erz für eine Hüttenperiode zu kaufen. Ich muss Zeit gewinnen und Wilhelms Aufzeichnungen zu den verschiedenen Mutungen genau studieren – vielleicht fällt mir dann etwas ein."

Es war zum Verzweifeln, dachte Tillmann. Wo konnte er das Geld herbekommen? In Obernau würden sie ihm so viel nicht leihen können. Es würde wohl darauf hinauslaufen, dass sie ein oder zwei Hüttentage verkaufen mussten.

Lisbeth wischte sich die Tränen aus den Augen, es war, als ob sie eine plötzliche Entscheidung getroffen hätte. Sie verließ den Raum, kam kurz darauf mit einem Papier zurück in die Küche und reichte es Tillmann.

„Wilhelm hat das Erbe meiner Eltern nie in unsere Wirtschaft eingebracht, sondern es bei Gericht in Siegen hinterlegt", erklärte sie. „Es sollte einmal direkt an unsere Enkel gehen oder als Rücklage für eine absolute Notlage dienen. Diese Notlage ist jetzt eingetreten. Hier ist der Deposit-Schein[33]."

Tillmann blickte auf den Schein, er war über 300 Taler ausgestellt. Das war die Rettung. Das würde ausreichen, um Erz und Kohle für eine Hüttensaison einzukaufen. Es verschaffte ihm die Zeit, die er brauchte. Entgeistert sah er Lisbeth an. Kätchen fiel ihrer Mutter um den Hals, auch sie hatte von diesem Geld nichts gewusst.

„Bist du denn sicher, dass du uns das Geld geben willst, Lisbeth?", fragte Tillmann. „Du siehst doch, wie ich das ganze Geld deines Mannes verwirtschaftet habe."

„Ja, ich bin sicher", antwortete Lisbeth, „und verwirtschaftet ist doch wohl das falsche Wort."

„Heute haben wir viel geschafft", sagte Emil zu Oskar und Magdalene, als die Sonne den Horizont berührte. „Die Stämme sind alle geschlagen. Wir gehen jetzt nach Hause, und morgen können wir uns mit Tillmann wieder ums Erz kümmern."

„Ich bleibe noch, bis es dunkel wird", antwortete Magdalene, die noch in Eisern bleiben wollte, bis der Hauberg fertig geräumt war. „Da ihr euch beide um die Stämme gekümmert habt, bin ich mit dem Astwerk nicht nachgekommen und versuche, noch etwas aufzuholen. Geht ruhig heim. Es sind eine Reihe andere Leute hierum, mit denen gehe ich gleich zurück."

So arbeitete sie noch fast eine Stunde weiter, bis die Dunkelheit das unmöglich machte, und trat dann den Heimweg an. Am Weg traf sie auf Karl Göbel, der auch das letzte Tageslicht genutzt hatte. Sie waren sich schon mehrfach begegnet, aber gesprochen hatten sie noch nie miteinander.

„Guten Abend, Magdalene", grüßte Karl.

Was mache ich denn jetzt?, fragte sich Magdalene. Sie wollte nicht ausgerechnet mit einem Göbel nach Hause gehen, obwohl Karl ihr immer einen ganz netten Eindruck machte. „Hallo", grüßte sie zurück.

Magdalene ließ sich leicht zurückfallen, in der Hoffnung, dass Abstand zwischen sie käme, hatte aber den Eindruck, dass auch Karl

---

[33] Banken gab es zur damaligen Zeit noch keine. Geldgeschäfte wurden zwischen Privatleuten abgewickelt. Bargeld konnte man bei Gericht hinterlegen und bekam dafür den Deposit-Schein.

langsamer wurde. Sie ging etwas schneller, und er wurde ebenfalls flotter. Wie peinlich, dachte Magdalene.

„Du möchtest sicher nicht mit einem Göbel zurück ins Dorf gehen." Karl sprach das Problem direkt an. „Das kann ich verstehen."

„Was sagst du denn da?", erwiderte Magdalene. „Wie kommst du denn darauf?"

„Na ja, ich an deiner Stelle würde so denken. Wir sind schon eine komische Familie."

„Ich denke, ihr seid sehr erfolgreich, dein Vater ist doch Hüttenschulze, und wie ich höre, habt ihr es zu einigem Wohlstand gebracht."

„Ich bin nicht stolz auf meine Familie", sagte Karl, „aber ich gehöre nun mal dazu."

„Warum erzählst du mir das?", fragte Magdalene.

„Ich weiß es auch nicht, aber ich wünsche mir, dass du mich nicht verachtest."

„Warum sollte ich dich verachten? Ich kenne dich doch gar nicht."

„Wenn ich zur Familie Bender gehörte, dann würde ich die Göbels verachten."

„Es ist nicht unsere Art, andere zu verachten", antwortete Magdalene.

„Ich würde gern zu einer Familie gehören, in der so gedacht wird, aber ich habe nun mal Pech gehabt, und manchmal frage ich mich, ob ich mich selbst achten kann."

„Aber ihr Göbels seid doch hochgeachtet", sagte Magdalene erstaunt. „Durch die Verbindung mit Daubs seid ihr im Ansehen des Dorfes weiter aufgestiegen. Dein Vater hat jetzt genügend Hüttentage und kann Massenbläser werden."

Karl sah ihr in die Augen: „Die Achtung, die ich meine, kann man nicht in Hüttentagen messen, und ich habe nicht den Eindruck, dass in deiner Familie so gedacht wird. Die Hüttentage hat mein Vater durch die Heirat bekommen, und die Frau, die ihm diese Tage gebracht hat, behandelt er schlecht. In meiner Achtung ist er dadurch nicht gestiegen."

Magdalene schwieg. Was hätte sie auch sagen sollen?

Nach einer Weile fuhr Karl fort: „Manchmal frage ich mich, ob es so etwas wie Liebe gibt. In meiner Familie habe ich sie jedenfalls nicht kennengelernt. Als Mutter starb, war ich noch sehr klein, aber ich frage mich, ob Vater sie jemals geliebt hat. Sofie hat uns Kinder immer gut behandelt, aber geliebt? Von Vater habe ich keine Liebe erfahren, und er hat Sofie immer schlecht behandelt. Und jetzt kommen Gertrud und Thomas dazu, und ihnen geht es auch nicht besser. Hermann versteht sich ganz gut mit Vater, die beiden halten mich für einen Schwächling. Wahrscheinlich haben sie recht, ich bin zu sensibel. Manfred passt wieder zu Vater, er verhält sich Thomas und Anton gegenüber wie ein kleines Biest. Das kann auch Sofie nicht verhindern, obwohl sie immer versucht, aus Manfred einen guten Jungen zu machen."

„Ich fürchte, ich kann dir nicht helfen", entgegnete Magdalene. „Aber ich glaube nicht, dass du zu sensibel bist."

Die beiden waren jetzt am Rande des Dorfes angekommen, und ihre Wege trennten sich.

„Wer könnte mir schon helfen?" Karl seufzte. „Gute Nacht, und danke, dass du mir zugehört hast."

„Gute Nacht", sagte auch Magdalene und dachte bei sich: Was für ein armer, einsamer Mensch.

24. Auf Erzsuche, Sommer 1785

Vor dem Unglück im *Alten Krämer* hatte sich Tillmann intensiv mit der Eisenherstellung befasst, dabei hatte die Erzbeschaffung eher im Hintergrund gestanden. Die Versorgung war gesichert gewesen. Doch der Wassereinbruch zwang ihn nun, sich näher mit der Erzgewinnung und dem Bergbau zu befassen. Das Wichtigste war, ausreichend Erz für die nächste Hüttenperiode zu beschaffen.

In den ersten Tagen hatte er beinahe verzweifelt überlegt, wer von den Eiserner Gewerken ihm etwas verkaufen würde, und konnte sich die Frage immer schon selbst beantworten: Sie brauchten das Erz selbst. Tillmann war in ein sorgenvolles Grübeln versunken, das ihn nicht weiterbrachte. Hinzu kam die Sorge um Kätchen. Sie hatte sich zwar von dem Schwächeanfall im Frühjahr wieder erholt, aber diese Schwangerschaft kostete sie viel mehr Kraft als die erste.

Dennoch war es seine Frau, die ihn schließlich ermahnte: „Ist dir eigentlich schon aufgefallen, dass Oskar, seit er im Hauberg fertig ist, keine richtige Arbeit mehr hat? Er beschäftigt sich zwar hier und da und war bereits mit Emil in der *Silberquelle*, aber das scheint ihn nicht zu befriedigen. Ich habe den Eindruck, er will dich nicht stören, deshalb spricht er dich nicht direkt an."

Kätchens Mahnung riss Tillmann aus seinem Grübeln heraus und lenkte seine Gedanken in eine andere Richtung. Mit einem Mal wurde ihm klar: Sein sorgenvolles Grübeln brachte gar nichts, er musste sich helfen lassen. Es gab Menschen, die ihm helfen konnten. Oskar war einer davon.

„Kätchen, ich liebe dich so!" Tillmann nahm seine Frau in den Arm und gab ihr einen dicken Kuss.

Sie musste lachen, mit dieser Reaktion hatte sie nicht gerechnet, erwiderte ihn aber von Herzen und sah ihren Mann fragend an.

„Ich glaube, mein Schatz, du hast bei mir gerade eine Denkblockade aufgelöst. Ich muss dringend mit Oskar sprechen. Vielleicht kann Emma ihn zu mir schicken."

Wenig später saß Oskar bei ihm in der Stube, und Tillmann sagte: „Ich muss dir nicht erklären, wie ernst die Situation ist. Zum einen müssen wir Erz kaufen, um für die nächste Hüttenperiode versorgt zu sein, und zum anderen brauchen wir wieder eine verlässliche eigene Erzversorgung. Du hast dein Leben lang im Bergwerk gearbeitet und kannst die Verhältnisse gut beurteilen. Ich möchte mit dir gemeinsam Wilhelms Notizen zu den einzelnen Mutungen durchgehen und deine Vorschläge hören."

Sie hatten sich die Aufzeichnungen angesehen und waren zu dem Schluss gekommen, dass Oskar anschließend den aktuellen Zustand aller Schürfstellen prüfen sollte. Auch mit den anderen Gewerken, die an ihnen beteiligt waren, sollte er Gespräche führen. Danach wollten sie sich wieder zusammensetzen und einen konkreten Plan entwickeln.

Tillmann wollte sich mit seinem Schwager Michael beraten, um einen besseren Überblick über die Einkaufsmöglichkeiten zu bekommen. Oskar erweckte den Eindruck, dass er die ihm angetragenen Aufgaben gerne erledigen würde und sich keineswegs überfordert fühlte. Er schien das entgegengebrachte Vertrauen zu schätzen, denn er sagte: „Ich denke, das ist eine gute Vorgehensweise." Voller Enthusiasmus machte er sich an die Arbeit.

Die Gespräche mit Michael brachten Tillmann weiter. Sie halfen ihm, die Struktur des Marktes besser zu verstehen.

Michael erklärte ihm: „Du weißt ja, dass ihr in Eisern besonders viele Hüttentage absolvieren dürft, damit das viele Erz der Eisernhardt direkt vor Ort verarbeitet werden kann. Deshalb geht aber auch kaum welches von dort zu anderen Hütten. Es ist also kein Wunder, dass du in Eisern schlecht Erz kaufen kannst. Ähnlich verhält es sich im Müsener Revier. Das Müsener Erz kann man auch mit dem von der Eisernhardt nicht mischen. Ich weiß zwar nicht warum, aber das gibt Probleme beim Verhütten. Aber auch im Siegtal und im Hellertal liegen viele Gruben, deren Erz sich mit dem aus Eisern verträgt. In diesem Gebiet gibt es einige kleine Hütten, aber die Beziehungen zwischen Berg- und Hüttengewerken sind nur locker. In diesem Gebiet wirst du am besten einkaufen können."

Tillmann hatte auch ausführlich von den Wasserproblemen im *Alten Krämer* erzählt, und sogar zu diesem Thema hatte sein Schwager einen Rat für ihn bereit. „Ich habe gehört, dass es im Müsener Revier viele Probleme mit Wasser gegeben hat. Dort hat der weithin bekannte Oberbergmeister Johann Heinrich Jung[34] eine Reihe von technischen Einrichtungen aufgebaut, um die Gruben zu entwässern. Vielleicht kannst du ihn mal besuchen und dir Rat holen."

Die folgenden Wochen waren für Tillmann sehr spannend und arbeitsreich. Neben der normalen Arbeit wanderte er viel umher und besuchte Gruben und auch Hütten. Fast überall wurde er freundlich aufgenommen, und man erteilte ihm bereitwillig Auskunft über die Möglichkeiten und Gepflogenheiten.

Anfang Juni hatte er einen groben Überblick über Preise und Liefermöglichkeiten von Erz gewonnen. Oskar hatte die Mutungen geprüft und eine engere Auswahl derjenigen getroffen, die vielversprechend wirkten.

Tillmann traf einige Richtungsentscheidungen. Dann machten sie einen Plan für das weitere Vorgehen. Tillmann hatte einen Überblick darüber gewonnen, bei welchen Gruben eine gewisse Menge Erz für den freien Verkauf lagerte.

---

[34] Oberbergmeister Johann Heinrich Jung *1711 †1786 ist eine historische Person. Er war der Onkel des noch bekannteren Augenarztes Johann Heinrich Jung-Stilling. Der Name wird hier für eine erfundene Figur genutzt.

„Da fahren wir gleich mit dem Pferdewagen hin“, schlug Oskar vor. „Den können wir zwar nicht so schwer beladen, aber jetzt im Sommer reicht er, um einiges Erz heranzuschaffen.“

Ende Juni hatten sie genügend Material für drei Hüttentage im Schuppen und Aufträge für weitere Lieferungen platziert, die Oskar später abholen würde. Insgesamt musste Tillmann für den Erzeinkauf weniger aufwenden als befürchtet.

Insbesondere die Gewerken der Gruben *Hamberg* und *Hohe Kohlenbach* hatten sich interessiert gezeigt, dauerhafte Lieferbeziehungen einzugehen. Die *Hohe Kohlenbach* war besonders attraktiv, da sie sehr dicht bei Eisern lag. Sie konnte aber nur kleinere Mengen liefern, da das meiste Erz in die Eiserfelder Hütte ging. Die Grube *Hamberg* lag bei Gosenbach. Das war schon eine weite Transportstrecke. Dafür waren aber größere Mengen Erz verfügbar. Angesichts der Preissituation wurden mit beiden Gruben Lieferverträge auch für das nächste Jahr abgeschlossen, unabhängig von dem Ziel, wieder ein eigenes Bergwerk zu erschließen.

„Damit gewinnen wir Zeit“, sagte Tillmann zu Oskar, „ein oder zwei eigene Mutungen so weit auszubauen, dass sie eine gute Ergiebigkeit erreichen.“

Anfang August stellte er zufrieden fest, dass das drängendste Problem, genügend Erz für die nächste Hüttenreise zur Verfügung zu haben, gelöst war. Jetzt musste er *nur noch* die längerfristige Aufgabe meistern, eine eigene zuverlässige Erzversorgung aufzubauen. Oskars Vorarbeit erwies sich dabei als sehr wertvoll.

Basierend auf Wilhelms Aufzeichnungen hatte er die Lage sondiert und berichtete: „Besonders interessant erscheinen mir drei Mutungen in der Liste. Alle drei liegen relativ dicht beieinander im Helsbachtal in Eiserfeld. Die Distanz zur Hütte ist zwar nicht klein, aber es könnte schlimmer sein. Es sind die Mutungen *Eisenzeche*, *Kirschenbaum* und *Kalter Born*. Im Helsbachtal scheinen erhebliche Erzvorräte zu schlummern, die bisher nur wenig erschlossen sind.

Fangen wir mit der *Eisenzeche* an. Davon besitzt du zehn Prozent, das ist nicht viel. In Wilhelms Aufzeichnungen wird sie als *möglicherweise ergiebig* eingestuft. Bestimmt war er länger nicht mehr dort, sonst hätte er gemerkt, dass die anderen Gewerken, alles Eiserfelder, den Abbau betrieben haben, ohne ihn darüber zu informieren, und seit, ich denke mal fünf Jahren, erhebliche Erzmengen fördern."

„Das gibt's doch nicht, so eine Unverschämtheit. Die hätten uns unbedingt Bescheid sagen müssen!", schimpfte Tillmann.

„Du hast recht", erwiderte Oskar, „aber reg dich mal nicht zu früh auf, sondern hör dir erst noch den Rest der Geschichte an: Die zwei übrigen Mutungen sind sich sehr ähnlich. Beide besitzt du zur Hälfte, und sie werden zurzeit nicht bearbeitet. Die anderen Hälften gehören jeweils dem Gewerken Steinseifer aus Eiserfeld. Er besitzt außerdem 30 Prozent von der *Eisenzeche* und hat unabhängig von uns darüber nachgedacht, beide Mutungen aktiv zu bearbeiten, da er, wie ich auch, davon ausgeht, dass die beiden Schürfstellen mit der *Eisenzeche* in Verbindung stehen und deshalb ähnlich ergiebig werden könnten."

„Müsste man viel investieren, um die Grube ordentlich zu erschließen?", fragte Tillmann.

„Durchaus einiges", bestätigte Oskar, „aber vor allem Arbeitskraft. Die Materialkosten für Haspeln, Leitern und Lagerschuppen sollten nicht besonders viel ausmachen."

„Du schlägst also vor, den *Kirschenbaum* und den *Kalten Born* gemeinsam mit Steinseifer aktiv zu erschließen."

„Genau", meinte Oskar, „aber vor allen Dingen solltest du mit Steinseifer sprechen. Was die beiden neuen Mutungen angeht, habt ihr gemeinsame Interessen, und bei der jetzt schon erfolgreichen Grube *Eisenzeche* ist er mit dreißig Prozent der größte Anteilseigner. Wenn du dich mit ihm arrangierst, kannst du vielleicht auch für die Vergangenheit noch einen Anteil am Ergebnis der Eisenzeche bekommen."

„Das war gute Arbeit, Oskar", lobte Tillmann seinen Knecht. „Ich bin froh, dass ich dir vertraut habe. Wir sollten sofort ein Treffen mit Steinseifer arrangieren, am besten gleich vor Ort. Hoffentlich nimmt er sich während der Ernte die Zeit."

„Ich denke schon, denn er braucht dich auch. Am besten gehe ich morgen zu ihm nach Eiserfeld und vereinbare ein Treffen."

Und so waren die beiden jetzt auf dem Weg ins Helsbachtal. Sie waren früh aufgebrochen, denn Oskar wollte Tillmann am Vormittag alles zeigen, damit er sich ein eigenes Bild machen könnte. Nachmittags waren sie mit Steinseifer verabredet.

Tillmann fand alles so vor, wie Oskar es ihm schon beschrieben hatte. Insbesondere die Ergiebigkeit der *Eisenzeche* beeindruckte ihn. Wenn es tatsächlich möglich wäre, die beiden anderen Mutungen ähnlich nutzbar zu machen, dann wäre ihre Erzversorgung auf Jahre sichergestellt.

Am Nachmittag beobachteten sie den Gewerken Steinseifer, der von Eiserfeld her auf sie zukam. Er mochte etwa 40 Jahre alt sein, also deutlich älter als Tillmann, und machte ganz den Eindruck eines gestandenen, kräftig zupackenden Mannes.

Steinseifer begrüßte Oskar freundlich und stellte sich dann Tillmann vor: „Ich bin Dietrich Steinseifer."

„Tillmann Bender. Vielen Dank, dass du dir während der Ernte die Zeit für uns nimmst."

„Na ja, für den Obernauer, der das Eisenmachen so schnell gelernt und der Eisern vom Hunger erlöst hat, muss ich mir ja wohl Zeit nehmen." Dietrich verzog das Gesicht zu einem Lächeln.

„Es wird viel erzählt und noch mehr übertrieben", antwortete Tillmann, der die prüfende Miene seines Gegenübers bemerkte.

„Einen guten Mann hast du da." Steinseifer zeigte auf Oskar.

„Das weiß ich wohl, deshalb hat er auch die Gespräche mit dir geführt und nicht ich."

Es entstand eine kleine Pause, in der sich die Gewerken mit Blicken maßen.

Dann sagte Dietrich Steinseifer: „Wenn du in Wilhelms Fußstapfen treten willst, musst du große Füße haben."

„Ich weiß und hoffe, dass sie noch ein wenig wachsen."

Wieder entstand eine Pause, und Tillmann wartete geduldig, bis der Ältere weitersprach.

„Oskar meinte, du würdest dich an der Erschließung der Mutungen beteiligen."

„Gerne, wie sind denn deine Vorstellungen?", fragte Tillmann.

„Wichtige Vorhaben mache ich immer selbst", sagte Dietrich. „Bisher habe ich überwiegend in der *Eisenzeche* gearbeitet, aber dort läuft inzwischen alles so routiniert, dass ich auch einen Knecht hinschicken kann. Nun wollte ich mich mal um die beiden anderen Mutungen kümmern. Mit einem Mann wie Oskar könnten wir es schaffen, beide Gruben abbaufähig auszugestalten. Das bisschen Geld für das Material müsste natürlich da sein. Dann können wir nach dem Winter entscheiden, auf welche der beiden Gruben wir den Schwerpunkt legen, oder ob wir sogar beide bearbeiten. Wenn du mir Oskar gibst, sind wir im Geschäft."

„Einverstanden", sagte Tillmann. „Wann geht es los?"

„Ich gebe euch zwei Wochen, um die Ernte einzubringen, die brauche ich selbst auch noch. Aber am ersten September kann es losgehen. Und du überlässt es Oskar, Entscheidungen zu fällen, oder?"

„Selbstverständlich, wenn ich ihm bis hierher vertraut habe, warum sollte sich das ändern?"

„Ich glaube, du gefällst mir, Tillmann aus Obernau."

„Du mir auch, Dietrich aus Eiserfeld."

Sie besiegelten ihren Vertrag mit einem Handschlag.

„Ich nehme an", meinte Tillmann dann, „du wolltest mir noch etwas zur *Eisenzeche* erzählen."

Dietrich lächelte verschmitzt und sagte: „Das hättest du schon früh genug erfahren. Du besitzt ja nur zehn Prozent, hast dich nicht gekümmert und auch keine Arbeitskraft gestellt."

„Das stimmt, aber das kann nicht alles sein. Schlag mir vor, was du Wilhelm vorgeschlagen hättest."

„Kluge Worte." In Dietrichs Stimme klang ein anerkennender Ton mit. „Also gut, wir werden nun richtige Partner sein. Für die Vergangenheit erhältst du nichts. Aber die nächsten zwei Jahre sollst du deine zehn Prozent vom Erz bekommen, ohne dafür Arbeitskraft zu stellen."

„Drei Jahre", sagte Tillmann.

Dietrich reichte ihm die Hand: „Abgemacht, vorausgesetzt die anderen Gewerken stimmen zu. Aber das werden sie."

Auf dem Heimweg hätte Tillmann frohlocken können, das waren glänzende Aussichten. Wenn auch nur eine der Mutungen ergiebig sein würde, dann wäre die Erzversorgung sichergestellt, und die zehn Prozent des Erzes aus der Eisenzeche allein waren schon wie ein Geschenk. Zum ersten Mal seit langer Zeit würde er entspannt nach Hause kommen und sich um die Familie kümmern können.

„Oskar“, sagte er, „sobald ich es mir leisten kann, sollst du eine Sonderprämie bekommen. Es ist eindeutig, dass das heutige Geschäft ohne deine Kompetenz nicht zustande gekommen wäre.“

„Da bedanke ich mich recht herzlich, aber ich glaube, erst einmal musst du dich um deine Familie kümmern. Ich habe den Eindruck, du hast in letzter Zeit vor lauter Erz zu Hause kaum etwas mitbekommen.“

„Das mag sein, aber jetzt wird es besser, und ich freue mich schon darauf, alles zu erzählen.“

Vergnügt betrat Tillmann das Haus und rief: „Kätchen!“

Aber statt Kätchen kam Magdalene aus der Küche.

Tillmann, der nichts begriff, sagte lächelnd: „Was machst du denn hier?“

„Sei ein bisschen leise, lieber Bruder“, antwortete Magdalene. „Kätchen liegt oben in den Wehen, und es geht ihr nicht besonders.“

Erschrocken sagte Tillmann: „Aber … Das ist doch noch zu früh!“

„Das ist es ja, was uns Sorgen bereitet. Lisbeth hat mir vorgestern einen Boten geschickt, weil Kätchen über Blutungen klagte. Du scheinst so in anderen Welten entschwunden zu sein, dass sie dich nicht stören wollten, und von selbst hast du wohl auch nichts mitbekommen.“

Tillmann war am Boden zerstört. „Kann ich zu ihr?“, fragte er.

„Im Moment besser nicht“, antwortete Magdalene. „Die Hebamme und Emma sind bei ihr.“

„Gut, dass du da bist“, sagte er zu seiner Schwester, setzte sich auf einen Küchenstuhl und versank in ein stummes Gebet.

Magdalene saß am Mühlenweiher und betrachtete das Wasserrad. Die Sonne war untergegangen, langsam wurde es dunkler. Sie wusste von Emma, welche Bedeutung das Rad für Kätchen und Tillmann einst gehabt hatte.

Und jetzt sitze ich hier und suche Entspannung, dachte sie. Es waren schon ein paar schlimme Tage gewesen. Kätchen und ihr kleiner Sohn hatten um ihr Leben gekämpft, und der Kampf war noch nicht zu Ende.

Er ist erst zu Ende, wenn er verloren ist, dachte sie. Alle müssen wir sterben. Aber dann versuchte sie, die trüben Gedanken zu vertreiben. Man konnte immer wieder Teilsiege erringen. Und fast hatte man den Eindruck, dass Kätchen und ihr kleiner Jakob einen Teilsieg erkämpfen konnten. Der Junge war nun eine Woche alt und lebte noch. Auch Kätchen schien sich zu erholen. Seit heute stillte sie ihr Kind selbst, die Amme würde bald nicht mehr benötigt werden.

Das Ganze hatte sie sehr mitgenommen, gestand Magdalene sich ein, auch wenn sie die Dankbarkeit ihres Bruders und ihrer Schwägerin spürte und immer wieder Kraft daraus schöpfte. Hinter sich hörte sie Schritte. In der Dämmerung erkannte sie Karl Göbel, der sich langsam näherte.

„Störe ich dich in deinen Gedanken?“, fragte er, als er sie erreicht hatte.

„Ja“, antwortete Magdalene.

„Darf ich mich trotzdem eine Weile zu dir setzten?“

„Ja“, war wieder die geflüsterte Antwort.

Zehn Minuten saßen sie schweigend nebeneinander.

„Ich habe gehört“, sagte Karl, „dass es Kätchen und dem Kleinen besser geht.“

„Glücklicherweise stimmt das.“

„Was würden Tillmann und seine Familie nur ohne dich machen? Immer wenn es eng wird, bist du da!“

„Es würde sonst auch irgendwie gehen. Ich kenne viele, die mir sagen: *Was hängst du dich denn da überhaupt so rein? Das kann keiner von dir verlangen.*“

„Ja, solche Menschen gibt es viele“, bestätigte Karl. „Sie fühlen sich selbst für nichts zuständig und erwarten alles von anderen. Dabei strahlen sie so viel Kälte aus. Gott sei Dank gibt es aber auch solche wie dich, die viel Wärme ausstrahlen und an keiner Not vorübergehen. Leider bekommen sie meistens ihren Einsatz nicht gedankt.“

„Aber Tillmann und Kätchen sind sehr dankbar für meine Hilfe, und das gibt mir Kraft“, sagte Magdalene energisch.

„Darüber kannst du froh sein. Unsere Sofie ist auch so ein Mensch. Immer zeigt sie eine helfende Hand. Wie viel düsterer wäre unser Haus ohne sie. Und niemand dankt es ihr. Im Gegenteil, sie wird ständig mit Füßen getreten. Ich frage mich oft, woher sie die Kraft nimmt, weiterzumachen. Die Launen meines Vaters hat sie schon immer ertragen müssen. Nun muss sie sich auch von Gertrud so einiges gefallen lassen, und die wird, seit sie schwanger ist …“

„Gertrud ist schwanger?“

„Ja, wusstest du das noch nicht? Seitdem werden die Spannungen bei uns zu Hause noch größer. Und ich sitze dabei, bekomme so vieles mit und unternehme doch nichts. Ich mache mir Vorwürfe, aber habe auch keine Idee, was ich tun könnte, um die Situation zu verbessern. Und dann denke ich, man müsste diese ganzen verlogenen Strukturen zerschlagen und was ganz Neues aufbauen. Oder alles hinter sich lassen und in die Neue Welt nach Amerika ziehen. Man hört immer mehr davon. Dort ist alles besser. Es sind sogar schon Leute aus Eisern dorthin ausgewandert."

Magdalene blickte Karl ungläubig an. „Ich weiß nicht. Sehr viel hört man nicht, und was man hört, das klingt alles so vage. Du hast aber auch Gedanken, wer bringt dich denn auf so was?"

„Auf so was kommt man von selbst, wenn man die Zustände hier beobachtet. Und sonntags, wenn die anderen in die Kirche gehen, laufe ich manchmal nach Siegen. Dort habe ich Freunde, Menschen, die nicht mit Scheuklappen rumlaufen. Viele Dinge müssten offener angesprochen werden. Wir leben in der Zeit der Aufklärung! Man muss doch gegen die vielen Ungerechtigkeiten etwas unternehmen. Man kann nicht untätig zusehen und sich alles gefallen lassen. Man muss doch Widerstand leisten!"

„Nein, man darf sich nicht alles gefallen lassen", bestätigte Magdalene und sah zum Wasserrad hinüber. „Aber hast du schon mal darüber nachgedacht, warum das Wasserrad sich jetzt dreht? Es ist doch niemand mehr in der Mühle." Karl sah Magdalene fragend an, die daraufhin fortfuhr: „Wenn es stehen würde und dem Wasser Widerstand leistete, dann ginge es kaputt. Es muss sich immer drehen, dann verteilen sich die Belastungen gleichmäßig und alles läuft rund."

25. In Siegen, Oktober 1785

Die Eiserner Massenbläser waren auf dem Weg nach Siegen, und es war das erste Mal, dass Tillmann dabei war. Im letzten Winter hatte er seinen Beitritt zur Zunft beantragt, und heute würde er offiziell als Meister aufgenommen und somit selbst Massenbläser sein. Es war ein großer Tag für ihn. Er hatte es geschafft, und sich einen Platz unter den *Eisenmachern* erkämpft. Dennoch hatte er aus Sorge um den kleinen Jakob lange gezögert, ob er wirklich nach Siegen gehen konnte. Aber in den letzten Tagen hatte es den Anschein gehabt, als ob der Kleine über den Berg wäre. Er trank jetzt gut und legte an Gewicht zu. Auch Kätchen erholte sich zusehends, und sie hatte darauf bestanden, dass Tillmann die Aufnahme in die Zunft nicht versäumte.

Sehr vieles würde neu für ihn sein, und daher war er froh, nicht allein gehen zu müssen. Conrad ging an seiner Seite und hatte ihn in eine Unterhaltung verwickelt. Tillmann hatte den Eindruck, dass sich Conrad dabei absichtlich etwas zurückfallen ließ, und erfuhr nun auch den Grund dafür, denn Conrad sagte:

„Tillmann, ich mache mir große Sorgen um Gertrud und noch mehr um Thomas, den ich über alles liebe. Vielleicht hast du mitbekommen, dass ich mir die Ehe zwischen Gertrud und Ludwig nicht unbedingt gewünscht habe. Ich konnte sie aber nicht verhindern, und letztlich wollte ich es auch nicht, denn Gertrud war geradezu versessen darauf. Ich weiß nicht, wie du zu Ludwig stehst. Sein Ansehen im Dorf ist in den letzten Jahren beständig gewachsen. Aber ich habe ihm nie vertraut, und ich glaube, Wilhelm tat das auch nicht. Paul, Gertruds erster Mann, war ein ganz anderer Mensch. Ein Jammer, dass er so früh sterben musste. Auch wenn Gertrud es mir gegenüber nicht zugeben will, so scheint es mir fast offensichtlich, dass Ludwig sie schlecht behandelt und es ihm immer nur um Gertruds Erbe gegangen ist. Um Thomas wird mir richtig Angst, wenn ich denke, unter welchen Einfluss er in Göbels Haus geraten ist. Ich kenne dich, Tillmann, erst seit ein paar Jahren, und auch deinen Vater habe ich nur flüchtig kennengelernt. Dennoch habe ich zu dir wesentlich mehr Vertrauen als zu meinem Schwiegersohn. Ich habe deine Entwicklung hier mit Interesse beobachtet, und du kannst wirklich stolz sein auf das, was du erreicht hast."

„Nun übertreibst du aber", entgegnete Tillmann.

„Deine Bescheidenheit ehrt dich, aber spar sie dir für ein anderes Mal auf und hör mir altem Mann einfach noch eine Weile zu. Man könnte sagen, meine Sorge wächst von Tag zu Tag, und ich überlege schon seit der Hochzeit, was ich tun kann. Obwohl ich weiß, dass es klug ist, seine irdischen Angelegenheiten früh zu regeln, habe ich bisher immer damit gezögert. Ich habe immer damit gerechnet, dass Gertrud noch einmal heiratet, und wollte abwarten, welche Veränderungen sich daraus ergeben. Nun ist sie verheiratet, und sogar guter Hoffnung, und die Situation ist unklarer denn je. Wir alle wissen, was im Lauf einer Schwangerschaft alles passieren kann. Ich habe zwar ein Testament geschrieben, es aber nicht beim Gericht hinterlegt, weil ich es vielleicht noch einmal ändern will. Nun habe ich mich entschlossen, zumindest eine Teilregelung zugunsten von Thomas gerichtlich zu verfügen.

Meine Frau stammte aus Schneppenkauten bei Weidenau. Kaum einer in Eisern weiß, dass ich von ihrem Erbe dort noch zwei Hammertage besitze. Der Sohn meines Schwagers bewirtschaftet sie mit meiner Vollmacht, und ich bekomme einen bescheidenen, aber fairen Zins dafür. Ich möchte diese beiden Hammertage Thomas schenken, und da er minderjährig ist, muss darüber ein Sachwalter eingesetzt werden. Ich würde dich gerne als Sachwalter für Thomas benennen und frage: Bist du bereit, dieses Amt von mir anzunehmen?"

„Ja, natürlich", sagte Tillmann erstaunt und fügte gleich hinzu, „aber ich weiß nicht, ob ich dazu fähig bin."

„Lass gut sein, Tillmann", fiel Conrad ihm ins Wort, „dein aufrichtiges *Ja* genügt mir. Du versprichst mir damit, dass du dich nach Kräften für den Jungen einsetzen wirst, was immer auch geschieht. Die Einkünfte aus den Hammertagen sollten ausreichen, Thomas einen unabhängigen Lebensunterhalt zu sichern."

„Bist du dir denn sicher, dass du das so regeln willst?", fragte Tillmann.

„Ja, ja, es ist alles vorbereitet. Ich komme nicht mehr so häufig nach Siegen und will beim heutigen Besuch alles erledigen. Die Umschreibung ist beim Berggericht beantragt, und Bergrat Roth wird als Zeuge fungieren. Es fehlte nur noch deine Zustimmung. Ich hatte gehofft, dass du einwilligst, sonst hätte ich jemanden aus Schneppenkauten fragen müssen, aber die sind so weit von Eisern entfernt. Wie hast du denn deinen Aufenthalt in Siegen geplant?"

„Ich werde die Nacht bei meinem Schwager in Haardt verbringen, und für heute Abend hat Michael mich und Bergrat Roth zum Abendessen in den *Goldenen Löwen* eingeladen. Da findet ja auch die Zunftversammlung statt."

„Das passt gut“, sagte Conrad. „Die Urkunde zur Schenkung der Hammertage soll auch im Goldenen Löwen unterschrieben und gesiegelt werden. Ich verbringe die Nacht bei meinen Verwandten in Schneppenkauten. Dein Schwager Michael kennt sie bestimmt und kann dich morgen früh hinbringen. Dann lernst du die Verhältnisse dort kennen, und wir können gemeinsam zurück nach Eisern laufen.“

„Dein Schwager hat in Eisern richtig Karriere gemacht“, sagte Bergrat Roth zu Michael und lachte. „Wenn ich bedenke, dass es erst vier Jahre her ist, seit er bei mir seinen ersten Wein genossen hat … Und jetzt sitzen wir hier zusammen und trinken auf das Wohl des frisch gebackenen Massenbläsers.“

Am Nachmittag hatte Tillmann oben im Saal von Zunftmeister Achenbach, einem Hammerschmied aus Boschgotthardshütten, seine Bestellungsurkunde ausgehändigt bekommen. Inzwischen war die Versammlung beendet. Es hatte ein gutes Abendessen gegeben, und nun saßen die drei im Gastraum gemütlich beim Bier und ließen den Tag Revue passieren.

„Ich hatte nicht den Eindruck, dass Achenbach mich gerne aufgenommen hat.“ Tillmann wirkte nachdenklich. „Was sonst sollte es, dass er bei der Übergabe der Urkunde gesagt hat: *Hoffentlich macht Er der Zunft Ehre?* Zweifelt er an meinen Fähigkeiten?“

„Ich glaube, das hat nichts mit dir zu tun, sondern eher mit Eisern“, meinte Michael. „Es ist heute bei der Versammlung nur am Rande angeklungen, aber das Eisen aus Eisern bereitet uns Hammerschmieden zunehmend Sorgen, das darf ich doch so sagen, Heinrich, oder?“

„Ja, das darfst du. Ein Schreiben an die Eiserner Hüttengewerken ist bereits in Vorbereitung. Wir wollten das Thema heute in der Versammlung bewusst nicht ansprechen. Hammerschmiede, Massenbläser und Kleinschmiede gehören alle zur Zunft und bilden doch eigenständige Berufsgruppen. Streit zwischen zwei dieser Gruppen in der großen Versammlung führt meistens zu nichts Gutem. Hinzu kommt, dass die Hammerschmiede im Allgemeinen wohlhabender und einflussreicher sind als die anderen und deshalb zumeist den Zunftmeister stellen.“

„Das klingt aber nicht gut“, sagte Tillmann. „Was ist denn los?“

„Erinnerst du dich", antwortete Michael, „als ich dir damals den Hammer erklärt habe, war bei deinem Eisen ein schlechtes Stück dabei. Wir haben es achtlos zur Seite geworfen."

„Ja, natürlich erinnere ich mich. Wir wussten beide nicht, wie es dahin kommen konnte."

„Genau, wir haben dem Vorfall keine Bedeutung beigemessen. Aber dann habe ich gehört, wie sich andere Kollegen darüber unterhielten, dass sie einzelne Stücke schlechtes Eisen gefunden haben, ebenfalls nur in kleinen Mengen. Nachdem der Verdacht aufgekommen war, wurde vereinbart, die Lieferungen genauer zu kontrollieren. Dabei ist uns aufgefallen, dass es immer Lieferungen aus Eisern waren, in denen sich schlechte Stücke befanden."

Michael wurde von Heinrich unterbrochen: „Du darfst natürlich in Eisern nicht darüber sprechen, was du hier gerade erfährst", sagte er zu Tillmann gewandt und nickte Michael zu.

Der fuhr fort: „Wie gesagt, die einzelnen Mengen waren kaum der Rede wert, aber zusammengenommen dann doch nicht mehr zu vernachlässigen. Der Verdacht verstärkte sich, dass das keine Zufälle sind, sondern System dahintersteckt. Achenbach hat bei seinem Hammer zwar keine schlechten Stücke gefunden, aber die Kollegen forderten ihn auf, die Sache in die Hand zu nehmen. Das ärgert Achenbach natürlich, denn es macht ihm zusätzliche Arbeit in seiner Funktion als Zunftmeister."

„Und nicht nur das", ergänzte Heinrich, „daraus könnte sich ein handfester Streit in der Zunft entwickeln. Es wäre nicht das erste Mal, dass Hammerschmiede und Massenbläser gegeneinander kämpfen. Wenn es zu so einer Auseinandersetzung kommt, dann lässt sich das kaum vor der Landesherrschaft verbergen. Wir Bergräte und die Zunftmeister fürchten uns immer vor den Eingriffen der Landesherren, da weiß man nie, was passiert."

„Das verstehe ich", sagte Tillmann. „Und ihr meint wirklich, das Problem habe seinen Ursprung in Eisern?"

„Es hat ganz den Anschein", sagte Heinrich. „Jedenfalls werden die Eiserner Hüttengewerken bald ein Schreiben der Zunft in dieser Sache bekommen. Vielleicht kannst du deinen Einfluss dann geltend machen und das Ganze in die richtige Richtung leiten." Dann hob er sein Glas und prostete den anderen zu. „Aber jetzt wollen wir uns die Laune nicht verderben lassen."

Sie tranken aus und bestellten eine neue Runde.

Heinrich nahm das Gespräch wieder auf. „Conrad scheint dir sehr zu vertrauen, Tillmann, dass er dir die Sachwaltung über seine Hammertage übergibt."

„Ja, was hatte das denn zu bedeuten?", fragte Michael. „Ich habe nur am Rande gesehen, dass ihr da noch eine Urkunde unterschrieben habt."

Tillmann erklärte den beiden die Hintergründe.

„Hmm, das gibt einem einiges zu denken", sagte Heinrich. „Dieser Göbel scheint es faustdick hinter den Ohren zu haben."

„Dabei ist er aalglatt", bekräftigte Tillmann. „Immer wenn uns ein Unglück ereilt hat, war er nicht weit. Aber wenn man versucht, einen Zusammenhang herzustellen, greift man ins Leere. Trotzdem fühlt es sich komisch an, wenn ihr meine Erfolge lobt. Denn wirtschaftlich ist das alles ein Desaster. Wir kommen kaum über die Runden, und meine Familie muss mancherlei Entbehrung auf sich nehmen. Dabei habe ich schon alle Reserven, die Wilhelm angespart hatte, verbraucht. Manchmal meine ich ja selbst, dass ich meine Sache nicht ganz schlecht mache. Ich kann nur hoffen, dass sich das irgendwann einmal auch wirtschaftlich niederschlägt."

„Hat dir der Oberbergmeister bezüglich deiner abgesoffenen Grube weiterhelfen können?", erkundigte sich Michael.

„Ah, hast du mit Oberbergmeister Jung gesprochen?", hakte Heinrich nach.

„Ja, Michael war so nett, mich ihm vorzustellen", erzählte Tillmann, „und er hat sich mein Problem wohlwollend angehört. Er meinte, eine Wasserkunst, so wie er sie in Müsen gebaut habe, ginge in meinem Falle nicht, da es an der Wasserkraft für den Antrieb fehle. Er empfahl mir aber, über einen Erbstollen nachzudenken."

„Ja, ein Erbstollen", sagte Heinrich, „bisher gibt es so etwas kaum, aber in Zukunft könnte dieser Lösungsansatz durchaus an Bedeutung gewinnen."

„Das meinte Jung auch und hat mir angeboten, dass ich mir die Einrichtungen in Müsen gern ansehen könne. Leider fühlt er sich selbst nicht gesund genug, um sie mir persönlich zu zeigen. Er hat mich aber mit einem Ansprechpartner in Müsen bekannt gemacht, an den ich mich jederzeit wenden kann."

„Ich denke, das könnte ein wertvoller Kontakt werden“, sagte Michael.

„Das denke ich auch.“ Tillmann nickte eifrig. „Aber noch einmal zurück zu Conrad. Kennst du seine Verwandtschaft in Schneppenkauten, wo ich ihn morgen früh abholen soll?“

„Ich denke schon“, sagte Michael. „Sie sprechen häufiger von den beiden Hammertagen, die unter Verwaltung stehen. Schneppenkauten ist nicht groß, das Haus finden wir auf jeden Fall.“

Und so war es dann auch. Sie fanden das Haus mit Leichtigkeit und wurden von Conrad und seiner Verwandtschaft herzlich aufgenommen.

26. Gewerkenversammlung, Dezember 1785

Bei der Versammlung der Hüttengewerken geht es hoch her, dachte Robert. Gut, dass ich da keine Verantwortung trage. Letzte Woche bei der Haubergsversammlung war es gesitteter zugegangen. Aber heute war er nur der Wirt, und wenn sie sich stritten, dann tranken sie mehr.

Im Saal waren knapp 40 Gewerken anwesend, die überwiegend aus Eisern kamen. Einige wohnten auch in den umliegenden Orten. Von den 96 Anteilen waren 68 direkt und 24 durch Vollmacht vertreten. Gerade hatte der Hüttenschulze einen Brief der Zunft verlesen, in dem die Eisenlieferungen aus Eisern kritisiert wurden. Darüber empörten sich nun die meisten Gewerken und diskutierten wild durcheinander.

„Das ist einfach nur unverschämt, unser gutes Eisen so zu diffamieren“, schwirrte es durch den Raum.

„Das haben die sich doch ausgedacht“, rief ein anderer.

Und ein Dritter behauptete: „Die legen die schlechten Stücke selbst dazu, und dann hängen sie es uns an.“

Eigentlich hätte die Versammlungsleitung für Ordnung sorgen sollen, aber damit war es bei den Hüttengewerken so eine Sache. Eine klare Regelung, wer diesen Part übernahm, gab es nicht. Es hatte sich eingebürgert, dass der älteste Gewerke, das war Conrad, die Leitung hatte. Aber der hielt sich gerne zurück, besonders wenn es laut wurde. Der mit zwölf

Hüttentagen größte Gewerke, Adam Böcking, wäre ebenfalls infrage gekommen, aber auch er blieb lieber im Hintergrund.

Der Hüttenschulze wurde jedes Jahr neu gewählt und schied daher als Versammlungsleiter aus, obwohl er Autorität besaß und der Brief der Zunft zu seinen Händen geschickt worden war. Aber in dieser Sache hielt auch er sich zurück und ließ dem Protest freien Lauf.

„R – u – h – e!“, rief Conrad, der jetzt doch das Gefühl hatte, es müsse etwas unternommen werden, in den Raum, und tatsächlich wurde es etwas leiser. Da er aber selbst nichts sagte, brandete der Lärm schon bald wieder auf. Noch einmal rief Conrad zur Ruhe auf, und da es erneut den Anschein hatte, dass er sich zur Sache nicht äußern würde, ergriff schließlich Tillmann das Wort.

„Conrad hat recht“, sagte er, „wir müssen die Angelegenheit mit Bedacht besprechen“.

„Was gibt‘s denn da zu besprechen?“, empörte sich Bernhard Hartmann. „Diese Anschuldigung ist eine Unverschämtheit und damit Punktum.“

„Auf jeden Fall müssen wir den Brief der Zunft ernst nehmen“, wandte Adam Böcking ein. „Ihr wisst, dass uns sonst schwerwiegende Sanktionen drohen.“

Immerhin wurde jetzt nicht mehr durcheinander gesprochen.

„Ich habe in Haardt selbst erlebt, dass in einem Wagen ein schlechtes Stück Eisen lag“, sagte Tillmann, ohne darauf hinzuweisen, dass dieses Stück in seiner eigenen Lieferung gefunden wurde.

Dennoch kam ein Zwischenruf. „Vielleicht hast du’s ja selbst dabei gemischt!“, schallte es durch den Saal.

Gelächter war die Antwort darauf.

Unbeeindruckt fuhr Tillmann fort: „Meines Erachtens sollten wir überlegen, wie wir eine wirksame Kontrolle einrichten können. Dann sollten wir der Zunft antworten, uns entschuldigen und erläutern, wie wir die Eisenqualität sichern wollen.“

„Gar nichts sollten wir machen“, erwiderte Bernhard. „Eine Antwort ist dieser Brief überhaupt nicht wert.“

„Wir müssen auf jeden Fall antworten“, warf Adam Böcking ein. „Alles andere wäre ein Affront gegenüber der Zunft.“

Ludwig ergriff das Wort. „Ich schlage vor, der Zunft schlicht mitzuteilen, dass wir die Angelegenheit prüfen werden. Somit haben wir nichts anerkannt und auch nichts abgelehnt."

„Ich glaube nicht, dass das weit genug geht", warf Tillmann ein.

„Der Schulze hat einen guten Vorschlag gemacht." Bernhard schaute um Zustimmung heischend in die Runde. „Jetzt gib endlich Ruhe. Ich fordere, dass über Ludwigs Vorschlag abgestimmt wird."

„Ja, Abstimmung!", erklang es ringsum.

Deshalb fragte Bernhard in die Runde: „Wer ist für Ludwigs Vorschlag?"

Die weitaus meisten Hände gingen nach oben.

Tillmann sah in die Runde, eigentlich hätte nach Anteilen abgestimmt werden müssen und nicht nach Köpfen. Aber die Stimmung war so aufgeheizt, dass man kaum noch etwas erreichen konnte, und wenn er richtig überschlug, hätte der Vorschlag auch nach Anteilen die Mehrheit gehabt.

„Also gut, dann werde ich ein Schreiben an die Zunft aufsetzen", sagte Ludwig betont entspannt.

Nachdem dieser kritische Punkt abgehakt war, wurde es insgesamt ruhiger im Saal. Robert und Lore wurden aufgefordert, frisches Bier zu bringen.

Conrad fühlte sich jetzt wieder in der Lage, der Versammlung eine Richtung zu geben, und sagte: „Als Nächstes steht die Wahl des Hüttenschulzen an. Ich gehe davon aus, dass wir auch dieses Jahr einen Schulzen für beide Öfen haben wollen. Gibt es Vorschläge?"

„Ich schlage Ludwig zur Wiederwahl vor", äußerte Bernhard schnell, und da keine weiteren Wortmeldungen kamen, wurde Ludwig ohne Gegenstimme, aber mit einigen Enthaltungen, wiedergewählt.

„Als Nächstes hat Tillmann das Wort, der uns einen Verbesserungsvorschlag unterbreiten will", leitete Conrad zum nächsten Tagesordnungspunkt über.

Tillmann hatte schon länger an dieser Verbesserung gearbeitet und den Vorschlag ursprünglich bereits im vergangenen Sommer machen wollen. Als dann die Erzversorgung ausgefallen war, hatte es andere Prioritäten gegeben. Aber jetzt wollte er einen Vorstoß wagen und hatte mit den wichtigsten Gewerken bereits im Vorfeld darüber gesprochen.

Er hing einige Skizzen an die Wand und begann mit der Erläuterung. „Wie ihr alle wisst, ist das Arbeiten an der Gicht wegen der austretenden Gase sehr gefährlich. Ich habe hier eine Lösung ausgearbeitet, bei der die Gefahr deutlich reduziert wird und aller Wahrscheinlichkeit nach sogar der Kohleverbrauch gesenkt werden kann. Dazu müsste der Ofen im oberen Bereich etwas umgestaltet werden. Die Gichtöffnung wird etwas kleiner ausgeführt, dafür mauern wir neben der Hauptöffnung eine Art Kamin, etwa eineinhalb Meter hoch. Durch diesen werden die Ofengase aufgrund der Kaminwirkung bevorzugt austreten und befinden sich dann oberhalb des Arbeitsbereichs. Die Gichtöffnung wird dann mit einem Deckel verschlossen. Dadurch müsste der Bereich, in dem gearbeitet wird, weitestgehend von gefährlichen Gasen frei werden."

„Aber dann können wir doch gar kein Material mehr in den Ofen bringen", warf einer der Männer ein.

„Doch", antwortete Tillmann und deutete auf eine Skizze. „Wenn ihr euch diesen Mechanismus anseht, wird deutlich, wie es funktioniert. Er ist so ausgeführt, dass man mit den normalen Karren, die wir zur Möllerung nutzen, einfach gegen diesen Hebel fährt. Dann geht der Deckel durch den Druck des Wagens auf, und das Material fällt in den Ofen.

Dabei tritt zwar für kurze Zeit Gas aus, aber nicht viel, und durch diese Führungen hier ist auch sichergestellt, dass der Möller vollständig beschickt wird. Es kann nichts mehr danebenfallen."

Es war ganz ruhig geworden im Saal. Einige versuchten, den Mechanismus in seiner Funktion genauer zu verstehen und sahen sich die Skizzen aus der Nähe an. Andere faszinierte die Aussicht, dass die Gicht weitgehend gasfrei sein könnte, auch wenn sie die Arbeitsweise des neuen Mechanismus‘ nicht vollständig begriffen hatten. Es entstand Gemurmel im Saal, die Sache wurde grüppchenweise diskutiert.

Tillmann gab diesen Diskussionen Raum und sagte dann: „Ich schlage vor, dass wir im kommenden Sommer den Ofen 2 in der dargestellten Weise umbauen."

„Und was ist, wenn das Ganze nicht funktioniert?", fragte Bernhard.

„Ich glaube nicht, dass dieser Fall eintritt", antwortete Tillmann, „aber dennoch habe ich das auch bedacht. Hier seht ihr, dass der Mechanismus mit zwei Stahlkeilen, am Mauerwerk befestigt ist. Sollte er gar nicht funktionieren, können wir an dieser Öse ein Seil befestigen. Zwei Männer schlagen die Keile los, und wir ziehen die gesamte Einrichtung weg. Dann haben wir praktisch den gleichen Zustand wie ohne die Aufrüstung, nur dass es zwei Öffnungen gibt, die aber insgesamt denselben Querschnitt haben wie die alte Gichtöffnung."

Wieder trat Schweigen ein, aber auch die Skeptiker konnten an dem Vorschlag offenbar keinen Pferdefuß finden.

Schließlich ergriff Ludwig das Wort: „Ich weise darauf hin, dass die Veränderung eine Menge Geld kostet, und ob sie wirklich eine Verbesserung bringt, scheint mir unsicher. Die Arbeiten im Sommer kollidieren außerdem mit den Erntearbeiten."

„Nach meiner Einschätzung werden die Kosten schon in der ersten Hüttenperiode durch Kohleeinsparungen wieder reinkommen. Und wenn es gelingt, einen einzigen Unfall an der Gicht zu verhindern, dann sollte uns das viel wert sein", hielt Tillmann dagegen.

Conrad übernahm das Wort. „Ich denke, wir können zur Abstimmung kommen. Wer ist dagegen?"

Tillmanns Vorschlag erhielt zwar einige Gegenstimmen, wurde aber schließlich mit großer Mehrheit angenommen.

Nach der Versammlung saßen Robert, Conrad und Tillmann bei einem Bier zusammen.

„Die Männer haben sich teilweise mächtig aufgeregt. Ich habe ja nur Bier gebracht. Aber als Heimberger hört man doch mit einem Ohr zu, was so gesprochen wird."

„Ja, Robert", sagte Conrad, „der Vorwurf der Zunft, dass wir schlechtes Eisen untermischen würden, ist auch harter Tobak. Ich wüsste zu gern, ob etwas daran ist und wer dahintersteckt."

„Mir schien", ergänzte Robert, „dass Ludwig heute erstaunlich ruhig war. Er ist doch sonst viel mehr auf Krawall gebürstet."

„Ich hatte auch mit energischerem Widerspruch zu meinem Verbesserungsvorschlag von seiner Seite gerechnet", sagte Tillmann. „Vielleicht liegt es daran, dass er vor ein paar Tagen noch einmal Vater geworden ist."

„Ja, das stimmt", fiel Robert ein. „Ich habe dir noch gar nicht zu deinem zweiten Enkelkind gratuliert, Conrad, und hole das hiermit nach!"

„Danke, danke. Ich freue mich natürlich sehr, dass die kleine Henriette gesund ist. Wir sagen nur *Henni* zu ihr.“

Tillmann sagte: „Auf jeden Fall ist es für Thomas schön, ein Schwesterchen zu haben. Er scheint die Kleine sehr zu mögen.“

27. Eifersucht, August 1786

Die Roggenernte im Hauberg war nicht einfach. Das lag nicht nur daran, dass die Haubergshänge in Eisern sehr steil waren. Auf der Fläche, auf der jetzt der Roggen stand, waren vor anderthalb Jahren alle Bäume gefällt worden. Die Wurzelstöcke waren wieder ausgeschlagen, und die jungen Triebe hatten zwei Wachstumsperioden hinter sich. Sie waren knapp mannshoch und ragten kaum aus dem Roggen heraus.

Diese jungen Triebe durften auf keinen Fall beschädigt werden. Wie leicht konnte so ein Ästchen mit abgemäht werden, wenn man die Sense zu wuchtig schwang. Die Männer mussten daher beim Mähen sehr vorsichtig zu Werke gehen. Nur gut zwei Drittel der Fläche konnten sie mit der Sense bearbeiten. Die übrigen Halme waren zumeist durch die frischen Zweige gewachsen und mussten von geschickten Frauenhänden aus der Umarmung des Laubwerks befreit und mit der Sichel vorsichtig abgeschnitten werden. Das war eine mühsame Arbeit, die volle Konzentration erforderte, denn jede einzelne Ähre war wichtig.

Die Kinder hatten die Aufgabe, die abgemähten und abgesichelten Halme zu Bündeln zusammenzulegen, aus denen dann die Garben gebunden wurden. Die Alten, die selbst nicht mehr mitarbeiten konnten, versorgten die Kleinkinder, sodass zur Erntezeit die gesamte Familie eingespannt war.

Gertrud hatte die kleine Henni bei Lisbeth gelassen, die ohnehin auf Jakob und Hedwig aufpassen musste und deshalb nicht mit in den Hauberg gehen konnte.

Die Arbeit lenkte Gertrud etwas von ihrer inneren Unruhe und Wut ab. Die Auseinandersetzungen mit Ludwig wurden immer heftiger. Er bestand darauf, ihr alle geschäftlichen Dinge abzunehmen und ihr dabei keinerlei Einblick in sein eigenes Handeln zu gewähren. Doch Gertrud hatte Widerstand geleistet. Sie wollte sich nicht entmündigen lassen. So empfand sie es, dass Ludwig alles Geschäftliche alleine machen wollte. In ihrer Ehe herrschte eine zunehmend eisige Atmosphäre voller Spannungen. Abends im Bett entluden sich die Spannungen, aber es war nicht mehr schön. Hatte sie sich zu Beginn der Ehe auf die Bettgemeinschaft gefreut, so war es zuletzt eher ein allabendlich ausgetragener Kampf, ohne eine Spur von Zärtlichkeit.

Dann war Henni unterwegs gewesen, und in den letzten Schwangerschaftswochen hatte sich Gertrud zwangsläufig zurückhalten müssen. Ludwig war gar nicht erst zu Bett gekommen, und sie hatte aus Sofies Kammer eindeutige Geräusche gehört. Das hatte sie richtig wütend gemacht. Dass Ludwig ihr das antat, im eigenen Haus rumzuhuren!

Diese Dirne macht das Ganze mit und genießt es, dachte sie.

Im März war es ihr zu bunt geworden. Ludwig war nach der Geburt nicht zu ihr zurückgekommen, sondern vergnügte sich weiterhin mit Sofie. Deshalb war sie mit Thomas und Henni in ihr Elternhaus gezogen. Im Dorf hatte sie erzählt, Conrad brauche mehr Unterstützung, und das stimmte auch. Er war in letzter Zeit sehr alt geworden.

Ihre geschäftlichen Angelegenheiten erledigte Gertrud sowieso im Elternhaus, dort stand die Truhe mit den Papieren und Wertsachen. Wenn man es genau nahm, gehörte ohnehin alles Conrad. Selbst wenn sie Ludwig die geschäftlichen Angelegenheiten hätte überlassen wollen, wäre das ohne dessen Zustimmung nicht gegangen. Gertrud konnte sich nicht erinnern, dass die beiden sich auch nur einmal vernünftig unterhalten hätten.

Was sollte nur werden? Für Thomas war es sicher auch nicht leicht, immer wieder in anderen Verhältnissen zurechtkommen zu müssen. Im Haus Göbel war es ihm nicht gut gegangen, aber immerhin hatte er sich mit Anton angefreundet, obwohl der als uneheliches Kind eigentlich kein guter Umgang für ihn war.

Sie dachte daran, dass der Vater sie vor dieser Ehe gewarnt hatte. Aber jetzt war es zu spät. Eine Ehe konnte man nicht auflösen. Man musste sogar weiter gemeinsam arbeiten.

Sie schwang ihre Sichel und sammelte die Ähren und legte die Halme auf die Mahden[35], die Ludwig eben gemäht hat. Nur keine Pause, immer

---

[35] Beim Arbeiten mit der Sense fallen die abgemähten Halme zu Mahden, langestreckten flachen Haufen, die später zu Garben gebündelt werden.

schön effizient. Dabei würde sie am liebsten auf ihn losgehen und ihm die Augen auskratzen. Ihr Blick fiel auf Sofie, die an ihrer Seite ebenso emsig die Sichel schwang wie sie selbst. Der würde sie heute mal eine Ansage machen. Sie konnte sich von ihr nicht alles gefallen lassen.

Sofie ging ihren eigenen Gedanken nach. Die Dinge im Hause Göbel hatten sich schlimmer entwickelt als befürchtet. Sie war immer davon ausgegangen, dass Gertrud und Ludwig in ihrer Ehe nicht glücklich werden würden, aber dass es zu solchen Kämpfen käme, damit hatte sie nicht gerechnet. Und nun war das Undenkbare geschehen. Ludwig war wieder über sie hergefallen, und das, obwohl Gertrud zugleich hochschwanger im Haus war. Sofie hatte so gehofft, dass das nicht noch einmal passieren würde.

Sie fragte sich, wie *ihre Jungen* das Geschehen aufnehmen und verarbeiten würden. *Ihre Jungen*, das waren Hermann, Karl, Manfred, Anton und jetzt auch Thomas, denn ihnen allen gegenüber hatte Sofie mütterliche Gefühle entwickelt, trotz ihrer großen Verschiedenheiten. Sie konnte sich nicht vorstellen, dass sie das alles gar nicht mitbekommen würden oder es ihnen egal war. Die Fakten sprachen eine zu deutliche Sprache, da konnte man kaum etwas glattbügeln oder beschönigen.

Dann hatte Gertrud ihre Kinder genommen und war geflohen. Es hatte Sofie nicht verwundert, eher konnte man sich wundern, dass es so lange gedauert hatte. Ihr kleiner Anton hatte geweint, als Gertrud mit Thomas aus dem Haus zog. Jetzt war er Manfreds Gemeinheiten wieder allein ausgesetzt. Aber am meisten konnte einem Gertrud leidtun. Letztlich konnte sie aus der Ehe mit Ludwig nicht entfkommen.

Als Ehefrau war sie ihm genauso sehr ausgeliefert wie sie als Magd, dachte sie. Ihre Situationen ähnelten sich so ungemein, dass ein Bündnis naheliegend erschien. Das würde zwar die Umstände nicht ändern, aber manches wäre leichter zu ertragen.

Sofie bemerkte, dass sich Gertrud langsam in ihre Richtung vorarbeitete. Anscheinend wollte sie ein Gespräch beginnen. Vielleicht konnten sie sich ja doch etwas annähern.

„Na, liebe Sofie“, sagte Gertrud in gehässigem Ton. „Freust du dich schon auf heute Abend, wenn du meinen Mann wieder zum Ehebruch verleitest? Ich hoffe, du genießt es wenigstens.“

Sofie war wie vor den Kopf geschlagen. Konnte es wirklich sein, dass Gertrud nicht begriffen hatte, wie es ihr erging? Sie rang um Fassung, konnte aber nicht verhindern, dass ihr die Tränen in die Augen stiegen. Die bodenlose Ungerechtigkeit, die sie empfand, ließ sie alle Vorbehalte vergessen, und es brach förmlich aus ihr hervor.

So offen wie nie zuvor erzählte sie, wie sie als 17-jährige hoffnungsvoll nach Eisern gekommen war und schon bald lernen musste, was eine Vergewaltigung war. Wie es sich anfühlte, im Dorf einen *Bastard* großzuziehen … Wie sie bei der zweiten Schwangerschaft eine Engelmacherin in ihrem Heimatdorf aufgesucht hatte. Lange war sie krank gewesen, konnte nun aber *glücklicherweise* nicht mehr schwanger werden. Wie sie gehofft hatte, dass Ludwigs zweite Ehe ihr Martyrium beenden würde, und wie diese Hoffnung wieder zerbrach.

Als Sofie geendet hatte, war offenbar Gertrud wie vor den Kopf geschlagen. Mit gesenktem Blick sagte sie mehr zu sich selbst: „Und von alldem habe ich nichts bemerkt? Vielleicht habe ich es einfach nicht wahrhaben wollen." Dann hob sie den Blick und fragte: „Aber warum hast du denn nicht früher etwas gesagt, warum hast du dir das gefallen lassen?"

„Was hätte ich denn tun können, als Magd? Ich hatte doch sonst keinen Lebensunterhalt. Ich gebe auch zu, dass es mir Befriedigung verschafft hat, den Haushalt bei Göbels zu führen und die Kinder groß zu ziehen. Sag selbst, was bleibt uns denn als Frauen? Selbst du als Gewerkenfrau weißt dir keinen Rat."

„Ja, du hast recht", bestätigte Gertrud. „Es wird schwierig. Aber jetzt sehe ich klarer, du hast mir die Augen geöffnet. Mein Vater hat es früher schon versucht, aber ich war blind. So leicht gebe ich mich nicht geschlagen."

„Sei vorsichtig", sagte Sofie. „Ludwig ist schlau, und er kann sehr brutal sein."

„Das stimmt, aber ab jetzt sind wir Verbündete", sagte Gertrud, und einer spontanen Regung folgend, nahm sie Sofie in den Arm.

„He ihr, habt ihr nichts zu arbeiten?"

Wie ertappt sahen die beiden Frauen auf und wandten sich wieder ihrer Arbeit zu.

Es war Ludwig, der gerufen hatte. Er war ins Mähen vertieft, hatte nur kurz aufgeblickt und seine Frauen gesehen, die sich umarmten. Was hatte das denn zu bedeuten? Bisher hatte zwischen den beiden keine Freundschaft geherrscht, und das war auch besser so. Nicht, dass sich da etwas zusammenbraute.

Für ihn war in letzter Zeit einiges nicht gut gelaufen. Sein Zusatzverdienst durch den Verkauf von schlechtem Eisen war weggefallen. Nach dem Brief der Zunft hatte er nicht gewagt, die Aktion fortzusetzen.

Tillmanns Verbesserungsvorschlag für die Ofengicht war angenommen worden und inzwischen auch umgesetzt. Der Ofen war zwar noch nicht wieder in Betrieb, aber alle Tests, die bisher durchgeführt wurden, hatten funktioniert. Wahrscheinlich würde die Sache ein Triumph werden.

Selbst die Einweihung der neuen Kapelle[36] im Juni war für ihn kein voller Erfolg gewesen. Zwar hatte Pastor Emmelius Ludwig lobend erwähnt, weil er sich so sehr um die Finanzierung bemüht hatte, aber auch Tillmann erhielt ein Lob, weil er so viel Geld beigesteuert hatte.

Und dann war Gertrud ausgezogen. An sich war das kein großer Verlust, denn Sofie bereitete ihm mehr Vergnügen, sie war nicht so widerspenstig. Das Problem war nur, dass es ihm bisher immer noch nicht gelungen war, Gertruds Vermögen an sich zu ziehen. Auch wenn er im Dorf schon als Eigentümer von Daubs Hüttentagen angesehen wurde. Conrad hatte seine Erbschaft noch nicht geregelt und so gehörten die Anteile bisher noch nicht einmal seiner Frau. Wer weiß, was dem Alten noch alles einfallen würde. Vielleicht hatte er schon irgendwelche Schriftstücke aufgesetzt. Ein Gerichtsschreiber war allerdings noch nicht dagewesen.

Eigentlich war die Sache ziemlich einfach. Conrad war im Weg, Gertrud auch, und möglicherweise gab es auch im Haus noch Papiere, die im Weg waren. Am besten wäre es, das Haus würde einfach verschwinden. Ein paar wichtige Papiere könnte er vorher heimlich noch an sich bringen. Er dachte an den Reisigbesen, der in Gertruds Küche immer an die Truhe mit den Papieren gelehnt stand. Darüber befand sich ein Fenster, das nach außen aufging. In früheren Zeiten hatte er Gertrud mehrfach darauf

---

36 Die Kapelle wurde tatsächlich im Jahr 1775 neu aufgebaut. Die Geschichte um die Finanzierung ist eng an die überlieferte Wirklichkeit angelehnt.

hingewiesen, wie gefährlich das sei. Das Feuer im Küchenherd war nämlich nicht weit entfernt. Es brauchte nur jemand von außen das Fenster zuzustoßen, dann fiel der Besen mit hoher Wahrscheinlichkeit ins Feuer, und womöglich brannte das ganze Haus ab. Gertrud hatte den Platz des Besens nicht verändert, vermutlich war er dort einfach so schön griffbereit. Langsam begann ein Plan in ihm zu reifen.

Es ist nicht gut, die Dinge auf die lange Bank zu schieben, sagte er sich. Besser, er handelte schnell. Gut, dass die Fremdarbeiter für die kommende Hüttenperiode schon wieder eingetroffen waren. Er beschloss, Adolf für den morgigen Abend zu sich zu bestellen. Der war nicht besonders klug und würde keinen Verdacht schöpfen.

Im Hochsommer gab es keine Schule. Alle Kinder halfen bei der Ernte, im Hauberg und auf den Feldern. Thomas und Anton mussten die Garbenbündel zusammenrechen.

„Sieh mal!“ Anton stupste seinen Freund an. „Deine Mutter umarmt meine, das ist schön. Vielleicht sind sie jetzt Freundinnen und dann darf ich öfter zu euch kommen. Es ist so schade, dass du nicht mehr bei uns wohnst.“

„Ja, das ist schade“, antwortete Thomas. „Andererseits bin ich froh, wieder bei meinem Opa zu leben, der ist so viel lieber als Mamas neuer Mann.“

„Mama und ich können Ludwig auch überhaupt nicht leiden, aber das darf ich nicht sagen, sagt Mama immer. Ich soll auch zu Manfred nicht *Sauhund* sagen, aber er ist ein *Sauhund*.“

„Da hast du Recht, er ist ein richtiges kleines Biest, und in der Schule ist er auch nicht gut. Und trotzdem bildet er sich mächtig was ein.“

„Aber spielen können wir auch zusammen, wenn wir nicht mehr zusammen wohnen“, sagte Anton.

„Das tun wir auch, und wir wollen immer Freunde bleiben“, schlug Thomas vor.

„Ja, prima!“

„Wir halten uns in Zukunft immer an Tillmann. Der hat das ganze Dorf gerettet in der Hungersnot“, ergänzte Thomas. „Den Ofen auf der Hütte hat er auch mächtig verbessert.“

„Ja, der Tillmann ist viel lieber als Ludwig. Spielen wir heute Abend wieder Räuber und Gendarm?“

„Ja, das machen wir“, sagte Thomas, „und morgen auch. Tagsüber müssen wir bei der Ernte helfen, das ist auch wichtig. Aber das Wetter ist gut, dann dürfen wir nach dem Abendessen noch mal raus und können spielen.“

Adolf lief vom Hüttenquartier der Fremdarbeiter in Richtung Dorf. Er war mit Peter Anfang der Woche nach der Sommerpause zurückgekommen. Bevor die Öfen bald wieder angeblasen wurden, gab es viel Arbeit. Alles musste vorbereitet und bereitgestellt werden. In diesem Jahr war besonders viel zu tun, denn sie mussten die Abläufe mit dem neuen Gichtverschluss einüben.

Das musste man sich mal vorstellen, ein Gichtverschluss! Das war schon eine trickreiche Erfindung und Tillmann, der sich das ausgedacht hatte, musste echt was drauf haben. Seine eigenen Leute, Hannes und Jupp, waren den ganzen Sommer über in Eisern geblieben und hatten an dem neuen Verschluss getüftelt. Es schien alles zu funktionieren und bedeutete eine enorme Arbeitserleichterung.

Gestern war der Schulze vorbeigekommen und hatte ihn für heute Abend ins Dorf bestellt.

„Was will er bloß?“, hatte Adolf Peter gefragt.

„Es wird nichts Besonderes sein, sonst hätte er uns beide kommen lassen.“

„Es ist schon komisch“, hatte Adolf weiterüberlegt, „den Schulzen nennen wir Meister, dabei ist doch eigentlich Conrad der Meister, und der ist es auch nicht, denn Meister ist, wer bezahlt, und bezahlen tut Gertrud.“

„Die Welt ist nun mal kompliziert, aber Gertrud ist die Frau vom Schulzen, da wird es wieder einfach.“

Adolf hatte jetzt das Dorf fast erreicht und lief am Mühlenweiher vorbei.

„Ich sitze hinter meinem Haus im Garten in der kleinen Laube. Geh am Mühlenweiher vorbei und komm von hinten in unseren Garten, damit am Samstagabend niemand in seiner Ruhe gestört wird“, hatte der Schulze gesagt, und so machte es Adolf nun.

Er ging auf die Laube zu und in dem Moment schritt auch Ludwig aus dem Haus: „Das passt ja. Bist du vielen begegnet?"

„Nein, ich bin ja außen herumgegangen, da hat mich niemand gesehen."

„Das ist gut", sagte Ludwig leise zu sich selbst und dann wieder zu Adolf: „Hör zu, ich möchte, dass du morgen ein besonderes Paket für mich ablieferst. Wenn du das genauso machst, wie ich es dir sage, sollst du zwei Taler bekommen, einen jetzt und einen, wenn das Paket abgeliefert ist."

„Zwei Taler? Das ist ja ein Vermögen!" Adolf war erstaunt. So viel sollte er bekommen? „Ist es ein wichtiges Paket?", fragte er.

„Na ja, besonders halt, ich erklär es dir gleich. Aber dem Peter darfst du das nicht erzählen, der wird sonst bloß neidisch."

Adolf nickte.

„Du hast vielleicht gehört", sagte Ludwig, „dass meine Frau wieder zu Conrad gezogen ist."

Adolf nickte erneut.

„Da kannst du dir vielleicht vorstellen, dass mich das als Ehemann ein bisschen ärgert."

„Allerdings."

„Deswegen möchte ich sie halt auch ein bisschen ärgern, das kannst du doch sicher verstehen."

Wieder nickte Adolf.

„Samstags macht Gertrud die Küche schön sauber, und jetzt im Sommer ist das Küchenfenster immer geöffnet. Ich habe da vorn an der Ecke einen Eimer Kuhmist bereitgestellt. Morgen früh, während des Gottesdienstes, holst du den Eimer. Sehen kann dich dann niemand, es sind alle in der Kirche. Du gehst zu Gertruds Haus und kippst den Eimer durch das Küchenfenster. Das gibt Dreck und auch Gestank. Wenn sie dann aus der Kirche kommt, wird sie sich mächtig ärgern, und darüber werde ich mich freuen. Aber eins ist wichtig: Der Gestank soll in der Küche bleiben, deshalb musst du das Fenster schließen. Es geht etwas schwer, du musst es kräftig zuschlagen. Danach läufst du einfach wieder zur Hütte zurück. Hier ist der erste Taler, den anderen gebe ich dir Montag. Wiederhol noch mal alles, damit ich sehe, ob du mich auch richtig verstanden hast."

Der Taler schien Adolf ordentlich motiviert zu haben, denn er konnte die Anweisungen einwandfrei wiederholen.

„Schön, das war es schon. Ich hoffe, dass du morgen alles ordentlich erledigst, damit ich meine Genugtuung bekomme“, verabschiedete Ludwig den Arbeiter und lächelte ihm gut gelaunt hinterher.

Thomas und Anton spielten *Räuber und Gendarm*. Eigentlich spielten sie Verstecken, aber *Räuber und Gendarm* klang viel besser.

Gerade hatte Anton Thomas gefunden und beklagte sich: „Du machst es mir zu leicht! Ich bin nicht mehr so klein. Ich finde dich auch in richtig schweren Verstecken.“

„Na gut“, antwortete Thomas, „ich verstecke mich wieder, und diesmal findest du mich garantiert nicht.“

„Keine Angst, ich finde dich schon. Du kannst dich in der ganzen Peeke verstecken, ich finde dich!“

„In Ordnung, aber das kann lange dauern, und wenn du mich nicht gleich findest, dann darfst du auf keinen Fall rumkrakeelen, sonst dürfen wir abends nie wieder raus, versprichst du das?“, fragte Thomas.

Anton nickte und hielt sich die Augen zu. Thomas verschwand in der Dämmerung.

Anton hatte unentwegt gesucht. Er war in der ganzen Peeke in allen Gärten herumgelaufen, hatte in so manchen Stall hineingesehen, aber Thomas war tatsächlich nicht zu finden gewesen. Inzwischen war es ganz dunkel, und er konnte nicht mehr suchen. Resigniert saß er jetzt wieder am Ausgangspunkt des Spiels und dachte, dass er eben doch noch zu klein wäre!

Da tippte ihm Thomas von hinten auf die Schulter und flüsterte: „Lass uns verschwinden!“

Er nahm Anton bei der Hand und zog ihn in Richtung *Geheimversteck*. So nannten sie die von Büschen verdeckte Kuhle hinter dem Kramerhof, wo sie sich oft trafen und sich völlig unbeobachtet fühlten.

„Was ist denn passiert?“, fragte Anton.

„Ich habe Ludwig und unseren Adolf, den Fremdarbeiter, belauscht.“

„Wieso das denn?“

„Ich habe es ja nicht extra gemacht. Ich hatte mich in dem dichten Gebüsch in der Nähe von Göbels Laube versteckt. Gerade als ich es mir gemütlich gemacht hatte, weil ich schon dachte, dass du mich da nicht findest, kamen die beiden in die Laube. Es war ein ganz komisches Gespräch."

„Erzähl doch mal, was haben sie denn gesagt?", wollte Anton wissen.

„Ich habe längst nicht alles verstanden, dafür war ich zu weit weg. Adolf soll zwei Taler bekommen und als Adolf schon weg war, hat Ludwig noch gesagt, dass Kuhmist gut brennt. So richtig hat alles keinen Sinn ergeben."

„Das scheint mir aber auch so", sagte Anton.

„Ja, aber das ist ja gerade so komisch. Warum treffen sie sich so heimlich, und wofür bekommt Adolf zwei Taler? Ich habe jedenfalls ganz schön geschwitzt. Ich hatte immer Angst, du könntest mich finden, und dann hätten sie uns beide entdeckt. Bestimmt hätte es dann Prügel gegeben. Aber jetzt lass uns nach Hause gehen, sonst werden wir noch vermisst."

„So leicht vermisst uns schon keiner", murmelte Anton.

28. Feuer, August 1786

Am nächsten Morgen machte sich Ludwig zeitig fertig und rief in den Hausflur: „Ich gehe zum Gottesdienst."

Sofie warf ihm aus der Küche einen verdutzten Blick hinterher, denn er ging nicht besonders häufig zur Kirche. Der Pfarrer hatte ihn schon einmal mahnend darauf angesprochen. In der neuen größeren Kapelle konnte gut ein Drittel der Dorfbewohner Platz finden. Da fiel es auf, wenn jemand regelmäßig nicht erschien. Aber natürlich konnte nicht jeder jeden Sonntag kommen. Conrad z. B. war schon seit Wochen nicht mehr dort gewesen, dafür ging es ihm nicht gut genug. Und auch Gertrud würde heute kaum erscheinen, denn wenn sie die ganze Woche über neben der normalen Arbeit einen Säugling versorgen musste, dann war es nur zu verständlich, dass sie versuchte, am Sonntag etwas Ruhe zu finden. Zufrieden ging Ludwig zur Kapelle. Sie war wirklich schön geworden und solide gebaut. Wahrscheinlich würde sie Jahrhunderte überdauern. Als der Gottesdienst begann, stellte er erfreut fest, dass weder Conrad noch Gertrud anwesend waren.

Adolf war etwas spät dran, als er den Eimer mit dem Mist aufnahm und in Richtung Daubs-Haus ging.

Der ist ja ganz trocken, wunderte er sich. Da stinkt er doch kaum. Wenn er mehr Zeit hätte, würde er ihn gegen frischen Dung austauschen, denn der Schulze schien von so was keine Ahnung zu haben. Wie angekündigt fand er das Küchenfenster offen, blickte sich noch einmal vorsichtig um und kippte dann den Mist in die Küche. Das war schon eine ziemliche Sauerei, die Gertrud da nachher aufräumen musste. Dann gab er dem Fenster einen kräftigen Stoß. Von drinnen hörte man ein *plopp*, so als ob etwas umgefallen wäre. Der Schulze hatte schlecht geplant, dachte Adolf, das Fenster ging überhaupt nicht schwer, man hätte es ganz leicht zuschieben können. Aber egal, er hatte alles auftragsgemäß erledigt und die zwei Taler redlich verdient. Er ging den Feldweg in Richtung Gensberg hoch und war schon bald im Wald verschwunden.

Thomas und Anton hatten sich auch heute Morgen zum Spielen verabredet. Die Sonne stand schon hoch am Himmel, und es würde ein schöner Sommertag werden. Sie wussten nicht so recht, was sie machen sollten, deshalb lagen sie am Rande des Löschteichs im Gras und beobachteten die Frösche. Obwohl der Teich noch nicht alt war, beherbergte er schon eine beachtliche Population. In dieser Jahreszeit fand man hier sowohl ausgewachsene Frösche, Kaulquappen als auch Jungfrösche, die ihre Metamorphose gerade hinter sich hatten, in großer Zahl.

„Das ist aber eine komische Wolke." Anton deutete auf das Spiegelbild auf der Teichoberfläche.

Thomas erschrak. „Das ist keine Wolke. Das ist Rauch!" Er blickte auf und sah zu seinem Entsetzen eine gewaltige Rauchwolke, die rasch größer wurde, über den Häusern der Peeke.

Die Jungen rannten los, und bald wurde Thomas klar, was passiert war. „Unser Haus brennt!", rief er. Über der Küche leckten die Flammen schon am Dachstuhl, aber der linke Hausteil war noch unbeeinträchtigt.

„Lauf zur Kapelle und gib Feueralarm!", schrie er Anton zu und rannte schnell zur Haustür. Mama! Opa! Henni!, ging es ihm durch den Kopf.

Das Treppenhaus war schon voller Rauch. Er lief die Treppe hoch in das Zimmer seiner Mutter und fand Gertrud am Boden liegend nach Luft ringend.

„Henni!", stieß sie keuchend hervor. Thomas reagierte sofort, schnappte sich Henni aus der Wiege und rannte mit ihr vor das Haus, wo er das Baby ablegte. Er wollte gleich wieder hoch hasten und seiner Mutter helfen, aber er musste erst einige Male kräftig husten, um die Lunge freizubekommen.

Durch dicken Rauch rannte er erneut nach oben und hielt sich dabei den Zipfel seiner Jacke vors Gesicht. Seine Mutter lag noch fast an der gleichen Stelle. Sie hatte sich kaum vorwärts schleppen können. Thomas wollte ihr aufhelfen, aber er schaffte es nicht, sie war zu schwer. Sie rang noch einmal nach Luft und stieß hervor: „Ludwig! Der Bes ..." Dann sackte sie zusammen.

Thomas bekam selbst keine Luft mehr, und schaffte es gerade noch die Treppe hinab bis vors Haus. Völlig erschöpft atmete er mehrmals tief durch. Erleichtert vernahm er Schritte – endlich kam Hilfe.

Pastor Emmelius hatte seine Predigt beendet und stimmte den Schlusschoral an. Alle setzten kräftig mit ein. Plötzlich war es Tillmann, als ob er draußen ein Rufen hörte. Er unterbrach den Gesang und gab auch seinen Banknachbarn Zeichen zu lauschen.

Es wurde stiller, und jetzt konnte man es zwar leise, aber deutlich hören: „... Feuer! Feuer! ..."

Die Menschen erstarrten. Bernhard war einer der Ersten, der reagierte. In dieser Situation blieb er absolut gefasst und sachlich. Mit lauter Stimme rief er: „Ruhe bewahren! Eilen, nicht stürmen! Eimer aus dem Schuppen mitnehmen! Eimerkette bilden!"

Noch bevor sich die ersten Menschen in Bewegung setzten, flog die Tür der Kapelle auf, und Anton stürmte herein: Feuer! Feuer! Daubs Haus brennt lichterloh!". Dann sank er in die Arme seiner Mutter, die eben aus der Bank getreten war.

Auch Tillmann hatte sofort reagiert. Er sprang auf und turnte über die Bänke hinweg zur Tür. Er hörte noch, dass Anton sagte, dass es um Daubs Haus ging, dann war er draußen. Er ignorierte Bernhards Kommando, Eimer mitzunehmen, vielleicht waren noch Menschen zu retten. Karl Göbel hatte offensichtlich ähnlich gedacht und gehandelt wie Tillmann, denn er war keine zwei Meter hinter ihm, als sie an Daubs Haustür anlangten und gleich sahen, dass das Haus verloren war. Die kleine Henni lag schreiend im Gras, und Thomas stand mit den Händen auf die Knie gestützt daneben und keuchte: „Mama und Opa sind oben."

Es war lebensgefährlich, das Haus noch zu betreten. Tillmann warf Karl einen fragenden Blick zu, der nickte kurz, und beide eilten die Treppe hinauf. Natürlich wussten sie, welches Gertruds Zimmer war, und fanden sie dort auf dem Boden liegend. Sofort packten sie zu und schleppten die leblose Frau vors Haus. Conrads Zimmer war auf der anderen Hausseite. Es war völlig ausgeschlossen, dorthin vorzudringen.

Bis zu diesem Punkt hatte Thomas einfach funktioniert, aber jetzt, wo klar wurde, dass man nichts mehr machen konnte, brach er in Tränen aufgelöst zusammen.

Tillmann richtete ihn auf und sagte: „Komm Thomas, wir sind noch zu dicht am Feuer, wir müssen etwas weiter weggehen."

Er nahm Henni auf den einen Arm, schlang den anderen um Thomas und ging mit ihnen aus dem Gefahrenbereich. Karl trug Gertrud auf den Armen und folgte ihnen. Sie hatte es nicht geschafft.

In der Ferne hörte Tillmann Bernhards laute Kommandostimme, die den Löscheinsatz koordinierte. Es war noch nicht viel Zeit vergangen, als die Eimerkette stand und die Löscharbeiten begannen. Daubs Haus war nicht zu retten, das war klar. Es ging um die Nachbarhäuser! Es ging um das Dorf! Die Distanz zum Löschteich war nicht besonders groß, und so gelang es, eine doppelte Eimerkette zu bilden.

Es wurde ein langer, erbitterter, verzweifelter Kampf. Erst als es dunkel wurde, hatten sie das Feuer in Schranken weisen können. Vier Häuser waren völlig zerstört, zwei stark beschädigt[37]. Überall gab es noch Glutnester, aber die Gefahr schien gebannt. Drei Tage lang mussten die Brandwachen immer wieder eingreifen, erst nach weiteren zwei Tagen wagte man es, sie abzuziehen. Conrads Leiche hatte man völlig verkohlt aus der Ruine geborgen.

Natürlich hatte man auch auf der Hütte die Rauchwolke über dem Dorf gesehen, und da die Öfen noch nicht liefen, alles stehen und

---

[37] Wie viele Häuser beim *Peekebrand* im Jahr 1786 tatsächlich verloren gingen, ist nicht bekannt, aber die hier genannten Zahlen könnten in etwa stimmen.

liegengelassen, um im Ort beim Löschen zu helfen. Adolf und Peter hatten ebenfalls mitgekämpft und gingen in der hereinbrechenden Dunkelheit erschöpft zu ihrem Quartier zurück.

„Was war das eigentlich für ein Botengang, den du heute für den Schulze erledigt hast?“, fragte Peter.

„Och, ich musste nur ein *spezielles Paket* abliefern.“

„Du musstest es nicht zufällig bei Daubs abliefern?“, fragte Peter.

„Doch, wie kommst du darauf?“

„Wann musstest du es denn abliefern?“

„Was soll denn die Fragerei?“, entgegnete Adolf. „Während des Gottesdienstes. Warum willst du das wissen?“

Peter war nicht dumm und machte sich so seine Gedanken. Wie zu sich selbst sagte er: „Während des Gottesdienstes … Wahrscheinlich sollte dich niemand sehen, und kaum bist du weg, brennt das Haus.“

Peters Fragen hatten Adolf nachdenklich werden lassen: „Was willst du denn da andeuten? Der Brand hat doch nichts mit diesem Botengang zu tun! Ich war fast schon wieder auf der Hütte, als die Rauchwolke entdeckt wurde.“

„Ich kann keinen direkten Zusammenhang erkennen“, gab Peter zu, meinte dann aber, „komisch ist es trotzdem. Was hast du denn dafür bekommen?“

Etwas naiv antwortete Adolf: „Das sollst du nicht wissen.“

„Aha“, sagte Peter, „also viel. Das macht es noch komischer. Irgendetwas stinkt an dieser Geschichte.“

„Ja, der Mist!“ Adolf war jetzt richtig mulmig geworden. Er erzählte Peter alles.

„Sprich besser mit niemandem über deine Heldentat“, empfahl Peter. „Ich glaube zwar nicht, dass man dich wegen Brandstiftung drankriegen kann, aber ich werde das Gefühl nicht los, dass da was faul ist. Der Schulze ist schlau, obwohl ich mir nicht vorstellen kann, dass er riskiert, dass das ganze Dorf abbrennt.“

Seit dem Brand waren zwei Wochen vergangen, und heute Nacht hatte Thomas zum ersten Mal mehrere Stunden am Stück geschlafen, bevor er wieder, von schlimmen Albträumen geplagt, aufschreckte. Tillmann hatte ihn und Henni am Abend nach dem Feuer, ohne jemanden zu fragen, mit nach Hause genommen. Dabei war es geblieben. Ludwig hatte zwar ein wenig geschimpft, aber keine ernsthaften Anstalten unternommen, die Kinder zu sich zu holen. Man gewann eher den Eindruck, dass er froh war, weder den traumatisierten Thomas noch das pflegebedürftige Baby im Haus zu haben.

Kätchen teilte das große Schlafzimmer mit den vier Kindern. In den ersten Nächten hatte sie sich mehr um Thomas kümmern müssen als um Henni und Jakob. Hedwig hatte den Brand nicht aus der Nähe mitbekommen. Während der Löscharbeiten hatte man die Kleinkinder zur Kapelle gebracht, wo sie alle gemeinsam von zwei älteren Frauen betreut worden waren. Jakob und Henni waren noch zu klein, um die ganze Unruhe zu verstehen.

Tillmann war in die Gästekammer ausgewichen, damit er etwas Schlaf bekam. Zu der hohen Arbeitslast, die der August sowieso mit sich brachte, kam nun die Sorge um die Familien, die ihre Bleibe verloren hatten, und das Aufräumen der Brandstelle. Auch der Bau neuer Häuser musste umgehend in Angriff genommen werden.

Es war wieder Sonntag und Tillmann kam vom Gottesdienst zurück. Bis zum Mittagessen war noch etwas Zeit, und die Aufräumarbeiten an der Brandstelle gingen erst am Nachmittag weiter. Er setzte sich in den Schaukelstuhl in der Ecke der Stube, der nun sein Lieblingsplatz geworden war. Thomas kam ins Zimmer und hockte sich auf den Boden. Er lehnte sich mit dem Rücken an den Uhrkasten.

„Es war Ludwig“, sagte er plötzlich.

„Was meinst du?“ fragte Tillmann.

„Ludwig hat das Feuer gelegt und Mama und Opa umgebracht.“

„Wie kannst du denn so was sagen? Ludwig war in der Kapelle, das haben alle gesehen.“

„Das weiß ich auch“, sagte Thomas. „Er muss es irgendwie eingefädelt haben, und Adolf hat ihm geholfen.“

Thomas erzählte alles, was er am Abend vor dem Brand bei Göbels Laube mitbekommen hatte.

„Ich gebe zu“, sagte Tillmann, „dass das alles sehr merkwürdig ist, aber es gibt leider keinerlei Beweise für die Anschuldigung, den Brand gelegt zu haben. Ludwig hätte ja auch nicht planen können, dass deine Mutter und Conrad bei dem Brand umkommen.“

„Doch, er wusste, dass es Opa zuletzt nicht gut ging und dass er am Sonntag meistens zu Hause blieb. Mama hatte in den Nächten vor dem Brand kaum geschlafen, weil Henni so geschrien hat. Ludwig wusste, dass Henni unruhig schläft und Mama morgens mit dem Schlaf kämpft.“

„Deine Gedanken stimmen mich sehr nachdenklich, Thomas. Die Sache wirft viele Fragen auf. Aber du sagst: meistens, vielleicht, hätte man sich denken können. So was hält bei Gericht nicht stand. Und bedenke: Du unterstellst damit auch, dass Ludwig in Kauf genommen hätte, ein ganzes Dorf zu vernichten.“

„Aber Ludwig ist böse, er würde so etwas tun. Wir müssen ihm das Handwerk legen“, entfuhr es Thomas. Und dann erzählte er, wie es ihm im Hause Göbel ergangen war, als er dort gemeinsam mit seiner Mutter gewohnt hatte.

„Das muss eine schlimme Zeit für dich gewesen sein, aber jetzt bist du mit deiner Schwester erst mal in Sicherheit“, beruhigte Tillmann den Jungen. „Unser wichtigster Kampf in nächster Zeit wird sich darum drehen, dass Henni und du bei uns bleiben dürft und nicht zurück nach Göbels müsst.“

„Auf keinen Fall gehe ich zu Göbels!“ Thomas stampfte mit dem Fuß auf. „Eher haue ich ab und gehe nach Amerika.“

Tillmann musste ein wenig lachen. „Wie kommst du denn auf Amerika?“

„Karl hat davon gesprochen, dort sind die Menschen frei und haben es gut.“

„Ob dort alles gut ist, das sei mal dahingestellt, aber ich gehe davon aus, dass du mit Henni bei uns bleiben kannst, denn dein Opa hätte das so gewollt.“

Ludwig saß an diesem Sonntag beim Frühschoppen im Wirtshaus mit Bernhard und Robert zusammen. Die Aufregung um den Brand hatte sich ein wenig gelegt. Der Plan hatte nahezu perfekt funktioniert, wenn man mal von den drei Häusern absah, die mit abgebrannt waren. Na ja, da hätte Bernhard halt seine Feuerwehr etwas besser organisieren müssen und überhaupt, *wo gehobelt wird, fallen Späne.*

Tja, Gertrud, dachte Ludwig, sie hatte wohl den Kürzeren gezogen. Auch Conrad stand ihm nicht mehr im Weg. Alle Papiere waren verbrannt außer denen, die er an sich genommen hatte. Damit zählte, was offensichtlich war: Gertrud beerbte Conrad. Gertruds Kinder waren minderjährig, also bekam er als Ehemann zunächst alles. Bis die Kleinen großjährig wurden, konnte noch viel geschehen. Und die Vormundschaft über Thomas würde er als Gatte der Mutter natürlich auch bekommen.

„Warum hast du es denn so eilig?“, fragte Robert. „Das mit den Papieren können wir doch immer noch regeln.“

„Ich hab’s nicht eilig, ich hätte die Dinge nur gern geregelt“, entgegnete Ludwig. „Ich möchte auch nicht, dass Tillmann sich einmischt. Es ist nicht in Ordnung, dass Thomas und die Kleine jetzt bei ihm wohnen. Das macht er doch nur, um sich womöglich mein Erbe unter den Nagel zu reißen. Es ist doch keine große Sache. Bernhard und du, ihr müsst nur in Siegen bezeugen, dass Gertrud und Conrad tot sind und dass Gertrud meine Frau war. Dann können wir gleich wieder umkehren, und das Gericht wird mir die Papiere zur Erbschaft und zur Vormundschaft zukommen lassen.“

Kurz hatte Ludwig den Eindruck, dass Robert misstrauisch geworden war. Aber warum sollte er? Es kam immer wieder vor, dass – wie jetzt durch den Brand – alle Papiere verloren gingen. Dann brauchte es Bürgen, die vor Gericht bezeugten, wem das Haus, der Wald, die Felder, die Hüttentage und die Schürfstellen gehört hatten. Man ging nach Siegen und meldete seine Ansprüche an. Die Behörde veröffentlichte die Angelegenheit, und wenn von keiner Seite Widerspruch kam, wurde den Ansprüchen stattgegeben. In Streitfällen musste das Gericht entscheiden. Deshalb spielten die Zeugen, die man vorbrachte, eine wichtige Rolle. Wenn Ludwig mit dem Heimberger und einem angesehenen Hüttengewerken auftrat, würde es kaum Schwierigkeiten geben.

Letztlich konnte Robert die Zeugenschaft nicht verweigern, zumal nur eindeutige Tatsachen zu bezeugen waren. Irgendwie schien er ein schlechtes Gefühl bei der Sache zu haben, aber Ludwig war zur Zeit des Brandes in der Kapelle gewesen.

Bernhard meldete sich zu Wort. „Was zierst du dich denn so, Robert? Es ist doch egal, wann wir Zeugnis ablegen, gemacht werden muss es sowieso.“

„Na gut, dann gehen wir am Donnerstag“, willigte Robert ein.

29. Schafkopf, März 1787

Tillmann half Hannes auf dem Möllerplatz, das Erz vom Materialschuppen zur Ladestelle zu transportieren. Es war schön, sich wieder mit der normalen Arbeitsroutine der Hütte zu befassen. Die Nachwirkungen des Peekebrands hatten so viel Unruhe in das Dorfgeschehen der letzten Monate gebracht. Inzwischen waren die beschädigten Häuser soweit wiederhergestellt, dass die betroffenen Familien wieder darin wohnen konnten. Die drei Familien, deren Häuser nicht zu retten gewesen waren, fanden vorübergehend in der Nachbarschaft Aufnahme. Nun waren ihre Ruinengrundstücke vollständig geräumt, und man hatte begonnen, neue Häuser zu errichten. In dieser Zeit war die Solidargemeinschaft des Dorfes besonders gefordert, denn aus eigener Kraft hätten die Betroffenen für die Schäden nicht aufkommen können[38]. Es wirkte, als ob die Brandwunde des Dorfes langsam heilte.

Nur das Grundstück, auf dem Daubs gewohnt hatten, bildete weiterhin einen schwarzen Schandfleck. Ludwig hatte kein Interesse, das Haus seines Schwiegervaters wieder aufzubauen.

Die Karre vor Tillmann war jetzt voll. Hannes kam mit einer leeren und stellte sie in Position. Dann übernahm er die volle Karre, und schob sie davon. Tillmann begann wieder mit dem Laden und hing dabei weiter seinen Gedanken nach.

Einige Menschen litten seelisch noch sehr unter den Folgen des Brandes. Am schlimmsten hatte es Thomas getroffen. Er hatte Mutter und Opa, die ihm liebevoll zugetan waren, verloren und war mit zwölf Jahren in einem Alter, das ihm die ganze Schwere des Verlustes nur zu deutlich vor Augen führte. Er klammerte sich eng an Kätchen und Tillmann, aber auch das half ihm kaum über den Schmerz hinweg. Er war immer ein guter Schüler gewesen, aber nach dem Brand wirkte es oft, als sei er im Unterricht gar nicht anwesend.

Tillmann versuchte nach Kräften, dem Versprechen, das er Conrad gegeben hatte, gerecht zu werden und sich um Thomas zu kümmern. Dabei hatte das Gericht noch keine offizielle Entscheidung über die

[38] Zur Zeit der Handlung entstanden in einigen deutschen Städten erste Feuerversicherungen. Man kann davon ausgehen, dass es sie in Eisern erst später gab.

Vormundschaft getroffen. Immerhin gab es die Urkunde, die Thomas die Hammertage und Tillman die Sachwaltung darüber zusprach. Die Einkünfte aus den Hammertagen sicherten den Jungen materiell ab.

Viel schwieriger war die Situation bezüglich Henni. Auch in ihrem Fall gab es noch keine gerichtliche Entscheidung, aber Ludwig war ihr Vater, und das Sorgerecht lag bei ihm. Bisher lebte die Kleine weiterhin bei Benders. Obwohl sie noch so klein war, waren Thomas und sie sich sehr nahe, denn der Junge sah alles in ihr, was von seiner Familie übrig war. Nicht auszudenken, wie er eine Trennung von seiner Schwester emotional verkraften würde.

Auch die Menschen im Dorf meinten wohl, dass Thomas und Henni bei Benders gut aufgehoben seien. Dass sie bei Göbels adäquat betreut werden könnten, kam keinem in den Sinn.

Seltsamerweise hatte Ludwig in den Monaten, die der Status quo andauerte, keinen ernsthaften Versuch unternommen, Gertruds Kinder in sein Haus zu holen. Im Dorf schimpfte er zwar, dass Tillmann sie an sich gerissen hätte, um an Daubs Erbe zu kommen, aber bisher war es dabei geblieben. Tillmann hatte keine Ahnung, wie das Gericht entscheiden würde, es schien alles möglich zu sein. Aber trotzdem betete er, dass die Kinder bei ihnen würden bleiben dürfen.

Die fragliche Situation mit den Kindern hatte besonders Kätchen in den vergangenen Monaten eine schwere Last auferlegt. Zu allem Überfluss hatte sie kurz vor Weihnachten eine Fehlgeburt erlitten. Es war ein trauriges Fest gewesen, und Tillmann war seiner Schwester Magdalene sehr dankbar, dass sie trotz des widrigen Wetters über den Jahreswechsel für drei Wochen nach Eisern gekommen war kam, um ihrer Schwägerin über die schweren Tage zu helfen.

Im Februar hatte die Hüttenperiode beginnen sollen, aber die Gewässer waren noch den ganzen Monat über zugefroren. So hatte man zwar sehr viel Eis in den Eiskeller schaffen können, mit dessen Hilfe im Sommer noch untergäriges Bier gebraut werden konnte, aber das Anblasen der Hütte hatte sich immer mehr verzögert. Aber nun lief die Eisenproduktion auf vollen Touren.

Hannes hatte gerade wieder eine leere Karre in Position gebracht und Tillmann wollte mit dem Laden beginnen, als er vom Hüttenplatz her laute

Stimmen vernahm. Er trat aus dem Schuppen. Lore, Roberts Helferin in der Gastwirtschaft, stand umringt von einigen Männern auf dem Platz. Eine Frau auf dem Hüttenplatz erregte immer Aufsehen. Ludwig ging auf sie zu. Jetzt hatte Lore Tillmann erkannt und signalisierte mit heftigen Armbewegungen, dass er kommen solle. Es musste etwas Wichtiges vorgefallen sein.

Wenig später war Tillmann mit Lore und Ludwig unterwegs in Richtung Dorf. Ein Gerichtsschreiber aus Siegen[39] war zu Pferd in Eisern eingetroffen und beim Heimberger im Wirtshaus eingekehrt. Nun sollte sich endlich die Frage der Vormundschaft über Gertruds Kinder klären.

Nachdem alle Beteiligten eingetroffen waren, verlas der Beamte den Beschluss: Tillmann wurde zu Thomas' Vormund bestimmt und erhielt auch die Sachwaltung über das Weidenauer Vermögen, das Thomas allein geerbt hatte. Ludwig bekam die Hälfte des Eiserner Vermögens. Die andere Hälfte fiel zu gleichen Teilen auf Thomas und Henni. Ludwig bekam das Sorgerecht für seine Tochter und erhielt die Sachwaltung über das gesamte Eiserner Vermögen.

Ludwig machte ein mürrisches Gesicht. Es ärgerte ihn, dass Tillmann die Vormundschaft über Thomas bekommen hatte. Aber es war eine Gerichtsentscheidung, da konnte man nichts machen. Für ihn war der wichtigste Punkt, dass er die Sachwaltung über das gesamte Eiserner Vermögen erhalten hatte. Nun gehörten ihm zweieinhalb Hüttentage, und er hatte die Vertretungsrechte für zwei weitere. Damit konnte er leben. Bis die Kinder großjährig waren, konnte noch viel passieren. Alle mussten die Urkunde unterschreiben, Tillmann und Ludwig als Beteiligte, der Schreiber und Robert als Zeugen. Nachdem der Beamte das Siegel angebracht hatte, verließ Ludwig brummig das Lokal.

Am Abend danach kam die Schafkopf-Runde im Wirtshaus zusammen. Nach Conrads Tod hatten sie einen neuen vierten Mann benötigt. Robert und Gerhard hatten Tillmann vorgeschlagen, und Bernhard hatte

---

[39] In der öffentlichen Verwaltung gab es damals nur wenige Gerichtsräte und ihre Schreiber für das ganze Siegerland. Die Angelegenheiten in den Dörfern wurden zumeist von den Schreibern erledigt.

zugestimmt, da er keine Chance sah, Ludwig – seinen Wunschkandidaten – an dieser Stelle durchzusetzen. An anderer Stelle war ihm das gelungen, denn Ludwig war für Conrad als Vorsteher nachgerückt. Robert war es schwergefallen, diese Wahl auf der Gemeindeversammlung zu akzeptieren, aber Bernhard hatte Stimmung für Ludwig gemacht, und die vielen kleinen Gewerken, die sich zu seinem Lager zählten, hatten ihn gewählt.

Mit großer Mehrheit entschied die Versammlung, dass Tillmann neuer Beisitzer im Gemeinderat werden sollte. Seine Verdienste im Zusammenhang mit der Hungersnot waren nicht vergessen. Insofern war seine Teilnahme bei der Kartenspielerrunde folgerichtig, auch wenn er kein enthusiastischer Kartenspieler war.

„Es ist eine Freude, mitanzusehen, wie sich Thomas Leistungen in der Schule nun wieder stabilisiert haben", sagte der Lehrer gerade zu ihm. „Nach dem Brand hatte ich schon befürchtet, er würde ins Bodenlose abstürzen. Auch wenn er noch stiller geworden ist als zuvor, so scheint er sich im neuen Jahr gefangen zu haben. In diesem Licht kann ich die Gerichtsentscheidung nur begrüßen."

„Wie hat das Gericht denn entschieden?", fragte Bernhard. „Dass der Schreiber gestern in Eisern war, hat sich schon herumgesprochen, aber das Ergebnis noch nicht."

„Tillmann ist Thomas' Vormund geworden", erklärte Robert. „Henni ist Ludwigs Tochter, sie braucht keinen Vormund."

„Aber Henni lebt doch die ganze Zeit bei dir, Tillmann", bemerkte Bernhard. „Zieht sie denn jetzt wieder zu Göbels?"

„Thomas wird das kaum zulassen, er hängt sehr an der Kleinen", meinte Tillmann. „Kätchen und ich sind ebenfalls der Meinung, dass sie bei uns besser aufgehoben ist als bei Göbels, und bisher hat Ludwig noch nicht nach ihr gefragt."

„Das wird er auch nicht mehr", behauptete Robert. „Er ist froh, dass er das Mädchen los ist. Ihr Vermögen hat er ja nun unter seiner Fuchtel."

„Jetzt rede mal nicht so abfällig von unserem Schulzen", wies Bernhard Robert zurecht.

„Wir werden uns bemühen", wechselte Tillmann das Thema, „Thomas und Henni nach Kräften zu fördern und zu versorgen. Das habe ich Conrad versprochen, und die Kinder sind es wert."

„Ich habe gehört, dass Conrad etwas mit dir gemauschelt hat“, brummte Bernhard. „Mir war gar nicht klar, dass er auch Hammerschmied war.“

„Er hatte die Hammertage immer unter der Verwaltung der Weidenauer Verwandtschaft und hat sich nie selbst als Schmied betätigt“, wusste Gerhard.

„Aber trotzdem war er dann ja in gewisser Weise mitverantwortlich für die Vorwürfe, die die Hammerschmiede gegen Eisern erhoben haben“, beharrte Bernhard.

„Glücklicherweise ist die Qualität des Eisens wieder besser geworden, wie ich höre.“ Robert sah Tillmann fragend an.

„Das stimmt“, sagte der, „seit dem Brief der Zunft ist nichts mehr vorgefallen. Ich hoffe nur, dass es auch so bleibt.“

„Ich bin ja immer noch der Meinung, dass es nie etwas zu kritisieren gab und die Hammerschmiede haltlose Behauptungen aufgestellt haben“, regte Bernhard sich erneut auf.

Gerhard gab dem Gespräch eine andere Richtung. „Dein neuer Gichtverschluss scheint ein voller Erfolg zu sein, Tillmann“, lobte er. „Er läuft jetzt schon in der zweiten Hüttenperiode, und die Gewerken sagen, dass in der letzten Periode pro Wagen Eisen eine erhebliche Menge an Kohle eingespart worden sei.“

„Du hast recht. Die Einsparungen waren sogar größer, als ich dachte. Das zeigt, wie wichtig eine gleichmäßige Durchgasung des Ofens ist.“

„Wollt ihr den anderen Ofen im Sommer ebenfalls umbauen?“, fragte Robert.

„Da bin ich gegen!“ Bernhard schlug gleich einen kämpferischen Ton an. „Wir sparen zwar etwas, aber letztlich holen wir uns damit Schwierigkeiten ins Dorf. Die Anzahl der Fremdarbeiter hat weiter zugenommen, und ich habe schon oft genug betont, dass sie nur Geld wegschleppen und Probleme bringen. Bei Müllers ist neulich ein Huhn verschwunden. Die meisten im Dorf meinen, dass die Fremdarbeiter dabei die Finger im Spiel hatten. Ausgerechnet an diesem Tag sind welche im Ort gesehen worden. Und neulich war die große Schlägerei hier vor dem Wirtshaus. Da waren auch zwei von den Auswärtigen beteiligt.“

„Aber alle in Eisern profitieren von der höheren Produktivität“, merkte Gerhard an, „und wenn die Produktion steigt, werden nun einmal mehr Arbeitskräfte benötigt. Das Erz muss doch geschürft werden. Müllers Huhn wird der Fuchs geholt haben.“

„Wir hatten auch vor dem Ofenumbau unser Auskommen“, beharrte Bernhard. „Das zusätzliche Geld, das wir verdienen geht nach auswärts. Unser Tillmann, der profitiert vielleicht, aber auch er muss das zusätzliche Erz auswärts kaufen.“

In der Tat war es so, dass der Ofen durch die Kohleeinsparung mehr Erz verbrauchte. Dem stand allerdings eine höhere Eisenproduktion gegenüber. Aber einige Gewerken, darunter auch Bernhard, hatten für die letzten Hüttenreisen nur genau die gewohnte Erzmenge beschafft, und dadurch fehlte ihnen am Ende der Periode das Erz für den Armentag und die Samttage.

Tillmann hatte durch seine Erzeinkäufe mehr Erz zur Verfügung gehabt, als er brauchte. Als schließlich noch die Lieferung aus der Eisenzeche dazugekommen war, sah er sich in der Lage, den anderen Gewerken das benötigte Erz zu verkaufen, was seine prekäre Finanzlage etwas aufgebessert hatte. Aber einigen Gewerken war es ein Dorn im Auge, Erz zu kaufen, das nicht von der Eisernhardt stammte.

„Ich verstehe ja“, sagte Tillmann, „dass viele dem Neuen skeptisch gegenüberstehen. Bisher haben die Gewerken auch noch keinen Beschluss bezüglich der Nachrüstung des Ofens gefasst. Ich denke, wir können in Ruhe abwarten, was die Zukunft bringt.“

30. Der Erbstollen, Oktober 1787

Tillmann war seit Langem nicht mehr beim *Alten Krämer* gewesen, aber heute war er gemeinsam mit Oskar, Thomas und Anton dorthin unterwegs. Sie wollten der Idee des Erbstollens nachgehen, und bevor der Winter hereinbrach, sollte ein Anfang gemacht sein. Die Freundschaft zwischen Thomas und Anton hatte sich gefestigt, sie verbrachten fast jede freie Minute miteinander. Thomas fand das Vorhaben, einen Erbstollen zu graben, spannend, und obwohl er erst 13 war, hatte er sich für das Projekt begeistert. Deshalb wollten die beiden Jungen heute unbedingt dabei sein.

Einerseits ging Tillmann das neue Projekt voller Enthusiasmus an, andererseits fragte er sich, ob er sich mehr um Kätchen kümmern müsse. Sie war wieder schwanger, und er hoffte, dass es diesmal gut ausgehen würde. Die Fehlgeburt hatte sie sehr mitgenommen, vor allem seelisch. Tillmann forderte sie regelmäßig auf, sich mehr zu schonen, aber das wollte sie nicht. Sie wollte stark sein. Er hoffte, dass demnächst Magdalene wieder zu Besuch käme, denn er hatte das Gefühl, dass es Kätchen besser ging, wenn sie da war. Noch immer litten die Benders unter den finanziellen Tiefschlägen, deshalb war er selbst so viel unterwegs. Letzte Woche war Zunftversammlung gewesen, da war Kätchen auch allein geblieben

Die kleine Gesellschaft hatte das Dorf hinter sich gelassen, und Oskar fragte: „Stimmt es, dass Ludwig jetzt auch als Massenbläser in die Zunft aufgenommen wurde?“

„Ja, das stimmt.“ Tillmann dachte an die vergangene Woche zurück. „Achenbach hat ihn sehr freundlich behandelt. Mir gegenüber ist der Zunftmeister immer etwas reserviert. Soviel ich weiß, liefert Ludwig ihm all sein Eisen. Achenbach erhält sonst keins aus Eisern. Daher kennen sie sich natürlich ganz gut.“

„Gab es denn wieder Kritik an unserem Eisen?“, erkundigte sich Oskar.

„Nein, diesmal wurde nicht darüber gesprochen. Es ist meines Wissens seit damals nichts mehr vorgefallen. Hoffentlich bleibt das so, denn eine gewisse Skepsis bringen die Hammerschmiede uns Eisernern seitdem entgegen.“

„Gab es sonst noch Neuigkeiten?“, fragte Oskar weiter.

„Was mich gefreut hat, ist, dass Adam Böcking über unseren neuen Gichtaufbau gesprochen hat. Es sind jetzt schon einige Ofenreisen damit absolviert worden. Er hat sehr objektiv über die Betriebserfahrungen berichtet, und unsere Kohleeinsparungen haben viel Beachtung gefunden. Auch der Sicherheitsaspekt ist natürlich wichtig.“

„Ja“, sagte Oskar, „du hast schon ein pfiffiges Köpfchen. Und die Idee mit dem Erbstollen hat auch etwas Faszinierendes.“

„Die ist nicht von mir“, stellte Tillmann richtig, „aber ich bin gespannt, ob wir sie umsetzten können.“

Als sie kurz darauf am *Alten Krämer* ankamen, begannen die Jungen um das große Wasserloch herumzuturnen.

„Seid vorsichtig!“, mahnte Tillmann. „Das Wasser ist tief, und die Ränder sind nicht befestigt.“

„Hier können wir schwimmen lernen“, freute sich Anton.

„Das macht ihr lieber im Sommer am Mühlenweiher oder noch besser am Löschteich, da kann nicht so viel passieren.“ Tillmann warf den beiden einen strengen Blick zu.

„Und wer soll hier jetzt was erben?“, fragte Anton.

„Hast du es denn noch immer nicht verstanden?“ Thomas reagierte ungeduldig. „Der Stollen erbt das Wasser aus dem Loch. Das sagt man halt so. Du kannst es dir vorstellen wie bei einem Eimer, der voll Wasser ist. Dann bohrt man seitlich unten ein Loch hinein, und alles Wasser kann abfließen.“

„Das ist ja einfach“, meinte Anton.

„Im Grunde ja, nur dass dieser Eimer“ – Thomas zeigte auf das Wasserloch – „sehr tief ist. Und jetzt sieh dir mal an, wie dick dort unten die Wände sind, und sie sind nicht aus Holz oder Erde, sondern bestehen aus Fels.“

„Das geht ja gar nicht, da gräbt und hämmert man ja ewig“, meinte Anton.

„Es wird ziemlich lange dauern, aber gerade deshalb wollen wir Tillmann helfen, damit er schneller fertig wird.“

„Ja, das wollen wir“, sagte Anton und klang jetzt doch etwas zaghaft.

Unterdessen hatte Tillmann sich das umliegende Gelände genau angesehen. Die Mutung lag auf einem kleinen Bergrücken, sodass es einige Möglichkeiten gab, von wo aus man einen waagerechten Stollen beginnen konnte. Die Schwierigkeit bestand darin, dem Stollen eine genaue Richtung so vorzugeben, dass er schließlich die alte Pinge genau an der tiefsten Stelle treffen würde. Nur so konnte dann das Wasser aus der Pinge durch den Stollen ablaufen. Dabei durfte der Erbstollen nicht exakt waagerecht verlaufen, sondern musste ein geringes Gefälle aufweisen, so dass das Wasser wie in einem Bachbett abfließen konnte.

Die Grube war etwa elf Meter tief. Wenn sie für das Gefälle einen Meter zugaben und noch eine Sicherheit von zwei weiteren Metern berücksichtigten, dann mussten sie 14 Höhenmeter unter dem heutigen

Pingenrand ansetzen. Bei der Neigung, die der Berghang hatte, mussten sie etwa 50 Meter bergab gehen, um 14 Meter tiefer zu kommen. So lang würde der Erbstollen also in etwa werden.

„Überleg noch mal genau, wie die Erzader verlief?", fragte Tillman Oskar.

„Warum ist das wichtig?", wollte Thomas wissen. „Um das Wasser herauszubekommen, ist es doch egal, in welche Richtung der Stollen verläuft."

„In Bezug auf das Wasser hast du recht", antwortete Tillmann, „aber stell dir vor, wie aufwendig das Anlegen des Stollens ist. Wenn wir die ganze Zeit nur taubes Gestein fördern, wird er sehr teuer. Und nun stell dir vor, wieviel besser unsere Situation wäre, wenn wir unterwegs beim Graben schon auf Erz stießen. Dann bekämen wir schon einen Ertrag, bevor wir die alte Pinge erreichen. Deshalb ist die Entscheidung über die genaue Richtung sehr wichtig."

Oskar kannte einige Anhaltspunkte im Gelände, die ihm halfen, den Richtungsverlauf der Ader einigermaßen exakt zu bestimmen. Als Messwerkzeuge hatten sie sich einen Drei-Meter-Messstab, eine Setzwaage und einen Winkelmesser, der aus zwei Brettern gefertigt war, mitgenommen. Tillmann hatte erfahren, dass es schon viel bessere Instrumente gab, um Gelände zu vermessen, aber solche Gerätschaften standen ihnen nicht zur Verfügung. Aber auch auf diese Weise hatten sie nach einigem Messen und Rechnen den Ansatzpunkt für den Stollen nach Höhe, Seite und Richtung bestimmt.

Insbesondere Thomas verfolgte genau, wie die Männer vorgingen. Die meisten Überlegungen verstand er sofort und erklärte sie Anton. Bei einigen Schritten musste er jedoch nachfragen, und Tillmann nahm sich die Zeit, um den Jungen genau zu erläutern, warum sie was und wie machten.

Den Ansatzpunkt des Stollens markierten sie mit einem kleinen Pfahl. Von diesem spannten sie ein Seil in gerader Linie nach oben zum Grubenloch. Dann rammten sie an zwei Punkten entlang der Geraden Pfähle ein, sodass sie leicht Kontrollpeilungen vornehmen konnten.

Tillmann dachte, dass Oberbergmeister Jung ihn wahrscheinlich auslachen würde, wenn er sähe, wie primitiv sie vorgingen. Dennoch war er voller Zuversicht, dass es auch so gelingen konnte. Nur die Zeit machte ihm Sorgen. Ob er die Vollendung des Stollens noch erleben würde? Ob er so ein großes Vorhaben stemmen konnte? Wenn hier zwei Männer 30 Jahre lang nur taubes Gestein fördern würden, konnte das niemand bezahlen.[40]

Den Jungen und Oskar gegenüber äußerte er seine Bedenken nicht, sondern sagte: „Die ersten Meter werden nur Erde sein. Hacken, Schaufeln und Karre haben wir oben im Grubenschuppen."

So fingen die vier an zu graben, und als es Abend wurde, hatten sie schon einen schönen Einschnitt in den Berg geschaufelt und auf der Talseite eine kleine Halde aufgeschüttet. In dem schrägen Gelände war eine schöne Arbeitsfläche entstanden.

Die beiden Jungen hatten kräftig mitgeholfen, und Anton erwies sich für seine elf Jahre als erstaunlich stark und ausdauernd.

„Es ist so schön, wenn man gemeinsam arbeitet", freute er sich auf dem Heimweg, und die anderen mussten über seine Begeisterung lachen. Sie konnten insgesamt mit ihrem Tagwerk sehr zufrieden sein.

„Meinst du, es klappt mit diesem Erbstollen?", fragte Kätchen Tillmann am Abend.

„Ich denke schon", meinte der, „allerdings werden wir einen sehr langen Atem brauchen. In zehn Jahren wissen wir vielleicht, ob es sich gelohnt hat."

„Ich wünsche dir sehr, dass es ein Erfolg wird. Du bist so fleißig und auch so findig. Wenn doch mein Vater noch miterleben könnte, wie erfolgreich du tätig bist."

„Er wäre mir ein so wertvoller Berater", sagte Tillmann und merkte mit einem Mal, wie sehr er Wilhelm vermisste. „Ich frage mich oft, ob er die schweren Rückschläge, die uns getroffen haben, hätte verhindern können."

„Immer wieder diese schweren Rückschläge, manchmal hadere ich mit unserem Schicksal", stimmte Kätchen in die Klage ein.

„Tu das nicht, Kätchen, wie dankbar müssen wir über Hedwig und Jakob sein, wie viel Freude schenken sie uns." Tillmann war nachdenklich geworden. Zögernd fügte er hinzu: „Manchmal frage ich mich, ob es wirklich das Schicksal ist, das uns die Rückschläge beschert, oder ob da jemand nachhilft."

---

[40] Der Erbstollen zum *Alten Krämer* war der erste in Eisern. Er wurde bereits einige Jahre früher begonnen. Die eigentliche Zeit der Erbstollen begann jedoch erst mit der Jahrhundertwende.

„Bei meiner Fehlgeburt im letzten Advent hat niemand nachgeholfen“, protestierte Kätchen. „Und selbst wenn das nicht auf alles zutrifft, so bleibt es doch Teil unseres Schicksals. Warum fügen sich Menschen so viel Leid zu? Das frage ich mich oft.“

„Sie schenken sich aber auch unendliche Reichtümer.“ Tillmann nahm seine Frau in den Arm und küsste sie. „Du bist und bleibst der größte Schatz, den es in meinem Leben gibt, und dafür bin ich sehr dankbar.“

Kätchen lächelte verschmitzt. „Dann hoffe ich mal, dass du nicht neidisch wirst, wenn ich dir sage, dass der Schatz in meinem Leben viel größer ist als deiner, denn ich habe außer dir ja noch deine Familie dazubekommen. Schade, dass Obernau so weit entfernt ist und wir sie so selten sehen. Aber Magdalene besucht uns bald wieder für zwei Wochen, darauf freue ich mich schon sehr.“

„Magdalene ist eine kluge und schöne Frau geworden“, sagte Tillmann. „Ich wundere mich, dass da noch kein Verehrer in Sicht ist, denn sie ist immerhin auch schon 20 Jahre alt.“

„Man wundert sich immer wieder, wie blind Männer sein können.“ Kätchen schmunzelte. „Selbst einem so feinfühligen Mann wie dir ist entgangen, dass Magdalene nicht nur nach Eisern kommt, um ihren Bruder zu besuchen.“

„Ich weiß auch, dass es ihr mehr um ihre Schwägerin geht als um ihren Bruder, aber ich sprach von einem Verehrer“, sagte Tillmann.

„Vermutlich fürchtet sie, dass du mit ihrem Verehrer nicht einverstanden bist.“

„Du meinst wirklich, es gibt einen?“, fragte Tillmann verwundert. „Wen meinst du denn?“

„Karl Göbel natürlich“, sagte Kätchen geradeheraus, „und ich bezweifle, dass nur Emma, Sofie und ich dieses Geheimnis kennen.“

Tillmann war so verblüfft, dass ihm die Kinnlade herunterfiel. „Karl Göbel? Das geht ja nun wirklich nicht! Sie kann doch nicht mit unseren Feinden gemeinsame Sache machen!“

Kätchen seufzte. „Ich glaube, sie befürchtet, dass du es so siehst, und das macht ihr große Not.“

Vorgestern war Magdalene in Eisern eingetroffen und Tillmann spürte, welchen positiven Einfluss sie auf seine Frau hatte. Es war offensichtlich, dass die Schwangerschaft Kätchen stark zusetzte. Ungeachtet dessen sah sie die viele Arbeit im Haus – immerhin waren vier Kinder zu versorgen – und bemerkte, mit welchem Einsatz ihr Mann arbeitete. Sie wollte ihm unbedingt eine starke Hilfe sein.

Wenn Magdalene im Haus war, gelang es ihr etwas, sich zu entspannen. Das hatte sicher damit zu tun, dass die Schwägerin die Arbeit sah und einfach zupackte, ohne groß zu reden. Sie hatte ein sicheres Gespür dafür, wenn Kätchen von Sorgen und Trübsinn geplagt wurde. Dann gelang es ihr, mit knappen, geschickt gewählten Worten, das Grübeln zu unterbrechen und Perspektiven aufzuzeigen.

Tillmann liebte seine Schwester sehr und verdankte ihr so viel. Wie hätte er sie da kritisieren oder ihr gar Vorschriften machen können? Und doch musste er ihr beibringen, dass eine Verbindung zwischen den Familien Göbel und Bender nicht in Frage kam, und jetzt bot sich eine gute Gelegenheit dazu.

Nach dem Abendessen waren Kätchen, Emma und Lisbeth mit den drei Kleinen nach oben gegangen. Thomas hatte das Haus verlassen und traf sich vermutlich mit Anton. Tillmann hatte eine ernste Miene aufgesetzt und blickte zu Magdalene, die am anderen Ende des Tisches Platz genommen hatte und ein wenig lächelte.

„Willst du mir jetzt sagen, dass eine Verbindung zwischen Göbels und Benders unmöglich ist?“, fragte sie. „Das weiß ich auch, lieber Bruder.“

Tillmann war so verblüfft, dass er kein Wort herausbrachte. Magdalene sah seine Reaktion und ihr Lächeln ging in ein Lachen über. „Du staunst aber nicht schlecht“, sagte sie, „dabei müsste ich doch eher staunen, wie lange mein kluger Bruder gebraucht hat, um das Problem zu bemerken.“

„Wie, du sprichst selbst von einem Problem?“, wunderte sich Tillmann. „Ich dachte, du bist in Karl verliebt!“

„Das eine schließt das andere doch nicht aus“, entgegnete Magdalene. „Ein Problem zu erkennen, ist doch nicht schwer. Es zu lösen, ist schon eine andere Sache, und an der Lösung dieses Problems könnte ich schon verzweifeln.“ Das Lachen war aus ihrem Gesicht verschwunden.

„Liebst du Karl denn nun oder nicht?“, fragte Tillmann.

„Wenn ich das so eindeutig beantworten könnte, wäre ich schon ein ganzes Stück weiter.“ Magdalene seufzte schwer. „Mit niemandem kann ich so offen und tiefgründig sprechen wie mit ihm. Er ist sehr intelligent, aber auch kein einfacher Charakter. Kannst du dir vorstellen, in so einer Familie aufzuwachsen? Was macht das aus einem Menschen? Die größte Liebe, die er je erfahren hat, ist die von Sofie, und die hat ihm die Mutter nicht ersetzen können. Er beobachtet so fein und ist mit vielem, was er sieht, nicht einverstanden. Aber wenn er dazu etwas sagt, wird er als Schwächling und Nestbeschmutzer behandelt. Wie soll ein junger Mann damit zurechtkommen?“

„So habe ich Karl noch nie gesehen“, erwiderte Tillmann. „Sicher, er ist anders als Ludwig und Herrmann. Aber er hat sich auch nie von ihnen distanziert.“

„Kann man das von einem jungen Mann in seiner Situation erwarten?“

„Nein,“ antwortete Tillmann nachdenklich, „das kann man wohl nicht.“

„Dabei würde er vielleicht in Opposition gehen, wenn er mit Unterstützung rechnen könnte. Denk nur mal aus seiner Sicht über Sofie nach. Seit Langem ist ihm klar, dass sein Vater Sofie Gewalt antut und sie keine Möglichkeit hat, sich zu wehren. Aber niemand hilft ihr, und allein wagt er es nicht, einzugreifen. Auch wir beide sprechen jetzt darüber und werden schön unseren Mund halten.“

„Natürlich, was sollen wir auch schon tun?“, meinte auch Tillmann und dachte darüber nach, warum es so unmöglich war, Tabus zu brechen.

„Siehst du, und das findet Karl heuchlerisch und verlogen. Am liebsten würde er alles hinter sich lassen und nach Amerika gehen. Vor allem dann, wenn er spürt, dass die anderen im Dorf ihn als Ludwigs Sohn mit seinem Vater gleichsetzen. *Ich würde einer Frau nie etwas antun, aber die Leute scheren alles über einen Kamm*, würde er sagen und gibt den Dörflern sogar recht, weil er sich nicht öffentlich gegen seinen Vater stellt.“

„Das sagt er so?“, fragte Tillmann.

„Mir gegenüber ja“, antwortete Magdalene. „Aber im Grunde ist er sehr verschlossen. Er gehört in Siegen zu einem Lesezirkel. Das darfst du aber niemandem erzählen. Sie treffen sich manchmal sonntags heimlich, und dann lesen sie Schriften von Lessing und Kant und auch von Franzosen.

Rousseau und Voltaire sind Namen, die ich mir gemerkt habe. Was er mir von den Schriften dieser Leute erzählt, klingt gar nicht so übel."

Tillmann staunte immer mehr über das, was er da erfuhr. Er kannte nur einige der Namen, die Magdalene genannt hatte. Aber er wusste, wie brisant die Beschäftigung mit solchem Gedankengut war. Er hatte sich das Gespräch mit seiner Schwester ganz anders vorgestellt, und dass es nicht verlief wie geplant, hatte ihm den Wind aus den Segeln genommen.

„Sei vorsichtig", sagte Tillmann sehr nachdenklich. „Seid ihr denn nun ein Paar oder nicht?"

„Ich glaube schon", erwiderte Magdalene. „Wir haben uns sogar schon einmal geküsst. Mehr lasse ich natürlich nicht zu, und Karl fordert das auch nicht. Vielleicht sind wir das merkwürdigste Liebespaar im Siegerland. Wenn ich bereit wäre, mit ihm nach Amerika zu gehen, dann würde er mich sofort auf dem Schiff heiraten, sagt er immer, und meint, das wäre ganz einfach. Aber ich kann mir nicht vorstellen, nach Amerika zu gehen, und ich fürchte auch, dass sich die hehren Ideale, von denen er gerne spricht, in der Wirklichkeit nicht einfach umsetzen lassen."

„Ehrlich gesagt bin ich schon sehr überrascht über das, was du mir da gerade erzählt hast", sagte Tillmann. „Das muss ich erst einmal verarbeiten, und ich fürchte, dass ich mein Bild von Karl überdenken muss. Trotzdem sehe ich keine Lösung für euer Problem. Man kann nicht in Amerika und Eisern gleichzeitig sein. Und ich würde es sehr bedauern, dich an Amerika zu verlieren."

Als Magdalene die nächsten Worte sprach, war Tillmann sich nicht sicher, ob sich ihr Gesicht zu einem Lachen oder doch eher zu einem Weinen verzog. „Es gibt keine Lösung für uns, also muss ich bis auf Weiteres zwischen der Philosophin und der eifrigen Landfrau hin und her wechseln."

31. Lösungen, Spätsommer 1790

Fast drei Jahre waren ins Land gegangen, ereignisreiche Jahre. Probleme, die alle für unlösbar gehalten hatten, waren gelöst oder einfach nicht mehr da. Neue Probleme, lösbare und unlösbare, waren aufgetaucht. Kätchen hatte im Januar 1788 ein gesundes und, wie es schien, kräftiges

Mädchen zur Welt gebracht. Aber als der Winter kam, hatte die kleine Maria plötzlich einen schlimmen Husten bekommen, und war kurz vor Weihnachten gestorben. Wieder ein so trauriges Weihnachtsfest. So viel Freude Kätchen und Tillmann an Hedwig, Jakob und auch an der kleinen Henni und Thomas hatten, so sehr litt insbesondere Kätchen unter der Allgegenwart des Todes. Wie leicht konnten die anderen Kinder ebenfalls sterben. Manche freie Minute verbrachte Kätchen auf dem Friedhof am Rödgen. Sie brauchte diese Besuche, um ihre Trauer zu bewältigen. Oft kam sie sehr melancholisch zurück.

Im Januar dieses Jahres war sie guter Hoffnung im siebten Monat, als plötzlich die Wehen einsetzten. Ihr Kind wurde tot geboren und konnte nicht einmal mehr getauft werden. Manchmal war es wirklich zum Verzweifeln. Dabei musste sich Tillmann noch glücklich preisen, dass Kätchen die Totgeburt überlebt hatte. Viele Frauen starben im Kindbett.

Thomas war vor zwei Jahren mit der Schule fertig geworden, und so gab es eine wertvolle Arbeitskraft mehr im Haus. Allerdings lag Tillmann die weitere Förderung seines Ziehsohns am Herzen. Er nahm das Versprechen, das er Conrad gegeben hatte, sehr ernst und sprach immer wieder auch mit dem Lehrer darüber. Gerhard Heimbach war ein Glücksfall für Eisern, so sah es nicht nur Tillmann. In der Grafschaft bestand die allgemeine Schulpflicht, aber sie wurde vielerorts sehr oberflächlich umgesetzt. Gute Lehrer waren nicht einfach zu finden und häufig selbst erst 15 oder 16 Jahre alte Jungen, die gerade erst die Schule abgeschlossen hatten.

Da Gerhard eine gestandene Persönlichkeit war und seinen Unterricht sehr praxisnah gestaltete, zweifelten die Eiserner Eltern kaum an Sinn und Zweck der Schule, und auch die meisten Kinder der Armen besuchten die Schule bis zum 14. Lebensjahr. Die Einkünfte aus dem Armentag der Hütte ermöglichten den Familien, bis dahin auf die Arbeitskraft der jungen Leute zu verzichten.

Nach der Volksschule gab es die Möglichkeit, die Lateinschule in Siegen zu besuchen, aber Tillmann hatte beschlossen, dass das für Thomas nicht der richtige Weg war.

So war Thomas nun Tillmanns Lehrling. Aber er wollte nicht in erster Linie die Arbeitskraft seines Ziehsohns ausbeuten, sondern versuchte, ihm einen guten Überblick über den gesamten Wertschöpfungsprozess der Eisenherstellung zu geben, so wie Wilhelm ihn selbst unterrichtet hatte.

Auch Anton war in diesem Frühjahr mit der Schule fertig geworden und hatte bei Benders als Lehrjunge angefangen. Das hatte Ärger mit Ludwig gegeben, der den Jungen für sich beanspruchte. Aber Sofie wollte ihren Sohn lieber Tillmanns Obhut anvertrauen, und da ihr Dienstherr immer betont hatte, Anton sei nicht sein Kind, durfte er letztlich in dieser Sache nicht mitreden. Wegen der Freundschaft zu Thomas wollte Anton sowieso lieber zu Tillmann. Beide Jungen waren nach wie vor dem Projekt *Erbstollen* sehr zugetan. Dort verbrachten sie viel Arbeitszeit unter der fachmännischen Anleitung von Oskar, der ihnen in Bezug auf die Bergmannsarbeit ein hervorragender Lehrmeister war.

Tillmann wachte darüber, dass die beiden Jungen nicht zu einseitig in Richtung Bergbau ausgebildet wurden, sondern auch auf der Hütte Erfahrung sammeln konnten. Er nahm sie mit, wenn er selbst bei Öfen oder Gruben in anderen Dörfern tätig war. Denn Tillmann vertrat die Auffassung, dass für die Ausbildung eines jungen Menschen nichts wertvoller war, als zu sehen, wie es anderswo in der Welt zuging. Von so manchem anderen Gewerken wurde er dafür ausgelacht. Für sie waren Lehrjungen einfach nur Arbeitstiere, die sich ihre Sporen verdienen mussten. Man konnte sich nicht leisten, auf diese Arbeitskraft zu verzichten.

Tillmann achtete nicht auf den Spott der anderen, überzeugt, langfristig gesehen, die bessere Strategie zu fahren. Eine Bestätigung dafür fand er bereits in der hohen Loyalität, mit der Thomas und Anton sich für die Interessen der Familie Bender einsetzten. Sie waren immer mit Begeisterung bei der Sache, wenn es darum ging, neue Wege zu beschreiten.

Seit Tillmann vor ein paar Jahren den Kontakt zum Müsener Stahlrevier aufgenommen hatte, war die Verbindung nicht mehr abgerissen, sondern hatte sich immer weiter intensiviert. Die Müsener hatten sich insbesondere für seinen Gichtverschluss interessiert. Die Kohleeinsparung war nach wie vor beeindruckend, und bisher hatte es keinen Unfall mehr an der Gicht gegeben.

So hatten sich die Müsener Gewerken entschlossen, an einem ihrer Öfen den neuen Gichtverschluss einzubauen, auch wenn in Eisern mit der

Umrüstung des zweiten Ofens immer noch gezögert wurde. Sie hatten Tillmann den Auftrag gegeben, die Umbauarbeiten anzuleiten und zu begleiten. Für die ihm ausfallende Arbeitszeit an der eigenen Hütte wollten sie ihn ordentlich entlohnen.

Tillmanns Finanzlage hatte sich etwas gebessert. Das zusätzliche Erz aus der Eisenzeche und die höhere Produktivität des Ofens hatten seine Erträge gesteigert. Demgegenüber stand der Aufwand, den er in den Erbstollen investierte, der noch keine Einkünfte erbrachte. Der Betrag aus Müsen war mehr als willkommen.

So waren Thomas und Anton heute Morgen mit Tillmann auf dem Weg ins nördliche Siegerland, wo in den nächsten Tagen die vorbereiteten Komponenten des neuen Gichtverschlusses am Ofen montiert werden sollten. Und noch jemand war mit ihnen unterwegs: Karl Göbel.

Das denkwürdige Gespräch mit Magdalene hatte bei Tillmann tiefe Spuren hinterlassen. Er war seiner kleinen Schwester sehr zugetan, und es tat ihm bitterweh, sie in einer aussichtslosen Situation zu wissen. Auch ließ ihn der Gedanke nicht los, dass er Karl womöglich ungerecht behandelte, wenn er ihn nur im Lichte seiner Familie sah. Er hatte viel nachgedacht, sich lange mit seiner Frau beraten und dann eine Vorstellung entwickelt, zu der Kätchen schließlich meinte: „Ich glaube schon, dass das ein Ausweg sein könnte. Rede doch einfach mit Magdalene."

Tillmanns Schwester hörte ihm lange aufmerksam zu und stellte eine Reihe von ergänzenden Fragen. Schließlich bedankte sie sich mit den Worten: „Vielen Dank, Tillmann, dass du dir so viele Gedanken um mich machst. In deinem Vorschlag steckt eine kleine Chance für Karl und mich, aber ich bin nicht sicher, ob Karl es auch so sehen wird. Auf jeden Fall müssten wir ihn überzeugen, dass es dein Vorschlag ist und nicht meiner, und dass es dir wirklich ernst ist."

„Das ist doch selbstverständlich, dass ich mir Gedanken um deine Situation mache, liebes Schwesterchen, wo du immer so selbstlos hilfst und wir dir so viel verdanken", sagte Tillmann. „Du kannst versichert sein, dass es mir ernst ist."

„Das weiß ich ja, und deshalb werde ich Karl etwas vorbereiten und ihm allerdings nur sagen, dass du mit ihm sprechen möchtest."

Wenig später kam es zu einem Vieraugengespräch mit Karl. „Danke, dass du mir die Gelegenheit zu diesem Gespräch gibst," begann Tillmann.

„Keine Ursache", meinte Karl und fuhr dann fort: „Obwohl ich nicht verstanden habe, was es zwischen uns zu besprechen gäbe. Ich wüsste nicht, warum du einem Göbel vertrauen solltest."

„Ich wollte ja auch nicht mit *einem Göbel* sprechen, sondern mit dir, Karl."

„Ist das nicht dasselbe?"

„Magdalene hat mich überzeugt, dass es nicht dasselbe ist, und Magdalene liegt mir sehr am Herzen", erklärte Tillmann. „Wenn ich das richtig verstanden habe, dann gibt es zwischen euch beiden eine sehr enge, wenn auch eigenartige Beziehung."

„Magdalene ist etwas ganz Besonderes", sagte Karl bedächtig. „Sie ist die einzige Frau, die mich versteht, aber ich bin ein Klotz an ihrem Fuß. Ich profitiere von ihr, von ihrem offenen, empathischen Wesen, und sie leidet unter mir. Ich kann ihr nichts bieten."

„Ich habe nicht den Eindruck, dass Magdalene unter dir leidet", entgegnete Tillmann.

„Natürlich tut sie das. Ich lebe in einer Familienstruktur, mit der ich mich überhaupt nicht identifizieren kann. Andererseits schaffe ich es nicht, mich daraus zu befreien. Die einzige Chance, die ich habe, ist, radikal alle Brücken hinter mir abzubrechen und alles hinter mir zu lassen. Konkret heißt das, ich muss auswandern in die Neue Welt. Da kann ich mir vielleicht ein Leben aufbauen, das mir erlaubt, in den Spiegel zu schauen, ohne Verachtung zu empfinden. Magdalene dagegen ist eine Lichtgestalt. Sie ist klug und schön. Sie ist hilfsbereit und wird von allen anerkannt. Ihr stehen alle Wege offen. Ich kann sie doch nicht in meine Verhältnisse hineinziehen. Genauso wenig kann ich von ihr verlangen, dass sie alles hinter sich lässt, was sie liebt, um mit mir zu gehen. Es ist ausweglos." Karl seufzte schwer. „Nein, es gibt nur einen einzigen Weg: Ich muss sie vergessen, aber das schaffe ich nicht."

Tillmann spürte, dass Magdalene mit dem, was sie ihm über Karl erzählt hatte, richtig lag und fühlte sich ermutigt, seinen Vorschlag vorsichtig vorzubringen. „Ich habe nicht den Eindruck, dass es Magdalene recht wäre, wenn du sie vergisst", begann er. „Ich verstehe trotzdem deinen

Gedankengang, dass du sie nicht in *deine Verhältnisse* hineinziehen willst und auch nicht erwarten kannst, dass sie dir nach Amerika folgt. Ich frage mich nur, ob du nicht zu sehr schwarz-weiß malst und dabei manche Nuance verloren geht. Die Welt ist groß, es gibt nicht nur Eisern und Amerika."

„Aber ich bin in Eisern aufgewachsen und kann nichts anderes als Erz schürfen und verhütten", warf Karl ein.

„Ich dachte auch einmal, ich könnte außer Felder zu bestellen und Kohlen zu brennen nichts anderes. Und du siehst ja, dass das nicht gestimmt hat." Herausfordernd sah Tillmann den jungen Mann an. „Aber ich muss dich ganz direkt fragen: Liegt dir etwas an Magdalene? Liebst du sie oder nicht?"

„Natürlich liebe ich sie von ganzem Herzen, aber ich habe sie nicht verdient."

„Ja, das sagtest du. Vielleicht hörst du dir trotzdem einmal an, was ich mir überlegt habe. Erinnerst du dich an die Hammertage, die Thomas in Schneppenkauten besitzt und die ich für ihn verwalte?"

Karl schnaubte. „Selbstverständlich! Vater hat sich mächtig geärgert, als er davon erfahren hat."

„Das kann ich mir vorstellen. Nun ist es so, dass ich mich im Moment nur indirekt um die Verwaltung kümmere. Thomas' Onkel zweiten Grades, der die eigentliche Bearbeitung organisiert, hat in letzter Zeit gesundheitliche Probleme. Er hat mich angesprochen, ob ich die Sachwaltung nicht direkt übernehmen könne. Er kann es sonst nur durch einen Dritten machen lassen, was recht teuer wäre. Wie aber wäre es, wenn du die Verwaltung der Hammertage für mich übernehmen würdest? Du könntest in Schneppenkauten wohnen und alles hinter dir lassen, wie du es so schön ausgedrückt hast. Du müsstest dich natürlich in die Sache einarbeiten, wobei dir mein Schwager Michael bestimmt helfen würde. Dann könntest du Magdalene heiraten, falls ihr beide das wollt. Es wäre einerseits ein kompletter Neuanfang, und andererseits blieben Obernau und Eisern für euch beide doch in erreichbarer Nähe. Könntest du dir das vorstellen?"

Karl antwortete einigermaßen verblüfft auf Tillmanns Vorschlag, der bereits ziemlich durchdacht schien. „Dann wäre ich ja sozusagen dein Knecht. Man könnte sogar sagen, ich sei der Knecht von Thomas, meinem Stiefbruder."

„Ja, so könnte man das sehen", entgegnete Tillmann, „wenn du damit natürlich ein Problem hast … Aber du weißt ja, welche Stellung zum Beispiel Oskar bei mir hat."

„Ich habe oft gedacht, wie viel besser es Oskar hat als ich. Ich weiß nicht richtig, was ich sagen soll und muss erst einmal ein paar Nächte über deinen Vorschlag schlafen."

„Das verstehe ich gut", beteuerte Tillmann, „nimm dir ruhig Zeit zum Überlegen und besprich es mit Magdalene. Einen Gedanken bezieh dabei in deine Überlegungen mit ein. Wenn wir die Hammertage selbst bearbeiten wollen, wäre es für dich allein wohl zu viel. Wir müssen darüber nachdenken, ob du noch einen zweiten Mann mitbekommen solltest, der für dich arbeitet. Wenn du diesen Mitarbeiter hättest, bliebe dir, denke ich, genügend Zeit für eine kleine Nebentätigkeit. Du weißt, dass ich den neuen Gichtverschluss entwickelt habe, und ich merke, dass sich viele von den benachbarten Hüttengewerken dafür interessieren. Deshalb rechne ich damit, dass ich in nächster Zeit einiges damit zu tun haben werde, Verbesserungen an Hütten in anderen Orten vorzunehmen. Dabei brauche ich Unterstützung. Du könntest bei diesem neuen Geschäftszweig meine rechte Hand werden."

Karls Gesichtszüge schienen sich zu entspannen. Er musste sogar ein wenig lachen. „Ich merke langsam, du meinst das wirklich ernst!"

„Natürlich, sonst hätte ich den Vorschlag nicht gemacht."

Es war nicht bei diesem einen Gespräch geblieben. Magdalene und Karl hatten den Vorschlag gründlich erwogen. Immer neue Detailfragen waren aufgeworfen und geklärt worden. Schließlich hatten alle zugestimmt. Die beiden hatten geheiratet und begonnen, sich in Schneppenkauten eine neue Existenz aufzubauen. Maria und Michael freuten sich sehr über die familiäre Verstärkung in unmittelbarer Nachbarschaft.

Nur einer war nicht einverstanden: Ludwig. Er blieb demzufolge auch der Hochzeit fern, obwohl alle ihn gebeten hatten, doch wenigstens die Form zu wahren. Aber seine Zustimmung wurde nicht benötigt, da Karl volljährig war. Ein bisschen lenkte Ludwig dann aber doch ein, als es darum ging, einen Knecht für Weidenau zu bestimmen. Da willigte er schließlich ein, dass Peter, den Ludwig von Daubs übernommen hatte, mit nach Schneppenkauten ziehen sollte. Das traf sich gut, denn so musste nicht mit einem gänzlich Fremden begonnen werden.

So war Karl, neben Thomas und Anton, ein wichtiger Mitarbeiter in Tillmanns *neuem Geschäftszweig* geworden.

Und deshalb war er heute auch mit auf dem Weg nach Müsen. Unterwegs sprachen die vier Männer nicht nur über die direkt vor ihnen liegenden Aufgaben, sondern diskutierten auch neue Ideen und weitergehende Möglichkeiten. Sie ließen ihrer Fantasie freien Lauf.

Schon von Weitem konnte man Müsen sehen, und die beiden Jungen waren etwas vorgelaufen. Karl nutzte die Gelegenheit, um sich nach Kätchen zu erkundigen. Zwischen den beiden Schwagern hatte sich inzwischen ein sehr natürliches, fast schon herzliches Verhältnis entwickelt.

„Tja, Kätchen hat schon zu kämpfen", sagte Tillmann. „Die Arbeit in Haushalt, Garten und Hauberg lässt ihr zu viel Raum zum Grübeln. Es ist nicht einfach!"

„Das verstehe ich, und ich werde noch mal mit Magdalene sprechen", bot Karl an. „Sie hat zwar viel Arbeit damit, uns im fremden Land, ein neues Nest zu bauen, aber sie kann sicher trotzdem noch einmal ein bis zwei Wochen nach Eisern gehen. Ich weiß, dass das Kätchen immer gutgetan hat."

„Das wäre großartig, vielen Dank", sagte Tillmann.

Eine knappe Woche später waren die vier wieder auf dem Heimweg.

„Das war ja ein voller Erfolg", sagte Karl. „Ich bin überzeugt, die Müsener werden viel Freude an ihrem neuen Gichtverschluss haben."

„Ich hatte auch den Eindruck, dass sie ganz zufrieden waren", antwortete Tillmann. „Sie hatten sich bei den Vorbereitungen aber auch genau an meine Anweisungen gehalten. Wir mussten die Verschlussklappe ja nur noch montieren und konnten schon nach kurzer Zeit mit den Übungen zum Begichten beginnen."

Karl wandte sich anerkennend an die beiden Jungen: „Die Gewerken haben nicht schlecht über euer Geschick gestaunt, als ihr ihnen gezeigt habt, wie man der Karre beim Begichten den perfekten Schwung verleiht. Es sah aus wie ein Kinderspiel. Später, als sie es selbst versuchten, haben sie dann gemerkt, dass es schwere Arbeit ist."

Tillmann bemerkte, dass sich Thomas und Anton zufrieden ansahen. Die Jungen konnten zurecht stolz auf sich sein.

„Mir scheint", griff Karl den Faden wieder auf, „dass sich in der Umgebung noch einige Möglichkeiten für ähnliche Umbauten ergeben könnten."

„Vielleicht", entgegnete Tillmann. „Aber lass die Kirche im Dorf, denn was wir jetzt gemacht haben, waren ja alles nur Trockenübungen. Erst wenn der Ofen angeblasen ist, wird sich zeigen, ob der Umbau wirklich ein Erfolg ist."

Ludwig war mit einem Wagen voll Luppen unterwegs nach Boschgotthardshütten, einer der Hammerschmiedesiedlungen bei Weidenau. Er war inzwischen der wichtigste Lieferant für den Gewerken und Zunftmeister Achenbach, der an diesem Hüttenplatz mit Abstand die meisten Hammertage besaß.

Er konnte mit seinen Erfolgen zufrieden sein. Mit seinen 46 Jahren zählte er inzwischen zu den wohlhabendsten Männern in Eisern. Reicher war nur Adam Böcking, aber der trat im öffentlichen Leben kaum auf. Der Heimberger, Robert Hoffmann, zählte nicht mit, da er kein Hüttengewerke war. Und mit Otto Neuser, der ebenfalls nicht arm war, konnte Ludwig sich durchaus messen. Der hatte zwar mehr Hüttentage, aber seine Erträge waren deutlich niedriger. Ludwig wirtschaftete besser, und durch das Amt des Hüttenschulzen hatte er zusätzliche Einkünfte. Insgeheim betrachtete er sich als den mächtigsten der Eiserner Hüttengewerken, da sich viele der kleinen Anteilseigner hinter ihm geschart hatten und sich ihm unterordneten. Zu seinen Anhängern zählte auch Bernhard Hartmann, an den er jetzt denken musste. Als Feuerwehrmann reagierte Bernhard besonnen und gewissenhaft, aber im geschäftlichen Leben war er ein Zauderer, obwohl er sich beim Reden immer hervortat. Viele der kleinen Gewerken hatten sich um ihn versammelt unter dem Motto: *Wir armen Kleinen müssen zusammenhalten.*

Obwohl sie gar nicht arm waren, sahen sie sich als hilfsbedürftig und unterstützungswürdig an. Ludwig schnaubte. Er verachtete solche Leute. Sie wollten selbst keine Verantwortung übernehmen oder sich in einem Amt exponieren. Es war ja schließlich auch viel einfacher, in Deckung zu bleiben, zu kritisieren und Forderungen zu stellen. Trotzdem waren sie

wichtige Unterstützer für ihn. Sie erkannten ihn willig als überlegen an, und es waren ihre Stimmen, die ihn zum Hüttenschulzen und zum Vorsteher gemacht hatten und ihn vielleicht einmal zum Heimberger machen würden.

Und dann gab es Menschen, die sich nicht unterordneten und sich gleichzeitig nicht auf einen Ellenbogenkampf einließen, sondern durch überlegenes Wissen und souveränes Agieren überzeugten. Das waren die Schlimmsten! Denn neben denen kam Ludwig sich plötzlich klein vor, und sie forderten seinen Kampfgeist in besonderer Weise heraus, obwohl sie ihn zumeist fair behandelten. Wilhelm war so jemand gewesen. Als damals der Bruder von Ludwigs erster Frau starb, hatten Schölers dessen Sohn Richard in Pflege genommen und geplant, ihn zu adoptieren. Damit hatte Ludwig nicht gerechnet. Er selbst hatte ihn nicht versorgen, sondern ins Armenhaus stecken wollen. Richards Tod hatte gut in Ludwigs Pläne gepasst. Dadurch war er doch noch an den halben Hüttentag des Schwagers gekommen.

Als auch Hilde starb, hatte er gleich daran gedacht, Kätchen zu heiraten, und hatte Wilhelms Vermögen schon in greifbarer Nähe gesehen. Aber nun hatte Kätchen den Obernauer geheiratet und Ludwig einen Strich durch die Rechnung gemacht. In vielem war Tillmann Wilhelm sehr ähnlich. Seine Wirtschaft hatte offensichtliche Defizite. Er bezahlte seine Knechte und sogar die Fremdarbeiter viel zu gut. Und dann steckte er Geld in so unnütze Sachen wie den Erbstollen. Lächerlich! Jahrelang taubes Gestein klopfen und Arbeiter dafür bezahlen. So würde er es nie auf einen grünen Zweig bringen. Und jetzt lief er in der Weltgeschichte herum und kümmerte sich um alles Mögliche, anstatt seine Leute auf der Hütte anzutreiben. Eigentlich hatte er Tillmann längst hinter sich gelassen. Mit den Schultheistagen hatte er mehr Hüttentage, und auch in Bezug auf die Erträge lag Tillmann viel weiter zurück. Seine Einnahmen waren noch schlechter als die von Otto Neuser, und der ärgerte Ludwig gar nicht.

Eigentlich war Tillmann ein Habenichts, aber er ordnete sich nicht unter. Ludwig hatte eher den Eindruck, als ob Tillmann die materiellen Dinge nichts angingen, als mache er beim Vergleichen gar nicht mit. Vielleicht achteten die Leute ihn deshalb so hoch, auch wenn sie sich nicht um ihn scharten. Jedenfalls war er Ludwig ein Dorn im Auge.

In der Ferne waren nun die Rauchwolken von Boschgotthardshütten zu erkennen. Dort könnte er heute vielleicht die Grundlage schaffen für einen kräftigen Schlag gegen Tillmann.

Mehr als zwei Jahre hatte er auf das schöne Einkommen durch die Beimischung von schlechtem Eisen verzichtet, damit Gras über die Sache wuchs. Vor etwas über einem Jahr hatte er wieder vorsichtig damit begonnen, in der Hoffnung, dass es unbemerkt bliebe. Aber bei der Zunftversammlung vor zwei Wochen war das Thema erneut Gegenstand heftiger Debatten gewesen. Der Zunftmeister hatte mit drastischen Maßnahmen gedroht, falls die schlechten Lieferungen nicht umgehend aufhörten.

In Eisern war daraufhin eine außerordentliche Gewerken-Versammlung einberufen worden. Bernhard hatte wieder darauf hingewiesen, dass, wenn es die Beimischung überhaupt gebe, nur ein Fremdarbeiter daran schuld sein könne. Aber diesmal war es ihm nicht gelungen, mit diesem Punkt Stimmung zu machen. Offenbar glaubten die meisten inzwischen, dass die Beimischungen absichtlich passiert seien und etwas unternommen werden müsse.

Tillmann hatte gesagt: „Beim Laden der Luppenwagen kann kaum jemand etwas beimischen, das wäre zu offensichtlich, und die Eisenqualität in der Gießhalle ist gut. Aber meistens stehen die Wagen noch ein, zwei Tage in einem Schuppen oder sogar auf dem Hüttenplatz. Dort sind sie unbewacht, und in der Nacht könnte der Übeltäter gutes gegen schlechtes Eisen austauschen. Was haltet ihr davon, wenn wir den unteren Geräteschuppen so weit frei machen, dass die beladenen Wagen dort eingeschlossen werden können? Wenn wir dann zusätzlich noch einen Wachdienst organisieren, kann es kaum mehr eine Gelegenheit zur Pfuscherei geben. Für die Fuhrleute muss natürlich jeder für sich einstehen."

Der Vorschlag war nach kurzer Debatte angenommen worden.

Ludwig hatte eingesehen, dass er in Zukunft auf die schönen *Nebeneinkünfte* verzichten musste. Vielleicht konnte man da noch einen passenden Schlusspunkt setzen. Er dachte an Peter, der jetzt für Karl arbeitete. Der konnte sich noch als ein Ass im Ärmel erweisen. Das hatte er schon im Gefühl gehabt, als er die Entscheidung getroffen hatte, ihn für Karl freizugeben. Jetzt wohnte und arbeitete der Knecht in Schneppenkauten und musste inzwischen die Weidenauer Hüttensiedlungen wie seine Westentasche kennen.

Wenn er später bei Achenbach fertig war, würde er ihn besuchen, beschloss Ludwig. Karl würde ihn ohnehin nicht empfangen, daher würde er es so einrichten, dass sein Sohn seine Anwesenheit gar nicht bemerken würde. Es war ein Jammer, dass er es nicht geschafft hatte, aus seinem Sohn einen richtigen Mann zu machen. Aber ihn an Tillmann und seine Sippe zu verlieren! Schrecklich!

Kurz darauf traf Ludwig in Boschgotthardshütten ein, wo Achenbach schon auf ihn wartete. Achenbach war eine Respektsperson und wurde von den meisten Menschen in seiner Umgebung gesiezt.

„Ah, da kommt ja wieder ein Wagen mit guten Masseln aus Eisern“, begrüßte er Ludwig, „oder muss man jetzt auch bei Ihm, Göbel, damit rechnen, betrogen zu werden?“

„Sie müssen doch zugeben, Herr Achenbach, dass Sie bei meinen Luppen noch nicht eine einzige schlechte gefunden haben, und das wird auch so bleiben.“

„Nichts für ungut, Göbel, ich wollte Ihm nicht zu nahetreten. Aber Er weiß ja selbst, dass seine Kollegen in Eisern nicht die gleichen Qualitätsmaßstäbe ansetzen wie Er.“

„Leider, leider!“ Ludwig gab sich Mühe, ein möglichst bedauerndes Gesicht aufzusetzen. „Sie haben recht, geehrter Herr Achenbach, und glauben Sie mir, mich als Hüttenschulzen schmerzt das ganz besonders. Ich kann gar nicht mehr zählen, wie viele Nächte ich schon auf der Lauer gelegen habe, und doch konnte ich den Übeltäter bisher nicht dingfest machen.“

„Wir leiden gemeinsam unter diesem Schuft, denn vielleicht kann Er sich vorstellen, wie viel zusätzliche, ärgerliche Arbeit mir diese ganze Angelegenheit in meiner Funktion als Zunftmeister schon bereitet hat. Und das, obwohl ich selbst nie Grund zur Klage hatte. Ich verstehe nicht, warum meine Kollegen nicht besser auf die Zuverlässigkeit ihrer Lieferanten achten.“

„Es sind halt nicht alle der Qualität und Ehre in so hohem Maße verpflichtet wie wir beide, Herr Achenbach“, sagte Ludwig. „Zurzeit bekommen Sie all mein Eisen, ich könnte gar nicht mehr herstellen und weitere Hämmer beliefern.“

„Sie können wirklich nicht mehr liefern als derzeit?“, vergewisserte sich der Hammerschmied.

„Nein, beim besten Willen nicht.“ Ludwig schüttelte bedauernd den Kopf. „Benötigen Sie denn mehr?“

„Ja, wir haben einige Verbesserungen an unserer Anlage vorgenommen und daher unsere Vorräte fast verbraucht. Es scheint so, als ob ich mich nach einem zusätzlichen Lieferanten umsehen muss.“

Wie ein Blitz schoss Ludwig eine Idee in den Kopf. Der grobe Plan, den er sich überlegt hatte, konkretisierte sich. „Hm“, machte er nachdenklich, um dann fortzufahren: „Kann ich Ihnen vielleicht meinen Kollegen Tillmann Bender empfehlen? Es könnte gut sein, dass er froh wäre, einen so renommierten Hammer wie die Boschgotthardshütte beliefern zu dürfen.“

„Das enttäuscht mich aber, dass ausgerechnet Er mir diesen Emporkömmling empfiehlt. Es hat mir gar nicht gefallen, ihn seinerzeit in die Zunft aufnehmen zu müssen.“

„Ich verstehe Ihre Vorbehalte gut und bitte um Nachsicht, dass ich Ihnen aus bestimmten Erwägungen heraus doch diese Empfehlung ausgesprochen habe.“

„Sie sprechen in Rätseln!“ Stirnrunzelnd blickte Achenbach Ludwig an.

„Wenn sich ja herausstellen würde … Sie wissen doch, wie gerne ich den Übeltäter …“

„Ah, Er hat einen Verdacht?“

„Nein, das will ich so nicht sagen. Es kam mir nur so der Gedanke, ob vielleicht durch so eine Lieferung …“

„Sage Er nichts weiter, ich habe Ihn verstanden. Ich werde eine Bestellung platzieren. So, und nun lasse er abladen! Kommt Er später noch auf ein Bier ins Haus?“

„Ich danke sehr für die Gastfreundschaft, bitte aber um Nachsicht dafür, dass ich heute ablehne, da ich später noch in Schneppenkauten vorbeischauen möchte.“

„Ja, ich verstehe“, lenkte Achenbach ein. „Habe gehört, dass Sein Sohn jetzt dort wohnt, und die nächste Lieferung bringt er ja schon in der nächsten Woche.“

Eine Woche später, als Ludwig mit der nächsten Lieferung zur Boschgotthardshütte fuhr, legte er eine kurze Pause im Wald zwischen dem Tiergarten und Weidenau ein. Seitlich am Wagen hing ein schwerer Ledersack, den er jetzt losband und ein stückweit hinter den Bäumen am Wegesrand abstellte. Dann fuhr er weiter. Sein kurzer Stopp wäre jedem Beobachter unverdächtig erschienen. Als er sich noch einmal umschaute, stellte er mit Befriedigung fest, dass der Sack bereits verschwunden war. Peter war auf Zack.

32. Reiseplanung, Oktober 1790

Nach der Zunftversammlung in Siegen wollte Tillmann noch seine Geschwister bei Weidenau besuchen und ging zunächst nach Haardt zu Maria und Michael, wo er immer sehr liebevoll aufgenommen wurde.

„Weißt du noch“, fragte Michael, „wie wir schon vor Jahren darüber gesprochen haben, dass du mich einmal bei einer Reise zu meinen Kunden begleiten könntest? Für Anfang November plane ich wieder eine solche Tour ins südliche Ruhrgebiet und ins Bergische Land. Ich bin überzeugt, dass du jetzt, wo du dich intensiv mit der Verbesserung der Anlagentechnik beschäftigst, in besonderem Maße von einer solchen Reise profitieren würdest.“

Tillmann nickte. „Da stimme ich dir voll zu. Ich weiß nur nicht, ob ich abkömmlich bin und Kätchen allein lassen kann. Zurzeit ist es etwas schwierig.“

„Wenn du so denkst, wird es nie passen. Gerade diesmal fügen sich die Anlaufpunkte so zusammen, dass du auf einer einzigen Reise viele interessante Anlagen zu sehen bekämst. Überleg es dir gut. Wer weiß, ob sich die Chance so wieder bietet. Morgen bist du doch in Schneppenkauten, sprich mit Karl und Magdalene, vielleicht kann deine Schwester für die Zeit deiner Abwesenheit bei Kätchen bleiben.“

„Gut“, sagte Tillmann, „ich werde versuchen, alles passend zu organisieren. Wie lange werden wir denn unterwegs sein? Bis Hagen sind es doch sicher ein paar Tagesmärsche.“

„Zwei Wochen sollten reichen. Man weiß vorab nie, wie lange es wirklich dauert. Das hängt auch stark vom Wetter ab. Aber wir werden nicht laufen, sondern reiten, dann sind wir ein ganzes Stück schneller.“

„Bist du sicher, dass das eine gute Idee ist?“, fragte Tillmann. „Ich habe zwar ein Ackerpferd, aber damit kann ich nicht reiten. Die Miete für ein Reitpferd ist sehr teurer, und meine Finanzen stehen noch immer nicht zum Besten. Außerdem bin ich kein geübter Reiter.“

„Für unsere Reise werden deine Reitkünste schon ausreichen“, entgegnete Michael. „Um Tiere und Kosten mach dir keine Gedanken, dafür werde ich sorgen.“

So hatten die beiden Männer vereinbart, dass sie in etwa zwei Wochen auf die Reise gehen würden.

Auch bei Magdalene und Karl in Schneppenkauten war die Freude über Tillmanns Besuch groß. Karl war in Hochstimmung. Am letzten Wochenende war er in Siegen bei seinen Freunden vom Lesekreis gewesen und hatte neue Informationen über die Ereignisse in Frankreich mitgebracht.

„*Freiheit, Gleichheit, Brüderlichkeit* – so lautet das Motto der neuen französischen Regierung“, sprudelte es aus ihm heraus. „Ist das nicht fantastisch? Wenn sich ein so wichtiges Land wie Frankreich diesen Werten verschreibt, dann wird das auch auf Deutschland nicht ohne Einfluss bleiben.“

Tillmann hatte gehört, dass es im Nachbarland Unruhen gegeben hatte, aber den Details keine Beachtung geschenkt. Frankreich war so weit weg, und es war Feindesland. Er konnte sich nicht vorstellen, dass diese Ereignisse einen großen Einfluss auf das Siegerland haben würden. Andererseits wollte er Karls Freude nicht trüben.

Deshalb sagte er diplomatisch: „Na, dann hoffen wir mal, dass sich dieses Motto wirklich verbreitet. Gegen Freiheit und Brüderlichkeit kann man nichts haben. Wie es mit der Gleichheit bestellt ist, sei mal dahingestellt. Ich habe nicht den Eindruck, dass die Menschen alle gleich sind.“

„Natürlich sind sie nicht gleich“, entgegnete Karl, „aber gleich viel wert. Es geht darum, dass alle Menschen gleichwertig sind und damit gleichberechtigt behandelt werden. Wenn die Obrigkeit nach solchen Grundsätzen handelte, dann ginge es allen viel besser.“

„Das stimmt“, gab Tillmann zu, „aber noch viel mehr wäre gewonnen, wenn sich die Bürger untereinander nach diesen Grundsätzen behandeln würden." Er machte eine kurze Pause und meinte dann: „Aber jetzt erzählt doch lieber einmal, wie es euch inzwischen hier in Schneppenkauten so ergeht."

„Anfangs gab es ein paar Schwierigkeiten", sagte Magdalene, „aber mittlerweile klappt alles ganz gut. Karl und Peter haben die Arbeit am Hammer schnell gelernt, und Conrads Verwandtschaft und Michael haben ihnen geholfen, wo sie konnten. Wir werden hier inzwischen behandelt wie ganz normale, kleine Hammergewerken. Kaum einer lässt uns spüren, dass wir das gar nicht sind."

„Das hört sich doch gut an", erwiderte Tillmann. „Und wie kommt ihr finanziell zurecht?"

„Auch da können wir nicht klagen", erzählte Magdalene. „Wir leben bescheiden, und mit dem Arbeitslohn, den Karl von dir erhält, kommen wir zurecht. Die Hammertage sind durchaus ertragreich. Wenn alle Kosten abgezogen sind, bleibt ein schönes Draufgeld übrig, auch wenn wir den Zins für Thomas zur Seite legen."

Tillmann gewann den Eindruck, dass seine Schwester die Finanzen der jungen Familie im Griff hatte. Es machte ihm Freude, dass diese beiden wertvollen Menschen einen guten Hafen gefunden hatten. Karls und Magdalenes Dankbarkeit war deutlich zu spüren.

Tillmann erzählte ihnen von den Reiseplänen, die er mit Schwager Michael geschmiedet hatte. Es war Karl, der nach einem kurzen, verständigenden Blick zu Magdalene vorschlug, dass sie für die Zeit der Reise nach Eisern gehen könnte.

„Dann werde ich mit Kätchen sprechen", sagte Tillmann, „vielleicht kommt die Reise wirklich zustande."

„Du musst dir nicht so viele Gedanken um mich machen." Kätchen lächelte ihren Mann an, als er am Abend von den Reiseplänen erzählte. „Ich bin doch nicht aus Zucker. Ich freue mich mit dir, dass du diese Möglichkeit hast. Ich finde es auch großherzig von Michael, dir bei den Reisekosten zu helfen."

„Es tut mir so leid, dass ich es nicht schaffe, unsere Finanzen nachhaltig zu stabilisieren. Ich würde dir gern ein sorgenfreieres Leben ermöglichen, wie du es bei deinem Vater hattest."

„Es ist schon komisch", antwortete Kätchen, „nach meinem Eindruck wirtschaftest du mindestens so gut wie mein Vater und bist noch rühriger als er. Manchmal denke ich, dass über unserem Leben so etwas wie ein böser Geist schwebt, der immer, wenn sich die Dinge zum Guten wenden, wieder für einen Rückschlag sorgt. Ich hatte schon den Verdacht, dass Ludwig dieser Geist sein könnte. Aber dann denke ich wieder, dass wir ihm unrecht tun, denn es gibt keine Hinweise oder gar Beweise gegen ihn. Gerade jetzt habe ich wieder so ein dummes Gefühl. Unser Hüttenbetrieb bringt Erträge ein, und mit dem zusätzlichen Verdienst, den du aus Müsen bekommst, geht es aufwärts. Warum verfolgt mich so eine Ahnung, dass sich ein neues Gewitter über uns zusammenbraut?"

„Du darfst dich nicht von so trüben Gedanken bestimmen lassen", sagte Tillmann. „Dass es bisher immer wieder Rückschläge gab, heißt doch nicht, dass es die in Zukunft auch geben wird. Denk lieber an unsere goldigen Kinder, sie entwickeln sich prächtig. Und auch die Pflegekinder machen uns viel Freude. Thomas ist mir schon eine richtig gute Hilfe. Er wird auf dich aufpassen, wenn ich unterwegs bin. Wie gut, dass ihm Conrad vor seinem Tod die Hammertage überschrieben hat. Das sichert dem Jungen seine Existenz und hat die Möglichkeit mit sich gebracht, für Magdalene und Karl außerhalb von Eisern eine Bleibe zu schaffen."

„Du hast recht", sagte Kätchen lächelnd, „und wenn Magdalene kommt, dann fällt es mir nur halb so schwer, dich ziehen zu lassen."

Gut zwei Wochen später waren die Reisevorbereitungen abgeschlossen. Am Nachmittag vor Tillmans Abreise traf ein Brief ein, der in der Abschiedsstimmung noch für Hektik sorgte. Der Zunftmeister und Hammergewerke Achenbach aus Boschgotthardshütten hatte eine Wagenladung Roheisen bestellt.

„*... ist aus genannten Gründen ein Lieferengpass entstanden. Ich bestelle daher eine Wagenladung reinstes Eiserner Roheisen zur sofortigen Lieferung zu meinem Hüttenplatz ...*", hatte es in dem Schreiben geheißen.

„Das ist eine enorme Ehre, die uns da zuteil wird", sagte Tillmann. „Achenbach ist der angesehenste unter allen Hammergewerken des Siegerlandes!"

„Jetzt, so kurz vor deinem Aufbruch, können wir den Auftrag unmöglich ausführen.“ Kätchen wirkte besorgt.

„Entscheide nicht so schnell“, erwiderte Tillmann. „Es ist vielleicht eine einmalige Möglichkeit. Aber ja, Achenbach schreibt von einem besonderen Engpass und bestellt zur sofortigen Lieferung. Es liest sich ein bisschen wie jetzt oder nie. Ich laufe eben zur Hütte und berate mich mit Hannes, bevor ich abreise.“

Der sagte: „Aus dieser Hüttenperiode bekommen wir noch drei Wagen, die allesamt an deinen Schwager Stahlschmidt geliefert werden sollen. Wenn der auf eine Lieferung verzichten würde, könnten wir Achenbach bedienen.“

„Das ist eine gute Idee“, sagte Tillmann. „Ich bin sicher, dass Michael noch so viel Reserve hat, dass er einen solchen Ausfall verkraften kann. Ich sehe ihn morgen, dann kann er noch Maßnahmen einleiten, falls das erforderlich ist. Aber denk dran, dass bei dieser Lieferung wirklich alles stimmen muss. Achenbach hat *reinstes Eisen* verlangt. Es wäre eine Katastrophe, wenn in dieser Ladung eine Unreinheit gefunden würde.“

„Mach dir keine Sorgen“, sagte Hannes, „ich werde persönlich das Laden überwachen und den Wagen wegschließen. Nachts werde ich sporadisch das Lager kontrollieren und den Wagen persönlich nach Boschgotthardshütten fahren.“

„Dann bin ich beruhigt“, erwiderte Tillmann.

Am nächsten Morgen brach er nach Weidenau auf und fragte Michael, ob er auf eine Wagenladung Eisen in der laufenden Saison verzichten könnte. „Ich muss gestehen, dass ich von deiner Zusage ausgegangen bin, denn ich habe alle Anweisungen entsprechend hinterlassen“, sagte er zu seinem Schwager.

„Das ist kein Problem, ich brauche dann aber im neuen Jahr eine Ladung mehr“, sagte Michael. „Für wen brauchst du denn das Eisen so dringend? Oder habt ihr Probleme mit dem Ofen?“

„Der Ofen läuft gut“, erwiderte Tillmann, „aber ich habe die Möglichkeit, eine Ladung nach Boschgotthardshütten zu verkaufen, die dort offensichtlich dringend gebraucht wird.“

Michael blickte nachdenklich und sagte: „Komisch, von so einem Engpass habe ich gar nichts mitbekommen, und es wundert mich auch ein bisschen, dass Achenbach bei dir bestellt. Ich hatte immer den Eindruck, dass er nicht gerade dein Freund ist."

„Das stimmt, aber gerade deshalb erscheint es mir wichtig, ihn zu beliefern", sagte Tillmann. „So kann ich ihn durch unsere Zuverlässigkeit gewinnen. Dumm ist nur, dass ich die Lieferung wegen unserer Reise nicht selbst übernehmen kann."

„Und doch kommt mir das Ganze irgendwie seltsam vor." Michael runzelte die Stirn. Dann sagte er: „Lass uns gleich noch in Schneppenkauten bei Karl vorbeigehen, die haben engere Verbindungen zur Boschgotthardshütte. Wir brechen ja erst morgen früh auf."

Sie trafen Karl alleine an, da Magdalene bereits in Eisern war.

„Das mit dem Engpass stimmt schon", sagte Karl, „ich habe von Achenbachs Verwalter gehört, dass sie den Frischherd verbessert haben und deshalb mehr Eisen durchsetzen. Sie haben dadurch mehr Arbeit, und er hat gefragt, ob Peter bei Engpässen aushelfen könne. Das kam mir durchaus gelegen. Dass er dich, Tillmann, als Lieferanten wählt, wundert mich auch, aber vielleicht will er dir wirklich eine Chance geben."

Durch Karls Informationen beruhigt, hatten sie früh am Morgen die Pferde bestiegen und waren hoch zu Ross unterwegs nach Norden. Sie hatten die Krombacher Höhe erstiegen, und der einjährige Haubergsschlag gab den Blick in die Weite frei. Zu ihren Füßen lag das schöne Siegerland, dessen Grenzen Tillmann nun zum ersten Mal überschritt.

Michael meinte: „Das Wetter scheint mitzuspielen, und wir haben ausdauernde Tiere. Wenn es gut läuft, können wir es heute noch bis Altena schaffen."

33. Marktstudien, November 1790

Mit dem letzten Tageslicht ritten sie in Altena ein, und Tillmann war beeindruckt von der gewaltigen Burg, die über dem Tal thronte. Es hieß, dass diese Burg seit ein paar Jahren der Stadt gehöre. Sie beherbergte ein Gericht, ein Gefängnis und ein Armenhaus. Wie sich die Zeiten änderten! Die Burg – ein Armenhaus? Schwer vorstellbar!

Das Wirtshaus, in dem Michael gewöhnlich übernachtete, lag dicht beim Ufer der Lenne, unmittelbar am Fuße des Burgberges. Sie bezogen ihre Stube, und wenig später saßen sie im Gastraum und ließen sich ein deftiges Mahl und frisches Bier auftischen.

„Hier an der Lenne und vor allem auch in den kleinen Seitentälern", erklärte Michael, „gibt es gute Wasserkraft. Ich kenne keine andere Stadt, in deren Umgebung es so zahlreiche Drahtmühlen gibt und wo so viele Drahtzieher ihrem Handwerk nachgehen."

„Warum heißen sie denn Drahtzieher?", fragte Tillmann. „Was wird denn da gezogen?"

„Du kennst doch die Knüppel, die wir in der Hammerschmiede erzeugen. Für sie gibt die Zunft eine Norm vor, nach der sie gefertigt werden. Hier in Altena spalten sie diese Knüppel zunächst in mehrere Stangen, die sie so lang ausschmieden, dass sie gerade noch in die Werkstatt passen. An einem Ende werden sie etwas angespitzt und dann durch ein Loch gefädelt. Das schlanke Ende nimmt der Drahtzieher mit der Zange und zieht die Stange durch das Loch. Dabei wird sie dünner und länger. So wird sie durch immer kleinere Löcher gezogen."

„Reißt der Arbeiter das dünne Ende nicht einfach ab?", fragte Tillmann.

„Wenn der Stahl genau passend erhitzt wurde, passiert das nicht", erklärte Michael. „Bei der richtigen Temperatur verhält er sich wie eine knetbare Masse und fließt quasi durch das Loch. Das ist die Kunst, die sie hier in Altena wie nirgends sonst beherrschen: den Stahl auf der richtigen Temperatur zu halten und auch die Zuglöcher so auszubilden, dass die Zugkraft klein ist. So können sie den Draht immer dünner ziehen. Er wird dabei so lang, dass er aufgerollt werden muss. Der Werker zieht etwa eine Elle Stahl durch das Loch. Dann greift er mit der Zange um und zieht die nächste Elle, bis die ganze Länge durchgezogen ist. Dann wird die Temperatur kontrolliert und eventuell die entstandene Drahtrolle noch einmal nachgewärmt. Anschließend wird der Draht durch das nächstkleinere Loch gezogen."

„Und die Wasserkraft brauchen sie, um mit Blasebälgen ihre Feuer zu schüren?", meinte Tillmann.

„Früher haben sie die Wasserkraft nur zu diesem Zweck genutzt", erklärte Michael, „aber in unseren modernen Zeiten haben sie sich ganz schön komplizierte Maschinen gebaut, die die Werker beim Ziehen unterstützen. Manchmal hat man das Gefühl, es ginge alles wie von selbst. Ich denke, genau diese Maschinen werden dich sehr interessieren."

„Werden sie uns denn die Anlagen überhaupt zeigen, wenn so viel Wissen darin steckt?" Tillmann schaute seinen Schwager skeptisch an.

„Ich denke schon, denn die eigentliche Kunstfertigkeit und Erfahrung der Drahtzieher steckt in der genauen Ausbildung der Zieheisen, also der Platten mit den verschiedenen Löchern darin, durch die der Draht gezogen wird, und in der Kenntnis um das Erzeugen und Halten der richtigen Temperatur. Morgen und übermorgen werden wir ein paar der gut 60 Drahtmühlen besuchen, die es hier in der Umgebung gibt. Wie du weißt, legen die Zunftregeln nicht nur die Preise fest, sondern auch die Stahlqualität. Damit die Regeln eingehalten werden, ist der Verkauf des Stahls den Raitmeistern vorbehalten. Sie fahren über Land und verkaufen unseren Stahl zu den festgelegten Preisen. Sie verhandeln Liefermengen und -zeitpunkte. Das macht uns manches einfach. Wir konzentrieren uns auf die Stahlherstellung und erfahren von den Raitmeistern, wann wir welche Menge wohin liefern müssen.

Leider hat dieses System aber auch eine Reihe von Schwächen. Die Drahtzieher zum Beispiel brauchen besonders weichen Stahl, damit er sich gut umformen lässt. Für uns ist es nur ein geringer Mehraufwand, den Stahl nach ihren Wünschen anzupassen. Die Raitmeister lassen sich aber im Allgemeinen auf keine Diskussionen über verschiedene Materialeigenschaften ein. Sie verstehen nicht viel vom Stahl, und das Zunftmonopol kennt auch keine abweichenden Preise für unterschiedliche Qualitäten. Von daher wird das Handelssystem über die Raitmeister vielfach zu Recht kritisiert."

„Das verstehe ich", sagte Tillmann, „aber Altena liegt auf preußischem Gebiet. Müssen die Verkäufe hierher denn überhaupt nach den Zunftregeln abgewickelt werden?"

„Da sprichst du einen wichtigen Punkt an", antwortete Michael. „Wir kommen auf unserer Reise auch noch in den Herrschaftsbereich der Grafen von Berg und ins Erzbistum Köln. Die Herrscher dieser Gebiete, und so auch ihre Untertanen, fühlen sich nicht an unsere Zunftregeln gebunden und drängen darauf, sich davon zu lösen. Für uns ist das ein Dilemma. Zum einen müssen wir uns treu an die Zunftregeln halten, sonst bekommen wir zu Hause Schwierigkeiten. Zum anderen brauchen wir zufriedene Kunden. Ich glaube, so mancher Zunftgenosse hat sich seinen eigenen Ausweg aus diesem Dilemma gebastelt. Ich mache es folgendermaßen: Die Lieferverträge werden von den Raitmeistern abgeschlossen. Dann besuche ich meine Kunden und bespreche mit ihnen, wie genau sie ihren Stahl brauchen. Meistens führt das zu einem Mehrpreis, manchmal auch zu einem Minderpreis. Damit mir die Zunft nicht vorwerfen kann, dass ich gegen das Preismonopol verstoße, bekomme ich kein zusätzliches Geld, sondern sie schicken mir ab und zu ein paar Kisten Nägel."

Tillmann musste lachen und sagte: „Deshalb bekomme ich also bei dir so günstig Nägel! Das habt ihr euch raffiniert überlegt! Aber wieso bekommst du denn gerade Nägel?"

„Na, weil die Drahtzieherei und die Nagelproduktion sehr dicht beieinanderliegen. Davon wirst du dich morgen noch überzeugen können. Draht ist noch kein Fertigprodukt, sondern ein Halbzeug, aus dem zum Beispiel Ketten, Seile, Zäune, Gitter, Haken, Federn und eben auch Nägel hergestellt werden", erklärte Michael. „Die Nagelproduktion aus Draht ist besonders einfach, und viele Familien im Lenne- und oberen Ruhrtal betreiben eine solche als Nebenerwerb."

„Nimmst du auch noch ein Bier", fragte Tillmann. „Vom vielen Erklären musst du doch einen ganz trockenen Mund haben."

„Ja, bestell noch zwei", sagte Michael. „Aber wenn wir die ausgetrunken haben, wird es auch Zeit, zu Bett zu gehen."

An den nächsten beiden Tagen hatte Michael einiges mit seinen Kunden zu besprechen. So blieb Tillmann viel Zeit, den Betriebsablauf und die Anlagentechnik in den Drahtmühlen zu studieren. Bisher kannte er nur Wasserräder, die ein einzelnes Aggregat antrieben. In den Drahtmühlen wurde die Drehbewegung des Rads genutzt, um drei verschiedene Anlagenteile koordiniert anzutreiben: die Ziehbewegung beim Drahtziehen, das Öffnen und Schließen der Zange und das Aufrollen des Drahts. Interessant fand er auch, wie die Baumeister es hinbekamen, dass beim Ziehen die Geschwindigkeit über den ganzen Hub gleichblieb.

Was die Fertigung von Nägeln betraf, musste Tillmann Michael recht geben. Wenn man Draht hatte und wusste, wie es ging, war es verblüffend einfach. Zunächst wurden viele gleich lange Stücke von einer Rolle abgeschnitten. Diese Stifte wurden auf Temperatur gebracht und dann in eine Vorrichtung gesteckt. Mit einem einzigen Hammerschlag bekamen die Drahtstücke eine Spitze und einen Kopf und waren außerdem perfekt gerade. Wenn er bedachte, dass der Eiserner Dorfschmied an einem einfachen Nagel mehrere Minuten arbeitete, dann konnte Tillmann nur staunen.

Zum Abschluss des Aufenthalts in Altena hatte Michael einige seiner Kunden zu einem Abendessen eingeladen, bei dem es sehr lustig und munter zuging. Er schien ein gutes Verhältnis zu den Drahtziehern zu haben. Tillmann brachte zum Ausdruck, wie sehr ihn die Anlagentechnik mit den dreierlei koordinierten Bewegungsabläufen beeindruckte.

„Ja, das ist schon etwas anderes als euer grobes Räderwerk“, sagte einer der Männer. „Wir müssen nun einmal viel feiner und akkurater arbeiten.“

„Und wenn ihr an den Anlagen etwas verbessern wollt, gibt es da oft Meinungsverschiedenheiten zwischen den einzelnen Gewerken?“ Tillmann wunderte sich, dass er mit seiner Frage allgemeines Gelächter auslöste.

„Gewerken, was ist das denn?“, lautete die Gegenfrage. „Natürlich haben wir gehört, dass es bei euch so etwas gibt, aber wir sind hier unsere eigenen Herren. Es kommt schon mal vor, dass eine Drahtmühle zwei oder drei Leuten gemeinsam gehört. Aber normalerweise gibt es einen Meister, der die Gesellen und Knechte anweist, und dem gehört auch die Mühle. Der Meister entscheidet über die Anlagentechnik. Die kann nämlich sehr verschieden sein, je nachdem, was für Drähte einer zieht.“

Am nächsten Morgen waren die Reisenden wieder auf ihren Pferden unterwegs, diesmal in Richtung Hagen.

„Du sahst gestern Abend ganz verdattert aus, als du erfuhrst, dass es hier keine genossenschaftlichen Strukturen gibt.“ Beim Gedanken an die Situation am Vorabend musste Michael lachen.

„Das kannst du laut sagen“, antwortete Tillmann, „damit hatte ich nun wirklich nicht gerechnet. Ich dachte immer, bei so teuren Anlagen könnte das gar nicht anders sein. In Eisern wird ja selbst die Getreidemühle durch eine Gewerkschaft betrieben.“

„Gehört die Mühle nicht eigentlich Robert Hoffmann?“, fragte Michael. „Er braucht die anderen Gewerken nicht wirklich.“

„Aber zumindest die Hütte könnte einer allein nicht finanzieren", gab Tillmann zu bedenken.

„Das stimmt, aber dass im Siegerland fast alles genossenschaftlich organisiert ist, hat auch historische Gründe. Vermutlich wurden uns diese Strukturen vor Jahrhunderten durch die Holzknappheit aufgeprägt."

„Das genossenschaftliche Wirtschaften hat ja auch viele Vorteile. Es hält das gemeinschaftliche Handeln in einem Dorf hoch. Alle sind gezwungen, an einem Strang zu ziehen, und der Wohlstand ist viel besser verteilt."

„Es hat aber auch Nachteile", meinte Michael. „Die verschiedenen Gewerken sind sich untereinander oft nicht grün, und dann können sie sich nicht einigen, ob eine Verbesserung durchgeführt wird oder nicht. Und wenn du dir einen Gewerken wie Achenbach in Boschgotthardshütten anschaust, der ist auch fast sein eigener Herr. Er hat aus alter Tradition heraus noch ein paar Mitgewerken, aber er ist so mächtig, dass er Entscheidungen allein treffen kann."

Tillmann war sehr nachdenklich geworden. So selbstverständlich war ihm die genossenschaftliche Gewerken-Struktur immer gewesen. Er dachte an Bernhard Hartmann, der oft dafür plädierte, dass es nur Gewerken und keine Knechte geben sollte, und schon gar keine Fremdarbeiter. Wie würde Bernhard reagieren, wenn er sähe, wie selbstverständlich hier so vieles anders war?

Nach einer Weile fragte Tillmann: „Und, was erwartet uns in Hagen?"

„Jedenfalls keine genossenschaftlichen Strukturen", antwortete Michael. „Ich muss auch dort mit meinen Kunden besprechen, wie sie ihren Stahl haben wollen, und verhandle um Mehr- und Minderleistungen und wie wir die ausgleichen können. Aber in Hagen werden schwerere Bauteile hergestellt. Wenn in Altena die von uns gelieferten Stahlknüppel als erstes geteilt werden, dann werden sie dort eher zu größeren Stücken zusammengeschweißt. Bei uns sind die Maschinen praktisch komplett aus Holz gebaut, die Wasserräder, die Wellen und die Gestänge. An unserm Hammer gibt es außer dem Amboss und dem Bären nur wenige Metallteile, die zur Verstärkung an kritischen Stellen eingebaut werden. In Hagen wirst du auf Anlagen treffen, an denen viel mehr aus Metall aufgebaut ist als bei uns. Und für diese Maschinenteile sind die Anforderungen an den Stahl wieder ganz andere als bei den Drahtziehern in Altena."

„Könnt ihr dem Stahl denn wirklich gezielt so viele bestimmte Eigenschaften mitgeben?“

„Ja, das können wir“, bestätigte Michael, „obwohl ich glaube, dass wir da erst ganz am Anfang stehen. Ein Großteil unseres Könnens basiert auf Erfahrung, und nur langsam baut sich ein Wissen auf, welche Eigenschaften der Stahl durch bestimmte Arbeitsschritte bekommt.“

„So richtig verstehe ich das noch nicht“, entgegnete Tillmann. „Mir ist klar, dass das rohe Eisen, wenn es von uns kommt, gereinigt werden muss. Das ist, als wenn man im Winter am Bach ein Stück Eis abschlägt und in einem Becher auftaut, dann schwimmt noch viel Sand und Schmutz darin herum. Ich dachte, eure Aufgabe besteht darin, den Stahl zu filtern, wie Wasser durch ein Tuch, und den Dreck herauszuholen.“

„Der Vergleich ist gut gewählt“, meinte Michael, „nur müssen wir noch etwas genauer hinsehen. Wenn du zum Beispiel etwas Salz in das Wasser mischst und es dann wieder in den Frost draußen stellst, merkst du, dass der Gefrierpunkt verändert ist. Du hast durch die kleine Beimischung eine wichtige Eigenschaft des Wassers verändert. Es schmeckt jetzt auch ganz anders. Nun kannst du zum Beispiel noch einen Löffel Honig in dem Wasser auflösen, und wieder hat sich viel verändert. Ergänze ein paar Tropfen Milch, und du bekommst eine Vorstellung, wie vielfältig die Möglichkeiten sind. Leider können wir bei der Stahlproduktion nicht gezielt bestimmte Zutaten hinzufügen oder entfernen, aber wir kennen die Unterschiede zwischen Eisen aus Eisern oder aus Müsen. Abhängig davon, wo das Erz herkommt, bringt der Rohstoff spezielle Eigenschaften mit, die wir durch Mischen von Roheisen aus verschiedenen Abbaugebieten verstärken oder abschwächen können. Auch durch die Prozessführung beim Frischen und Schmieden kann man manches variieren. Das Gespräch mit meinen Kunden bei einer Reise wie dieser ist sehr wichtig, denn ich lerne viel daraus. “

Tillmann ließ dieses neue Wissen einen Moment sacken, dann sagte er: „Na ja, ich bin gespannt, was ich an Anlagentechnik zu sehen bekomme.“

Auch in Hagen war es so, dass Michaels Kunden kein Geheimnis aus ihren Anlagen machten. Tillmann konnte sich nach Herzenslust umsehen und auch mit den Werkern sprechen, soweit das beim Lärm der Hämmer möglich war. Michael und er besichtigten die Fertigung von Sensen und Sicheln, aber auch die von Pflugscharen. Tillmann war erstaunt, wie findig man sich die Arbeit durch die Nutzung von Vorrichtungen erleichterte. Natürlich blieb jedes einzelne Werkstück ein Individuum, aber durch den Gebrauch der Hilfsmittel sahen sie nicht so unterschiedlich aus wie handgearbeitete Stücke, sondern ähnelten einander sehr.

Besonders beeindruckt war Tillmann von einem Schweißherd, den er in einer Schmiede entdeckt hatte, in der große Werkstücke bearbeitet wurden. Er war stutzig geworden, weil er an dem Herd die üblichen Blasebälge nicht finden konnte. Dabei brannte das Feuer doch sehr intensiv und heiß. Er konnte sich nicht erklären, woher die Blasluft kam, und fragte deshalb nach.

Es stellte sich heraus, dass im Raum hinter dem Herd eine ganz neuartige Gebläsemaschine stand. Die Blasluft kam aus zwei dicken Metallzylindern, in denen Kolben durch ein Stahlgestänge auf und nieder bewegt wurden.

„Warum wählt ihr denn eine so aufwendige Lösung?“, staunte Tillmann. „Diese Metallzylinder müssen doch furchtbar teuer sein.“

„Das stimmt, die sind nicht billig“, erklärte ihm der kleine dicke Schmied, der am Feuer arbeitete, „aber ein normaler Blasebalg aus Holz und Leder würde durch die heiße Blasluft verbrennen.“

„Aber wieso ist die Luft heiß?“, fragte Tillmann weiter. „Bei unseren Öfen kommt die Blasluft einfach aus der Umgebung.“

„Weil wir sie erhitzen. Die Außenluft wird durch einige Kanäle an der Esse vorbeigeführt, dabei erwärmt sie sich. Sie ist dann schon sehr heiß, wenn sie ins Feuer geblasen wird. Dadurch sparen wir enorm viel Kohle.“

So einfach, staunte Tillmann, und so genial! Durch Blasen fachte man das Feuer an, durch zu starkes Blasen kühlte man es so, dass man ein Feuer auch ausblasen konnte. Man könnte die Blasluft vorwärmen! Was hier für das Schweißfeuer galt, musste am Hochofen noch viel mehr bringen! Tillmann studierte alle Details der Gebläsemaschine und fragte auch, wo man die Teile für so eine Maschine bekommen könnte. Der kleine Schmied erklärte, dass er das meiste mit seinen Mannen in der eigenen Werkstatt herstellte. Wenn sich da nicht etwas draus machen ließe …

Am nächsten Tag, einem Samstag, ging die Reise der beiden Männer weiter und führte sie aus dem Hagener Becken, das durch die Mündungsgebiete von Lenne, Volme und Ennepe in die Ruhr gebildet wurde, hinüber ins Tal der Wupper.

„Heute reisen wir nur bis Schwelm, Tillmann“, erklärte Michael. „Dort werden wir schon mittags eintreffen. Schwelm ist ein weit über die Landesgrenze hinaus bekannter Kurort. Wir können Wasser aus dem Gesundbrunnen trinken und unser Wochenende genießen. Morgen Nachmittag reiten wir dann weiter bis Barmen, wo meine nächsten Kunden leben.“

„Einen solchen Luxus bin ich ja gar nicht gewohnt“, erwiderte Tillmann. „Aber wir haben ja für November erstaunlich gutes Wetter. Da können wir die schöne Landschaft genießen. Die Berge zu unserer Linken erinnern mich an die Heimat, dagegen fallen die Berge rechts doch sehr flach aus.“

„Gut beobachtet“, meinte Michael. „Wenn man weiter nach Norden reitet, wird die Landschaft zunehmend flacher. Bald gibt es gar keine Berge mehr, so erzählen es wenigstens die Hagener Freunde. Viel weiter nach Norden bin ich selbst auch noch nicht gekommen. Vielleicht ist die Landschaft mit ein Grund dafür, dass sich meine Geschäftspartner hier zunehmend auch als Händler betätigen. Sie verkaufen unseren Stahl weiter in die nördlicheren Gebiete. Und diese Händler verstehen was von den Materialeigenschaften! Sie wissen genau, für welches Produkt man welche Qualität braucht. Den Eindruck hat man bei den Kölnern und Frankfurtern oft nicht. Die interessieren sich nur für Mengen und Preise. Ob es dabei um Holz, Stahl oder Salz geht, interessiert sie erst in zweiter Linie.“ Michael schaute sich um und wies mit der Hand vor sich. „Schau, gleich verlassen wir das Tal der Ennepe und reiten wieder bergauf. Oben am anderen Abhang in Richtung Wupper liegt dann schon Schwelm.“

Nach einem wunderbaren, anregenden und entspannten Wochenende begannen sie die nächste Woche im Tal der Wupper. Dort lagen die Werkstätten von Michaels Kunden recht verstreut, sodass sie öfter das Quartier wechselten. Eine Nacht verbrachten sie in Barmen, eine in Elberfeld und eine in Vohwinkel.

Im Tal der Wupper beschäftigten sich die Menschen vor allem mit der Erzeugung von Garnen, Bändern und Stoffen. Was in Eisern an langen Winterabenden in den Stuben von Hand erzeugt wurde, geschah hier in großem Stil. Es gab manche Weberei, Wirkerei[41] und Spinnerei. Tillmann staunte, wie weitgehend diese Vorgänge, die die Frauen zu Hause von Hand erledigten, hier mechanisiert waren. Und um diese Maschinen zu bauen, brauchte man Metall, das in die unterschiedlichsten Formen gebracht werden musste. Tillmann war fasziniert von der Komplexität der Technik, die er zu sehen bekam. So feine Mechanik konnte in den Hütten, Hämmern und Bergwerken im Siegerland wohl kaum eingesetzt werden. Wenn er sich vorstellte, dass sich diese Techniken verbreiteten, wieviel Stahl würde dann gebraucht werden? Den konnten die Öfen im Siegerland gar nicht erzeugen. Andererseits fragte sich Tillmann, wer so viele Stoffe und Bänder überhaupt brauchte. Der Mensch konnte doch nur eine Kluft tragen, und mehr als einen Sonntagsanzug und zwei Werktagskleider konnte man nicht gebrauchen.

Es gab noch eine zweite Art von Werkstätten, die Michael zu seinen Kunden zählte. Dort wurden Werkzeuge hergestellt, wie Hämmer und Zangen, Meißel und Sägen, und zwar mit einer erstaunlichen Präzision.

Einen Hammer oder eine Zange zu fertigen, war kein großes Kunststück, sagte sich Tillmann, das konnte jeder Dorfschmied. Sie hatten ihre Werkzeuge im Siegerland immer selbst in den Kleinschmieden der Hütten und Dörfer gefertigt. Aber es dauerte viel länger, und jedes Stück sah ein bisschen anders aus.

Wieder fragte er sich, wer all dieses Werkzeug brauchte, aber offensichtlich wurde alles verkauft. Die Werkstätten machten den Eindruck, als ob es ihnen wirtschaftlich sehr gut ginge. Ob das hier ein Blick in die Zukunft war?

Von Vohwinkel nach Solingen, ihrem nächsten Ziel, war es nur ein kurzer Ritt.

„Der Weg bleibt auf der Höhe“, erklärte Michael, „die Wupper fließt links in einem sehr engen und vielfach gewundenen Tal, in dem es keine größeren Ansiedlungen gibt.“

---

[41] Beim Wirken entsteht ein Stoff oder Band, anders als beim Weben, durch Maschenbildung. Fadensysteme werden vielfach miteinander verschlungen.

„Was für Betriebe gibt es denn in Solingen, die ich bisher noch nicht gesehen habe?“, fragte Tillmann. „Mein Kopf ist so voll mit neuen Eindrücken und Techniken, dass ich nicht glaube, noch irgendetwas hineinzubekommen.“

„Das kann ich nachvollziehen“, sagte Michael, „aber es geht ja nicht darum, dass du alles behalten musst, was du siehst, sondern dass du einen Eindruck von der Vielfalt der Welt bekommst.“

„Diese Vielfalt zu erleben, ist allerdings sehr beeindruckend“, stimmte Tillmann dem Schwager zu. „Manches, was wir für selbstverständlich halten, gibt es woanders nicht, und wird dort auch für völlig unnütz angesehen. Und andersherum würden viele Siegerländer die Errungenschaften von anderswo eher als überflüssig ansehen.“

„Genau“, ergänzte Michael, „und die allermeisten kommen aus ihrer Umgebung und aus ihren eigenen Denkstrukturen nie heraus und sind deshalb gegenüber allem Neuen und Andersartigen verschlossen. Aber nun zu deiner Frage, was es in Solingen Neues gibt: Man nennt Solingen auch die Stadt der Klingen. Hier sind die Messer- und Schwertschmiede zu Hause. Du wirst tatsächlich noch zwei Künste kennenlernen, die uns bisher auf unserer Reise nicht begegnet sind. Das ist zum einen das Damaszieren und zum anderen das Härten und Vergüten. Du kennst doch sicher die vielen Legenden, die sich um die alten Schwertschmiede ranken?“

„Ja“, sagte Tillmann, „es waren Zauberer, die wahre Wunderwerke fertigten, so hart, dass sie Stein zertrennten, so biegsam, dass sie unzerbrechlich waren, und dabei so scharf, dass sie eine Feder im Flug zerschnitten.“

„Du kennst dich aus“, sagte Michael lachend, „und du bist Fachmann genug, um zu wissen, dass es leicht ist, einen sehr harten Stahl herzustellen. Genauso leicht ist es, einen Stahl weich und biegsam zu machen. Aber Stahl herzustellen, der beides vereint, ist enorm schwer. Beim Damaszieren werden mehrere Stäbe aus zwei völlig verschiedenen Stählen zu einem Bündel verschweißt, ausgeschmiedet, gefaltet und erneut verschweißt, und das immer wieder: verdrillt, geschmiedet, gefaltet, verschweißt. So durchmischen sich die verschiedenen Stahlsorten, und das Ergebnis weist ganz neue Eigenschaften aus. Du kannst dir vorstellen, wie viele Gestaltungsmöglichkeiten man durch die Wahl der Ausgangsstähle und die Art und Weise der Bearbeitung bekommt. In dem sehr komplexen Wissen des

Damaszierens liegt wohl das wichtigste Geheimnis der hohen Qualität der Solinger Klingen."

„Das ist aber eine aufwendige Arbeit", sagte Tillmann. „Da schmiedet man ja ewig, bevor es an die eigentliche Formgebung geht. Das muss doch sehr teuer sein."

„Das ist es auch", bestätigte Michael, „aber du weißt selbst, was eine gute Klinge wert ist. Was nützt dir ein billiges Messer, das gleich zerbricht oder sofort stumpf wird? Und weil die Messerschmiede die Kunst des Damaszierens zu einer so hohen Blüte gebracht haben, sind die Klingen auch wieder nicht so teuer, wie man zunächst denkt." Michael machte eine kurze Pause, bevor er fortfuhr: „Eine zweite Kunst kommt noch hinzu. Du weißt doch, dass auch die Dorfschmiede immer einen Eimer Wasser neben dem Amboss stehen haben, um das glühende Eisen abzuschrecken. So werden zum Beispiel die Spitzen von Hacken härter gemacht. Die Dorfschmiede nutzen diese Technik eher nach Gefühl, aber hier in Solingen haben sie eine Wissenschaft daraus entwickelt. Die Messerschmiede wissen genau, wann ein Werkstück abgeschreckt werden muss und wann nicht, welche Temperatur es vor dem Abschrecken haben muss und wie lange es ins Wasser kommt. Sie nutzen nicht nur Wasser, sondern auch Öl zum Abschrecken. Und sie wenden die Technik nicht nur auf ganze Werkstücke, sondern zum Beispiel auch nur auf die Schneide einer Klinge an. Auch diese Technik erlaubt eine Fülle von Möglichkeiten, die Eigenschaften eines Werkstücks zu verändern."

„Wenn man das so erzählt bekommt", meinte Tillmann, „klingt es einfach, aber ich kann mir vorstellen, wie viel Wissen und Erfahrung nötig ist, damit sich die Eigenschaften des Stahls nicht nur verändern, sondern verbessern. Und genossenschaftliche Strukturen finde ich wahrscheinlich auch in Solingen nicht?"

Michael nickte. „Da hast du recht, das ist eine Siegerländer Besonderheit, und du kannst weiter darüber nachsinnen, ob es ein Vorteil oder ein Nachteil ist."

„Wenn ich so mit Abstand darüber nachdenke, gibt es schon viele Konflikte zwischen den Gewerken", meinte Tillmann.

Seine Gedanken schweiften in die Heimat. In dieser Woche mussten die Luppen an Herrn Achenbach ausgeliefert werden. Er fragte sich, ob es nicht vielleicht doch ein Fehler war, die Bestellung während seiner Abwesenheit zu bedienen. Hoffentlich machte Hannes alles richtig.

Es war wohl Gedankenübertragung, denn zur gleichen Zeit war Hannes mit dem Luppenwagen unterwegs und hatte Boschgotthardshütten fast erreicht.

Tillmann wird zufrieden sein, dachte er. Auch wenn er kaum Schlaf bekommen hatte, so konnte er doch sicher sein, dass ihnen diesmal niemand schlechtes Eisen untergeschoben hatte.

Er hatte das Laden genau überwacht. Da in dieser Nacht kein anderer fertiggeladener Wagen bereitstand, hatte er sich den Schlüssel zum Schuppen geben lassen, war hineingefahren und hatte abgeschlossen. Nachts war er mehrmals aufgestanden, hatte sich angeschlichen und kontrolliert, dass sich niemand am Karren zu schaffen machte. Morgens hatte er eigenhändig aufgeschlossen und angespannt. Er hatte sogar die Luppen auf dem Wagen noch einmal umgeschichtet und nach minderwertigen Masseln Ausschau gehalten.

Eben wollte er auf den Hof der Hammerschmiede einbiegen, als ihm ein Arbeiter entgegentrat und zurief: „Du kannst jetzt nicht einfahren! Wir brauchen den Rangierraum, um Fertigteile zu sortieren."

„Ich will doch nur eben meine Luppen abliefern. Hier auf der Straße kann ich nicht stehen bleiben."

„Komm heute Nachmittag wieder, dann kannst du abladen. Jetzt geht es nicht. Da drüben ist eine Schenke, da kannst du die Wartezeit verbringen", sagte der Arbeiter und wandte sich ab.

Das ist ja ärgerlich, dachte Hannes. Das war ihm noch nie vorgekommen, aber bei so hohen Herren war wahrscheinlich manches anders. Er seufzte. Also gut, würde er eben zur Schenke rüberfahren.

Er musste ein bisschen rangieren, um seinen Wagen schließlich auf den Platz neben der Wirtschaft zu bugsieren. Der Wirt hatte gesehen, dass ein Fuhrwerk auf seinen Hof fuhr, kam heraus und krakeelte: „Das ist kein Abstellplatz. Unser Hof gehört nicht zur Hütte!"

Hannes wurde langsam ungeduldig und fragte sich, ob in Boschgotthardshütten alle so abweisend waren.

Dann schilderte er dem Wirt seine Situation, der daraufhin einlenkte und sagte: „Na gut, wenn du eine ordentliche Mahlzeit einnimmst und auch etwas trinkst, dann kannst du über Mittag stehen bleiben.“

„Kann ich denn den Wagen aus der Gaststube sehen?“, fragte Hannes.

„Nein, die Fenster der Gaststube gehen nach vorne raus und zur anderen Seite.“

„Der Wagen darf aber nicht unbeobachtet bleiben“, beharrte Hannes.

„Hast du etwa Gold geladen?“, fragte der Wirt lachend. „Ich sehe nur ganz normales Eisen. Aber wenn du so empfindlich bist, dann schließe ich dir die Scheune hinter deinem Wagen auf. Die ist leer, da kann ich ihn einschließen.“

Sehr gut, dachte Hannes, da konnte er wenigstens sicher sein, dass ihnen hier niemand mehr etwas unterjubelte.

Er ging in die Gaststube, bestellte Bier und ein deftiges Essen. Er war hungrig und verspeiste die Mahlzeit mit großem Appetit.

Etwa zwei Stunden später betrat Peter die Schenke, ließ sich ein Getränk geben und schaute sich um.

Als er Hannes sah, kam er auf ihn zu und sagte: „Ah, Besuch aus Eisern. Darf ich mich zu dir setzen?“

„Natürlich.“ Hannes erzählte, wie es ihm ergangen war.

„Ja, der Hüttenplatz war nicht frei“, sagte Peter, „das stimmt. Es gab einige Stapel von Stahlstäben, die zu verschiedenen Auslieferungsladungen zusammengestellt werden mussten. Die Knüppel sind verdammt schwer. Ich habe auch beim Umsortieren geholfen. Wenn so was ist, dann fragt der Verwalter schon mal Karl, ob ich entbehrlich bin. Aber jetzt sind wir drüben fertig. Lass uns austrinken, und dann helfe ich dir beim Abladen.“

34. Köln, November 1790

„Das Wochenende verbringen wir in Köln“, verkündete Michael, als sie am Samstagvormittag Solingen verließen. „So eine Großstadt ist schon sehr beeindruckend. Und am Sonntagabend treffen wir Josef Schmitz, einen der bedeutenden Eisenhändler im Rheinland. An und für sich habe ich mit ihm nichts zu verhandeln, denn das machen die Raitmeister. Aber wenn ich so eine Reise unternehme, mache ich immer einen Höflichkeitsbesuch bei ihm und lade ihn zum Essen ein. Auch wenn er von den Details der Stahlherstellung kaum etwas versteht, ist er immer noch mein wichtigster Kunde. Er unterhält erstaunlich viele Kontakte und reist sehr viel. Um diese Jahreszeit trifft man ihn jedoch meistens zu Hause an. Sonntags empfängt er mich lieber als in der Woche, da ist er immer sehr beschäftigt."

Am frühen Nachmittag konnten sie in der Ferne ein großes Gewässer erkennen, und Tillmann fragte: „Was ist das denn für ein großer See?"

Michael lachte. „Das ist kein See, das ist der Rhein."

Ungläubig antwortete Tillmann: „Ich weiß wohl, dass Köln an dem großen Fluss Rhein liegt, aber ein Fluss kann doch nicht so riesig sein!"

„Doch kann er, und ganz in der Ferne kannst du bereits den gigantischen Turm des Doms sehen, der die gewaltige Stadtmauer noch um einiges überragt."

„Ja, ich kann ihn sehen, er muss ja enorm hoch sein", staunte Tillmann.

„Er wird noch viel höher, wenn er eines Tages fertiggebaut ist …"

„Das wird sicher noch viele Jahre dauern, bei so einem immensen Bauwerk", vermutete Tillmann.

Michael nickte. „Ja, es wird noch sehr lange dauern denn im Moment wird er gar nicht weitergebaut. Seit Menschengedenken sieht der Dom aus wie heute. Es ist ein Jammer, dass er nicht fertiggestellt wird. Die Kölner sagen, sie hätten nicht genug Geld, dabei gibt es so viel Reichtum in der Stadt. An der Chorhalle, die du da hoch über die Stadtmauer herausragen siehst, kann man erkennen, wie prächtig er sein würde, wenn er fertiggestellt wäre. Aber die Haupthalle ist noch gar nicht begonnen worden. Es steht nur das rechte Seitenschiff und ein Teil des Südturms. Vom Nordturm ist auch noch nichts zu erkennen." Er schüttelte bedauernd den Kopf und sagte dann: „Schau, da vorne ist die Fähre, mit der wir den Rhein überqueren."

Tillmann, fasziniert von den gewaltigen Bauwerken, konnte sich gar nicht sattsehen. Aber erst einmal wurde er von der schaukelnden Fähre abgelenkt, denn eine solche Schifffahrt war für ihn etwas völlig Neues. Das Boot legte nördlich der Stadtmauer an, und sie ritten durch das Eigelsteintor in Köln ein.

Tillmann war sprachlos angesichts der ungeheuer vielen und unterschiedlichen Eindrücke, die beim Betreten der Großstadt auf ihn einströmten. Er sah die zahlreichen goldverzierten Patrizierhäuser und hätte sich nie vorstellen können, dass es einen solchen Reichtum geben könnte. Dann entdeckte er die vielen elend wirkenden Menschen, die vollkommen verwahrlost an Mauerecken herumlungerten, und hätte wiederum nicht geglaubt, dass eine solche Armut möglich wäre. Und schon gar nicht konnte er begreifen, dass beides in so unmittelbarer Nähe zueinander existierte. Er kam aus dem Staunen nicht mehr heraus.

Endlich sagte er: „So etwas wie einen Armentag scheinen sie hier in Köln nicht zu kennen. Wenn man den enormen Reichtum sieht, dann müsste es doch möglich sein, die Verhältnisse der Armen etwas erträglicher zu gestalten. Da sind doch unsere genossenschaftlichen Strukturen menschenfreundlicher."

„Du magst recht haben", antwortete Michael. „Der extreme Unterschied zwischen Arm und Reich macht einen schon sehr nachdenklich. Viele der vornehmen Bürger hier sind so reich, dass ein Herr Achenbach daneben wie ein Hungerleider wirkt."

Sie bezogen ihr Quartier am *Alter Markt* und hatten dann genügend Zeit, sich alles in Ruhe anzusehen und die verschiedenen Eindrücke auf sich wirken zu lassen.

„Nun, wie gefällt Ihnen unsere schöne Domstadt?", fragte Josef Schmitz, der Großkaufmann, am nächsten Tag beim Abendessen. Er war etwas älter als Michael, prächtig gekleidet und trug einen goldenen Siegelring an der einen Hand und einen weiteren mit Edelsteinen besetzten Ring an der anderen.

„Ich bin zutiefst beeindruckt und habe dergleichen noch nie gesehen", antwortete Tillmann. „Allerdings muss ich gestehen, dass ich in der Welt noch nicht viel herumgekommen bin."

„Sie werden weit fahren müssen, um eine ähnlich prächtige Stadt zu finden", sagte Schmitz mit sichtbarem Stolz. „Köln ist für einen sehr weiten Umkreis das dominierende Handelszentrum. So ein Mittelpunkt lebt selbstverständlich davon, dass es in den umliegenden Provinzen Waren gibt, die andernorts gefragt sind. So muss ich neidlos anerkennen, dass der Stahl aus dem Siegerland weithin einen guten Ruf genießt.“

„Vielen Dank für die unverdiente Ehre“, sagte Michael etwas unterwürfig.

„Doch, doch, diese Ehre ist durchaus verdient, obwohl Sie natürlich achtgeben müssen, dass Sie nicht stolz werden. Sie müssen demütig bleiben und sich weiterhin nach der Decke strecken, denn ich darf nicht unerwähnt lassen, dass auch der Stahl, der uns aus England und Schweden erreicht, in der Qualität durchaus ebenbürtig ist.“

„Kommt viel Stahl aus diesen Ländern? Und ist nicht der Preis durch den langen Transportweg eher hoch?“, wagte Tillmann zu fragen. Mit der etwas geschwollenen Sprache, die Schmitz und auch Michael nutzten, tat er sich schwer.

„Zwei Fragen auf einmal junger Mann“, tadelte Schmitz ihn sogleich, wenn auch in freundlichem Ton. „Aber durchaus berechtigte Fragen. Die Mengen lassen noch etwas zu wünschen übrig, sonst könnte der Handel mit Ihrer Zunft womöglich unter diesen Lieferungen leiden, denn der Preis ist trotz der Transportwege nicht höher. Man berichtet, dass das Erz vor allem in schwedischen Landen erheblich reichhaltiger ist als das im Siegerland. Daher sind die Produktionskosten wohl niedriger. Auch in anderen Bereichen merken wir, dass uns Waren aus fernen Ländern zu durchaus erträglichen Preisen erreichen.“

Schmitz winkte einen Kellner herbei und sagte: „Das Essgeschirr kann Er jetzt abtragen. Und dann bringe Er noch eine Runde leckeres Bier.“

Eigentlich war Michael ja der Gastgeber, aber Schmitz führte wie selbstverständlich das Kommando und nahm den Gesprächsfaden wieder auf. „Ja, ja, wir leben in Zeiten großer Umwälzungen, wenn ich da nur an Frankreich denke. Eine Revolution! Man stelle sich das vor.“

„Die Kunde von diesen Ereignissen verbreitet sich in Windeseile“, meinte Michael. „Man kann nur hoffen, dass es nicht zu kriegerischen Auseinandersetzungen kommt.“

„Nun ja, kriegerische Auseinandersetzungen sind gut fürs Geschäft, besonders für den Handel mit Stahl“, sagte der Eisenhändler. „Man muss nur achtgeben, dass man nicht zwischen die Fronten gerät. Wenn man sich geschickt zu positionieren weiß, sollte das jedoch kein Problem sein. Und einer Stärkung der Bürgerrechte, wie die Franzosen sie fordern, kann man viel Gutes abgewinnen."

„Aber bei kriegerischen Ereignissen müssen die Menschen doch mancherlei Unbill ertragen", führte Michael das Gespräch weiter.

„Richtig, in Kriegszeiten müssen wir Bürger auf allerhand Annehmlichkeiten verzichten." Schmitz machte eine kleine Pause und lachte dann kurz auf, als ob ihm ein Witz eingefallen wäre. „Im Siegerland herrscht immer ein Mangel an Lebensart und ein Überfluss an Regen, auch ohne Krieg."

Michael stimmte in das Lachen des Kölners ein, aber Tillmann fand den *Witz* von Schmitz überhaupt nicht komisch. Wie konnte er sich so über das Siegerland erheben? Und das, wo der größte *Mangel an Lebensart* in Form von bitterster Armut direkt vor seiner Türe lag. Er holte Luft zu einer Erwiderung, aber als er einen leichten Fußtritt seines Schwagers unter dem Tisch spürte, blieb er stumm und nahm stattdessen einen kräftigen Schluck Bier. Irgendwie schmeckte das Bier in Köln ganz anders als zu Hause.

„Das Land prägt die Menschen", führte Michael die Unterhaltung fort. „So haben die steilen Berge und der viele Regen sicher auch bei uns Siegerländern Spuren hinterlassen. Dabei können wir uns glücklich schätzen, dass unsere Berge mit einer großen Menge Erz und das Land mit einer großen Menge Holz gesegnet sind."

„Genau dieses gemeinsame Vorkommen von Holzkohle und Erz hat dem Siegerland in der Vergangenheit als Wirtschaftsbasis gedient", betonte Schmitz.

Tillmann hatte sich weitgehend wieder gefangen. „Das wird auch in Zukunft so bleiben", sagte er kurz.

„Das wird man sehen", meinte Schmitz. „Ich bin in technischen und metallurgischen Dingen kein Experte, aber ich höre aufmerksam zu. So weiß ich, dass man es in England geschafft hat, Erz auch mit Steinkohle zu verhütten."

Jetzt war Tillmann wieder ganz der interessierte Techniker. „Aber mit Steinkohle ergibt sich im Ofen keine ordentliche Durchgasung", wandte er ein.

„Dazu kann ich nichts sagen. Es hieß nur, dass man die Steinkohle speziell vorbehandeln müsse, und dann ginge es[42]", erklärte Schmitz.

„Aber dann müsste die Kohle über sehr große Distanzen zum Erz gebracht werden. Das Erz kann ja nicht zur Kohle gelangen, dazu ist es zu schwer", sagte Tillmann.

„Ob die Kohle zum Erz oder das Erz zur Kohle geht, oder ob sich beide an einem dritten Ort treffen, darüber entscheiden Transportkosten und Transportwege." Josef Schmitz zuckte mit den Schultern. „Die Schifffahrt wird dabei eine wichtige Rolle spielen, denn über Wasser lassen sich schwere Lasten günstig transportieren. In Sprockhövel an der Ruhr gibt es große Mengen Steinkohle, und dieser Fluss ist schiffbar. Die Schifffahrt wird häufig unterschätzt. Ohne Schiffe wäre unser schönes Köln wohl nie zu dem Umschlagplatz für Stahl geworden, das es heute ist."

Tillmann war den Gedankengängen des Kaufmanns aufmerksam gefolgt. Wenn man ihn reden hörte, dann könnte man fast glauben, dass sich eines Tages Steinkohle von der Ruhr und Erz aus Schweden irgendwo zum Verhütten treffen würden. Unvorstellbar!, dachte er.

„Wir sind jetzt auf der alten *Brabanter Straße*, die Lüttich mit Leipzig verbindet", erklärte Michael, als sie am nächsten Morgen das Rheintal hinter sich gelassen hatten und auf Bensberg zuritten. „Die Überfahrt über den Rhein kostet immer etwas Zeit, sodass wir heute wohl nur bis *Drabenderhöhe* kommen. Morgen Abend sind wir dann wieder in heimatlichen Gefilden."

„Ich bin dir sehr dankbar, Michael, dass du mich zu dieser Reise animiert hast, „sagte Tillmann. „Ich hatte ja keine Ahnung, wie viel ich dabei lernen würde. Dass ich technisch davon profitieren würde, hatte ich erwartet, und das ist auch eingetreten. Aber das Hintergrundwissen über die Wirtschaftsstrukturen und die Menschen in ihrer Verschiedenheit ist ein noch viel wertvolleres Wissen, mit dem ich nicht gerechnet habe. Ich weiß gar nicht, wie ich das ausdrücken soll, und ich glaube, ich werde nicht in der Lage sein, es jemandem nahezubringen, der nicht dabei gewesen ist."

---

[42] Zu dieser Zeit gab es in England erste Versuche, Hochöfen mit Koks zu betreiben, der aus Steinkohle hergestellt wurde.

„Genauso ist es.“ Michael nickte. „Weltoffenheit ist ein Gut, das man kaum weitergeben kann, denn sonst würdest du ja heute schlicht sagen: Es war so, wie du es früher immer erzählt hast. Von den tollen Landschaften und Bauwerken kann man berichten, man könnte sogar Bilder davon malen. Aber das Wissen über andere Menschen in ihrer Umgebung, das kannst du nur erleben. Gestern Abend, das war auch so ein Erlebnis.

„Ich habe mich schon ziemlich geärgert, als Schmitz sich über das Siegerland erhoben hat“, gab Tillmann zu. „Sein ganzer Reichtum konnte doch nur entstehen, weil wir für ihn schuften.“

„Ich glaube, er wollte sich gar nicht über das Siegerland lustig machen, sondern nur witzig sein. Dass er über uns steht, ist für ihn so selbstverständlich, dass es ihm gar nicht mehr bewusst wird. Und genau das empfinden wir dann als Arroganz“, meinte Michael.

35. Enttäuschung, November 1790

Es wurde schon dunkel, als Tillmann und Michael auf Weidenau zuritten. Für Michael war es nichts Neues, von einer längeren Reise nach Hause zurückzukehren. Bei Tillmann war das anders. Schon als er die Fachwerkhäuser vom *Alten Flecken*[43] erblickte und in den Dörfern den Klang der vertrauten Mundart vernahm, schlug sein Herz schneller. Er war voller Freude, die Heimat wiederzusehen. Abends in Weidenau würde er seine Schwester begrüßen und morgen in Eisern sein geliebtes Kätchen und die Kinder umarmen können.

Doch als die beiden Michaels Haus betraten, war die Begrüßung ganz anders, als erwartet.

Maria schlug die Hände vors Gesicht, brach in Tränen aus und rief: „Endlich seid ihr da! Tillmann, was hast du nur gemacht?“

Tillmann sah seine Schwester entgeistert an und fragte: „Was soll ich denn gemacht haben?“

„Du hast schlechtes Eisen geliefert, über all die Jahre. Du sollst alle hintergangen haben!“

---

[43] Im Siegerland wird die Stadt Freudenberg *Alter Flecken* genannt.

Tillmann wusste nicht, wie ihm geschah. Der Schreck verschlug ihm die Sprache, und es entfuhr ihm nur ein „Wie bitte?“

Es war Michael, der Ordnung in die Situation brachte. „Jetzt setzen wir uns erst einmal an den Küchentisch“, sagte er, „und du erzählst bitte Schritt für Schritt, was genau geschehen ist, Maria.“

Es dauerte trotzdem eine Weile, bis sich Maria so weit gefasst hatte, dass sie der Reihe nach erzählen konnte. „Am vergangenen Freitag hat dein Knecht eine Ladung Luppen an Herrn Achenbach geliefert“, begann sie. „Beim Abladen haben sie dann wieder schlechte Masseln gefunden und diesmal nicht nur einige wenige, sondern einen ganzen Korb voll. Peter war dabei, er hilft manchmal auf der Boschgotthardshütte. Er sagt, es wäre sehr schlimm gewesen.

Achenbach hat sofort Anzeige bei der Zunft erstattet. Die Leute erzählen, man könne froh sein, dass der langjährige Übeltäter endlich bekannt sei. Auch nach Eisern wurde ein Bote geschickt, um dich einzubestellen. Da du verreist warst, hat man schon vermutet, du seist geflohen. Zu uns kam auch ein offizieller Bote, um nach dir zu suchen. Du sollst sofort zum Zunftmeister kommen, und jeder, der dich sieht, ist aufgefordert, dich sofort dorthin zu bringen.“

Tillmann musste um Fassung ringen. „Wer tut mir denn so etwas an?“, brachte er schließlich heraus.

„Offensichtlich will dich jemand ins Verderben stürzen“, schimpfte Michael. „Haben darüber bisher noch Zweifel bestanden, so ist das jetzt klar. Vermutlich wird es auch diesmal wieder keine Spuren geben, die auf den wirklichen Täter hinweisen. Wir werden tiefere und genauere Untersuchungen anstellen müssen, um ihm auf die Schliche zu kommen, und dafür brauchen wir Zeit, die wir nicht haben. Ich kenne Achenbach gut. Für ihn als Zunftmeister ist es wichtig, dass er einen Täter vorzeigen kann, und wenn das noch jemand ist, der ihm unsympathisch ist, umso besser.“ Er hatte begonnen, unruhig im Raum auf und ab zu gehen. „Diese Lieferung, was hat es nur mit dieser Lieferung auf sich? Erinnerst du dich, Tillmann, wie erstaunt ich war, als ich davon erfuhr?“

Tillmann nickte, und Michael fuhr fort: „Es muss einen Zusammenhang zu dieser Bestellung geben. Aber was für einen? Es hilft nichts, wir brauchen mehr Zeit. Aber jetzt müssen wir zu Achenbach gehen, auch wenn es schon spät ist. Wir dürfen nicht bis morgen warten. Wenn ihn etwas gnädig stimmt, dann, dass du dich sofort stellst."

Wenig später standen sie gemeinsam in Boschgotthardshütten im Kontor des Zunftmeisters.

„An meinem Feierabend muss ich mich mit Übeltätern auseinandersetzen", beschwerte sich Achenbach.

Michael registrierte den Plural, kommentierte diese Kränkung aber nicht, sondern erklärte einfach: „Wir sind eben von einer mehr als zweiwöchigen Reise zurückgekehrt. Erst hier haben wir von den Vorwürfen erfahren, die gegen meinen Schwager erhoben werden. Das hat uns veranlasst, unmittelbar zu Ihnen zu kommen, uns den Vorwürfen zu stellen und diesen auf das Entschiedenste zu widersprechen."

„Stahlschmidt, Sie sollten sich da raushalten, sonst entsteht noch der Eindruck, dass Sie mit Ihrem Schwager im Bunde sind!", polterte Achenbach. „Kann Er denn nicht selber sprechen, Bender? Verschlägt Ihm das schlechte Gewissen die Sprache?"

Durch diese direkte Ansprache erwachte Tillmann aus seiner Lethargie und sprach mit klarer, kräftiger Stimme: „Herr Achenbach, ich versichere Ihnen, ich habe mit der Beimischung des schlechten Eisens nichts zu tun."

„Nun", entgegnete Achenbach, „der Beweis des Gegenteils wurde vergangenen Freitag erbracht."

„Zu diesem Zeitpunkt war ich in Solingen und habe technische Studien vorgenommen."

„Selbstverständlich hat Er für die Ausübung seines Betrugs über die vielen Jahre Helfershelfer gehabt, aber verantwortlich im Sinne der Zunftregel ist Er allein als Eigentümer der Hüttentage."

„Aber ich schwöre, dass …", begann Tillmann.

„Spare Er sich seine Schwüre", unterbrach Achenbach ihn. „Ich halte Ihm zugute, dass Er sich unmittelbar nach der Rückkehr von seiner Reise bei mir gestellt hat. Ansonsten möchte ich mich mit den Details dieser Angelegenheit nicht weiter befassen. Die Untersuchung gegen ihn wird von Bergrat Roth geleitet. Bis zum Abschluss der Untersuchung und der Urteilsverkündung stehen seine Hüttentage unter der Verwaltung des Hüttenschulzen."

„Ludwig!“, entfuhr es Tillmann spontan.

Achenbach sah ihn daraufhin scharf an. „Komme Er nicht auf den Gedanken, andere unbescholtene Gewerken für seine Missetaten beschuldigen zu wollen. – Sie können jetzt gehen.“

Schweigend gingen die beiden Schwäger die kurze Strecke nach Haardt zurück.

Als sie kurz darauf wieder bei Maria in der Küche saßen, sagte Michael: „Dass Heinrich die Untersuchung leitet, ist ein gewisser Lichtblick, aber auch ihm werden die Hände gebunden sein. Lass uns gleich morgen früh zu ihm gehen.“

„Das können wir machen“, sagte Tillmann, „es liegt für mich ohnehin auf dem Weg nach Eisern. Aber Ludwig geht mir nicht aus dem Kopf. Fast bin ich sicher, dass er hinter allem steht.“

„Ich gebe dir Recht, aber du hast keinerlei Beweise, und solange die fehlen, sagst du besser nichts davon.“ Michaels Stimme klang streng. „Du hast gehört, wie Achenbach reagiert hat, als du nur Ludwigs Namen nanntest. Ludwig war ihm aus irgendeinem Grund schon immer sympathischer als du.“

Als Tillmann am Abend zu Bett ging, fand er lange keinen Schlaf, und erst gegen Morgen fiel er in einen Schlummer, aus dem ihn wilde Träume immer wieder hochschrecken ließen.

„Das ist eine schöne Scheiße, die du uns da eingebrockt hast“, machte sich Heinrich Roth Luft, als Tillmann und Michael am nächsten Morgen bei ihm eintraten. „Da sage ich dir zu, dass ich dir alle mögliche Unterstützung zukommen lassen will, und jetzt muss ich gegen dich ermitteln.“

„Aber ich habe doch gar nichts gemacht!“, beteuerte Tillmann.

„Das weiß ich auch“, sagte Heinrich, „aber wen interessiert, was ich glaube, wenn alle Beweise gegen dich sprechen.“

„Du gehst also davon aus, dass Tillmann unschuldig ist?“, fragte Michael.

„Na, hör mal“, antwortete Heinrich, „ich kenne Tillmann ja nun schon eine halbe Ewigkeit, und ich kann mir nicht vorstellen, dass er so blöd wäre, in die erste Lieferung an Achenbach nicht nur drei, vier Luppen, sondern gleich einen ganzen Korb voll schlechtes Eisen beizumischen. Und das auch noch, wenn er selbst nicht im Lande ist.“

„Danke“, sagte Tillmann und fühlte sich ein wenig besser. „Mir ist es sehr wichtig, zu hören, dass du an mich glaubst, selbst wenn ich bestraft werde.“

„So, wie die Dinge liegen und falls keine neuen Erkenntnisse auftauchen, werde ich deine Verurteilung nicht verhindern können. Es wird nur darum gehen, eine Strafmilderung zu erwirken.“

„Welche Strafe steht denn auf so einen Betrug?“, erkundigte sich Michael.

„In einem klaren Fall wird der Schuldige des Landes verwiesen, und er darf nie wieder in der Eisen- und Stahlerzeugung tätig werden. Er darf im Land auch nichts mehr besitzen. Seine Hüttentage werden von der Zunft eingezogen und meistbietend versteigert. Die erlösten Gelder werden an die Geschädigten verteilt.“

Tillmann schluckte. „Und wer legt die Strafe fest?“, fragte er dann.

„Ein Gremium, dem der Zunftmeister, seine beiden Stellvertreter und die Bergräte angehören. Ich habe in dem Gremium also nur eine Stimme.“

„Aber du leitest die Untersuchung“, sagte Michael, und das beruhigte Tillmann zumindest ein kleines bisschen.

Es war ein schwerer Gang über die Eisernhardt, die ihm inzwischen ans Herz gewachsen war. Noch gestern war ihm zum Jubeln zu Mute gewesen, als er die Heimat vor sich liegen gesehen hatte, und nun das. Er kam in die Nähe des Dorfes und bemerkte, dass die Leute einen Bogen machten, sobald sie ihn erkannten. Wie konnte er nur Kätchen entgegentreten? Was würden Lisbeth und die Kinder sagen?

Er hatte das gesamte Familienvermögen verwirtschaftet und nun auch noch schwere Schande über sie gebracht. Mit tief gebeugtem Haupt betrat Tillmann das Haus.

Aber Kätchen fiel ihm gleich um den Hals und rief: „Endlich bist du wieder da! Jetzt wird alles gut!“

Tillmann kamen die Tränen: „Nichts ist gut, ich bringe Schande über euch!“

„Wir werden kämpfen und deine Unschuld beweisen!“, entgegnete sie, umarmte ihn noch fester und gab ihm einen Kuss.

„Du hast schlimme Feinde“, ertönte jetzt Magdalenes Stimme aus dem hinteren Teil des Flurs, „aber du darfst dich nicht unterkriegen lassen. Du musst stark sein und kämpfen“.

Schnell hatte sich herumgesprochen, dass der Hausherr wieder zurück war, und so sammelten sich in der großen Küche bald alle, die sich zur Familie zählten. Außer Tillmann, Kätchen, Magdalene und Lisbeth waren da die Kinder, und auch die Angestellten waren gekommen, und alle waren von Tillmanns Unschuld überzeugt.

Tillmann war gerührt über so viel Zuspruch und vor allem über die Einmütigkeit innerhalb der Großfamilie, zu der er auch die Bediensteten und die Pflegekinder zählte. Die Frauen richteten schnell ein einfaches Abendessen, und es war genügend Zeit, sich zu den Ereignissen auszutauschen. Langsam begann sich die Lethargie, in die Tillmann verfallen war, aufzulösen. Er war tief gefallen, aber das Gefühl, Boden unter den Füßen zu haben, stellte sich allmählich wieder ein.

Schließlich wurde er nach den Erlebnissen seiner Reise befragt, und er kam ein wenig ins Erzählen. Er empfand, dass es außer der abgrundtiefen Ungerechtigkeit, die ihm widerfahren war, noch anderes auf der Welt gab.

Nach dem Abendessen teilte sich die Gesellschaft wieder auf, aber Hannes und Tillmann blieben am Tisch sitzen. Thomas und Anton hörten den beiden zu.

„Wie konnte das passieren?“, fragte Tillmann.

„Ich kann es mir nicht erklären, Meister. Bevor ich losfuhr, habe ich tief in den Luppen gewühlt und nichts gefunden. An den gleichen Stellen, die ich morgens noch durchkämmt habe, waren nachmittags beim Abladen schlechte Stücke. Wenn ich an Zauberei glauben würde, wäre das meine einzige Erklärung, denn ich habe den Wagen doch immer im Auge gehabt.“

„Lass uns deinen Weg nach Boschgotthardshütten Schritt für Schritt betrachten“, sagte Tillmann. „Vielleicht können wir die Stellen, wo ein Austausch möglich gewesen wäre, eingrenzen.“

Sie betrachteten jedes Detail und zogen dann ihre Schlüsse.

„Es kann während des Mittagessens passiert sein“, meinte Tillmann, „denn nur da hattest du keinen Blick auf den Wagen. Das Ganze ergibt dann schon ein Bild. Die plötzliche ungewöhnliche Eisenbestellung, die Tatsache, dass du nicht gleich abladen durftest – das könnte auf eine geschickt aufgestellte Falle hinweisen. Wir müssen sogar davon ausgehen, dass weder der Wirt noch Achenbach mit dem Fallensteller im Bunde waren. Das wird die Beweisfindung weiter erschweren. Der Täter ist auf jeden Fall sehr geschickt vorgegangen."

„Aber dann hätte das schlechte Eisen vorher nach Weidenau gebracht werden müssen, und die Menschen in Boschgotthardshütten haben doch gar keine Beziehung zu Eisern", erwiderte Hannes.

„Doch", sagte Tillmann. „Karl kommt aus Eisern – und Peter!"

36. Krise, Winter 1790/91

Trotz des Zuspruchs seiner Familie war Tillmann in den ersten Tagen nach dem Bekanntwerden der Anschuldigungen gegen ihn in eine tiefe Niedergeschlagenheit verfallen. Zudem war ihm die Verwaltung der Hüttentage und damit seine eigentliche Arbeit genommen. Kätchen und Magdalene taten viel, um ihn aufzumuntern, aber es hatte nicht geholfen.

Anfang Dezember sagte Kätchen abends im Bett zu ihrem Mann: „So geht es nicht weiter, Tillmann, du kannst dich nicht einfach hängen lassen. Du trägst mir und den Kindern gegenüber Verantwortung. Auch Hannes, Oskar und die anderen darfst du nicht allein lassen, sondern musst ihnen einen Kurs vorgeben."

„Das sagt sich so einfach, ich weiß doch selbst keine Richtung." Tillmann schaute sie traurig an.

„Du hast auf der Reise viele Anregungen erhalten. Wenn du jetzt nicht diesen Tiefschlag bekommen hättest, dann würdest du jede freie Minute damit verbringen, Verbesserungen für die Öfen auszuarbeiten. Du kannst dieses Potenzial nicht brach liegen lassen. Bestimmt hattest du schon konkrete Ideen. Und Neuerungen an den Öfen kannst du verkaufen, selbst wenn uns die Hüttentage genommen werden."

So hatte es Tillmann noch nie gesehen: Verbesserungen verkaufen! Verbesserungen waren doch kein Produkt wie Eisen oder Stahl, Erz oder Kohle. Man betrieb die Öfen, und wenn es gute Umgestaltungsideen gab, dann setzte man sie um. Andererseits hatte er von den anderen Hütten, die er bei der Umsetzung von Modifikationen unterstützt hatte, Geld bekommen, und es waren seine Ideen, die dort umgesetzt wurden. Man könnte sie tatsächlich verkaufen, denn ohne Frage war der Nutzen, den die Verbesserungen einbrachten, bedeutend höher als die Kosten, auch dann, wenn er für sich selbst eine ordentliche Bezahlung einrechnete.

Wie war Kätchen nur darauf gekommen und er selbst nicht? Die Luftvorwärmung an dem Schweißherd in Hagen fiel ihm wieder ein. Das musste unbedingt umgesetzt werden. Sie würden so viel Kohle sparen!

Tillmann nahm Kätchen in den Arm und küsste sie intensiv. Kätchen wirkte kurz verwirrt, denn natürlich konnte sie nicht wissen, was ihre Worte ausgelöst hatten. Aber sie erwiderte Tillmanns Kuss, und dann liebten sie sich wie schon lange nicht mehr.

Am nächsten Morgen setzte Tillmann sich gleich hin und fertigte einige Skizzen an.

Mittags sagte er beim Essen: „Es wird viel Arbeit sein, die Details auszutüfteln, aber es müsste funktionieren."

Kätchen wusste wohl nicht, was funktionieren müsste, freute sich aber augenscheinlich über Tillmanns neugewonnene Energie.

Nachmittags ging er auf die Hütte und sprach mit Hannes und Jupp. „Was habt ihr in den letzten Tagen gemacht?", fragte er und fügte dann gleich hinzu: „Es tut mir leid, dass ich mich gar nicht um euch gekümmert habe."

„Wir waren ja im Schichtdienst eingeteilt", antwortete Jupp, „und es hat uns niemand etwas anderes gesagt. Ich glaube nicht, dass der Schulze ohne Weiteres Ersatz für uns hätte."

„Das habt ihr gut gemacht", sagte Tillmann. „Auch wenn man uns die Hüttentage wegnimmt und andere sie bewirtschaften, wird man geleistete Arbeit nicht gering achten können. Macht weiter so und habt vielen Dank."

Man konnte deutlich spüren, wie froh die beiden waren, dass *ihr Gewerke* wieder da war.

Als Nächstes ging Tillmann zum *Alten Krämer* und fand dort Thomas und Anton bei der Arbeit im Erbstollen.

„Ich wusste nicht, ob wir hier weitermachen sollten oder etwas anderes wichtiger war." Thomas zuckte mit den Schultern. „Aber du warst nicht ansprechbar, und da haben wir einfach hier weitergemacht, obwohl wir nur taubes Gestein fördern."

„Alles gut“, sagte Tillmann, „es tut mir leid, dass ich mich so habe hängen lassen, aber ich musste den Tiefschlag erst einmal verdauen. Ich halte den Ausbau des Erbstollens nach wie vor für wichtig. Wir sind erst etwas mehr als drei Jahre am Werk und haben doch schon gut 20 Meter Vortrieb geschafft. Das ist mehr, als ich vermutet hatte, selbst wenn man berücksichtigt, dass die ersten Meter noch aus Erdreich und lockerem Gestein bestanden.“

Tillmann richtete sein Augenmerk auf eine feuchte Stelle rechts oben an der Stollenfront.

„Gibt es diese Stelle schon lange?“, fragte er.

„Ja, aber es tritt nur ganz wenig Wasser aus, und das kann ablaufen“, berichtete Thomas. „Bisher kommt es nicht ins Fließen, sondern verschwindet einfach wieder.“

„Ich habe auch nicht die Befürchtung, dass uns das Wasser Probleme machen könnte, denn dafür ist es ja ein Erbstollen. Ich frage mich eher, was uns diese feuchte Stelle über den Schichtenaufbau des Gesteins erzählen möchte?“, erklärte Tillmann. „Deshalb wollte ich wissen, wann ihr sie zum ersten Mal bemerkt habt, und wie sich ihre Position an der Stollenfront verändert hat.“

„Seit den letzten anderthalb Metern Vortrieb ist sie immer deutlicher geworden“, sagte Anton, „und die Höhe war durchgehend die gleiche wie jetzt. Anfangs war die Stelle aber mehr in der Mitte. Wenn wir noch einen Meter weiter sind, dann wird sie wahrscheinlich in der Seitenwand liegen.“

Tillmann überlegte: „Lasst uns dem Stollen hier einen kleinen Knick geben und der Wasserstelle folgen. Das wird ein Winkel von etwa zehn Grad werden. Die Wasserstelle kann euch dabei als Richtschnur dienen. Arbeitet so, dass sie etwa in der Mitte der Stollenfront bleibt.“

Bei der *Silberquelle* fand Tillmann auch Emil fleißig bei der Arbeit. Er dachte bei sich, wie froh er sein konnte, dass er so gute, treue und fleißige Leute hatte. Wie leicht wäre es gewesen, seine mit der Niedergeschlagenheit verbundene Untätigkeit auszunutzen, um Müßiggang zu treiben.

„Was macht ihr zurzeit mit dem gewonnenen Erz?“ fragte er.

„Nichts anderes als sonst“, sagte Emil. „Den Anteilen entsprechend fahren wir es in unseren und Ludwigs Schuppen, den er von Daubs übernommen hat. Seine und unsere Hüttentage sind bei dieser Ofenreise schon gewesen, und wie auch immer wird der Eisenstein doch benötigt werden."

Am nächsten Tag besuchte Tillmann Oskar im Helsbachtal. Auch er hatte sich richtigerweise so verhalten, als ob nichts geschehen sei, und war seiner normalen Arbeit nachgegangen. Das bedeutete, dass er gemeinsam mit Dietrich Steinseifer im *Kalten Born* schürfte.

Die Schürfstelle im Helsbachtal hatte nach etwa einem halben Jahr Erschließungszeit eine erfreuliche Menge Erz geliefert. Dietrich und Oskar hatten sich deshalb ganz auf den *Kalten Born* konzentriert, der mit der Zeit ungefähr den gleichen Ausstoß brachte wie früher der *Alte Krämer*. Die Mutung *Kirschenbaum* war deshalb nicht weiter in Angriff genommen worden.

Weil alles ohne Schwierigkeiten gelaufen war, hatte sich Tillmann ganz auf Oskar verlassen und war länger nicht im Helsbachtal gewesen. Als er jetzt zur Grube kam, freute er sich, eine so aufgeräumte und effizient organisierte Mutung vorzufinden. Offensichtlich harmonierten Oskar und Dietrich gut miteinander, denn sie waren nur zu zweit und erzeugten doch den gleichen Ertrag wie früher im *Alten Krämer*, in dem zu dritt gearbeitet werden musste.

„Sieh mal an", sagte Dietrich, „der Betrüger aus Eisern, seltener Besuch."

Tillmann reagierte mit einem ernsten, vielsagenden Blick, schwieg aber.

„Nichts für ungut", lenkte Dietrich ein, „war nicht so gemeint, sollte ein Witz sein. War aber kein guter! Ich weiß selbst, dass ein so kluger Kopf wie deiner sein Geld mit redlicher Arbeit viel leichter verdient als mit Betrügerei. Mir scheint es auch zu offensichtlich, dass dir da jemand was anhängen will."

„Na, dann hoffen wir mal, dass die hohen Herren der Zunft zum gleichen Ergebnis kommen", erwiderte Tillmann. „Aber was ich hier sehe, scheint mir vorbildlich zu sein. Da müsste ich mir um die Erzversorgung keine Gedanken machen, falls ich noch Hüttentage zu versorgen hätte."

„Es ist in der Tat eine ergiebige Ader", sagte Oskar. „Man hat seine Freude an der Ausbeute. Offensichtlich steht sie mit der *Eisenzeche* in

Verbindung, und die entwickelt sich weiter recht positiv. Wir glauben, dass auch der *Kirschenbaum* zu dem ganzen Komplex gehört. Wenn mehr Erz gebraucht würde und Leute zur Verfügung stünden, könnte man von dort einen weiteren Zugang ausbauen."

„Dann wird es ja Zeit, dass wir die Öfen noch etwas produktiver gestalten", sagte Tillmann.

„Ah, der Meister brütet über neuen Ideen! Gibt es neue Verbesserungen?", fragte Dietrich.

„Mal sehen", war die Antwort.

So fand Tillmann aus dem Tief heraus und brachte wieder Struktur in sein Leben. Da die Verwaltung der Hüttentage wegfiel, blieb ihm viel Zeit, seine neuen Ideen auszuarbeiten. Allerdings war er nicht sicher, ob er in der jetzigen Situation den Gewerken eine neue Lösung vorschlagen sollte.

Wie immer fand die Versammlung der Vollbürger zu Beginn des neuen Jahres statt. Diesmal wurde sie mit besonderer Spannung erwartet. Die Anschuldigungen, die gegen den inzwischen fast 29-jährigen Tillmann erhoben wurden, hatten zu einer eigenartigen Situation geführt.

Auch vorher hatte man gewusst, dass es in Eisern jemanden geben sollte, der Betrügereien mit schlechtem Eisen unternahm. Aber das war eine Angelegenheit der Zunft und der größeren Gewerken. Die kleinen Gewerken, die nicht selbst Mitglieder der Zunft waren, die Handwerker, Knechte und vor allem die Frauen hatten sich für diese Sache nicht interessiert. Als es jetzt hieß, Tillmann Bender, der dem Dorf in der Hungersnot geholfen hatte, der bescheidene junge Familienvater aus Obernau in Schölers Haus, habe den Ort in Schande gestürzt, änderte sich das schlagartig. Eine Zeit lang schien es, als ob es kein anderes Gesprächsthema gäbe.

Im Dorf kursierten die unterschiedlichsten Meinungen:

„Kein Wunder, er ist halt kein Eiserner."

„So kann man sich in einem Menschen täuschen."

„Das kann doch nicht stimmen."

„Stille Wasser gründen tief."

„Das hat dem doch jemand angehängt."

„Ich glaube es nicht, und wenn noch so viel behauptet wird."

Es gab eine richtiggehende Spaltung zwischen denen, die froh waren, dass dem Emporkömmling das Handwerk gelegt worden sei, und denen, die es für das schlimmste Verbrechen hielten, dass einem rechtschaffenen Bürger so etwas angehängt werden konnte.

Und heute Abend erwartete man eine Art Urteil, unabhängig von dem, was die Zunft meinte. Tillmann war Mitglied im Gemeinderat. Als Hüttenschulze hatte Ludwig den Antrag gestellt, ihn auf Grund der erhobenen Anschuldigungen aus dem Gremium zu entlassen. Nun waren alle neugierig, wie die Abstimmung über diesen Punkt ausgehen würde.

Während jetzt alle darauf warteten, dass es losging, kam es nicht einmal zu den üblichen lauten Unterhaltungen, so groß war die Anspannung. Auch als Robert Hoffmann kurz darauf die Versammlung eröffnete und die Formalien abwickelte, blieb es vergleichsweise ruhig.

„Wir kommen jetzt zu Ludwigs Antrag über die Entlassung von Tillmann aus dem Gemeinderat", sagte der Heimberger. „Ludwig, kannst du bitte den Antrag formulieren und begründen?"

„Das will ich gerne tun." Ludwig stand auf. „Ihr alle habt erfahren, dass die Zunft Tillmann Bender überführt hat, seit Jahren das weithin geschätzte, hochwertige Eisen aus Eisern systematisch mit schlechten Luppen versetzt zu haben, um sich zu bereichern. Es ist eine notwendige Folge, dass wir ihn aus dem Gemeinderat entfernen. Es wäre ein Affront gegenüber der Zunft, wenn wir einen von ihr überführten Missetäter in unserem Gemeinderat duldeten. Mehr habe ich dazu nicht zu sagen!"

Ludwig setzte sich wieder, und Robert richtete nun das Wort an Tillmann: „Möchtest du dich zu den Vorwürfen äußern, und vor allem, trittst du vielleicht freiwillig zurück? Oder anders gefragt, falls dir von dieser Versammlung das Vertrauen ausgesprochen würde, wärst du bereit, weiterhin im Gemeinderat mitzuarbeiten?"

Tillmann erhob sich und sagte: „Ich habe lange über diese Frage nachgedacht und war wegen den gegen mich zu Unrecht erhobenen Vorwürfen zeitweise so niedergeschlagen, dass ich am liebsten alles hingeworfen hätte. Aber dann haben mir Freunde klar gemacht, dass der tatsächliche Übeltäter immer noch sein Unwesen in Eisern treibt. Wahrscheinlich sitzt er heute Abend in unserer Mitte …"

Ein Raunen ging durch den Saal, und Tillmann vermied es, Ludwig anzusehen, obwohl es ihn dazu drängte.

„... und falls das Dorf ein Interesse hat, den wahren Täter dingfest zu machen, kann ich dabei vielleicht behilflich sein. Wenn ihr mich abwählt, werde ich das selbstverständlich akzeptieren. Möchtet ihr aber weiterhin meine Mithilfe, dann stehe ich zur Verfügung."

Im Saal war es wieder ruhig geworden, und Robert fragte nach Wortmeldungen. Er hatte damit gerechnet, dass eine turbulente Debatte entstünde, und war erstaunt, dass sich scheinbar niemand exponieren wollte. Deshalb erteilte er das Wort dem Lehrer, mit dem er abgesprochen hatte, dass er sich zur Sache äußern sollte.

„Ich möchte ein paar Dinge klarstellen", sagte Gerhard. „Die Zunft hat Tillmann nicht überführt, sondern lediglich auf einem seiner Wagen schlechtes Eisen gefunden und eine Untersuchung eingeleitet. Bevor diese nicht abgeschlossen ist, muss von Tillmanns Unschuld ausgegangen werden. Ist er aber unschuldig, wovon ich persönlich überzeugt bin, so wäre er uns tatsächlich eine große Hilfe beim Ergreifen des wahren Täters. Ich appelliere daher an euch alle, Tillmann das Vertrauen auszusprechen."

Robert sah in die Runde. Es gab keine weiteren Wortmeldungen.

„Wir kommen dann zur Abstimmung", sagte er. „Wer ist dafür, dass Tillmann im Gemeinderat verbleibt?"

Tillmann sah in die Runde. Einige Hände gingen in die Höhe, außer Roberts und Gerhards waren Adam Böckings und Otto Neusers darunter. Insgesamt wurden sechzehn Ja-Stimmen gezählt. Enttäuscht senkte Tillmann den Blick.

„Wer ist dagegen?" Wieder schnellten einige Hände nach oben, doch es waren nicht sehr viele. Thomas, der als Gast an der Versammlung teilnahm, stieß Tillmann an, der daraufhin den Blick wieder erhob.

Bernhards Hand war bisher nicht erhoben, er schien noch mit sich zu ringen. Er sah zu Ludwig hinüber, und jetzt ging seine Hand langsam hoch. Elf Nein-Stimmen wurden protokolliert.

„Wer enthält sich der Stimme?" Mehrere Hände schnellten in die Höhe.

„Das sind 21 Enthaltungen", stellte der Heimberger fest. „Damit verbleibst du als Mitglied im Gemeinderat, Tillmann, und ich begrüße das sehr."

Eine solche Abstimmung hatte es noch nie gegeben, solange man zurückdenken konnte. Robert holte tief Luft holen, offenbar versuchte er seine innere Anspannung in den Griff zu bekommen. Aber es war gut gegangen.

Zwei Wochen später stand die Versammlung der Hüttengewerken bevor. Normalerweise wäre die schon im Dezember gewesen. Aber Adam Böcking, der sie nach Conrads Tod organisierte, hatte das nicht gepasst und verfügt, die Versammlung auf den Januar zu verschieben. Dagegen hatte es kaum Protest gegeben. Die meisten waren froh, dass man so das Ergebnis der Bürgerversammlung kennen würde, wenn die Gewerken zusammentraten. Viele vermuteten, dass das der eigentliche Grund für die Verschiebung war.

Das Abstimmungsergebnis bei der Bürgerversammlung hatte Tillmann noch einiges zu denken gegeben. Es war ihm klar, dass sich sehr viele Bürger an der Abstimmung nicht beteiligt hatten und man nicht wirklich wissen konnte, wie die Menschen die Anschuldigungen gegen ihn beurteilten.

Aber was hatte er schon zu verlieren, sagte er sich. Und die Stimmung konnte ohnehin jederzeit umschlagen. So waren nun mal die Menschen: Heute riefen sie: *Hosianna!* und morgen *Kreuziget ihn!*“

Also entschloss er sich, einen Vorstoß zu wagen und Adam Böcking von seiner Idee zu erzählen, zumal er gesehen hatte, dass der bei der Bürgerversammlung zu seinen Gunsten gestimmt hatte. Adam nahm Tillmanns Idee gleich positiv auf.

„Das steht doch mit den Anschuldigungen gegen dich in keinem Zusammenhang“, meinte er. „So eine Verbesserung sollten wir auf jeden Fall vornehmen. Ich werde den Punkt gerne auf die Tagesordnung der Gewerkenversammlung setzen.“

„Eine andere Sache liegt mir auch noch am Herzen“, ergänzte Tillmann. „Ich weiß ja nicht, wie lange die Untersuchung der Zunft dauern wird, aber meine Hüttentage werden so lange von Ludwig verwaltet. Ich wüsste gern, was das im Einzelnen bedeutet. Die Zunft wird sich dazu sicher nicht äußern. Aber vielleicht kann die Gewerkenversammlung ein paar Details dazu klären.“

Adam hatte versprochen, auch diesen Punkt zur Sprache zu bringen. Tillmann erwartete gespannt, welche Ergebnisse das Treffen der Gewerken hervorbringen würde.

Als die Versammlung zusammentrat, ging es ebenfalls ruhiger zu, als man es von anderen Jahren her gewohnt war. Ähnlich wie auf der Vollbürgerversammlung war eine gewisse Spannung zu spüren. Die Formalien wurden zügig abgewickelt, und Ludwig wurde erneut als Hüttenschulze bestätigt.

Die Art und Weise, wie Adam Böcking die Versammlung leitete, trug dazu bei, dass alles sehr gesittet ablief. Früher hatte er sich immer vor öffentlicher Verantwortung gedrückt, dabei machte er seine Sache durchaus gut. So brachte er auch Tillmanns Vorschlag geschickt vor: „Es geht nun darum, ob wir im Sommer die Gicht des Ofens 1 umbauen sollten. Es ist viereinhalb Jahre her, dass Ofen 2 ausgebaut wurde, und die Kosten der Modifikation sind allein durch unsere Mehreinnahmen an den Samttagen wieder hereingekommen. Jeder von uns hat vom Umbau in erheblichem Maße profitiert. Inzwischen sind auch einige andere Öfen im Siegerland erfolgreich nach Tillmanns Vorschlägen umgestaltet worden. Auf der Zunftversammlung hat schon manch einer die Frage gestellt, warum wir bisher mit der Nachrüstung gewartet haben. Vielleicht war unser Zögern auch gut, denn inzwischen liegt ein Vorschlag vor, wie ein Umbau zu noch weitergehenden Verbesserungen genutzt werden kann. Tillmann, du hast das Wort."

Anhand von großformatigen Skizzen erläuterte Tillmann, wie man die Blasluft oben am Ofen einlassen und sie durch Kanäle in der Ofenwand zur Windmaschine führen könnte.

„Dabei erhitzt sich die angesaugte Luft, und das Feuer im Ofen wird durch die Einblasluft deutlich weniger gekühlt", erklärte er. „Es steht zu erwarten, dass sich die Menge der eingesparten Kohle noch einmal beträchtlich erhöht. Allerdings müssen für einen solchen Betrieb die heute vorhandenen Blasebälge aus Holz und Leder durch stählerne Kolbenmaschinen ersetzt werden. Die heiße Luft würde sonst vor allem den Balg schnell zerstören, wenn nicht gar in Brand setzen. Da die Lederbespannung der Blasebälge in diesem Jahr ohnehin erneuert werden muss, halten sich die Mehrkosten für die Kolbenmaschinen im Rahmen. Die Kosten für den Umbau werden ähnlich schnell wieder erwirtschaftet sein wie seinerzeit am Ofen 2."

Alle hatten aufmerksam zugehört, und es wurden noch eine Reihe von Verständnisfragen gestellt, die Tillmann alle befriedigend beantworten konnte. Adam ergriff wieder das Wort und rief zur Abstimmung auf.

Fast alle waren für den Umbau. Als nächstes fragte Adam nach den Enthaltungen. Einige Hände gingen nach oben, nun tatsächlich auch Ludwigs Hand. Erstaunlich, dass er nicht aus Prinzip dagegen war. Vielleicht wollte er auch nur nicht der Einzige sein, der dagegen stimmte. So gab es keine Gegenstimme.

Tillmann war erleichtert. Die Abstimmung war offensichtlich unter rein sachlichen Gesichtspunkten abgelaufen. Eventuell vorhandenes Misstrauen ihm gegenüber hatte kaum eine Rolle gespielt.

Genauso erleichtert war er, als die Details zur Bewirtschaftung seiner Hüttentage festgelegt wurden. Es war klar, dass der Gewinn aus den Hüttentagen nach Abzug aller Kosten und des Verwaltungslohns des Schulzen an die Zunft abgeführt werden musste. Jetzt wurde ergänzend festgelegt, dass Erz und Kohle für die Tage weiterhin aus Tillmanns Gruben und Hauberg kommen, und diesem zu den festgelegten Preisen bezahlt werden sollten. Als Begründung wurde protokolliert, dass es keine anderen Quellen gebe und der Aufwand, neue zu erschließen, viel zu hoch sei.

Für die Arbeitskräfte wurde eine ähnliche Entscheidung getroffen. Es sollten die zur Verfügung stehenden Arbeiter, also Hannes und Jupp, zu den üblichen Löhnen genutzt werden. Als Begründung hieß es, dass das Anwerben von zusätzlichen Fremdarbeitern nicht tragbar sei und im Dorf keine anderen Kräfte verfügbar seien.

Tillmann musste innerlich schmunzeln. Dass ihm die Fremdenfeindlichkeit der Menschen zum Vorteil gereichen würde, damit hatte er nicht gerechnet.

Ludwig hatte sich in den Versammlungen der Bürger und Gewerken zurückgehalten. Zu sehr war er in Sorge gewesen, dass ein zu starkes Engagement gegen Tillmann zu unangenehmen Fragen führen könnte. Insgesamt konnte er zufrieden sein, denn der Schlag gegen seinen Widersacher hatte gesessen. Er kannte Achenbach, den Zunftmeister, seit vielen Jahren, und er konnte sich nicht vorstellen, dass Tillmann straffrei bleiben würde.

Aber den Verlauf der Versammlungen hatte er sich anders vorgestellt. Er war davon ausgegangen, dass sich das Dorf gegen den entlarvten Übeltäter wenden und ihn ausgrenzen würde. Und nun folgte man dessen Vorschlägen, und er durfte sogar im Gemeinderat verbleiben.

Er musste vorsichtig bleiben, dachte Ludwig, auf die Gunst des Dorfes ist kein Verlass.

„Wie kann ich dich von der Unschuld meines Mannes überzeugen?“, fragte Magdalene, als sie mit ihrem Bruder und Karl beim Abendessen saß.

Tillmann war wieder einmal sprachlos über die verblüffende Gesprächseröffnung seiner Schwester. Er hatte sich vorgenommen, in Weidenau Nachforschungen anzustellen, wie es zu dem Austausch des guten gegen das schlechte Eisen hatte kommen können. Und natürlich würde es dabei auch um die Frage gehen, welche Verbindung ein Übeltäter aus Eisern in Boschgotthardshütten vielleicht hatte.

Heute Mittag war er in Schneppenkauten eingetroffen und gewohnt herzlich empfangen worden. Jetzt saßen die drei zu Tisch. In einer kleinen Gesprächspause hatte Tillmann überlegt, wie er sein Anliegen vorbringen könnte, aber seine Schwester war ihm zuvorgekommen.

„Ich verstehe dich nicht.“ Er war immer noch verdattert. „Was meinst du denn?“

Magdalene lächelte und sagte: „Du verstehst mich, denke ich, recht gut. Wir müssen auch nicht Versteck spielen. Karl und ich gehen davon aus, dass Ludwig der Drahtzieher hinter dem Komplott gegen dich ist. Er muss aber hier in Weidenau mindestens einen Helfershelfer gehabt haben. Wer könnte das sein? Warum nicht sein Sohn, der ihm heimlich immer noch treu ist? So musst du dich doch fragen. Sei ehrlich, du hast dir diese Frage gestellt. Karl und ich hätten es an deiner Stelle getan.“

„Nun, wo du meine Ehrlichkeit herausforderst, bekenne ich, dass mir diese Frage tatsächlich gekommen ist“, gab Tillmann zu, „obwohl ich schon weiß, dass ich diese Möglichkeit ausschließen kann, umso mehr nach deiner wieder mal grandiosen Gesprächseröffnung.“

Jetzt ergriff Karl selbst das Wort. „Ich weiß, lieber Schwager, wie leicht in einer solchen Lage doch ein Funken des Misstrauens bleibt, und würde dir gerne helfen, deine Unschuld zu beweisen. Sag mir, was ich tun kann."

Tillmann berichtete, was er wusste, und wie Hannes und er bereits den Tatzeitpunkt eingegrenzt hatten, und schloss dann: „Es geht also um die Fragen: War die Verzögerung des Abladens bereits ein Teil des Plans, und wer hat sie veranlasst? Welche Möglichkeit bestand in der Scheune der Schenke, den Austausch vorzunehmen? Wer hatte Zugang zur Scheune? Auf welchem Weg kam das schlechte Eisen nach Weidenau? Aus naheliegenden Gründen kann ich die Nachforschungen nicht selbst anstellen. Meinst du, du kannst Antworten auf diese Fragen beibringen?"

„Auch ich bin zur Vorsicht gezwungen und muss mehrere beiläufig wirkende Gespräche arrangieren. Dafür brauche ich ein paar Tage. Aber wolltest du nicht ohnehin etwas länger hierbleiben?", fragte Karl zurück.

„Ja, das habe ich vor", bestätigte Tillmann, „denn es gibt noch etwas, das ich in Weidenau erledigen wollte. Trotz der Vorwürfe, die im Raum stehen, haben mich die Eiserner Gewerken beauftragt, einen neuen Gichtverschluss mit Gebläsemaschine für den Ofen 1 zu bauen, und dafür brauche ich deine Hilfe. Ich hoffe, du hast in den nächsten Tagen etwas Zeit, um mit mir die Konzeption und die Vorgehensweise zu besprechen."

„Diese Zeit nehme ich mir gerne", sagte Karl, „und die Tatsache, dass du mit deinen Plänen zu mir kommst, beweist, dass du mir zumindest nicht abgrundtief misstraust."

Wenige Tage später saßen die drei wieder beim Abendessen zusammen.

„Erzähl mal, was du herausgefunden hast", forderte Tillmann Karl auf.

„Es gibt am Hammer bei Achenbach tatsächlich Zeiten, in denen nicht abgeladen werden kann", antwortete Karl. „Allerdings war für den besagten Freitag ursprünglich keine solche Periode geplant. Was den Verwalter im Einzelnen bewogen hat, die Rangierzeit auf Freitagmittag zu verlegen, wissen wir nicht.

Bei der Schenke kann man einen beladenen Wagen nur vor der Scheune oder darin abstellen. Und sowohl draußen als auch in der Scheune hätte jeder an den Wagen herankommen können. Am Hof steht ein Busch, hinter dem man halbwegs versteckt leicht ein paar Luppen ungesehen austauschen kann. In der Scheune ist es noch einfacher, da kommt tagsüber nur ganz selten jemand hin. Auch wenn sie abgeschlossen ist, kann jeder Ortskundige durch den Hintereingang leicht hineingelangen. Scheinbar hat der Wirt daran gar nicht gedacht. Er fand das ohnehin seltsam und unnötig, dass Hannes den Wagen eingeschlossen haben wollte."

„Setzt man einen Helfershelfer voraus", ergänzte Karl, „dann hätte mein Vater jederzeit bei einer normalen Lieferung an Achenbach schlechtes Eisen vom Möllerplatz mitbringen können, um es irgendwo zu deponieren. Der Verbündete musste nur die Verzögerung beim Abladen organisieren und dafür sorgen, dass Hannes wirklich zur Schenke fährt. Dann konnte er in aller Seelenruhe das Eisen austauschen. Bleibt die Frage, wer der Helfershelfer war. Den Wirt können wir ausschließen. Ich bin sicher, der wusste von nichts. Einiges spricht für Peter. Er hilft immer wieder mal auf Boschgotthardshütten. Das macht ihn nicht verdächtig, hätte ihm aber die Gelegenheit gegeben, den Abladestopp zu arrangieren. Er brauchte nur zu sagen, dass er Freitagmittag zur Verfügung stehe, sonst nicht. Das hätte vermutlich ausgereicht, damit der Verwalter entsprechend plant. Verdächtig erscheint mir auch, dass er dann ins Wirtshaus ging und Hannes informierte, er könne jetzt abladen. So wie der Wirt erzählte, klang es fast, als würde Peter sagen: *So, ich habe das Eisen ausgetauscht, du kannst jetzt vorfahren.* Peter könnte auch in Eisern schon Vaters Helfer gewesen sein."

„Nachdem Peter mit euch nach Weidenau gegangen ist", ergänzte Tillmann, „hat es ja auch noch eine ganze Reihe Lieferungen mit schlechtem Eisen gegeben, die offensichtlich von Eisern aus gesteuert waren. Es ist eine schöne Theorie, und vielleicht kommt sie der Wahrheit auch nahe, aber beweisen kann man nichts davon. Es ist wohl besser, wir berichten der Untersuchungskommission nicht von unserem Verdacht, solange die Beweise fehlen. Ich höre Achenbach noch sagen: *Komme Er nicht auf den Gedanken, andere unbescholtene Menschen für seine Missetaten beschuldigen zu wollen.*"

„Das Prinzip ist wirklich genial", sagte Karl, „und gar nicht so schwierig umzusetzen."

Diesmal ging es nicht um die Untersuchung, sondern um die technischen Vorschläge, die sie gerade besprochen hatten.

„Die Anregung dazu hast du von deiner Reise mit Michael mitgebracht?“, fragte Magdalene.

„Ja, in technischer, aber auch in menschlicher Hinsicht war die Reise sehr gewinnbringend“, erzählte Tillmann. „Ich habe zum Beispiel immer gedacht, dass es überall Gewerken und Genossenschaften gibt, und musste lernen, dass das überhaupt nicht so ist. Woanders haben sie zum Teil sehr große Werkstätten, und alles gehört einem einzigen Mann, der das alleinige Sagen hat.“

„Ich finde aber Genossenschaften gerechter“, sagte Magdalene, „dort sind alle an den Entscheidungsprozessen beteiligt.“

„Das dachte ich auch erst“, stimmte Tillmann ihr zu, „und wir kennen hier gar nichts anderes. Aber im Verlauf der Reise kamen mir immer mehr Zweifel, ob die Frage nach der Gerechtigkeit die richtige ist. Ich habe in ganz unterschiedlichen Organisationsformen Verhältnisse gefunden, in denen es den Menschen gut ging. In den gleichen Strukturen fand ich aber auch Gegebenheiten, die von Zwietracht und Unterdrückung dominiert waren.“

„Aber wir müssen doch immer nach Gerechtigkeit streben, müssen immer fragen, was ist richtig und falsch“, betonte Karl.

„Ja sicher, diese Fragestellung ist ja nicht schlecht“, sagte Tillmann. „Aber wir übersehen dabei leicht, dass zwei Menschen zu unterschiedlichen Einschätzungen derselben Sache kommen. Was richtig und was falsch ist, beurteilen sie verschieden. Dann kämpft im Endeffekt das Gerechtigkeitsgefühl des einen gegen das des anderen, und das Ergebnis ist Zwietracht, Kampf und Hass. Im Verlauf der Reise habe ich mich zunehmend gefragt, ob wir nicht besser nach der Harmonie fragen sollten. Da, wo Menschen nicht so sehr darauf pochten: *Ich habe recht, und du hast unrecht*, da traten Hader und Zwietracht in den Hintergrund. Es entstand Frieden und Harmonie, ganz unabhängig von den zugrunde liegenden Strukturen.“

„Ich weiß nicht“, insistierte Karl, „wenn ich sehe, wie in Frankreich die Menschen für Freiheit, Gleichheit und Brüderlichkeit auf die Straße gehen und gegen Unterdrückung und Knechtschaft kämpfen, da muss man doch mitmachen!“

„Über die Ereignisse in Frankreich habe ich unterwegs einiges sprechen hören. Die Ideale der französischen Umstürzler klingen sehr gut, und man muss für sie eintreten. Aber was nützt es, wenn die Ideale auf den Fahnen stehen, und die Menschen, die die Fahnen tragen, nicht danach leben, sondern Tod und Qual bringen?“, fragte Tillmann. „Ich weiß sehr wenig darüber, was in Frankreich wirklich passiert. Aber vieles, was ich gehört habe, klang gar nicht gut. Man könnte fast denken, dass sich die Revolutionäre gegenseitig umbrächten. Ich traf viele, die die Ideale voll unterstützten, aber bezweifelten, ob die Revolution wirklich ein besseres System hervorbringt. Und sehr viele fürchteten, dass die Ereignisse zu Kriegen führen werden.“

Karl und Magdalene sahen sich nachdenklich an.

37. Verurteilt, März 1791

Im März kam ein Bote der Zunft und bestellte Tillmann zur Schlussverhandlung nach Siegen. Zweimal war er vorher schon zu Anhörungen geladen gewesen, ohne dass er viel hatte tun können, um seine Lage zu verbessern. Insbesondere der Gewerke Achenbach war zu sehr von Tillmanns Schuld überzeugt. Heute sollte das Urteil verkündet werden.

„Sind noch Dinge zu nennen, die bisher nicht erörtert wurden?“, fragte der Zunftmeister.

„Nein“, sagte Tillmann und dachte: Sprecht schon das Urteil, dann weiß ich wenigstens, woran ich bin.

„Wir kommen zur Urteilsverkündung“, begann Achenbach und fuhr fort: *„Im Namen der Zunft wird der Angeklagte des Betrugs für schuldig befunden und zu einer Geldstrafe von 2000 Talern verurteilt. So lange die Summe nicht eingezahlt ist, werden seine fünf Hüttentage unter die Bewirtschaftung des Hüttenschulzes gestellt. Die Erträge der Bewirtschaftung fließen nach Abzug aller Kosten als Zinsen an die Zunft. Für jeweils 400 eingezahlte Taler wird ein Hüttentag aus der Fremdbewirtschaftung freigegeben.“* Nach einer kurzen, bedeutungsvollen Pause fügte der Zunftmeister hinzu: „Er kann sich glücklich schätzen, Bender, mit einem so milden Urteil davonzukommen. Er scheint unter den Räten Freunde zu haben. Wäre es nach mir gegangen, dann hätte die Zunft ein klareres Exempel statuiert."

Als Tillmann die gewaltige Summe hörte, war ihm vor Schreck die Kinnlade heruntergefallen. Aber er musste gute Miene zum bösen Spiel machen und sagte: „Ich danke für die Gnade und werde alles tun, um meine Ehre wieder herzustellen."

Am liebsten hätte er ergänzt: *und meine Unschuld zu beweisen*, aber was hätte das schon gebracht.

Abends trafen sich Tillmann und Bergrat Roth im Goldenen Löwen zum Essen.

„Nachdem das Urteil verkündet ist, können wir uns wieder privat sehen", hatte Heinrich ihm über Michael mitteilen lassen. „Vorher wäre es nicht klug, denn meine Stimme könnte dann wegen Befangenheit wertlos werden."

Nun, wo sie einander gegenübersaßen, sprach er zu Tillmann: „Ich kann mir vorstellen, dass du dich ungerecht behandelt fühlst, aber die Zunftregeln sind hart, und es hätte deutlich schlimmer kommen können."

„Das empfinde ich in der Tat so. Es hat auch eine Lieferung von Adam Böcking an Michael gegeben, in der drei schlechte Luppen gefunden wurden. Dann hätte Adam doch auch verurteilt werden müssen und ebenso viele andere, in deren Lieferungen sich einzelne schlechte Luppen befanden."

„Ich gebe dir recht, dass darin eine gewisse Willkür besteht", sagte Heinrich, „aber es waren jeweils nur wenige Stücke. Außerdem ist eben keine offizielle Anzeige erstattet worden und deshalb wurde kein Verfahren eingeleitet. Das ist der Hauptunterschied. Achenbach wollte dich – warum auch immer – verurteilt sehen. Seine beiden Stellvertreter haben keine eigene Meinung eingebracht, sondern einfach mit ihrem Vorsitzenden gestimmt. Wir Räte konnten aufgrund der Zunftregeln nicht auf unschuldig plädieren, sonst hätte sich Achenbach an den Fürsten gewandt, und alles wäre viel schlimmer gekommen. Unser Einfluss musste sich darauf beschränken, das Strafmaß zu mildern. Die Summe selbst ist sicher hoch, aber die Milde liegt in den Randbedingungen. Du darfst weiterhin Erz zur Hütte liefern, das ist durchaus nicht selbstverständlich in einem solchen

Fall. Genau wie deine Leute darfst du auch weiter an der Hütte arbeiten, allerdings nur dann, wenn dich andere dazu beauftragen.

Die anderen Räte kennen die Situation an den Hütten recht gut und wissen, welche innovativen Ideen du zur Verbesserung der Öfen eingebracht hast. Auch dein Vorschlag zur Vorwärmung der Blasluft hat sich schon herumgesprochen. Er hat bei der Meinungsbildung meiner Kollegen eine bedeutende Rolle gespielt. Ihnen war wichtig, dass du dich weiterhin auf den Hütten betätigen darfst. Achenbach wollte das verhindern."

Tillmann lächelte und sagte: „Kätchen hat auch schon vorgeschlagen, ich soll Innovationen verkaufen, anstatt Eisen."

Kätchen lachte, als Tillmann wieder zu Hause war. „Das ist ja interessant, dass dir Heinrich Roth den gleichen Rat gibt wie ich", sagte sie. „Vielleicht solltest du ihn dann befolgen! Auf jeden Fall werde ich nicht zulassen, dass du dich wieder so hängen lässt wie im November. Es war doch klar, dass sie dich nicht freisprechen würden."

„Regt dich das denn nicht auf, wenn die Institutionen, die eigentlich dafür da sind, dass es in der Welt gerecht und ausgeglichen zugeht, geradezu der Ungerechtigkeit Vorschub leisten? Ich finde das sehr frustrierend."

„Möglicherweise erwartest du zu viel von der Zunft", meinte Kätchen. „Sie kann doch nur Formalien abwickeln und Regeln überwachen. Es sind die Menschen, die die Bestimmungen auslegen und die durch ihr Handeln Recht oder Unrecht in die Welt bringen. Gegen die Mächtigen haben wir nun mal keine Chance. Wir haben die Zeiten nicht mehr erlebt, aber Vater erzählte immer, wie es unter Fürst Hyazinth zugegangen ist. Da herrschte vollkommene Willkür, und man konnte seines Lebens nicht sicher sein. Dennoch gibt es etwas, dass uns die Mächtigen bei aller Willkür und Ungerechtigkeit nicht nehmen können: unsere Liebe! Darauf musst du deine Gedanken richten und dann geduldig tun, was möglich ist."

Tillmann seufzte. „Du hast mal wieder recht. Aber manchmal ist es nicht einfach, – bei aller Erkenntnis – den Gedanken eine positive Richtung zu geben. Die hohe Strafsumme werden wir vielleicht ein Leben lang nicht abbezahlen können. Ich kann mich dann mit dem zweifelhaften Ruhm schmücken, das gesamte Vermögen meiner Schwiegereltern durchgebracht zu haben."

„Denk doch nicht so. Ich mach dir einen Vorschlag", sagte Kätchen. „Nimm dir ein paar Tage frei. Das hast du noch nie getan. Für unsere Hüttentage darfst du im Moment sowieso nicht arbeiten. Geh nach Obernau und freue dich an deinen Eltern, Geschwistern und an deiner Heimat. Dann brauchst du dich nicht über Ludwig und seine Anordnungen zu ärgern. Nimm Thomas mit, er tut dir gut, und dann könnt ihr unterwegs ganz neue Öfen erfinden. Sie lächelte ihn an. Dann schien ihr etwas einzufallen, und sie sagte: „Übrigens liegt hier noch ein Brief, der gekommen ist, als du in Siegen warst. Ich habe ihn noch nicht geöffnet."

Tillmann las den Brief und lächelte. „Scheinbar wollen alle, dass ich mich aufs Ofenbauen verlege. Die Müsener haben von meinen Plänen zur Luftvorwärmung gehört. Sie möchten mit mir besprechen, welche Möglichkeiten sich dadurch für ihre Öfen ergeben. Sie sagen zu, mir Verdienstausfall und Kosten großzügig zu erstatten."

„Na siehst du, es ist noch nicht aller Tage Abend. Aber erst solltest du nach Obernau gehen", wiederholte Kätchen ihren Vorschlag.

Tillmann lehnte sich in seinem Stuhl zurück. Ja, vielleicht ist das wirklich eine gute Idee.

38. Anna, März 1791

So kam es, dass Tillmann einige Tage später an einem herrlichen Frühlingstag mit Thomas unterwegs war. Das winterschlaffe Gras begann sich aufzurichten und zeigte einen deutlichen Grünschimmer. Die Vögel sangen ihre Lieder, und oben am Himmel beobachteten die beiden mehrere Formationen von Wildgänsen, die auf ihrem Zug nach Norden ihrer Lebensfreude mit schrillen Schreien Ausdruck verliehen.

„An den Gänsen solltest du dir ein Beispiel nehmen", sagte Thomas. „Sie fliegen nicht im Schwarm, sondern in geordnetem Verband und gehen ganz zielgerichtet vor."

Tillmanns Blick verließ die Gänseschar am Himmel und richtete sich auf seinen 17-jährigen Ziehsohn. Es war erstaunlich, wie reif Thomas für sein Alter war, dabei hatte er eine hervorragende Auffassungsgabe.

Allerdings konnte er manchmal auch ein wenig vorlaut sein. Tillmann war gespannt auf die Belehrung, die nun folgen würde.

„Du weißt im Grunde genau, wer dein Feind ist und wer dir all diese Tiefschläge verpasst hat. Es ist Ludwig und immer wieder Ludwig. Aber du gehst nicht systematisch gegen ihn vor. Immer wenn was Neues geschieht, wird ein wenig untersucht, und dann ist auch wieder Schluss, und er kann in aller Seelenruhe neues Unheil ersinnen. Du müsstest viel systematischer gegen ihn vorgehen."

„Bisher habe ich nichts als ein paar Verdachtsmomente und keinerlei Beweise gegen ihn", widersprach Tillmann. „Ich darf doch einen unbescholtenen Bürger nicht vorverurteilen."

„Das sagt dir dein gutes Herz, aber es sollte dir auch sagen, dass du nicht zulassen darfst, dass ein Bösewicht immer weiter sein Unwesen treibt. Ich bin nach wie vor überzeugt, dass Ludwig für den Tod meiner Mutter und meines Großvaters verantwortlich ist. Das habe ich dir nach dem Brand bereits gesagt. Ich weiß, dass es dafür keine Beweise gibt, genauso wenig wie für seine Eisenbetrügereien, die Flutung des *Alten Krämers* und seine anderen Untaten. Aber damit dürfen wir uns doch nicht zufriedengeben!"

„Was schlägst du vor?", fragte Tillmann, noch immer etwas vorsichtig.

„Es ist offensichtlich, dass Ludwig sehr überlegt und langfristig planend vorgeht. Wenn wir also Beweise gegen ihn sammeln wollen, müssen wir mindestens ebenso langfristig und zielgerichtet Indizien sammeln, um ihm schließlich etwas nachweisen zu können. Wenn du mir etwas Freiraum lässt, würde ich gerne gegen Ludwig ermitteln."

„Du hast bei mir sehr viel Freiraum. Wenn du meinst, dass du etwas bewirken kannst, dann tu dir keinen Zwang an", sagte Tillmann.

„Das heißt, du würdest mich unterstützen?", fragte Thomas nach. „Ich dürfte schon mal heimlich Ludwig hinterherspionieren, anstatt im Stollen zu arbeiten?"

„Ich gehe mal davon aus, dass du es nicht übertreiben wirst, sonst kommt Ludwig dir schnell auf die Schliche und dreht den Spieß um." Tillmann betrachtete Thomas skeptisch. „Dann hat er plötzlich Beweise gegen dich und hängt dir irgendetwas an."

„Ich werde sehr vorsichtig sein, und Anton wird mir helfen", versicherte Thomas. „Wir sind bei der Arbeit meistens zusammen und können uns abstimmen. Anton lebt mit seiner Mutter in Ludwigs Haus. Da kann er mit Geduld und Beharrlichkeit bestimmt etwas herausbekommen."

Sie hatten Brauersdorf hinter sich gelassen, rechts zweigte das Nauholzer Tal ab, und vor ihnen erstreckten sich die Fluren von Obernau.

„Ich glaube, Mathias ist beim Kartoffelsetzen", sagte Tillmann und zeigte auf eine Gruppe Menschen, die links vor ihnen am Hang in der warmen Nachmittagssonne arbeiteten. „Das ist unser Feld, ich erkenne Mathias und Jost mit den Kindern."

Mathias führte den Ochsen, der den Pflug zog und eine tiefe Furche aufwarf. Hinter dem Gespann ging ein Mädchen, das aus einem Korb Kartoffeln nahm und in bestimmten Abständen in die Kerbe legte. Hinter dem Mädchen warf Jost mit einem groben Krämmer die Furche wieder zu und trat die Erde etwas fest.

Am Rand des Feldes stand ein Wagen, auf dem sich noch ein paar Säcke mit Setzkartoffeln befanden. Ein Junge war damit beschäftigt, diese aus einem der Säcke in kleine Henkelkörbe zu füllen. Er brachte dem Mädchen einen vollen Korb und nahm den leeren wieder mit. Alles ging Hand in Hand, und die Gruppe hätte kaum effizienter arbeiten können.

Tillmann und Thomas hatten den Rand des Feldes erreicht, blieben stehen und sahen zu, wie Mathias den Pflug wendete und die nächste Furche begann. Als die Richtung stimmte, sah er auf und erkannte seinen Bruder. Ohne die Arbeit zu unterbrechen, ließ er die Peitsche zur Begrüßung zweimal lustig knallen. Erst als auch diese Furche gezogen war, hielt Mathias den Ochsen an, und alle begrüßten sich herzlich.

„Wie du siehst, Brüderchen", sagte Mathias, „haben wir noch drei Furchen, dann sind wir mit diesem Feld fertig und gehen mit euch zurück. Oder wollt ihr schon vorgehen?"

„Nein, wir schauen euch gerne eine kleine Weile bei der Arbeit zu", antwortete Tillmann.

Die Gruppe nahm die Arbeit wieder auf, und die zwei Besucher aus Eisern beobachteten interessiert das Treiben.

„Georg und Anna machen ihre Sache richtig gut, offensichtlich sind sie Mathias eine große Hilfe“, kommentierte Tillmann nach einer Weile. „Anna ist beinahe schon eine Frau.“

Sein Blick folgte der Arbeitsgruppe, und er achtete nicht auf Thomas, sonst wäre ihm wohl aufgefallen, dass der Blick seines Pflegesohns wie gebannt auf dem Mädchen ruhte.

Anna dagegen spürte diesen Blick. Sie hatte schon bei der Begrüßung bemerkt, wie die Augen des jungen Mannes sie umschmeichelten. Unter verdeckten Lidern sah sie zu ihm hin und registrierte, dass dieses Augenpaar sie nach wie vor begleitete. Seltsamerweise empfand sie kein Unbehagen.

Thomas wusste nicht, was mit ihm geschehen war. Warum waren denn seine Knie so weich geworden, und was war das für ein seltsames Gefühl im Bauch? Es konnte doch nicht an dem Mädchen liegen. Mädchen gab es doch überall. Aber dieses bewegte sich so anmutig, als ob sie tanzte, dabei setzte sie doch nur Kartoffeln. Ihr braunes Haar hatte sie zu einem langen, dicken Zopf geflochten, aus dem bei der Arbeit ein paar Strähnen den Weg in die Freiheit gefunden hatten. Immer wieder hob sie ihre Hand und strich sich diese Strähnen hinters Ohr.

Unterdessen waren die restlichen Furchen gezogen, und die kleine Gruppe begab sich auf den Weg ins Dorf.

„Wie ist das Urteil gegen dich schließlich ausgefallen?“, erkundigte sich Mathias.

Tillmann erklärte ihm die Zusammenhänge und ergänzte: „Es ist sehr frustrierend, unschuldig zu solch einer hohen Strafe verurteilt zu werden.“

„Erinnerst du dich noch, was dir Wilhelm und Heinrich damals gesagt haben, als du überlegtest, ins Eisengeschäft einzusteigen?“, fragte Mathias und gab die Antwort selbst: „Sie wiesen dich darauf hin, dass das nötige Wissen nicht das Problem wäre, sondern die Intrigen, die zu befürchten seien. Und genauso ist es jetzt auch gekommen.“

„Das stimmt“, antwortete Tillmann, „und ich will mich auch gar nicht beschweren. Ich bin nur hier, um in der altvertrauten Umgebung etwas Abstand von den Geschehnissen zu Hause zu bekommen. Thomas und ich wollen euch ein bisschen zur Hand gehen. In ein paar Tagen gehen wir dann weiter nach Müsen. Es freut mich, dass scheinbar nicht alle Kollegen das Vertrauen in mich verloren haben. Mein Rat bei Verbesserungen an den Öfen ist inzwischen recht gefragt. Mein Pflegesohn ist mir in diesen Dingen mehr als ein gelehriger Schüler. Ich arbeite gerne mit ihm zusammen."

Jost hörte in seiner stillen Art den beiden Brüdern zu, ohne sich selbst am Gespräch zu beteiligen. Der Pferdewagen mit den restlichen Setzkartoffeln fuhr, von Georg geführt, mit einigem Abstand hinter dem Ochsengespann her. Thomas ging zwischen den beiden Geschwistern.

„Du hast es gut", sagte Georg zu Thomas, „ich stell mir das Leben bei Onkel Tillmann sehr interessant vor. Bei euch ist immer was los."

„Na ja, im Moment ist er mit Recht ziemlich niedergeschlagen. Das Urteil der Zunft hat ihn sehr getroffen und verletzt."

„Aber das hat man ihm doch nur angehängt. Alle wissen, dass er unschuldig ist."

„Das stimmt", bestätigte Thomas, „viele glauben an seine Unschuld, aber die Strafe ist deshalb nicht weniger drückend."

In diesem Moment schüttelte das Pferd mit einer kräftigen Kopfbewegung die Fliegen ab. Georg wurde durch diese Bewegung etwas unsanft gegen Thomas gestoßen, der wiederum leicht ins Wanken kam und mit dem Oberarm Annas Schulter berührte. Eine heiße Glut durchzuckte seinen Körper. Erschrocken sah er in Annas Richtung, aber die lächelte ihn mit ihren königsblauen Augen nur freundlich an. Er musste sich zusammenreißen, um sich aus dem Zauber dieses Lächelns zu befreien und das Gespräch mit Georg weiterzuführen.

„Ja, von Tillmann kann man sehr viel lernen", bekräftigte er. „Er ist viel klüger als die meisten anderen Gewerken, und ich glaube, es ist genau diese Klugheit, die ihm viele neiden. Er hat die Eisengewinnung erst spät gelernt. Und doch kann er heute den anderen sagen, wie die Öfen gebaut werden müssen. Von hier aus gehen wir weiter nach Müsen. Die Gewerken wollen von Tillmann lernen, was sie an ihren Öfen verbessern können."

Sie erreichten das alte Bauernhaus und begrüßten die übrigen Familienglieder sehr herzlich. Tillmann konnte sich glücklich schätzen, Vater und Mutter bei so guter Gesundheit anzutreffen. Eberhard wurde bald 70 und Berta 63 Jahre alt. Es war selten, dass zwei Menschen gemeinsam so lange lebten. Die Eltern waren immer noch eine große Hilfe in Haus und Hof.

Es waren schöne Tage in der alten Heimat. Die Arbeit in Wald und Feld tat gut, besonders weil sie ohne Druck erledigt werden konnte. Für Mathias war es eine unerwartete, willkommene Unterstützung, die dazu führte, dass manches Tagewerk früher abgeschlossen war als geplant. So fand man Zeit, gemütlich im Familienkreis beieinander zu sitzen.

An einem solchen Nachmittag saß Tillmann mit seinen Eltern in der großen Küche des Obernauer Hauses, als Eberhard zu sprechen begann: „Es tut mir sehr leid, mein Junge, dass es dir bisher nicht vergönnt war, auf dem Feld, das du so klug und fleißig bestellt hast, zu ernten."

„Ja, die Felder, die ich bestellt habe, wurden von anderen widerrechtlich abgeerntet." Tillmann seufzte schwer. „Ich stehe da wie ein Taugenichts und muss mich wundern, dass Kätchen noch zu mir hält."

„So wie mir Magdalene erzählt hat, stehen außer Kätchen ja noch viele Menschen auf deiner Seite und sind von deiner Unschuld überzeugt", lenkte der Vater ein.

„Das ist zwar richtig, aber öffentlich bin ich doch entehrt."

„Ich weiß, dass es nicht einfach ist, Tillmann, aber du musst dir immer wieder klarmachen, dass es nicht wichtig ist, was andere von dir denken. Wichtig ist allein, wie du vor dir selbst und deinem Schöpfer dastehst. Wenn du dir selbst nichts vorzuwerfen hast, und das scheint mir der Fall zu sein, dann kannst du aufrecht durchs Leben gehen, auch wenn dich andere verachten. Auf keinen Fall darfst du den Mut verlieren. Konzentrier dich auf die guten Dinge, die dir unser Herrgott geschenkt hat, auf deine Frau, deine Kinder und Pflegekinder. Wenn ich Thomas über dich reden höre, bin ich direkt stolz auf dich. Magdalene und Karl sind dir so dankbar. Auch von deinen Bediensteten höre ich, dass sie nichts auf dich kommen lassen. Es gibt vieles, für das du deinem Gott danken solltest."

Tillmann sah nachdenklich an die Zimmerdecke. Er wusste, dass Vater recht hatte, und doch war es nicht einfach, seine Gedanken von dem erlittenen Unrecht abzulenken und auf den fälligen Dank zu richten.

Seine Mutter sagte: „Sei versichert, mein Junge, die dir Unrecht zugefügt haben, werden mit all dem gewonnenen Gut nicht glücklich werden. Aber ich weiß natürlich, dass das ein schwacher Trost ist." Dann stieß sie ihren Mann in die Seite. „Aber Eberhard, jetzt sag doch endlich, worüber wir gesprochen haben."

„Ist ja gut, Berta, da wäre ich schon noch drauf gekommen. Also, Junge, wir haben beschlossen, dass wir dir, so wie die Dinge liegen, dein Erbe bereits jetzt auszahlen möchten. Du weißt ja, dass wir, als Mathias den Hof übernommen hat, für unsere anderen Kinder einen Betrag bei Gericht hinterlegt haben. Mathias hat uns all die Jahre treu unser Altenteil ausgezahlt, das wir nie verbraucht, sondern auch genutzt haben, um euer Erbe zu mehren. Hier hast du den Deposit-Schein über 360 Taler."

Tillmann war gespannt gewesen, was seine Eltern wohl ausgeheckt hatten, aber damit hatte er nicht gerechnet. Tränen der Rührung stiegen in seine Augen, als er sagte: „Aber das geht doch nicht, ihr Lieben. Ich habe Schölers Vermögen vollständig vertan, jetzt kann ich doch nicht auch noch euer Geld zum Fenster hinauswerfen."

„Nimm es ruhig an", sagte Berta und drückte mit beiden Händen die ihres Sohnes. „Vater und ich haben darüber gesprochen, und wir möchten es so. Sei sicher, es kommt von Herzen."

„Ich bin überzeugt", ergänzte Eberhard, „du wirst es nicht zum Fenster hinauswerfen. Ob das Geld verloren geht, das steht in Gottes Hand. An uns ist es nur, verantwortungsvoll zu überlegen, was uns sinnvoll erscheint. Das haben wir getan und sind zu dem Schluss gekommen, dass du das Geld jetzt haben sollst, Punktum."

Tillmann brauchte eine Weile, um seiner Rührung Herr zu werden. Er nahm seine Eltern in den Arm und bedankte sich von Herzen.

Unterdessen spielte sich in der Nähe eine ganz andere Szene ab. Es waren noch fast anderthalb Stunden bis zum Abendessen, das Tagwerk war erledigt, aber alle in der Familie schienen beschäftigt zu sein. Thomas stellte fest, dass man ihn wohl vergessen hatte. Niemand hatte ihm eine Arbeit zugewiesen. Er konnte die Zeit nutzen und Anna suchen. Wie er inzwischen wusste, war sie genauso alt wie er selbst. Vielleicht hatte er Glück und traf sie ausnahmsweise mal ohne Georg. Er fand Georg, der ein Jahr älter war, sehr nett und unterhielt sich gerne mit ihm, aber Anna übte auf ihn eine Faszination aus, wie er sie bisher noch nicht erlebt hatte. Er wusste nicht, was das bedeutete und wie er mit diesen Gefühlen umgehen sollte, aber er sehnte sich danach, mit Anna allein zu sein. Also lief er auf dem Hof herum und hielt nach ihr Ausschau.

Er hatte Glück und traf sie schließlich beim Füttern der Hühner – allein. Mit eleganten Bewegungen warf sie das Körnerfutter schwungvoll in den Hühnerpferch. Sie war fast einen Kopf kleiner als der hochgewachsene Thomas und schlank, aber keinesfalls dünn, denn ihre weiblichen Formen waren bereits voll ausgebildet.

Anna sah ihn kommen und lächelte. Das erzeugte einen solchen Kloß in Thomas' Hals, dass er sich unfähig fühlte, auch nur irgendetwas zu sagen. Stattdessen lief er rot an und wäre am liebsten im Boden versunken.

„Meinst du, dass die Hühner jetzt ausreichend Futter haben?" fragte Anna.

„Ich glaube schon", sagte Thomas dankbar, dass sie ihm über die schlimmste Verlegenheit hinweggeholfen hatte. Mehr fiel ihm aber nicht ein, und das Mädchen musste ihm noch einmal helfen.

„Habe ich dir eigentlich schon unseren Fischweiher gezeigt?", fragte sie.

„Nein noch nicht."

„Na, wenn die Hühner genug zu fressen haben und bis zum Abendessen noch Zeit ist, dann könnte ich es ja heute tun. Hättest du denn Lust?", fragte Anna weiter.

„Ja sicher, sehr gerne", stammelte Thomas, der noch immer mit dem Kloß in seinem Hals zu kämpfen hatte.

„Na, dann komm", forderte sie ihn auf, nahm ihn bei der Hand und lief auf den kleinen Bach zu. Sie ließ Thomas' Hand wieder los, sprang über das Rinnsal und ging auf den Weg, der am Waldrand bergauf führte.

Auch diesmal fuhr Thomas Annas Berührung wie eine Glutwelle durch den Körper.

„Ich wusste gar nicht, dass ihr euch auch mit Fischen beschäftigt", murmelte er.

„Das ist ein Hobby von Onkel Jost. Er ist sehr still und in sich gekehrt, aber die Fische liebt er. Er hat den Teich angelegt und beschäftigt sich fast jede freie Minute mit seinen Forellen."

Es war nicht weit bis zu dem kleinen Weiher, und sie sahen ihn bald vor sich liegen. Er war sehr schön angelegt. Der Zulauf war in kleinen Kaskaden arrangiert, und der Überlauf trieb sogar ein kleines Wasserrad an. Alles war technisch gut ausgeführt und sehr gepflegt. Annas Erläuterungen bestätigten Thomas ersten Eindruck.

„Onkel Jost hat einen Sinn für Schönheit“, erklärte sie. „Auch die Wiese hier hat er extra angelegt. Du solltest sie mal im Mai sehen. Dann blühen hier Tausende von bunten Blumen, und ich darf mir immer ein Kränzchen flechten oder einen Strauß mit nach Hause nehmen. Onkel Jost ist ein sehr lieber Mensch. Und sieh mal, die vielen Fische im Wasser, wie sie nach den Mücken springen, ist das nicht herrlich?“

„Du hast recht, es ist alles sehr schön gestaltet“, sagte Thomas. Er nahm seinen ganzen Mut zusammen und ergänzte: „Aber es ist doch gar nichts im Vergleich zu deiner Schönheit“.

Anna erschrak: „Sowas darfst du doch nicht sagen! Es stimmt auch überhaupt nicht!“

„Ich weiß nicht, was ich sagen soll oder darf“, erwiderte Thomas, „vielleicht hast du mich verzaubert. Aber ich weiß, dass du sehr, sehr schön bist.“

Jetzt war es Anna, der es die Sprache verschlagen hatte, und Thomas merkte, dass er zu weit gegangen war. Unbeholfen versuchte er zu retten, was zu retten war: „Es tut mir leid! Jetzt habe ich alles kaputt gemacht! Ich weiß auch gar nicht, was mit mir los ist, aber schon als ich dich vor einer Woche auf dem Kartoffelfeld zum ersten Mal gesehen habe, war mir so komisch, ich musste immerzu nach dir hinsehen.“

„Das habe ich gemerkt“, brachte sie jetzt wieder hervor und hatte ihr Lächeln wiedergefunden. „Ich finde dich ja auch ganz nett.“

Thomas fiel ein Stein vom Herzen. Vielleicht war ja doch noch nicht alles verloren. Zaghaft nahm er ihre Hand, führte sie zu seinem Mund und hauchte einen sanften Kuss darauf. Anna ließ es geschehen, auch wenn sie danach ihre Hand wieder zurückzog.

„Ich habe ja keine Ahnung von solchen Dingen, aber ich glaube, es muss Liebe sein, was ich für dich empfinde“, wagte sich Thomas noch ein Stück weiter vor.

„Ich glaube, du hast von so was wirklich keine Ahnung, und ich auch nicht“, sagte Anna. „Dafür sind wir beide noch viel zu jung. Ich werde schließlich erst 17. Und jetzt lass uns schnell zurückgehen, denn es gibt gleich Abendessen, und man wird uns vermissen.“

War das jetzt eine Zurückweisung?, fragte sich Thomas enttäuscht, und dann auch wieder glücklich, denn Annas Lächeln fand auf dem

Heimweg noch einige Male den Weg zu seinem Gesicht. Und es war ein warmes Lächeln.

Die Tage sind viel zu schnell vergangen, dachte Tillmann, als er sich mit Thomas von der Familie in Obernau verabschiedete, um nach Müsen aufzubrechen. Die Geborgenheit einer großherzigen Familie ist durch nichts zu ersetzen.

Ja, Großherzigkeit hatte er in den letzten Tagen erfahren, nicht nur durch die erlebte Geborgenheit. Wenn er an das Gespräch mit den Eltern dachte, überkam ihn jetzt noch Rührung. Und dann hatte ihn gestern Abend Jost zur Seite genommen und ihm einen Lederbeutel, gefüllt mit blanken Talern, zugesteckt.

„Hier, nimm diesen Beutel“, hatte er gesagt. „Den Inhalt möchte ich in dein Geschäft investieren. So sagt man doch, oder? Und jetzt komm ja nicht auf die Idee, es abzulehnen.“

„Aber lieber Jost, das geht wirklich nicht, du brauchst das Geld doch selbst“, hatte Tillmann versucht, die Gabe des Bruders abzuwehren.

Jost hatte gelacht und gesagt: „Du weißt doch, dass ich mit Geld nichts anfangen kann. Alles, was ich zum Leben brauche, gibt mir Mathias, weil ich für ihn arbeite. Und das, was er mir darüber hinaus auszahlt, was soll ich damit? Mir den Charakter verderben lassen? Nein, nein, bei mir liegt es sowieso nur herum. Vielleicht kannst du damit in Eisern Gutes bewirken, dann sollte es mich freuen. Und wenn du irgendwann selbst mal zu viel Geld hast, dann gibst du es mir wieder, und ich lege es wieder zu den anderen unnützen Dingen. Und jetzt fang nicht an zu diskutieren, du weißt, dass ich das nicht mag.“

Tillmann hatte den Bruder in den Arm genommen und ihm auf die Schulter geklopft. So eine lange Rede hatte er noch niemals von ihm vernommen. Er wusste, dass Jost sich nicht umstimmen ließ, wenn er sich einmal festgelegt hatte. Daher sagte er nur: „Danke, lieber Bruder, du hast ein großes Herz.“

Es waren 170 Taler gewesen. Mit dem Geld der Eltern hatte er nun bereits mehr, als er brauchte, um einen Hüttentag wieder unter seine Kontrolle zu bringen. So konnte er am Geschehen in der Hütte wieder aktiv teilhaben. Es blieb außerdem genug übrig, sodass Kätchen nicht zu knauserig wirtschaften musste.

Auch Thomas konnte sich nicht leicht von Obernau trennen. Die zehn Tage hatten sein Leben völlig verändert, so kam es ihm vor. Vor dem Abschied hatte er sich zum wiederholten Mal bei Anna vergewisserte: „Aber du schreibst mir doch?"

„Ja, versprochen", hatte sie geflüstert.

Beide standen ein wenig abseits von den anderen. Thomas hatte nicht den Eindruck, dass den Erwachsenen aufgefallen war, dass zwischen Anna und ihm ein zartes Band entstanden war. Es war nicht bei dem einen Rendezvous am Fischteich geblieben. Auch am nächsten Nachmittag hatte Thomas vor dem Abendessen sein Glück am Hühnerstall probiert und Erfolg gehabt. Am dritten Tag war es schon verabredet gewesen, dass sie sich dort trafen. Und jeden Abend waren sie sich ein ganz kleines Bisschen nähergekommen.

Jetzt stiegen die beiden Wanderer im Burbachtal bergan und bemerkten nicht die schöne Frühlingslandschaft um sie herum, so tief war jeder für sich in seinen Gedanken versunken. Selbst die *Alte Burg*, die Tillmann doch immer so faszinierte, blieb heute unbemerkt am rechten Wegrand liegen. Erst das Treiben in Afholderbach weckte sie aus ihrer Versunkenheit, und sie richteten ihre Gedanken auf Dinge, die vor ihnen lagen.

39. Erz, September 1791

„Wie sieht's denn bei euch aus, habt ihr genug Erz?", fragte Bernhard, als er auf dem Hüttenplatz auf Otto Neuser traf, der sich mit Ludwig Göbel unterhielt. „Es ist schon erstaunlich, was der Ofen 1 auf der neuen Reise nach dem Umbau an Material durchsetzt."

„Es könnte knapp werden", antwortete Otto, „aber wenn wir uns ranhalten und die laufenden Fördermengen mit einkalkulieren, müsste es gerade reichen. Für die nächste Periode müssen wir uns aber etwas einfallen lassen, damit es genügt. Der Ofen lutscht tatsächlich alle unsere Reserven weg. Aber das soll er gerne tun, wenn er dafür so viel Eisen mehr produziert." Die Freude über die zusätzlichen Gewinne stand Otto ins Gesicht geschrieben.

„Wir werden genug haben", sagte Ludwig missmutig. Eigentlich müsste er sich freuen, dachte er. Sein Gewinn war beträchtlich. Viereinhalb Hüttentage besaß er selbst. Dazu kamen die zwei Schultheißtage, und die Verwaltungsvergütung für Tillmanns Tage. Nun war die Eisenausbringung des einen Ofens um über 15 Prozent gestiegen. Das brachte einen beachtlichen Zusatzverdienst. Es war vertrackt, dass er sich nicht richtig freuen konnte, weil das Extraeinkommen Tillmanns Erfolg war. Und wie er es geschafft hatte, einen Hüttentag bereits wieder unter seine Kontrolle zu bringen, war unbegreiflich. Dieser Kerl fiel jedes Mal auf die Füße, es war wie verhext.

Da der Ofen immer die gleiche Menge Material durchsetzte, bedeutete die Einsparung von Kohle gleichzeitig einen Mehrbedarf an Erz. Das wiederum führte zu einer Mehrproduktion an Eisen.

Otto spann den Gesprächsfaden weiter: „Wir brauchen ein paar kluge Ideen, um die größere Menge Erz beizubringen. Zum Glück sind die Vorräte unserer guten alten Eisernhardt schier unerschöpflich. Aber wir werden mehr Arbeitskräfte brauchen, um das Erz zu fördern."

Bernhards Miene verdüsterte sich, er weigerte sich, zu akzeptieren, dass Produktionssteigerungen auch Auswirkungen auf den Arbeitsmarkt hatten. Aber heute schien er beschlossen zu haben, sich die gute Laune nicht verderben zu lassen, und sagte lapidar: „Das wollen wir erst mal sehen, das geht auch ohne. Da lassen wir uns schon noch was einfallen."

Am gleichen Tag arbeiteten Thomas und Anton wie gewöhnlich im Erbstollen am *Alten Krämer*. Thomas war seit dem Besuch in Obernau fast noch verbissener und fleißiger bei der Arbeit als vorher. Oft waren seine Gedanken bei Anna. Er litt sehr darunter, dass sie nicht in seiner Nähe sein konnte. Das anstrengende Tagwerk lenkte ihn ein bisschen von der Sehnsucht ab. Immer wenn ein Brief kam, war er in Hochstimmung, und dann holte ihn die Realität wieder ein, denn bei der Tätigkeit im Stollen musste er sich zwar konzentrieren, aber die Routine ließ den schweifenden Gedanken viel Raum.

Nur mit Anton sprach er gelegentlich über seine Liebe. Der lenkte ihn von seiner Sehnsucht ab und erinnerte ihn immer daran, dass sie sich vorerst auf die Überführung Ludwigs konzentrieren wollten.

Die beiden hatten viel Freizeit und auch einige Arbeitszeit damit verbracht, den Schulzen zu beobachten. Sie entwickelten immer wieder neue Taktiken und Strategien, wie sie vorgehen wollten, und hatten schon einiges über Ludwigs Gewohnheiten herausgefunden. Sie wussten, wo er sich meistens aufhielt, und kannten auch die Stelle, von wo aus er gerne das Treiben der Hütte kontrollierte.

Sie waren dabei, ihrerseits Verstecke zu suchen, die geeignet waren, um Ludwig an seinen Lieblingsplätzen zu beobachten oder vielleicht sogar zu belauschen. Nur leider hatte ihr Einsatz bis jetzt keinerlei greifbare Erfolge gebracht. Nichts, was man gegen Ludwig hätte verwenden können.

Heute gab es etwas anderes, das Thomas Aufmerksamkeit fesselte. Seit neun Monaten hatte ihnen die feuchte Stelle in der Stollenfront die Richtung des Vortriebs gezeigt. Fast zwei Meter Vortrieb war ihnen in dieser Zeit gelungen. Der kleine Knick im Stollen lag deutlich hinter ihnen. Thomas meinte seit ein paar Tagen, dass die Menge der austretenden Feuchtigkeit größer geworden sei.

„Ist dir das auch aufgefallen?“, fragte er Anton, „Ich meine, das austretende Wasser ist mehr geworden.“

„Ja, das habe ich auch schon gedacht“, bestätigte der. „Ich meine auch, dass die Stelle etwas größer geworden wäre und auch die Art des Gesteins sich verändert hätte.“

Darauf hatte Thomas bisher noch gar nicht geachtet. Er leuchtete mit der Öllampe die Gesteinsfront genau ab. Dann hämmerte er mit ein paar gezielten Schlägen einen bestimmten Brocken los und ging damit nach draußen ans Tageslicht. Ja, dieser Stein war anders als der taube Fels, den sie die ganze Zeit gefördert hatten. Er enthielt deutliche Schlieren von diesem rostigen Braun, das so charakteristisch war für das Erz der Eisernhardt.

„Nimm diesen Brocken und bring ihn zu Tillmann“, bat er Anton. „Ich bin gespannt, was er dazu sagt. Für ein paar Stunden komme ich hier allein zurecht.“

Anton fand seinen Dienstherrn bei der Hütte, und zeigte ihm den Stein, den dieser aufmerksam betrachtete.

„Und der ist wirklich aus dem Erbstollen?“, vergewisserte sich Tillmann, und Anton nickte. „Ich komme mit und sehe mir das selbst an“, beschloss Tillmann.

So kam es, dass die beiden bereits wenig später bei der Grube eintrafen und Thomas Tillmann die Stelle zeigen konnte, von der der Brocken stammte.

Tillmann studierte die Verhältnisse eingehend und sah sich auch noch weiteres Gestein an, das schon zur Abraumhalde transportiert worden war. Dann sagte er: „Herzlichen Glückwunsch, es sieht ganz so aus, als ob ihr eine Erzader gefunden hättet. Zum Jubeln ist es sicher noch zu früh, aber es könnte durchaus sein, dass es *die* Erzader ist, die den *Alten Krämer* so ergiebig machte. Wenn ihr noch eine Woche weiter grabt, dann werden wir Gewissheit haben und auch schon erste Vermutungen zur Ergiebigkeit.“

Bereits fünf Tage später setzte sich Tillmann zu Kätchen und den Kindern an den Mittagstisch und erzählte voller Freude: „Ich glaube, jetzt können wir sicher sein, der *Alte Krämer* wird seine frühere Ergiebigkeit wieder erreichen. Wir werden das Erz allerdings jetzt vom Erbstollen aus schürfen. Logistisch gesehen ist das sogar ein Vorteil, denn wir müssen nicht haspeln und sparen dadurch einen Mann bei der Förderung.“

„Wie schön“, sagte Kätchen, „das heißt doch, dass Thomas und Anton in Zukunft ihr Geld nicht nur bekommen, sondern auch wirklich verdienen.“

„Genau, oder anders ausgedrückt, es ist, als ob wir bei gleichen Kosten plötzlich zwei produktive Arbeiter mehr hätten.“ Tillmann lächelte zufrieden. „Und natürlich steht uns das zusätzliche Erz zur Verfügung. Das ist jetzt besonders wertvoll, weil durch die Erhöhung der Ofenproduktivität alle mehr davon brauchen als früher.“

„Siehst du, was du alles zuwege bringst! Alle profitieren von deiner Arbeit, und wir selbst sind diesmal auch mit dabei“, jubelte Kätchen und stand auf. Sie trat von hinten an Tillmanns Stuhl heran, umarmte ihn und gab ihm einen Kuss auf die Wange.

Eben wollte sie sich wieder setzten, da bemerkte sie einen Fremden, der auf das Haus zuschritt und an die Tür klopfte.

„Ich komme aus Müsen“, sagte der Mann, „und möchte diesen Brief und einen Beutel abgeben. Man hat mir gesagt, ich soll auf Antwort warten oder doch zumindest eine Quittung mitbringen.“

„Komm herein und sei uns willkommen“, forderte Kätchen ihn auf. „Du wirst sicher hungrig und durstig sein. Wir sind gerade beim Essen. Setz dich zu uns und bediene dich.“

Tillmann aß sein Mittagsmahl auf und wandte sich dann dem überbrachten Brief zu, brach das Siegel des Müsener Hüttenschulzen und las:

Sehr geehrter Herr Bender,

mit diesem Schreiben möchten die hiesigen Hüttengewerken ihren herzlichen Dank zur erfolgreichen Aufrüstung ihres Ofens aussprechen. Die Produktivität unserer Anlage hat sich durch Ihre wohldurchdachten Verbesserungen beträchtlich erhöht. Insbesondere beeindruckt uns, dass die Zeit des Anblasens um einen ganzen Tag verkürzt werden konnte und so ein Produktivtag gewonnen wurde.

In Anerkennung Ihrer Verdienste möchten wir Ihnen eine Prämie von 50 Talern zukommen lassen, die wir dem Überbringer dieses Briefs zur gefälligen Zustellung aushändigen. Wir bitten, den Erhalt geflissentlich zu quittieren.

Wir hoffen, auch in Zukunft bei der Ausrüstung weiterer Öfen mit Ihrer geneigten Unterstützung rechnen zu dürfen.

Ergebenst,
die Müsener Hüttengewerken

Tillmann hatte den Brief laut vorgelesen, und Kätchen klatschte vor Freude über diese Anerkennung der Arbeit ihres Mannes kräftig in die Hände.

Der Bote lachte und sagte: „Ich würde mich auch freuen, wenn ich 50 Taler bekäme. Hier hat der Schulze eine Quittung vorbereitet, die müsst ihr unterschreiben, sonst heißt es noch, ich hätte das Geld nicht abgeliefert.“

„Lass mir ein bisschen Zeit“, antwortete Tillmann, „ich möchte dir doch eine richtige Antwort mitgeben.“

Er zog sich zurück und brachte in einem kurzen Brief seinen verbindlichsten Dank zum Ausdruck. Er vergaß auch nicht, sich für eine zukünftige Zusammenarbeit zu empfehlen. Als der Bote sich gestärkt hatte, nahm er den gesiegelten Antwortbrief an sich und begab sich auf den Heimweg, nicht ohne sich für das großzügige Trinkgeld und die anständige Bewirtung bedankt zu haben.

Tillmann umarmte seine Frau und drückte sie herzlich an sich. „So ein Brief könnte jede Woche kommen", sagte er in seiner Freude.

„Es kommt doch jede Woche ein Brief", merkte die siebenjährige Hedwig an, die bisher still am Tisch gesessen hatte.

„Gibt es hier Geheimnisse, von denen ich nichts ahne?" Tillmann blickte erstaunt in die Runde.

Kätchen wiederum sah ihre Tochter zunächst fragend an, doch dann fiel der Groschen. „Ach, sie meint die Briefe, die Thomas jetzt immer bekommt!", rief sie aus und sagte dann zu Tillmann: „Das wollte ich sowieso noch mit dir besprechen. Seit ihr in Obernau wart, schreibt Thomas regelmäßig mit unserer Nichte Anna. Was ist denn zwischen den beiden, du hast gar nichts erzählt?"

„Mir ist dort gar nichts aufgefallen", antwortete Tillmann. „Sie haben sich mal unterhalten, aber nicht auffällig."

„Vielleicht haben die Männer nur mal wieder nichts mitbekommen." Kätchen lächelte. „Am besten schreibe ich mal an Agnes, es sieht mir fast so aus, als ob Anna und Thomas sich verliebt hätten."

40. Krieg, Juli 1792

Es war Krieg. Wenn Tillmann an die Gespräche während seiner Reise mit Michael dachte, dann war das gar nicht verwunderlich. Viele hatten vorausgesehen, dass es Kampfhandlungen geben würde. Aber nun war es Realität, das war dann doch ein Unterschied.

Früher hätte man einfach sagen können, Frankreich habe Deutschland den Krieg erklärt. Aber so simpel war das heute nicht mehr. Das Deutsche

Reich bestand aus vielen Einzelstaaten mit unterschiedlichen Interessen. Es gab kaum ein deutsches Einheitsgefühl.

So hatte Frankreich Österreich den Krieg erklärt. Daraufhin hatten die Preußen aufgrund eines Bündnisses mit Österreich wiederum Frankreich den Krieg erklärt. Ob die übrigen deutschen Staaten ebenso im Krieg waren, blieb ein bisschen unklar, denn bisher hatte der König von Österreich, der seit Kurzem zugleich auch deutscher Kaiser war, keinen Druck auf die vielen Kleinstaaten ausgeübt, sich aktiv am Kriegsgeschehen zu beteiligen. Darum waren bislang die Soldaten aus Nassau-Oranien nicht direkt in Kämpfe verwickelt.

„Um was es in diesem Krieg geht, erscheint mir sehr unklar", stellte Tillmann fest. Er war zu Besuch in Schneppenkauten und saß mit Karl und Magdalene beim Abendessen. „Aber das ist ja wohl häufig so, dass sich dem gemeinen Volk der Sinn und Zweck eines Krieges nicht erschließt."

„Die deutschen Großmächte wollen die Revolution rückgängig machen", entgegnete Karl, „so viel ist klar."

„Aber Frankreich hat den Krieg erklärt", widersprach Tillmann, „und sie scheinen es auf die Österreichischen Niederlande[44] abgesehen zu haben, denn dort wird ja zurzeit ausschließlich gekämpft, wie man hört."

„Ich glaube nicht, dass Österreich noch lange mit einer Kriegserklärung gewartet hätte, wenn ihnen Frankreich nicht zuvorgekommen wäre", schaltete sich Magdalene in die Diskussion ein. „Die deutschen Fürsten haben Angst, dass die Revolution auf die deutschen Lande überspringt, und das wollen sie auf jeden Fall verhindern. Am besten könnten sie den revolutionären Geist eindämmen, so scheinen sie zu denken, wenn die Revolution in Frankreich rückgängig gemacht wird. Ludwig XVI soll wieder auf den Thron gehoben werden. Nur glaube ich, dass sich die Fürsten da täuschen. Der revolutionäre Geist lebt nicht in den alten Machtstrukturen, sondern im Untergrund, in den Herzen der Menschen."

„Dabei hat sich der Alltag der einfachen Menschen in Frankreich nicht verbessert", meinte Tillmann. „Die Menschen leiden sogar stärker als früher unter Willkür und Machtmissbrauch."

---

[44] Die Österreichischen Niederlande umfassten im Wesentlichen das Gebiet des heutigen Belgiens.

„Jeder Umbruch fordert Opfer“, erklärte Karl.

„Sicherlich“, meinte Tillmann, „aber der eigentliche Umbruch ist in Frankreich längst vorbei. Das Unrecht, das heute geschieht, geht nicht von den alten Machthabern aus, sondern entsteht durch die Zwistigkeiten, die die Revolutionäre untereinander haben. Und was Gebietseroberungen mit Bürgerrechten zu tun haben, bleibt für mich völlig im Dunkeln.“

„Du hast schon recht, Tillmann“, räumte Magdalene ein, „so vollständig klar ist mir das alles auch nicht. Man kann nur hoffen, dass sich das aktive Kriegsgeschehen nicht in unsere Lande ausbreitet.“

„Auf jeden Fall wird der Krieg sehr viel Geld kosten“, stellte Tillmann fest. „Und wo sollen die Fürsten das Geld hernehmen, wenn nicht von den Bürgern? Also ungeschoren werden wir sicher nicht davonkommen.“

„Dann müssen wir sehen, dass wir schnell noch etwas Geld verdienen, damit auch was da ist, wenn sie es uns abnehmen wollen“, sagte Karl mit bitterem Sarkasmus in der Stimme. Tillmann wusste, wie sehr der Schwager unter der Erkenntnis litt, dass die hohen Ziele der Bürgerrechtsbewegung bisher nicht zu konkreten Verbesserungen für die Menschen geführt hatten.

„Du bist sicherlich nicht gekommen, um mit uns über Politik zu diskutieren“, fuhr Karl nun fort. „Du sprachst von neuen Projekten zum Umrüsten der Öfen. Darüber wolltest du dich mit mir beraten.“

„Das stimmt.“ Tillmann nahm den Themenwechsel dankbar an. „Erfreulicherweise haben sich alle bisherigen Umrüstungen als Erfolge erwiesen. Die Produktivität hat sich verbessert, und auch die Zeit zum Anblasen und Niederblasen der Öfen hat sich reduziert. Daher haben mich die Gewerken drei weiterer Öfen beauftragt, ihre Anlagen entsprechend umzurüsten. Um das hinzubekommen, müssten wir zwei Arbeitsgruppen bilden, die die Umrüstungen begleiten können. Ich dachte, dass du ein Projekt verantwortlich übernehmen könntest, und Anton dir zur Hand geht. Ich würde dann den zweiten Auftrag gemeinsam mit Thomas bearbeiten.“

„Das können wir gerne so machen, und was ist dann mit dem dritten Umbau?“, wollte Karl wissen.

„Den müssen wir in den Herbst verschieben. Die Öfen außerhalb von Eisern laufen ja nicht so lange. Wenn die Gewerken in Tiefenbach die Ofenreise etwas früher starten, müssten wir den Umbau noch abschließen können, bevor der Winter so richtig beginnt. Kleine Arbeiten können wir sicher auch in der kalten Jahreszeit nach und nach fertigstellen", meinte Tillmann. „Ich habe mir übrigens eine verbesserte Luftführung an der Ofenwand überlegt. Damit müsste eine weitere Effizienzsteigerung möglich sein. Schau mal, ich habe ein paar Skizzen gemacht, wie wir das umsetzen können. Es müsste sich sogar noch etwas einfacher bauen lassen."

Die beiden Männer vertieften sich in Tillmanns Zeichnungen und dachten über die Details der Ausführung nach, während Magdalene sich aus dem Raum schlich, um noch einiges im Haushalt zu erledigen.

Später, beim Abendessen, saßen sie wieder zu dritt zusammen, und Magdalene fragte: „Wie steht es um deine Finanznot, lieber Bruder?"

„Den Umständen entsprechend kann ich dankbar sein, wie es gelaufen ist", berichtete Tillmann. „Ich verstehe heute besser, was Heinrich Roth meinte, als er sagte: *Die Milde des Urteils liegt in den Randbedingungen.* Ich konnte bereits einen Hüttentag auslösen, und wenn wir die drei Projekte dieses Jahr erfolgreich abschließen, dann kann ich vermutlich die Schuld für den zweiten Tag tilgen."

„Das ist schön", sagte Magdalene, „das gibt dir doch wenigstens eine Perspektive."

„Was mir auch sehr hilft, ist die Tatsache, dass wir im Erbstollen auf Erz gestoßen sind", erzählte Tillmann weiter. „Dadurch hat sich meine Kostensituation deutlich verbessert, und wegen der hohen Ofeneffizienz kann ich das Erz gut absetzen. Durch den Beschluss der Gewerken soll mein Erz genutzt werden, um die Hüttentage, die Ludwig im Namen der Zunft bewirtschaftet, zu versorgen. Wenn Ludwig mir das Geld für dieses Erz auszahlt, kann man förmlich merken, wie er innerlich vor Wut schnaubt. Wenn ich genau beobachte, wie Ludwig mit mir umgeht, macht mich das zunehmend sicher, dass er es ist, der mir das alles angetan hat. Aber nach wie vor haben wir keinerlei Beweise gegen ihn."

„Das heißt", sagte Karl, „dass unsere beiden Ermittler bisher nichts Verwertbares zutage gefördert haben?"

Tillmann musste lachen. „Sie haben dir also erzählt, dass sie intensiv nachforschen! Ja, das stimmt, und sie können dir, glaube ich, mittlerweile genau sagen, wann Ludwig aufsteht, was er frühstückt und so weiter. Aber bisher könnten sie eher seine Unschuld als seine Schuld beweisen."

„Vielleicht ist Thomas auch gar nicht mit ganzem Herzen bei der Sache, jetzt, wo er doch in Anna verliebt ist", vermutete Magdalene. „Das ist er doch, oder?"

„Ja, sie scheinen recht leidenschaftlich verliebt zu sein die beiden", bestätigte Tillmann. „Ständig tauschen sie Briefe aus, und ab und zu läuft Thomas am Sonntag nach Obernau, um Anna für ein paar Stunden zu sehen. Ich hoffe sehr, dass die beiden keinen Unsinn machen. Aber ich habe nicht den Eindruck, dass er aufgrund der Liebe zu Anna die Ermittlungen vernachlässigt. Wenn es etwas zu ermitteln gibt, dann werden Anton und er es eines Tages herausfinden. Ich stelle mir eher die Frage, ob man zu den alten Untaten überhaupt noch Beweise finden kann."

41. **Kriegslasten, Sommer 1793**

Tillmann saß im Hinterzimmer des Wirtshauses. Im Gemeinderat wurde über die prekäre Lage des Dorfes gesprochen. Über ein Jahr war der Krieg nun schon im Gange, und es sah nicht so aus, als ob er bald enden würde. Die schnellen Erfolge, die Österreich und Preußen erwartet hatten, waren ausgeblieben. Nach wie vor war die Grafschaft Nassau-Oranien nicht direkt am Kriegsgeschehen beteiligt. Die Menschen im Siegerland konnten sich eigentlich glücklich preisen, denn sie waren nicht unmittelbar von Gewalttaten bedroht. Es wurden auch keine Soldaten rekrutiert.

Aber der Krieg lastete dennoch schwer auf den Schultern der Menschen. Ihr Gebiet lag auf dem direkten Weg zwischen den Österreichischen Niederlanden und dem Mutterland Österreich. Infolgedessen zogen immer wieder Truppenverbände durch, und man musste jederzeit mit Einquartierung rechnen. Daneben verlangten die Österreicher ständig Hand- und Spanndienste.

Insbesondere die Fahrdienste, die die Bevölkerung zur Unterstützung der Militärlogistik zu leisten hatten, waren eine drückende Bürde. Nicht selten mussten auch Eiserner Bürger zu mitunter mehrtägigen Fahrten aufbrechen. Es kam vor, dass ihnen am Zielort ihr Gespann einfach weggenommen wurde und sie zu Fuß auf den Heimweg geschickt wurden.

So war es kein Wunder, dass, obwohl das normale Leben seinen Gang ging, ein allgemeines Stöhnen die Menschen erfasst hatte. Immer wieder wurde den Bürgern von durchziehenden Soldaten Lebensmittel und Tierfutter abgenommen. Auch zu verschiedenen Handwerksleistungen wurden sie gezwungen. Die meisten Aufgaben wurden dem Dorf von der Siegener Obrigkeit zugewiesen, die trotz des Drucks des Militärs versuchte, die Lasten möglichst gleichmäßig an die Ortschaften zu verteilen.

Robert Hoffmann machte seinem Unmut Luft: „Es wird immer schlimmer“, schimpfte er und sah in die Runde. „Ständig kommen neue Anforderungen aus Siegen. Man kommt fast nicht mehr mit dem Lesen nach. Und ich muss das alles umsetzten. Ich muss den ohnehin schon stark gebeutelten Bürgern klar machen, dass sie immer noch mehr bringen müssen. Dabei ist doch gar nichts mehr da. Ich hole die Männer von der Ernte weg und schicke sie auf tagelange Fahrten, von denen sie dann womöglich ohne ihr Gespann zurückkehren. Wie soll das nur weitergehen? Wie sollen wir das alles überleben?“

„Es ist wirklich schwer zu ertragen“, entgegnete Gerhard Heimbach. „Wisst ihr noch, wie wir damals unter der Last des Kapellenneubaus gestöhnt haben? Und jetzt sind die Abgaben sehr viel größer.“

„Manchmal weiß ich gar nicht, wie ich das alles organisieren soll. Alles muss aufgeschrieben und bewertet werden, denn die Lasten müssen doch einigermaßen gerecht verteilt werden“, klagte Robert. „Bei den Einquartierungen ist es besonders schwierig. Bei dem einen geht ein braver Mensch ins Winterquartier und hilft über Wochen bei der Arbeit in Haus und Stall. Bei dem anderen sind drei Burschen über eine Nacht untergebracht, und sie verprassen einen Großteil der Vorräte und nehmen den Rest mit.“

Tillmann dachte bei sich, dass man Robert anmerkte, dass er durch die hohe Belastung der letzten Monate am Rand seiner Kräfte war. Hier und da hatte er auch mit gesundheitlichen Problemen zu kämpfen. Mit seinen 58 Jahren war er nicht mehr der Jüngste.

„Ich könnte dir bei der Lastenverteilung zur Hand gehen“, schlug Tillmann vor.

„So eine Aufgabe kann man doch niemandem anvertrauen, der rechtskräftig wegen Betrugs verurteilt ist“, widersprach Ludwig. „Das gäbe eine schöne Gerechtigkeit!“

„Ich würde ja einspringen“, sagte Gerhard, „aber ich bin ein wenig weit weg vom Geschehen in den Gruben und auf der Hütte.“

„Nein, das wird nichts“, wandte Bernhard ein, „der Einzige, der Robert entlasten kann, bist du, Ludwig. Du kennst die Verhältnisse im Dorf am besten und weißt, welche Lasten jeder verkraften kann. Und du bist Hüttenschulze und Vorsteher, du solltest Robert helfen.“

„Ich weiß nicht“, erwiderte Ludwig. „Was soll ich denn noch alles machen?“

„Zier dich nicht“, insistierte Bernhard, „du merkst doch auch, dass es Robert zu viel wird.“

„Na ja, ich kann es natürlich versuchen und will mich auch nicht sperren, wenn ich dem Dorf damit dienen kann. Mein Engagement in dieser Sache ist sicher sinnvoller als die Verwaltung von Hüttentagen, die Betrügern von der Zunft weggenommen wurden“, stichelte Ludwig und sah Tillmann bissig an.

Tillmann überlegte, wie er sich verhalten sollte. An Ludwigs spitze Bemerkungen hatte er sich inzwischen gewöhnt. Wirklich ärgerlich war, dass es ihm wegen der hohen Kriegslasten nicht gelungen war, wie geplant einen weiteren Hüttentag aus der Zwangsverwaltung auszulösen. Aber das gehörte nicht hierher.

Es gefiel ihm gar nicht, dass nun Ludwig die Verteilung der Kriegslasten übernehmen sollte, aber es war offensichtlich, dass Robert überfordert war und Gerhard es sich nicht zutraute. Er selbst würde in dieser Angelegenheit keine Mehrheit hinter sich sammeln können. Also verzichtete er auf einen Widerspruch, und so wurde veranlasst, dass die Anforderungen der Obrigkeit in Zukunft direkt an Ludwig weitergeleitet werden sollten.

Beim Frühstück ließ Tillmann den Blick in die Runde der Kinder schweifen. Alle vier machten Kätchen und ihm viel Freude. Die Mädchen Henni und Hedwig waren jetzt acht und neun Jahre alt, gediehen prächtig und waren der Familie bereits eine große Hilfe in Haus, Hauberg und

Garten. In all den Jahren seit dem Brand hatte sich Ludwig nicht für seine Tochter interessiert und schon gar nicht für ihren Unterhalt bezahlt. Ihr Taufeintrag im Kirchenbuch lautete Henriette Göbel, aber auf diesen Namen hätte sie wohl kaum reagiert, denn alle im Dorf nannten sie nur Benders Henni. Sie war alt genug, um zu verstehen, dass eigentlich Ludwig ihr Vater war, aber Mama und Papa sagte sie zu Tillmann und Kätchen, und auf die Frage nach ihren Geschwistern zählte sie, außer Thomas, auch Hedwig und Jakob auf.

Thomas wurde im Dorf ebenfalls behandelt wie ein Sohn von Benders, und weitgehend fühlte er sich auch so. Andererseits war die Erinnerung an seine Mutter Gertrud und den Großvater Conrad sehr wach, und die Hammertage machten ihm immer wieder bewusst, dass in ihm die Tradition der früher angesehenen Familie Daub weiterlebte. Dieses Gefühl versuchte er auch seiner Schwester zu vermitteln, mit der ihn trotz des Altersunterschieds von elf Jahren ein besonders inniges Verhältnis verband.

Tillmann bezog ihn seit geraumer Zeit eng in die Verwaltung der Hammertage mit ein, und offensichtlich erfüllte es Thomas mit einem gewissen Stolz zu sehen, wie seine Ersparnisse wuchsen und er ohne Probleme ein angemessenes Kostgeld an seine Pflegefamilie zahlen konnte. Er hatte Tillmann immer wieder zugeredet, von den Erträgen aus Weidenau auch für Henni ein Kostgeld anzunehmen, das hatten die Pflegeeltern aber strikt abgelehnt.

Thomas hatte inzwischen seine Lehrzeit beendet und war nun *Junggeselle*. Das verbesserte seine finanzielle Situation weiter, denn er musste kein Lehrgeld mehr zahlen, das Tillmann von den Einkünften der Hammertage abzog. Jetzt erhielt er einen regulären Lohn. Selbst Anton würde demnächst von der Zunft zum *Junggesellen* freigesprochen werden. Wie doch die Zeit verging!

Auch Jakob entwickelte sich prächtig und machte seinem Vater mit seinen inzwischen acht Jahren viel Freude. Er interessierte sich brennend für alles, was mit der Eisenerzeugung zusammenhing, und eiferte *den Großen*, damit meinte er Thomas und Anton, nach Kräften nach.

„Du kannst mich heute begleiten", sagte Tillmann gerade zu seinem Sohn. „Thomas und Anton arbeiten ja gleich wieder im Erbstollen. Da besuchen wir sie im Lauf des Vormittags und sehen uns die Fortschritte beim

Alten Krämer an. Es sind Ferien, und bei der Erntearbeit kommen wir bei diesem Wetter nicht weiter."

Der Besuch im Erbstollen würde ihm guttun. Die Gemeinderatssitzung gestern Abend hatte ihm mehr zugesetzt, als er wahrhaben wollte. Ludwig, der von der Gruppe um Bernhard unterstützt wurde, gewann immer mehr die Oberhand im Dorfgeschehen. Dass jetzt die Verteilung der Kriegslasten auch bei ihm lag, konnte leicht neue Teufeleien nach sich ziehen.

Jakob war begeistert, dass er mitkommen durfte. Papa konnte sehr anschaulich erklären, und bei *den Großen* ging es immer lustig zu. Auch wenn er so viel jünger war, nahmen sie ihn manchmal mit. Sie waren nämlich Ermittler und ließen ihn schon mal mithelfen. Das fand Jakob besonders spannend.

Die Arbeit im *Alten Krämer* war für Anton und Thomas recht befriedigend, denn die Ausbeute hatte sich weiter gesteigert. Die Mächtigkeit der Erzader hatte zugenommen, und sie mussten kaum noch taubes Gestein fördern.

Als Vater und Sohn den Stollen betraten, zeigte Jakob auf den Boden und sagte: „Sieh mal, Papa, hier läuft ein kleines Wässerchen aus dem Stollen, der war doch sonst immer trocken."

Tillmann richtete seinen Blick auf den Boden und sah, dass sich rechts im Schatten auf dem Stollenboden ein etwa handbreites Rinnsal gebildet hatte.

„Aufmerksam beobachtet", lobte Tillmann seinen Sohn. „Lass uns mal nachsehen, was sich vorne an der Stollenfront getan hat."

Sie gingen tiefer in den Stollen und fanden Thomas und Anton in einiger Unruhe.

„Das Wasser wird immer mehr", sagte Thomas, als er die Besucher bemerkte. „Mit jedem Brocken, den wir hier in der Mitte der Stollenfront auslösen, verstärkt sich das Gerinnsel spürbar."

Tillmann sah sich die Stollenfront genau an und ließ sich von Thomas Hammer und Schlägel geben. Mit ein paar gezielten Hieben löste er zwei der bereits gelockerten Gesteinsbrocken aus. Unwillkürlich sprang er ein Stück nach links, denn rechts spritzte jetzt ein daumendicker Strahl aus dem Felsen.

„Lasst uns mal nach draußen gehen und sehen, was sich dort verändert hat“, sagte Tillmann.

Am Stollenmund war das Rinnsal deutlich stärker geworden. Tillmann erklomm den Hang. Er wollte sehen, ob sich auch am alten Schürfloch Veränderungen ergeben hatten. Nach wie vor stand die Pinge komplett unter Wasser, aber an der Überlaufstelle war der Wasserfluss beinahe zum Erliegen gekommen. Die vier beobachten die Entwicklung eine Weile.

„Es hat den Anschein, als ob es immer weniger wird“, sagte Anton.

„Du hast recht“, bestätigte Tillmann, „jetzt hat es ganz aufgehört.“

Sie gingen wieder nach unten zum Mund des Erbstollens und sahen, dass eine beträchtliche Wassermenge auslief. Tillmann stand eine Weile andächtig am Eingang des Bergwerks.

„Unser Stollen übernimmt die ihm zugedachte Funktion“, erklärte er. „Er erbt das Wasser aus der Grube. Es sucht sich eine neue Ablaufstelle. Ich bin gespannt, welche Entwicklung das Ganze weiter nimmt.“

Wieder gingen sie nach oben an den Rand der Pinge, und man konnte erkennen, dass der Wasserspiegel leicht gesunken war.

„Es funktioniert!“, rief Tillmann. „Ihr habt vorzügliche Arbeit geleistet. Ich hätte nicht geglaubt, dass wir nach noch nicht einmal sechs Jahren einen solchen Erfolg haben würden. Ganz abgesehen davon, dass wir ja schon seit zwei Jahren Erz aus dem Stollen gewinnen.“

Die Begeisterung der jungen Leute kannte kein Halten mehr, sie vollführten einen wahren Freudentanz am Rande der alten Pinge und unterbrachen diesen nur von Zeit zu Zeit, um festzustellen, dass der Wasserspiegel weiter gesunken war.

„Wir müssen der Natur etwas Zeit geben, ihre Arbeit zu erledigen“, sagte Tillmann schließlich und überschlug, wie lange es dauern könnte, bis die Grube leergelaufen wäre. „Am besten ist, wir gehen nach Hause“, schlug er dann vor. „Wenn wir morgen wiederkommen, dürfte sich die neue Situation stabilisiert haben, und wir können alles genau untersuchen. Aber erzählt noch niemandem von unserem Erfolg, bevor wir nicht genau wissen, woran wir sind.“ Tillmann schwieg kurz und sagte dann leiser wie zu sich selbst: „Am liebsten hätte ich Karl und Oskar bei dieser Arbeit dabei.“

Thomas hörte es trotzdem und sagte: „Es ist ja noch nicht mal Mittag, und wenn wir ohne Arbeit im Dorf rumlungern, stellen die Leute Fragen. Lass Anton und mich nach Weidenau gehen und Karl fragen, ob er morgen hier sein kann. Oskar wirst du vermutlich selbst informieren."

„Das ist ein guter Vorschlag, so machen wir's", stimmte Tillmann zu.

Ludwig hatte sich von Robert alle Unterlagen geben lassen, die mit der Verteilung der Kriegslasten zu tun hatten. Er saß in seinem Arbeitszimmer im Obergeschoss seines Wohnhauses, wo er seine privaten Geschäfte erledigte, und sichtete die Papiere. Die Aufzeichnungen, die der Heimberger angefertigt hatte, waren unvollständig. Neben längst nicht allen erledigten Arbeiten und Fuhrdiensten waren die Namen der Ausführenden vermerkt. Auch fehlte oft der Umfang der geleisteten Dienste.

Das gab ihm einen gewissen Spielraum, dachte er bei sich, denn er könnte den ein oder anderen Namen passend ergänzen. Auf diesem Blatt aus dem Frühjahr tauchte er selbst gar nicht auf, aber bei vielen Arbeiten und Fuhren ist das Namensfeld noch offen. Da würde er schon mal seinen Namen als Ausführenden ergänzen. Dann hatte er so viel geleistet, dass er so schnell nicht wieder dran sein würde. Das würde niemand kontrollieren, und wenn doch, würde man sich nicht mehr erinnern, wie es im Einzelnen gewesen war, dafür ging alles viel zu hektisch zu.

Ohnehin waren die Anforderungslisten offensichtlich mit heißer Nadel gestrickt. Es gab keine Siegel oder besondere Beglaubigungen. Er könnte einfach eine Abschrift machen und dabei ein paar Veränderungen vornehmen. Ludwig lächelte in sich hinein. Es war gar nicht schlecht, dass er diese Zusatzaufgabe angenommen hatte.

Einige Tage später waren Tillmann Karl, Oskar, Thomas und Anton wieder am *Alten Krämer*. Karl war nicht früher abkömmlich gewesen, doch das hatte sich nicht als nachteilig erwiesen. Es hatte doch etwas länger gedauert, bis das Wasser aus der alten Pinge abgelaufen war und die Ränder soweit getrocknet waren. Eine Untersuchung durfte nicht übereilt werden, und auch an die erforderlichen Sicherheitsmaßnahmen mussten sie denken.

Zuerst sahen sie sich den Erbstollen genauer an und waren sehr zufrieden. Am Stollengrund plätscherte ein kleines Wasser, dessen

Flussmenge der entsprach, die vorher oben aus der Pinge übergelaufen war. Die Front des Stollens war sehr nass. An verschiedenen Stellen in der Mitte floss etwas Wasser aus dem Gestein. Aber nirgendwo war es besonders viel. Auch der Wasserdruck war gering, jetzt wo die Pinge leer war. Nirgendwo spritzte es.

„Von hier aus können wir auch in Zukunft die Erzader problemlos abbauen“, stellte Tillmann zufrieden fest.

„Lasst uns jetzt nach oben an die Grube gehen und sehen, was wir dort erkunden können.“

„Ich bin sehr gespannt, ob man noch sehen kann, dass meine liebe Verwandtschaft vor acht Jahren bei dem Wassereinbruch nachgeholfen hat“, sagte Karl.

„Das interessiert uns alle“, meinte Oskar, „aber zuerst müssen wir sehen, dass wir sicher herunterkommen. Wer weiß, was in den acht Jahren hier unter Wasser alles passiert ist. Die oberste Leiter haben wir damals aus dem Wasser gezogen, aber die anderen stehen noch da unten, wie wir sie damals hinterlassen haben.“

Oskar wollte als Erster hinabsteigen und die Sicherheit der Leitern und der Aufstellpunkte überprüfen. Nachdem die Männer sich vom ordnungsgemäßen Zustand der Haspel überzeugt hatten, wurde das Seil, das seinerzeit geborgen worden war, wieder aufgelegt. Sie sicherten Oskar damit, der nun vorsichtig den Abstieg beginnen konnte.

Nachdem er die erste der Leitern erreicht hatte, die vollständig unter Wasser verblieben war, rief er erstaunt nach oben: „Die sieht noch wie neu aus und scheint auch fest zu stehen. Die Haspen[45] sind überhaupt nicht gerostet. Ich steige gleich weiter hinab.“

Eine Viertelstunde später stand er wieder oben und berichtete, dass der Abstieg sicher sei.

„Und die Grube ist trocken“, stellte er fest. „Nur unten in dem Schräggang, aus dem wir das Erz gefördert haben, steht noch Wasser. Das wird auch nicht mehr abfließen. Wir werden es ausschöpfen müssen, so wie wir es früher auch zu Beginn eines Tages tun mussten.“

---

[45] Haspen waren Klammern, mit denen Leitern im Bergbau befestigt wurden. Nicht zu verwechseln mit einer Haspel.

Es dauerte nicht mal eine Stunde, bis der Schräggang so weit ausgeschöpft war, dass die Untersuchung beginnen konnte. Tillmann stieg mit Oskar und Karl auf den Pingengrund, und einer nach dem anderen kroch in den Gang, um nach Auffälligkeiten Ausschau zu halten.

Tillmanns Aufmerksamkeit richtete sich vor allem auf die Stelle, auf die ihn Wilhelm vor vielen Jahren aufmerksam gemacht hatte. *Nach etwa zwei Metern kommt die Stelle, wo das Wasser austritt, die musst du dir genau ansehen*, hatte er gesagt. Das hatte Tillmann getan und würde es jetzt wieder tun.

Dort, wo damals die feuchte Stelle an der Stollenwand gewesen war, hatten offensichtlich Menschen einige Brocken aus der Wand gelöst. Man konnte die Spuren des Schlägels deutlich erkennen. Für Tillman war klar, dass beim *Absaufen* der Grube nachgeholfen worden war. Auch Karl und Oskar kamen zu diesem Ergebnis. Sie waren sich sicher, dass die Stollenwand damals, bei ihrem letzten Grubenbesuch, an der kritischen Stelle noch glatt gewesen war.

Später, als sie alle oben am Rand der Pinge beisammenstanden, fasste Tillmann die Situation noch einmal zusammen: „Wir können für die Entwicklung der Dinge sehr dankbar sein. Der Erbstollen erfüllt seine Funktion. Wir haben jetzt zwei Stellen, von denen aus wir die ergiebige Erzader abbauen können. Wir dürfen jetzt auch über unseren Erfolg sprechen, denn die Nachricht wird sich ohnehin schnell verbreiten. Schon bald wird zum Beispiel ein Wanderer zufällig feststellen, dass kein Wasser mehr in der Grube steht. Aber auf keinen Fall dürfen wir über das Ergebnis unserer heutigen Untersuchung sprechen. Wir können zwar sicher sein, dass Ludwig bei dem Wassereinbruch in der Grube seine Finger im Spiel hatte, doch vor Gericht ist das nur ein Indiz, kein Beweis. Jeder könnte die Brocken aus der Stollenwand geschlagen haben. Deshalb versprecht mir bitte, dass niemand eine Anschuldigung gegen Ludwig erhebt. Wir müssen ihn in dem Glauben lassen, dass kein Mensch etwas von seiner Manipulation ahnt."

Alle verstanden Tillmanns Sorge und versprachen zu schweigen.

Wütend kam Bernhard mit seinem Gespann aus Siegen zurück.-Drei Tage hatte ihn diese Fahrt gekostet. Robert hatte sie ihm noch vor der

Gemeinderatssitzung aufgetragen. Er sollte nach Dillenburg fahren, eine Ladung Uniformen und andere Nachschubgüter abholen und nach Siegen bringen. Vorgestern in der Frühe war er aufgebrochen und jetzt, wo Eisern wieder vor ihm lag, war es fast schon Abend. Das konnte so nicht weitergehen. Jetzt, wo Ludwig für die Verteilung zuständig war, musste es doch etwas gerechter ablaufen.

„Ah", murmelte er vor sich hin, „das trifft sich gut, da kommt der Schulze von der Hütte. Dem werde ich was erzählen."

Er rief: „Heda, Ludwig, komm doch mal gerade her!"

Ludwig schien schon zu ahnen, dass Bernhard Dampf ablassen musste. Er ging auf den Wagen zu und fragte: „Was gibt's denn so Dringendes?"

„In den nächsten Monaten sind jetzt aber mal andere dran! Nicht immer ich! Drei Tage war ich unterwegs, drei Tage! Und das mitten in der Erntezeit."

„Na ja", entgegnete Ludwig lapidar, „bei dem Wetter der letzten Tage kann von Ernte kaum die Rede sein, und andere müssen auch Fahrten für die Österreicher unternehmen."

„Das ist ja wohl die Höhe!", schimpfte Bernhard. „Niemand war so viel unterwegs wie ich. Als ob Robert im Dorf überhaupt keine anderen Leute kennen würde! Aber jetzt bist du mit der Verteilung beauftragt, da wird es ja hoffentlich gerechter zugehen. Eine Fernfahrt mache ich jedenfalls so bald nicht wieder!"

„Wie gesagt", erwiderte Ludwig, „alle haben viele Lasten zu tragen, und für die Fahrt nächste Woche nach Köln müsste ich dich vielleicht doch heranziehen."

Bernhard stieg das Blut in den Kopf. Er war kurz davor, die Beherrschung zu verlieren. Auf dem Dorfplatz drehten sich schon Leute um und wollten mitbekommen, was da los war.

Deshalb lenkte Ludwig ein und sagte: „Jetzt beruhige dich erst einmal. So schlimm wird es schon nicht werden. Bring erst mal dein Gespann nach Hause und dann kommst du bei mir vorbei, und wir besprechen die neue Situation in aller Ruhe."

Jakob war ärgerlich. Die Männer waren heute wieder zum *Alten Krämer* gegangen und hatten ihn nicht mitgenommen. Er sei noch zu klein, hatte Vater gesagt, und die Erkundung der Pinge sei gefährlich. Dabei wollte er auch wissen, wie es weiterging. Und war er es nicht gewesen, der das Wasser auf dem Stollengrund entdeckt hatte?

Stattdessen musste er einen langweiligen Tag im Dorf verbringen. Die Erntearbeit ruhte immer noch, weil das Wetter zu feucht war.

Wenn er doch wenigstens als Ermittler arbeiten könnte, dachte er. Aber allein wusste er auch nicht, was er da unternehmen könnte. So lungerte er am Nachmittag am Dorfplatz herum und wusste nichts Rechtes mit sich anzufangen.

Eben kam Bernhard mit seinem Fuhrwerk ins Dorf, Ludwig lief nebenher. Sie schienen sich recht aufgeregt zu unterhalten, und Jakob hörte, wie Ludwig sagte: „Bring erst mal dein Gespann nach Hause, komm dann bei mir vorbei, und wir besprechen die neue Situation in aller Ruhe.“

Mit Anton und Thomas hatte er schon öfter darüber nachgedacht, dass man Ludwig vielleicht in dessen Arbeitszimmer belauschen könnte. Kletterte man auf den Baum hinter dem Haus, konnte man auf das Dach des Hühnerstalls gelangen. Das Fenster des Arbeitszimmers lag über dem Hühnerstall.

Sie hatten schon öfter über diesen Beobachtungsposten nachgedacht, ihn aber noch nie erprobt, denn er war gefährlich. Nicht weil das Dach so schwer zu erklettern gewesen wäre. Aber die Hühner fingen bei jedem Schritt auf ihrer Unterkunft ein gewaltiges Gegacker an, das einen verraten musste. Allerdings waren sie immer abends unterwegs gewesen, wenn die Tiere im Stall waren. Jetzt, am Nachmittag, waren sie sicher noch draußen im Pferch und höchstens Einzelne befanden sich im Stall.

„Ich werde allen zeigen, dass ich schon groß bin und auch allein ermitteln kann“, sagte Jakob zu sich selbst.

Dann ging er langsam zu Göbels Haus. Tatsächlich waren die Hühner im Pferch, und er konnte unbemerkt das Dach des Stalles erklimmen. Aus dem Garten konnte ihn niemand sehen, dazu war der Baum zu dicht belaubt. Auch wenn jemand in den Stall gekommen wäre, hätte ihn aus diesem Winkel keiner entdecken können.

Vorsichtig kroch er zum Fenster und lugte hinein. Es war niemand im Raum. Er setzte sich, mit dem Rücken gegen die Hauswand gelehnt, neben das Fenster. Wenn er den Kopf etwas vorbeugte und ganz nach rechts sah, konnte er das Zimmer überblicken. Wenn zwei Männer auf den bereitstehenden Stühlen saßen, mussten sie schon genau in diese Richtung schauen, um einen Beobachter zu entdecken, der hineinlugte. Ansonsten hätte ihn nur jemand sehen können, der das Fenster öffnete und hinaussah.

Jakob war aufgeregt und verhielt sich jetzt mucksmäuschenstill. Er musste nicht lange warten, bis Bernhard und Ludwig den Raum betraten und ihre Unterhaltung begannen. Erstaunlich, dachte Jakob, man kann jedes Wort verstehen.

„Das war ja eben hoffentlich nicht ernst gemeint mit der Fahrt nach Köln!“, polterte Bernhard.

„Du musst ruhig bleiben, habe ich dir doch gesagt“, erwiderte Ludwig. „Alles muss sehr gut überlegt sein, und wenn die Leute den Eindruck gewinnen, ich würde dich besser behandeln als andere, dann gibt es doch gleich wieder Schwierigkeiten. Da ist es schon besser, sie sehen, wie du mich wütend beschimpfst, weil ich dir zu hohe Lasten auferlege.“

Bernhard zögerte, er hatte Ludwig scheinbar noch nicht verstanden. „Was willst du denn damit sagen?“, fragte er. „War das alles nur gespielt?“

„Gespielt wird hier gar nichts, alles ist ernst und wohl überlegt“, antwortete Ludwig. „Ich brauche tatsächlich jemanden für eine Fahrt nach Köln und muss noch entscheiden, wer sie macht. Aber wenn ich hier in meine Liste schaue, dann warst du in letzter Zeit ja tatsächlich oft fürs Militär unterwegs. Heute kommst du von Dillenburg zurück, letzte Woche warst du in Wenden und davor die Woche in Walpersdorf.“

„Nein“, entgegnete Bernhard, „in Walpersdorf habe ich meine Kohlen geholt, und nach Wenden habe ich Eisen geliefert. Die hatten an der Hütte einen Engpass …“

„Hör mir doch mal richtig zu“, unterbrach ihn Ludwig. „Ich lese hier in der Liste: Du warst fürs Militär in Walpersdorf, in Wenden und in Dillenburg. Und drei Fahrten in so kurzer Zeit sind schon viel. Wenn ich das bedenke, sollte vielleicht doch jemand anderes nach Köln fahren.“

Bernhard zögerte erneut. Er schien Mühe zu haben, Ludwigs Gedanken nachzuvollziehen.

„Du meinst, das könnten alles Militärfahrten gewesen sein, obwohl es keine waren?“, sagte er schließlich.

„Ich habe nur gesagt, dass in meiner Liste steht, dass es Militärfahrten waren, und die Listen aus Siegen, die stimmen schon!“

Langsam schien bei Bernhard der Groschen gefallen zu sein. „Und deshalb muss ich nicht nach Köln fahren?!?“

„Das wäre ja wohl ungerecht, dich all die weiten Fahrten machen zu lassen“, bestätigte Ludwig. „Aber ungeschoren kommst du natürlich nicht davon. Du fährst nächste Woche nach Dreisbach und holst Kohlen.“

Bernhard lachte verstehend: „Ich soll für dich in Dreisbach Kohlen holen? Da bin ich ja schnell wieder hier!“

„Nicht für mich“, lächelte Ludwig, „fürs Militär. Es muss immer alles klug durchdacht sein, damit es funktioniert. Aber wer weiß schon, wofür das Militär was braucht. Wir müssen gehorsam alles ausführen, was in der Liste steht, und es muss immer gerecht zugehen.“

„Und wer fährt jetzt nach Köln?“, fragte Bernhard.

„Wahrscheinlich muss Adam Böcking ran, denn Tillmann kann ich nicht schon wieder nehmen. Adam wird sicher nicht selbst fahren, sondern einen Fuhrmann bezahlen.“

„Ich glaube, jetzt habe ich alles verstanden.“, sagte Bernhard und lachte. „So kann es funktionieren. Da bin ich doch beruhigt. Dann mache ich mich jetzt mal wieder auf die Socken.“ Wenig später verließ er den Raum.

„Hoffentlich geht das gut“, sagte Ludwig zu sich selbst. „Bernhard ist einfach sehr langsam im Denken, aber ein paar Vorteile muss ich ihm zugestehen, sonst könnte er auch gefährlich werden.“

Jakob hörte, wie auch Ludwig den Raum verließ.

Vom langen, bewegungslosen Sitzen war er ganz steif geworden, konnte aber trotzdem auch den Rückweg unbemerkt meistern.

Voller Ungeduld erwartete Jakob den Moment, an dem er nach dem Abendessen mit Thomas allein sprechen und ihm von seinem Abenteuer erzählen konnte.

Der sah ihn zunächst ungläubig an, sagte aber dann: „Komm mit zu unserem Haus, dort treffe ich mich gleich noch mit Anton, und dann erzählst du uns das alles noch mal ganz genau.“

Wenn Thomas von *unserem Haus* sprach, dann meinte er die Brandruine seines Elternhauses. Die anderen niedergebrannten Gebäude waren längst wieder neu und schön aufgebaut. Aber in das verhasste Haus von Conrad Daub wollte Ludwig nichts investieren. Es sollte ruhig in Trümmern liegen als Symbol für Gertruds Niederlage.

Thomas und Anton hatten sich in einem Kellerraum, der noch begehbar war, einen Unterschlupf eingerichtet. Dort trafen sie sich, um über ihre Aktivitäten als Ermittler zu sprechen. Hier kamen sie auch heute Abend zusammen.

„Hör dir mal an, was unser kleiner Mitstreiter heute Nachmittag angestellt hat“, sagte Thomas.

Jakob erzählte ausführlich, wie er seinen Lauscherposten bezogen und das ganze Gespräch verfolgt hatte. „Der Bernhard sollte fürs Militär nach Köln fahren, aber er wollte nicht und hat geschimpft“, sprudelte es aus ihm heraus. „Dann hat er gelacht und gesagt, dass alles nur gespielt sei, und Ludwig hat gesagt, es wird nicht gespielt, alles muss klug überlegt sein. Und Bernhard war in Wenden und in Walpersdorf, und es muss genau gemacht werden, was in den Listen aus Siegen steht.“

„Lass mal gut sein“, sagte Anton, „ich glaube, du hast zwar alles gehört, aber nicht alles verstanden. Vielleicht ist auch der Inhalt des Gesprächs zwischen Bernhard und Ludwig nicht so wichtig. Sie werden irgendetwas zu den Militärfahrten besprochen haben. Wichtiger finde ich, dass wir jetzt wissen, dass wir von diesem Posten aus die Möglichkeit haben, Ludwig in seinem Arbeitszimmer zu beobachten. Das hast du gut gemacht, Kleiner.“

Jakob war stolz, dass *die Großen* ihn ernst nahmen und er einen echten Beitrag zu den Ermittlungen geleistet hatte.

„Aber eins lass dir gesagt sein“, ergänzte Thomas. „Mach so was nie wieder, ohne es vorher mit uns abzusprechen. Das ist viel zu gefährlich. Wenn was passiert, bekommen wir alle einen riesigen Ärger mit deinem Papa.“

42. Dummheiten, Sommer 1794

Die Kriegslasten wurden immer drückender. Über Winter hatte es monatelange Einquartierungen gegeben. Zwei bis drei Soldaten pro Haus waren keine Seltenheit. Als im Frühjahr die Feldzüge wieder begannen, gingen die langfristigen Einquartierungen zwar zu Ende, dafür wurden die Fuhrdienste entsprechend mehr. Und auch im Sommer mussten ständig kurzfristig durchziehende Truppen beherbergt werden. Insbesondere die Offiziere waren oft anspruchsvolle Gäste und verlangten mehr Luxus, als sich die Dorfbewohner selbst gönnten. Inzwischen waren fast alle Reserven aufgebraucht, und alle lebten immer mehr von der Hand in den Mund.

Es war noch hell an diesem lauen Sommerabend, und Tillmann saß mit seiner Pfeife auf der Bank vor dem Haus und dachte nach. Er hatte nicht den Eindruck, dass es bei der Verteilung der Kriegslasten gerecht zuging, seit Ludwig dafür zuständig war, im Gegenteil. Allerdings war es sehr schwierig, sich eine objektive Meinung zu bilden. Es gab einfach zu viele Einsätze, um den Überblick zu behalten. Was wirklich zu erledigen war, konnte jeder nur bei den Fuhren einschätzen, die er selbst zu leisten hatte. Es wäre unmöglich gewesen, Ungerechtigkeiten zu entlarven und die erforderlichen Beweise zu führen.

Bei der Bürgerversammlung im Januar war es zu einer kuriosen Situation gekommen. Die Empörung der Bürger hatte sich gegen Robert Hoffmann gerichtet, obwohl er doch mit der Verteilung der Lasten gar nicht mehr betraut war. Aber gerade das hatte den Zorn der Versammlung auf ihn gelenkt.

„Als Heimberger musst du doch Schaden vom Dorf abwenden. Du darfst nicht zulassen, dass uns so viel aufgebürdet wird“, hatte Bernhard die Vorwürfe auf den Punkt gebracht.

Die Stimmung in der Versammlung war eindeutig gewesen und hatte sich Luft machen wollen. Alle Beteuerungen, dass die Lasten durch den Krieg kamen, an dem niemand im Dorf etwas ändern konnte, hatten nicht geholfen. So war Robert Hoffmann abgewählt worden, und Ludwig an seiner Stelle Heimberger. Bernhard Hartmann wurde zum zweiten Vorsteher berufen, und einer seiner Freunde hatte den freigewordenen Posten im Gemeinderat besetzt.

Die Vernünftigen wurden nicht mehr, dachte Tillmann ein wenig resigniert. Aber er wusste, dass Klagen keine Verbesserung brachte. Man musste sich in Geduld üben und dabei dankbar sein, dass man nicht in das unmittelbare Kampfgeschehen verwickelt war.

Glücklicherweise zwang der Hüttenbetrieb dem Ort eine hohe Disziplin auf. Die Öfen durften einfach nicht stillstehen, der Betrieb musste aufrechterhalten werden. Auch wenn der Krieg Zusatzarbeiten brachte, der Schichtdienst lief weiter, und das war ein Glück, denn das Geschäft mit dem Eisen ermöglichte eine gewisse Kompensation der Kriegslasten.

Stahl war in diesen Zeiten sehr gefragt, und die hohe Produktivität der Eiserner Öfen machte sich bezahlt. Das Preismonopol der Zunft erwies sich dagegen als Hemmnis. Viel zu langsam wurde auf die Preisentwicklung auf dem Markt außerhalb der Grafschaft reagiert, wo deutlich mehr zu erzielen war.

Die Versuchung, sich über das Zunftmonopol hinwegzusetzen, wurde immer größer. Sogar Otto Neuser hatte einmal laut darüber nachgedacht, Eisen zu höheren Preisen zu verkaufen. Die Möglichkeiten der Zunft, die Einhaltung der Regeln zu überwachen, war gerade durch das Kriegsgeschehen erheblich eingeschränkt. Die Hammerschmiede hatten die meisten Berührungspunkte zum Markt außerhalb der Grafschaft. Teilweise lieferten aber auch die Eiserner Gewerken Roheisen in die deutschen Nachbarländer. Die Hütte in Wenden war ein Beispiel dafür. Sie lag im Herzogtum Westfalen und war nicht an die Siegener Zunftregeln gebunden. Auf diese Weise gab es für die Zunftgenossen das ein oder andere Hintertürchen, durch das Zusatzverdienste gewonnen werden konnten.

Tillmann selbst konnte sich über Wasser halten, weil sich sein Ruf als Ofenbaumeister im ganzen Siegerland verbreitet hatte. Immer wieder brachte ihm das ein Zubrot ein. So hatte er auch eine Einladung der Familie Remy, der die Wendener Hütte gehörte, bekommen. Er war beauftragt worden, Verbesserungen am Hochofen vorzunehmen. Zurzeit war Karl dort und überwachte den Einbau der neuen Anlagenteile.

Die Hütte in Wenden verkörperte ein ganz anderes Wirtschaftssystem, dachte Tillmann. Es war faszinierend, sich die Unterschiede zur Siegerländer Wirtschaft deutlich zu machen. Man musste sich das vorstellen, die ganze Blashütte und die zugehörige Hammerschmiede gehörten einer einzigen Familie. Diese Familie, die aus dem Rheinland stammte, verdiente etwa so viel wie ganz Eisern und ein großer Teil von Weidenau zusammen. Sie lebten wie die Fürsten, und sogar ein Gewerke Achenbach war verglichen mit ihnen ein Hungerleider.

Dabei hatten sie selbst kaum Ahnung von der Eisen- und Stahlherstellung. Für den Betrieb der Hütte gab es einen gut honorierten Verwalter, der ein hervorragender Fachmann war. Dieser Geschäftsführer, Gerhard Bayer[46], war Tillmanns eigentlicher Ansprechpartner. Ansonsten wurde der gesamte Betrieb durch bezahlte Bedienstete abgewickelt.

Die Rheinländer verstanden es, auf ganz andere Art und Weise als die Siegerländer Geschäfte zu machen, dachte Tillmann, und Jupp Schmitz in Köln fiel ihm wieder ein. Seine Gedanken schweiften zu Bernhard Hartmann, der bestimmt auch schon mal in Wenden gewesen war, dem das alles nicht aufgefallen war. Vielleicht begriff er so manches auch einfach nicht, dachte Tillmann. Bernhard regte sich zurzeit wieder gewaltig auf, weil wegen der höheren Produktivität der Öfen ein paar mehr Fremdarbeiter benötigt wurden, um das erforderliche Erz beizuschaffen, und forderte immer noch, dass alle Arbeit von Eiserner Gewerken selbst verrichtet werden sollten.

Für die Wendener gab es keine beschränkenden Zunftregeln. Eine Ofenreise dauerte so lange, wie es die Technik hergab. Und wenn wie jetzt der Hochofen neu zugestellt wurde, dann dachten sie nicht daran, den Hammer auch stillstehen zu lassen. Sie kauften sich das Roheisen woanders. Auch die Kohlen wurden einfach beschafft. Niemand, der dort auf der Hütte arbeitete, hatte die Verpflichtung, einen Hauberg zu bearbeiten, um Kohle zu haben. Schon gar nicht musste er eine Wiese mähen oder Getreide anbauen.

Wenn auch viele eine Nebenerwerbslandwirtschaft führten, so konnten sie doch vom Verdienst auf der Hütte leben. Das ganze Gemeinwesen war arbeitsteiliger organisiert als bei ihnen im Siegerland. Dafür waren die sozialen Unterschiede viel größer. Kein Arbeiter konnte auf einer Gewerkenversammlung mitbestimmen oder gar auf der Zunftversammlung über Marktregeln abstimmen. Jedes System hatte seine Vor- und Nachteile,

---

[46] Gerhard Bayer war von 1771 bis 1820 für die Familie Remy Geschäftsführer der Wendener Hütte.

dachte Tillmann, und Zeitströmungen drängten mal mehr in die eine oder andere Richtung.

Inzwischen war die Pfeife ausgegangen, und er klopfte sie aus. Er nahm den Tabaksbeutel und wollte mit dem Stopfen beginnen, als er Anton auf sich zukommen sah. Er schien bewusst lässig zu gehen, dabei machte er ein Gesicht, als ob er wichtige Neuigkeiten zu verkünden habe.

„Aha“, murmelte Tillmann mehr zu sich selbst, „so verhält sich ein erfolgreicher Ermittler.“ Laut sagte er: „Na, Junge, was hast du herausgefunden? Komm her, setz dich zu mir.“

„Woher weißt du, dass ich etwas herausgefunden habe?“, fragte Anton zurück.

Tillmann lachte und sagte: „Nun erzähl schon.“

„Ich glaube, ich habe Ludwig überführt“, sprudelte Anton los. „Heute Nachmittag habe ich beobachtet, dass ihm ein Bote aus Siegen neue Anweisungen gebracht hat. Da habe ich mich zu dem Beobachtungsposten begeben, den Jakob letztes Jahr erkundet hat. Dort habe ich insgesamt mehr als zwei Stunden verbracht. Ludwig hat erst die Anweisungen aus Siegen studiert. Dann hat er Papier und Feder genommen und sie abgeschrieben. Ich bin fast sicher, dass er sie dabei verändert hat. Bevor er fertig war, hat er Bernhard holen lassen. Als die beiden allein waren, hat er gesagt, Bernhard müsse diese Woche noch nach Wenden fahren, fürs Militär.

Dann überlegten sie, dass zwei Wagenladungen Roheisen dorthin gebracht werden müssten. Bernhard könne einen Wagen fahren und Hermann den anderen. Die brauchten dort dringend Roheisen, und man könne fast den doppelten Zunftpreis bekommen. Dann ist Bernhard gegangen, und Ludwig hat mit der Abschrift weitergemacht. Zum Schluss war fast die ganze Seite voll, obwohl die Seite mit der Liste aus Siegen nur halb beschrieben war. Ich bin mir sicher, dass Ludwig die Listen verändert. Die beiden verkaufen außerhalb der Zunftregeln Eisen nach Wenden, und Ludwig tut so, als ob die Fahrten dorthin als Kriegslast zu leisten wären.“

Tillmann sah Anton anerkennend an: „Ich muss dich loben. Das sind wichtige Beobachtungen. Obwohl ich gleichzeitig auch schimpfen muss, denn was du da gemacht hast, war viel zu gefährlich. Wie leicht hättest du erwischt werden können.“

„Es ist ja nichts passiert“, entgegnete Anton, „und dafür können wir Ludwig endlich verklagen. Er darf doch nicht einfach die Anweisungen aus Siegen fälschen.“

„Nein, das darf er natürlich nicht“, sagte Tillmann, „aber dennoch muss ich dich enttäuschen. Für eine Anklage reicht das bei Weitem nicht. Dazu müssten wir die beiden Listen nebeneinander in Händen halten und genau mit dem tatsächlichen Geschehen im Dorf abgleichen. Sonst ist es viel zu einfach für Ludwig, abzustreiten, dass es eine Abschrift gibt. Und wenn wir behaupten, die Fahrten nach Wenden wären als Militärfahrten gerechnet worden, wird er auch das einfach abstreiten und uns der Verleumdung anklagen.“ Er machte eine Pause, bevor er fortfuhr: „Aber dennoch ist deine Beobachtung sehr wichtig, denn wir wissen jetzt, wie Ludwig vorgeht, und können gezielt ergänzende Informationen sammeln. Die Fahrten nach Wenden sind schon logisch. Wegen der Neuzustellung ihres Ofens haben sie dort zurzeit kein eigenes Roheisen. Der Sommer ist aber wasserreich genug, um den Hammer zu betreiben. Ich kann mir gut vorstellen, dass Bernhard und Ludwig ein gutes Geschäft machen werden. Da trifft es sich gut, dass Karl zurzeit in Wenden ist. Bestimmt bekommt er mit, wenn sein Bruder und Bernhard dort einfahren.“

So war es auch. Zwei Tage später arbeitete Karl oben an der Gicht des Wendener Ofens, als er von Weitem zwei Fuhrwerke kommen sah. Als sie sich näherten, erkannte er die Gespanne aus Eisern. Einer spontanen Eingebung folgend beschloss er, in Deckung zu bleiben. In Wenden stand die Hammerhütte kaum 50 Meter vom Hochofen entfernt, sodass er einen guten Blick hatte.

Die Wendener sparen viel Geld, hatte Karl schon oft gedacht, weil sie im Normalfall gar keine Transportkosten für das Roheisen haben.

Bernhard und Hermann fuhren am Hochofen vorbei und hielten vor der Hammerschmiede. Karl verließ die Gicht über die Rampe zum Möllerplatz, wo der Wassergraben am Hang entlang zur Schmiede verlief. Beide Anlagen wurden aus einem gemeinsamen Graben versorgt. Am Wasser entlang wuchsen dichte Haselsträucher, sodass man vom tieferliegenden Hüttenplatz aus nicht gesehen werden konnte. Karl ging bis zu der Stelle, wo die Wasserrinne zum Antriebsrad der Schmiede abzweigte. Von dort konnte er dem Bruder und seinem Begleiter gut beim Abladen des Roheisens zusehen. Jetzt kam Gerhard Bayer mit einem gefüllten Geldbeutel, zahlte die beiden Eiserner aus, und die drei unterhielten sich noch eine Weile. Leider konnte Karl nicht verstehen, was gesprochen wurde, denn das Wasserrad der Schmiede rauschte zu laut, und aus dem Inneren des Gebäudes klangen dumpfe Hammerschläge.

Der Verwalter verabschiedete sich und ging in Richtung Hochofen davon. Die Eiserner machten ihre Gespanne zum Aufbruch bereit, als sich das Schütz bewegte und den Lauf des Wassers unterbrach. Das Wasserrad blieb stehen.

Jetzt konnte Karl hören, wie Bernhard sagte: „… ist fast das Doppelte, was uns die Zunft zugesteht. Jetzt haben wir uns ein Bier in der Dorfschenke redlich verdient. Wenn ich bedenke, dass das Ganze eine Militärfahrt …“

Der Rest seiner Rede ging im Rauschen des Wassers unter, denn das Schütz gab den Fluss wieder frei. Die Ochsen zogen an, und die Gespanne entfernten sich. Aber Karl hatte genug gehört.

Thomas wäre begeistert gewesen, hätte er mitbekommen, dass seine Freunde endlich weitere Indizien gegen Ludwig gesammelt hatten. Aber im Moment waren für ihn ganz andere Dinge viel wichtiger. Kätchen und Tillmann hatten ein Einsehen mit ihm gehabt und erlaubt, dass er eine ganze Woche nach Obernau gehen durfte.

„Wir können die beiden nicht zu lange voneinander getrennt halten“, hatte Kätchen gesagt. „Wenn sie schon nicht heiraten können, weil der Krieg keine Handlungsspielräume lässt und sie sich keine gemeinsame Bleibe schaffen können, dann müssen sie sich doch wenigstens ab und zu sehen. Denk doch, welche Gefühlsqualen wir damals durchgemacht haben.“

„Du hast ja recht“, hatte Tillmann geantwortet, „ich bin ja auch gar nicht dagegen, dass er für ein paar Tage nach Obernau geht. Ich habe nur Angst, dass die beiden Dummheiten machen könnten, gerade weil ich weiß, wie man sich in dem Alter fühlt.“

Thomas hatte nicht verstanden, was Tillmann mit *Dummheiten* gemeint hatte. Warum sollte er Dummheiten machen? Leichten Herzens hatte er versprochen, auf solche zu verzichten. Wichtig war nur, dass er gehen durfte. Es war himmlisch, die Verlobte in den Armen zu halten. Jetzt war er seit zwei Tagen in Obernau, und es war einfach nur herrlich.

„Ich verstehe nicht, warum wir nicht heiraten dürfen", sagte Anna zu ihrer Mutter, als die Familie nach dem Abendessen noch beieinandersaß.

„Ihr dürft ja heiraten", antwortete Agnes, „nur sollt ihr noch ein bisschen warten. Mehr sagen wir doch gar nicht."

„Aber wir lieben uns doch jetzt", entgegnete Anna.

„Das sollt ihr doch auch, und wir lassen euch so viele Freiheiten wie möglich. Zu unserer Zeit hätte es das nicht gegeben, dass zwei unverheiratete junge Leute allein im Wald spazieren gehen. Ich hoffe nur, dass ihr unser Vertrauen nicht missbraucht!"

„Aber worauf sollen wir denn warten?", fragte Anna weiter. „Bis der Krieg zu Ende ist? Das weiß doch niemand, wie lang das noch dauert. Es hat Kriege gegeben, die 30 Jahre gedauert haben. Bis dahin sind wir vielleicht alle tot."

„Wir sagen doch gar nicht, dass ihr bis zum Ende des Krieges warten sollt. Ihr müsst euch nur erst eine eigene Existenz aufbauen", wandte Mathias ein. „Und das ist nun mal in Kriegszeiten schwieriger als im Frieden."

„Ich habe meine zwei Hammertage, davon können wir leben. Außerdem arbeite ich bei Tillmann, und der zahlt mir einen ordentlichen Lohn", schaltete sich Thomas in die Debatte ein.

„Die Einkünfte, die Karl auf die Hammertage erwirtschaftet hat, musstest du dieses Jahr fast vollständig als Kriegsabgaben hergeben, sodass dir kaum Spielraum bleibt", erinnerte Mathias ihn. „Auch Tillmann und wir sind durch die Kriegslasten schwer gebeutelt. Eine Unterstützung, wie wir sie euch gerne zukommen lassen würden, ist so nicht möglich. Außerdem bist du noch nicht großjährig, ihr habt keine Bleibe und keinen Hausrat."

„Ich baue unser altes Haus wieder auf", sagte Thomas etwas störrisch.

„Die Idee ist ja nicht schlecht", entgegnete Mathias. „Dafür müsstest du aber erst mal den Besitzanspruch auf das Grundstück gegen Ludwig durchsetzen. Ich glaube kaum, dass er es dir einfach so überlassen wird."

Thomas und Anna gingen die Argumente aus, und so entstand eine Pause.

Mathias wandte sich an seine Frau: „Wir müssen ernsthaft darüber nachdenken, wie wir den beiden den Start in die Selbstständigkeit ermöglichen können. Lass uns noch mal mit Tillmann sprechen. Die Verlobungszeit sollte nicht zu lange dauern, sonst kommen die beiden noch auf dumme Gedanken."

Agnes nickte. Ja, das sollten sie wirklich tun.

Es war ein lauer Sommerabend, die Sonne sank hinter die Berge. Wie schon an den Abenden zuvor gingen Anna und Thomas zum Fischweiher, aber heute waren sie schweigsamer. Die Diskussion mit den Eltern hatte sie nachdenklich gemacht. Was konnte man tun, um die Hindernisse zu überwinden?

„Es geht immer nur um Materielles", klagte Thomas, „das finde ich falsch. Was brauchen wir denn schon? In meinem Zimmer ist Platz genug für uns beide, und das bisschen, was du isst, kann Tillmann mir gerne vom Lohn abziehen."

„Na ja, ich weiß nicht", sagte Anna, „dein Zimmer ist doch recht klein, und Jakob schläft auch darin. Ich würde mir schon wünschen, dass wir wenigstens ein Zimmer für uns allein hätten."

Anna merkte, dass Thomas das auch einsah. Trotzdem, es war zu vertrackt, dass es keine vernünftige Lösung gab. Im Obernauer Haus wäre etwas mehr Platz gewesen, aber Thomas hatte seine Arbeit nun mal in Eisern. Irgendwie wurde Anna das Gefühl nicht los, dass die Erwachsenen die Prioritäten nicht richtig gesetzt hatten.

„Immer sprechen sie davon, dass wir keine Dummheiten machen sollen, warum sollten wir das tun? Sie sollen uns einfach nur heiraten lassen!" Thomas war ein wenig in Rage geraten.

Anna versuchte, ihn zu beruhigen. „Vater hat doch gesagt, dass sie ernsthaft nachdenken wollen, wie unsere Hochzeit möglich wird", sagte sie. „Bestimmt fällt ihm was Gutes ein. Wir müssen noch ein wenig Geduld haben. Und Dummheiten wollen wir ja gar keine machen."

Auch Anna hatte keine klare Vorstellung, was zwischen Mann und Frau geschehen konnte, dass den Eltern solche Sorgen machte, aber sie gewann den Eindruck, dass Thomas noch viel weniger wusste, was die Eltern andeuteten.

Eng umschlungen schlenderten sie weiter, bis sie zum Fischteich kamen und sich an ihrem Lieblingsplatz niederließen. Sie wandten sich einander zu und küssten sich innig und sehnsuchtsvoll. Immer dichter rückten sie zueinander.

Mit einem Ruck stand Thomas plötzlich auf, ging ein paar Schritte im Kreis, kniete sich hinter seine Verlobte und streichelte ihr durchs Haar und flüsterte: „Anna, ich kann dir gar nicht sagen, wie lieb ich dich habe. Wie kann es nur so ein himmlisches Wesen geben wie dich? Du verzauberst mich vollkommen."

Er umarmte und küsste sie wieder und wieder.

Anna spürte, wie ihr Körper reagierte. Von einer tiefen Sehnsucht erfasst, drehte sie sich in seinen Armen um, sodass sie seine Küsse erwidern konnte. Sie kamen an den Punkt, an dem sie sonst immer gebremst hatte, überschritten ihn und versanken ineinander. Es war unbeschreiblich.

Als sie wieder zu sich kamen, sahen sie einander etwas ungläubig an. Thomas drückte Anna an sich und küsste sie erneut.

Nach einer Weile fragte sie zaghaft: „Meinst du, dass wir jetzt doch Dummheiten gemacht haben?"

„Nein", sagte er, „das war etwas ganz anderes, es war einfach paradiesisch."

„Du hast recht", antwortete sie und klammerte sich eng an ihn. „Es war so schön, es kann keine Dummheit gewesen sein".

Nur ein ganz kleiner Zweifel klang in ihrer Stimme mit.

43. Anschuldigungen, Winter 1794/95

„Wie konntest du uns das nur antun?", fragte Agnes mit Tränen in den Augen.

Heute Morgen hatte sie zufällig zwei Nachbarinnen tuscheln hören. „Na, dass Anna schwanger ist, das sieht man doch von Weitem. Ein Vater scheint dagegen nicht in Sicht zu sein", hatte die erste gesagt und die zweite hatte ergänzt: „Ich denke, es ist der junge Mann aus Eisern gewesen, der war doch immer schon mal da. Aber von einer Hochzeit hat man nichts gehört." Dann sagte wieder die erste: „Tja, es kommt in den besten Familien vor."

Agnes war es wie Schuppen von den Augen gefallen. Natürlich! Wie hatte sie den Zustand ihrer Tochter nur so lange übersehen können? Die kleinen Veränderungen waren ihr schon aufgefallen. Wahrscheinlich hatte sie es einfach nicht wahrhaben wollen. Und jetzt zerrissen sich die Leute schon die Mäuler. Im Ton der Nachbarinnen war die Schadenfreude kaum zu überhören gewesen. Schnell hatte sich Agnes zurückgezogen und Mathias vom Feld geholt. Dann hatten die Eltern ihre Tochter zur Rede gestellt. Zumindest hatten sie es versucht, denn Anna saß ihnen nur wortlos gegenüber, die Augen voller Tränen.

„Immer und immer wieder haben wir euch gesagt, dass ihr keine Dummheiten machen sollt, und nun ist es doch passiert", fuhr Agnes fort. „Wir hätten euch einfach nicht allein lassen dürfen."

Anna schwieg noch immer.

Agnes machte sich schwere Vorwürfe. Hätte sie doch nur früher erkannt, was los war. Dann hätte man einen Skandal vermeiden können. Noch im dritten Monat hätte man eine schnelle Hochzeit arrangieren können und kaum Aufsehen erregt. Wie viele Kinder wurden zu früh geboren und waren doch voll ausgereift. Aber jetzt war es zu spät. Das Gerede war schon in vollem Gange. Agnes rechnete. Im Juli war Thomas da gewesen, und jetzt hatte das neue Jahr gerade begonnen. Immerhin musste man sich ja wohl zur Vaterschaft keine Fragen stellen.

„Weiß es Thomas schon?", fragte Agnes und Anna nickte bedrückt.

„Und, was sagt er?", hakte sie weiter nach.

„Er schreibt, er freue sich, und es würde alles gut", murmelte Anna.

„Der macht es sich leicht!", zeterte Agnes. „Gar nichts wird gut! Einen Riesenskandal wird es geben, er ist schon in vollem Gange."

Anna schluchzte leise vor sich hin.

„Das Jammern bringt uns auch nicht weiter", griff Mathias in das Gespräch ein und vergewisserte sich: „Also bekennt sich Thomas zur Vaterschaft?"

Anna sah ihn etwas verwirrt an und sagte: „Selbstverständlich, wir lieben uns doch, und wir hätten ja auch längst geheiratet …"

„So selbstverständlich ist das nicht, wenn ich bedenke, wie viele uneheliche Kinder geboren werden, bei denen die Vaterschaft geleugnet wird. Gerade in diesen Zeiten, in denen es so viele Einquartierungen gibt." Mathias machte eine Pause, er schien nachzudenken. „Es hilft alles nichts, geschehen ist geschehen. Ich werde nach Eisern gehen und mit Thomas und Tillmann sprechen."

Dann wandte er sich seiner Frau zu und sagte: „Und jetzt, liebe Agnes, müssen wir erst mal dafür sorgen, dass es unserer Tochter und unserem zukünftigen Enkelkind gut geht." Er ging auf Anna zu und wischte ihr die Tränen aus dem Gesicht. Auch Agnes gesellte sich zu den beiden.

Mathias nahm Frau und Tochter gemeinsam in den Arm und sagte: „Hoffen wir mal, dass Thomas recht behält und am Ende alles gut wird."

Tillmann fiel aus allen Wolken, als zwei Tage später sein Bruder auftauchte und ihn über den Stand der Dinge in Kenntnis setzte.

„Das muss ich erst mal verdauen", sagte er und erhob sich.

Eine Weile lief er in der Stube auf und ab, wie ein Tiger im Käfig. Er öffnete die Zimmertür und rief nach Thomas. Offensichtlich hatte der die Ankunft von Annas Vater mitbekommen und wartete darauf, geholt zu werden. Denn schon wenige Sekunden später trat er ein und vermied dabei den Augenkontakt.

„Hast du uns etwas zu sagen?", fragte Tillmann in scharfem Ton.

„Ihr wisst doch schon alles", antwortete Thomas trotzig, ohne den Blick zu heben.

„Und, hast du etwas zu deiner Entschuldigung zu sagen?"

Thomas zögerte, dann sah er Tillmann direkt in die Augen: „Wir lieben uns. Ich möchte Anna lieber heute als morgen heiraten und freue mich auf unser Kind! Ich habe nie verstanden, warum wir nicht schon längst den Bund fürs Leben schließen durften."

Das klare Bekenntnis gab Tillmanns das Gefühl, mit seinem Zorn ins Leere zu laufen. Was brachte es auch, den Jungen auszuschimpfen? Immer wieder hatte er gefragt, ob er Anna nicht heiraten könne. Jedes Mal hatte es gute Gründe gegeben, die Hochzeit zu verschieben.

„Was gedenkst du jetzt zu tun?" Tillmann wirkte plötzlich eher nachdenklich.

„Heiraten!", kam es wie aus der Pistole geschossen.

Nach einer Weile war das Gespräch sachlicher geworden. Sie beschlossen, die Hochzeit so bald wie möglich in kleinstem Rahmen abzuhalten.

„Ich rede mit Pastor Emmelius“, sagte Tillmann. „Die Abkündigung könnte in Eisern oder auf dem Rödgen erfolgen. Vielleicht kann die Trauung sogar in der Kapelle in Obernau stattfinden.“

„Dann wärt ihr wenigstens bei der Geburt verheiratet, und das Kind würde nicht unehelich geboren“, sagte Mathias. „Außerdem dürftest du dann ungehindert bei Anna und dem Kind sein.“

„Eine Lösung für eine gemeinsame Wohnung sehe ich allerdings noch nicht. In unserem Haus haben wir über den Winter fünf Soldaten zu beherbergen. Ludwig meint es wieder richtig gut mit uns.“ Sarkastischer hätte Tillmanns Ton nicht sein können.

Kätchen kam leise in die Küche, setzte sich und hörte zu.

„In Obernau ist es zwar nicht ganz so eng, wir beherbergen nur einen Offizier mit Burschen und Adjutanten“, meinte Mathias. „Die beanspruchen aber viel Platz und sind auch sonst nicht gerade bescheiden.“

„Ich schlage vor, dass wir das Problem, wo die beiden mit dem Kind wohnen können, erst mal vertagen“, schlug Tillmann vor. „Wichtiger ist, dass wir die Hochzeit planen. Zur Wohnsituation fällt uns vielleicht in den nächsten Wochen noch etwas ein. Bald nach der Schneeschmelze werden die Feldzüge wieder beginnen und die Einquartierungen zurückgehen.“

Jetzt meldete sich Kätchen zu Wort. „Wichtig finde ich auch, dass du dich vom Dorftratsch nicht provozieren lässt, Thomas“, sagte sie. „Du wirst es mit Vorwürfen und Sticheleien zu tun bekommen.“

„Es weiß doch keiner von Anna und mir“, entgegnete Thomas.

„Das ist leider falsch“, erwiderte Kätchen. „Einige Eiserner Gewerken bekommen Kohle aus Obernau, und Gerüchte verbreiten sich schnell. Ich habe schon tuscheln hören, dass du in Obernau eine Jungfrau geschwängert hättest. Ich wollte dich schon fragen, ob daran etwas sein könnte.“

Ludwig war ärgerlich. Adolf hatte ihn auf der Hütte angesprochen und Forderungen gestellt. In der letzten Zeit hatte es kaum „Sonderaufgaben“ zu erledigen gegeben. Aber dieser Kerl kam mit seinem normalen Lohn einfach nicht zurecht. Er gab zu viel Geld für Schnaps aus. Heute hatte er verlangt, entweder Verdienstmöglichkeiten oder eine Spende, wie er es nannte, zu bekommen. Drei Groschen und eine Flasche Schnaps hatte Ludwig ihm zugestanden. Dabei war es nicht so sehr das Geld, das ihm Verdruss bereitete, sondern das selbstbewusste Auftreten, mit dem Adolf seine Forderung vorbrachte. Adolf hatte zwar keine Drohung ausgesprochen, aber das „sonst“ hatte in der Luft gelegen.

Er schien verstanden zu haben, dass er ihm gefährlich werden könnte, dachte Ludwig. Das hätte er ihm gar nicht zugetraut. Gut, dass er wenigstens Peter etwas entfernt untergebracht hatte. Womöglich hatten die beiden aber noch Kontakt, und Peter steckte hinter den Forderungen. Er nahm sich vor, die beiden genau im Auge zu behalten.

Ludwig ging zur großen Wanduhr, die gegenüber seines Arbeitszimmerfensters auf einem stabilen, hölzernen Gesims stand, und verschob eine kleine Scheibe im unteren Teil des Sockels. Oben öffnete sich eine Klappe, die ein etwa fußbreites und handhohes Fach freigab. Aus den vielen Papieren, die *darin* lagen, suchte er eine Liste heraus, setzte sich an den Schreibtisch und schrieb:

Adolf: 3 Gr. + 1 x Schnaps 26. Januar 1795

Er faltete die Liste wieder zusammen und ließ sie in der Uhr verschwinden. „Ordnung ist das halbe Leben“, murmelte er, stand auf und begab sich auf ein Bier ins Wirtshaus.

Als er den Schankraum betrat und grüßend in die Runde sah, dachte er, wie sich doch die Zeiten änderten.

Am Stammtisch saßen Robert und Gerhard bloß zu zweit und tranken schweigsam ihr Bier. Schafkopf wurde schon lange nicht mehr gespielt. Als Ludwig Heimberger geworden war, hatte sich die Runde aufgelöst und Bernhard hatte mit seinen Freunden einen *neuen Stammtisch* gegründet. Dort war für den inzwischen 50-jährigen Schulzen immer ein Platz frei, den er auch heute einnahm.

„Ah, der Herr Heimberger“, grüßte Bernhard den Neuankömmling. „Ist denn im Dorf und auf der Hütte alles in Ordnung?“

„Natürlich“, sagte Ludwig, „du weißt doch, wie sehr ich auf Ordnung halte.“

„Da bin ich aber anderer Meinung!“

„Wieso? Auf was spielst du denn an?“, fragte Ludwig.

Bernhard wandte sich an die anderen: „Er weiß es wirklich noch nicht. Dabei ist das ganze Dorf aufgebracht über die überbordende Unzucht, die sogar schon auf andere Dörfer übergreift.“

„Jetzt rede nicht so geschwollen daher! Sag endlich was los ist“, forderte Ludwig.

„Tja, man höre und staune: Dein Stiefsohn Thomas hat in Obernau eine Nichte von Tillmann geschwängert. Die Frauen tuscheln schon seit ein paar Tagen, aber inzwischen weiß es jeder. Tillmann war mit Thomas bei Emmelius und hat das Aufgebot für eine übereilte Hochzeit bestellt.“

Während Bernhard sprach, konnte man beobachten, wie sich Ludwigs Gesichtsausdruck von fragend über staunend zu grinsend wandelte.

„Ist das wirklich wahr?“, erkundigte er sich.

„Wenn ich's doch sage!“

Ludwig klopfte mit einer Hand auf den Tisch: „Da kann man doch mal sehen! Diese Moralapostel! Immer vorneweg, wenn es gilt, andere zu belehren. Und dann so was.“

„Ich hätte gar nicht gedacht, dass der Thomas so ein geiler Bock ist“, klang es von der anderen Seite des Tisches.

„Stille Wasser sind tief und schmutzig!“

Noch eine ganze Weile machten höhnische und schadenfrohe Bemerkungen am Tisch die Runde, während Ludwig in Gedanken schon weiter war. Was für eine interessante Information! Ein schöner Dämpfer für Thomas, den arroganten Schnösel. Und Tillmann hatte als Vormund versagt. Es wäre doch gelacht, wenn man das nicht nutzen könnte.“

Am Sonntag fand der Gottesdienst in der Kapelle in Eisern statt, aber Thomas und Anton gingen nicht hin. Thomas wollte sich nicht die Moralpredigt des Pfarrers anhören und Anton solidarisierte sich mit seinem Freund. Stattdessen trafen sie sich in ihrem Unterschlupf im Keller der Brandruine, wärmten sich an einer kleinen Feuerstelle und analysierten zum wiederholten Mal die Lage.

„Es ist schon komisch“, sagte Thomas, „wenn plötzlich alle Leute mit dem Finger auf dich zeigen.“

„Jetzt werfen sie dir Wollust vor, und die meisten haben doch selbst ihre Leichen im Keller“, meinte Anton. „Ich finde es geradezu grotesk, dass sich das Dorf über dich aufregt, aber alle es in Ordnung finden, dass Ludwig meine Mutter fortgesetzt vergewaltigt. Dabei liebst du Anna doch und sie dich.“

„Das Volk stürzt sich halt immer auf die Schwachen. Aber es dauert nicht mehr lang. Ende Februar wird die Hochzeit stattfinden, und dann werden sie sich wieder neue Schwache aussuchen."

„Du kannst dich glücklich schätzen, so ein liebes Mädchen wie die Anna heiraten zu können. Ich dagegen habe keins und muss auch noch mit dem Gedanken klarkommen, dass Ludwig, dieser Unhold, mein Vater ist."

„Er ist auch Karls Vater", sagte Thomas. „Und Karl ist wie du ein richtig feiner Kerl. Und deine Mutter ist nicht nur sehr nett und hübsch, sondern auch zupackend und intelligent. Nur hat Ludwig das noch nicht begriffen."

„Da hast du recht", Anton machte eine kurze Pause, bevor er ergänzte: „Ich möchte mal wissen, was aus ihm geworden wäre, wenn sie ihm nicht den Haushalt schmeißen würde."

„Vielleicht gelingt es uns ja doch noch, diesen Dreckskerl eines Tages zu überführen. Ich wüsste zu gern, welche Papiere er in der Uhr versteckt hält. Es ist Gold wert, dass du ihn letzte Woche dabei beobachtet hast, wie er diese Liste ergänzt und im Geheimfach der Uhr versteckt hat."

„Ich war auch ganz stolz auf meine Observation, aber du hast ja gehört, was Tillmann dazu gesagt hat", meinte Anton.

„Er hielt die Information auch für sehr wichtig. Aber er hat gemeint, dass Ludwig auf keinen Fall herausfinden darf, dass wir sein Versteck kennen. Wir können erst etwas unternehmen, wenn wir wissen, was dort zu finden ist."

Anton nickte. „Damit hat er ja auch recht, sonst würde Ludwig die Papiere sofort verschwinden lassen. Ich bin mir fast sicher, dass er in der Uhr auch die gefälschten Listen für die Kriegslastenverteilung aufbewahrt."

„Fast sicher bin ich mir auch, aber eben nur fast", meinte Thomas und schwieg kurz. „Ah, der Gottesdienst ist zu Ende, die Kapellenglocke läutet. Ich sehe mal nach, wer im Gottesdienst war und sich angehört hat, was ich für ein schlimmer Bursche bin." Thomas stieg ein paar Stufen die Kellertreppe hinauf und lugte über die Trümmer in Richtung Kapelle.

Sofie war stinksauer. Über eine halbe Stunde lang hackte der Pfarrer nun schon auf Thomas herum. Zwar hatte er dessen Namen nicht genannt, aber alle im Gottesdienst wussten, um wen es ging. Er sprach von

Wollust, Unzucht und Fleischeslust, von Hurerei und Verderbnis. Alle freuten sich an seinen Worten, denn heute waren nicht sie gemeint, sondern Thomas.

Eigentlich mochte Sofie Emmelius, denn er war mitfühlend und immer um Ausgleich und Harmonie bemüht. Er hatte auch gleich zugestimmt, die Hochzeit der beiden *Sünder* beschleunigt und ohne viel Aufhebens durchzuführen. Aber er konnte sich doch nicht verkneifen, hier von der Kanzel herab eine donnernde Strafpredigt zu halten. Dafür hätte Sofie ja noch Verständnis aufbringen können, wenn er zumindest betont hätte, dass niemand das Recht habe, sich zu überheben. Aber so erhielten Scheinheiligkeit und Heuchelei Rückenwind.

Noch etwas machte Sofie rasend: Die kaum kaschierten Anspielungen, dass die eigentliche Schuld bei den Verlockungen der Frauen zu suchen sei. Wie unrecht tat der Pfarrer mit einer solchen Sichtweise einem unschuldigen Mädchen wie Anna. Emmelius kannte doch seine Schutzbefohlenen. Nach dieser Predigt konnte ihr Dienstherr Ludwig, der heute ausnahmsweise anwesend war, hoch erhobenen Hauptes die Kapelle verlassen, und sie selbst musste weiterhin im Büßerhemd gehen.

Endlich ging der Gottesdienst zu Ende, und wie üblich blieben die Menschen auf einen Plausch vor dem Portal stehen. Auch Sofie verweilte noch, freundlich lächelnd wie immer. Nur wer sie gut kannte, hätte gemerkt, dass sie vor Wut kochte und einige Zeit brauchen würde, um sich zu beruhigen.

Ludwig stand mit Bernhard etwas abseits und hatte gerade Thomas entdeckt, der aus den Trümmern der Brandruine hervorblickte. Er ging ein paar Schritte auf ihn zu und rief: “Was treibst du dich schon wieder auf meinem Grundstück herum?“

Sah man Thomas, dann war auch Anton nicht weit

„Es ist das Haus meiner Mutter und meines Großvaters“, antwortete Thomas sehr gefasst.

„Denen gehört schon lange nichts mehr“, erwiderte Ludwig lachend.

„Das scheint dich ja sehr zu freuen.“

„Werd bloß nicht frech, du Lümmel! Du hast es gerade nötig, anderen Vorwürfe zu machen. Wieso warst du nicht im Gottesdienst? Da hättest du einiges lernen können, du Hurenbock. Aber bei der Mutter muss ich mich über den Sohn nicht wundern. Der Apfel fällt nicht weit vom Stamm."

„Lass meine Mutter aus dem Spiel!"

Der Wortwechsel zwischen Thomas und Ludwig war lauter geworden. Einige, die vor der Kapelle standen, waren aufmerksam geworden und schauten in Richtung der beiden Kontrahenten. Aus der Ruine tauchte nun auch Anton auf.

Ludwig ging weiter auf Thomas zu und sagte: „„Ja, auf die kannst du wahrhaftig nicht stolz sein, dieses pflichtvergessene, treulose Luder."

„Meine Mutter ist ihren Pflichten immer gewissenhaft nachgekommen, bis in den Tod, im Gegensatz zu dir!", hielt Thomas dagegen. „Es ist eklatant, wie du deine Pflichten als Heimberger verletzt."

Die Leute vor der Kapelle spürten, dass beim alten *Daubs Haus* etwas los war, und die Menschentraube bewegte sich leicht in diese Richtung. Sofie folgte zögernd.

„Was willst du denn da andeuten, du Lüstling?", fragte Ludwig.

„Wer bei der Verteilung der Kriegslasten so offensichtlich ungerecht vorgeht wie du, der sollte sich mit Vorwürfen besser zurückhalten."

Das Stichwort Lastenverteilung interessierte alle. Die Menschen näherten sich den beiden Streithähnen und konnten nun alles verstehen. So wurde aus diesem lapidaren Wortwechsel quasi eine öffentliche Debatte.

„Alles geht absolut gerecht zu!", behauptete Ludwig.

„Gerecht, dass ich nicht lache, gar nichts ist gerecht, wir werden zeigen …"

Tillmann, der auch im Publikum stand, erschrak. Würde Thomas jetzt die wenigen Indizien, die sie gegen Ludwig gesammelt hatten, preisgeben und damit zunichtemachen? Aber auch Anton hatte die Gefahr bemerkt und brachte den Freund durch einen kräftigen Stoß zum Schweigen.

„Zeigen, was willst du zeigen?", fragte Ludwig und fuhr, als keine Erwiderung kam, fort: „Es gibt nichts zu zeigen. Aber was kann man von so einem lasterhaften Menschen schon erwarten. Jetzt versucht er schon von sich abzulenken, indem er ehrbare Leute mit Dreck bewirft."

Das Streitgespräch bekam einen weiteren hochrangigen Zeugen, denn der Pfarrer hatte den Heimweg angetreten und blieb bei der Menschenansammlung stehen.

Ludwig verlegte sich jetzt auf die Verunglimpfung von Thomas: „Es ist eine Zumutung für die ehrbaren Eiserner Bürger mit einem solchen Wollüstling in Dorfgemeinschaft leben zu müssen. Eben haben wir noch in der Predigt gehört, dass wir Lüsternheit und Unzucht nicht unter uns dulden sollen. Hier steht sie leibhaftig vor uns. Wir müssen dagegen vorgehen."

Emmelius empfand, dass seine Predigt in einer Weise genutzt wurde, die er so nicht gemeint hatte. Das wurde noch deutlicher, als Ludwig ergänzte: „Wir müssen verhindern, dass so ein Unhold unsere Jungfrauen schändet. Und davon darf uns auch nicht abhalten, dass er vielleicht von einer schmutzigen Obernauer Dirne in ihrer Lüsternheit verführt worden ist."

„Anna ist ein reines und ehrbares Mädchen", sagte Thomas mühsam beherrscht. Man merkte, dass nicht viel fehlte, und er wäre explodiert.

„Ja, die Ehrbarkeit quillt ihr wohl schon aus dem Bauch heraus", spottete Ludwig.

Thomas holte tief Luft, und alle waren gespannt, wie er auf diese Unverschämtheit reagieren würde. Anton versuchte, ihn zurückzuhalten. Vielleicht wäre es sogar zu Handgreiflichkeiten gekommen, wenn nicht eine völlig unerwartete Wendung eingetreten wäre.

„Hört alle her!", klang es plötzlich aus der Menge.

Alle sahen auf Sofie, die diese Worte ausgerufen hatte.

„Dieser Mann, der Thomas so übel beschimpft, hat mich als junges Mädchen vergewaltigt und geschwängert", fuhr sie fort. „Über Jahre hat er mich fortgesetzt missbraucht und gedemütigt. Ich habe ihn gewiss nicht verführt oder auch nur ermutigt. Es war die nackte Not, die mich schweigen ließ. Thomas und sein Mädchen lieben sich, und alles, was sie getan haben, ist inniger Zuneigung entsprungen. Ich habe diesem Mann gegenüber nur Ekel empfunden, und dennoch nahm er sich in seiner Gier immer wieder, was er haben wollte, um seiner Lust zu frönen."

Die Leute waren auf Abstand gegangen, und Sofie stand allein in einem Ring aus Menschen. Bisher hatte sie ihre Rede ungestört halten können, so sehr waren alle von der Peinlichkeit der Situation gebannt. Aber jetzt erhob sich Gebrummel, besonders im männlichen Teil der Menge.

„Es reicht!", tönte es.

„Was erdreistet sich diese Magd denn da?", rief jemand.

„Wie kann sie unseren Heimberger so in den Dreck ziehen?“, rief ein anderer.

„Mit ihren unzüchtigen Reden will sie doch nur von der neuerlichen Verderbtheit ablenken.“

Ludwig war perplex. Mit einem Angriff von Sofie hatte er überhaupt nicht gerechnet. Diese undankbare Kreatur! Er hatte sie immer gut versorgt, und jetzt fiel sie ihm in den Rücken. Verteidigen musste er sich nicht, das taten schon die Umstehenden. Es wäre auch unter seiner Würde gewesen. Niemand würde Sofie ernst nehmen.

Aber irgendwie musste er sich äußern, jetzt wo das allgemeine Gerede nachließ. „Herr Pfarrer“, sagte er schließlich, „ich hoffe, Sie nehmen sich dieses armen Geschöpfes an.“ Er zeigte auf Sofie. „Offensichtlich ist sie von einem bösen Geist besessen. Wo sollte sie sonst diese obszönen Fantasien herhaben? Ich gehe nach Hause. Hoffentlich werde ich trotz dieses unhaltbaren Geredes meinen sonntäglichen Frieden finden.“

„Tu das, mein Sohn“, entgegnete der Pfarrer, der von der Situation offenbar völlig überfordert war.

Ludwig wandte sich zum Gehen, und als er an Sofie vorbeikam, sagte er für alle vernehmlich: „Noch heute verlässt du mit deinem Bastard mein Haus, du schäbiges Weib.“

Ludwig lebte nun mit seinen zwei Söhnen allein in dem großen Haus der Göbels. Bei ihm gab es keine Einquartierung. Aber Sofie fehlte überall. Besonders Manfred tat sich schwer mit der neuen Situation. Auf das Waschen der Kleider konnte man eine Zeit lang verzichten, aber die Mahlzeiten immerfort selbst zubereiten zu müssen, das war lästig. Brot mussten sie bei den Nachbarn kaufen, und warmes Essen hatte es schon seit ein paar Tagen nicht mehr gegeben.

Sofie war mit Anton bei Benders untergekommen. Wieviel Menschen da wohl jetzt in einem Bett schlafen mussten? Denn mit Einquartierungen hatte Ludwig sie reichlich versorgt. Aber eins war klar, es musste dringend eine neue Magd herbei. Diese Erkenntnis begleitete ihn nun schon seit zwei Wochen. Die Vorstellung, eine neue Magd zu bekommen, war durchaus angenehm. Ein wenig Abwechslung konnte nicht schaden. Sofie war immerhin schon 38. Erstaunlich, dass sie nie mehr schwanger geworden war, nachdem es doch bei Anton so schnell gegangen war. Aber das war gut. Wenn es weitere uneheliche Kinder gegeben hätte, wäre das Gerede im Dorf am Ende womöglich noch ernst genommen worden.

Wider Erwarten war es ihm bisher nicht gelungen, ein Hausmädchen zu finden. Dabei gab es genug Familien, die den Verdienst einer Tochter dringend gebrauchen konnten. Bernhard beschwerte sich immer, dass er zu wenig Geld hatte. Seine jüngste Tochter Lydia, das Nesthäkchen, war gar nicht übel. Mit ihren 18 Jahren machte sie richtig was her, und eine feste Arbeit hatte sie nicht. Sie half hin und wieder im Wirtshaus aus, aber bei Göbels hätte sie viel mehr verdienen können.

Ludwig hatte Bernhard gefragt, aber der hatte komisch herumgedruckst, Minna und Klara hätten etwas dagegen. Fast hätte man den Eindruck gewinnen können, sie gäben etwas auf Sofies üble Nachrede. Auch aus den Nachbardörfern hatte sich bisher niemand gemeldet. Dabei hatte sich die Nachricht, dass beim Heimberger in Eisern eine Stelle frei war, längst herumgesprochen. Vielleicht musste er wieder am Westerwald oder im Hessen suchen. Wie auch immer, ein Dienstmädchen würde sich finden. Zunächst lag die Gemeinderatssitzung vor ihm, und er hatte sich überlegt, wie er Thomas und Sofie eins auswischen konnte. So leicht sollten sie nicht davonkommen.

Ludwig beantragte, dass Sofie und Thomas des Dorfes verwiesen werden sollten, wegen unzüchtigen Verhaltens und übler Nachrede. Es gab dazu kaum eine Debatte, eher war es seltsam still. Aber bei der Abstimmung, gab es eine klare Mehrheit für den Antrag. Nur Tillmann und Gerhard stimmten dagegen.

Genaugenommen hatte der Rat keine Befugnis, einen solchen Verweis auszusprechen. Eine Beschwerde in Siegen würde wohl zur Annullierung des Beschlusses führen. Aber wer wollte schon in einem Dorf wohnen, wo man unerwünscht war. Selbst die Kinder und Tagelöhner würden einen mit Schimpf und Schande überziehen.

Der nächste Antrag kam von Tillmann und stand im Zusammenhang mit dem Kriegsgeschehen. Die Feldzüge hatten in diesem Jahr früh angefangen. Der März war noch nicht vorbei, und die einquartierten Soldaten waren abgezogen. Offensichtlich war die französische Kriegsführung erfolgreicher als die der Österreicher und Preußen. Bisher waren Kriegslasten nur von deutschen, also befreundeten, Truppen eingefordert worden. Was wäre, wenn eine siegreiche französische Armee die Österreicher verfolgte und ins Siegerland käme? Man hatte Schlimmes darüber gehört, wie der Feind mit der Landbevölkerung umsprang. Das Siegerland lag auf dem direkten Weg, der die Österreichischen Niederlande mit dem Mutterland verband.

Tillmann schlug vor, zur Vorsorge für einen solchen Fall ein Versteck im Wald anzulegen, das genügend Platz bot, um Menschen und Tieren eine vorübergehende Bleibe zu gewähren. Im Rahmen der diesjährigen Haubergsarbeiten könnte man auf dem Hochplateau oberhalb des Rensbachtals unauffällig einen solchen Zufluchtsort vorbereiten. Diese Stelle war so weit vom Höhenweg und auch vom Dorf entfernt, dass man das Vieh nicht hören konnte. Durchziehende Truppen würden einen leeren Ort vorfinden und sich hoffentlich nicht lange mit Suchen beschäftigen.

„Das gibt uns keine nachhaltige Sicherheit“, erläuterte Tillmann, „aber im Rahmen der ohnehin anstehenden Haubergsarbeiten sind die Kosten gering. Die Wahrscheinlichkeit, dass ein solches Versteck uns hilft, größeren Schaden vom Dorf abzuhalten, ist hoch.“

Der Vorschlag war im Vorfeld der Sitzung im Dorf bekannt geworden, und besonders die Frauen fanden ihn gut.

Wie viele Entscheidungen doch die Frauen treffen, dachte Bernhard. Minna hatte ihm klipp und klar gesagt, dass er für diesen Vorschlag stimmen sollte. Seine Meinung hatte sie gar nicht interessiert. Und den anderen war es vermutlich genauso gegangen.

Kaum einer würde sich wegen so einer Sache mit seiner Frau anlegen, da galt es einfach zu gehorchen. Tillmanns Vorschlag mit dem Versteck erschien ohnehin sinnvoll, es fiel ihm leicht zuzustimmen. Anders war es kürzlich gewesen, als es darum gegangen war, ob Lydia die Stelle bei Ludwig annehmen sollte.

„Auf gar keinen Fall geht unsere Lydia in Göbels Haus“, hatte Minna verkündet. All seine Hinweise, wie gut die Familie den schönen Verdienst, der da zu holen war, gebrauchen könnte, hatten kein Gehör gefunden.

Schließlich hatte noch Minnas Schwester Klara das Wort ergriffen und gesagt: „Du kannst doch nicht ernsthaft wollen, dass ein unschuldiges, unerfahrenes Ding wie Lydia den drei Junggesellen zum Fraß vorgeworfen wird.“

Damit war die Debatte beendet gewesen. Es hatte sich fast so angehört, als ob *seine Frauen* auf Sofies Gerede hereingefallen wären. Wie er das Ludwig klar machen sollte, hatten sie ihm natürlich nicht erklärt. Es war eine ganz schöne Druckserei gewesen.

Am Ende fand Tillmanns Vorschlag breite Zustimmung, und nur Ludwig enthielt sich der Stimme. Er schaute so grimmig, dass Bernhard sich schon denken konnte, dass es der Heimberger nicht über sich brachte, für einen Antrag zu stimmen, den Tillmann gestellt hatte.

Am Tag nach der Gemeinderatssitzung kam Bernhard zu Benders und überreichte mit ernster Miene zwei offizielle Briefe der Gemeinde an Sofie und Thomas. Sie wurden aufgefordert, das Dorf innerhalb von einer Woche zu verlassen und sich dort nicht mehr blicken zu lassen.

Nicht erst nach der Gemeinderatssitzung hatte Tillmann Überlegungen angestellt, wie eine dauerhafte Lösung aussehen könnte. In Anbetracht der neuen Situation und nach reiflicher Überlegung, auch zusammen mit Mathias und Agnes, trafen Benders schließlich folgende Entscheidung: Thomas würde am Wochenende nach Obernau gehen. Dort fand in der kommenden Woche sowieso die Nothochzeit statt. Sobald es Mutter und Kind zugemutet werden konnte, sollte die junge Familie dann nach Weidenau ziehen. Michael und Maria Stahlschmidt hatten erklärt, dass die drei bis auf Weiteres in ihrem Haus in Haardt wohnen könnten.

Bisher hatte Thomas seinen Lebensunterhalt hauptsächlich durch die Arbeit im *Alten Krämer* verdient. Wenn sie das Schreiben der Gemeinde respektieren wollten, ging das nun nicht mehr. Thomas sollte deshalb künftig stattdessen im *Kalten Born* arbeiten. Diese Grube lag auf Eiserfelder Gebiet und mit Dietrich Steinseifers Zustimmung konnten sie rechnen. Nach Eiserfeld musste er zwar eine gute Stunde laufen, aber andere mussten viel längere Strecken zur Arbeit in Kauf nehmen. Oskar würde dann mit Anton vom Erbstollen aus im *Alten Krämer* arbeiten.

Für Sofie eine passende Wohngelegenheit außerhalb von Eisern zu finden, wäre nicht zu schwierig gewesen. Aber eine Frau wie sie brauchte vor allem eine lohnende Aufgabe, das war sonnenklar. Wieder kam die Lösung aus Weidenau, diesmal aus Schneppenkauten.

Die Nachricht, dass Magdalene nach fünf Jahren Ehe endlich schwanger war, hatte allgemein große Freude ausgelöst. Sie hatte lange gewartet, bis sie jemandem davon erzählt hatte; sie wollte sich erst ganz sicher sein. Nun begann der fünfte Monat, und sie fragte, ob Sofie nicht nach Schneppenkauten kommen könne. Sie wäre dankbar für tatkräftige Unterstützung, und Anton könne selbstverständlich mit in Weidenau wohnen.

So war auch hier eine Lösung gefunden. Allerdings wollte Anton lieber in Eisern bleiben. Er liebte seine Mutter zwar sehr, war aber mit 18 Jahren alt genug, um auch allein in einem Ort leben zu können. Er konnte bei Benders wohnen, denn durch Thomas‘ Auszug gab es Platz im Haus. So behielt er einen kurzen Arbeitsweg und konnte auch Ludwig besser unter Beobachtung halten. Noch immer war er gemeinsam mit Thomas von der Hoffnung beseelt, ihn eines Tages überführen zu können.

44. Versteckt, September 1795

Thomas und Anton trafen sich nach der Arbeit im Wirtshaus in Eiserfeld. Auf dem Heimweg nach Weidenau kam Thomas hier vorbei. Anton hatte von Eisern eine Dreiviertelstunde zu gehen.

„Wir müssen uns eine Gelegenheit verschaffen“, sagte Thomas gerade, „das Geheimfach in der Uhr ungestört zu untersuchen. Ich bin mir fast sicher, dass wir dort Beweise finden werden.“

„Gut, aber wie sollen wir das anstellen?“, wollte Anton wissen.

„Vielleicht gibt es ja eine Möglichkeit, wenn die Franzosen kommen“, spekulierte Thomas.

„Mach mir keine Angst“, entgegnete Anton, „meinst du denn wirklich, dass sie kommen werden?“

Thomas blickte nachdenklich in die Ferne. In der letzten Zeit wurde die Bevölkerung durch das Kriegsgeschehen weitgehend in Bann gehalten.

Der im April geschlossene Frieden von Basel führte nicht zum Ende des Krieges. Er besagte lediglich, dass sich zusammen mit Preußen die meisten anderen deutschen Staaten aus dem Geschehen zurückzogen. Österreich und Frankreich kämpften weiter, und die Franzosen kamen immer näher.

„Manchmal macht mir die Vorstellung der anrückenden Feinde auch Angst“, sagte Thomas und dachte an Daniel, seinen kleinen Sohn, den Anna im Frühjahr zur Welt gebracht hatte. Er konnte sich nicht erinnern, je so glücklich gewesen zu sein, wie jetzt, da er mit Frau und Kind vereint war. Der Wechsel nach Haardt war ihm leichtgefallen. Bei Stahlschmidts wurden sie genauso gut behandelt, wie bei Benders. Aber der Krieg war immer noch im Gang und brachte viele Wirren mit sich.

„Gerade die Unruhen des Kriegs könnten eine Gelegenheit bieten gegen Ludwig vorzugehen,“ sagte er dann. „Jedenfalls müssen wir vorbereitet sein. Du hast doch bis vor Kurzem mit deiner Mutter in Göbels Haus gewohnt und müsstest wissen, wie wir ihm beikommen können.“

„Daher weiß ich eher, wie es nicht geht“, meinte Anton. „Ludwig hat durch seine verschiedenen Tätigkeiten keinen festen Tagesablauf. Man muss immer damit rechnen, dass er unerwartet auftaucht. Transportfahrten erledigt er nie selbst, und die wenigen Tage, an denen er nicht zu Hause ist, kann man vorher nicht kennen. Sein Arbeitszimmer ist immer abgeschlossen, und den Schlüssel trägt er stets bei sich.“

„Überleg mal“, mutmaßte Thomas, „wenn die Franzosen kommen, ziehen sich die Eiserner zum *Viehständchen*“ – so wurde das Versteck im oberen Rensbachtal inzwischen genannt – „zurück, dann müsste auch Göbels Haus über Tage leer stehen.“

„Aber die Franzosen wären da“, entgegnete Anton.

„Nicht zwingend. Wenn die Kunde *die Franzosen kommen* durchs Land geht, werden die Eiserner sich verstecken. Wer weiß schon, wo und wann der Feind wirklich auftaucht.“

„Würdest du dich denn als junger Vater in so einer Situation ins Dorf wagen?“, fragte Anton.

„Auf jeden Fall“, sagte Thomas. „Ich fürchte Ludwig als Feind viel mehr als die Franzosen.“ Er überlegte kurz und fragte dann: „Angenommen, wir haben genügend Zeit - bekommen wir denn das Schloss auf?“

„Ich bin mir nicht sicher, aber es sieht nicht allzu kompliziert aus“, meinte Anton. „Wir müssten einen Dietrich haben, aber wo sollen wir den herbekommen?“

„Den müssen wir uns selbst machen. Ich war schon ein paarmal in der Kleinschmiede in Weidenau. Wenn ich die groben Maße weiß, kann ich aus einem großen Nagel einen schmieden. Du kennst dich bei Göbels aus. Das Haus selbst ist ja nicht abgeschlossen. Wenn du dir in einem unbeobachteten Moment das Schloss genau ansiehst, dann kannst du die Abmessungen, die ich brauche, ermitteln. Das dürfte reichen.“

„Ich will es versuchen“, sagte Anton.

Ende August hatte Thomas nach den grob angefertigten Skizzen seines Freundes tatsächlich ein paar Dietriche vorbereitet. Ob sich eine Gelegenheit finden würde, sie auszuprobieren?

Vorsorglich hatten die Eiserner die zweite Hüttenperiode des Jahres verschoben. Denn würden sie die Öfen unkontrolliert stillsetzen müssen, weil plötzlich der Feind auftauchte, würden die Öfen großen Schaden nehmen.

Am 6. September erreichte Thomas das Gerücht, dass die Franzosen den Rhein bei Düsseldorf überschritten hätten. Ein paar Tage später bemerkte man überall, dass sich die Österreicher aus dem Siegerland zurückzogen. Die Eiserner rechneten jederzeit mit der Ankunft des Feindes, daher suchten sie ihr Versteck auf. Das Dorf lag verwaist, und nur einzelne Späher besetzten die umliegenden Höhen.

Thomas hatte die Dietriche eingesteckt. Vom Hang des Burgbergs aus beobachteten Anton und er den Auszug von Menschen und Vieh. Vor Ludwig mussten sie sich nun nicht mehr fürchten. Als Heimberger gab es für ihn bei diesem Exodus viel zu organisieren.

Jetzt schlug die Stunde der Ermittler. Zielstrebig gingen sie zu Göbels Haus. Es zeigte sich, dass sie gute Vorarbeit geleistet hatten. Bereits nach kurzer Zeit gelang es Thomas, mit einem seiner Dietriche die Tür zu Ludwigs Arbeitszimmer zu öffnen.

Sie traten ein und orientierten sich. Gegenüber dem Fenster, durch das sie ihre Beobachtungen gemacht hatten, hing die Uhr. Ihr gleichmäßiges Ticken erfüllte die Stille. Lange würde sie nicht mehr laufen, wenn niemand die Antriebsgewichte nach oben zog.

Thomas betrachtete das Gesims der Uhr. Es sah aus wie eine auf dem Kopf stehende halbe Pyramide, die aus unterschiedlich dicken Holzscheiben zusammengesetzt war. Anton drückte an den Holzscheiben im unteren Teil herum. Er hatte damals nicht exakt erkennen können, wie der Öffnungsmechanismus funktionierte. Es klappte nicht. Thomas studierte die Fugen und Leimkanten genau. Wenn es ein bewegliches Teil gab, dann konnte es nicht verleimt sein. Alles war sehr akkurat gearbeitet und sauber gefügt. Anton wusste, wo sich die Klappe des Fachs befand, und als Thomas diese Stelle inspizierte, entdeckte er eine haarfeine Fuge in der Gehrung. Dort musste der Mechanismus sitzen. Sie drückten und schoben an allen Flächen und Kanten, die das Gesims hatte. Der Mechanismus blieb verborgen. Es war zum Verzweifeln.

„Es wäre ja auch ein schönes Geheimfach“, sagte Anton, „wenn es sich beim ersten Staubwischen der Hausfrau öffnen würde.“

„Da hast du recht, aber was nützt uns diese Erkenntnis?“, fragte Thomas.

Das Gesims befand sich etwa auf Bauchhöhe an der Wand.

„Vielleicht kann man von unten etwas sehen“, sagte Thomas und legte sich auf den Boden. Auch so konnte er nichts erspähen, allerdings war er zu weit entfernt, um genau schauen zu können. Er stützte sich auf die Ellenbogen um genauer sehen zu können.

Als sein Kopf etwa zwei Fuß über dem Boden schwebte, entdeckte Thomas den schmalen Ritz in einer Ecke der Konstruktion. Ein kleiner u-förmiger Bereich schien nicht mit dem Nachbarholz verleimt zu sein. Thomas drückte von unten auf diese vielleicht fünf Millimeter breite Fläche, und sie bewegte sich.

Anton zuckte zusammen, als er das Geräusch hörte, mit dem sich die Klappe vor dem Geheimfach öffnete. Die jungen Männer richteten sich auf und sahen, dass das Versteck voller Papiere war. Geschafft!!

Aber wie sollten sie nun vorgehen? Sie hatten mit Tillmann über ihr Vorhaben gesprochen.

„Ihr dürft die Reihenfolge der Papiere auf keinen Fall verändern“, hatte er ihnen geraten. „Das würde Ludwig bestimmt auffallen. Ihr dürft auch keine Papiere entwenden. Wenn ihr etwas entdeckt, was eine Missetat von Ludwig beweist, dann können wir Anzeige erstatten und einen

Hinweis geben, wo der Beleg zu finden ist. Nur ein Gerichtsrat oder ein Gerichtsschreiber kann letztlich die Beweise sicherstellen. Ludwig darf aber keinen Verdacht schöpfen, dass jemand sein Versteck entdeckt hat. Sonst wird er alle Beweise vernichten oder woanders verstecken."

Thomas griff den Papierstapel, holte ihn vorsichtig aus dem Fach. Ein lautes Poltern erschreckte die beiden. Mit den Papieren war ein Gegenstand aus dem Fach gefallen.

Anton hob ihn auf und stellte fest: „Eine Taschenuhr mit goldener Kette. Oder nein, warte … Seltsam, es sieht aus wie eine Uhr, aber eigentlich ist es nur ein Stück Eisen. Ein Kinderspielzeug? Aber die Kette ist echt."

„Lass das jetzt", drängte Thomas. „Das ist unbedeutend. Steck es wieder in das Fach, wir müssen uns um die Papiere kümmern."

Er legte den Papierstapel auf eine freie Stelle auf den Schreibtisch, nahm das oberste Papier und faltete es auseinander. *Transporte August/September* stand in großen Buchstaben oben auf der Seite. Offensichtlich handelte es sich um eine Liste der Fuhren, die für die Österreicher zu erledigen waren. Das nächste Blatt sah ähnlich aus. Es trug die gleiche Überschrift und viele Zeilen stimmten überein. Allerdings gab es zusätzliche Reihen. Und hinter den meisten Zeilen waren Name und Datum verzeichnet.

„Hier steht Tillmanns Name", sagte Anton. „Diese Fahrt nach Hilchenbach hat er letzte Woche fürs Militär unternommen."

„Und diese Tour hat Bernhard am vergangenen Montag erledigt", sagte Thomas. „Ludwig hat genau verzeichnet, wer welche Militärfahrten wann ausgeführt hat."

„Aber sieh mal", stellte Anton fest, „Bernhards Fahrt steht nur auf der zweiten, nicht auf der ersten Liste."

Sie legten die beiden Papiere nebeneinander und verglichen sie zeilenweise.

„Hier haben wir genau das, was wir suchen." Thomas freute sich. „Die eine Liste stammt von der Behörde. Ludwig hat sie abgeschrieben und um Fahrten ergänzt, die er und seine Freunde ohnehin vorhatten. Die wirklichen Militärfahrten sind alle von anderen Bürgern erledigt worden. Das beweist, wie er seine Macht als Heimberger missbraucht. Mal sehen, was sonst noch im Stapel ist."

Sie fanden viele Transportlisten aus den vergangenen Monaten, und immer gab es zwei. Die echte und die von Ludwig abgeschriebene und ergänzte. Sie hatten schon mehr als die Hälfte des Stapels gesichtet, bevor andersartige Papiere zum Vorschein kamen.

Es hätte sehr viel Zeit gekostet, alles genau zu lesen. Sie mussten sich zunächst einen Überblick verschaffen und lasen nur die Überschriften: *Besitzurkunde*, *Kaufvertrag*, *Deposit-Schein*, *Liste Peter/Adolf*, *Testament*. Fast hatten sie den Stapel einmal umgewälzt, als draußen Pferdegetrappel zu hören war. Der Schreck fuhr ihnen in die Glieder.

„Die Franzosen kommen, wir müssen verschwinden!“, sagte Anton und trat an das zweite Fenster des Raumes, aus dem man zur Kapelle blickte.

Von Wilnsdorf her näherten sich drei Reiter. Sie teilten sich auf, ritten in verschiedene Richtungen ins Dorf und kamen schon nach kurzer Zeit wieder zusammen. Er hatte noch nie Franzosen gesehen, aber sie wirkten wie ganz normale Menschen.

„Le village est vide, tout le monde s'est enfui“[47], hörten sie die Fremden rufen, aber verstanden nicht, was das bedeuten sollte.

Dann ritten die drei weiter in Richtung Hütte.

„Wir müssen uns beeilen“, flüsterte Anton. „Bisher sind es nur drei, aber die anderen werden bald hier sein.“

Thomas legte die Papiere schnell wieder zusammen und platzierte den Stapel vorsichtig ins Geheimfach. Behutsam drückte er die Verschlussklappe in ihre Position, wo sie mit einem leisen *Klick* einrastete.

„Schnell zur Hintertür raus“, sagte Thomas leise.

„Halt“, antwortete Anton, „wir müssen die Zimmertür wieder zuschließen.“

Das Abschließen dauerte viel länger als das Öffnen, so sehr zitterten ihnen die Finger aus Sorge über die anrückenden Franzosen. Endlich verließen sie das Haus durch den Garten, gingen ein Stück bergauf zum Schmidthain und versteckten sich am Waldrand im Unterholz des Eichenbestandes. Von hier konnte man das Tal hinauf in Richtung Rinsdorf einsehen, von wo die feindlichen Truppen kommen mussten.

Drei Tage blieben die Eiserner in ihrem Versteck im oberen Rensbachtal. Dann kam die Kunde, die Franzosen seien in eine andere Richtung

---

47 „Das Dorf ist leer, alle sind abgehauen.“

weitergezogen. Außer Spähern und vereinzelten Trupps hatte man niemanden gesichtet. Diesmal war das Dorf glimpflich davongekommen, und alle kehrten zurück in ihre Häuser.

„Endlich haben wir etwas Greifbares“, sagte Tillmann, als ihm die beiden Ermittler berichteten. „Es hilft uns zwar in unseren persönlichen Angelegenheiten nicht weiter, aber es müsste reichen, um Ludwigs Machtposition zu brechen. Sobald sich die Kriegssituation etwas geklärt hat, werde ich in die Stadt gehen und mit Heinrich Roth sprechen.“

Es dauerte allerdings noch bis Ende Oktober, bis Tillmann nach Siegen aufbrach. In der Zwischenzeit hatten die Österreicher die Franzosen wieder zurückdrängen können. Es hatte den Anschein, als ob sich über den Winter erneut die Situation der letzten Jahre einstellen würde. Die Öfen wurden angeblasen, man wollte versuchen, noch eine möglichst lange Hüttenperiode zu schaffen.

Als Tillmann endlich Gelegenheit fand nach Siegen zu kommen, erklärte er dem Bergrat ausführlich die Situation.

Der schlug daraufhin vor: „Lass uns zum Zivilgericht gehen und mit meinem Kollegen dort sprechen.“

Gerichtsrat Friedrich Schäfer und der Schreiber Rudolf Schütz waren entsetzt von der Vorstellung, dass ihre Anweisungslisten in so plumper Weise missbraucht worden sein sollten.

„Ich habe Abschriften von allen Anweisungen, die wir in die verschiedenen Dörfer geschickt haben“, sagte der Schreiber. „Es wird leicht sein, festzustellen, ob Fälschungen angefertigt wurden.“

„Wir müssen uns umgehend darum kümmern“, sagte der Gerichtsrat. „Leider bin ich durch österreichisches Militär hier sehr gebunden und kaum abkömmlich. Rudolf, vielleicht kannst du nächste Woche nach Eisern gehen und die Schriftstücke prüfen. Heinrich, hättest du Zeit, als Zeuge zu fungieren?“

„Die Zeit nehme ich mir“, sagte der Bergrat, „wir müssen nämlich alle Papiere, die der Heimberger versteckt hält, genauestens untersuchen. Es steht zu hoffen, dass wir so auch andere, teilweise weit zurückliegende Untaten, aufklären können.“

Am folgenden Dienstag stiegen zwei Reiter beim Gasthof in Eisern ab. Die Kinder waren schon hinter ihnen hergelaufen, denn Reiter waren eine Seltenheit im Dorf. Die Kunde von ihrer Ankunft erreichte auch bald die Hütte, und Ludwig machte sich sofort auf in Richtung Dorf. Solche Herren konnten doch nur zum Heimberger wollen.

Im Wirtshaus traf er auf den Bergrat, der ihn auch sogleich begrüßte: „Ah, Herr Göbel, schön, dass Sie gleich kommen, wir wollten ohnehin zu Ihnen. Vielleicht kennen Sie Herrn Gerichtsschreiber Rudolf Schütz bereits?"

Ludwig schüttelte den Kopf und begrüßte den Schreiber, der die Gesprächsführung übernahm und sagte: „Im Zusammenhang mit den immer drückender werdenden Kriegslasten gibt es neue Entwicklungen, die direkt mit den Heimbergern besprochen werden müssen. Sie haben doch sicher ein Arbeitszimmer, in dem es sich ungestört reden lässt?"

„Selbstverständlich", sagte Ludwig. „Kommen Sie bitte mit rüber in mein Haus."

Als sie das Kontor betraten, warf Heinrich unwillkürlich einen Blick auf die Uhr, die hoffentlich bald ihre Geheimnisse preisgeben würde.

Rudolf Schütz, der über eine gewisse Erfahrung bei gerichtlichen Ermittlungen verfügte, wandte sich aber zunächst dem Schreibtisch zu. Er nahm ein Schriftstück in die Hand, das dort lag, und sagte: „Sie haben eine schöne Handschrift, Herr Heimberger, klar strukturiert und gut lesbar. Sie könnten auch Schreiber werden. Das ist doch Ihre Handschrift?"

„In der Tat habe ich diesen Arbeitsplan für den Schichtdienst auf der Hütte geschrieben", antwortete Ludwig stolz. „Als Schulze und Heimberger hat man schon eine gewisse Übung im Schreiben. Was gibt es denn für Neuerungen bei den militärischen Anforderungen?"

„Nun, bevor wir dazu kommen, interessieren wir uns für die Abwicklung der laufenden Anforderungen. Sie haben doch sicher die Liste, die ich Ihnen jüngst zukommen ließ, griffbereit?"

Ludwig schien sichtlich zu erschrecken.

„Die bewahre ich in meinem Kontor auf der Hütte auf", sagte er, um Zeit zu gewinnen. „Dort erledige ich auch einige Arbeiten, die eigentlich der Dorfgemeinschaft zuzurechnen sind. Vielleicht reden wir doch erst über die Neuerungen. Dann könnten Sie im Wirtshaus eine kleine Stärkung zu sich nehmen, während ich die Listen hole."

Heinrich stand vor der Uhr und befingerte hinter seinem Rücken den Sockel. Die Jungen hatten ihm genau erklärt, wie das Geheimfach zu öffnen war. Er hatte die beschriebene Fläche gefunden und mit dem vernehmlichen *Pling* eines Federmechanismus klappte der Deckel auf. Er trat zur Seite, sodass das offene Fach für alle sichtbar war.

Rudolf Schütz griff nach dem Papierstapel und sagte: „Die Mühe müssen Sie sich vielleicht gar nicht machen. Lassen sie uns mal sehen, was wir hier haben."

Ludwig erbleichte. „Das sind private Papiere", stammelte er, doch es half ihm nichts mehr.

„Hier ist doch die Liste, nach der ich eben gefragt habe", sagte der Schreiber mit gespielter Verwunderung in der Stimme. „Ich habe sie selbst vor nicht allzu langer Zeit geschrieben. Ah, und da ist eine Abschrift meiner Tabelle, die allerdings um einige Positionen ergänzt wurde."

Ludwig versuchte sich in Ausflüchten. Er behauptete, er habe die veränderten Kopien der offiziellen Listen nicht geschrieben, diese seien ihm untergeschoben worden.

Rudolf Schütz lächelte und stellte fest: „Ich muss mich doch sehr wundern. Erst sagen Sie, die Listen befänden sich auf der Hütte. Wir finden sie jedoch versteckt hier in Ihrem Kontor. Dann sagen Sie, Sie hätten die Kopien nicht angefertigt. Und doch sind Sie mit der gleichen Handschrift geschrieben, von der Sie eben noch behauptet haben, es sei die Ihre. Ich schlage vor, Sie setzen sich auf jenen Stuhl. Wir werden diesen Papierstapel einer genauen Untersuchung unterziehen. Es wird eine Weile dauern, bis wir alles ordentlich protokolliert haben."

Rudolf Schütz nahm nun am Schreibtisch Platz, holte ein paar blanke Bögen aus seiner Mappe und begann mit dem Protokoll. Heinrich untersuchte das Geheimfach noch einmal genauestens und brachte die Spielzeuguhr mit der Kette zum Vorschein.

„Und was hat es hiermit auf sich?", fragte er beiläufig.

Der Rest von Farbe wich aus Ludwigs Gesicht, er kämpfte sichtlich um Fassung, bis er schließlich hervorbrachte:

„Eine Jugenderinnerung, nichts weiter."

Heinrich wunderte sich über die starke Reaktion, die der Anblick dieser Imitation auslöste. Überhaupt, warum bewahrte man so ein Stück in einem Geheimfach auf? Er nahm das Teil an sich und beschloss, hierzu noch Erkundigungen einzuziehen.

Nach einer guten Stunde war der Sachverhalt so weit dokumentiert, dass die Beamten wieder aufbrechen konnten.

An der Haustür verabschiedete sich der Schreiber mit den Worten: „Halten Sie sich zu unserer Verfügung, Herr Göbel, Sie werden in nächster Zeit nach Siegen zur Vernehmung vorgeladen werden."

Ludwig hatte die ganze Zeit geschwiegen. Als er den Bergrat und seinen Begleiter nun auf Benders Haus zugehen sah, kniff er nachdenklich die Augen zusammen, schloss die Haustür und lief schnell in sein Arbeitszimmer.

Bei Benders hatte man schon auf die Beamten gewartet, und Kätchen hatte ein leckeres Mittagessen vorbereitet. Während des Essens erfuhren Tillmann und die Seinen, dass die Beweislage gegen Ludwig nun erdrückend sei und die Gerechtigkeit mit der fortlaufenden Untersuchung ihren Lauf nehmen werde.

„Es wird allerdings noch eine Weile dauern, bis sich alle Sachverhalte geklärt haben. Auf manches können wir uns noch keinen Reim machen", erklärte Heinrich. „So hat der Schulze zum Beispiel sehr stark auf diese Taschenuhr reagiert, bei der es sich doch offensichtlich nur um ein Spielzeug handelt." Mit diesen Worten zog Heinrich die Uhr aus der Tasche und legte sie auf den Tisch.

„Richards Uhr!", hauchte Lisbeth, schlug die Hände vors Gesicht und fing laut an zu schluchzen. Es dauerte eine Weile, bis sie in der Lage war, den Sachverhalt zu erläutern: „Als unser Pflegesohn damals abgestürzt war, konnten wir uns nicht erklären, wo die Uhr, die er sich selbst geschmiedet hatte, geblieben war. Er trug sie immer bei sich. Wenn sie jetzt bei Ludwig gefunden wurde, muss man ja glauben, dass es gar kein Unfall war. Ludwig muss ihn hinabgestoßen haben. Dann ist er in die Grube gestiegen, hat sich vergewissert, dass Richard auch tot ist, und hat die Uhr an sich genommen. Durch Richards Tod hat Ludwig den halben Hüttentag geerbt. So kam er in den Kreis der Gewerken. Er hat seinen Aufstieg auf einen Mord gegründet!"

„Ich wusste immer, dass er ein Mörder ist", sagte Thomas und schilderte, wie der Brand in der Peeke seiner Ansicht nach seinen Anfang genommen haben musste.

Schweigend hatte Rudolf Schütz den weitergehenden Anschuldigungen zugehört und sagte nun: „So, wie sich die Dinge darstellen, haben wir es nicht nur mit einer Betrugsuntersuchung, sondern auch mit einer Mordermittlung zu tun. Wir müssen Ludwig Göbel sofort arretieren. Herr Bender, können Sie schnell ein paar kräftige Burschen zusammenrufen für den Fall, dass er Widerstand leistet?"

Tillmann lief schnell zur Mühle und kam mit den Müllerburschen zurück. Doch als sie bei Göbels Haus anlangten, war Ludwig schon weg. Robert, der aus dem Wirtshaus nach draußen gekommen war, berichtete, dass er gesehen hatte, wie Ludwig mit einer Tasche den Schmidthain hoch gegangen und in den Eichen verschwunden sei.

Die Männer wandten sich nun zur Hütte. Vielleicht konnte man ihn dort noch ergreifen. Aber es war zu spät. Der Schulze habe es eilig gehabt. Er sei mit einer Tasche gekommen, in sein Kontor gelaufen und wenig später in Richtung Eiserfeld aufgebrochen, berichtete Hannes.

45. Geburtstag, April 1796

Die Familie Bender und ihre Freunde genossen das Mittagessen im Wirtshaus. Heute war ein besonderer Tag, nicht nur weil Ostern war. Eberhard Bender feierte den 75. Geburtstag im Kreise seiner Lieben. So alt zu werden, war sehr selten, aber dass auch Berta, seine langjährige Weggefährtin, sich noch bei guter Gesundheit befand, war eine absolut ungewöhnliche Gnade. Bald würden sie 50 Jahre verheiratet sein.

Aufgrund der besonderen Umstände fand die Feier nicht in Obernau, sondern in Eisern statt. Um das zu ermöglichen, hatte Tillmann in Siegen einen Fuhrmann ausfindig gemacht, der eine gefederte Kutsche besaß. Den Weg nach Eisern hätten die alten Leute zu Fuß nicht bewältigen können.

Berta und Eberhard waren schon am Gründonnerstag angekommen.

„Schließlich gibt es so viel zu feiern, dass ein Tag allein nicht ausreicht", hatte Tillmann lachend verkündet.

Die Hochzeit von Anna und Thomas hatte sich im letzten Jahr gänzlich ohne festlichen Rahmen vollzogen. Genauso war es mit der Geburt ihres Sohnes Daniel gewesen. Auch Magdalenes Sohn Philip war getauft worden, ohne dass die Familie zusammengekommen war. Das alles sollte nachgeholt werden, denn seitdem die Kriegsparteien im Dezember einen Waffenstillstand geschlossen hatten, konnte man wieder mehr an private Belange denken.

Victor Emmelius war nach dem offiziellen Ostergottesdienst in der Kirche auf dem Rödgen nach Eisern gekommen. Die Andacht in der Kapelle, an der ein Großteil der Dorfgemeinde teilnahm, hatte er weitgehend dem Jubilar und seiner gesegneten Familie gewidmet.

Der warme, sonnige Tag war ganz dazu geeignet, Frühlingsgefühle aufkommen zu lassen. So empfand auch Robert Hoffmann. Die Entwicklung der vergangenen Jahre hatte die Stimmung in *seinem Dorf* in eine ungute Richtung abgleiten lassen. Und nun diese überraschende Wendung. Er hatte alles darangesetzt, dass es bei der heutigen Feier der Familie Bender an nichts fehlen sollte. Alles, was Küche und Keller hergaben, wurde bei diesem Festmahl aufgetischt.

Die Gäste hatten dem üppigen Mahl wacker zugesprochen, und die Unterhaltung nahm einen munteren Verlauf.

„Ich erinnere mich noch gut“, sagte der Pfarrer, „wie wir bei Tillmanns Hochzeit in ähnlicher Runde zusammensaßen. Was ist in der Zwischenzeit nicht alles passiert!“

„Wer hätte auch ahnen können, dass wir so einen Halunken in unserer Mitte haben“, entgegnete Robert. „Sympathisch war Ludwig mir nie, aber solche Schandtaten hätte ich ihm doch nicht zugetraut.“

„Wir haben damals schon gemutmaßt, dass es Tillmann als Quereinsteiger mit Intrigen zu tun bekäme“, sagte Eberhard.

„Mit Intrigen schon, aber doch nicht mit Verbrechen“, meinte Robert. „Früher hatte ich das Dorf als Heimberger ganz gut unter Kontrolle. Ludwig hat mich aus dem Amt geekelt und an den Rand der Verzweiflung gebracht.“

„Und jetzt ist er wirklich unauffindbar?“ Pfarrer Emmelius schüttelte zweifelnd den Kopf. „Wie hat sich das denn alles zugetragen?“

Aufgewühlt berichtete Robert, was vorgefallen war, und erzählte auch von dem, was man im Dorf über Ludwigs Flucht wusste: „Er hat sich nicht mal mehr von seinen Söhnen verabschiedet und ist auf und davon. Wegen des Betrugs und dem Verstoß gegen die Zunftregeln wäre er ja nur des Landes verwiesen worden. Aber bei Mord wäre er womöglich hingerichtet worden, obwohl seit einiger Zeit immer öfter davon die Rede ist, dass die Todesstrafe abgeschafft werden soll. Eigentlich müsste dem Betrug nachgegangen und ein Ausgleich für diejenigen geschaffen werden, die übermäßig viele Kriegslasten übernommen haben. Aber natürlich hat niemand die Zeit, das aufzuarbeiten. Dabei gäbe es eine Grundlage dafür, denn interessanterweise hat Ludwig alles genau aufgezeichnet. Man könnte sagen, dass ihm seine Ordnungsliebe das Genick gebrochen hat. Selbst die Zahlungszusage von Wilhelm für die Kapelle hat man noch bei ihm gefunden. Und auch das Geständnis, mit dem er Peter und Adolf gefügig gemacht hat, war im Geheimfach. Die beiden haben alles zugegeben."

„Es ist schon unglaublich, dass so etwas in unserem schönen Siegerland geschehen konnte", wunderte sich Eberhard.

Am Nebentisch nahm sich Karl noch eine Portion Bratkartoffeln mit Speck und sagte dann kauend zu Thomas: „Ich muss ja immer noch staunen. Erst schließen sie dich aus der Dorfgemeinschaft aus, und dann wirst du sogar in den Gemeinderat gewählt."

„Ja, das ist schon kurios", bestätigte der. „Auf einmal meinten alle, die Ausweisung sei gar nicht rechtens gewesen, und Anna und ich seien doch jetzt verheiratet. Die Gemeinderäte, allen voran Bernhard Hartmann, haben beteuert, sie wären nie für den Verweis gewesen. Ludwig hätte sie moralisch gezwungen, seinen Antrag zu befürworten. Einige der alten Gemeinderäte hatten wohl ein so schlechtes Gewissen, dass sie nicht mehr kandidieren wollten. Und nun ist Tillmann Heimberger - das hätte vor ein paar Jahren auch niemand gedacht! An seiner Seite bin ich jedenfalls gerne Vorsteher."

„Und Bernhard, der alte Opportunist, ist wieder mal dabei", sagte Karl lachend. Er wandte sich an Anna und fragte: „Wann bezieht ihr euer neues Haus?"

Glücklich lächelnd antwortete sie: „Ich denke, in etwa vier Wochen ist es so weit. Ich freue mich schon sehr auf unsere neue Hausgemeinschaft. Das Haus wird sehr schön und ist geräumiger, als es zu Conrads Zeiten war. Anton und Sofie bekommen jeweils ein eigenes Zimmer, und wenn Daniel weitere Geschwister bekommt, wird es dafür auch noch Platz geben." Sie warf einen vielsagenden Blick auf ihren leicht gerundeten Bauch.

„Aber was ist mit euch?“, fragte Anna in Richtung Magdalene und Karl. „Habt ihr inzwischen entschieden, ob ihr nach Eisern ziehen wollt?“

„Karl wollte ja immer weit weg“, antwortete Magdalene, „aber jetzt werden wir doch in sein Elternhaus ziehen.“ Magdalene nippte an ihrem Weinglas. Man erkannte Hermann kaum noch wieder, dachte sie, so klein war er geworden. Dass nach Conrads Testament Thomas den gesamten Familienbesitz der Daubs erbte, und Ludwigs Kinder somit leer ausgingen, hatte ihm den Rest gegeben. Obwohl man ja nicht wusste, was aus Ludwig geworden war, wurde er wegen des Landesverweises wie tot behandelt. Für seine Kinder blieben als Erbe nur Göbels Haus und der halbe Hüttentag. Das Geld, das Ludwig im Laufe der Jahre angesammelt und bei Gericht hinterlegt hatte, wurde zum größten Teil Tillmann als Entschädigung zugesprochen.

„Wir wussten gar nicht“, fuhr Magdalene fort, „dass Hermann wohl schon seit Längerem eine Freundin hat. Zu der hat er sich bisher öffentlich nicht bekannt, weil er meinte, dass sie seiner nicht würdig sei. So wie die Dinge jetzt liegen, lässt er sich von Karl auszahlen und zieht nach Eiserfeld. Die Eltern seiner Braut haben dort ein paar Mutungen, in denen er schürfen kann. Manfred wird bei uns wohnen und arbeiten, wir hoffen, dass er sich positiv entwickelt. Der Anflug von Hochmut, der auch bei ihm zu erkennen war, hat einen kräftigen Dämpfer bekommen. Dass die Hüttengewerken Karl das Amt des Hüttenschulzen angeboten haben, hat für uns den Ausschlag gegeben, wieder nach Eisern zu ziehen.“

„Eigentlich hätte doch Tillmann Hüttenschulze werden müssen“, meinte Anna.

„Das wäre den Gewerken wohl auch am liebsten gewesen“, bestätigte Magdalene. „Aber er hat abgelehnt, da ihm dann zu wenig Zeit für die Verbesserungen an den Öfen in der Umgebung geblieben wäre. Das ist für ihn nicht nur ein wichtiges Geschäft geworden, es ist auch seine Leidenschaft. Also hat Tillmann Karl vorgeschlagen, denn er ist im Haus des Schulzen groß geworden und weiß, worum es geht.“

Wieder nahm Magdalene einen Schluck Wein.

Tillmann erhob sich von seinem Platz und bat die Anwesenden um Ruhe. In warmen und bewegenden Worten hob er hervor, wie Eberhard in all den Jahren, in stürmischen und turbulenten Zeiten, seinen Mann gestanden und gemeinsam mit Berta der ganzen Familie einen Rückhalt gegeben hatte.

„Mir selbst war dieser Rückhalt immer wieder eine große Stütze“, fuhr er fort. „Ich weiß nicht, wie ich die zurückliegenden Jahre ohne die liebevolle Hilfe von allen Freunden und Verwandten überstanden hätte.“ Er betonte, dass die elterliche Hilfe nicht nur aus Liebe und Zuspruch bestanden hatte, sondern dass sie auch materiell ihre letzten Reserven mobilisiert hatten. In diesen Dank schloss er ausdrücklich Lisbeth mit ein und vergaß nicht, Wilhelms Verdienste posthum zu würdigen. Dann erhob er sein Glas und prostete der Runde zu.

Schließlich reichte er Kätchen, die neben ihm saß, die Hand und bat sie aufzustehen.

„Ohne dich hätte ich nie die Kraft gehabt, all die Anfeindungen und Widrigkeiten zu bestehen, du Liebe“, sagte er. „Immer wieder hast du mich aufgerichtet und ermutigt, sogar dann, wenn du selbst angeschlagen warst. Und so erhebe ich mein Glas auf die Liebe meines Lebens, die Mutter meiner Kinder, die Frau, die nie aufgehört hat zu glauben, dass ein Kohlenbrenner das Eisenmachen lernen kann.“

Alle applaudierten.

Nun erhob sich Heinrich Roth und sagte: „Liebe Gäste, als Freund der Familie und Vertreter der Zunft erlaube ich mir, ebenfalls ein paar Worte zu sprechen. Es bedrückt mich sehr, dass die Zunft, deren Aufgabe es doch ist, für ein redliches Miteinander der Gewerken zu sorgen, nicht in der Lage war, das geschehene Unrecht zu verhindern. Mir ist klar, dass die Entschädigung, die Tillmann zugesprochen wurde, das erlittene Leid nicht wieder gut machen kann. Dennoch bestimmt Zuversicht mein Denken, denn solange Männer wie Tillmann nicht aufhören, ihren ehrlichen Kampf mit Fleiß, Gottvertrauen und Bildung zu kämpfen, muss mir um die Zukunft nicht bange werden. Darum darfst du, lieber Eberhard, Freund meines Vaters, an deinem heutigen Jubeltag stolz auf deine Familie sein. In besonderer Weise darf ich auch deinen Schwiegersohn Michael Stahlschmidt hervorheben. Der Gewerke Achenbach, unter dessen Ägide deiner Familie Unrecht widerfahren ist, hat sein Amt bei der Zunft niedergelegt. Wie ich, kurz bevor ich nach Eisern aufbrach, erfahren habe, wurde Michael Stahlschmidt als neuer Zunftmeister bestätigt.“

Der Trinkspruch, den der Bergrat auf eine glückliche Zukunft ausbrachte, ging im allgemeinen Beifall unter.

46. Epilog, Gegenwart

Der Airbus A340 befand sich seit gut drei Stunden in der Luft. In der Business Class war das Abendessen abgeräumt worden, und die Stewardess bot einen Digestif an.

Jochen Bender lehnte freundlich lächelnd ab. Er fuhr seinen Sitz in eine fast liegende Position. Vielleicht konnte er vor der Landung noch ein paar Stunden Schlaf bekommen. Sein Anschlussflug startete etwa zwei Stunden nach Mitternacht deutscher Zeit.

Morgen am frühen Nachmittag nach koreanischer Ortszeit wollte er für die technische Besprechung topfit sein. Dass seine innere Uhr dann noch auf fünf Uhr morgens stand, durfte keine Rolle spielen. Es ging um die Automatisierung der Gießhalle eines modernen Großhochofens. Seine Expertise und die seiner Kollegen war gefragt.

Er dachte an seine Lieben zu Hause. Heute Morgen, bevor er zum Flughafen aufbrechen musste, war er noch mit seiner Frau durch den Eiserner Wald spaziert. Der wunderschöne, alte Eichenbestand am Schmidthain, der als Lebensraum für zahlreiche seltene Tierarten überregional bekannt war, ließ ihn immer wieder ins Träumen kommen. Wer mochte diese Eichen gepflanzt haben? Sie mussten deutlich über 200 Jahre zählen.

Soweit man sich erinnern konnte, war die Familie in Eisern, dem alten Bergmanns- und Hüttendorf, beheimatet gewesen, und die zurückliegenden Generationen hatten ihren Lebensunterhalt im engeren oder weiteren Zusammenhang mit der Eisenherstellung verdient. Erzählungen seines Großvaters fielen ihm ein, der wiederum von seinem Ahnherrn wusste, wie das Erz mit eigener Hand aus dem Berg gehauen wurde. Beim Erschmelzen des Metalls in den Öfen des Dorfes hatte jeder mit zugepackt.

Der Ofen, um den es morgen ging, produzierte am Tag etwa zehntausendmal so viel Eisen wie die alten Anlagen in Eisern. Die Ofenreise war mit 20 Jahren veranschlagt. Natürlich hatte sich die Technik vollkommen verändert, aber die Grundprinzipien waren dieselben wie eh und je.

Jochen hatte sich in diesem Bereich einen bescheidenen Wohlstand verdient, das konnte man auch heute noch. Und damals wie heute gab es Zeitgenossen, die meinten, das Einkommen sei nicht auskömmlich. Wenn man heute sein Geld im Bereich der Eisen- und Stahlindustrie verdienen wollte, musste man die ausländischen Märkte aufsuchen. Der deutsche Weltmarktanteil in dieser Branche war unbedeutend geworden.

Das Know-how um die Eisenherstellung war allerdings immer noch gut angesehen, und viele der Fachleute für bestimmte Nischenprodukte lebten im Siegerland. Zumeist waren sie mit ihrem Wissen um die Prozessgestaltung im Ausland willkommen, was ja nicht selbstverständlich war. Nicht immer und überall waren Fremdarbeiter willkommen. Sogar in den Erzählungen der Alten war von großen Anfeindungen die Rede, gegen Menschen, die aus den Nachbargebieten zum Arbeiten kamen, selbst wenn diese gute Fachleute waren.

Jochen setzte die Kopfhörer auf, die den vergleichsweise hohen Schallpegel in der Kabine nahezu vollständig kompensierten. So konnte er hoffentlich besser schlafen, auch wenn der Bügel etwas störte. Er schlug die Augen noch einmal auf und sah die Zeitung, die er eben gelesen hatte, in der Seitentasche des Sitzes stecken.

CSU will Flüchtlinge direkt an der Grenze abweisen, war die Überschrift, die sofort ins Auge sprang. Die Welt hatte sich völlig verändert, dachte er im Einschlafen. Verschiedene Epochen waren nicht vergleichbar, und doch gab es so viele Ähnlichkeiten. Vor allem die Menschen veränderten sich kaum.

Bilder und Grafiken zur Veranschaulichung

Die Bilder 1 + 2 zeigen Beispiele für die Siegerländer Landschaft aus der Zeit, in der die Haubergswirtschaft das Bild noch wesentlich prägte. Die Höhenzüge sind mit Niederwald unterschiedlichen Alters bewachsen. Hohe Fichten und Eichen gibt es nur als Bauholz für den Eigenbedarf auf kleineren Flächen.

Bild 3: Das im Jahr 1700 erbaute Haus existiert heute noch. Hier lebten im ausgehenden 18. Jahrhundert die Vorfahren des Autors, die als Vorbild für die Figuren von Kätchen und Tillmann sowie Wilhelm und Lisbeth dienten. Die Federzeichnung von Artur Held zeigt das Haus, wie es wohl zur Zeit der Erzählung ausgesehen hat.

Bild 4: Die ersten Fotos von Eisern entstanden ca. 110 Jahre nach der Erzählung. In dieser Zeit hat sich die Zahl der Häuser verfünffacht. Der Bereich des Dorfes, der im ausgehenden 18. Jahrhundert bereits existierte, ist gemeinsam mit Hütte und Mühle im Foto aufgehellt.

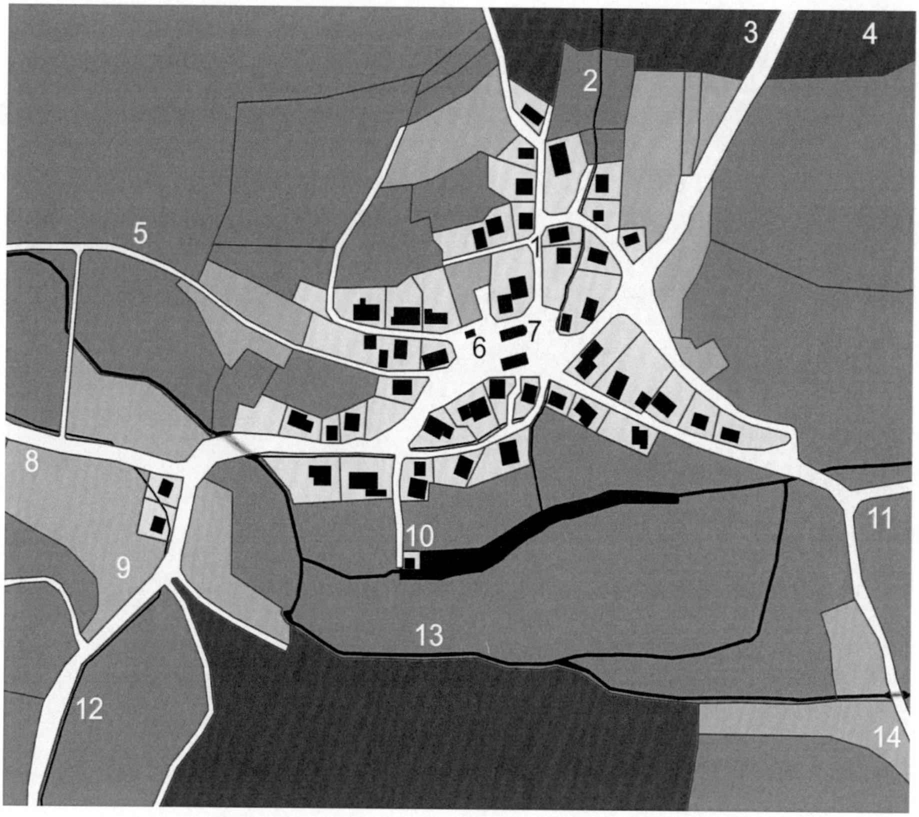

Bild 5: Ortsplan von Eisern 1780, vereinfachte Rekonstruktion auf der Basis von Flurkarten von 1835 und zusätzlichen Quellen.

1	*Peeke*	*8*	*Fahrweg zur Hütte u. Eiserfeld*
2	*Seimbach*	*9*	*Kalmbergsgarten*
3	*Fahrweg zum Rödgen*	*10*	*Mühle*
4	*Schmidthain*	*11*	*Weg nach Obersdorf*
5	*Fußweg zur Hütte*	*12*	*Rensbach*
6	*Backhaus*	*13*	*Eisernbach*
7	*Kapelle*	*14*	*Weg nach Rinsdorf u. Wilnsdorf*

Gebäude	*Gartenland*
Hof und Hausgärten	*Wiesen und Felder*
Wege und Verkehrsflächen	*Wald*
Gewässer	

Bild 6: Artur Held hat eine Vielzahl von Zeichnungen angefertigt, die Dorfansichten und Häuser von Eisern in alter Zeit darstellen. Die Zeichnung oben zeigt die Dorfmitte mit der neu aufgebauten Kapelle um 1780 von Osten gesehen.

Bild 7: Diese Zeichnung von Artur Held zeigt die Dorfmitte mit der neu aufgebauten Kapelle von Süd-Westen gesehen.

Bild 8: Diese Zeichnung von Artur Held zeigt die Ortsmitte von Süd-Osten gesehen. Der Weg, der nach rechts oben verläuft, ist die Peeke. Der offen fließende Seimbach diente den Häusern als Wasserversorgung.

Bild 9: Diese Zeichnung von Artur Held zeigt Häuser in der mittleren Peeke.

Bild 10: Im Jahr 1907 wurde in einer groß angelegten Aktion der Mühlenweiher vom Schlamm befreit.

Bild 11: Fürst Wilhelm Hyazinth von Nassau Oranien, letzter Vertragspartner der Mühlenbetreiberfamilie

Bild 12: So mag die Mühle 1780 ausgesehen haben. Federzeichnung von Artur Held, Nachfahre der Betreiberfamilie

Bild 13: Ein Blick in den Obernauer Talgrund, bevor das Dorf der Talsperre weichen musste. Im Gegensatz zu Eisern ist Obernau kaum gewachsen.

Bild 14: Wann dieses alte Bauernhaus in Obernau gebaut wurde, lässt sich nicht mehr feststellen. Die Bewohner des Hauses sind bis ins späte 16. Jahrhundert bekannt. Die Vorfahren des Autors, die im ausgehenden 18. Jahrhundert hier lebten, gaben Anregung zu den Figuren der Familie Bender. Das unten abgebildete Ölgemälde von Fritz Kraus entstand etwa 1917.

Bild 15: Die Alte Burg mit ihrem runden Gipfel ist von weitem gut zu erkennen. Das Foto zeigt den Blick vom Rödgen. Rechts schließt sich der Bergrücken von Hohenroth an.

Bild 16: Der Köhler überwacht den brennenden Meiler. Die Hütte zu seiner Linken dient ihm als Unterkunft.

Bild 17: Der Meiler ist fertig aufgeschichtet. Jetzt wird er zunächst mit Brasen und dann mit Erde luftdicht abgedeckt.

Bild 18: Gezielt werden Löcher in die Abdeckung gestoßen. Abhängig von Rauchmenge und Farbe sowie weiteren Kriterien werden sie wieder verschlossen und an anderer Stelle geöffnet.

Bild 19: Die Hohlwege waren teilweise sehr tief ausgefahren und konnten mit vierrädrigen Wagen nicht befahren werden. Heute sind sie vielfach zugewachsen, und auch die Bäume in dem oben gezeigten gut erhaltenen Beispiel muss man sich wegdenken.

Bild 20: Modell eines Kohlegespanns. Gebaut und im Diorama ausgestellt auf der Basis von alten Beschreibungen.

Bild 21: Modell eines Luppenwagens. Gebaut und im Diorama ausgestellt auf der Basis von alten Beschreibungen. An der großen Luppe, die auf dem Wagenbord liegt, erkennt man die dreieckige Grundform, die von den Rinnen in der Gießhalle herrührt.

Bild 22: Modell eines Karrens zum Transport von Reckeisen. Gebaut und im Diorama ausgestellt auf der Basis von alten Beschreibungen.

Bild 23: Teilen des Haubergs. Der gesamte Wald eines Ortes war in 16 Schläge eingeteilt. Jedes Jahr wurde einer dieser Schläge abgeholzt. Sobald es das Wetter früh im Jahr zuließ, wurde der Schlag, der in diesem Jahr an der Reihe war, in sogenannte Jähne unterteilt. Das Bild oben zeigt das Vermessen und Markieren eines Jahns. Die Jähne wurden dann unter den Anteilseignern versteigert.

Bild 24: Räumen des Haubergs. Im März wurden alle Stämme, bis auf die Eichen geschlagen. Dafür waren Männer zuständig. Frauen befassten sich mit dem Astwerk, zerkleinerten und sortierten es. Je nach Stärke der Äste wurden unterschiedliche Bündel geschnürt, die mit dem dünnen Reisig nannte man Schanzen. Auch Kinder waren in die Arbeit eingebunden. Die Fotomontage unten zeigt eine Szene beim Räumen des Haubergs.

Bild 25: Die Rinde der Eichen, die Lohe, wurde geschält und hing dann noch zum Trocknen an den kahlen Stämmen, bevor sie geerntet wurde. Anschließend wurden die Eichenstämme geschlagen und zu Holzkohle verarbeitet oder anderweitig genutzt. (Neuzeitliches Foto aus einem Museumshauberg)

Bild 26: Die vollbeladenen Wagen mit getrockneter Lohe warten in Siegen vor der Lohmühle auf das Entladen.

Bild 27: Brasenbrennen. Kam der Herbst, wurde die Grasnarbe im Hauberg abgeschält und getrocknet. Die Brasen wurden teilweise genutzt, um die Meiler abzudichten. Der Rest wurde zu Haufen geschichtet und verbrannt.

Bild 28: Mit dem Hakenpflug wurde der Boden aufgeackert und zur Aussaat des Roggens vorbereitet. Aus den Wurzelstöcken der im Frühjahr geschlagenen Stämme sind wieder frische Triebe ausgeschlagen, die Grundlage für den neuen Wald.

Bild 29: Im folgenden Jahr ist der Roggen zur Ernte gereift. Die freieren Flächen können mit der Sense gemäht werden. Zwischen den heranwachsenden Bäumen werden die Halme mit der Handsichel geschnitten.

Bild 30: Der geschnittene Roggen wird zu Garben gebunden und zum Trocknen aufgestellt. Die jungen Bäume haben bereits zwei Wachstumsperioden hinter sich. Einzelne ausgesuchte Bäume blieben als Samenbäume stehen. So wurde für eine Verjüngung des Waldes gesorgt.

Bild 31: Nach 5 bis 6 Jahren waren die jungen Bäume kräftig genug, dass die Rinder ihm nicht mehr schaden konnten. In dem lichten Wald war genügend Gras gewachsen, ausreichend Futter für das Vieh.

Bild 32: Siegen, Siegbrücke und Unteres Schloss, nach einem Gemälde von Jakob Scheiner.

Bild 33: Das Löhrtor etwa um 1850, nach einer Studie von Wilhelm Scheiner.

Bild 34: Ähnlich wie auf dieser Postkarte (ca. 1900) mag die Löhrstraße auch schon zur Zeit der Erzählung ausgesehen haben. Allerdings gab es noch keine Schieferdächer und -fassaden und auch keine Dachrinnen.

Bild 35: Der Blick aus Heinrich Roths Wohnstube. Kornmarkt etwa um 1850. Die charakteristische Häusergruppe links, der Klubb, brannte 1869 ab.

Bild 36: Ansicht der Stadt Siegen aus dem Jahr 1785, gezeichnet von Margarethe Götz.

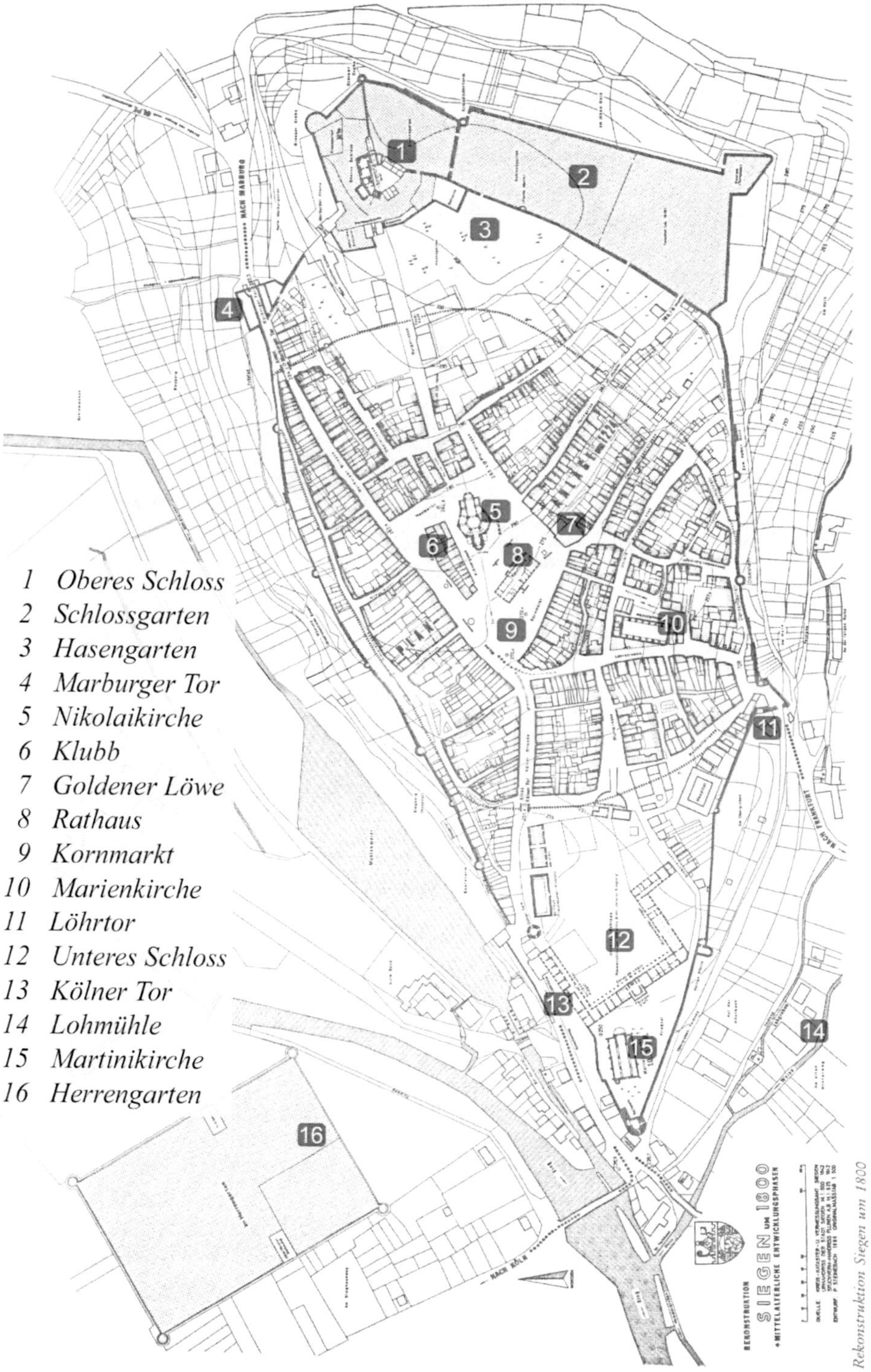

Bild 37: Stadtplan von Siegen im Jahr 1800, Rekonstruktion

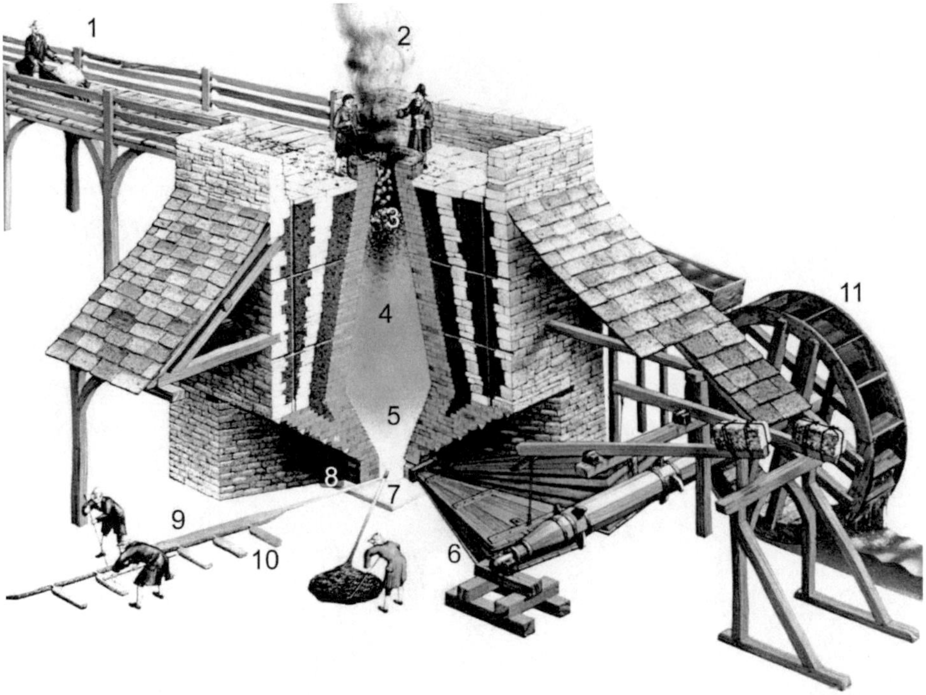

Bild 38: Schematische Darstellung eines Hochofens aus dem 18. Jahrhundert

1 *Über die Rampe wird mit Schubkarren Material zum Ofen gebracht.*

2 *Durch die offene Gicht wird das Material in den Ofen gekippt. Die Gichtgase entweichen frei nach oben.*

3 *Im oberen Bereich wird das Material getrocknet und vorgewärmt.*

4 *Im Ofenschacht finden unter Wärmezufuhr die chemischen Reaktionen statt, die aus Erz Eisen erzeugen.*

5 *Der reduzierte Eisenschwamm wird im Holzkohlefeuer flüssig. Eisen und Schlacke tropfen nach unten ab. Im Ofen entsteht ein „Holzkohlegerüst", das auf dem flüssigen Material schwimmt. Dieses Gerüst trägt das feste Material und ermöglicht den freien Abzug der Gase.*

6 *Die Blasebälge fachen das Feuer an und sorgen für die Sauerstoffzufuhr.*

7 *Durch das obere Stichloch fließt die flüssige Schlacke ab.*

8 *Durch das Hauptstichloch fließt das flüssige Eisen ab.*

9 *In der Hauptrinne bildet sich beim Abstich ein kleiner Eisensee.*

10 *Die Schmelzer überwachen, dass sich das Eisen aus der Hauptrinne gut in die Nebenrinnen verteilt. Mit ihrem Werkzeug formen sie den Sand so, dass das Eisen gut fließt, oder sie türmen kleine Barrieren auf, um den Metallfluss zu stoppen.*

11 *Das Wasserrad treibt die Blasebälge an.*

Bild 39: Eine Darstellung der Eiserner Hütte aus dem 18. Jahrhundert ist nicht bekannt. Dieses Gemälde zeigt die Loher Hütte bei Müsen um 1850. Links im Hintergrund die Martinshardt, an der die Grube Stahlberg lag.

Bild 40: Das Gemälde Hüttenlandschaft bei Nacht vermittelt eine gute Vorstellung, warum die Hütten abseits der Wohnsiedlungen gebaut wurden.

Bild 41: Rund 100 Jahre nach dem Zeitraum der Erzählung entstand das älteste bekannte Foto der Eiserner Hütte. Die industrielle Revolution des 19. Jahrhunderts hat das Erscheinungsbild stark verändert.

Bild 42: Der Stichlochaufbau des Hochofens im Museum Wendener Hütte stammt aus der Epoche, in der die Erzählung spielt.

Bild 43: Gießbett am Hochofen. Das Stichloch ist geschlossen, das Eisen erkaltet. Bis in die erste Hälfte des 20. Jahrhunderts hat sich die Arbeitsweise in der Gießhalle kaum geändert, abgesehen von der Größe der Anlage. Wegen der sprühenden Funken und starken Rauchentwicklung ist es schwierig, den Eisenabstich zu fotografieren, während das Stichloch offen ist. Um ein realistisches Bild der Arbeitsverhältnisse damals zu bekommen, muss man die Sachdarstellung oben mit der Atmosphäre im Bild unten zusammenbringen.

Bild 44: Rinne, in der flüssiges Roheisen fließt.

Bild 45: Masselschläger bei der Arbeit. Die im Gießbett erstarrten Roheisenstangen werden zu Masseln zerschlagen. Der schwere Hammer wird von drei Männern geschwungen.

Bild 46: Nach dem Schlagen liegen die Masseln (Luppen) verstreut im Sand.

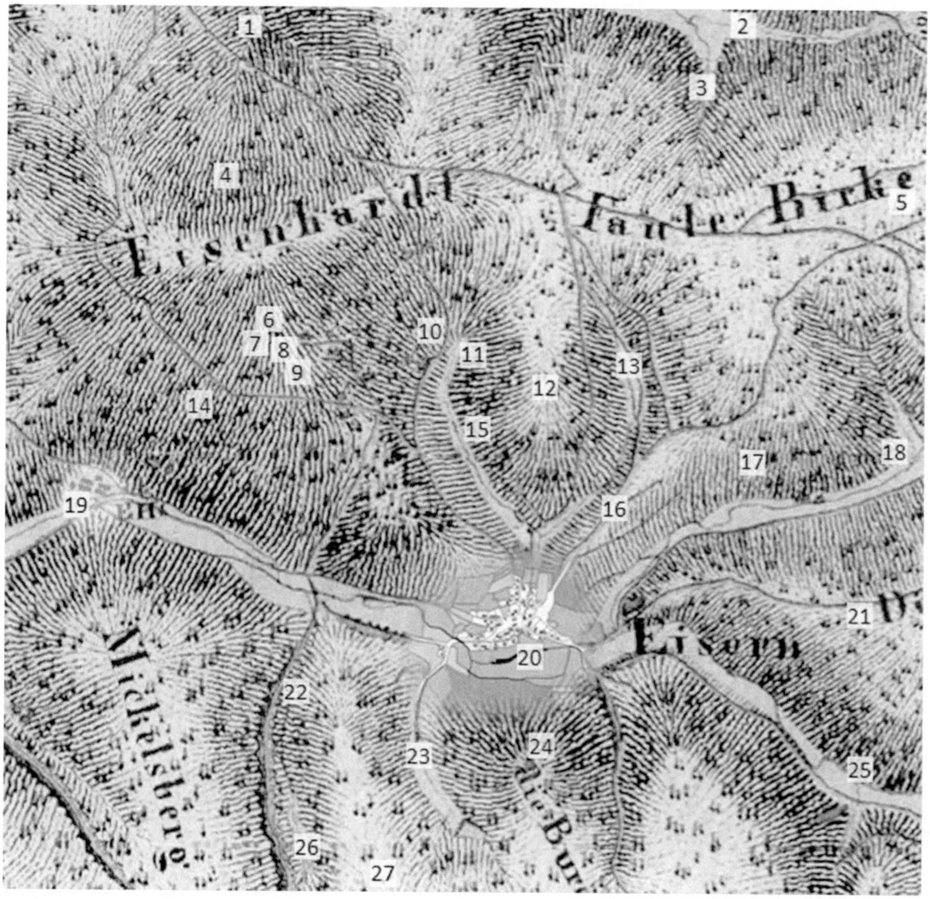

Bild 47: Gemarkungskarte von Eisern 1780, Rekonstruktion auf der Basis der preußischen Uraufnahme von 1836 und zusätzlichen Quellen.

1 Fahrweg nach Siegen
2 Leimbach
3 Siegelsbach
4 Grube ‚Junge Sinterzeche'
5 Fahrweg zum Rödgen
6 Grube ‚Stracke Birke'
7 Grube ‚Alte Birke'
8 Grube ‚Junge Birke'
9 Grube ‚Krumme Birke'
10 Grube ‚Junge Rose'
11 Grube ‚Alter Seimbach'
12 Eichholzkopf
13 Wolfsbachtal
14 Grube ‚Alter Krämer'
15 Seimbachtal
16 Schmidthain
17 Grube ‚Silberquelle'
18 nach Oberstdorf
19 Eiserner Hütte
20 Eisern
21 Fahrweg nach Wilnsdorf
22 Giesenbachtal
23 Rensbachtal
24 Burgberg
25 nach Rinsdorf
26 nach Neunkirchen / Salchendorf
27 ‚Viehständchen'

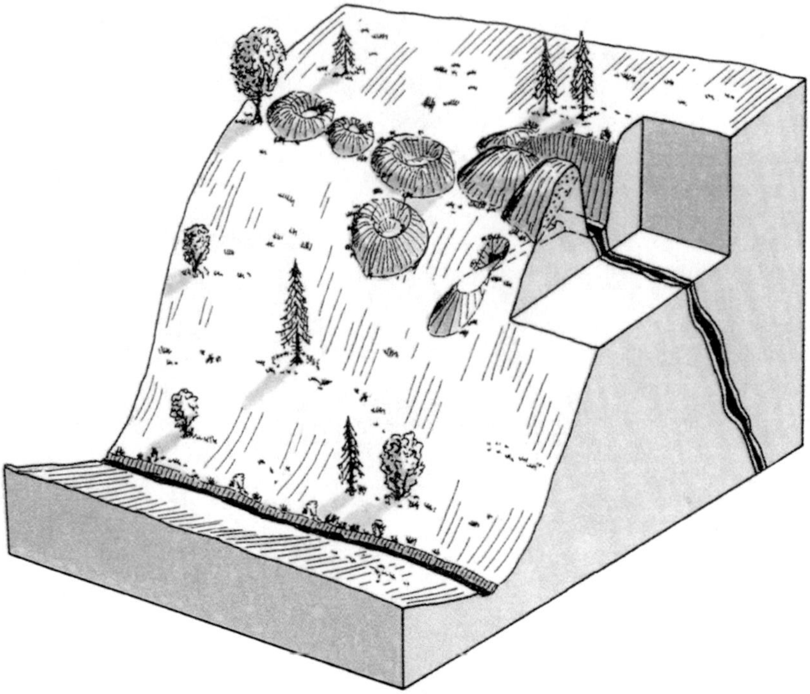

Bild 48: Diese Grafik zeigt die Entwicklung des frühen Bergbaus. Anfangs wurden die Eisensteine aus kleinen Gruben gesammelt. Mit der Zeit wurden die Gruben zu tiefen Pingen ausgebaut. Die Erzählung spielt in der Zeit, in der man begann, Entwässerungsstollen vom Hang her bis zu den Pingen vorzutreiben. In der Folgezeit wurde der Erzabbau von den Stollen aus betrieben.

Bild 49: Diese Grafik aus dem Jahr 1556 zeigt, wie bereits in sehr alter Zeit das Material aus den Grubenlöchern mit einer Haspel gefördert wurde.

Bild 50: Diese alte Pinge auf der Eisernhardt ist heute noch etwa 8 m tief. Die kleine Karte oben links zeigt einen kleinen Ausschnitt der Eisernhardt in der Schummerungsansicht. Man erkennt, dass es sehr viele Pingen gegeben hat. Das Foto entstand dort, wo die Pfeilspitze hinzeigt. Es wurde in Richtung des Pfeils aufgenommen.

Bild 51: Beispiel für einen Erbstollen im Siegerländer Bergbau.

Bild 52: Oberbergmeister Johann Heinrich Jung (1711 – 1786), Onkel des bekannteren Augenarztes Johann Heinrich Jung-Stilling, beeinflusste die Technik des Siegerländer Bergbaus maßgeblich.

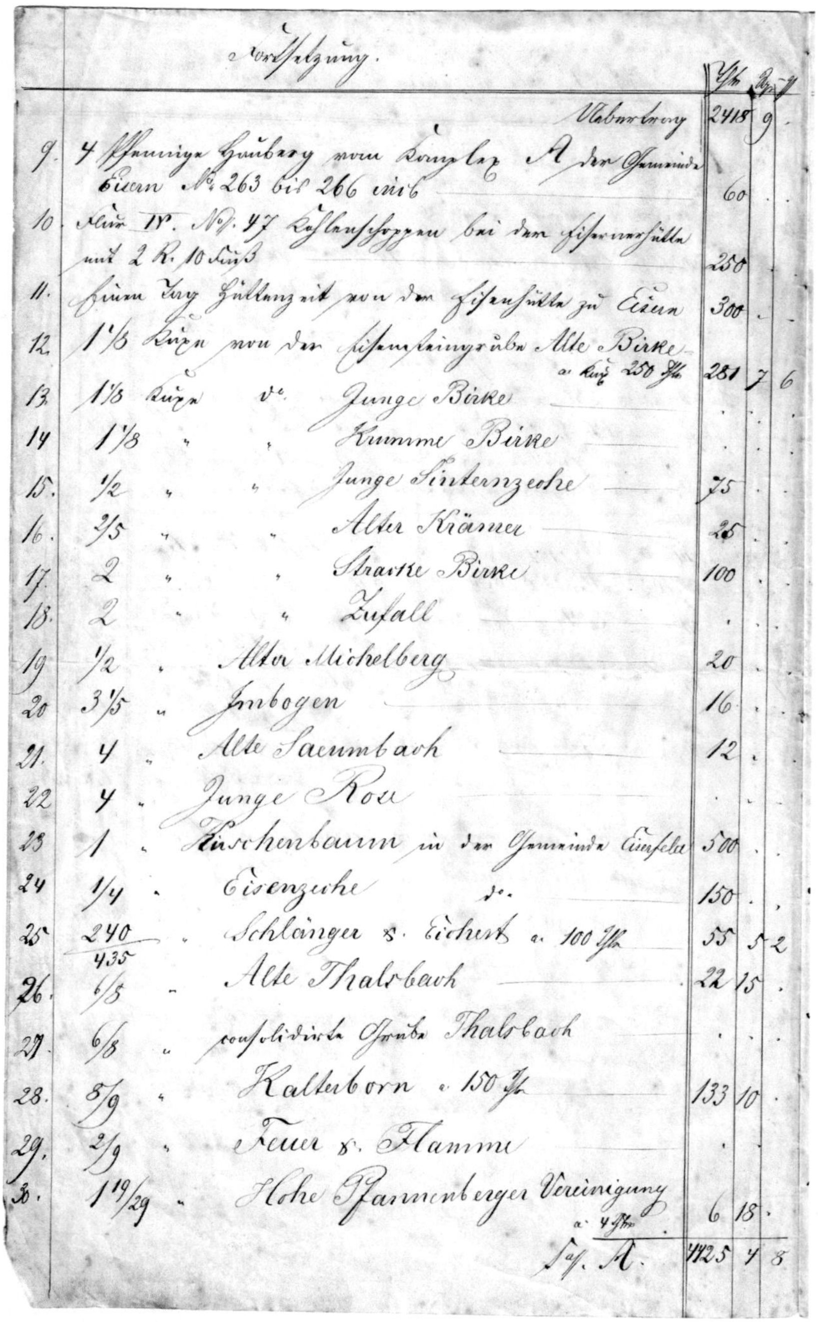

Fortsetzung.

		Thlr	Sgr	Pf
	Uebertrag	2418	9	
9.	4 Pfennige Hauberg vom [illegible] der Gemeinde Eisern № 263 bis 266 incl.	60		
10.	[illegible] № 47 [illegible] mit 2 R. 10 [illegible]	250		
11.	[illegible] von der [illegible] zu Eisern	300		
12.	1/8 Kuxe von der Eisensteingrube Alte Birke à Kux 250 Thlr	281	7	6
13.	1/8 Kuxe do. Junge Birke			
14.	1/8 " " Krumme Birke			
15.	1/2 " " Junge Sinternzeche	75		
16.	2/5 " " Alter Krämer	25		
17.	2 " " Starke Birke	100		
18.	2 " " Zufall			
19.	1/2 " Alter Michelberg	20		
20.	3/5 " Imbogen	16		
21.	4 " Alte Saumbach	12		
22.	4 " Junge Rose			
23.	1 " Kirschenbaum in der Gemeinde Eiserfeld	500		
24.	1/4 " Eisenzeche do.	150		
25.	240/435 " Schlänger & Eichert à 100 Thlr	55	5	2
26.	6/8 " Alte Thalsbach	22	15	
27.	6/8 " consolidirte Grube Thalsbach			
28.	8/9 " Kalteborn à 150 Thlr	133	10	
29.	2/9 " Feuer & Flamme			
30.	1 19/29 " Hohe Pfannenberger Vereinigung à 4 Thlr	6	18	
	Sa. A.	4425	4	8

Bild 53: Diese Seite ist ein Auszug einer alten Vermögensaufstellung aus Eisern im Zusammenhang mit einer Erbteilung vom 1.10.1859. Die Liste der hier aufgeführten Grubenanteile gab Anregung für die in der Erzählung verwendeten Grubennamen.

	Fortsetzung	Taler	Gro	Pf
	Uebertrag	2418	9	0
9.	4 Pfennige Hauberg vom Komplex A der Gemeinde			
	Eisern Nr. 263 bis 266 incl	60	0	0
10.	Flur IV Nr. 47 Kohlenschuppen bei der Eiserner Hütte			
	mit 2 R. (Ruthen) 10 Fuß (ca. 38 m^2)	250	0	0
11.	Einen Tag Hüttenzeit von der Eisenhütte zu Eisern	300	0	0
12.	1 1/8 Kuxe von der Eisensteingrube Alte Birke			
	a Kux 250 Taler	281	7	6
13.	1 1/8 Kuxe von der Eisensteingrube Junge Birke	0	0	0
14.	1 1/8 Kuxe von der Eisensteingrube Krumme Birke	0	0	0
15.	1/2 Kuxe von der Eisensteingrube Junge Sinterzeche	75	0	0
16.	2/5 Kuxe von der Eisensteingrube Alter Krämer	25	0	0
17.	2 Kuxe von der Eisensteingrube Stracke Birke	100	0	0
18.	2 Kuxe von der Eisensteingrube Zufall	0	0	0
19.	1/2 Kuxe Alter Michelsberg	20	0	0
20.	3 1/5 Kuxe Imbogen	16	0	0
21.	4 Kuxe Alte Saeumbach	12	0	0
22.	4 Kuxe Junge Rose	0	0	0
23.	1 Kux Kirschenbaum in der Gemeinde Eiserfeld	500	0	0
24.	1/4 Kuxe Eisenzeche in der Gemeinde Eiserfeld	150	0	0
25.	240/435 Kuxe Schlänger & Eichert a 100 Taler	55	5	2
26.	6/8 Kuxe Alte Thalsbach	22	15	0
27.	6/8 Kuxe consolidierte Grube Thalsbach	0	0	0
28.	8/9 Kuxe Kalterborn a 150 Taler	133	10	0
29.	2/9 Kuxe Feuer & Flamme	0	0	0
30.	1 19/29 Kuxe Hohe Pfannenberger Vereinigung			
	a 4 Taler	6	18	0
	Sa// (Summa) A	4425	4	8

Bild 54: Übertragung der Aufstellung auf der Vorseite in Druckschrift.

- *In Klammern sind die verwendeten Abkürzungen ausgeschrieben.*
- *12 Pfennige entsprachen einem Groschen, 30 Groschen einem Taler.*
- *Die auf dieser Seite gebildete Summe A umfasst das Immobilienvermögen der Frau aus erster Ehe.*
- *Der Begriff Kux (Plural Kuxe) steht für einen Anteil. In späteren Jahren wurde er durch den Begriff Aktie substituiert.*
- *Man beachte, wie unterschiedlich die Werte der einzelnen Anteile eingeschätzt wurden. Viele Gruben galten als wertlos.*

Bild 55: Der Dreisbacher Reckhammer hat seinen ursprünglichen Charakter noch lange erhalten.

Bild 56: Die Radierung unten zeigt das Ausschmieden einer Luppe. Der Sitz des Schmiedes ist mit einer Kette am Jochbalken aufgehängt, so dass er seine Kraft leicht in jede Richtung wirken lassen kann.

Bild 57: Boschgotthardshütten, die Hammerschmiedesiedlung ist heute im Siegener Stadtbild kaum noch zu finden. Das obige Fachwerkhaus aus dem Jahr 1609 hat über viele Jahre Zeugnis von ihrem Wohlstand abgelegt.

Bild 58: Am Frischfeuer lautet der Titel dieses Gemäldes von Ludwig Heupel. Für die Stahlherstellung ist das Frischen ein wichtiger Prozessschritt. Hochofen und Schmiedehammer wirken aber spektakulärer.

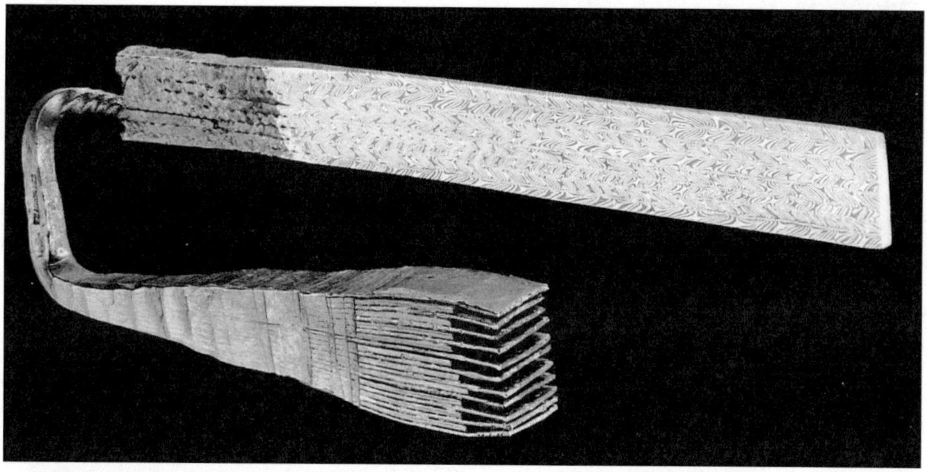

Bild 59: Demonstrationsmodell zur Herstellung von Damaszener Stahl. Ein Lagenpaket aus zwei oder mehr Stählen wird aufgeschichtet und dann mehrfach ausgeschmiedet, gefaltet, verschweißt und tordiert. Auf diese Weise kann man eine Vielzahl von neuen Stahlmixturen mit gezielten Eigenschaften erzeugen.

Bild 60: Beispiel eines Messers aus Damaszener Stahl. Über viele Jahrhunderte war die Technik des Damaszierens die einzige Möglichkeit, Stahl mit ganz gezielten Eigenschaften zu erzeugen. Nur so konnten hochwertige Werkstücke, wie Schwerter und Messerklingen, hergestellt werden. Dabei ist jedes Werkstück ein Unikat, was auch durch die individuelle Maserung des Fertigteils unterstrichen wird, die an Holz erinnert.

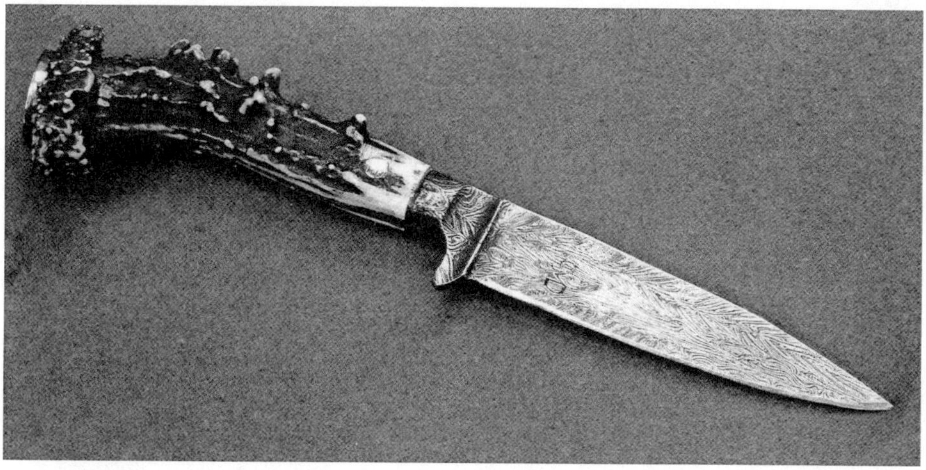

Abbildungsverzeichnis, Quellenangaben

1. Siegerländer Landschaft 1: Ruth Hallensleben, Köln, veröffentlicht in: Im Kranz bewaldeter Höhen, Herausgeber: Verkehrsverband Siegerland e.V., Siegen 1955, Seite 10
2. Siegerländer Landschaft 2, Ruth Hallensleben, Köln, veröffentlicht in: Im Kranz bewaldeter Höhen, Herausgeber: Verkehrsverband Siegerland e.V., Siegen 1955, Seite 35
3. Artur Held, Eisern, die Fachwerkhäuser von gestern, und was aus ihnen wurde, Heimatverein Eisern, 2015, Seite 45
4. Artur Held, Eisern, die Fachwerkhäuser von gestern, und was aus ihnen wurde, Heimatverein Eisern, 2015, Seite 15
5. Ortsplan von Eisern1780, Grafik des Autors
6. Eisern Ortsmitte um 1780 von Osten, Zeichnung von Artur Held aus: Festschrift 725 Jahre Eisern, AG Eiserner Vereine 2013, Seite 14
7. Eisern Ortsmitte um 1780 von Westen, Zeichnung von Artur Held aus: Artur Held, Eisern, Wie lebten sie, wo wohnten sie und wer waren sie?, Unveröffentlichtes Manusskript, Eisern 2019, Seite 43
8. Eisern Ortsmitte um 1780 von Westen, Zeichnung von Artur Held aus: Artur Held, Eisern, Wie lebten sie, wo wohnten sie und wer waren sie?, Unveröffentlichtes Manusskript, Eisern 2019, Seite 48
9. Die mittlere Peeke, Artur Held, Eisern, die Fachwerkhäuser von gestern und was aus ihnen wurde, Heimatverein Eisern, 2015, Seite 65
10. Eiserner Mühle 1907, Adolf Müller, 700 Jahre Eisern, Heimatverein Eisern, 1988 Seite 107
11. Fürst Johann Hyazinth, Martin Wein, Siegen im Wandel der Zeit, Siegen2016, Seite 37
12. Artur Held, Eisern, die Fachwerkhäuser von gestern und was aus ihnen wurde, Heimatverein Eisern, 2015, Seite 15
13. Blick auf Obernau, aus: Böttger, Weyer, Lück, Geschichte des Netpherlands, Selbstverlag des Amtes Netphen 1967, Seite 221
14. Das Haus in Obernau, Gemälde von Fritz Kraus Deutz, ca. 1917, Foto vom Gemälde: Archiv des Autors
15. Der Blick vom Rödgen zur *Alten Burg*, aus: Archiv des Autors
16. Brennender Meiler mit Köhlerhütte, aus: Ranke/Korff, Hauberg und Eisen, Schirmer/Mosel, München 1980, Bild 61

17. Abdecken des Meilers, aus: Otto Arnold, Siegerländer Arbeitswelt, Verlag Arnold, Siegen 1985, Seite 63
18. Brennender Meiler, aus: Adolf Müller, 700 Jahre Eisern, Heimatverein Eisern, 1988 Seite 50
19. Ausgefahrener Hohlweg: Peter Vitt, Wirtschaftsgeschichte des Amtsbezirks Netphen, Vorländer 2014, Seite 70
20. Modell eines Kohlegespanns, Diorama des Autors
21. Modell eines Luppenwagens, Diorama des Autors
22. Modell eines Reckeisenkarrens, Diorama des Autors
23. Haubergsteilung, aus: Ranke/Korff, Hauberg und Eisen, Schirmer/Mosel, München 1980, Bild 44
24. Räumen des Haubergs, Fotomontage im Archiv des Autors
25. Lohschälen im Hauberg, Foto G. Schäfer, Wahlbach, aus: Friedrich Wilhelm Busch, Von der Waldschmiede zur Eisenindustrie, Verlag die Wielandschmiede, Kreuztal 1997, Seite 43
26. Lohfuhren, aus: Ranke/Korff, Hauberg und Eisen, Schirmer/Mosel, München 1980, Bild 47
27. Brasenbrennen: Ranke/Korff, Hauberg und Eisen, Schirmer/Mosel, München 1980, Bild 56
28. Ackern im Hauberg, Foto aus der Sammlung des Autors
29. Ernten mit der Sichel, Standbild aus dem Film: der Eisenwald
30. Kornritter im Hauberg, Alfred Lück, Vom Eisen, Hüttenwerke Siegerland, Siegen 1959, Seite 40
31. Kühe im Hauberg, Adolf Müller, Siegerländer Heimatbuch, Vorländer 1987, Seite 92
32. Unteres Schloss, Aquarell Jakob Scheiner: Karl Heinz Ax, Rudersdorfer Dorfgeschichte, Vorländer 2016, Seite 109
33. Löhrtor, Studie von Wilhelm Scheiner, aus: Trutzhart Irle, Das alte Siegerland, Gronenberg Verlag, Gummersbach 1987, Seite 29
34. Löhrstraße, aus: Trutzhart Irle, Das alte Siegerland, Gronenberg Verlag, Gummersbach 1987, Seite 28
35. Siegen, Blick auf Kornmarkt, aus: Trutzhart Irle, Anekdoten aus Siegen und Umgebung, Verlag Gronenberg, Gummersbach 1977, Seite 79

36. Ansicht von Siegen 1785 von Margarethe Götz, aus: Dieter H. Stündel, Die Stadt Siegen Band 2, Horatius-Verlag, Siegen 2008, Seite 297
37. Stadtplan von Siegen 1800, Rekonstruktion aus: Dieter H. Stündel, Die Stadt Siegen Band 2, Horatius-Verlag, Siegen 2008, Seite 198
38. Schematische Darstellung eines Hochofens aus dem 18. Jahrhundert, Herkunft der Grafik unbekannt.
39. Loher Hütte um 1850, Aquarell von Jakob Scheiner 1901, aus Mathias Döring, Eisen und Silber – Wasser und Wald, Verlag die Wielandschmiede, Kreuztal 1999, Seite 159
40. Hüttenlandschaft bei Nacht, unbekannter Maler, das Foto vom Gemälde aus dem Museum Wendener Hütte befindet sich im Archiv des Autors (Nutzung mit freundlicher Genehmigung).
41. Die Eiserner Hütte 1885, Foto im Archiv des Autors
42. Stichloch des Hochofens im Museum Wendener Hütte, Foto im Archiv des Autors (Nutzung mit freundlicher Genehmigung)
43. Gießbett am Hochofen: Ruth Hallensleben, Köln, veröffentlicht in: Im Kranz bewaldeter Höhen, Herausgeber: Verkehrsverband Siegerland e.V., Siegen 1955, Seite 35
44. An der Eisenrinne, Foto von Wilhelm Sander, Nutzwert Design, Siegen
45. Masselschläger bei der Arbeit, Standbild aus dem Film: der Eisenwald
46. Masseln im Sandbett, Standbild aus dem Film: der Eisenwald
47. Gemarkungskarte von Eisern, Grafik des Autors basierend auf der preußischen Uraufnahme von 1836, entnommen aus TIM-online NRW
48. Entwicklung des frühen Bergbaus, Skizze nach Mathias Döring, Eisen und Silber – Wasser und Wald, Verlag die Wielandschmiede, Kreuztal 1999, Seite 39 1/2
49. Arbeiten mit der Haspel Agricola 1556, aus Mathias Döring, Eisen und Silber – Wasser und Wald, Verlag die Wielandschmiede, Kreuztal 1999, Seite 15
50. Pinge auf der Eisernhardt, Foto des Autors, Schummerungskarte entnommen aus TIM-online NRW
51. Im Erbstollen, Foto von Herbert Rixen, Verein für Siegerländer Bergbau e.V.

52. Oberbergmeister Johann Heinrich Jung aus: Oberbergmeister Johann Heinrich Jung, Ein Lebensbild, Gerhard Merk, Verlag die Wielandsschmiede, Kreuztal 1989
53. Auszug aus einer Vermögensaufstellung vom 1.10.1859, Sammlung des Autors
54. Übertragung der Liste Vermögensaufstellung durch den Autor
55. Reckhammer: Peter Vitt, Wirtschaftsgeschichte des Amtsbezirks Netphen, Vorländer 2014 Seite 228
56. Hammer mit Luppe, aus: Friedrich Wilhelm Busch, Von der Waldschmiede zur Eisenindustrie, Verlag die Wielandschmiede, Kreuztal 1997, Seite 37
57. Boschgotthardshütte, Trutzhart Irle, Das alte Siegerland, Gronenberg Verlag, Gummersbach 1987, Seite 66
58. Am Frischefeuer, Gemälde Ludwig Heupel 1902, aus: Friedrich Wilhelm Busch, Von der Waldschmiede zur Eisenindustrie, Verlag die Wielandschmiede, Kreuztal 1997, Seite 80
59. Demonstrationsmodell, aus: Manfred Sachse, Damaszener Stahl, Verlag Stahleisen, Düsseldorf 1993, Seite 182
60. Messer aus Damaszener Stahl, aus: Manfred Sachse, Damaszener Stahl, Verlag Stahleisen, Düsseldorf 1993, Seite 38

Danksagung

Mein erster Dank gilt Dir liebe Leserin und Dir lieber Leser. Dein Interesse an meinem Text freut mich sehr. Vielleicht ist bei Dir, wie bei mir, der Respekt vor der Lebensleistung unserer Vorfahren gewachsen.

Die Entstehung dieses Buches, ist nicht mein Verdienst alleine, viele Menschen haben einen Beitrag geleistet. Bei einem historischen Roman kommt der Recherche eine besondere Bedeutung zu. Dabei konnte ich neben den öffentlich zugänglichen Quellen auf Unterlagen zugreifen, die mir von örtlichen Vereinen zugänglich gemacht wurden. In diesem Zusammenhang gilt mein Dank dem Heimatverein-Eisern e. V., genauso wie dem Siegerländer Heimat- und Geschichtsverein e.V. Der Heimatbund Siegerland-Wittgenstein e. V. hat mein Projekt besonders unterstützt. Ein spezieller Dank gilt Frau Roxana Küthe und Herrn Dirk Niesel. Zur Erkundung der Eiserner Hütten- und Dorfgeschichte haben die Herren Adolf Müller† und Artur Held durch ihre Bücher und Arbeiten eine sehr wertvolle Grundlage geschaffen und mir dadurch in besonderer Weise geholfen. Herzlichen Dank.

Bezogen auf die Recherche und Bereitstellung von Unterlagen zur Historie des Bergbaus und der Eisenhüttenkunde gilt mein Dank dem Verein für Siegerländer Bergbau e. V., dem Verein deutscher Eisenhüttenleute sowie dem Verlag Stahleisen und dem Museum Wendener Hütte. Für die Einräumung von weiteren Bildrechten bedanke ich mich bei der Mundus Filmproduktion.

Bei der Ausarbeitung des Textes war mir meine Lektorin Meike Blatzheim eine große Hilfe. Sie hat nicht nur meinen Text sehr konstruktiv lektoriert, sondern mir als literarischem Neuling auch lehrreiche und weiterführende Anregungen gegeben. Nicht nur bei der Ausarbeitung der Geschichte, sondern auch bei so mancher Frage, die im Zusammenhang mit einem Buchprojekt entstehen, hat mir meine Tochter Karina und auch ihr Mann Felipe durch zahlreiche Anregungen und Diskussionen helfend zur Seite gestanden.

Freunde braucht jeder, der ein umfangreiches Projekt durchstehen möchte, und so danke ich meinen Freunden für die motivierende Begleitung des Projekts. Insbesondere hat Martin Schneider durch ausgedehnte

Spaziergänge und tiefgründige Diskussionen dafür gesorgt, dass ich immer wieder vom Schreibtisch weggekommen bin. Ein besonderes Verdienst hat sich meine liebe Frau Erika erworben. Neben einigem Dulden und Ertragen, Anregen und Motivieren hat sie auch das sehr zeitaufwendige Korrektorat übernommen.

Allen sei ganz herzlich gedankt.

Über den Autor

Jochen Grisse wurde 1954 in Siegen geboren. Nach dem Studium der Elektrotechnik und der Promotion in Maschinenbau verbrachte er sein Berufsleben in der Stahl- und Eisenindustrie, zuletzt als Geschäftsführer einer international agierenden deutsch/luxemburgischen Firma im Sondermaschinenbau. Durch zahlreiche Reisen lernte er die weltweite Stahlindustrie kennen. Stets interessierte ihn auch die Historie dieses Industriezweiges. Unter anderem war er im Geschichtsausschuss des Vereins deutscher Eisenhüttenleute engagiert. Nach dem Tod seiner jüngsten Tochter zog er sich aus dem operativen Geschäft zurück, vollendete die Recherche zu der vorliegenden Erzählung und verfasste nach zahlreichen technisch/wissenschaftlichen Publikationen diese erste belletristische Arbeit.

FSC
www.fsc.org
MIX
Papier | Fördert gute Waldnutzung
FSC® C083411

Zeitfracht Medien GmbH
Ferdinand-Jühlke-Straße 7
99095 Erfurt, Deutschland
produktsicherheit@kolibri360.de